COLECŢIE COORDONATĂ DE
MAGDALENA MĂRCULESCU

CW01648020

Povestea noului nume

ELENA
FERRANTE

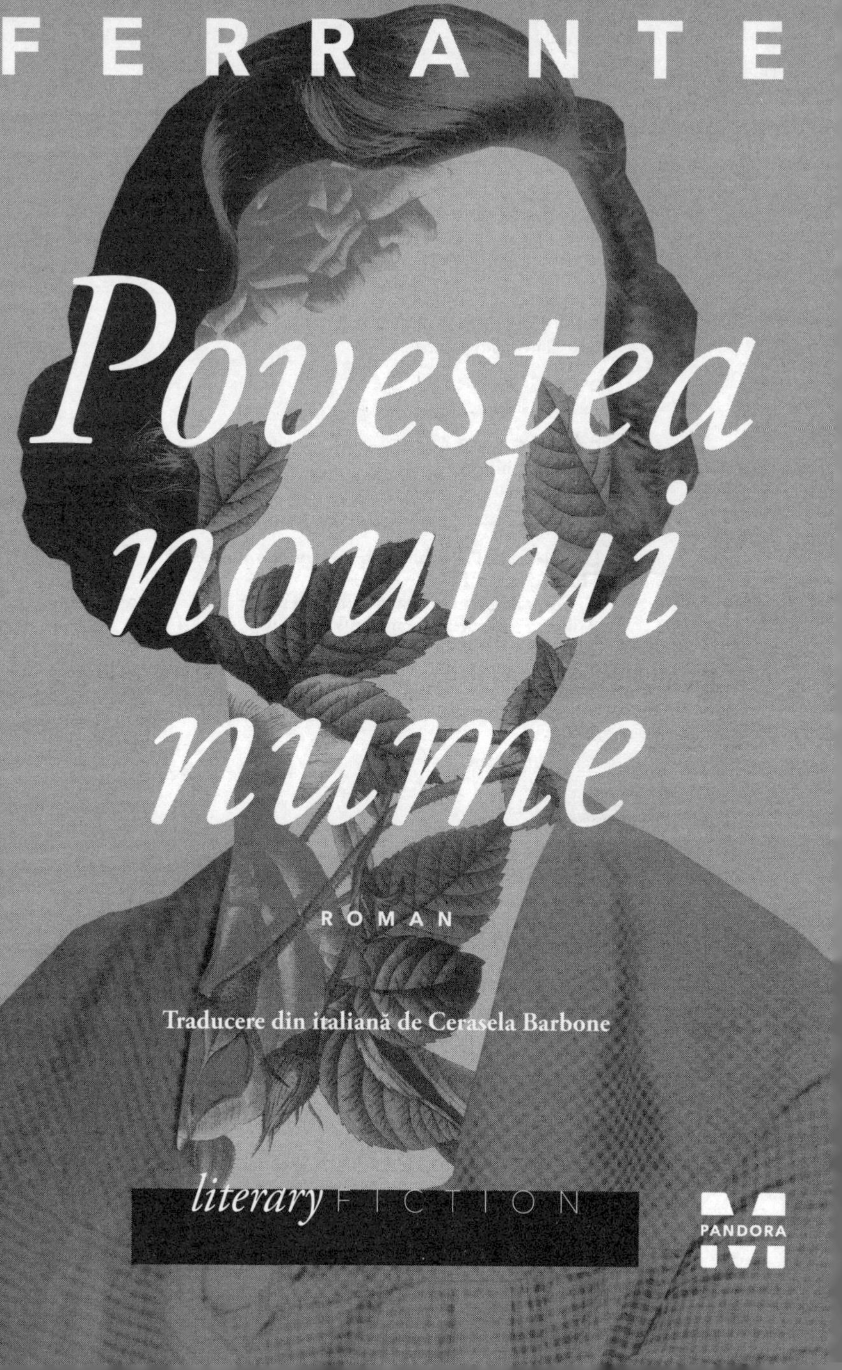

Povestea noului nume

ROMAN

Traducere din italiană de Cerasela Barbone

literary FICTION

PANDORA M

EDITORI:
Magdalena Mărculescu
Vasile Dem. Zamfirescu
Silviu Dragomir

FONDATOR:
Ion Mărculescu, 1994

REDACTOR:
Oana Dușmănescu

DESIGN:
Faber Studio
Imagini copertă: © H. Armstrong Roberts/Corbis
© Fine Art Photographic Library/Corbis
© Christie's Images/Corbis

DIRECTOR PRODUCȚIE:
Cristian Claudiu Coban

DTP:
Răzvan Nasea

CORECTURĂ:
Cătălina Chiricheș
Rodica Petcu

Descrierea CIP a Bibliotecii Naționale a României
FERRANTE, ELENA
Tetralogia napolitană / Elena Ferrante ; trad.: Cerasela Barbone. - București : Pandora Publishing, 2015 - 4 vol.
ISBN 978-973-1989-69-3

Vol. 2. : Povestea noului nume - Tinerețea. - 2016.
ISBN 978-606-8780-39-9

I. Barbone, Cerasela (trad.)

821.131.1-31=135.1

Titlul original: Storia del nuovo cognome
Autor: Elena Ferrante

O.P. 16, Ghișeul 1, C.P. 0490, București
Tel.: +4 021 300 60 90 ; Fax: +4 0372 25 20 20
W: pandoram.ro

ISBN: 978-606-8780-39-9

Pandora M face parte din Grupul Editorial TREI

INDICELE PERSONAJELOR ȘI REFERIRI LA ÎNTÂMPLĂRILE DIN PRIMUL VOLUM

Familia Cerullo (familia cârpaciului):

Fernando Cerullo, cizmar, tatăl Lilei. Nu și-a mai trimis fiica la școală după clasele primare.

Nunzia Cerullo, mama Lilei. Apropiată de fiică, nu are suficientă autoritate s-o susțină împotriva tatălui.

Raffaella Cerullo, zisă Lina sau Lila. S-a născut în august 1944. Are șaizeci și șase de ani când dispare din Napoli fără să lase nicio urmă. Elevă strălucită, scrie la zece ani o poveste intitulată *La fata blu*[1]. Abandonează școala după certificatul de absolvire a școlii elementare și învață meseria de cârpaci.

Rino Cerullo, fratele mai mare al Lilei, cârpaci și el. Împreună cu tatăl lui, Fernando, și grație Lilei și banilor lui Stefano Carracci, înființează fabrica de încălțăminte Cerullo. Se logodește cu sora lui Stefano, Pinuccia Carracci. Primul fiu al Lilei poartă numele lui, adică Rino.

Alți copii.

Familia Greco (familia portarului):

Elena Greco, zisă Lenuccia sau Lenù. Născută în august 1944, e autoarea lungii povești pe care o citim. Elena începe s-o scrie în momentul în care află că prietena ei din copilărie, Lina Cerullo, căreia numai ea îi spune Lila, a dispărut. După clasele primare, Elena își continuă studiile cu succes. Se îndrăgostește încă din copilărie de Nino Sarratore, dar își cultivă iubirea în secret.

Peppe, *Gianni* și *Elisa*, frații mai mici ai Elenei.

---

1 În italiană, în original: *Zâna albastră*.

Tatăl, portar la primărie.

Mama, casnică. Mersul ei șchiopătat o obsedează pe Elena.

Familia Carracci (familia lui don Achille):

Don Achille Carracci, căpcăunul din povești, activ pe bursa neagră, cămătar. A fost ucis.

Maria Carracci, soția lui don Achille, mama lui Stefano, a Pinucciei și a lui Alfonso. Lucrează în mezelăria familiei.

Stefano Carracci, fiul defunctului don Achille, soțul Lilei. Administrează averea strânsă de tatăl lui și e proprietar, împreună cu sora lui, Pinuccia, Alfonso și mama lui, Maria, al unei rentabile mezelării.

Pinuccia, fiica lui don Achille. Lucrează în mezelărie. Se logodește cu fratele Lilei, Rino.

Alfonso, fiul lui don Achille. E colegul de bancă al Elenei. E logodit cu Marisa Sarratore.

Familia Peluso (familia tâmplarului):

Alfredo Peluso, tâmplar. Comunist. Acuzat că l-a omorât pe don Achille, a fost condamnat și e la închisoare.

Giuseppina Peluso, soția lui Alfredo. Muncitoare la fabrica de tutun, e devotată copiilor și soțului deținut.

Pasquale Peluso, fiul cel mare al lui Alfredo și al Giuseppinei, zidar, militant, comunist. A fost primul care a observat frumusețea Lilei și care i-a declarat că o iubește. Îi urăște pe frații Solara. E logodit cu Ada Cappuccio.

Carmela Peluso, vrea să i se spună și *Carmen*. Sora lui Pasquale, e vânzătoare la mercerie, dar este angajată imediat de Lila la mezelăria nouă a lui Stefano. E logodită cu Enzo Scanno.

Alți copii.

Familia Cappuccio (familia văduvei nebune):

Melina, o rudă a Nunziei Cerullo, văduvă. Spală scările blocurilor din vechiul cartier. A fost amanta lui Donato Sarratore, tatăl lui Nino. Familia Sarratore a părăsit cartierul tocmai din cauza acelei relații, iar Melina aproape că și-a pierdut mințile.

Soțul Melinei, descărca lăzi în piața de fructe și legume și a murit în împrejurări neclare.

Ada Cappuccio, fiica Melinei. De mică și-a ajutat mama la spălatul scărilor. Grație Lilei, va fi angajată ca vânzătoare în mezelăria din vechiul cartier. E logodită cu Pasquale Peluso.

Antonio Cappuccio, fratele ei, mecanic. E logodit cu Elena și e foarte gelos pe Nino Sarratore.

Alți copii.

Familia Sarratore (familia feroviarului-poet):

Donato Sarratore, feroviar, poet, jurnalist. Mare crai, a fost amantul Melinei Cappuccio. Când Elena merge în vacanță la Ischia și e oaspete în aceeași casă în care locuiește temporar familia Sarratore, e obligată să părăsească în grabă insula ca să scape de hărțuirile sexuale ale lui Donato.

Lidia Sarratore, soția lui Donato.

Nino Sarratore, cel mai mare dintre cei cinci fii ai lui Donato și ai Lidiei. Își detestă tatăl. E un elev strălucit.

Marisa Sarratore, sora lui Nino. Studiază fără mari rezultate ca să devină secretară de firmă. E logodită cu Alfonso Carracci.

Pino, *Clelia* și *Ciro Sarratore*, fiii mai mici ai lui Donato și ai Lidiei.

Familia Scanno (familia vânzătorului de fructe):

Nicola Scanno, vânzător de fructe.

Assunta Scanno, soția lui Nicola.

Enzo Scanno, fiul lui Nicola și al Assuntei, și el vânzător de fructe. Lila îl simpatizează încă din copilărie. Legătura lor s-a creat când Enzo, în timpul unei competiții școlare, a demonstrat o neașteptată pricepere la matematică. Enzo e logodit cu Carmen Peluso.

Alți copii.

Familia Solara (familia proprietarului de cafenea cu același nume):

Silvio Solara, patronul cafenelei, monarhisto-fascist, camorist implicat în negoțul ilegal din cartier. A fost împotriva apariției fabricii de încălțăminte Cerullo.

Manuela Solara, soția lui Silvio, cămătăreasă: în cartier e foarte temut registrul ei roșu.

Marcello și *Michele Solara*, fiii lui Silvio și ai Manuelei. Fanfaroni, aroganți, sunt totuși iubiți de fetele din cartier, cu excepția, evident, a Lilei. *Marcello* se îndrăgostește de Lila, dar ea îl respinge. *Michele*, puțin mai tânăr decât Marcello, e mai rece, mai inteligent, mai violent. E logodit cu Gigliola, fata cofetarului.

Familia Spagnuolo (familia cofetarului):

Domnul Spagnuolo, cofetarul cafenelei Solara.

Rosa Spagnuolo, soția cofetarului.

Gigliola Spagnuolo, fata cofetarului, logodită cu Michele Solara.

Alți copii.

Familia Airota:

Airota, profesor de literatură greacă.

Adele, soția lui.

Mariarosa Airota, fiica cea mare, profesoară de istoria artei la Milano.

Pietro Airota, student.

Profesorii:

Ferraro, învățător și bibliotecar. Învățătorul le-a premiat, de când erau mici, atât pe Lila, cât și pe Elena, pentru sârguința lor de cititoare.

Oliviero, învățătoare. A fost prima care și-a dat seama de potențialul Lilei și al Elenei. Lila a scris la zece ani o povestioară intitulată *La fata blu*. Povestea i-a plăcut mult Elenei, care i-a dat-o lui Oliviero s-o citească. Dar învățătoarea, enervată pentru că părinții Lilei au decis să nu-și mai lase fiica să-și continue studiile, nu s-a pronunțat niciodată în legătură cu povestea aceea. Dimpotrivă, a încetat să se ocupe de Lila și s-a concentrat numai pe reușita Elenei.

Gerace, profesor de gimnaziu.

Galiani, profesoară de liceu. E o profesoară foarte cultă, comunistă. Este imediat fermecată de inteligența Elenei. Îi împrumută cărți, o protejează în conflictul cu profesorul de religie.

Alte personaje:

Gino, fiul farmacistului. Este primul logodnic al Elenei.

Nella Incardo, verișoara învățătoarei Oliviero. Locuiește la Barano, Ischia, și a găzduit-o pe Elena într-o vacanță la mare.

Armando, student la Medicină, fiul profesoarei Galiani.

Nadia, studentă, fiica profesoarei Galiani.

Bruno Soccavo, prietenul lui Nino Sarratore și fiul unui industriaș bogat din San Giovanni a Teduccio.

Franco Mari, student.

Tinerețea

1.

În primăvara anului 1966, Lila, într-o stare de mare agitație, mi-a încredințat o cutie de metal care conținea opt caiete. A spus că nu le mai putea ține în casă, se temea că soțul o să i le citească. Am luat cutia fără prea multe comentarii, cu excepția câtorva aluzii ironice la prea multa sfoară cu care o legase strâns. În perioada aceea, relația dintre noi era foarte proastă, dar părea că numai eu o consideram așa. Ea, în rarele dăți când ne vedeam, nu manifesta nicio stânjeneală, era afectuoasă, nu i se întâmpla niciodată să-i scape un cuvânt ostil.

Când mi-a cerut să jur că nu voi deschide cutia din niciun motiv, am jurat. Dar cum m-am urcat în tren am desfăcut sfoara, am scos caietele și am început să citesc. Nu era un jurnal, chiar dacă apăreau acolo întâmplări detaliate ale vieții ei, începând cu sfârșitul claselor primare. Părea mai curând dovada unei îndârjite autodiscipline de a scrie. Erau multe descrieri: o ramură de copac, lacurile, o piatră, o frunză cu nervurile albe, oalele din casă, diferitele piese ale mașinii de cafea, vasul cu jăratic, cărbunele și mangalul, o hartă amănunțită a curții, șoseaua, scheletul de fier ruginit de dincolo de lacuri, părculețul și biserica, tăierea vegetației din spatele căii ferate, blocurile noi, casa părinților, uneltele folosite de tatăl și fratele ei ca să repare încălțămintea, gesturile lor când munceau, culorile mai ales, culorile fiecărui lucru în diferite momente ale zilei. Dar nu erau doar pagini descriptive. Apăreau cuvinte izolate în dialect și în italiană, uneori cuprinse într-un cerc, fără comentarii. Și exerciții de traducere în latină și în greacă. Și pasaje întregi în engleză despre prăvăliile din cartier, despre mărfuri, despre căruța plină ochi cu fructe și legume pe care Enzo Scanno o muta de pe o stradă pe alta în fiecare zi, ținând măgarul de căpăstru. Și multe considerații despre cărțile pe care le citea, despre filmele pe care le vedea în sala preotului. Și multe dintre ideile pe care le susținuse în discuțiile cu Pasquale, în pălăvrăgelile noastre. Bineînțeles, desfășurarea nu avea continuitate, dar fiecare lucru ferecat de Lila în scris căpăta o relevanță, astfel că nici în paginile scrise când avea unsprezece sau doisprezece ani n-am găsit niciun rând care să sune infantil.

De obicei, frazele erau de o precizie extremă, punctuația foarte îngrijită, caligrafia elegantă ca aceea pe care ne-o predase învățătoarea Oliviero. Dar uneori Lila, ca și cum un drog i-ar fi inundat venele, părea că nu face față ordinii pe care și-o impusese. Atunci totul devenea obositor, frazele căpătau un ritm foarte agitat, punctuația dispărea. În general, în scurt timp își regăsea un ritm relaxat, clar. Dar se putea întâmpla și să se întrerupă brusc și să umple restul paginii cu desene de copaci răsuciți, munți gheboși și fumegânzi, chipuri amenințătoare. Pe mine m-au fascinat atât ordinea, cât și dezordinea și, cu cât am citit mai mult, cu atât m-am simțit mai înșelată. Cât exercițiu era în spatele scrisorii pe care mi-o trimisese la Ischia cu ani în urmă: de aceea era atât de bine scrisă. Am pus la loc totul în cutie, promițându-mi din nou să nu-mi mai bag nasul.

Dar am cedat repede, caietele emanau forța de seducție pe care Lila o răspândea în jur încă de mică. Vorbise despre cartier, rude, frații Solara, Stefano, fiecare persoană sau lucru cu o precizie nemiloasă. Ce să spun despre libertatea pe care și-o luase cu mine? Cu ce spuneam, cu ce gândeam, cu persoanele pe care le iubeam, chiar cu aspectul meu fizic. Fixase momente decisive pentru ea fără să-i pese de nimic și de nimeni. Iată foarte clară plăcerea pe care o simțise când, la zece ani, scrisese povestioara aceea a ei, *La fata blu*. Iată cu tot atâta claritate cât suferise pentru că învățătoarea noastră Oliviero nu binevoise să spună un singur cuvânt despre povestea aceea, ba dimpotrivă, o ignorase. Iată suferința și furia pentru că eu mersesem la școala medie fără să-mi pese de ea, abandonând-o. Iată entuziasmul cu care învățase să fie cizmăreasă și sentimentul de revanșă care o incitase să creeze pantofi noi și plăcerea de a realiza prima pereche de încălțăminte împreună cu fratele ei, Rino. Iată durerea din momentul în care Fernando, tatăl ei, spusese că pantofii nu erau bine făcuți. Erau de toate în paginile acelea, dar în special ura față de frații Solara, determinarea teribilă cu care respinsese iubirea celui mai mare dintre ei, Marcello, și momentul în care hotărâse să se logodească în schimb cu blândul Stefano Carracci, mezelarul, care din dragoste voise să cumpere prima pereche de pantofi realizată de ea, jurând că o va păstra pentru totdeauna. Ah, momentul frumos când, la cincisprezece ani, se simțise o domniță bogată și elegantă, la brațul logodnicului care, numai pentru că o iubea, investise mulți bani în fabrica de încălțăminte a tatălui și fratelui ei, fabrica de încălțăminte Cerullo. Și câtă satisfacție simțise: pantofii imaginați de ea în mare parte realizați, o casă în noul cartier, căsătoria la șaisprezece ani. Și ce somptuoasă petrecere de nuntă urmase, cât se simțise de fericită. Apoi Marcello Solara, împreună cu fratele lui, Michele, apăruse în toiul petrecerii încălțat chiar cu pantofii la care soțul ei spusese că ține mult. Soțul ei. Cu ce fel de bărbat se căsătorise? Acum, când totul se terminase, o să-și smulgă fața prefăcută arătându-i-o pe cea oribil de adevărată? Întrebări, și faptele fără spoielile sărăciei noastre. M-am dedicat mult acelor pagini, zile și săptămâni la rând. Le-am studiat, am ajuns să învăț pe dinafară fragmentele care-mi plăceau, pe cele care mă entuziasmau, pe cele care mă hipnotizau, pe cele care mă umileau. În spatele firescului lor era cu siguranță un artificiu, dar n-am știut să descopăr care.

În cele din urmă, într-o seară de noiembrie, exasperată, am ieșit luând după mine cutia. Nu mai rezistam s-o simt pe Lila copleșindu-mă chiar și acum, când eram foarte respectată, chiar și acum, când aveam o viață în afara orașului Napoli. M-am oprit pe podul Solferino să privesc luminile filtrate de o pâclă geroasă. Am așezat cutia pe parapet, am împins-o ușor, puțin câte puțin, până când a căzut în râu, de parcă era ea, Lila în persoană, căzând, cu gândurile ei, cuvintele, răutatea cu care reacționa la violență cu violență, modul ei de a pune stăpânire pe mine cum făcea cu orice persoană sau lucru, sau eveniment, sau învățătură cu care abia intra în contact: cărțile și pantofii, blândețea și violența, căsătoria și noaptea nunții, întoarcerea în cartier în noul rol de doamna Raffaella Carracci.

2.

Nu-mi venea să cred că Stefano, atât de amabil, atât de îndrăgostit, îi dăruise lui Marcello Solara semnul Lilei fetiță, amprenta efortului ei asupra pantofilor pe care ea îi născocise.

Am uitat de Alfonso și de Marisa care, așezați la masă, vorbeau între ei cu ochi scânteietori. N-am mai fost atentă la râsetele mamei mele bete. Au pălit muzica, vocea cântărețului, perechile care dansau, Antonio care ieșise pe terasă și, copleșit de gelozie, stătea dincolo de ușa vitrată privind orașul violaceu, marea. S-a estompat chiar și imaginea lui Nino care tocmai părăsise sala ca un arhanghel fără vestitori. Acum o vedeam doar pe Lila care vorbea surescitat la urechea lui Stefano, ea foarte palidă în rochia de mireasă, el fără să zâmbească. Stânjeneala i se întindea de la frunte până la ochi ca o mască albicioasă de carnaval pe chipul aprins. Ce se întâmpla, ce s-ar fi întâmplat? Prietena mea își trăgea soțul de braț cu ambele mâini. Trăgea cu toată puterea și eu, care o cunoșteam bine, simțeam că, dacă ar fi putut, i l-ar fi smuls și ar fi traversat sala ținându-l deasupra capului. Sângele ar fi picurat continuu pe trenă și s-ar fi folosit de braț ca de o măciucă sau o falcă pentru a-i sparge fața lui Marcello cu o lovitură trasă bine. Ah, da, ar fi făcut-o, iar la gândul ăsta inima îmi bătea furioasă și gâtul mi se usca. Apoi le-ar fi scos ochii celor doi bărbați, le-ar fi smuls carnea de pe oasele feței, i-ar fi mușcat. Da, da, am simțit că voiam, voiam să se întâmple asta. Sfârșitul iubirii și al acelei petreceri insuportabile, fără îmbrățișări într-un pat din Amalfi. Să desființăm pe dată toate lucrurile și oamenii din cartier, să facem măcel cu ei, să fugim, eu și Lila, să mergem să trăim departe, coborând împreună cu veselă risipire toate treptele abjecției, singure, în orașe necunoscute. Mi s-a părut sfârșitul potrivit pentru ziua aceea. Dacă nimic nu ne putea salva, nici banii, nici un trup de bărbat și nici măcar studiul, era mai bine să distrugem totul imediat. În pieptul meu am simțit cum se intensifică furia ei, o forță care era și nu era a mea în același timp, care m-a umplut de plăcerea de a mă pierde. Mi-am dorit ca forța aceea să se reverse în toate direcțiile. Dar mi-am dat seama că mă și speria. Am înțeles abia pe urmă că știu să fiu în mod calm nefericită numai pentru că sunt incapabilă de reacții violente, mă tem de ele, prefer să rămân nemișcată și să devin ranchiunoasă. Lila nu. Când și-a părăsit locul, s-a ridicat cu o asemenea hotărâre, încât a zguduit masa, tacâmurile din farfuriile murdare, a răsturnat un pahar. În timp ce Stefano se grăbea mecanic să oprească limba de vin care curgea spre rochia doamnei Solara, ea a ieșit cu pas sprinten pe o ușă laterală, trăgând de rochie de fiecare dată când se împiedica în ea.

M-am gândit să alerg după ea, s-o strâng de mână, să-i șoptesc hai, hai să plecăm de aici. Dar nu m-am mișcat. S-a mișcat Stefano care, după o clipă de ezitare, a ajuns-o din urmă, trecând printre perechile care dansau.

Am privit în jur. Își dăduseră toți seama că ceva o contrariase pe mireasă. Dar Marcello continua să trăncănească în mod complice cu Rino, ca și cum ar fi fost normal să aibă în picioare pantofii aceia. Nu încetau toasturile din ce în ce mai obscene ale negustorului de metale. Cei care simțeau că se află jos în ierarhia meselor și a invitaților continuau cu greu să accepte situația. În fine, nimeni, în afară de mine, nu părea să-și dea seama de faptul că mariajul abia celebrat — și care ar fi trebuit să dureze până la moartea soților, printre mulți copii, foarte mulți nepoți, bucurii și suferințe, nuntă de argint, nuntă de aur — pentru Lila se afla deja la sfârșit, indiferent de încercările soțului ei de a-i obține iertarea.

3.

Faptele, pe moment, m-au dezamăgit. M-am așezat lângă Alfonso și Marisa, fără să fiu atentă la trăncănelile lor. Am așteptat semnale de revoltă, dar nu s-a întâmplat nimic. Să pătrund în mintea Lilei era, ca de obicei, dificil: n-am auzit-o urlând, n-am auzit-o amenințând. Stefano a reapărut după jumătate de oră, foarte cordial. Își schimbase costumul, îi dispăruse pata albicioasă de pe frunte și din jurul ochilor. S-a învârtit printre rude și prieteni așteptând să-i vină și soția, iar când ea s-a întors în sală, nemaifiind îmbrăcată în rochie de mireasă, ci într-un costum de călătorie, un taior albastru-pastel, cu nasturi foarte deschiși la culoare și o pălărioară albastră, s-a dus imediat lângă ea. Lila a împărțit dulciuri copiilor, luându-le cu o lingură de argint dintr-un bol de cristal, apoi a trecut printre mese dând bombonierele mai întâi rudelor ei, apoi rudelor lui Stefano. A ignorat întreaga familie Solara și chiar și pe fratele ei, Rino, care a întrebat-o cu un zâmbet neliniștit: „Nu mai ții la mine?" Ea n-a răspuns, ci i-a dat bomboniera Pinucciei. Avea privirea absentă și pomeții mai proeminenți ca de obicei. Când a venit rândul meu, mi-a întins distrată, fără nici măcar un zâmbet complice, coșul de ceramică plin cu dulciuri și înfășurat în tul alb.

Între timp, familia Solara se enervase din cauza impoliteții Lilei, dar Stefano a remediat situația îmbrățișându-i unul câte unul cu o expresie împăciuitoare și murmurând:

— E obosită, trebuie să aveți răbdare.

L-a sărutat și pe Rino pe obraji, iar cumnatul a făcut o grimasă nemulțumită și l-am auzit spunând:

— Nu e oboseală, Ste', aia s-a născut sucită și-mi pare rău pentru tine.

Stefano a răspuns serios:

— Lucrurile sucite se îndreaptă.

Apoi l-am văzut alergând după soția lui care era deja la ușă, în timp ce orchestra răspândea sunete amețite și mulți se înghesuiau pentru ultimele saluturi.

Nicio întrerupere, deci nu urma să fugim împreună pe străzile lumii. Mi i-am imaginat pe miri, frumoși, eleganți, urcând în decapotabilă. În scurt timp ar fi ajuns pe coasta amalfitană, într-un hotel de lux, și orice jignire teribilă s-ar fi transformat într-o bosumflare ușor de înlăturat. Nicio răzgândire. Lila se desprinsese de mine definitiv și, mi s-a părut, pe neașteptate. Distanța dintre noi era într-adevăr mai mare decât mi-aș fi imaginat. Nu *doar* se căsătorise, nu s-ar fi limitat să doarmă cu un bărbat în fiecare seară pentru a se supune ritualurilor conjugale. Exista ceva ce nu înțelesesem, dar care, în acel moment, mi s-a părut evident. Lila, cedând în fața certitudinii că cine știe ce acord de afaceri fusese pecetluit între soțul ei și Marcello, cu efortul ei de fetiță, recunoscuse că ține la el mai mult decât la orice altă persoană sau alt lucru din lume. Dacă *deja* se dăduse bătută, dacă *deja* înghițise afrontul acela, relația cu Stefano trebuia să fie într-adevăr puternică. Îl iubea, îl iubea ca fetele din romanele ilustrate. I-ar fi sacrificat lui toate calitățile sale pentru tot restul vieții și el nici măcar nu și-ar fi dat seama de sacrificiu. Ar fi fost înconjurat de bogăția de sentimente, de inteligență, de fantezie care o caracteriza fără să știe ce să facă cu ea, ar fi distrus-o. Eu, m-am gândit, nu sunt în stare să iubesc pe nimeni așa, nici măcar pe Nino. Știu doar să-mi petrec timpul citind din cărți. Și m-am văzut pentru o fracțiune de secundă semănând leit cu un blid deformat în care sora mea, Elisa, dăduse de mâncare unui pisoi până când el nu mai apăruse, iar blidul rămăsese gol și prăfuit pe palier. Acela a fost momentul în care, cu un sentiment acut de anxietate, m-am convins că mersesem prea departe. Trebuie să mă întorc, mi-am spus, trebuie să fac precum Carmela, Ada, Gigliola, Lila însăși. Să accept cartierul, să alung mândria, să pedepsesc trufia, să nu mai umilesc pe cine mă iubește. Când Alfonso și Marisa au șters-o ca să ajungă la timp la întâlnirea cu Nino, am făcut un ocol mare ca s-o evit pe mama și m-am dus lângă logodnicul meu pe terasă.

Eram îmbrăcată prea subțire, soarele apusese și începea să fie frig. Cum m-a văzut, Antonio și-a aprins o țigară și s-a prefăcut că se uită la mare.

— Să mergem, am spus.

— Du-te cu fiul lui Sarratore.

— Vreau să plec cu tine.

— Ești o mincinoasă.

— De ce?

— Pentru că dacă ăla te voia, tu mă lăsai aici fără măcar să-mi spui pa.

Era adevărat, dar m-a enervat că o spunea atât de deschis, fără a fi atent la cuvinte. I-am șuierat:

— Dacă nu-nțelegi că stau aici cu riscul ca dintr-un moment într-altul să vină mama și să mă ia la palme din cauza ta, atunci înseamnă că te gândești doar la tine, că de mine nu-ți pasă deloc.

El a simțit în vocea mea un strop de dialect, a observat fraza lungă, conjunctivele și și-a pierdut calmul. A aruncat țigara, m-a prins de încheietură cu o forță tot mai puțin controlată și a urlat la mine — un urlet ferecat în gât — că el era acolo pentru mine, numai pentru mine, și că eu îi zisesem că trebuia să stea lângă mine mereu, în biserică și la petrecere, eu, da, și m-ai pus să jur, a horcăit, jură, ai spus, că n-o să mă lași niciodată singură și atunci mi-am făcut costumul și sunt plin de datorii la doamna Solara și ca să-ți fac plăcere, ca să fac cum mi-ai zis tu, n-am stat nici măcar un minut cu mama și cu frații mei: și care e recompensa, recompensa e că m-ai tratat ca pe-un rahat, ai vorbit tot timpul cu fiul poetului și m-ai umilit în fața tuturor prietenilor, m-ai făcut să pic prost, fiindcă pentru tine eu sunt un nimeni, fiindcă tu ești atât de școlită și eu nu, fiindcă eu nu înțeleg lucrurile pe care le spui, și e adevărat, e foarte adevărat că nu le înțeleg, dar, fir-ar a dracului de treabă, Lenù, uită-te, uită-te în ochii mei: tu crezi că îmi poți ordona în mod autoritar, tu crezi că eu nu sunt în stare să spun de-ajuns, dar te înșeli, știi totul, dar nu știi că dacă acum ieși cu mine pe ușa aia, dacă acu' eu îți zic bine și plecăm, dar apoi aflu că te vezi la școală, și cine știe pe unde altundeva, cu împuțitu' cela de Nino Sarratore, eu te omor, Lenù, te omor, și așa că gândește-te, lasă-mă aici imediat, copleșit de disperare, lasă-mă, că e mai bine pentru tine, și între timp mă privea cu ochi roșii și foarte mari și rostea cuvintele deschizând mult gura, zbierându-mi-le fără să zbiere, cu nările dilatate, foarte negre, și pe chip cu o asemenea suferință, încât m-am gândit că poate-și face rău în interior, pentru că frazele, strigate astfel în gât, în piept, dar fără să explodeze în aer, sunt ca niște bucăți de fier ascuțit care-i rănesc plămânii și faringele.

Aveam, în mod nedeslușit, nevoie de acea agresiune. Faptul că m-a apucat de încheietură, teama că o să mă lovească, râul acela al lui de cuvinte dureroase au sfârșit prin a mă consola, mi s-a părut că măcar el ținea mult la mine.

— Mă doare, am șoptit.

El a slăbit încet strânsoarea, dar m-a fixat în continuare cu gura larg deschisă. Voia să-i acord importanță și autoritate, să mă ancorez de el. Pielea din jurul încheieturii îmi devenea vineție.

— Ce hotărăşti? m-a întrebat.

— Vreau să stau cu tine, am răspuns, dar încruntată.

A închis gura, ochii i s-au umplut de lacrimi, a privit spre mare ca să aibă timp să şi le reţină.

În scurt timp am ieşit amândoi în stradă. Nu i-am aşteptat pe Pasquale, pe Enzo, pe fete, n-am salutat pe nimeni. Cel mai important era să nu fim văzuţi de mama, aşa că am şters-o pe jos. Era deja întuneric. O vreme am mers unul lângă altul fără să ne atingem, apoi Antonio, cu un gest nesigur, mi-a pus un braţ în jurul umerilor. Voia să mă facă să înţeleg că aştepta să fie iertat, de parcă vinovatul ar fi fost el. Fiindcă ţinea la mine, decisese să considere că în orele pe care, sub ochii lui, seducătoare şi sedusă, le petrecusem cu Nino avusese halucinaţii.

— Ţi-am făcut o vânătaie? a întrebat, încercând să mă prindă de încheietură.

N-am răspuns. Mi-a strâns umărul cu palma deschisă, eu am avut un gest de aversiune care l-a îndemnat imediat să slăbească prinderea. A aşteptat, am aşteptat. Când a încercat să-mi transmită din nou acel semnal al lui de capitulare, mi-am trecut un braţ în jurul taliei lui.

4.

Ne-am sărutat încontinuu, în spatele unui copac, în uşa de intrare a unui bloc, pe străduţe întunecate. Apoi am luat un autobuz, încă unul şi am ajuns la gară. Ne-am dus spre lacuri pe jos, continuând să ne sărutăm pe drumul puţin umblat care se întindea de-a lungul căii ferate.

Mă simţeam înfierbântată, chiar dacă rochia era lejeră şi frigul serii tăia, cu fiori neaşteptaţi, căldura pielii. Antonio, din când în când, se lipea de mine în umbră, mă îmbrăţişa cu o asemenea pasiune, că îmi făcea rău. Buzele-i ardeau, căldura gurii lui îmi aprindea gândurile și imaginația. Poate că Lila și Stefano, îmi spuneam, sunt deja la hotel. Poate că iau cina. Poate că s-au pregătit pentru noapte. Ah, să dormi lipită de un bărbat, să nu-ți mai fie frig. Simțeam limba lui Antonio agitându-se în gura mea și, în timp ce-mi apăsa sânii peste stofa rochiei, eu îi atingeam sexul printr-un buzunar al pantalonilor.

Cerul era pătat de mici nebulozități de stele deschise la culoare. Mirosul de mușchi și pământ putred al lacurilor pălea în fața parfumurilor dulcege ale primăverii. Iarba era udă, apa bolborosea brusc, ca și cum ar fi căzut în ea o ghindă, o piatră, o broască. Am parcurs o cărare pe care o știam bine amândoi, ducea la un grup de copaci uscați, cu trunchiul subțire și crengile rupte aiurea. La câțiva metri distanță era vechea fabrică de conserve, o clădire cu acoperișul distrus, numai din grinzi și table de fier. Am simțit în mine o urgență de plăcere, ceva care mă trăgea din interior ca o panglică de catifea bine întinsă. Voiam ca satisfacerea dorinței mele să fie foarte intensă, capabilă să spulbere toată ziua aceea. Simțeam frecarea aceea continuă în stomac ca pe niște mângâieri și înțepături, în mod plăcut, mai puternică decât în celelalte dăți. Antonio îmi spunea cuvinte de iubire în dialect, mi le spunea în gură, pe gât, insistent. Eu tăceam, tăcusem mereu în timpul acelor întâlniri, oftam numai.

— Spune-mi că ții la mine, m-a implorat la un moment dat.

— Da.

— Spune-mi-o.

— Da.

N-am adăugat altceva. L-am îmbrățișat, l-am strâns cu toată puterea pe care o aveam. Voiam să fiu mângâiată și sărutată în fiecare colțișor al trupului, simțeam nevoia să fiu strivită, mușcată, voiam să rămân fără răsuflare. M-a îndepărtat puțin de el, continuând să mă sărute, și a lăsat o mână să-i alunece în sutien. Dar nu mi-a ajuns, în seara aia era prea puțin. Toate contactele avute până-n acel moment, pe care el mi le impusese precaut și pe care eu le acceptasem tot atât de precaut, acum mi se păreau insuficiente, incomode, prea rapide. Totuși, nu știam cum să-i spun că voiam mai mult, îmi lipseau cuvintele. În fiecare dintre întâlnirile noastre secrete celebram un ritual mut, etapă după etapă. El îmi mângâia sânii, îmi ridica fusta, mă atingea între picioare și între timp, ca un semnal, mă împingea spre excitația de piele moale și cartilaje și vene și sânge care-i vibra în pantaloni. Dar eu atunci am amânat să-i scot sexul, știam că imediat cum aș fi făcut-o, el ar fi uitat de mine, ar fi încetat să mă atingă. Sânii, șoldurile, fundul, pubisul nu l-ar mai fi ținut ocupat, s-ar fi concentrat numai asupra mâinii mele, adică ar fi înconjurat-o imediat cu a lui ca să mă încurajeze s-o mișc cu ritmul potrivit. Apoi ar fi extras batista și ar fi ținut-o pregătită pentru momentul în care pe gură i-ar fi ieșit un horcăit ușor și din penis lichidul periculos. Atunci s-ar fi retras puțin amețit, rușinat poate, și ne-am fi întors acasă. Un final obișnuit pe care însă acum, în mod neclar, mă grăbeam să-l schimb: nu-mi păsa că rămân însărcinată fără să fiu căsătorită, nu-mi păsa de păcat, de supraveghetorii divini cuibăriți în cosmos deasupra noastră, de Sfântul Duh sau oricine altcineva în locul lui, iar Antonio a simțit asta și s-a dezorientat. În timp ce mă săruta tot mai agitat, a încercat repetat să-mi tragă mâna în jos, dar eu m-am sustras, am împins pubisul spre degetele cu care mă atingea, am împins cu putere și repetat, oftând prelung. El atunci și-a retras mâna și a încercat să-și descheie pantalonii.

— Așteaptă, am spus.

L-am tras după mine spre scheletul vechii fabrici de conserve. Acolo era mai întuneric, mai adăpostit, dar plin de șoareci, le-am simțit foșnetul prudent, alergătura. Inima a început să-mi bată foarte puternic, mi-era frică de locul acela, de mine, de nebunia care mă apucase de a-mi șterge din comportare și din voce sentimentul de stranietate pe care mi-l descoperisem în mine cu câteva ore înainte. Voiam să mă cufund din nou în cartier, să fiu cum fusesem odinioară. Voiam să arunc cât colo studiile, caietele pline de exerciții. Să fac exerciții pentru ce, în fond? Ce puteam deveni în afara umbrei Lilei nu conta deloc. Ce eram în comparație cu ea în rochie de mireasă, cu ea în decapotabilă, cu pălărioara albastră și taiorul pastel? Ce eram aici cu Antonio, pe furiș, între dărăpănături, cu foșnetul șobolanilor în jur, cu fusta ridicată pe șolduri, cu chiloții în vine, maniacă și neliniștită, și vinovată, în timp ce ea se oferea goală, cu detașare seducătoare, în așternuturi de in, într-un hotel cu vedere la mare și-l lăsa pe Stefano s-o violeze, să intre în ea adânc, să-i dea sămânța lui, s-o lase gravidă în mod legitim și fără temeri? Ce eram în timp ce Antonio se lupta cu pantalonii lui și-mi potrivea între picioare, în contact cu sexul meu nud, carnea groasă de mascul și-mi strângea fesele frecându-se de mine, mișcându-se înainte și-napoi, gâfâind? Nu știam. Știam doar că nu eram ce voiam în acel moment. Nu-mi era de-ajuns să se frece de mine. Voiam să fiu penetrată, voiam să-i zic Lilei la întoarcere: nici eu nu mai sunt virgină, ce faci tu fac și eu, nu vei reuși să mi-o iei înainte. Așa că mi-am strâns brațele în jurul gâtului lui Antonio și l-am sărutat, m-am ridicat pe vârful picioarelor, i-am căutat sexul cu al meu, i l-am căutat fără niciun cuvânt, pe încercate. El și-a dat seama și s-a ajutat cu mâna, am simțit că intra puțin, am tresărit de curiozitate și de teamă. Dar am simțit și efortul pe care-l făcea ca să înceteze, ca să-și interzică să împingă cu toată violența pe care o nutrise o după-amiază întreagă și pe care cu siguranță încă o nutrea. E pe punctul de a renunța, mi-am dat seama, și m-am lipit de el ca să-l conving să continue. Dar Antonio, cu un oftat lung, m-a îndepărtat de el și mi-a zis în dialect:

— Nu, Lenù, eu chestia asta vreau s-o fac cum se face cu o soție, nu așa.

Mi-a prins mâna dreaptă, mi-a dus-o spre sexul lui cu un fel de suspin reprimat, iar eu m-am resemnat să-l masturbez.

Apoi, ieșind din zona lacurilor, a spus stingherit că mă respecta și nu voia să mă lase să fac un lucru pe care apoi l-aș fi regretat, nu în locul acela, nu în felul acela murdar și fără niciun pic de grijă. A spus-o ca și cum ar fi fost el cel care îndrăznise prea mult și poate că într-adevăr credea că așa se întâmplaseră lucrurile. N-am rostit un singur cuvânt tot drumul, apoi mi-am luat la revedere de la el ușurată. Când am ciocănit la ușa casei, mi-a deschis mama și, deși frații mei încercau în zadar s-o oprească, fără să țipe, fără măcar să facă aluzie la vreun reproș, m-a luat la palme. Ochelarii au zburat pe podea și imediat am strigat la ea cu o bucurie aspră, fără nici măcar vreo urmă de dialect:

— Vezi ce-ai făcut? Mi-ai spart ochelarii și acum din vina ta nu mai pot învăța, n-o să mă mai duc la școală.

Mama a înghețat, până și mâna cu care mă lovise a rămas nemișcată în aer, ca lama unui topor. Elisa, surioara mea, a luat ochelarii de jos și a spus încet:

— Ține, Lenù, nu s-au spart.

5.

M-a cuprins o stare de epuizare care, oricât aș fi încercat să mă odihnesc, nu voia să treacă. Pentru prima dată am chiulit de la școală. Am lipsit, cred, vreo cincisprezece zile și nici lui Antonio nu i-am spus că nu mai suportam învățatul, că voiam să mă opresc. Ieșeam la ora obișnuită, mă plimbam toată dimineața pe jos prin oraș. Am învățat multe despre Napoli în perioada aceea. Scotoceam printre cărțile vechi de pe tarabele de la Port'Alba, asimilam fără să vreau titluri, nume de autori, mă duceam spre Toledo și spre mare. Sau urcam la Vomero pe strada Salvator Rosa, ajungeam la San Martino, coboram pe Petraio. Sau exploram Doganella, ajungeam la cimitir, mă plimbam pe aleile tăcute, citeam numele morților. Uneori, tineri fără ocupație, bătrâni neghiobi, chiar și domni distinși de vârstă mijlocie mă urmăreau cu propuneri obscene. Grăbeam pasul cu ochii plecați, fugeam, simțind pericolul, dar nu mă potoleam. Dimpotrivă, cu cât trăgeam mai mult chiulul, cu atât acele lungi dimineți de vagabondaj măreau spărtura din înlănțuirea de obligații școlărești care mă țineau prizonieră de când aveam șase ani. La timpul cuvenit mă întorceam acasă și nimeni nu bănuia că eu, tocmai eu, nu mă dusesem la școală. Îmi petreceam după-amiaza citind romane, apoi alergam la lacuri la Antonio, care era foarte bucuros că sunt disponibilă. Și-ar fi dorit să mă întrebe dacă-l văzusem pe fiul lui Sarratore. Îi citeam întrebarea în ochi, dar nu îndrăznea să mi-o pună, se temea de ceartă, se temea că o să mă enervez și o să-i refuz puținele minute de plăcere. Mă îmbrățișa ca să mă simtă docilă aproape de corpul lui și să alunge orice îndoială. În acele momente excludea că puteam să-l jignesc întâlnindu-mă și cu celălalt.

Se înșela: în realitate, deși mă simțeam vinovată, nu făceam altceva decât să mă gândesc la Nino. Îmi doream să-l întâlnesc, să-i vorbesc și, pe de altă parte, mi-era frică de asta. Mă temeam că m-ar fi umilit cu superioritatea lui. Mă temeam că s-ar fi întors, într-un fel sau altul, asupra motivelor pentru care articolul meu despre confruntarea cu profesorul de religie nu fusese publicat. Mă temeam că mi-ar fi comunicat părerile crude ale redacției. N-aș fi suportat asta. Fie în timp ce hălăduiam prin oraș, fie seara în pat, când nu-mi venea somnul și-mi simțeam foarte limpede incompetența, preferam să cred că textul meu fusese aruncat la gunoi din pură și simplă lipsă de spațiu. A atenua, a lăsa să pălească. Dar era dificil. Nu fusesem la înălțimea nivelului de pregătire al lui Nino, deci nu puteam să-i stau alături, să mă fac ascultată, să-i spun gândurile mele. În fond, ce gânduri, nu aveam niciunul. Era mai bine să mă autoelimin, gata cu cărțile, cu notele și cu laudele. Speram să uit totul încet, încet: noțiunile care-mi umpleau capul, limbile vii și moarte, italiana însăși care mi se ivea de-acum pe buze chiar și când vorbeam cu frățiorii mei. E vina Lilei, mă gândeam, dacă am apucat-o pe calea asta, trebuie s-o uit și pe ea: Lila a știut întotdeauna ce voia și a avut; eu nu vreau nimic, eu sunt făcută din nimic. Speram să mă trezesc dimineața fără dorințe. Odată golită — plănuiam — afecțiunea lui Antonio și afecțiunea mea pentru el vor fi de-ajuns.

Apoi, într-o zi, întorcându-mă acasă, m-am întâlnit cu Pinuccia, sora lui Stefano. Am aflat de la ea că Lila se întorsese din voiajul de nuntă și că dăduse o masă mare pentru a sărbători logodna cumnatei cu fratele ei.

— Tu și Rino v-ați logodit? am întrebat, prefăcându-mă surprinsă.

— Da, a spus ea radioasă, și mi-a arătat inelul pe care el i-l dăruise.

Îmi amintesc că în timp ce Pinuccia vorbea, am avut un singur gând complet aiurea: Lila a dat o petrecere în casa ei cea nouă și nu m-a invitat, dar mai bine așa, sunt bucuroasă, gata, nu mă mai compar cu ea, nu vreau s-o mai văd. Numai după ce fiecare detaliu al logodnei a fost analizat, am întrebat prudent de prietena mea. Pinuccia a zâmbit perfid și a răspuns cu o formulă în dialect: *are de învățat*. N-am întrebat ce. Odată ajunsă acasă, am dormit toată după-amiaza.

A doua zi am ieșit ca de obicei la șapte dimineața ca să mă duc la școală sau, mai bine zis, ca să mă prefac că mă duc la școală. Tocmai traversasem șoseaua, când am văzut-o pe Lila țâșnind din decapotabilă și intrând în curtea noastră fără măcar să-l salute pe Stefano care se afla la volan. Era îmbrăcată îngrijit și purta ochelari mari și negri chiar dacă nu era soare. M-a impresionat eșarfa ei din mătase albastră, o înfășurase astfel încât să-i acopere și buzele. M-am gândit cu invidie că e vreun nou stil de-al ei, diferit deja de cel à la Jacqueline Kennedy, mai curând de doamnă misterioasă cum de mici ne imaginaserăm să devenim. Am continuat să merg fără s-o strig.

După câțiva pași, însă, m-am întors, dar nu cu un plan clar, ci doar pentru că n-am putut să nu fac asta. Inima îmi bătea puternic, aveam sentimente confuze. Poate că voiam să-i cer să-mi spună în față că prietenia noastră se terminase. Poate că voiam să-i strig că hotărâsem să nu mai învăț și să mă căsătoresc și eu, să merg să locuiesc în casa lui Antonio cu mama și frații lui, să spăl scările ca Melina nebuna. Am traversat cu pași repezi curtea, am văzut-o intrând pe ușa blocului în care locuia soacra ei. Am luat-o pe scări, aceleași pe care urcaserăm împreună, copile fiind, când ne duseserăm să-i cerem lui don Achille să ne dea înapoi păpușile. Am strigat-o, s-a răsucit.

— Te-ai întors, am spus.

— Da.

— Și de ce nu m-ai căutat?

— Nu voiam să mă vezi.

— Ceilalți te pot vedea și eu nu?

— De ceilalți nu-mi pasă, de tine da.

Am remarcat că e nesigură. Ce nu trebuia să văd? Am urcat treptele care ne despărțeau, i-am dat la o parte cu delicatețe eșarfa și i-am scos ochelarii.

6.

O fac din nou acum, cu ajutorul imaginației, începând să povestesc despre voiajul ei de nuntă nu doar cum mi-a vorbit despre el acolo, pe palier, dar cum am citit apoi în caietele ei. Fusesem nedreaptă cu ea, voisem să cred într-o capitulare a ei ușoară ca s-o pot înjosi cum mă simțisem înjosită eu atunci când Nino părăsise sala petrecerii, voisem s-o minimalizez pentru a nu-i simți pierderea. Iat-o acolo, în schimb, la recepția deja încheiată, închisă în decapotabilă, cu pălărioara albastră, cu taiorul pastel. Ochii îi ardeau de furie și, cum s-a pus mașina în mișcare, l-a lovit pe Stefano cu cuvintele și frazele cele mai insuportabile care i se puteau adresa unui bărbat din cartierul nostru.

El a încasat insultele după obiceiul său, surâzând, fără să spună un cuvânt și ea, în cele din urmă, a tăcut. Dar tăcerea a durat puțin. Lila a reînceput calmă, doar cu o ușoară gâfâială. I-a spus că nu mai voia să stea în mașina aceea niciun minut în plus, că-i făcea scârbă să respire aerul pe care-l respira el, că voia să coboare, imediat. Stefano i-a citit, într-adevăr, scârba pe chip, totuși a continuat să conducă fără să spună nimic, așa încât ea a ridicat din nou tonul ca să-l oblige să oprească. Atunci el a oprit, dar când Lila chiar a încercat să deschidă portiera, a prins-o zdravăn de un braț.

— Acum stai să mă asculți, a spus încet, sunt motive serioase pentru tot ce s-a întâmplat.

I-a explicat cu calm cum decurseseră lucrurile. Pentru a evita ca fabrica de încălțăminte să se închidă înainte să-și deschidă pe bune ușile, fusese necesar să se asocieze cu Silvio Solara și fiii, singurii capabili să asigure nu doar distribuirea încălțămintei în cele mai bune magazine din oraș, ci chiar deschiderea în Piața Martirilor, până la toamnă, a unui magazin exclusiv de încălțăminte Cerullo.

— Ce-mi pasă mie de nevoile tale, l-a întrerupt Lila zbătându-se.

— Nevoile mele sunt ale tale, ești soția mea.

— Eu? Eu nu mai sunt nimic pentru tine și nici tu pentru mine. Dă-mi drumul.

Stefano i-a dat drumul.

— Nici tatăl și fratele tău nu sunt nimic?

— Când vorbești despre ei, clătește-ți gura, nu ești vrednic nici măcar să le spui pe nume.

În schimb, Stefano le-a spus pe nume. A spus că înțelegerea cu Silvio Solara fusese dorită de Fernando în persoană. A spus că obstacolul major fusese Marcello, foarte supărat pe Lila, pe toată familia Cerullo și mai ales pe Pasquale, Antonio și Enzo, care-i făcuseră mașina bucăți și-l bătuseră zdravăn. A spus că Rino fusese cel care-l îmbunase, că fusese nevoie de multă răbdare și că, în fine, când Marcello spusese: „Atunci vreau pantofii pe care i-a făcut Lina“, Rino îi răspunsese: „Bine, ia pantofii.“

A fost un moment urât, iar Lila a simțit o împunsătură în piept. Dar oricum a urlat:

— Și tu ce-ai făcut?

Stefano a avut un moment de stânjeneală.

— Ce trebuia să fac? Să mă cert cu fratele tău, să-ți ruinez familia, să las să înceapă un război împotriva prietenilor tăi, să pierd toți banii pe care i-am investit?

Fiecare cuvânt i s-a părut Lilei, prin tonalitate și conținut, o recunoaștere ipocrită a vinovăției. Nici nu l-a lăsat să termine și a început să-i tragă pumni în umăr, urlând:

— Deci, ai spus și tu „bine“, te-ai dus să iei pantofii și i i-ai dat.

Stefano a lăsat-o în pace și doar când ea a încercat iarăși să deschidă portiera ca să fugă, i-a zis rece: „Calmează-te“. Lila s-a întors brusc: să se calmeze după ce el aruncase vina asupra tatălui și fratelui ei, să se calmeze când toți trei o trataseră ca pe o cârpă de șters pe jos, ca pe o zdreanță? Nu vreau să mă calmez, a urlat, rahat cu ochi, du-mă imediat acasă la mine, ce ai spus acum trebuie să repeți în fața celorlalți doi bărbați de rahat. Și abia când a rostit acea expresie în dialect, *uommen'e mmerd*, și-a dat seama că încălcase limita tonului controlat al soțului ei. O clipă mai târziu, Stefano a lovit-o peste față cu mâna lui robustă, o palmă foarte violentă, care i s-a părut o explozie de adevăr. Ea a tresărit de uimire și de usturimea dureroasă de pe obraz. L-a privit uluită în timp ce el pornea motorul din nou și spunea, cu o voce care pentru prima dată de când începuse să-i facă curte nu mai era liniștită, ci dimpotrivă, îi tremura:

— Vezi ce mă obligi să fac? Îți dai seama că exagerezi?

— Am greșit totul, a șoptit ea.

Dar Stefano a negat cu hotărâre, ca și cum nici n-ar fi vrut să ia în considerare acea posibilitate, și i-a ținut un discurs lung, puțin amenințător, puțin didactic, puțin patetic. A spus, mai mult sau mai puțin, așa:

— N-am greșit cu nimic, Lina, trebuie doar să lămurim câteva lucruri. Tu nu te mai numești Cerullo. Tu ești doamna Carracci și trebuie să faci ce-ți spun eu. Știu, n-ai simț practic, nu știi ce e comerțul, crezi că banii se găsesc pe jos. Dar nu e așa. Banii trebuie să-i fac în fiecare zi, trebuie să-i duc unde se pot înmulți. Ai desenat pantofii, tatăl și fratele tău știu să muncească bine, dar voi trei împreună nu puteți face banii să se înmulțească. Familia Solara însă da și atunci — ascultă-mă bine — nu-mi pasă deloc dacă oamenii aceia nu-ți plac. Marcello mă dezgustă și pe mine și când te privește numai cu coada ochiului, când mă gândesc la lucrurile pe care le-a spus despre tine, îmi vine cheful să-i înfig un cuțit în burtă. Dar dacă îmi folosește pentru a înmulți banii, atunci devine cel mai bun prieten pe care-l am. Și știi de ce? Pentru că dacă banii nu se înmulțesc, nu mai avem mașina asta, hainele astea nu ți le mai pot cumpăra, pierdem și casa cu tot ce e în ea, ajungi să nu mai fii o doamnă și copiii noștri vor crește ca niște odrasle de cerșetori. Așadar, îndrăznește încă o dată să-mi spui lucrurile pe care mi le-ai spus în seara asta și îți distrug fața asta frumoasă în așa hal, încât nu vei mai putea ieși din casă. Ne-am înțeles? Răspunde.

Lila a mijit ochii. Obrazul îi devenise vinețiu, dar în rest era foarte palidă. Nu i-a răspuns.

7.

Au ajuns la Amalfi pe seară. Niciunul din ei nu stătuse niciodată într-un hotel, așa că s-au comportat într-un mod foarte stingher. Stefano mai ales a fost intimidat de tonul vag ironic al recepționerului și și-a asumat fără să vrea un comportament de slugă. Când și-a dat seama de asta, și-a acoperit stânjenelile cu gesturi bruște și urechile i-au luat foc când doar i s-au cerut actele. Între timp a apărut hamalul, un bărbat la vreo cincizeci de ani cu mustăți foarte subțiri, dar el l-a respins de parcă ar fi fost un hoț, apoi s-a răzgândit și, arogant, i-a dat un bacșiș mare chiar dacă nu s-a folosit de serviciile lui. Lila l-a urmat, el ducând valizele în sus pe scări și — mi-a povestit — treaptă după treaptă a avut pentru prima dată impresia că-l pierduse pe drum pe băiatul cu care se căsătorise de dimineață, că însoțește un necunoscut. Stefano era, într-adevăr, atât de lat, avea picioarele scurte și grase, brațele lungi, nodurile degetelor albe? De cine se legase pentru totdeauna? Furia care o copleșise în timpul călătoriei a lăsat loc neliniștii.

Când au ajuns în cameră, el s-a străduit să redevină afectuos, dar era obosit și încă enervat din cauza palmei pe care fusese nevoit să i-o dea. A adoptat un ton artificial. A lăudat camera, foarte spațioasă, a deschis ușa, a ieșit pe balcon, i-a spus vino, simți ce aer parfumat, privește marea cum licărește. Dar ea căuta un mod de a ieși din capcana aceea și a schițat vag un nu, îi era frig. Stefano a închis imediat ușa, a sugerat că dacă voiau să facă doi pași și să mănânce în oraș, era mai bine să-și pună pe ei ceva mai gros, a spus: eventual mie ia-mi o vestă, ca și cum ar fi trăit deja de mulți ani împreună și ea ar fi știut să caute competent în valize, să găsească o vestă pentru el exact cum ar fi găsit un pulover pentru ea. Lila a părut să-l aprobe, dar de fapt n-a deschis valizele, n-a luat nici pulover, nici vestă. A ieșit imediat pe hol, nu voia să rămână în cameră niciun minut în plus. El a urmat-o bombănind: eu pot să stau și așa, dar îmi fac griji pentru tine, ai să răcești.

Au colindat prin Amalfi, până la dom, în sus pe scări, din nou în jos până la fântână. Stefano acum se chinuia s-o amuze, dar să fie amuzant nu fusese niciodată punctul lui forte. Îi ieșeau mai bine tonurile patetice sau frazele sentențioase ale bărbatului matur care știe ce vrea. Lila nu i-a răspuns aproape niciodată și, în cele din urmă, soțul ei s-a limitat să-i arate una și alta exclamând: privește. Dar pe ea, care în alte vremuri ar fi dat importanță fiecărei pietre, acum n-o interesa nici frumusețea ulițelor, nici parfumurile grădinilor, nici arta și istoria Amalfiului, nici, mai ales, vocea lui care spunea încontinuu, enervant: e frumos, ei?

Curând, Lila a început să tremure, dar nu prentru că era deosebit de frig, era nervozitatea. El a băgat de seamă și i-a propus să se întoarcă la hotel, a îndrăznit chiar și o frază de genul: astfel ne îmbrățișăm și ne ținem de cald. Dar ea voia să se mai plimbe, până când, copleșită de oboseală, chiar dacă nu-i era niciun pic foame, a intrat fără să se consulte cu el într-un restaurant. Stefano, răbdător, a urmat-o.

Au comandat de toate, n-au mâncat aproape nimic, au băut mult vin. El, la un moment dat, n-a mai reușit să se abțină, a întrebat-o dacă mai era supărată. Lila a făcut semn că nu și era adevărat. La întrebarea aceea, se minunase ea însăși că n-a găsit în sufletul ei nici măcar un pic de ranchiună în legătură cu familia Solara, cu tatăl și fratele ei, cu Stefano. Totul se schimbase rapid în mintea ei. Brusc, de povestea cu pantofii nu-i mai păsa deloc, dimpotrivă, nici măcar nu reușea să înțeleagă de ce se supărase atâta văzându-i în picioarele lui Marcello. Acum, în schimb, o îngrozea și o făcea să sufere verigheta groasă care-i strălucea pe inelar. Și-a amintit uluită ziua aceea: biserica, slujba religioasă, petrecerea. Ce-am făcut, s-a gândit amețită de vin, și ce e cerculețul ăsta de aur, acest zero strălucitor pe care mi l-am pus pe deget? Avea unul și Stefano, îi lucea printre firele de păr foarte negre, degete viloase, se spunea în cărți. Și l-a amintit în costum de baie cum îl văzuse la mare. Piept lat, rotule groase ca niște castroane răsturnate. Nu era nici cel mai mic detaliu care, odată ce și-l amintea, să-i indice vreun șarm. Era o ființă cu care simțea de pe acum că nu poate avea nimic și care, în schimb, era acolo în sacou și cravată și își mișca buzele umflate și-și scărpina o ureche cu lobul cărnos și adesea lua cu furculița din farfuria ei doar ca să guste. N-avea mai deloc legătură cu vânzătorul de mezeluri care o atrăsese, băiatul ambițios foarte sigur de sine, dar cu bune maniere, soțul din dimineața aceea din biserică. Etala niște fălci foarte albe, o limbă roșie în gaura întunecată a gurii, ceva în el și în jurul lui se distrusese. La masa aceea, într-un du-te-vino al ospătarilor, tot ce o purtase până acolo, la Amalfi, i s-a părut lipsit de orice coerență logică și, totuși, insuportabil de real. De aceea, în timp ce acelei ființe de nerecunoscut i se aprindea privirea la ideea că furtuna trecuse, că ea îi înțelesese motivele, că le acceptase, că putea, în sfârșit, să-i vorbească de marile lui proiecte, i-a venit în minte să șterpelească un cuțit de la masă ca să i-l înfigă în gât când, în cameră, ar fi încercat s-o atingă.

Până la urmă n-a făcut-o. Pentru că în acel restaurant, la acea masă, plină de vin, întreaga ei căsnicie, de la rochia de mireasă la verighetă, i-a apărut lipsită de sens, a avut impresia și că orice posibilă pretenție sexuală din partea lui Stefano i s-ar fi părut nebunească în primul rând lui. Așa că, mai întâi a studiat cum să ia cuțitul (l-a acoperit cu șervetul pe care și-l luase de pe genunchi, le-a pus pe amândouă în poală, s-a pregătit să ia geanta ca să-i dea drumul în ea și să pună la loc șervetul pe masă), apoi a renunțat. Șuruburile care țineau laolaltă noua ei condiție de soție, restaurantul, Amalfi, i s-au părut atât de slăbite, că la sfârșitul cinei vocea lui Stefano nici nu mai ajungea până la ea. În urechi avea doar un zgomot de lucruri, ființe vii și gânduri, fără vreo explicație.

Pe drum, el a reînceput să vorbească despre părțile bune ale familiei Solara. Cunoștea, i-a spus, oameni importanți la primărie, erau protejați de Partidul Democrat Italian[2], de cei din Mișcarea Socială Italiană. Îi plăcea să vorbească de parcă într-adevăr înțelegea ceva din mașinațiile familiei Solara. Cu tonul unui om expert, a subliniat: politica e urâtă, dar e importantă pentru a face bani. Lilei i-au revenit în minte discuțiile avute cu Pasquale mai de mult și cele avute cu el în perioada logodnei, planul de a se desprinde complet de părinții lor, de abuzurile și ipocriziile și cruzimile trecutului. Spunea da, s-a gândit, spunea că e de acord, dar nu mă asculta. Cui i-am vorbit? Pe persoana asta n-o cunosc, nu știu cine e.

Și totuși, când el a luat-o de mână și i-a spus la ureche că ținea la ea, nu s-a retras. Poate că plănuia să-l facă să creadă că era totul în regulă, că erau într-adevăr niște soți în voiaj de nuntă, ca să-l rănească mai profund când i-ar fi spus cu toată scârba pe care o simțea în stomac: să mă bag într-un pat cu hamalul hotelului sau cu tine — aveți amândoi degetele îngălbenite de fum — pentru mine înseamnă același lucru dezgustător. Sau poate — și, după mine, acest lucru e mai probabil — era prea înspăimântată și încerca de-acum să amâne orice reacție.

Cum au ajuns în cameră, el a încercat s-o sărute, ea s-a ferit. Serioasă, a deschis valiza, a scos din ea cămașa de noapte, i-a întins pijamaua soțului care i-a zâmbit mulțumit pentru

---

2 În italiană, denumirea folosită este *Stella e Corona*, așa cum se prezenta partidul la Napoli.

atenția primită și a încercat din nou s-o prindă. Dar ea s-a închis în baie.

Și-a clătit fața îndelung ca să alunge amețeala vinului, senzația de lume fără contur. N-a reușit, dimpotrivă, a avut sentimentul că gesturile sale erau și mai lipsite de coordonare. Ce fac? s-a gândit. Rămân închisă aici toată noaptea. Dar pe urmă?

A regretat că n-a luat cuțitul: ba a crezut pentru o clipă că-l luase, apoi a trebuit să admită că n-o făcuse. S-a așezat pe marginea căzii, a comparat-o uimită cu cea din casa nouă, s-a gândit că a ei era mai frumoasă. Și prosoapele ei erau de calitate superioară. A ei, ale ei? Ale cui erau de fapt prosoapele, cada, totul? A simțit lehamite la gândul că proprietatea lucrurilor frumoase și noi era garantată de numele acelui individ care o aștepta afară. Marfa lui Carracci. Și ea era tot marfa lui Carracci. Stefano a bătut la ușă.

— Ce faci, te simți bine?

N-a răspuns.

Soțul a așteptat puțin și a bătut din nou. Pentru că nu s-a întâmplat nimic, a apăsat clanța nervos, a spus pe un ton fals amuzat:

— Trebuie să dărâm ușa?

Lila nu s-a îndoit că ar fi fost în stare. Străinul care o aștepta afară era în stare de orice. Și eu, s-a gândit, sunt în stare de orice. S-a dezbrăcat, s-a spălat, și-a pus cămașa de noapte, disprețuindu-se pentru grija cu care o alesese cu luni în urmă. Stefano — doar un nume care nu mai coincidea cu obișnuințele și sentimentele din urmă cu câteva ore — stătea pe marginea patului în pijama și, cum a apărut ea, a sărit în picioare.

— Ți-a luat ceva timp.

— Timpul necesar.

— Ce frumoasă ești.

— Sunt foarte obosită, vreau să dorm.

— O să dormim pe urmă.

— Acum. Tu pe partea ta, eu pe a mea.

— Bine, vino.

— Vorbesc serios.

— Şi eu.

Stefano a zâmbit şi a încercat s-o prindă de mână. Ea s-a ferit, el s-a posomorât.

— Ce ai?

Lila a ezitat. A căutat expresia potrivită, a spus încet:

— Nu te vreau.

Stefano a clătinat din cap neîncrezător, ca şi cum cele trei cuvinte ar fi fost într-o limbă străină. A murmurat că aştepta momentul acela de mult, zi şi noapte. Te rog, i-a spus convingător, şi a avut un gest aproape stânjenitor. Şi-a arătat pantalonii violet ai pijamalei şi a murmurat cu un zâmbet strâmb: uite ce mi se întâmplă numai văzându-te. Ea s-a uitat fără să vrea şi a avut o senzaţie de dezgust. A întors imediat privirea.

Atunci, Stefano a înţeles că era din nou pe punctul de a se închide în baie şi, cu un salt animalic, a prins-o de talie, a ridicat-o în aer şi a trântit-o pe pat. Ce se întâmpla? Era evident că el nu voia să înţeleagă. Credea că la restaurant se împăcaseră, se întreba: de ce Lina acum se comportă aşa? E prea copilă. S-a pus peste ea râzând, încercând s-o liniştească.

— E ceva frumos, a spus, nu trebuie să-ţi fie frică. Eu ţin la tine mai mult decât la mama şi sora mea.

Dar nimic, ca să scape de el ea deja se ridica. Ce dificil e să te ţii după fata asta: spune da şi e nu, spune nu şi e da. Stefano a murmurat: acum gata cu capriciile, şi a blocat-o din nou, a încălecat peste ea şi i-a imobilizat încheieturile mâinilor pe cuvertură.

— Ai zis că trebuia să aşteptăm şi am aşteptat, a spus, chiar dacă să stau în preajma ta fără să te ating a fost nasol şi am suferit. Acum însă ne-am căsătorit, fii cuminte, nu-ţi face griji.

S-a aplecat s-o sărute pe gură, dar ea s-a ferit întorcând fața la dreapta și la stânga cu putere, zbătându-se, răsucindu-se, repetând:

— Lasă-mă, nu te vreau, nu te vreau, nu te vreau.

Atunci, aproape împotriva voinței lui, Stefano a ridicat tonul:

— Acu' mă scoți din pepeni, Lina.

A repetat fraza aia de două sau de trei ori, tot mai tare, ca pentru a pricepe bine un ordin care-i venea de foarte, foarte departe, poate chiar dinainte de a se naște. Ordinul era: trebuie să fii bărbat, Ste'; fie o supui acum, fie n-o vei mai supune; trebuie ca soția ta să învețe imediat că ea e femeie și tu bărbat și că de aceea trebuie să-ți dea ascultare. Și Lila auzindu-l — mă scoți din pepeni, mă scoți din pepeni, mă scoți din pepeni — văzându-l, mare, greu peste bazinul ei plăpând, cu sexul erect care întindea materialul pijamalei ca pe un cort, și-a amintit că el voia, cu ani în urmă, să-i prindă limba cu degetele și să i-o înțepe cu un ac de gămălie pentru că-și permisese să-l umilească pe Alfonso la concursurile școlare. N-a fost niciodată Stefano, i s-a părut dintr-odată că descoperă, a fost mereu fiul cel mare al lui don Achille. Și gândul acela, imediat, ca un fel de senzație de vină, a adus pe chipul tânăr al soțului trăsături care până în momentul acela stătuseră ascunse în sânge din prudență, dar care erau acolo dintotdeauna, așteptând momentul. Oh, da, ca să fie pe placul cartierului, ca să fie pe placul ei, Stefano se chinuise să pară altcineva: politețea îi înmuiase trăsăturile, privirea se adaptase blândeții, vocea se modelase pe tonurile împăciuirii, degetele, mâinile, tot corpul învățaseră să-și stăpânească forța. Dar acum trăsăturile pe care singur și le impusese erau pe punctul de a ceda și Lila a fost cuprinsă de o groază infantilă, mai rău decât atunci când coborâserăm în pivniță ca să ne recuperăm păpușile. Don Achille învia din mâlul cartierului, hrănindu-se cu materia vie a fiului său. Tatăl îi crăpa pielea, îi modifica privirea, îi exploda din corp. Și într-adevăr iată-l, i-a smuls cămașa la piept, i-a dezgolit sânii, i i-a strâns violent, s-a aplecat să-i muște ușor sfârcurile. Și când ea, cum știa să facă dintotdeauna, și-a reprimat dezgustul și a încercat să-l dea la o parte de pe ea trăgându-l de păr, respirând adânc ca să-l muște până la sânge, el s-a ferit, i-a prins brațele, i le-a blocat sub picioarele groase îndoite și i-a spus arogant: ce faci, stai calmă, nu ești nici cât o așchie, dacă vreau să te rup, te rup. Dar Lila nu s-a liniștit, a început din nou să muște aerul și s-a arcuit ca să se elibereze de sub greutatea lui. Inutil. El acum avea mâinile libere și, aplecat peste ea, îi dădea mici palme cu vârful degetelor și-i spunea încontinuu: vrei să vezi cât e de mare, ei, zi da, zi da, zi da. Apoi și-a scos din pijama sexul bondoc care, întins peste ea, i s-a părut o păpușă de cârpă fără brațe și picioare, congestionată de scâncete mute, înnebunit să se rupă de cealaltă păpușă de cârpă mai mare care spunea răgușit: acu' te fac să-l simți, Lina, uită-te ce frumos e, unul așa nu mai are nimeni. Și pentru că ea continua să se agite, a plesnit-o de două ori, mai întâi cu palma și apoi cu dosul mâinii, și atât de mare îi fusese forța, încât ea a înțeles că dacă s-ar mai fi opus, cu siguranță ar fi omorât-o. Cel puțin don Achille așa ar fi făcut, înspăimânta întregul cartier tocmai pentru că se știa că avea o putere cu care te putea azvârli spre un perete sau un copac. S-a golit apoi de orice răzvrătire, abandonându-se unei groaze mute, în timp ce el se dădea înapoi, voia să îi ridice cămașa de noapte și îi murmura la ureche: nu-ți dai seama cât țin la tine, dar îți vei da seama, și deja mâine tu însăți vei fi cea care-mi vei cere să-ți arăt cât țin la tine ca acum, ba și mai mult, și mă vei implora în genunchi și eu îți voi spune bine, dar numai dacă vei fi ascultătoare, iar tu vei fi ascultătoare.

Când, după câteva încercări stângace, i-a sfâșiat carnea cu o brutalitate entuziastă, Lila era absentă. Noaptea, camera, patul, sărutările lui, mâinile pe corpul ei, orice sensibilitate, toate erau înghițite de un unic sentiment: îl ura pe Stefano Carracci, îi ura forța, ura greutatea lui peste ea, îi ura prenumele și numele.

8.

S-au întors în cartier după patru zile. În aceeași seară, Stefano i-a invitat în casa nouă pe socrii săi și pe cumnat. Cu un aer mai umil ca de obicei i-a cerut lui Fernando să-i spună Lilei cum decurseseră lucrurile cu Silvio Solara. Fernando i-a confirmat fiicei, cu fraze segmentate, pline de nemulțumire, versiunea lui Stefano. Lui Rino, în schimb, Carracci i-a cerut să spună de ce, de comun acord, dar cu mare suferință, până la urmă deciseseră să-i dea lui Marcello pantofii cu pricina pe care-i pretindea. Rino, cu un aer expert, a declarat: sunt situații în care ești obligat să alegi, apoi a început cu necazul în care se vârâseră Pasquale, Antonio și Enzo când îi bătuseră pe frații Solara și le distruseseră mașina.

— Știi cine a riscat mai mult? a spus, întinzându-se spre sora lui și ridicând treptat vocea. Ei, prietenii tăi, cavalerii francezi. Marcello i-a recunoscut și a fost sigur că-i trimiseseși tu. Eu și Stefano ce trebuia să facem? Voiai ca proștii ăia trei s-o încaseze și mai tare? Voiai să-i distrugi? Și de ce, în fond? Pentru o pereche de pantofi numărul 43 pe care soțul tău nu-i poate încălța pentru că-l strâng și în care, cum plouă, intră apă? Am făcut pace și în cele din urmă i-am dat pantofii ăia lui Marcello, pentru că insista.

Cuvinte: cu ele faci și desfaci după bunul plac. Lila se pricepuse întotdeauna la cuvinte, dar, contrar așteptărilor, atunci n-a deschis gura. Simțindu-se ușurat, Rino i-a amintit pe un ton răutăcios că ea fusese cea care, încă de mică, îl presase spunând că trebuiau să devină bogați. Atunci, a spus râzând, fă-ne să devenim bogați fără să ne complici viața, care e oricum prea complicată.

Exact atunci — o surpriză doar pentru stăpâna casei, pentru ceilalți cu siguranță nu — s-a auzit soneria. Erau Pinuccia, Alfonso și mama lor, Maria, cu o tavă plină-ochi cu spaghete abia făcute de Spagnuolo în persoană, cofetarul familiei Solara.

Inițial, a părut doar o dorință de a sărbători întoarcerea mirilor din voiajul de nuntă. Stefano făcuse să circule fotografiile de la nuntă tocmai luate de la fotograf (pentru film — a explicat el — era nevoie de puțin mai mult timp). Dar s-a înțeles repede că nunta lui Stefano și Lila era deja o chestie de domeniul trecutului, pastele serveau la celebrarea unei noi fericiri: logodna dintre Rino și Pinuccia. Toate tensiunile au fost puse deoparte. Rino a înlocuit tonul violent din urmă cu câteva minute cu modulații duioase în dialect, declarații de iubire exagerate și cu ideea de a face imediat, în casa aceea frumoasă a surorii lui, petrecerea de logodnă. Apoi, cu gesturi teatrale, a scos din buzunar un pachet; pachetul, odată desfăcut din ambalaj, a dat la iveală o cutie bombată închisă la culoare; și cutia bombată închisă la culoare, odată deschisă, a dezvăluit un inel cu briliante.

Lila a observat că nu era foarte diferit de cel pe care-l purta ea la deget, împreună cu verigheta, și s-a întrebat de unde luase fratele ei banii. Au fost îmbrățișări și sărutări. S-a vorbit mult despre viitor. S-a discutat despre cine se va ocupa de magazinul de pantofi Cerullo din Piața Martirilor, când familia Solara îl va deschide în toamnă. Rino a spus că ar fi putut să-l gestioneze Pinuccia, poate singură, poate cu Gigliola Spagnuolo, care se logodise oficial cu Michele și avea și ea pretenții. Reuniunea de familie a devenit mai veselă și plină de speranțe.

Lila a stat aproape tot timpul în picioare, avea dureri când stătea jos. Nimeni, nici măcar mama ei care tăcuse tot timpul, n-a părut să bage de seamă că avea ochiul umflat și negru, buza de jos spartă, vânătăi pe brațe.

9.

Era încă în starea aceea când, acolo pe treptele care duceau la casa soacrei, i-am scos ochelarii și i-am dat la o parte eșarfa. Pielea din jurul ochiului avea o culoare gălbejită și buza de jos era o pată violet cu striații roșu-aprins.

Rudelor și prietenilor le spusese că picase pe stâncile din Amalfi într-o frumoasă dimineață însorită, când ea și soțul ei se duseseră cu barca până la o plajă chiar sub un mal galben. În timpul mesei pregătite în cinstea logodnei fratelui ei și a Pinucciei, spusese minciuna aceea pe un ton ironic și toți o crezuseră, tot ironic, mai ales femeile, care știau dintotdeauna ce trebuiau să spună când bărbații care țineau la ele și la care țineau ele le băteau zdravăn. În plus, nu era nimeni în cartier, mai ales de sex feminin, care să nu creadă că ea avea nevoie de multă vreme de o ciomăgeală ca lumea. De aceea loviturile nu provocaseră scandal și, dimpotrivă, în jurul lui Stefano crescuseră simpatia și respectul. Iată-l pe unul care știe să fie bărbat.

Eu, în schimb, când am văzut-o maltratată, mi-am simțit inima în gât și am îmbrățișat-o. Când a spus că nu mă căutase pentru că nu voia s-o văd în starea aia, mi-au venit lacrimi în ochi. Povestea lunii ei de miere, cum se spunea în romanele ilustrate, deși aridă, aproape înghețată, m-a înfuriat, m-a făcut să sufăr. Și totuși, trebuie să recunosc, am simțit și o plăcere firavă. Am fost bucuroasă să descopăr că Lila avea acum nevoie de ajutor, poate de protecție, și m-a emoționat acea recunoaștere a fragilității, nu în relație cu cartierul, ci cu mine. Am simțit că, în mod nesperat, distanțele se scurtaseră din nou și am fost tentată să-i spun imediat că hotărâsem să nu mai merg la școală, că era inutil, că nu aveam calitățile necesare. Mi s-a părut că vestea aceea ar fi consolat-o.

Dar soacra ei a apărut la balustrada ultimului nivel și a strigat-o. Lila și-a terminat povestea cu câteva fraze grăbite, a spus că Stefano o păcălise, că era identic cu tatăl său.

— Îți amintești că, în locul păpușilor, don Achille ne-a dat niște bani? m-a întrebat.

— Da.

— N-ar fi trebuit să-i acceptăm.

— Am cumpărat *Micuțele doamne*.

— Am făcut rău: începând de atunci, eu am făcut mereu totul greșit.

Nu era agitată, era tristă. Și-a pus din nou ochelarii, și-a reînnodat eșarfa. Mi-a făcut plăcere acel *noi* (*noi* n-ar fi trebuit să-i acceptăm, *noi* am făcut rău), dar m-a deranjat trecerea bruscă la eu: *eu* am făcut mereu totul greșit. *Noi*, aș fi vrut s-o corectez, *tot noi*, dar n-am făcut-o. Mi s-a părut că încearcă să ia act de noua ei condiție și că are nevoie să înțeleagă de ce se poate agăța ca s-o înfrunte. Înainte s-o pornească pe scări m-a întrebat:

— Vrei să vii să înveți la mine acasă?

— Când?

— Azi după-amiază, mâine, în fiecare zi.

— Stefano se va enerva.

— Dacă el e stăpânul, eu sunt soția stăpânului.

— Nu știu, Lila.

— Îți dau o cameră, te închizi înăuntru.

— La ce bun?

A ridicat din umeri.

— Aș ști că ești acolo.

Nu i-am spus nici da, nici nu. Am plecat, am colindat prin oraș ca de obicei. Lila era sigură că nu m-aș fi oprit niciodată din învățat. Îmi atribuise figura aceea de prietenă cu ochelari și coșuri, mereu aplecată deasupra cărților, foarte bună la școală și nici măcar nu-și putea imagina că aș putea să mă schimb. Dar eu voiam să ies din rolul acela. Mi se părea că înțelesesem, grație umilinței articolului nepublicat, toată inadecvarea mea. Nino, deși născut și crescut la fel ca mine și Lila în perimetrul mizerabil al cartierului, știa să folosească școala cu inteligență, eu nu. Așadar, gata cu iluziile, gata cu efortul. Trebuia să-mi accept soarta cum făcuseră de mult Carmela, Ada, Gigliola și, în felul ei, Lila însăși. Nu m-am dus la ea nici în după-amiaza aceea, nici în zilele următoare și am continuat să chiulesc de la școală, frământându-mă.

Într-o dimineață, nu m-am îndepărtat mult de liceu, am hoinărit prin Veterinaria, în spatele Grădinii Botanice. Mă gândeam la discuțiile pe care le avusesem de curând cu Antonio: ca fiu de mamă văduvă, singurul sprijin al familiei spera să scape de armată; voia să ceară o mărire de salariu la atelier și între timp să pună bani deoparte pentru a lua în gestiune o pompă de benzină aflată pe șosea; ne-am fi căsătorit, eu i-aș fi dat o mână de ajutor la pompă. O alegere de viață simplă, mama ar fi fost de acord. „Nu pot tot timpul s-o mulțumesc pe Lila", mi-am spus. Dar cât era de dificil să-mi șterg din minte ambițiile provocate de studiu. La ora la care se terminau cursurile, aproape fără să vreau m-am dus în preajma școlii, am dat târcoale. Mă temeam să nu fiu văzută de profesori și totuși, mi-am dat seama, îmi doream să mă vadă. Voiam să mi se pună ștampila, în mod iremediabil, de elevă care nu mai e model; sau să mă prindă din nou școala, să mă conformez obligației de a reîncepe.

Au apărut primele grupuri de elevi. M-am auzit strigată, era Alfonso. O aștepta pe Marisa, dar ea întârzia.

— V-ați împrietenit? am întrebat ironică.

— Nicidecum, ea a făcut o fixație.

— Mincinosule.

— Mincinoasă ești tu care mi-ai transmis că erai bolnavă și, în schimb, iată, te simți foarte bine. Galiani întreabă mereu de tine, i-am zis că ai o febră urâtă.

— Chiar am.

— Sigur că da, se vede.

Ducea sub braț cărțile prinse cu elastic, avea chipul epuizat de tensiunea orelor de școală. Și Alfonso îl ascundea în piept pe don Achille, tatăl lui, în ciuda aerului delicat? E posibil ca niciun părinte să nu moară niciodată, e posibil să se cuibărească în fiecare copil? Așadar, din mine chiar s-ar fi ivit mama, cu mersul ei șchiopătat, ca un destin?

L-am întrebat:

— Ai văzut ce i-a făcut fratele tău Linei?

Alfonso s-a jenat.

— Da.

— Și tu nu-i spui nimic?

— Trebuie să vedem ce i-a făcut Lina lui.

— Ai fi capabil să te comporți în același fel cu Marisa?

A râs ușor, timid.

— Nu.

— Ești sigur?

— Da.

— De ce?

— Pentru că te cunosc pe tine, pentru că vorbim, pentru că mergem împreună la școală.

Pe moment n-am înțeles: ce însemna te cunosc pe tine, ce însemna vorbim și mergem împreună la școală. Am văzut-o pe Marisa în capătul străzii, alerga pentru că era în întârziere.

— Vine logodnica ta, am spus.

Nu s-a întors, a ridicat din umeri, a bombănit:

— Întoarce-te la școală, te rog.

— Nu mă simt bine, am răspuns și m-am îndepărtat.

Nu voiam să schimb nici măcar un salut cu sora lui Nino, orice semn care-l evoca mă neliniștea. În schimb, mi-au făcut bine cuvintele neclare ale lui Alfonso, pe drum mi le-am tot învârtit în minte. Spusese că nu și-ar fi impus niciodată autoritatea în fața unei eventuale soții lovind-o repetat, pentru că mă cunoștea pe mine, vorbeam între noi, stăteam în aceeași bancă. Se exprimase cu o sinceritate dezarmantă, fără a-i fi teamă să-mi atribuie, deși neclar, capacitatea de a-l influența pe el, un bărbat, modificându-i comportamentul. I-am fost recunoscătoare pentru mesajul acela încurcat care m-a consolat și m-a făcut să mă împac cu mine însămi. Unei convingeri deja fragile îi trebuie puțin să-și piardă forța și să cedeze. A doua zi am falsificat semnătura mamei mele și m-am întors la școală. Seara, la lacuri, i-am promis lui Antonio, lipită de el ca să scap de frig: termin anul școlar și ne căsătorim.

10.

Dar m-am străduit să recuperez terenul pierdut, mai ales la științe, și am încercat să reduc întâlnirile cu Antonio ca să mă concentrez asupra cărților. Când săream peste o întâlnire pentru că aveam de învățat, el se posomora și mă întreba alarmat:

— E ceva ce nu merge?

— Am foarte multe teme.

— Cum se face că dintr-odată temele s-au înmulțit?

— Au fost mereu multe.

— În ultima vreme nu aveai niciodată.

— Era o întâmplare.

— Ce-mi ascunzi, Lenù?

— Nimic.

— Mai ții la mine?

Îl linişteam, dar timpul trecea peste noi foarte rapid şi mă întorceam acasă furioasă pe mine pentru cât mai aveam de învăţat.

Ideea fixă a lui Antonio era tot aceeaşi: fiul lui Sarratore. Îl speria faptul că vorbesc cu el sau doar îl văd. Bineînţeles, ca să nu-l fac să sufere, îi ascundeam că tot dădeam peste Nino la intrare, la ieşire, pe coridoare. Nu se întâmpla nimic special, cel mult schiţam amândoi un semn de salut şi o ştergeam: aş fi putut să vorbesc despre asta cu logodnicul meu fără probleme, dacă ar fi fost o persoană rezonabilă. Dar Antonio nu era rezonabil şi, în realitate, nu eram nici eu. Deşi Nino nu-mi dădea atenţie, îmi zbura gândul în timpul orelor doar dacă-l zăream. Prezenţa lui cu câteva săli mai încolo, adevărat, viu, mai cult decât profesorii şi curajos şi nesupus, golea de sens discursurile profesorilor mei, rândurile cărţilor, planurile de nuntă, pompa de benzină de pe şosea.

Nu reuşeam să învăţ nici acasă. La gândurile confuze despre Antonio, Nino, viitor se adăuga neurastenia mamei mele care urla la mine să fac ba una, ba alta, se adăugau fraţii mei care veneau în procesiune să-mi arate temele. Deranjul acela permanent nu era o noutate, învăţasem mereu în dezordine. Dar acum părea consumată vechea determinare care-mi permitea să dau ce-i mai bun şi, în acele condiţii, nu mai ştiam sau nu mai voiam să împac şcoala cu pretenţiile tuturor. De aceea lăsam să treacă după-amiaza ajutând-o pe mama, ocupându-mă de exerciţiile fraţilor mei. Nu învăţam mai nimic pentru mine. Şi, dacă altădată sacrificam somnul de dragul cărţilor, acum, pentru că mă simţeam în continuare epuizată şi dormitul îmi dădea impresia unei pauze, seara lăsam baltă temele şi mă duceam la culcare.

Aşa am început să mă prezint în clasă nu doar neatentă, dar şi nepregătită. Trăiam cu angoasa că profesorii mă vor asculta. Lucru care s-a întâmplat curând. O dată, în aceeaşi zi, am luat doi la chimie, patru la istoria artei, trei la filosofie și eram într-o asemenea stare de fragilitate nervoasă, încât chiar după ultima notă proastă am izbucnit în plâns în fața tuturor. A fost un moment teribil, am simțit groaza și bucuria de a mă pierde, spaima și mândria deraierii.

La ieșirea de la școală, Alfonso mi-a spus că îl rugase cumnata lui să-mi spună s-o vizitez. Du-te, m-a îmboldit îngrijorat, acolo cu siguranță vei învăța mai bine decât la tine acasă. Astfel, în după-amiaza aceea m-am hotărât și am pornit spre cartierul nou. Dar nu m-am dus acasă la Lila ca să găsesc o soluție la problemele mele cu școala. Eram convinsă că am fi trăncănit tot timpul și că starea mea de fostă elevă model s-ar fi înrăutățit. Mi-am zis mai degrabă: mai bine să mă pierd în pălăvrăgeli cu Lila decât între urletele mamei, în cererile insistente ale fraților mei, în fixațiile pentru fiul lui Sarratore, în văicărelile lui Antonio; măcar aș fi învățat ceva despre viața matrimonială de care, în curând — deja eram sigură — urma să am parte.

Lila m-a primit cu o plăcere evidentă. Ochiul i se dezumflase, buza i se vindeca. Se mișca prin apartament bine îmbrăcată, bine pieptănată, cu ruj pe buze, ca și cum casa ei îi era străină și se simțea ea însăși musafir. La intrare erau încă îngrămădite darurile de nuntă, camerele aveau un miros de var și vopsea proaspătă amestecat cu cel de lac pe care-l emanau mobilele foarte noi din sufragerie: masa, bufetul cu oglinda înrămată, cu o ornamentație în formă de frunze din lemn închis la culoare, vitrina plină de obiecte din argint, farfurii, pahare și sticle cu lichioruri colorate.

Lila a făcut cafeaua. M-a amuzat să stau cu ea în bucătăria mare și să mă joc de-a doamnele cum făceam când eram copile în fața gurii de aerisire a pivniței. E relaxant, m-am gândit, am greșit să nu vin mai de mult timp la ea. Aveam o prietenă de vârsta mea cu o casă a ei, plină de lucruri somptuoase, elegante. Prietena aceea, care nu avea nimic de făcut toată ziua, părea bucuroasă de compania mea. Deşi ne schimbaserăm şi schimbările încă aveau loc, căldura dintre noi rezista intactă. De ce atunci să nu mă abandonez? Pentru prima dată din ziua nunţii ei am reuşit să mă simt în largul meu.

— Cum merge cu Stefano? am întrebat.

— Bine.

— V-aţi clarificat?

A zâmbit amuzată.

— Da, e totul clar.

— Adică?

— O porcărie.

— La fel ca la Amalfi?

— Da.

— Te-a bătut din nou?

Şi-a atins faţa.

— Nu, asta e chestie veche.

— Atunci?

— E umilirea.

— Şi tu?

— Fac ce vrea el.

M-am gândit o clipă şi am întrebat-o aluziv:

— Dar cel puţin, când dormiţi împreună, e ceva frumos?

A făcut o grimasă de disconfort, a devenit serioasă. A început să vorbească despre soţul ei cu un fel de acceptare care-o dezgusta. Nu era ostilitate, nu era nevoie de revanşă, nu era nici măcar repulsie, ci un dispreţ calm, o lipsă de stimă care acoperea întreaga persoană a lui Stefano ca apa contaminată sub pământ.

Am ascultat, am înţeles şi n-am înţeles. Cu ceva timp în urmă îl ameninţase pe Marcello cu cuţitul de cizmărie numai pentru că îndrăznise să mă prindă de încheietură şi să-mi rupă brăţara. Pornind de la episodul acela, fusesem convinsă că dacă Marcello ar fi atins-o în treacăt doar, l-ar fi omorât. Dar faţă de

Stefano, acum, nu manifesta nicio agresivitate clar exprimată. Desigur, explicația era simplă: îi văzuserăm pe tații noștri bătându-le pe mamele noastre încă din copilărie. Crescuserăm crezând că un străin nu trebuia nici măcar să ne atingă, dar că părintele, logodnicul și soțul puteau să ne ia la palme când voiau, din dragoste, ca să ne educe, ca să ne reeduce. În consecință, pentru că Stefano nu era odiosul Marcello, ci tânărul căruia ea îi spusese că ține foarte mult la el, cel cu care se căsătorise și cu care decisese să trăiască pentru totdeauna, iată că-și asuma până la capăt responsabilitatea propriei alegeri. Și totuși, nu totul avea logică. În ochii mei, Lila era Lila, nu orice femeie din cartier. Mamele noastre, după o palmă a soțului, nu aveau expresia aceea a ei de calm dispreț. Cădeau pradă disperării, plângeau, își înfruntau bărbatul brutal, îl criticau pe la spate, și totuși, unele mai mult, altele, mai puțin, continuau să-l stimeze (mama, de exemplu, admira explicit levantinismul profitor al tatălui meu). Lila, în schimb, manifesta o docilitate lipsită de respect. I-am spus:

— Eu mă simt bine cu Antonio, chiar dacă nu țin la el.

Și am sperat, conform obiceiurilor noastre vechi, că o să știe să prindă în acea afirmație o serie de întrebări ascunse. Deși eu îl iubesc pe Nino — îi spuneam fără s-o spun —, mă simt plăcut excitată doar gândindu-mă la Antonio, la sărutu-rile, îmbrățișările noastre și frecatul unul de altul de la lacuri. Iubirea, în cazul meu, nu e indispensabilă plăcerii, și nici stima. Posibil deci ca *scârba*, *umilirea* să înceapă *după*, când un bărbat te supune și te violează după placul lui pentru simplul fapt că de-acum îi aparții, indiferent dacă-l iubești sau nu, dacă-l respecți sau nu? Ce se întâmplă când ești în pat, învinsă de un bărbat? Ea avusese această experiență și voiam să-mi vorbească despre ea. În schimb, s-a limitat să spună ironic: cu atât mai bine pentru tine dacă te simți în largul tău. Și m-a condus spre o cămăruță care dădea spre calea ferată. Era un spațiu gol, se găseau doar un birou, un scaun, un pat pliant, pe pereți nimic.

— Îți place aici?
— Da.
— Atunci învață.

A ieșit, închizând ușa în urma ei.

Camera mirosea a igrasie mai mult decât în restul casei. Am privit pe fereastră, aş fi preferat să continuăm să pălăvrăgim. Mi-a fost limpede imediat, în schimb, că Alfonso îi spusese de absențele mele de la școală, poate că și de notele mele proaste, și că ea voia să-mi redea înțelepciunea pe care mi-o atribuise întotdeauna, chiar și cu costul de a-mi impune asta. Mai bine așa. Am auzit-o mișcându-se prin casă, dând un telefon. M-a impresionat faptul că nu spunea *alo, sunt Lina* sau, ce știu eu, *sunt Lina Cerullo*, ci *alo, sunt doamna Carracci*. M-am așezat la birou, am deschis cartea de istorie și m-am forțat să învăț.

11.

Acel ultim rest de an școlar a fost destul de nefericit. Clădirea care găzduia liceul era o ruină, ploua în clase, după o furtună puternică o stradă la câțiva metri de noi se surpase. A urmat o perioadă în care ne-am dus la școală o zi da, o zi nu, temele pentru acasă au început să conteze mai mult decât lecțiile normale, iar profesorii ne-au încărcat până la insuportabil. Printre protestele mamei mele, am căpătat obiceiul de a merge, după școală, direct la Lila.

Ajungeam la două după-amiaza și-mi aruncam cărțile pe undeva. Ea îmi pregătea un sandvici cu prosciutto, brânză, salam, tot ce voiam. O asemenea abundență acasă la părinții mei nu se văzuse niciodată: ce bun era mirosul de pâine foarte proaspătă și gusturile mâncărurilor înghițite împreună cu ea, mai ales al prosciutto-ului roșu-aprins, mărginit de alb. Mâncam lacom și, între timp, Lila îmi făcea cafeaua. După ce discutam mult, mă închidea în cămăruță și reapărea rar, doar ca să-mi aducă ceva bun și să ciugulească sau să bea împreună cu mine. Pentru că n-aveam chef să-l întâlnesc pe Stefano, care în general se întorcea de la mezelărie în jur de opt seara, o ștergeam mereu la șapte fix.

M-am familiarizat cu apartamentul, cu lumina lui, cu sunetele care se auzeau de pe calea ferată. Fiecare spațiu, fiecare lucru era nou și curat, dar mai mult decât orice toaleta care avea chiuvetă, bideu, cadă. Într-o după-amiază de apatie deosebită am întrebat-o pe Lila dacă puteam face baie, eu, care mă spălam încă la robinet sau în vasul de cupru. A spus că puteam face tot ce voiam și a alergat să-mi aducă prosoape curate. Am lăsat apa, care venea deja caldă de la robinet, să curgă. M-am dezbrăcat, m-am băgat până la gât.

Ce căldură plăcută! A fost o bucurie neașteptată. După o vreme am folosit numeroasele sticluțe care se îngrămădeau în colțurile căzii. O spumă vaporoasă care aproape dădea pe dinafară s-a ivit parcă din corpul meu. Ah, câte lucruri minunate avea Lila. Nu mai era doar curățire a corpului, era joc, era abandonare. Am descoperit rujurile, trusele de machiaj, oglinda mare care reflecta o imagine nedeformată, aerul cald al foehnului. La final aveam pielea mătăsoasă cum nu mi-o simțisem niciodată și o claie de păr umflată, luminoasă, mai blondă. Bogăția pe care ne-o doream când eram mici poate că e asta, m-am gândit: nu cuferele cu monede de aur și diamante, ci o cadă de baie, să stai cufundat așa în apă în fiecare zi, să mănânci pâine, salam, prosciutto, să ai mult spațiu și la toaletă, să ai telefon, să ai cămara și răcitorul pline cu mâncare, fotografia cu ramă de argint pe bufet care te arată în rochie de mireasă, să ai *toată* casa asta, cu bucătăria, dormitorul, sufrageria, cele două balcoane și cămăruța unde sunt închisă să învăț și unde, chiar dacă Lila n-a spus-o niciodată, curând, când va veni, va dormi copilul.

Seara am alergat la lacuri, abia aşteptam ca Antonio să mă mângâie, să mă miroasă, să se minuneze, să se bucure de acea curăţenie opulentă care-mi accentua frumuseţea. Era un cadou pe care voiam să i-l fac. Dar el avea angoasele lui, a spus: eu n-am să-ţi pot da niciodată lucrurile astea, şi i-am răspuns: cine-ţi spune că le vreau, şi el a replicat: vrei să faci mereu ce face Lila. M-am supărat, ne-am certat. Eu eram independentă. Eu făceam doar ce-mi plăcea mie, eu făceam ce el şi Lila nu făceau şi nu ştiau să facă, eu învăţam, eu mă gheboşam şi îmi pierdeam vederea deasupra cărţilor. Am urlat că nu mă înţelegea, că încerca doar să mă subestimeze şi să mă jignească şi am fugit de acolo.

Dar Antonio mă înţelegea chiar prea mult. Zi după zi casa prietenei mele m-a fermecat tot mai mult, a devenit un loc magic unde puteam avea totul, foarte departe de griul mizerabil al blocurilor vechi unde crescuserăm, cu pereţi scorojiţi, cu uşi însemnate de zgârieturi, cu eternele obiecte, mereu aceleaşi, zdrobite, ciobite. Lila era atentă să nu mă deranjeze, eu o strigam pe ea: mi-e sete, mi-e puţin foame, să deschidem televizorul, pot vedea asta, pot vedea ailaltă. Mă plictiseam învăţând, făceam eforturi. Uneori o rugam să mă asculte în timp ce repetam cu voce tare lecţiile. Ea stătea pe patul pliant, eu la birou. Îi indicam paginile pe care trebuia să le repet, recitam, Lila verifica rând cu rând.

În acele ocazii mi-am dat seama cât se schimbase relaţia ei cu cărţile. Acum o intimidau. Nu se mai întâmpla să vrea să-mi impună o ordine, un ritm al ei, ca şi cum îi erau de ajuns câteva fraze ca să-şi facă o imagine de ansamblu pe care s-o stăpânească într-atât încât să-mi spună: asta e ideea care contează, porneşte de aici. Când, urmărindu-mă pe manual, avea impresia că greşesc, mă corecta cu mii de justificări de genul: poate că n-am înţeles bine, e mai bine să verifici tu. Părea să nu-şi dea seama că-i rămăsese intactă capacitatea de a înţelege fără niciun efort. Dar între timp îmi dădeam eu seama. Am văzut că, de exemplu, chimia, pentru mine foarte plictisitoare, îi stârnea privirea aceea a ei foarte mijită și mi-au fost de ajuns câteva observații făcute de ea ca să mă trezesc din toropeală, ca să mă înflăcărez. Am văzut că îi era suficientă o jumătate de pagină din manualul de filozofie ca să stabilească conexiuni surprinzătoare între Anaxagora, ordinea pe care intelectul o impune haosului lucrurilor și tabelul lui Mendeleev. Dar mai des am avut impresia că își dă seama de inadecvarea mijloacelor sale, de ingenuitatea observațiilor sale și că se autolimitează înadins. Cum își dădea seama că se lăsase implicată prea mult, se retrăgea ca în fața unei capcane și bombănea: ferice de tine că înțelegi, eu nu știu despre ce vorbești.

O dată a închis sec cartea și a spus enervată:

— Gata.

— De ce?

— Pentru că m-am săturat, e tot timpul aceeași poveste: înăuntrul a ceea ce e mic există ceva încă și mai mic care vrea să țâșnească afară și în afara a ceea ce e mare există ceva încă și mai mare care vrea să-l țină prizonier. Mă duc să gătesc.

Și totuși, nu învățam nimic care să aibă de-a face în mod evident cu micul și cu marele. Doar o enervase, sau poate că o speriase, capacitatea ei de a învăța și se retrăsese.

Unde?

Să pregătească cina, să facă curățenie în casă, să se uite la televizor cu volumul scăzut ca să nu mă deranjeze, să contemple șinele, traficul trenurilor, silueta șovăitoare a Vezuviului, străzile cartierului nou încă fără copaci și fără magazine, puținul trafic al mașinilor, femeile cu sacoșele de cumpărături și copiii mici agățați de fuste. Rar, și numai la ordinul lui Stefano, sau pentru că el îi cerea să-l însoțească, se ducea la locul unde ar fi trebuit să răsară noua mezelărie — era la mai puțin de cinci sute de metri de casă, o dată m-am dus cu ea. Acolo lua măsuri cu metrul de tâmplărie ca să proiecteze dulapuri și mobile.

Atâta tot, nu avea altceva de făcut. Mi-am dat seama că era mai singură căsătorită decât nubilă. Eu uneori ieşeam cu Carmela, cu Ada, chiar şi cu Gigliola şi la şcoală mă împrietenisem cu colege din clasa mea şi din alte clase, astfel încât uneori mă întâlneam cu ele la o îngheţată pe strada Foria. Ea, în schimb, n-o vedea decât pe Pinuccia, cumnata ei. În ce-i priveşte pe băieţi, dacă în timpul logodnei se mai opreau să schimbe câteva cuvinte, acum, după nuntă, cel mult schiţau un salut când o întâlneau pe stradă. Şi totuşi, era foarte frumoasă şi se îmbrăca la fel ca în revistele pentru doamne pe care le cumpăra în număr mare. Dar condiţia de soţie o închisese într-un fel de recipient de sticlă, ca un velier care navighează cu pânzele întinse într-un spaţiu inaccesibil, poate chiar pe uscat. Pasquale, Enzo, Antonio însuşi nu s-ar fi aventurat niciodată pe străzile albe şi neumbrite ale caselor recent construite, până la uşa blocului ei, până la apartamentul ei, ca să schimbe două vorbe sau s-o invite la o plimbare. Era de neconceput. Şi telefonul, obiect negru agăţat pe peretele din bucătărie, părea un ornament inutil. Tot timpul cât am învăţat la ea, a sunat rar şi de obicei era Stefano, care-şi instalase aparat şi la mezelărie pentru a primi comenzi de la cliente. Conversaţiile lor de proaspeţi însurăţei erau scurte, ea răspundea cu da-uri sau nu-uri lipsite de chef.

Telefonul le folosea mai ales pentru cumpărături. În acea perioadă a ieşit foarte puţin din casă, a aşteptat să-i dispară complet de pe faţă semnele loviturilor, dar a făcut oricum numeroase achiziţii. De exemplu, după baia mea plină de bucurie, după ce m-am entuziasmat pentru felul în care îmi stătea părul, am auzit-o comandând un nou foehn şi, când l-a primit, a dorit să mi-l dăruiască. Rostea acea specie de formulă magică (*alo, sunt doamna Carracci*) şi iat-o negociind, discutând, renunţând, cumpărând. Nu plătea, comercianţii erau toţi din cartier, îl cunoşteau bine pe Stefano. Se limita doar la semnătură, Lina Carracci, prenume şi nume cum ne învăţase învățătoarea Oliviero. Făcea semnătura ca pe un fel de exercițiu impus, zâmbind concentrat, fără măcar să verifice marfa, de parcă acele semne pe hârtie o interesau mai mult decât obiectele pe care le cumpăra.

A cumpărat și câteva albume mari cu copertele verzi ilustrate cu motive florale în care a aranjat fotografiile de la nuntă. A pus să fie scoase înadins pentru mine copiile nu știu câtor fotografii, toate cele în care apăream eu, părinții mei, frații mei, chiar și Antonio. Suna și le comanda la fotograf. O dată am descoperit una în care se zărea Nino: era Alfonso, era Marisa, el apărea în dreapta, tăiat de marginea cadrului, doar ciuful, nasul, gura.

— Pot s-o primesc și pe asta? am îndrăznit nu foarte convinsă.

— Nu te vezi în ea.

— Sunt aici, din spate.

— Bine, dacă vrei, o să pun să fie scoasă.

M-am răzgândit brusc.

— Nu, las-o baltă.

— Te rog.

— Nu.

Dar achiziția care m-a impresionat mai mult a fost proiectorul. Fusese, în sfârșit, developat filmul nunții ei, iar fotograful venise într-o seară să-l proiecteze pentru soți și rude. Lila s-a informat în legătură cu prețul aparatului, l-a comandat acasă și m-a invitat să vedem pelicula. A pus proiectorul pe masa din sufragerie, a dat jos de pe perete un tablou cu o mare agitată, a introdus filmul cu pricepere, a lăsat în jos jaluzelele și imaginile au început să curgă pe zidul alb. O minunăție: filmul era în culori, câteva minute. Am rămas cu gura căscată. Am revăzut intrarea ei în biserică la brațul lui Fernando, ieșirea în fața bisericii împreună cu Stefano, o plimbare veselă de-a lor prin parcul Rimembranze care se termina cu un sărut lung pe gură, intrarea în restaurant, dansul care urmase, rudele care mâncau sau dansau, tăierea tortului, împărțirea bombonierelor, saluturile adresate în obiectiv, Stefano vesel, ea posomorâtă, amândoi în haine de voiaj.

La o primă vizionare am fost impresionată mai ales de mine însămi. Apăream de două ori. Prima oară în fața bisericii, lângă Antonio: m-am văzut caraghioasă, nervoasă, cu chipul devorat de ochelari; a doua, stând la masă cu Nino, aproape că nu m-am recunoscut: râdeam, îmi mișcam mâinile și brațele cu eleganță arogantă, îmi aranjam părul, mă jucam cu brățara mamei mele. Mi s-a părut că sunt distinsă și frumoasă. Lila chiar a exclamat:

— Uite ce bine ai ieșit.

— Da' de unde, am mințit.

— Ești exact ca atunci când ești bucuroasă.

La următoarea vizionare (i-am spus: pune-l din nou, și ea nu s-a lăsat rugată), ce m-a impresionat a fost, în schimb, intrarea în sală a celor doi frați Solara. Operatorul prinsese momentul care mă marcase cel mai profund: clipa în care Nino părăsea sala, în timp ce Marcello și Michele își făceau apariția. Cei doi frați au înaintat în costumele lor de sărbătoare, unul lîngă celălalt, înalți, cu mușchii lucrați ridicând greutăți în sala de sport; și între timp Nino se strecura afară cu capul plecat, îl lovea ușor cu un braț pe Marcello și, când acesta din urmă se întorcea brusc strâmbându-se cu aroganță, el dispărea indiferent, fără să se întoarcă.

Contrastul mi s-a părut foarte violent. Nu era atât sărăcia hainelor lui Nino, care nu se potrivea cu luxul hainelor fraților Solara, cu aurul purtat la gât, la încheieturi și la degete. Nu era nici măcar extrema lui constituție slabă accentuată de statura înaltă — cel puțin cinci centimetri mai mult decât cei doi frați, care, totuși, erau înalți — și care sugera o fragilitate foarte îndepărtată de robustețea virilă pe care Marcello și Michele o etalau cu multă satisfacție. Era mai degrabă indiferența. În timp ce aroganța fraților Solara putea fi considerată normală, nu era deloc firească neatenția trufașă cu care Nino îl lovise pe Marcello și trecuse mai departe. Până și cine-i detesta, ca Pasquale, Enzo, Antonio, trebuia să încheie socotelile cu frații Solara. Nino nu doar că nu s-a scuzat, dar nici n-a catadicsit să se uite la Marcello.

Scena mi s-a părut o probă documentară a intuițiilor mele din momentul în care se întâmplase în realitate. În secvența aceea fiul lui Sarratore apărea — el, care crescuse în blocurile cartierului vechi exact ca noi, care mi se păruse foarte speriat când fusese nevoie să se impună la concursurile școlare în fața lui Alfonso — de-acum complet străin de scara de valori în al cărei vârf se situau frații Solara. Era o ierarhie care în mod vădit nu-l interesa, pe care poate că n-o mai înțelegea.

L-am privit sedusă. Mi s-a părut un prinț ascet care putea să-i înspăimânte pe Michele și Marcello pur și simplu cu privirea lui care nu-i vedea. Și am sperat pentru o clipă ca acum, în imagine, să facă un lucru pe care nu-l făcuse în realitate: să mă ia de acolo.

Lila l-a observat pe Nino abia atunci și a spus curioasă:

— E tot ăla cu care stai la masă lângă Alfonso?

— Da. Nu l-ai recunoscut? E Nino, fiul cel mare al lui Sarratore.

— Pe ăla l-ai lăsat să te sărute când ai fost la Ischia?

— A fost o prostie.

— Măcar atât.

— De ce măcar atât?

— E unul care crede că e cine știe ce.

Dorind parcă să justific acea impresie am spus:

— Anul ăsta își ia diploma și e cel mai bun din tot liceul.

— De asta îți place?

— Ba nu.

— Lasă-l încolo, Lenù, e mai bun Antonio.

— Zici?

— Da. Ăsta e sec, urât și, mai ales, foarte arogant.

Am simțit cele trei adjective ca pe o jignire și am fost pe punctul de a-i spune: nu e adevărat, e foarte frumos, are ochii plini de scânteieri și îmi pare rău că nu-ți dai seama pentru că un astfel de băiat nu există nici la cinematograf, nici la televizor și nici măcar în romane și eu sunt fericită să-l iubesc încă de când eram mică și chiar dacă e de neatins, chiar dacă am să mă căsătoresc cu Antonio și am să-mi petrec viața punând benzină în mașini, am să-l iubesc mai mult decât pe mine însămi, am să-l iubesc veșnic.

În schimb am spus, iarăși nefericită:

— Îmi plăcea odată, când eram în clasele primare: acum nu-mi mai place.

12.

Lunile care au urmat au fost foarte pline de mici evenimente care mi-au oferit mari frământări și în care până și astăzi îmi e greu să pun ordine. Chiar dacă aveam o atitudine dezinvoltă și o disciplină de fier, cedam în permanență, cu o satisfacție dureroasă, valurilor de nefericire. Totul părea să uneltească împotriva mea. La școală nu reușeam să iau notele de altădată, chiar dacă reîncepusem să învăț. Zilele treceau fără măcar un moment în care să mă simt vie. Drumul spre școală, cel spre casa Lilei, cel spre lacuri erau niște biete fundaluri spălăcite. Nervoasă, lipsită de încredere, ajungeam aproape fără să-mi dau seama să-l învinuiesc pe Antonio pentru o bună parte a necazurilor mele.

Și el era foarte agitat. Voia să mă vadă tot timpul, uneori pleca de la muncă și-l găseam așteptând stânjenit pe trotuarul din fața intrării liceului. Era îngrijorat din cauza nebuniilor mamei lui, Melina, și era speriat că poate nu va fi exonerat de serviciul militar. Înaintase în timp cereri peste cereri la district cu documente despre moartea tatălui, starea de sănătate a mamei lui, rolul lui de unic sprijin al familiei și părea că armata, copleșită de hârtii, decisese să uite de el. Dar acum aflase că Enzo trebuia să plece la toamnă și se temea că-i vine și lui rândul.

— Nu pot să-i las singuri pe mama, pe Ada, pe frații mei fără un ban și fără protecție, spunea copleșit de disperare.

O dată a apărut la școală, cu sufletul la gură: aflase că veniseră carabinierii să obțină informații despre el.

— Întreab-o pe Lina, mi-a spus neliniștit, să-ți zică dacă Stefano a fost exonerat fiind fiu de mamă văduvă sau din vreun alt motiv.

L-am liniștit, am încercat să-i distrag atenția. Am organizat special pentru el o seară la pizzerie cu Pasquale, cu Enzo și cu logodnicele lor, Ada și Carmela. Speram ca, față-n față cu prietenii lui, să-și găsească liniștea cumva, dar n-a fost așa. Enzo, ca de obicei, nu era deloc emoționat din cauza plecării, s-a întristat numai pentru că, întreaga perioadă în care s-ar fi aflat sub arme, tatăl lui ar fi trebuit să iasă din nou pe străzi cu căruța, chiar dacă sănătatea nu-l ajuta. Referitor la Pasquale, ne-a dezvăluit cu un fel de posomorâre că nu făcuse armata din cauza unei vechi tuberculoze pentru care fusese respins. Mi-a zis că era trist, soldat trebuia să fii și în mod sigur nu ca să servești patria, bineînțeles. Cei ca noi, a mormăit, au datoria să învețe să folosească bine armele, pentru că în curând va veni vremea când cine trebuie să plătească va plăti. Din momentul acela au început discuțiile despre politică, mai precis, a vorbit numai Pasquale, foarte nemulțumit. A spus că fasciștii voiau să revină la putere cu ajutorul creștin-democraților. A spus că brigăzile mobile ale poliției și armata erau de partea lor. A spus că trebuia să se pregătească și i s-a adresat mai ales lui Enzo care a dat semne că-l aprobă și, mai mult, el, care în general stătea tăcut, a sugerat, râzând ușor: nu-ți face griji, când mă întorc, îți explic cum se trage.

Ada și Carmela s-au arătat foarte impresionate de discuția aceea, păreau bucuroase să fie logodite cu bărbați atât de periculoși. Eu aș fi dorit să intervin, dar nu știam mai nimic despre alianțele dintre fasciști, creștin-democrați și brigăzile mobile ale poliției, nu aveam nici cea mai vagă idee. Din când în când, mă uitam la Antonio, sperând ca problema să-l pasioneze și pe el, dar nu s-a întâmplat nimic, a încercat doar să revină la ce-l neliniștea. A întrebat de mai multe ori: cum e sub arme, și Pasquale, care deși nu fusese, i-a răspuns: o adevărată porcărie, cine nu se supune, e făcut bucăți. Enzo, ca de obicei, a rămas tăcut, ca și cum chestiunea nu l-ar fi privit. Antonio, în schimb, s-a oprit din mâncat și, ciopârțind jumătatea de pizza din farfurie, a spus în mai multe reprize ceva de genul: ăia nu știu cu cine au de-a face, doar să îndrăznească, îi fac eu bucăți pe ei.

Când am rămas singuri, mi-a spus dintr-odată, pe un ton deprimat:

— Știu că dacă plec, tu nu mă aștepți, o să fii cu altul.

Atunci am înțeles. Problema nu era Melina, nu era Ada, nu erau ceilalți frați ai lui care ar fi rămas fără sprijin, și nu erau nici măcar samavolniciile cazarmei. Problema eram eu. Nu voia să mă părăsească nici măcar un minut și mi s-a părut că orice aș fi spus sau făcut ca să-l liniștesc, nu m-ar fi crezut. Am preferat atunci să fac pe supărata. I-am spus să ia exemplu de la Enzo: el are încredere, i-am șuierat, dacă trebuie să plece, pleacă, nu se smiorcăie, chiar dacă tocmai s-a logodit cu Ada. Tu, în schimb, te lamentezi fără motiv, da, fără motiv, Antò, cu atât mai mult cu cât nu vei pleca, pentru că dacă Stefano Carracci a fost exonerat ca fiu de mamă văduvă, doar nu-ți închipui că tu n-ai să fii.

Tonul meu, puțin agresiv, puțin afectuos, l-a calmat. Dar înainte să-și ia la revedere, mi-a repetat jenat:

— Întreab-o pe prietena ta.

— E și a ta.

— Da, dar întreab-o tu.

A doua zi am vorbit cu Lila, dar ea nu știa nimic despre serviciul militar al soțului. Mi-a promis, fără chef, că se va informa.

N-a făcut-o imediat, cum speram. Cu Stefano și familia lui Stefano erau în permanență tensiuni. Maria îi spusese fiului că soția lui cheltuia prea mult. Pinuccia provoca neplăceri cu noua mezelărie, zicea că ea nu se va ocupa de asta, era rândul cumnatei. Stefano le închidea gura mamei și surorii, dar în cele din urmă îi reproșa soției cheltuielile excesive, încerca să înțeleagă dacă ar fi dispusă să stea la casa de marcat a noului magazin.

Lila, în perioada aceea, a devenit, și în ochii mei, foarte ambiguă. Spunea că va cheltui mai puțin, era de acord bucuroasă să se ocupe de mezelărie, dar în timpul ăsta cheltuia mai mult ca înainte și, dacă în trecut dădea pe la magazin din curiozitate sau din obligație, acum nu mai făcea nici asta. Cu atât mai mult cu cât vânătăile îi dispăruseră de pe față deja și părea cuprinsă de nebunia de a ieși la plimbare, mai ales dimineața, când eu eram la școală.

Ieșea cu Pinuccia, făceau concurs cine se coafa mai bine, cine cumpăra mai multe lucruri inutile. De obicei câștiga Pina, mai ales pentru că, grație mutrelor ei un pic infantile, reușea să obțină bani de la Rino, care simțea obligația să se arate mai generos decât cumnatul.

— Eu muncesc toată ziua, îi spunea logodnicul logodnicei, distrează-te și pentru mine.

Și cu o nepăsare mândră, sub ochii muncitorilor și ai tatălui său, scotea din buzunarele pantalonilor bancnote făcute ghem și i le întindea Pinei. Apoi îi întindea, batjocoritor, și surorii sale.

Pentru Lila acel comportament era la fel de enervant ca rafalele de vânt care fac să se trântească o ușă și să cadă obiecte de pe o etajeră. Dar vedea în el și indiciul că fabrica de încălțăminte se punea în sfârșit în mișcare și, la urma urmei, era bucuroasă că pantofii Cerullo erau acum expuși în multe magazine din oraș, modelele de primăvară se vindeau bine, comenzile noi erau tot mai frecvente. Astfel că Stefano fusese constrâns să preia și pivnița de sub fabrică și s-o transforme jumătate în depozit, jumătate în atelier, în timp ce Fernando și Rino fuseseră nevoiți să mai ia în mare grabă un ajutor și, uneori, să mai muncească și noaptea.

Probleme, evident, existau. Magazinul de pantofi pe care familia Solara se angajase să-l deschidă în Piața Martirilor trebuia mobilat pe cheltuielile lui Stefano, care, însă, alarmat de faptul că nu exista un contract scris, se certa destul de mult cu Marcello și Michele. Dar acum părea să se ajungă la un document care ar fi pus negru pe alb cifra (puțin umflată) pe care Carracci intenționa s-o investească în amenajare. Și Rino, mai ales, se simțea foarte mulțumit de acel rezultat: când banii erau puși de cumnat, el se comporta cu un aer de patron, ca și cum ar fi fost puși de el.

— Dacă merge așa, la anul ne căsătorim, îi promitea logodnicei, și Pina, într-o dimineață, dorise să meargă la aceeași croitoreasă care-i făcuse rochia de mireasă Lilei, doar ca să arunce o privire.

Croitoreasa le primise pe amândouă cu mare cordialitate, dar apoi, îndrăgostită de Lila cum era, o pusese să-i povestească nunta amănunțit și insistase mult să aibă o fotografie mare de-a ei în rochie de mireasă. Lila scosese una special pentru ea și într-o dimineață ieșise cu Pina și i-o dusese.

Cu acea ocazie, în timp ce se plimbau pe Rettifilo, Lila o întrebase pe cumnata ei cum de nu făcuse Stefano armata: dacă veniseră carabinierii să-i verifice calitatea de fiu de mamă văduvă, dacă scutirea îi fusese comunicată de district prin poștă sau fusese nevoit să meargă să se informeze personal.

Pinuccia a privit-o ironică.

— Fiu de mamă văduvă?

— Da, Antonio spune că dacă ești în această situație te lasă să n-o faci.

— Eu știu că singurul mod sigur ca să n-o faci e să plătești.

— Să plătești pe cine?

— Pe cei de la district.

— Stefano a plătit?

— Da, dar nu trebuie să spui nimănui.

— Și cât a plătit?

— Asta nu știu. Familia Solara s-a ocupat de tot.

Lila a înghețat.

— Adică?

— Știi, nu, că sub arme nu s-au dus nici Marcello, nici Michele. Au fost declarați inapți din cauza unei insuficiențe toracice.

— Ăia? Și cum a fost posibil?

— Cu ajutorul cunoștințelor.

— Și Stefano?

— S-a adresat acelorași cunoștințe ale lui Marcello și Michele. Plătești și cunoștințele îți fac favorul.

În acea după-amiază prietena mea mi-a povestit totul, dar ca și cum n-ar fi sesizat cât erau de proaste acele vești pentru Antonio. Era electrizată în schimb — da, electrizată — de descoperirea faptului că alianța dintre soțul ei și familia Solara nu se născuse din necesitățile impuse de comerț, ci data de demult, dinainte de logodna lor.

— M-a păcălit imediat, repeta aproape cu satisfacție, ca și cum povestea aia cu armata era proba definitivă a adevăratei naturi a lui Stefano și acum parcă se simțea eliberată.

Mi-a luat ceva timp ca s-o întreb:

— După tine, familia Solara, în cazul în care districtul nu-l scutește pe Antonio, l-ar ajuta și pe el?

Mi-a aruncat privirea ei dură, ca și cum aș fi spus ceva neplăcut, și mi-a retezat-o:

— Antonio nu s-ar adresa niciodată familiei Solara.

13.

Din conversația aceea nu i-am spus niciun cuvânt logodnicului meu. Am evitat să mă întâlnesc cu el, i-am spus că aveam multe teme și destule examene care mă așteptau.

Nu era vorba de o scuză, școala era cu adevărat un infern. Inspectoratul îl chinuia pe director, directorul îi chinuia pe profesori, profesorii îi chinuiau pe elevi, elevii se chinuiau între ei. Mulți dintre noi nu suportau povara temelor, dar eram bucuroși că se făceau lecții o zi da, o zi nu. Câțiva, în schimb, erau enervați de gradul de deteriorare a clădirii școlii, de pierderea orelor și voiau întoarcerea imediată la orarul normal. În fruntea acestui grup era Nino Sarratore și asta mi-a complicat și mai mult viața.

Îl vedeam discutând pe hol cu Galiani și treceam pe lângă ei, sperând ca profesoara să mă strige. Dar nu s-a întâmplat niciodată. Îmi doream atunci să fie el cel care intră în vorbă cu mine, dar nici asta nu s-a întâmplat. Astfel, m-am simțit discreditată. Nu mai sunt capabilă să iau notele de altădată, m-am gândit, și de aceea am pierdut în scurt timp acel dram de prestigiu pe care-l câștigasem. Pe de altă parte — mă întristam — ce pretenții am? Dacă Galiani și Nino mi-ar cere o părere despre povestea asta cu sălile nefolosite și cu temele prea numeroase, cum m-aș pronunța? Nu aveam opinii, de fapt, și mi-am dat seama de asta când, într-o dimineață, Nino a apărut în fața mea cu o foaie dactilografiată, întrebându-mă brusc:

— O citești?

A început să-mi bată în așa hal inima, încât am zis doar:

— Acum?

— Nu, mi-o dai înapoi la ieșire.

Am fost copleșită de emoție. Am alergat la baie și am citit foarte agitată. Foaia era plină de cifre și vorbea despre lucruri despre care nu știam nimic: plan de reglementare, construcții școlare, constituția italiană, anumite articole fundamentale. Am înțeles doar ce știam deja, adică faptul că Nino cerea întoarcerea imediată la orarul normal al lecțiilor.

Odată ajunsă în clasă, i-am dat foaia lui Alfonso.

— Lasă-l baltă, m-a sfătuit el fără măcar să citească, suntem la sfârșit de an, sunt ultimele examinări, ăla vrea să te bage în necazuri.

Dar eu parcă înnebunisem, îmi zvâcneau tâmplele. Nimeni altul, în școală, nu se expunea ca Nino, fără teamă de profesori și de director. Nu doar că era cel mai bun la toate materiile, dar știa și lucruri care nu se predau, pe care niciun elev, nici măcar unul bun, nu le cunoștea. Și avea caracter. Și era frumos. Am numărat orele, minutele, secundele. Voiam să alerg să-i dau înapoi foaia, să-l laud, să-i spun că eram de acord cu totul, că voiam să-i fiu de ajutor.

Pe scări, în mulțimea de elevi, nu l-am văzut și pe stradă nu l-am găsit. A ieșit printre ultimii, cu un aer mai îmbufnat ca de obicei. M-am dus spre el bucuroasă, fluturând hârtia, și mi-a ieșit din gură un șuvoi de cuvinte, toate exagerate. El m-a ascultat încruntat, apoi a luat foaia, a făcut-o cocoloș cu furie și a aruncat-o.

— Galiani a spus că nu e bine, a mormăit.

Am devenit confuză.

— Ce nu e bine?

A făcut o grimasă de nemulțumire și un gest care însemna: s-o lăsăm baltă, nu merită să discutăm despre asta.

— Oricum, mulțumesc, a zis într-un mod puțin forțat și brusc s-a aplecat și m-a sărutat pe obraz.

De la sărutul din Ischia între noi nu existase niciun contact, nici măcar o strângere de mână, și felul acela de a-și lua la revedere, pe atunci complet neobișnuit, m-a paralizat. Nu mi-a cerut să parcurgem o bucată de drum împreună, nu mi-a zis pa, totul s-a terminat acolo. Fără putere, fără voce, l-am privit îndepărtându-se.

Atunci s-au întâmplat două chestii urâte, una după alta. Mai întâi, s-a ivit de pe o străduță o fată cu siguranță mai mică decât mine, de cel mult cincisprezece ani, care m-a impresionat cu frumusețea ei pură: bine făcută, păr neted negru și lung pe spate. În fiecare gest sau mișcare avea o grație aparte, iar hainele primăvăratice atent potrivite. L-a ajuns din urmă pe Nino, iar el i-a pus un braț în jurul umerilor. Ea a ridicat capul oferindu-i gura, și s-au sărutat: un sărut foarte diferit de cel pe care mi-l dăduse mie. Apoi mi-am dat seama că Antonio stătea nemișcat în colț. Trebuia să fie la muncă, dar venise să mă ia. Cine știe de când se afla acolo.

14.

A fost greu să-l conving că ce văzuse cu ochii lui nu era ce-și imagina de multă vreme, ci doar un comportament prietenesc fără alte scopuri.

— E deja logodit, i-am spus, l-ai văzut și tu.

Dar probabil că a perceput o urmă de suferință în acele cuvinte și m-a amenințat. Au început să-i tremure buza de jos și mâinile. Atunci am spus șoptit că mă săturasem, voiam să-l părăsesc. A cedat, ne-am împăcat. Dar din acel moment a avut tot mai puțină încredere în mine și neliniștea că pleacă militar s-a unit în mod definitiv cu teama că mă lasă lui Nino. Pleca tot mai des de la muncă pentru a da fuga, spunea el, să mă salute. În realitate, voia să mă prindă asupra faptului și să-și dovedească, întâi de toate, lui însuși că-i eram infidelă. Ce ar fi făcut apoi nu știa nici el.

Într-o după-amiază, sora lui, Ada, m-a văzut trecând prin fața mezelăriei, unde muncea acum cu mare mulțumire, a ei și a lui Stefano. M-a ajuns din urmă alergând. Avea un halat alb foarte unsuros care o acoperea până sub genunchi, dar tot era foarte grațioasă și, după ruj, după ochii machiați, după agrafele din păr, înțelegeai că și pe sub halat era probabil îmbrăcată ca și cum s-ar fi dus la o petrecere. A spus că voia să-mi vorbească, am decis să ne vedem în curte înainte de cină. A venit gâfâind de la magazin, împreună cu Pasquale care se dusese s-o ia.

Mi-au vorbit când unul, când altul, stânjeniți. Am înțeles că erau foarte îngrijorați, Antonio se enerva din nimic, nu mai avea răbdare cu Melina, lipsea de la muncă fără să anunțe. Chiar și Gallese, patronul atelierului mecanic, era dezorientat pentru că-l cunoștea de când era copil și nu-l văzuse niciodată așa.

— Îi e frică de serviciul militar, am spus.

— Oricum, dacă-l cheamă, e obligat să meargă, a spus Pasquale, altfel devine dezertor.

— Când tu ești alături de el, îi trece totul, a spus Ada.

— N-am mult timp, am spus eu.

— Oamenii sunt mai importanți decât învățatul, a spus Pasquale.

— Petrece mai puțin timp cu Lina și ai să vezi că timp găsești, a spus Ada.

— Ce pot să fac, fac, am spus eu jignită.

— Stă prost cu nervii, a spus Pasquale.

Ada a conchis brusc:

— Mă ocup de o nebună de când sunt mică, doi ar fi cu adevărat prea mult, Lenù.

M-am enervat, m-am speriat. Plină de sentimente de vinovăție, am reînceput să mă văd cu Antonio foarte des, chiar dacă nu aveam chef de asta, chiar dacă aveam de învățat. N-a fost suficient. Într-o seară, la lacuri, a început să plângă, mi-a arătat o carte poștală. Nu primise scutirea, trebuia să plece cu Enzo, la toamnă. Și la un moment dat a făcut un lucru care m-a tulburat mult. A căzut pe jos și a început să-și bage frenetic în gură pumni de țărână. A trebuit să-l îmbrățișez strâns, să-i șoptesc că-l iubeam, să-i scot țărâna din gură cu degetele.

În ce necaz mă vâr, m-am gândit apoi în pat, neputând să dorm, și am descoperit că, pe neașteptate, nu mai era așa de mare dorința de a sta departe de școală, de a mă accepta așa cum eram, de a mă căsători cu el, de a trăi acasă la mama lui, cu frații lui, punând benzină în mașini. Am hotărât că trebuia să fac ceva ca să-l ajut și, când și-ar fi revenit, să ies din relația aia.

A doua zi m-am dus la Lila, eram foarte speriată. Pe ea am găsit-o chiar prea veselă. Amândouă, în perioada aceea, eram instabile. I-am povestit de Antonio, de cartea poștală și i-am spus că luasem o hotărâre: pe ascuns de el, care nu mi-ar fi dat niciodată permisiunea, intenționam să apelez la Marcello, sau chiar la Michele, ca să întreb dacă puteau să-l scoată din necazuri.

Mi-am exagerat îndârjirea. În realitate, eram confuză: pe de o parte, mi se părea că sunt obligată să încerc, având în vedere că eu eram cauza suferințelor lui Antonio, pe de alta, mă consultam cu Lila tocmai pentru că eram sigură că mi-ar fi zis să n-o fac. Dar dominată cum eram, în perioada aceea, de tulburarea mea, n-am pus-o la socoteală pe a ei.

A avut o reacție ambiguă. Mai întâi a râs pe seama mea, a spus că eram o mincinoasă. Mi-a spus că probabil țineam cu adevărat la logodnicul meu dacă eram dispusă să merg personal să mă umilesc în fața celor doi frați Solara, chiar dacă știam că ăia n-ar fi mișcat un deget pentru el, având în vedere trecutul. Apoi, însă, a început să se miște de colo-colo nervos, chicotea, devenea serioasă, începea din nou să râdă. În cele din urmă, a spus: bine, du-te, să vedem ce se întâmplă. Și apoi a adăugat:

— În fond, Lenù, care e diferența dintre fratele meu și Michele Solara sau, să spunem, dintre Stefano și Marcello?

— Ce vrei să spui?

— Vreau să spun că poate ar fi trebuit să mă mărit cu Marcello.

— Nu te înțeleg.

— Cel puțin Marcello nu depinde de nimeni, face ce-i place.

— Vorbești serios?

S-a grăbit să nege râzând, dar nu m-a convins. E imposibil, m-am gândit, să-l reconsidere pe Marcello: toate râsetele astea nu sunt reale, sunt doar semnalele unor gânduri negre și ale suferinței că nu merg lucrurile cu soțul ei.

Am avut dovada imediat. A devenit serioasă, a mijit ochii și a spus:

— Te însoțesc.

— Unde?

— La frații Solara.

— Ca să faci ce?

— Să văd dacă-l pot ajuta pe Antonio.

— Nu.

— De ce?

— Așa îl enervezi pe Stefano.

— Și cui îi pasă? Dacă el apelează la ei, o pot face și eu, care sunt soția lui.

15.

N-am reușit s-o fac să renunțe. Într-o duminică, zi în care Stefano dormea până la prânz, am ieșit împreună la o plimbare și ea m-a târât până la cafeneaua Solara. Când a apărut pe strada nouă, încă albă de var, am rămas cu gura căscată. Se îmbrăcase și se machiase foarte strident, nu părea nici șleampăta Lila de odinioară, nici Jacqueline Kennedy din reviste, ci, luând în considerare filmele care ne plăcuseră, poate Jennifer Jones în *Duel in the Sun*, poate Ava Gardner în *The Sun also Rises*.

Mergând alături de ea, m-am simțit stânjenită și m-am simțit în pericol. Mi s-a părut că, pe lângă bârfe, risca ridicolul și că ambele chestii mă lovesc, indirect, și pe mine, un fel de cățelușă spălăcită, dar devotată, care o escorta. Totul la ea, de la coafură, la cercei, la cămașa dichisită, la fusta strâmtă, la mers, era nepotrivit străzilor gri din cartier. Bărbații, văzând-o, păreau să tresară, parcă jigniți. Femeile, mai ales cele în vârstă, nu se limitau doar să se holbeze derutate: una s-a oprit pe marginea trotuarului și a rămas s-o privească, rânjind pe jumătate amuzată, pe jumătate stingherită, ca atunci când Melina făcea ciudățenii pe stradă.

Și totuși, când am intrat în cafeneaua Solara plină cu bărbați care cumpărau prăjiturile duminicale, au existat doar o ocheadă respectuoasă, câteva gesturi politicoase de salut, privirea uimită a Gigliolei Spagnuolo din spatele tejghelei, salutul lui Michele care era la casa de marcat, un bună ziua exagerat care a părut o exclamație de bucurie. Schimburile verbale care au urmat au fost toate în dialect, de parcă tensiunea ar fi stat în calea filtrelor obositoare ale pronunției, ale lexicului, ale sintaxei italiene.

— Ce vă trebuie?

— O duzină de prăjituri.

Michele i-a strigat Gigliolei, de data asta cu o ușoară nuanță ironică.

— Douăsprezece prăjituri pentru doamna Carracci.

La numele acela, perdeaua care dădea spre laborator s-a dat la o parte și a apărut Marcello. Văzând-o pe Lila chiar acolo, în cafeneaua lui, a pălit și s-a retras. Dar după câteva secunde a reapărut și a venit să ne salute. A murmurat, adresându-se prietenei mele:

— Mă simt tulburat când aud că ți se spune doamna Carracci.

— Și eu la fel, a spus Lila și jumătatea ei de zâmbet distrat, totala absență a ostilității ne-au uimit nu doar pe mine, ci și pe cei doi frați Solara.

Michele a admirat-o din nou bine, bine, cu capul înclinat într-o parte, ca și cum ar fi privit un tablou.

— Te-am văzut, a spus și i-a strigat Gigliolei: Nu-i așa, Gigliò, că am văzut-o chiar ieri după-amiază?

Gigliola a făcut semn că da fără prea mare entuziasm. Și Marcello a consimțit — *am văzut-o, da, văzut-o* — dar fără ironia lui Michele, mai degrabă ca sub hipnoză, într-un spectacol de magie.

— Ieri după-amiază? a întrebat Lila.

— Ieri după-amiază, a confirmat Michele, pe Rettifilo.

Marcello i-a retezat vorba, enervat de tonul fratelui:

— Erai expusă în vitrina croitoresei, era o poză cu tine în rochie de mireasă.

S-a vorbit o vreme de poza aceea, Marcello cu devoțiune, Michele cu ironie, amândoi insistând să zică în diferite forme că poza aceea păstrase cel mai bine frumusețea Lilei în ziua nunții ei. Și ea s-a arătat contrariată, dar în mod cochet. Croitoreasa nu-i spusese că va pune fotografia în vitrină, altfel nu i-ar fi dat-o niciodată.

— Vreau și eu poza în vitrină, a strigat Gigliola de la tejghea, mimând vocea capricioasă a unei copile.

— Dacă se căsătorește cineva cu tine, a spus Michele.

— Te căsătorești tu cu mine, a răspuns ea posomorâtă și s-a continuat așa până când Lila a spus serioasă:

— Și Lenuccia vrea să se căsătorească.

Atenția fraților Solara s-a mutat, fără niciun chef, asupra mea. Până atunci mă simțisem invizibilă, nu zisesem un singur cuvânt.

— Ba nu, m-am înroșit.

— Cum nu, eu m-aș căsători cu tine chiar dacă ești ochelaristă, a spus Michele și a încasat altă privire urâtă din partea Gigliolei.

— Prea târziu, e deja logodită, a spus Lila.

Și, încet-încet, a reușit să-i aducă pe cei doi frați până la Antonio, până la evocarea situației lui familiale, până la reprezentarea vie a modului în care aceasta s-ar fi înrăutățit dacă el ar fi plecat la armată. Nu m-a impresionat doar faptul că se pricepea la cuvinte, îi știam priceperea asta. M-a impresionat tonul nou pe care-l folosea, un dozaj isteț de nerușinare și de sobrietate. Iat-o, cu gura înflăcărată de ruj. Îl făcea să creadă pe Marcello că îngropase trecutul, îl făcea pe Michele să creadă că o distra aroganța lui șmecheră. Și, spre marea mea uimire, cu amândoi se comporta ca o femeie care știe bine cum sunt bărbații, că nu mai are nimic de învățat pe tema asta și că, dimpotrivă, ar avea ea multe de predat. Nu juca un rol așa cum făceam când eram mici, imitând romane în care apăreau dame pierdute, ci se vedea că deținea cunoștințe reale, ceea ce n-o făcea să roșească. Apoi, brusc, devenea distantă, lansa semnale de refuz, știu că m-ați vrea, dar eu nu vă vreau. Astfel, se retrăgea dezorientându-i, iar Marcello devenea șovăielnic și Michele se întrista, neștiind cum să acționeze, cu o privire scânteietoare care însemna: fii atentă că, doamnă Carracci sau nu, îți trag o pereche de palme, curvo. Atunci, ea schimba din nou tonul, îi atrăgea din nou spre ea, se arăta distrată și îi distra. Rezultatul? Michele nu s-a tulburat, Marcello, în schimb, a spus:

— Antonio nu merită, dar ca s-o fac fericită pe Lenuccia, care e o fată bună, pot să-l întreb pe un prieten și să aflu dacă se poate face ceva.

M-am simțit bucuroasă, i-am mulțumit.

Lila a ales prăjiturile, a fost amabilă cu Gigliola și cu tatăl, cofetarul, care a apărut din laborator ca să-i transmită multe salutări lui Stefano. Când a încercat să plătească, Marcello a făcut un gest clar de refuz, iar fratele lui, chiar dacă nu la fel de convins, l-a imitat. Tocmai ieșeam când Michele i-a spus serios, cu tonul lent pe care-l lua când voia ceva și excludea orice discuție:

— Arăți foarte bine în poza aia.

— Mulțumesc.

— Ți se văd bine pantofii.

— Nu-mi amintesc.

— Îmi amintesc eu și voiam să te rog ceva.

— Vrei și tu o poză, vrei s-o pui aici în bar?

Michele a negat din cap, surâzând rece.

— Nu. Dar tu știi că amenajăm magazinul din Piața Martirilor.

— Nu știu nimic despre chestiunile voastre.

— Păi, ar trebui să te informezi, pentru că sunt chestiuni importante și știm toți că nu ești proastă. Eu cred că dacă poza aia îi folosește croitoresei ca să facă reclamă rochiei de mireasă, noi o putem utiliza mult mai bine ca să facem reclamă pantofilor Cerullo.

Lila a izbucnit în râs și a spus:

— Vrei să pui fotografia în vitrina din Piața Martirilor?

— Nu, vreau s-o pun mare, foarte mare, în magazin.

Lila s-a gândit o clipă, apoi a făcut o grimasă de indiferență.

— Nu trebuie să mă întrebați pe mine, ci pe Stefano, el e cel care decide.

Am văzut că cei doi frați au schimbat o privire perplexă și am înțeles că vorbiseră deja între ei despre ideea aceea. Puseseră pariu că Lila n-ar fi acceptat niciodată, așa încât nu le venea să creadă că ea nu se înfuriase, că nu zisese imediat nu, ci se încredințase fără discuție autorității soțului. N-o recunoșteau și nici eu însămi, în acel moment, nu mai știam cine e.

Marcello ne-a condus la ușă și, după ce am ieșit, a căpătat un ton solemn și a zis foarte palid:

— E prima dată când vorbim după mult timp, Lina, și sunt foarte emoționat. Eu și cu tine nu ne-am înțeles, dar nu-i nimic, așa s-a întâmplat. Dar nu vreau ca între noi să rămână lucruri neclare. Și, mai ales, nu vreau o vină care nu e a mea. Știu că soțul tău spune că am pretins, ca o insultă, pantofii aceia. Dar eu îți jur în fața Lenucciei: pantofii au dorit să mi-i dea el și fratele tău, ca să-mi demonstreze că nu mai exista nicio ranchiună. Eu n-am nicio legătură cu asta.

Lila a ascultat fără să-l întrerupă, cu o expresie binevoitoare pe chip. Apoi, cum a terminat el, a redevenit cea dintotdeauna. A spus cu dispreț:

— Sunteți precum copiii care dau vina unii pe alții.

— Nu mă crezi?

— Nu, Marcè, te cred. Dar nu-mi mai pasă deloc nici de ce spui tu, nici de ce spun ei.

16.

Am târât-o după mine pe Lila în vechea noastră curte, abia așteptam să-i spun lui Antonio ce făcusem pentru el. I-am mărturisit entuziasmată: imediat cum se liniștește puțin, îl părăsesc, dar ea n-a făcut niciun comentariu, mi s-a părut distrată.

Am strigat, Antonio a apărut la fereastră, a venit jos cu un aer serios. A salutat-o pe Lila, aparent fără să bage de seamă cum era îmbrăcată, machiată, dimpotrivă, forțându-se s-o privească cât mai puțin posibil. Poate fiindcă se temea să nu-i citesc pe chip răzvrătire de bărbat. I-am spus că nu puteam sta, aveam timp doar ca să-i dau o veste bună. M-a ascultat, dar deja în timp ce vorbeam mi-am dat seama că se retrăgea ca dinaintea vârfului unui cuțit. A promis c-o să te ajute, am subliniat oricum cu entuziasm, și i-am cerut Lilei să confirme:

— Așa a zis Marcello, nu?

Lila s-a limitat să aprobe. Dar Antonio pălise și ținea privirea în jos. A murmurat, cu vocea sugrumată:

— Nu ți-am cerut niciodată să vorbești cu frații Solara.

Lila a spus imediat, mințind:

— A fost ideea mea.

Antonio a răspuns fără s-o privească:

— Mulțumesc, nu era nevoie.

A salutat-o — a salutat-o pe ea, nu pe mine —. Apoi ne-a întors spatele și a dispărut pe ușa blocului.

Mi s-a făcut rău la stomac. Unde greșisem, de ce se ofensase în felul acela? Pe drum m-am descărcat, i-am spus Lilei că Antonio era mai rău decât mama lui, Melina, același sânge instabil, nu mai suportam. Ea m-a lăsat să vorbesc și între timp s-a lăsat condusă până acasă. Odată ajunse acolo, mi-a zis să urc.

— E Stefano, am obiectat, dar nu acela era motivul, eram agitată din cauza reacției lui Antonio și voiam să rămân singură, să înțeleg cu ce greșisem.

— Cinci minute și pleci.

Am urcat. Stefano era în pijama, ciufulit tot, cu barba mare. M-a salutat cu amabilitate, a aruncat o privire spre soția lui, spre cutia cu prăjituri.

— Ai fost la cafeneaua Solara?

— Da.

— Îmbrăcată așa?

— N-arăt bine?

Stefano a clătinat din cap indispus și a deschis cutia.

— Vrei o prăjitură, Lenù?

— Nu, mulțumesc, trebuie să mă duc să mănânc.

El a mușcat dintr-un rulou și i s-a adresat soției:

— Pe cine ați văzut la cafenea?

— Pe prietenii tăi, a spus Lila, mi-au făcut multe complimente. Nu-i așa, Lenù?

I-a povestit cuvânt cu cuvânt ce-i spuseseră frații Solara, mai puțin chestiunea cu Antonio, adică adevăratul motiv pentru care ne duseserăm la cafenea, motivul pentru care mi se păruse că voise să mă însoțească. Apoi a încheiat pe un ton voit satisfăcut:

— Michele vrea să pună fotografia mare în magazinul din Piața Martirilor.

— Și tu i-ai zis că ești de acord?

— I-am spus că trebuie să vorbească mai întâi cu tine.

Stefano a terminat ruloul dintr-o singură îmbucătură, apoi și-a lins degetele. A spus ca și cum ar fi fost lucrul care-l tulburase cel mai mult:

— Vezi ce mă obligi să fac? Mâine, din vina ta, trebuie să mă duc să pierd timp cu croitoreasa de pe Rettifilo.

A oftat, apoi mi s-a adresat mie:

— Lenù, tu care ești o fată la locul ei, încearcă să-i explici prietenei tale că eu în cartierul ăsta trebuie să muncesc, că nu trebuie să mă pună să fac impresii de rahat. O duminică plăcută și salută-i din partea mea pe tata și mama.

S-a dus la baie.

Lila a făcut în spatele lui o grimasă batjocoritoare, apoi m-a condus la ușă.

— Dacă vrei, rămân, am spus.

— E-un nenorocit, nu-ți face griji.

A repetat cu voce groasă de bărbat cuvinte ca: *încearcă să-i explici prietenei tale, nu trebuie să mă pună să fac impresii de rahat*, și batjocura asta i-a înveselit privirea.

— Dacă te bate?

— Și ce-mi fac bătăile? Trece un pic de timp și mă simt mai bine ca înainte.

Pe palier mi-a zis iarăși, din nou cu voce masculină: *Lenù, eu în cartierul ăsta trebuie să muncesc*, și atunci m-am simțit obligată să-l imit pe Antonio, am șoptit: *mulțumesc, dar nu era nevoie*. Și brusc a fost ca și cum ne-am fi văzut din exterior, amândouă în necazuri cu bărbații noștri, stând acolo, în prag, jucând doar rolul unor femei, și am început să râdem. I-am spus: cum ne mișcăm, greșim, cine-i înțelege pe bărbați, ah, câte neplăceri ne creează, am îmbrățișat-o tare și am șters-o. Dar nici n-am ajuns în capătul scărilor, că l-am auzit pe Stefano urlând la ea cuvinte odioase. Acum avea o voce de căpcăun ca a tatălui lui.

17.

Deja mergând spre casă am început să-mi fac griji atât pentru ea, cât și pentru mine. Dacă Stefano ar fi omorât-o? Dacă Antonio m-ar fi omorât? M-a cuprins neliniștea, am mers cu pași grăbiți, prin zăpușeala prăfoasă. Străzile duminicale începeau să se golească și se apropia ora prânzului. Ce dificil era să te orientezi, ce dificil era să nu încalci niciuna dintre foarte detaliatele reguli masculine. Lila, poate pe baza calculelor ei secrete, poate doar din răutate, își umilise soțul ducându-se să flirteze sub ochii tuturor — ea, doamna Carracci — cu fostul ei pretendent, Marcello Solara. Eu, fără să vreau, dimpotrivă, fiind convinsă că fac bine, mă dusesem să susțin cauza lui Antonio față de cei care, cu ani în urmă, îi jigniseră sora, îl bătuseră până la sânge, pe care el însuși îi bătuse până la sânge. Când am intrat în curte, m-am auzit strigată și am tresărit. Era el, stătea la fereastră, așteptând să mă întorc.

A venit jos și mi s-a făcut teamă. M-am gândit: o avea vreun cuțit. În schimb, mi-a vorbit tot timpul cu mâinile îndesate în buzunare, voind parcă să le țină prizoniere, calm, cu privirea distantă. Mi-a spus că-l umilisem față de persoanele pe care le disprețuia cel mai mult pe lume. Mi-a spus că-l făcusem să pară unul care-și trimite femeia să ceară favoruri. Mi-a spus că el nu îngenunchea în fața nimănui și că ar fi fost nu o dată, ci de o sută de ori soldat, că, dimpotrivă, ar fi murit sub arme mai degrabă, decât să se ducă să sărute mâna lui Marcello. Mi-a zis că dacă ar fi aflat Pasquale și Enzo, l-ar fi scuipat în față. Mi-a spus că mă părăsea, fiindcă avea dovada, în sfârșit, că nu-mi păsa deloc de el și de sentimentele lui. Mi-a spus că puteam să spun și să fac cu fiul lui Sarratore ce-mi plăcea, nu mai voia să mă vadă niciodată.

N-am reușit să răspund. Brusc și-a scos mâinile din buzunar, m-a tras în deschizătura ușii și m-a sărutat apăsându-mi buzele puternic, căutându-mi disperat gura cu limba. Apoi s-a retras, a întors spatele și a plecat.

Am urcat scările casei foarte confuză. M-am gândit că eram mai norocoasă decât Lila, Antonio nu era ca Stefano. Nu mi-ar fi făcut niciodată rău, era capabil să-și facă numai lui însuși.

18.

A doua zi n-am văzut-o pe Lila, dar, pe neașteptate, am fost constrânsă să-l văd pe soțul ei.

Dimineața mă dusesem la școală deprimată, era cald, nu învățasem, nu dormisem mai deloc. Orele fuseseră un dezastru. Îl căutasem pe Nino în fața școlii, voiam să urc cu el schimbând fie și câteva fraze, dar nu se arătase. Poate că era la plimbare prin oraș cu prietena lui, poate că era într-unul din cinematografele deschise dimineața ca s-o sărute pe întuneric, poate că era în pădurea de la Capodimonte ca să i se facă lucrurile pe care eu i le făcusem, luni de zile, lui Antonio. La prima oră fusesem ascultată la chimie și dădusem răspunsuri confuze sau insuficiente, cine știe ce notă luasem și nu mai era timp pentru remediere. Riscam să fiu lăsată corigentă pentru septembrie. Mă intersectasem cu Galiani pe coridor și-mi ținuse un discurs liniștit al cărui sens era: ce ți se întâmplă, Greco, de ce nu mai înveți?, iar eu nu știusem să spun altceva decât: doamna profesoară, învăț, învăț foarte mult, vă jur. Ea m-a ascultat o vreme și apoi m-a lăsat baltă și s-a dus în cancelarie. Plânsesem mult în baie, un plâns autocompătimitor pentru cât era viața mea de nenorocită: pierdusem totul, succesele școlare, pe Antonio pe care dorisem întotdeauna să-l părăsesc și, în cele din urmă, o făcuse el și deja îmi lipsea, pe Lila care, de când era doamna Carracci, devenea o altă persoană cu fiecare zi mai mult. Vlăguită de durerea de cap, mă întorsesem acasă pe jos gândindu-mă la ea, la cum mă folosise — da, folosise — ca să meargă să-i provoace pe frații Solara, ca să se răzbune pe soțul ei, ca să mi-l arate în mizeria lui de soț rănit și tot drumul mă întrebasem: era posibil să se schimbe așa, ca nimic să n-o mai deosebească de una ca Gigliola?

Dar, odată ajunsă acasă, iată surpriza. Mama nu s-a năpustit asupra mea, ca de obicei, pentru că întârziasem și bănuia că mă întâlnisem cu Antonio sau pentru că neglijasem vreuna din miile de îndatoriri casnice. Mi-a spus, în schimb, cu un fel de încruntare amabilă:

— Stefano m-a întrebat dacă în după-amiaza asta îl poți însoți pe Rettifilo la croitoreasă.

Am crezut că nu înțelesesem bine, eram zăpăcită de oboseală și descurajare. Stefano? Stefano Carracci? Voia să-l însoțesc pe Rettifilo?

— De ce nu se duce cu soția lui? a glumit din cealaltă cameră tata, care, formal, era bolnav, dar, în realitate, trebuia să se ocupe de niște afaceri obscure de-ale lui. Cum își petrec timpul ăia doi? Jucând cărți?

Mama a făcut un gest de enervare. A zis că poate Lina era ocupată, a zis că trebuia să fim amabili cu familia Carracci, a zis că unii nu se simțeau niciodată mulțumiți de nimic. În realitate, tata era mai mult decât mulțumit: să fii în relații bune cu mezelarul însemna că puteai să iei de mâncare pe credit și să amâni cât mai mult posibil plata. Dar îi plăcea să fie spiritual. De la o vreme, cum avea ocazia, se distra să insiste în mod aluziv pe o presupusă apatie sexuală a lui Stefano. Întreba, din când în când, la masă: Carracci ce face, îi place doar televizorul? Și râdea și nu-ți trebuia mult să intuiești că sensul acelei întrebări era: cum de ăia doi nu fac copii, Stefano poate sau nu poate? Mama, care în chestiile alea îl înțelegea din zbor, îi răspundea serioasă: e devreme, lasă-i pace, ce pretenții ai? Dar, de fapt, se distra la fel ca el, chiar și mai mult, la gândul că mezelarul Carracci, în ciuda banilor pe care-i avea, nu funcționează.

Masa era deja pusă, mă așteptau pe mine ca să mâncăm. Tata s-a așezat cu un fel de grimasă vicleană și a continuat să glumească, adresându-i-se mamei:

— Ți-am zis eu vreodată: îmi pare rău, în seara asta sunt obosit, să jucăm cărți?

— Nu, pentru că nu ești o persoană cumsecade.

— Și tu vrei să devin o persoană cumsecade?

— Puțin, fără să exagerezi.

— Atunci, din seara asta sunt o persoană cumsecade ca Stefano.

— Am spus fără să exagerezi.

Cât detestam duetele alea! Vorbeau ca și cum ar fi fost siguri că eu și frații mei nu putem înțelege; sau poate că puneau pariu că înțelegeam toate nuanțele, dar considerau că acesta e modul corect să ne învețe cum să fim bărbați și femei. Epuizată de problemele mele, aș fi dorit să încep să urlu, să arunc farfuria, să fug, să nu-mi mai văd familia, umezeala din colțurile tavanului, pereții scorojiți, mirosul mâncării, nimic. Antonio: ce prostie să-l pierd, deja regretam, voiam să mă ierte. Dacă mă lasă corigentă pe toamnă, mi-am spus, nu mă prezint, mă las dată afară, mă căsătoresc cu el imediat. Apoi mi-a revenit în minte Lila, cum se dichisise, pe ce ton le vorbise fraților Solara, ce avea în minte, cât de rea o făceau umilința și suferința să devină. Am bătut câmpii așa toată după-amiaza, gânduri dezlânate. O baie în cada din casa nouă, neliniștea din cauza rugăminții lui Stefano, cum s-o înștiințez pe prietena mea, ce voia soțul ei de la mine. Și chimia. Și Empedocle. Și să învăț. Și să nu mai învăț. Și, în fine, o suferință rece. Nu exista cale de ieșire. Da, nici eu, nici Lila n-am fi devenit niciodată ca fata care venise să-l aștepte pe Nino la școală. Ne lipsea amândurora ceva impalpabil, dar esențial, ceva ce ea avea chiar și numai dacă o priveai de departe și pe care ori îl aveai ori nu-l aveai, fiindcă pentru lucrul acela nu era de-ajuns să înveți latina sau greaca sau filosofia și nu foloseau nici măcar banii din salamuri sau din pantofi.

Stefano a strigat din curte. Am alergat jos și i-am citit imediat pe față o expresie descumpănită. A zis că mă ruga să-l însoțesc să ia poza pe care croitoreasa o expunea în vitrină fără permisiune. Fă-o din politețe, a murmurat pe un ton ușor mieros. Apoi m-a ajutat să urc în decapotabilă fără un cuvânt. Am plecat simțind asupra noastră vântul cald.

Cum am ieșit din cartier, a început să vorbească și nu s-a oprit până când n-am ajuns la croitorie. S-a exprimat într-un dialect blând, fără cuvinte urâte și fără ironii. A început spunând că trebuia să-i fac o favoare, dar nu mi-a explicat imediat care era favoarea. A spus doar, încurcându-se, că dacă i-o făceam lui, era ca și cum i-aș fi făcut-o prietenei mele. Apoi a început să vorbească depre Lila, cât era de inteligentă, cât era de frumoasă.

Dar e rebelă din fire, a adăugat, și lucrurile fie le faci cum spune ea, fie te chinuie. Lenù, tu nu știi ce îndur, sau poate că știi, dar știi doar ce-ți povestește ea. În schimb, ascultă-mă și pe mine. Lina are o idee fixă că eu nu mă gândesc decât la bani și poate că e adevărat, dar o fac pentru familie, pentru fratele ei, pentru tatăl ei, pentru toate rudele ei. Greșesc? Tu ești foarte învățată, spune-mi dacă greșesc. Ce vrea de la mine, sărăcia din care vine? Banii trebuie să-i facă doar Solara? Vrem să lăsăm cartierul pe mâna lor? Dacă tu-mi spui că greșesc, eu cu tine nu mă cert, recunosc imediat că greșesc. Cu ea, în schimb, trebuie să mă cert, n-am încotro. Nu mă vrea, mi-a spus-o, mi-o repetă. S-o fac să înțeleagă că sunt soțul ei e un război și, de când m-am însurat, viața e insuportabilă. S-o văd dimineața, seara, să dorm lângă ea și să nu pot s-o fac să simtă cât țin la ea e ceva foarte rău.

I-am privit mâinile mari care strângeau volanul, chipul. Ochii i s-au umezit și a recunoscut că în prima noapte de nuntă fusese nevoit s-o bată, că fusese constrâns s-o facă, că ea în fiecare dimineață, în fiecare seară, îl făcea s-o bată înadins ca să-l degradeze și să-l oblige să fie cum el niciodată, niciodată, niciodată n-ar fi dorit. Apoi a spus aproape speriat: am fost silit s-o bat din nou, nu trebuia să se ducă la frații Solara îmbrăcată în felul ăla. Dar are o forță în ea pe care nu reușesc s-o supun. E o forță rea care face inutile bunele maniere, totul. O otravă. Vezi că nu rămâne însărcinată? Trec lunile și nu se întâmplă nimic. Rudele, prietenii, clienții mă întreabă rânjind: sunt noutăți? Iar eu trebuie să spun: ce noutăți, prefăcându-mă că nu înțeleg. Fiindcă dacă aș arăta că înțeleg, ar trebui să răspund. Și ce pot să răspund? Sunt lucruri pe care le știi, dar nu se pot spune. Ea, cu forța pe care o are, își omoară copiii înăuntru, Lenù, și o face înadins ca să se creadă că nu știu să fiu bărbat, ca să mă facă să pic prost în fața tuturor. Ce crezi? Exagerez? Tu nu știi ce favoare îmi faci că mă asculți.

N-am știut ce să-i răspund. Eram uluită, nu auzisem niciun bărbat vorbind despre sine în felul acela. A folosit tot timpul, și cât a vorbit despre violența lui, un dialect plin de sentiment, fără apărare, ca acela pe care-l auzi în unele cântece. Nici până azi nu știu de ce s-a comportat așa. Bineînțeles, pe urmă mi-a dezvăluit ce voia. Voia să mă aliez cu el pentru binele Lilei. A spus că ea trebuia ajutată să înțeleagă cât era de necesar să se comporte ca o soție, și nu ca o inamică. M-a rugat s-o conving să-l ajute cu a doua mezelărie și cu socotelile. Dar ca să obțină lucrurile alea, nu era nevoie să mi se destăinuie în felul acela. Probabil că s-a gândit că Lila mă informase deja în detaliu și că, deci, trebuie să-mi ofere versiunea lui asupra faptelor. Sau poate că nu intenționase să se deschidă atât de sincer față de cea mai bună prietenă a soției lui, a făcut-o doar luat de valul emoțiilor. Sau a presupus că, dacă m-ar fi emoționat, eu aș fi putut apoi s-o emoționez pe Lila spunându-i totul. Cu siguranță am stat să-l ascult cu tot mai mult interes. Încet, încet, mi-a plăcut acea revărsare liberă de confidențe foarte intime. Dar, mai ales, trebuie s-o recunosc, mi-a plăcut importanța pe care mi-o acorda. Când a enunțat cu cuvintele lui bănuiala mea dintotdeauna, adică faptul că Lila nutrește o forță care o făcea capabilă de orice, chiar și de a interzice organismului ei să conceapă copii, mi s-a părut că-mi atribuie o putere benefică, care s-o domine pe cea malefică a Lilei, și asta m-a flatat. Am ieșit din mașină, am ajuns la croitorie, m-am simțit consolată de acea recunoaștere. Am ajuns chiar să-i spun, pompos, în italiană, că aș face tot posibilul să-i ajut să fie fericiți.

Dar deja în fața vitrinei croitoresei am redevenit agitată. Ne-am oprit amândoi să ne uităm la fotografia înrămată a Lilei printre materialele multicolore. Stătea jos, cu picioarele unul peste altul, iar rochia de mireasă puțin ridicată îi dezvăluia pantofii, o gleznă. Își sprijinea bărbia într-o palmă, avea o privire serioasă, intensă, îndreptată cu nerușinare spre obiectiv, și în păr îi strălucea o coroniță din flori de portocal. Fotograful fusese norocos. Am simțit că surprinsese forța de care vorbise Stefano, era o forță — mi s-a părut că înțeleg — împotriva căreia nici măcar Lila nu putea face nimic. M-am întors ca să-i spun mirată și, totodată, dezolată: iată lucrul despre care vorbeam, dar el a împins ușa și m-a lăsat să intru.

Tonul pe care-l folosise cu mine a dispărut, a fost dur cu croitoreasa. A spus că era soțul Linei, a folosit chiar formula aceea. A explicat că și el era lucra în domeniul comerțului, dar că nu i-ar fi trecut niciodată prin minte să-și facă publicitate în felul acela. A ajuns să spună: sunteți o femeie frumoasă, ce-ar zice soțul dumneavoastră dacă eu aș lua o poză de-a dumneavoastră și aș așeza-o printre brânzeturi și salamuri? I-a cerut înapoi fotografia.

Croitoreasa s-a zăpăcit, a încercat să se apere, la final a cedat. Dar s-a arătat foarte descumpănită și, ca să demonstreze că era o inițiativă bună și că regretă profund, a povestit trei sau patru chestii care apoi, peste ani, au devenit o mică legendă în cartier. În perioada în care fotografia fusese în vitrină, apăruseră ca să ceară informații despre tânăra în rochie de mireasă faimosul Renato Carosone, un prinț egiptean, Vittorio de Sica și un jurnalist de la *Roma* care voia să stea de vorbă cu Lila și să-i trimită un fotograf pentru o ședință în costum de baie ca cele organizate pentru câștigătoarele concursurilor de miss. Croitoreasa a jurat că a refuzat să dea vreunuia adresa, chiar dacă, mai ales în cazul lui Carosone și De Sica, refuzul li se păruse foarte nepoliticos, având în vedere ce personalități erau.

Mi-am dat seama că pe măsură ce vorbea croitoreasa, Stefano se înduioșa din nou. A devenit sociabil, i-a cerut femeii să povestească mai detaliat episoadele acelea. Când am plecat luând cu noi fotografia, dispoziția lui se schimbase și monologul de întoarcere n-a mai avut tonul suferind al celui de la dus. Stefano a fost vesel, a început să vorbească despre Lila cu mândria celui care posedă un obiect rar, de pe urma căruia obținea un mare prestigiu. Mi-a cerut, desigur, din nou ajutorul. Și înainte să mă lase acasă, m-a pus să jur iarăși și iarăși că o să mă străduiesc s-o fac pe Lila să înțeleagă care era calea corectă și care cea greșită. Oricum Lila, în cuvintele lui, nu mai era acum o persoană imposibil de guvernat, ci un fel de fluid prețios închis într-un recipient care-i aparținea. În zilele următoare, Stefano a povestit tuturor, și la mezelărie, despre Carosone și De Sica, astfel încât chestia s-a răspândit. Mama Lilei, Nunzia, cât a trăit, a tot povestit tuturor că fiica ei ar fi avut șansa să devină cântăreață și actriță, să apară în filmul *Căsătorie în stil italian*, să apară la televizor, să devină chiar o prințesă egipteană dacă croitoreasa de pe Rettifilo n-ar fi fost atât de reticentă și dacă destinul n-ar fi făcut-o să se mărite la șaisprezece ani cu Stefano Carracci.

19.

Profesoara de chimie a fost generoasă cu mine (sau poate că a intervenit Galiani) și mi-a dăruit un suficient. Am fost promovată cu șapte la materiile literare, șapte la materiile științifice, suficient la religie și, pentru prima dată, opt la disciplină, semn că preotul și bună parte a consiliului clasei nu mă iertaseră niciodată cu adevărat. Mi-a părut rău, de-acum simțeam vechiul conflict cu profesorul de religie despre rolul Sfântului Duh ca pe un act de înfumurare și regretam că nu-l ascultasem pe Alfonso care, la vremea aceea, încercase să mă țină în frâu. Bineînțeles, n-am primit bursă de studiu și mama s-a enervat, a urlat că era vina timpului pierdut cu Antonio. Chestia asta m-a exasperat, am spus că nu mai voiam să învăț. Ea a ridicat mâna să-mi tragă o palmă, i-a fost teamă din cauza ochelarilor și a alergat să caute bătătorul. Zile urâte, în fine, tot mai urâte. Singurul lucru care mi s-a părut pozitiv a fost că omul de serviciu, în dimineața în care m-am dus să văd tabelele, a venit la mine și mi-a dat un pachet pe care mi-l lăsase Galiani. Erau cărți, dar nu romane: erau cărți pline de raționamente, un semnal delicat de încredere care, însă, n-a fost de-ajuns ca să-mi revin.

Aveam prea multe angoase și impresia că greșesc tot timpul, orice aș fi făcut. L-am căutat pe fostul meu logodnic atât acasă, cât și la locul de muncă, dar el a reușit mereu să mă evite. Am apărut la mezelărie ca să-i cer Adei ajutorul. Ea m-a tratat cu răceală, a spus că fratele ei nu mai voia să mă vadă și, din ziua aceea, când ne intersectam, întorcea capul în altă parte. Acum că nu mai aveam școală, să mă trezesc dimineața a devenit traumatic, un fel de izbitură dureroasă în cap. La început m-am străduit să citesc câteva pagini din cărțile lui Galiani, dar mă plictiseam, nu înțelegeam mai nimic. Am reînceput să iau cu împrumut romane de la bibliotecă, le-am citit unul după altul. Dar, pe termen lung, nu mi-au fost de folos. Propuneau vieți intense, dialoguri profunde, o realitate întruchipată mai captivantă decât viața mea reală, din care simțeam uneori nevoia să evadez, așa că mă târam până la școală cu speranța să-l văd pe Nino, care era ocupat cu examenele de maturitate. În ziua examenului scris la greacă, l-am așteptat ore în șir, cu răbdare. Dar tocmai când primii candidați au început să iasă cu Rocci sub braț, a apărut fata frumoasă și elegantă pe care o văzusem oferindu-i buzele. S-a așezat să aștepte la câțiva metri de mine și, într-o clipă, am început să-mi închipui cum noi două — siluete expuse ca într-un catalog de modă — am fi apărut în ochii fiului lui Sarratore în momentul în care ar fi ieșit pe ușa școlii. M-am simțit urâtă, neîngrijită și am plecat de acolo.

Am alergat acasă la Lila în căutare de consolare. Dar știam că greșisem și față de ea, făcusem o chestie stupidă: nu-i spusesem că mă dusesem cu Stefano să luăm fotografia. De ce tăcusem? Mă complăcusem în rolul de pacificatoare pe care soțul ei mi-l propusese și mă gândisem că e mai bine să nu-i spun de cursa în mașină pe Rettifilo? Mă temusem că trădez confidențele lui Stefano și, în consecință, fără să-mi dau seama, o trădasem pe ea? Nu știam. Mai mult ca sigur decizia mea nu fusese una întemeiată. Mai degrabă o incertitudine devenită mai întâi un fals amuzament, apoi se transformase în convingerea că, nespunând imediat cum decurseseră lucrurile, le făcea acum complicat și poate inutil de remediat. Ce ușor era să faci rău. Căutam justificări care să-i pară convingătoare, dar nu eram în măsură să mi le ofer nici mie. Intuiam ceva alterat în comportamentul meu, așa că tăceam.

Ea, pe de altă parte, nu arătase niciodată să știe că întâlnirea aceea avusese loc. Mă primea tot cu amabilitate, mă lăsa să fac baie în cada ei, să-i folosesc trusa de machiaj. Dar nu comenta mai deloc lucrurile din romanele pe care i le povesteam, prefera să-mi dea informații frivole despre viața actorilor și a cântăreților despre care citea în reviste. Și nu-mi mai spunea niciun gând de-al ei sau plan secret. Dacă-i vedeam vreo vânătaie, dacă porneam de acolo ca s-o fac să se întrebe în legătură cu motivele acelei reacții urâte a lui Stefano, dacă-i spuneam că poate el devenea rău pentru că și-ar fi dorit ca ea să-l ajute, să-l sprijine în toate nenorocirile, mă privea ironic, ridica din umeri și o ștergea. În scurt timp am înțeles că, deși nu voia să rupă legătura cu mine, decisese să nu-mi mai facă confidențe. Așadar, știa într-adevăr și nu mă mai considera o prietenă de încredere? Ajunsesem chiar să-mi răresc vizitele, sperând ca ea să-mi simtă lipsa, să-mi ceară socoteală și să ajungem să ne lămurim. Dar mi se păruse că nici măcar nu bagă de seamă. Atunci n-am rezistat și am început s-o vizitez din nou cu asiduitate, lucru de care nu se arătase nici bucuroasă, nici nemulțumită.

În ziua aceea caldă de iulie am ajuns la ea foarte deprimată și totuși nu i-am zis nimic despre Nino, despre prietena lui Nino, pentru că, fără să vreau — se știe cum merg lucrurile astea — ajunsesem și eu să reduc jocul confidențelor la aproape nimic. A fost primitoare ca de obicei. A pregătit un sirop de migdale, m-am ghemuit să beau lichidul înghețat pe canapeaua din sufragerie, sâcâită de huruitul trenurilor, de transpirație, de tot.

Am observat-o în tăcere în timp ce se mișca prin casă. M-am înfuriat din cauza capacității ei de a se învârti prin cele mai deprimante labirinturi ținându-se de firul unei decizii personale belicoase fără s-o arate. M-am gândit la ce-mi spusese soțul ei, la cuvintele despre puterea pe care Lila o conținea ca pe resortul unui mecanism periculos. I-am privit burta și mi-am închipuit că într-adevăr acolo înăuntru, în fiecare zi, în fiecare noapte, se prinde într-o luptă a ei pentru a distruge viața pe care Stefano voia să i-o introducă forțat. Cât timp va rezista, m-am întrebat, dar n-am îndrăznit să pun întrebări explicite. Știam că le-ar fi considerat neplăcute.

Peste puțin timp a sosit Pinuccia, aparent o vizită între cumnate. De fapt, după zece minute a apărut și Rino. El și Pina s-au giugiulit puțin sub ochii noștri atât de exagerat, că eu și Lila am schimbat priviri ironice. Când Pina a spus că voia să vadă panorama, el a urmat-o și s-au închis într-o cameră pentru o bună jumătate de oră.

Se întâmpla adesea. Lila mi-a vorbit despre asta cu un amestec de enervare și sarcasm, iar eu am simțit invidie pentru dezinvoltura celor doi logodnici: nicio teamă, nicio stânjeneală. Când au reapărut, erau mai veseli ca înainte. Rino s-a dus în bucătărie să-și ia ceva de ronțăit, s-a întors, a vorbit despre pantofi cu sora lui, a spus că lucrurile mergeau tot mai bine, a încercat să-i smulgă sugestii pentru ca apoi să meargă să se laude cu ele față de frații Solara.

— Știi că Marcello și Michele vor să pună poza ta în magazinul din Piața Martirilor? a întrebat-o brusc, pe un ton fermecător.

— Nu mi se pare cazul, a intervenit imediat Pinuccia.

— De ce? a întrebat Rino.

— Ce întrebare e asta? Dacă vrea, Lila își pune fotografia în noua mezelărie: e rândul ei s-o gestioneze, nu? Dacă, în schimb, îmi revine mie magazinul din Piața Martirilor, îmi permiți să decid eu ce merge acolo înăuntru?

A vorbit ca și cum apăra, întâi de toate, drepturile Lilei împotriva tupeului fratelui. În realitate, știam toți că se apăra pe sine și propriul viitor. Se săturase să depindă de Stefano, voia să părăsească mezelăria și îi plăcea să se gândească la faptul că va fi patroană într-un magazin din centru. De aceea, de ceva vreme, între Rino și Michele se dădea o mică luptă care avea la mijloc gestionarea magazinului de pantofi, o luptă instigată de presiunile respectivelor logodnice: Rino insista să se ocupe de el Pinuccia, Michele să se ocupe de el Gigliola. Dar Pinuccia era cea mai agresivă și nu avea îndoieli că va domina. Știa că poate uni autoritatea logodnicului cu cea a fratelui. De aceea, cu fiecare ocazie, își dădea aerele uneia care făcuse deja saltul, lăsase cartierul în urmă și acum stabilește ce e potrivit și ce nu raționamentului clienților din centru.

Mi-am dat seama că lui Rino îi era teamă că sora lui o să treacă la atac, dar Lila a arătat cea mai mare indiferență. Atunci s-a uitat la ceas ca să dea de înțeles că era foarte ocupat și a spus cu tonul cuiva care vede în viitor.

— După mine, poza aia are mare potențial comercial, apoi a sărutat-o pe Pina, care imediat s-a ferit, ca să-i transmită că nu e de acord, și a șters-o.

Am rămas noi, fetele. Pinuccia m-a întrebat bosumflată, sperând să poată folosi autoritatea mea pentru a pune capăt problemei:

— Lenù, tu ce crezi? Ți se pare că poza Linei trebuie să stea în Piața Martirilor?

Am spus în italiană:

— Stefano trebuie să decidă și, pentru că s-a dus înadins la croitoreasă ca s-o pună s-o scoată din vitrină, e imposibil să-și dea permisiunea.

Pinuccia s-a înflăcărat de mulțumire și aproape că a strigat:

— Maică Sfântă, ce bună ești, Lenù.

Am așteptat ca Lila să-și spună părerea. A fost o lungă tăcere, apoi ea a vorbit doar cu mine:

— Pe cât pariezi că te înșeli? Stefano își va da permisiunea.

— Ba nu.

— Ba da.

— Pe ce vrei să pariezi?

— Dacă pierzi, nu va mai trebui să fii promovată cu mai puțin de media opt.

Am privit-o stânjenită. Nu vorbiserăm despre promovarea mea chinuită, credeam că nici nu știe, și ea, în schimb, era informată și acum îmi reproșa. N-ai fost la înălțime, spunea, ai luat note proaste. Pretindea de la mine ce ar fi făcut ea în locul meu. Mă voia cu adevărat țintuită în rolul cuiva care-și petrece viața deasupra cărților, în timp ce ea avea bani, haine frumoase, casa, televizorul, mașina, își cumpăra totul, își îngăduia totul.

— Și dacă pierzi tu? am întrebat, cu o nuanță de ură.

I-a revenit brusc privirea aceea a ei, două orificii întunecate cu care te străpungea.

— Mă înscriu la o școală privată, reîncep să învăț și jur că iau diploma împreună cu tine și cu note mai mari decât tine.

Împreună cu tine și cu note mai mari decât tine. Asta avea în minte?

M-am simțit ca și cum tot ce se agita în mine în perioada aceea urâtă — Antonio, Nino, nemulțumirea pentru că viața mea nu însemna nimic — ar fi absorbit de un foarte larg oftat.

— Vorbești serios?

— Când oare se fac pariurile în glumă?

A intervenit Pinuccia, foarte agresivă.

— Lina, nu începe să faci pe nebuna cum faci de obicei: tu ai noua mezelărie, Stefano nu se poate descurca singur.

Dar imediat s-a controlat, a adăugat cu blândețe prefăcută:

— Dincolo de faptul că aș vrea să știu când tu și Stefano mă veți face mătușă.

A folosit formula aia dulceagă, dar tonul l-am perceput răutăcios și am simțit motivele acelei ranchiuni amestecându-se enervant cu ale mele. Pinuccia voia să spună: te-ai căsătorit, fratele meu îți oferă totul, acum fă ce trebuie să faci. Și, în fond, ce sens avea să fii doamna Carracci și între timp să închizi toate ușile, să te baricadezi, să te blochezi, să păstrezi o mânie înveninată în tine? E posibil să creezi mereu necazuri, Lila? Când ai să termini? Se va reduce oare energia ta, se va zăpăci, se va prăbuși în sfârșit ca o santinelă adormită? Când se va întâmpla să te deschizi și să te așezi la casa de marcat, în cartierul nou, cu burta tot mai umflată, și să o faci pe Pinuccia mătușă și pe mine, pe mine, să mă lași să merg pe drumul meu?

— Cine știe, a răspuns Lila în timp ce pe față ochii îi redeveneau mari și profunzi.

— Doar nu voi fi eu mamă prima? a spus cumnata râzând.

— Dacă stai tot timpul așa lipită de Rino, e posibil.

Au avut o mică polemică, dar nu le-am mai ascultat.

20.

Ca s-o potolesc pe mama, a trebuit să-mi caut o muncă estivală. Bineînțeles, m-am dus la papetăreasă. M-a primit cum e primită o învățătoare sau doctorul, le-a chemat pe fete care se jucau în spate, copilele m-au îmbrățișat, m-au pupat, mi-au cerut să mă joc puțin cu ele. Când am sugerat că eram în căutare de lucru, a spus că, pentru a le îngădui fiicelor ei să-și petreacă zilele cu o fată bună și inteligentă ca mine, era gata să le trimită la Sea Garden imediat, fără să aștepte luna august.

— Imediat când? am întrebat.

— Săptămâna viitoare?

— Foarte bine.

— Îți dau niște bani în plus față de anul trecut.

Aia mi s-a părut în sfârșit o veste bună. M-am întors acasă bucuroasă și nu m-am bosumflat nici măcar când mama mi-a zis că eram norocoasă, că de obicei, să faci baie și să te bronzezi nu era o muncă.

Revigorată, a doua zi m-am dus în vizită la învățătoarea Oliviero. Mă irita să fiu nevoită să-i spun că în anul acela nu mă remarcasem în mod special la școală, dar trebuia s-o întâlnesc ca să-i reamintesc, prudent, să-mi facă rost de cărțile din clasa a doua de liceu. Și apoi, credeam că i-ar fi făcut plăcere să afle că poate Lila, acum că se căsătorise bine și avea mult timp liber, ar putea reîncepe să învețe. Să-i citesc în ochi reacția la acea veste m-ar fi ajutat să calmez neplăcerea pe care această veste mi-o provocase.

Am ciocănit de mai multe ori, învățătoarea n-a deschis. I-am întrebat pe vecini, am întrebat prin cartier și m-am întors după o oră, dar nici atunci n-a deschis. Și totuși, nimeni n-o văzuse ieșind, iar pe străzile din cartier, în magazine n-o întâlnisem. Pentru că era o femeie singură, bătrână și care nu se simțea bine, m-am dus iarăși să întreb prin vecini. O doamnă care locuia ușă în ușă cu învățătoarea s-a hotărât să-i ceară ajutor fiului. Tânărul a intrat în apartament, trecând de pe balconașul casei lui la una dintre ferestrele casei învățătoarei. A găsit-o pe podeaua bucătăriei, în cămașă de noapte, leșinată. Au chemat medicul și acela a hotărât că trebuia să fie internată imediat. Au dus-o jos pe brațe. Am văzut-o când ieșea din bloc nearanjată, cu fața umflată toată, ea care venea întotdeauna îngrijită la școală. Avea privirea speriată. I-am făcut un semn de salut, a lăsat ochii în jos. Au pus-o într-o mașină care a plecat claxonând violent.

Căldura, în anul acela, probabil că a avut un efect urât asupra organismelor mai fragile. După-amiaza s-au auzit copiii Melinei care își strigau mama prin curte pe un ton tot mai îngrijorat. Pentru că strigătele nu se opreau, m-am hotărât să merg să văd ce se întâmpla și am dat peste Ada. A spus nervoasă, cu ochii lucioși, că Melina nu era de găsit. Imediat a sosit Antonio cu sufletul la gură, foarte palid, nici nu m-a privit și a fugit. În curând, jumătate din cartier o căuta pe Melina, chiar și Stefano care, având încă pe el halatul de mezelar, s-a așezat la volanul decapotabilei, a poftit-o pe Ada lângă el și a explorat străzile mergând încet. Eu m-am ținut după Antonio, am alergat ici-colo fără să vorbim. În cele din urmă, ne-am trezit în zona lacurilor și am mers amândoi prin iarba înaltă, strigând-o pe mama lui. El avea un chip supt, cearcăne. I-am apucat o mână, voiam să-l liniștesc, dar m-a respins. A spus o frază odioasă, a spus: lasă-mă în pace, că tu nu ești femeie. Am simțit o durere în piept, puternică, dar tocmai atunci am văzut-o pe Melina. Stătea în apă, se răcorea. Gâtul și fața se iveau la suprafața verzuie, părul îi era ud leoarcă, ochii roșii, buzele pătate de frunzulițe și de mâl. Stătea în tăcere, ea care își trăia de zece ani crizele de nebunie urlând sau cântând.

Am dus-o acasă, Antonio o sprijinea de o parte, eu de cealaltă. Lumea a părut ușurată, o striga, ea saluta vlăguit cu mâna. Lângă poartă am văzut-o pe Lila, nu participase la căutări. Izolată în casa din cartierul nou, vestea probabil că ajunsese la ea târziu. Știam că are cu Melina o relație puternică, dar m-a izbit faptul că, în vreme ce toți dădeau semne de compasiune, și iată că între timp alerga Ada strigând mama, urmată de Stefano care lăsase mașina în mijlocul șoselei cu portierele deschise și avea aerul fericit al cuiva care avusese gânduri urâte, și descoperea că totul e bine, ea stătea deoparte cu o expresie dificil de definit. Părea emoționată de spectacolul dureros pe care-l dădea văduva, murdară, zâmbind palid, cu hainele ușoare îmbibate de apă și noroi, pe sub al căror material se vedea urma corpului șubrezit, gestul slab cu care își saluta prietenii și cunoscuții. Dar era și rănită, și îngrozită, aproape că simțea în interiorul ei aceeași răvășeală. I-am făcut un semn, nu mi-a făcut înapoi. Am lăsat-o atunci pe Melina fiicei ei și am încercat să mă duc după ea. Voiam să-i vorbesc și despre învățătoarea Oliviero, voiam să-i spun despre lucrul urât pe care mi-l spusese Antonio. Dar n-am mai găsit-o, plecase de acolo.

21.

Când am revăzut-o pe Lila, mi-am dat seama imediat că nu se simțea bine și că scopul ei era să mă facă și pe mine să nu mă simt bine. Am petrecut o dimineață în casa ei într-o atmosferă aparent ludică. În realitate, mi-a impus cu o răutate tot mai mare să probez toate rochiile ei, deși îi tot spuneam că nu-mi veneau. Jocul a devenit un chin. Ea era mai înaltă, mai suplă, fiecare lucru de-al ei pe care-l puneam pe mine mă făcea caraghioasă. Dar nu voia să recunoască, spunea că era de-ajuns să ajustezi ici sau colo, dar mă contempla tot mai prost dispusă, ca și cum cu aspectul meu i-aș fi făcut o mare nedreptate.

La un moment dat a spus gata. A avut privirea și chipul cuiva care a văzut o fantomă. Apoi s-a scuturat, și-a luat un ton frivol și mi-a spus că se dusese, cu o seară sau două înainte, să mănânce o înghețată cu Pasquale și Ada.

Eram în furou, o ajutam să pună hainele pe umerașe.

— Cu Pasquale și Ada?

— Da.

— Și cu Stefano?

— Eu singură.

— Te-au invitat ei?

— Nu, i-am rugat eu.

Și, cu aerul cuiva care voia să mă surprindă, a adăugat că nu se limitase doar la ieșirea aia scurtă în lumea de când era încă fată: a doua zi se dusese să mănânce o pizza cu Enzo și Carmela.

— Tot singură?

— Da.

— Și Stefano ce spune?

A făcut o grimasă de indiferentă.

— Să te căsătorești nu înseamnă să duci o viață de babă. Dacă el vrea să vină cu mine, bine. Dacă, în schimb, seara e prea obosit, ies singură.

— Cum a fost?

— M-am distrat.

Am sperat să nu mi se citească pe față dezaprobarea. Ne văzuserăm des, ar fi putut să-mi spună: în seara asta ies cu Ada, Pasquale, Enzo, Carmela, vrei să vii? În schimb, nu-mi zisese nimic, organizase și gestionase întâlnirile alea singură, în secret, ca și cum n-ar fi fost prietenii *noștri* dintotdeauna, ci doar ai ei. Iar acum iată că-mi povestea detaliat, cu satisfacție, tot ce-și spuseseră: Ada era îngrijorată, Melina nu mânca aproape nimic și vomita orice mânca, Pasquale era neliniștit din cauza mamei lui, Giuseppina, care nu putea dormi, își simțea picioarele greoaie, o apucau palpitațiile și, când se ducea să-și viziteze soțul la închisoare, la întoarcere plângea ca și cum nimic n-o putea consola. Am ascultat. Am observat că avea, mai mult ca de obicei, un mod implicat de a vorbi. Alegea cuvinte încărcate emoțional, le descria pe Melina Cappuccio și pe Giuseppina Peluso ca și cum trupurile lor l-ar fi înșfăcat pe al ei și i-ar fi dat aceleași forme contractate sau dilatate, aceleași stări proaste. În timp ce povestea, și-a atins fața, sânii, burta, șoldurile ca și cum n-ar mai fi fost ale ei și, între timp, a arătat că știe totul despre femeile acelea, în cele mai mici detalii, ca să-mi demonstreze că mie nu-mi spunea nimeni nimic, dar că ei i se spunea totul sau, mai rău, ca să mă facă să mă simt învăluită într-o ceață, una care nu bagă de seamă cât suferă persoanele din jur. A vorbit despre Giuseppina ca și cum n-ar fi pierdut-o niciodată din vedere în ciuda vârtejului logodnei și al căsătoriei; a vorbit despre Melina ca și cum mama Adei și a lui Antonio îi pătrunsese în minte dintotdeauna, ca și cum îi cunoștea în profunzime nebunia. De acolo a început să-mi înșire multe alte persoane din cartier pe care eu abia le cunoșteam și ale căror povești ea, în schimb, părea să le știe grație unui fel de participare la distanță. În fine, m-a anunțat:

— Am mers la o înghețată și cu Antonio.

Numele acela m-a înțepat în stomac.

— Ce face?

— Bine.

— A zis ceva de mine?

— Nu, nimic.

— Când pleacă?

— În septembrie.

— Marcello n-a făcut nimic ca să-l ajute.

— Era previzibil.

Previzibil? Dacă era previzibil, m-am gândit, că frații Solara n-ar fi făcut nimic, de ce m-ai dus la ei? Și de ce tu, care ești căsătorită, acum vrei să revezi prietenii, așa, singură? Și de ce ai mers la o înghețată cu Antonio și nu mi-ai spus, chiar dacă știi că e fostul meu logodnic și că el nu mai vrea să mă vadă și că eu, în schimb, aș vrea? Vrei să te răzbuni pentru că am ieșit cu mașina cu soțul tău și nu ți-am spus nici măcar un cuvânt despre ce am vorbit? M-am îmbrăcat nervoasă, am bombănit că eram ocupată și că trebuia să plec.

— Trebuie să-ți spun ceva.

M-a anunțat, serioasă, că Rino, Marcello și Michele voiseră ca Stefano să se ducă în Piața Martirilor să vadă ce bine ieșea magazinul și acolo cei trei, printre saci cu ciment, găleți cu vopsea și pensule, îi arătaseră peretele opus intrării și-i spuseseră că se gândeau să pună acolo fotografia mărită cu ea în rochie de mireasă. Stefano ascultase, apoi răspunsese că ar fi fost cu siguranță o reclamă frumoasă pentru pantofi, dar că nu i se părea ceva oportun. Cei trei insistaseră, el îi spusese nu lui Marcello, nu lui Michele și nu și lui Rino. În fine, câștigasem pariul: soțul nu cedase în fața fraților Solara.

Am spus, străduindu-mă să par entuziastă:

— Vezi? Mereu să-l vorbești rău pe bietul Stefano. În schimb, eu am avut dreptate. Acum trebuie să începi să studiezi.

— Să așteptăm.

— Să așteptăm ce? Un pariu e un pariu și tu l-ai pierdut.

— Să așteptăm, a repetat Lila.

M-am simțit și mai prost dispusă. Nu știe ce vrea, m-am gândit. E nemulțumită că n-a avut dreptate în legătură cu soțul ei. Sau nu știu, poate că exagerez, poate că a apreciat refuzul lui Stefano, dar voia ca bărbații să se confrunte mai dur în privința imaginii ei și e dezamăgită că frații Solara n-au insistat îndeajuns. Am văzut că-și trecea leneș o mână pe șold și în lungul unui picior, ca o mângâiere de rămas bun, și în ochi i-a apărut pentru o clipă acel amestec de suferință, teamă și dezgust pe care i-l observasem în seara dispariției Melinei. M-am gândit: și dacă, în schimb, ține, în secret, că vrea ca poza ei să fie de fapt expusă, mare, în centrul orașului, și regretă că Michele n-a reușit să se impună în fața lui Stefano? Fiindcă nu, ea vrea să fie prima în toate, așa e făcută: cea mai frumoasă, cea mai elegantă, cea mai bogată. Apoi mi-am spus: mai ales cea mai inteligentă. Și la gândul că Lila într-adevăr se reapucă de învățat am simțit un disconfort care m-a descurajat. Cu siguranță ar fi recuperat toți anii de școală pierduți. Cu siguranță aș fi găsit-o alături de mine, umăr lângă umăr, ca să dea examenul de absolvire a liceului. Și mi-am dat seama că perspectiva aceea era insuportabilă.

Dar și mai insuportabil mi s-a părut să descopăr în inima mea sentimentul acela. Mi s-a făcut rușine și i-am zis imediat că ar fi fost atât de frumos dacă am învăța din nou împreună și am insistat să se informeze cum să procedeze. Fiindcă a ridicat din umeri, am spus:

— Acum chiar trebuie să plec.

De data asta nu m-a mai oprit.

22.

Ca de obicei, deja pe scări am început să-i înțeleg motivele, sau așa mi s-a părut: era izolată în cartierul nou, închisă în casa ei modernă, maltratată de Stefano, angajată în cine știe ce luptă misterioasă cu corpul ei ca să nu conceapă copii, invidioasă pe succesele mele școlare într-atât încât să-mi semnaleze cu pariul ăla nebun că ar fi dorit să reînceapă să studieze. În plus, era posibil să mă considere mult mai liberă decât ea. Despărțirea de Antonio, dificultățile mele cu învățatul i se păreau niște prostii dacă le compara cu ale ei. Pas cu pas, fără să-mi dau seama, am simțit îmbufnată că o înțeleg, apoi am început din nou să o admir. Păi sigur, ar fi fost frumos dacă ar reîncepe să studieze. Să revin la vremea claselor primare, când ea era mereu prima și eu mereu a doua. Să redau sens studiului pentru că ea știa să-i dea sens. Să mă țin după umbra ei și astfel să mă simt puternică și în siguranță. Da da da. Să o iau de la capăt.

La un moment dat, pe drumul spre casă, mi-a revenit în minte amestecul de suferință, spaimă și dezgust pe care i-l văzusem pe chip. De ce? M-am gândit din nou la corpul neputincios al învățătoarei, la cel necontrolat al Melinei. Fără un motiv evident, am început să le privesc cu atenție pe femeile de pe șosea. Dintr-odată mi s-a părut că trăisem cu un fel de privire îngustă: ca și cum puteam să mă concentrez numai asupra noastră, fetele, Ada, Gigliola, Carmela, Marisa, Pinuccia, Lila, eu însămi, colegele mele de școală și nu acordasem niciodată cu adevărat atenție corpului Melinei, al Giuseppinei Peluso, al Nunziei Cerullo, al Mariei Carracci. Singurul trup de femeie pe care-l analizasem cu îngrijorare crescândă era cel șchiop al mamei mele și doar de imaginea aceea mă simțisem presată, amenințată, încă mă temeam că o să se suprapună brusc peste a mea. Atunci, în schimb, le-am văzut limpede pe mamele de familie din vechiul cartier. Erau nervoase, erau resemnate. Tăceau cu buzele strânse și umerii curbați sau urlau insulte îngrozitoare la copiii care le chinuiau. Târau după ele, foarte slabe, cu ochii și obrajii înfundați sau cu șezuturile mari, glezne umflate, piepturi grele, sacoșele cu cumpărături, copiii mici care se țineau de fustele lor și care voiau să fie luați în brațe. Și, Sfinte Dumnezeule, aveau zece, cel mult douăzeci de ani mai mult decât mine. Totuși, păreau să-și fi pierdut trăsăturile feminine la care noi, fetele, țineam mult și pe care le evidențiam prin haine, prin machiaj. Fuseseră consumate de corpul soților, taților, fraților, cu care ajungeau să semene tot mai mult, fie din cauza eforturilor, fie din cauză că le ajungea bătrânețea, boala. Când începea transformarea aceea? Odată cu munca domestică? Cu sarcinile? Cu loviturile? Lila se va deforma ca Nunzia? Pe chipul ei delicat s-ar fi ivit cel al lui Fernando, mersul ei elegant s-ar fi schimbat în cel cu picioare crăcănate, cu brațele depărtate de bust, al lui Rino? Și, la fel, corpul meu, într-o zi, s-ar fi distrus lăsându-l să iasă la suprafață nu doar pe cel al mamei mele, ci pe cel al tatălui meu? Și tot ce învățam la școală s-ar fi dizolvat, cartierul ar fi predominat din nou, ritmurile, atitudinile, totul ar fi devenit confuz într-un mâl negricios, Anaximandru și tatăl meu, Folgóre și don Achille, valențele și lacurile, aoriștii, Hesiod și trivialitatea insolentă a fraților Solara, cum, de altfel, se întâmplase de-a lungul mileniilor orașului, tot mai descompus, tot mai degradat?

Am fost convinsă că, fără să-mi dau seama, interceptasem sentimentele Lilei și le uneam cu ale mele. De asta avea acea expresie, acea proastă dispoziție? Își mângâiase piciorul, șoldul, ca un fel de adio? Se atinsese, vorbind, ca și cum ar fi simțit granițele corpului ei asediate de Melina, de Giuseppina și era speriată de asta, dezgustată? Îi căutase pe prietenii noștri din nevoia de a reacționa?

Mi-am amintit privirea ei, când era mică, asupra lui Oliviero, căzută de la catedră ca o marionetă ruptă. Mi-am amintit privirea ei asupra Melinei care mânca pe șosea săpunul moale pe care tocmai îl cumpărase. Mi-am amintit-o pe Lila când ne povestea nouă, copilelor, crima, sângele prelins pe oala de aramă, și susținea că asasinul lui don Achille nu era un bărbat, ci o femeie. Ca și cum ar fi auzit și văzut, în povestea pe care ne-o spunea, forma unui corp feminin fărâmițându-se, din nevoie de ură, de răzbunare sau de dreptate, și pierzându-și alcătuirea.

23.

Începând cu ultima săptămână din iulie m-am dus cu fetele în fiecare zi, inclusiv duminica, la Sea Garden. Împreună cu miile de lucruri care le puteau servi fiicelor papetăresei, mi-am luat în geanta de pânză cărțile pe care le primisem de la Galiani. Erau volumașe care puneau în discuție trecutul, prezentul, lumea cum era și cum trebuia să devină. Scriitura semăna cu cea din cărțile de școală, dar era mai dificilă și mai interesantă. Nu eram obișnuită cu tipul acela de lecturi, oboseam repede. În plus, copilele cereau multă atenție. Și apoi erau marea amorțită, soarele tocit care apăsa peste golf și peste oraș, fantezii divagante, dorințe, cheful permanent de a distruge ordinea rândurilor și, cu ea, fiecare ordine care cerea efort, așteptarea unei împliniri viitoare.

Voiam să mă abandonez, în schimb, lucrurilor care erau la îndemână, imediat accesibile, vieții brute a fiarelor cerului, pământului și oceanului. M-am apropiat de împlinirea celor șaptesprezece ani cu un ochi la fiicele papetăresei și un ochi la *Discursul asupra originii și fundamentelor inegalității dintre oameni.*

Într-o duminică, am simțit niște degete peste ochi și o voce feminină m-a întrebat:

— Ghicești cine sunt?

Am recunoscut vocea Marisei și am sperat să fie în compania lui Nino. Cât mi-ar fi plăcut să mă vadă înfrumusețată de soare, de apa mării, și ocupată cu lectura unei cărți dificile! Am exclamat foarte fericită:

— Ești Marisa! și m-am întors brusc.

Dar Nino nu era, era Alfonso cu un prosop albastru pe umăr și cu țigările, bricheta și portofelul în mână. Avea un slip negru cu bandă albă și era foarte alb, de parcă nu l-ar fi văzut nici măcar o rază de soare în toată viața lui.

Am fost uimită să-i văd acolo împreună. Alfonso rămăsese corigent pentru octombrie la câteva materii și, ocupat cum era la mezelărie, îmi închipuiam că duminica învăța. Cât despre Marisa, eram sigură că este la Barano cu familia. În schimb, mi-a spus că părinții ei, cu un an în urmă, se certaseră cu stăpâna casei, Nella, și luaseră împreună cu niște prieteni de la *Roma* o vilișoară la Castelvolturno. Ea se întorsese la Napoli doar pentru câteva zile: avea nevoie de cărțile pentru școală — trei materii de remediat — și, apoi, trebuia să se vadă cu o persoană. I-a zâmbit cochetă lui Alfonso, persoana era el.

N-am putut să mă abțin, am întrebat-o imediat cum se descurcase Nino la bacalaureat. Ea s-a strâmbat dezgustată.

— Numai opt și doi de nouă. Cum a aflat rezultatele, a plecat singur în Anglia, fără o liră în buzunar. Zice că o să găsească de muncă acolo și o să rămână până când o să învețe bine engleza.

— Pe urmă?

— Pe urmă nu știu, poate se înscrie la Economie și Comerț.

Aveam o mie de alte întrebări, ba chiar căutam o cale de a o întreba cine era fata aia care-l aștepta la școală și dacă, într-adevăr, plecase singur sau cu ea, când Alfonso a spus, stânjenit:

— Trebuie să sosească și Lina.

Apoi a adăugat:

— Ne-a adus Antonio cu mașina.

Antonio?

Alfonso probabil că și-a dat seama de modul în care mi se schimbase expresia, de văpaia care îmi cuprindea fața, de uimirea geloasă din ochi. A zâmbit, s-a grăbit să spună:

— Stefano era ocupat cu tejghelele de la mezelăria nouă și n-a putut veni. Dar Lina ținea prea mult să te vadă, trebuie să-ți spună ceva, și astfel l-a întrebat pe Antonio dacă vrea să ne însoțească.

— Da, trebuie să-ți spună ceva urgent, a subliniat Marisa, bătând din mâini foarte veselă ca să mă facă să înțeleg că ea știa deja vestea.

Ce veste? Văzând-o și auzind-o pe Marisa părea o veste bună. Poate că Lila îl îmbunase pe Antonio și acum el voia să fie din nou împreună cu mine. Poate că frații Solara își puseseră în sfârșit în mișcare cunoștințele de la district și Antonio nu mai pleca. Mi-au venit imediat în minte aceste ipoteze. Dar când au apărut cei doi, le-am exclus imediat pe ambele. Antonio era acolo, în mod limpede, numai pentru că a o asculta pe Lila dădea un sens duminicii lui pustii, numai pentru că a-i fi prieten i se părea un noroc, o necesitate. Dar avea încă fața nefericită, ochii alarmați, m-a salutat rece. L-am întrebat de mama lui, mi-a dat informații succinte. A privit în jur incomodat și s-a aruncat imediat în apă împreună cu fetele, care l-au întâmpinat cu mare bucurie. În ce-o privește pe Lila, era palidă, fără ruj, cu privirea ostilă. Nu mi s-a părut că are să-mi spună lucruri urgente. S-a așezat pe ciment, a luat cartea pe care o citeam, a răsfoit-o fără un cuvânt.

Marisa, în fața acelor tăceri, s-a simțit stânjenită, a încercat să-și expună entuziasmul pentru toate lucrurile de pe lume, apoi s-a tulburat și s-a dus și ea să facă baie. Alfonso și-a ales cel mai depărtat loc posibil de noi și, nemișcat la soare, s-a concentrat asupra celor care se îmbăiau, ca și cum să vezi oameni goi care intrau și ieșeau din mare ar fi fost un spectacol captivant.

— Cine ți-a dat cartea asta? m-a întrebat Lila.

— Profesoara mea de latină și greacă.

— De ce nu mi-ai zis nimic?

— Nu credeam că te interesează.

— Știi tu ce mă interesează și ce nu mă interesează?

Am recurs imediat la un ton conciliant, dar am simțit și nevoia să mă laud.

— Imediat cum o termin, ți-o împrumut. Astea sunt cărți pe care profesoara îi pune pe cei buni să le citească. Le citește și Nino.

— Cine e Nino?

O făcea înadins? Se prefăcea că nu-și amintește nici măcar numele lui ca să-l minimalizeze în ochii mei?

— Cel din filmulețul de la nuntă, fratele Marisei, fiul cel mare al lui Sarratore.

— Băiatul urât care-ți place?

— Ți-am zis că nu-mi mai place. Dar face chestii interesante.

— Ce?

— Acum, de exemplu, e în Anglia. Muncește, călătorește, învață să vorbească engleză.

M-am emoționat și numai rezumând cuvintele Marisei. I-am spus Lilei:

— Gândește-te că am putea face aceste lucruri și noi două. Să călătorim. Să fim femei de serviciu ca să ne întreținem. Să învățăm să vorbim engleză mai bine decât englezii. De ce el și le poate permite și noi nu?

— A terminat școala?

— Da, și-a luat diploma. Însă apoi se duce să facă studii foarte dificile la universitate.

— E bun?

— Bun ca tine.

— Eu nu merg la școală.

— Ba da: ai pierdut pariul și acum trebuie să te pui din nou cu burta pe carte.

— Încetează, Lenù.

— Nu vrea Stefano?

— Avem mezelăria nouă, trebuie să mă ocup de ea.

— Vei învăța la mezelărie.

— Nu.

— Ai promis. Ai zis că ne vom lua diploma împreună.

— Nu.

— De ce?

Lila și-a trecut de mai multe ori mâna peste coperta cărții, netezind-o.

— Sunt însărcinată, a spus.

Și, fără să aștepte să reacționez, a murmurat:

— Ce căldură.

A lăsat cartea, s-a dus pe marginea cimentului, s-a aruncat fără ezitare în apă, strigând la Antonio, care se juca stropindu-se cu Marisa și fetele:

— Tonì, salvează-mă.

A zburat câteva clipe cu brațele deschise, apoi a lovit suprafața apei caraghios. Nu știa să înoate.

24.

În zilele următoare, Lila a inițiat o perioadă de activism frenetic. A început cu mezelăria nouă, s-a ocupat de ea ca și cum ar fi fost cel mai important lucru de pe lume. Se trezea devreme, înaintea lui Stefano. Vomita, pregătea cafeaua, vomita din nou. El devenise foarte atent, voia s-o însoțească cu mașina. Dar Lila refuza, spunea că avea chef să se plimbe și pleca în aerul proaspăt al dimineții, înainte să explodeze căldura, pe străzile pustii, printre clădirile abia construite și în mare parte încă goale, până la magazinul aflat în curs de organizare. Ridica storul, curăța podeaua murdară de vopseluri, îi aștepta pe muncitorii și pe furnizorii care predau cântare, feliatoare și mobilier, dădea dispoziții despre cum să fie așezate, se implica ea însăși să mute lucruri ca să încerce noi aranjări, mai eficiente. Ditamai bărbații amenințători, băieți cu atitudini necioplite, erau ordonați autoritar și se supuneau tuturor capriciilor ei fără să protesteze. Pentru că nici nu terminase de dat un ordin că deja se implica în munci obositoare, strigau la ea neliniștiți: doamnă Carracci, și se făceau în patru ca s-o ajute.

Lila, în ciuda căldurii care te vlăguia, nu se mulțumea cu magazinul din cartierul nou. Uneori, o însoțea pe cumnata ei la micul șantier din Piața Martirilor, condus, în general, de Michele, dar adesea și de Rino. Acesta din urmă se simțea îndreptățit să urmărească lucrările atât ca producător al pantofilor Cerullo, cât și în calitate de cumnat al lui Stefano, care era asociatul fraților Solara. Nici în locul acela Lila nu stătea potolită. Îl inspecta, urca pe scara zidarilor, observa spațiul de sus, cobora, începea să mute lucruri. La început îi irita pe toți, dar curând, unul după altul, fără niciun chef, cedau. Michele, deși era cel mai ostil și plin de sarcasm, a părut imediat cel mai prompt să înțeleagă că sugestiile Lilei erau avantajoase.

— *Signó*, spunea ironic, vino să-mi redecorezi și cafeneaua, te plătesc.

Ea, bineînțeles, nici nu se gândea să se atingă de cafeneaua Solara, dar după ce a adus destul haos în Piața Martirilor, a trecut la regatul familiei Carracci, vechea mezelărie, și acolo s-a instalat. I-a impus lui Stefano să-l țină acasă pe Alfonso pentru că avea de învățat pentru examenele de corigență și a împins-o pe Pinuccia să se ducă tot mai des, în compania mamei, să-și bage nasul în magazinul din Piața Martirilor. Așadar, câte ceva azi, câte ceva mâine, uite așa a reorganizat cele două spații alăturate ale atelierului din vechiul cartier, astfel încât să facă munca mai comodă și mai eficientă. În scurt timp a demonstrat că atât Maria, cât și Pinuccia erau în mod esențial de prisos, a subliniat rolulul Adei și a obținut de la Stefano să-i crească fetei salariul.

Când, după-amiaza târziu, mă întorceam de la Sea Garden și le lăsam acasă pe fetele papetăresei, aproape întotdeauna treceam pe la mezelărie să văd cum se simțea Lila, dacă burta îi creștea deja. Era nervoasă, nu avea o culoare sănătoasă în obraji. La întrebările mele prudente despre sarcină ori nu răspundea, ori mă trăgea afară din magazin și spunea lucruri fără sens de genul: „Nu vreau să vorbesc despre asta, e o boală, am înăuntru un gol care mă apasă". Apoi începea să-mi vorbească despre mezelăria nouă și despre cea veche și despre Piața Martirilor cu obișnuita ei exaltare, înadins ca să mă facă să cred că acolo se întâmplau lucruri minunate pe care, biata de mine, le pierdeam.

Dar deja îi cunoșteam trucurile, o ascultam și n-o credeam, chiar dacă sfârșeam mereu hipnotizată de energia cu care o făcea și pe servitoare și pe stăpână în același timp. Lila era în stare să stea de vorbă cu mine, să stea de vorbă cu clienții, să stea de vorbă cu Ada și, în intervalul ăsta, să nu stea locului deloc, să despacheteze, să taie, să cântărească, să încaseze bani, să dea restul. Se topea în propriile cuvinte și gesturi, se consuma, părea cu adevărat angajată într-o luptă înverșunată ca să uite de greutatea acelui „gol interior“, așa cum încă, incoerent, îl definea.

Oricum, ceea ce m-a impresionat mai mult a fost comportamentul ei dezinvolt cu banii. Se ducea la casa de marcat și lua cât voia. Banii, pentru ea, însemnau acel sertar, un cufăr al copilăriei care se deschidea și-și oferea bogățiile. În cazul (rar) în care banii din casă nu erau suficienți, îi era de-ajuns să arunce o privire spre Stefano. El, care părea că revenise la atenția generoasă de pe vremea când erau logodiți, își ridica halatul, căuta în buzunarul de la spate al pantalonilor, scotea un portofel umflat și întreba:

— Cât îți trebuie?

Lila îi făcea semn cu degetele, soțul întindea brațul drept cu pumnul închis, iar ea întindea mâna lungă, subțire.

Ada, de după tejghea, o privea cu aceeași privire cu care se uita la divele din paginile revistelor. Îmi imaginez că în acea perioadă sora lui Antonio s-a simțit ca într-o poveste. Ochii îi scânteiau când Lila deschidea sertarul și îi dădea bani. Împărțea fără probleme, imediat cum soțul întorcea spatele. I-a dat Adei bani pentru Antonio care trebuia să plece militar, i-a dat bani lui Pasquale care avea nevoie să-și scoată de urgență nu mai puțin de trei dinți. La începutul lui septembrie m-a luat și pe mine deoparte și m-a întrebat dacă îmi trebuiau bani pentru cărți.

— Ce cărți?

— Cele de școală, dar și cele care nu sunt de școală.

Îi spusesem că învățătoarea Oliviero nu se întorsese încă de la spital, că nu știam dacă avea cum să mă ajute să fac rost de manualele școlare ca de obicei, și iată că ea deja voia să-mi vâre bani în buzunare. M-am ferit, am refuzat, nu voiam să par un fel de rudă săracă nevoită să ceară bani. I-am spus că trebuia să aștept să reînceapă școala, i-am spus că papetăreasa îmi prelungise angajamentul cu Sea Garden până la jumătatea lui septembrie, i-am spus că astfel urma să câștig ceva în plus față de cât fusese prevăzut și să mă descurc singură. I-a părut rău, a insistat să apelez la ea în cazul în care învățătoarea n-ar fi putut să se ocupe.

Nu doar eu, ci toți tinerii, în fața acelei dărnicii, sigur au avut niște probleme. Pasquale, de exemplu, nu voia să accepte banii pentru dentist, se simțea umilit și, în cele din urmă, i-a luat numai pentru că fața i se deformase, avea un ochi inflamat și împachetările cu lăptucă nu foloseau la nimic. Și Antonio s-a ofuscat destul, într-atât încât pentru a lua banii pe care prietena noastră îi dădea Adei pe lângă salariu a trebuit să se convingă că era vorba despre o compensație pentru plata de mizerie pe care Stefano i-o dăduse anterior. Bani văzuserăm întotdeauna puțini și dădeam o mare importanță și unei hârtii de zece lire. Dacă găseam o monedută pe stradă, era sărbătoare. De aceea, ni se părea un păcat mortal că Lila împarte bani ca și cum ar fi fost doar un metal fără valoare sau hârtie distrusă. O făcea în tăcere, cu un gest imperativ, ca în copilărie când organiza jocurile și distribuia rolurile. Apoi vorbea despre altceva, ca și cum episodul acela n-avusese loc niciodată. Pe de altă parte — mi-a spus într-o seară Pasquale în felul lui opac — mortadela se vinde, la fel și pantofii, iar Lina a fost mereu prietena noastră, e de partea noastră, e aliata noastră, tovarășa noastră. Bogată, acum, dar prin meritele ei: da, prin meritele ei, fiindcă banii nu-i veneau din faptul că era doamna Carracci, viitoarea mamă a fiului mezelarului, ci pentru că era cea care inventase pantofii Cerullo și, chiar dacă acum nimeni nu părea să-și amintească de asta, noi, prietenii ei, ne aminteam.

Foarte adevărat. Câte lucruri pusese Lila în mișcare în doar câțiva ani. Și totuși, acum, când aveam șaptesprezece ani, părea că substanța timpului nu mai e fluidă, ci căpătase un aspect vâscos și ne înconjura ca o cremă galbenă din utilajul unui cofetar. A constatat asta, cu invidie, Lila însăși când, într-o duminică cu mare liniștită și cer alb, pe neașteptate, a apărut la Sea

Garden în jurul orei trei după-amiaza. Singură, o întâmplare cu adevărat anormală. Luase metroul, câteva autobuze și acum era în fața mea, în costum de baie, cu o culoare palidă în obraji și o erupție de coșuri pe frunte.

— Șaptesprezece ani de rahat, a spus în dialect, dar cu un aer vesel, plin de sarcasm.

Se certase cu Stefano. În schimburile zilnice cu frații Solara, devenise evidentă problema gestionării magazinului din Piața Martirilor. Michele încercase s-o impună pe Gigliola, îl amenințase serios pe Rino care o susținea pe Pinuccia, se aruncase cu hotărâre într-o negociere enervantă cu Stefano și ajunseseră foarte aproape să se ciomăgească. Și, în cele din urmă, ce se întâmplase? Nu existau nici învinși, nici învingători, în aparență. Gigliola și Pinuccia urmau să conducă *împreună* magazinul. Dar cu condiția ca Stefano să revină asupra unei vechi decizii.

— Care? am întrebat.

— Să vedem dacă ghicești.

N-am ghicit. Michele îi ceruse lui Stefano, cu tonul lui arogant, să se răzgândească în privința pozei Lilei în rochie de mireasă. Și soțul ei, de data asta, a cedat.

— Serios?

— Serios. Ți-am spus că trebuie doar să așteptăm. Mă vor expune în magazin. În cele din urmă, pariul l-am câștigat eu, nu tu. Apucă-te de învățat, anul ăsta va trebui să iei numai opt.

Aici a schimbat tonul, a devenit serioasă. A spus că nu venise din cauza fotografiei, oricum știa de mult că pentru prostul ăla era marfă de schimb. Venise din cauza sarcinii. Mi-a vorbit mult despre asta, nervos, ca despre ceva ce strivești într-un pisălog și a făcut-o cu o fermitate de gheață. E fără sens, a spus fără să-și ascundă angoasa. Bărbații își bagă în tine chestia lor și devii o cutie din carne cu o păpușă vie înăuntru. O am, stă aici și mă dezgustă. Vomit încontinuu, însăși burta mea nu o suportă. Știu că trebuie să gândesc lucruri frumoase, știu că trebuie să mă resemnez, dar nu reușesc, motive de resemnare nu văd și nici frumusețe. Dincolo de faptul, a adăugat, că simt că nu sunt pricepută cu copiii. Tu da, e de-ajuns să vezi cum ai grijă de fetele papetăresei. Eu nu, nu m-am născut cu această înclinație.

Discursul acela mi-a făcut rău. Ce să-i spun?

— Nu știi dacă înclinația o ai sau nu, trebuie să încerci, am încercat s-o liniștesc și i le-am arătat pe fetele papetăresei care se jucau puțin mai încolo. Stai un pic cu ele, vorbește cu ele.

A râs, a zis perfidă că învățasem să folosesc tonul mieros al mamelor noastre. Însă apoi, stingherită, s-a hazardat să schimbe câteva cuvinte cu fetele, apoi s-a retras și a reînceput să stea de vorbă cu mine. Eu am șters-o, am îndemnat-o să se ocupe de Linda, cea mai mică dintre fiicele papetăresei. I-am spus:

— Du-te, joacă-te cu ea jocul ei preferat, să bea de la fântâna de acolo, de lângă bar, sau să stropească în jur cu apă punându-și degetul mare peste țâșnitoare.

A luat-o de acolo pe Linda fără niciun chef, ținând-o de mână. A trecut puțin timp și nu se întorceau. M-am îngrijorat, le-am strigat pe celelalte două fete și m-am dus să văd ce se întâmpla. Toate bune, Lila devenise, în mod fericit, prizoniera Lindei. O ținea pe fată suspendată deasupra țâșnitoarei și o lăsa să bea sau să stropească apă în jur. Râsetele amândurora semănau cu niște țipete de bucurie.

M-am simțit ușurată. I le-am lăsat ei și pe surorile Lindei și m-am dus să mă așez la bar, într-un loc de unde le puteam supraveghea pe toate patru și, între timp, puteam citi puțin. Iată cum va deveni mamă, m-am gândit privind-o. Ceea ce mai devreme i se părea insuportabil, acum deja o înveselea. Poate că ar trebui să-i spun că lucrurile lipsite de sens sunt cele mai frumoase. E o frază bună, o să-i placă. Ferice de ea că are deja tot ce contează.

Am încercat puțin să urmăresc rând după rând raționamentele lui Rousseau. Apoi am ridicat privirea, am văzut că ceva nu era în regulă. Țipete. Poate că Linda se întinsese prea mult, poate că una dintre surori o îmbrâncise, cu siguranță scăpase din prinderea Lilei și se lovise cu bărbia de marginea bazinașului. Am alergat foarte speriată. Lila, cum m-a văzut, a urlat imediat pe o tonalitate infantilă pe care nu i-o auzisem niciodată, nici când era mică:

— Sora ei a făcut-o să cadă, n-am fost eu.

O ținea în brațe pe Linda căreia îi curgea sânge și urla și plângea, în timp ce surioarele ei priveau în altă parte cu mici mișcări nervoase și zâmbete încordate, ca și cum chestia nu le-ar fi privit, ca și cum nici n-ar fi auzit, n-ar fi văzut nimic.

I-am smuls din brațe copila, pe care am înclinat-o spre jetul de apă, clătindu-i fața cu furie. I-a apărut o tăietură orizontală sub bărbie. O să pierd banii papetăresei, m-am gândit, mama o să se înfurie. Între timp am alergat la salvamar care a liniștit-o pe Linda cu câteva mângâieri, a udat-o pe furiș cu alcool făcând-o să urle din nou, apoi i-a pus un tampon din tifon pe bărbie și a început din nou s-o înveselească. Nimic grav, în fine. Le-am cumpărat înghețată celor trei fete și m-am întors la platforma de ciment.

Lila plecase de acolo.

25.

Papetăreasa nu s-a arătat foarte impresionată de rana Lindei, dar când am întrebat dacă a doua zi puteam să trec să le iau pe fete la ora obișnuită, mi-a spus că făcuseră prea multe băi în vara aceea și că nu mai era nevoie de mine.

Nu i-am spus Lilei că-mi pierdusem locul de muncă. Ea, pe de altă parte, nu m-a întrebat niciodată cum se aranjaseră lucrurile, n-a întrebat nici măcar de Linda și de tăietura ei. Când am revăzut-o, era foarte ocupată cu inaugurarea noii mezelării și mi-a lăsat impresia acelor sportivi care, atunci când se antrenează, sar coarda din ce în ce mai frenetic.

M-a târât după ea la tipograf căruia îi comandase un număr însemnat de fluturași care anunțau deschiderea noului magazin. Voia să mă duc la preot să fixez ora la care trebuia să vină pentru binecuvântarea locului și a mărfurilor. M-a anunțat că o angajase pe Carmela Peluso cu un salariu mult mai mare față de cel pe care îl lua de la mercerie. Dar, mai ales, mi-a zis că ducea în legătură cu tot, cu absolut tot, un război dur împotriva soțului, Pinucciei, soacrei ei, fratelui ei Rino. Nu mi s-a părut foarte agresivă însă. Se exprima cu voce joasă, tot în dialect, făcând în paralel o mie de alte chestii care păreau mai importante decât ce spunea. A înșirat nedreptățile pe care rudele ei căpătate sau de sânge i le făcuseră sau i le făceau.

— L-au liniștit pe Michele, a spus, cum l-au liniștit și pe Marcello. S-au folosit de mine, pentru ei nu sunt o persoană, ci un obiect. I-o dăm pe Lina, o atârnăm de un perete, oricum ea e zero, zero barat.

În timp ce vorbea, ochii îi scânteiau în interiorul unor cearcăne violet, pielea îi era foarte întinsă pe pomeți. Își descoperea dinții pentru zâmbete fulgerătoare, scurte și nervoase. Dar nu m-a convins. Mi s-a părut că în spatele energiei agresive era o persoană extenuată, în căutarea unei căi de ieșire.

— Ce intenție ai? am întrebat-o.

— Niciuna. Știu doar că trebuie să mă omoare ca să facă ce vor ei cu fotografia mea.

— Renunță, Lila. În fond, e un lucru frumos, gândește-te: numai actrițele sunt puse pe afișe.

— Iar eu sunt o actriță?

— Nu.

— Atunci? Dacă soțul meu a decis să se vândă familiei Solara, după tine, poate să mă vândă și pe mine?

Am încercat s-o liniștesc, mi-era teamă că Stefano o să-și piardă răbdarea și o s-o bată. I-am spus asta, ea a început să râdă: de când era însărcinată, soțul ei nu se hazarda să-i dea nici măcar o palmă. Dar iată, chiar în timp ce rostea fraza aia, am avut bănuiala că fotografia e o scuză. Că de fapt vrea să-i exaspereze pe toți, să se lase masacrată de Stefano, de frații Solara, de Rino, să-i provoace într-atât încât să-i zdrobească nemulțumirea, durerea, chestia vie pe care o avea în burtă cu bătaia.

Ipoteza mea s-a întărit în seara în care a fost inaugurată mezelăria. S-a îmbrăcat în cel mai șleampăt mod posibil. Și-a tratat soțul în fața tuturor ca pe un sclav. L-a alungat pe preotul pe care mă pusese să-l convoc fără să-l lase să sfințească magazinul, dar vârându-i cu dispreț niște bani în mână. A feliat prosciutto și a făcut sandviciuri, împărțindu-le gratis tuturor, împreună cu un pahar de vin. Și acest ultim lucru a avut un asemenea succes, că mezelăria abia deschisă s-a aglomerat, ea și Carmela au fost asaltate, iar Stefano, care se îmbrăcase foarte elegant, a trebuit, astfel, fără halat, murdărindu-se tot, să le ajute să facă față situației.

Când s-au întors acasă istoviți, soțul i-a făcut o scenă și Lila a încercat tot ce se putea încerca ca să-i declanșeze furia. A urlat la el că, dacă voia pe una care să i se supună și atât, nimerise prost, ea nu era nici mama lui, nici sora lui, i-ar fi făcut mereu viața grea. Și a început cu frații Solara, cu povestea fotografiei, l-a insultat cu duritate. El mai întâi a lăsat-o să vorbească, apoi a răspuns cu insulte și mai jignitoare. Dar n-a lovit-o. Când, a doua zi, mi-a povestit cum mersese, i-am spus că Stefano, cu defectele lui cu tot, nu încăpea îndoială că o iubea. Ea a negat.

— Îi înțelege numai pe ăștia, a răspuns frecându-și degetul mare de arătător.

Și, într-adevăr, mezelăria era deja cunoscută în tot cartierul nou. Încă de dimineață se umpluse de clienți.

— Sertarul de la casa de marcat e deja plin. Datorită mie. Îi aduc bogăție, îi dăruiesc un fiu, ce altceva vrea?

— Ce altceva vrei tu? am întrebat-o cu o nuanță de furie care m-a uimit, astfel că i-am zâmbit imediat, sperând că nu-și dăduse seama.

Îmi amintesc că a avut un aer rătăcit și și-a atins fruntea cu degetele. Poate că nu știa nici măcar ea ce voia, simțea doar că nu reușea să-și găsească liniștea.

Aproape de cealaltă inaugurare, a magazinului din Piața Martirilor, a devenit insuportabilă. Dar poate că acest adjectiv este exagerat. Să zicem că revărsa peste noi toți, chiar și peste mine, tulburarea pe care o simțea înăuntru. Pe de o parte, lui Stefano îi făcea viața un infern, se încăiera cu soacra și cumnata, se ducea la Rino și se certa cu el în fața muncitorilor și a lui Fernando, care trudea mai încovoiat ca de obicei la masa lui de lucru prefăcându-se că nu aude. Pe de altă parte, ea însăși înțelegea că se înșuruba în nemulțumirea ei fără resemnare și uneori o prindeam în mezelăria din cartierul nou, în rarele momente când era goală și nu avea treabă cu furnizorii, cu un aer copilăresc, o mână pe frunte, prin păr, de parcă-și tampona o rană, expresia cuiva care încearcă să-și tragă răsuflarea.

Într-o după-amiază eram acasă, era încă foarte cald deși eram la jumătatea lui septembrie. Școala era pe punctul de a reîncepe, iar eu mă lăsasem purtată de zilele care treceau. Mama îmi reproșa că-mi petreceam timpul fără să fac nimic. Nino cine știe pe unde era, în Anglia sau spațiul acela misterios numit universitate. Nu-l mai aveam pe Antonio, nici speranța de a fi din nou împreună. Plecase cu Enzo la armată și-și luase la revedere de la toți, în afară de mine. M-am auzit strigată din stradă, era Lila. Îi străluceau ochii ca de la febră, a spus că găsise o soluție.

— Ce soluție?

— Fotografia. Dacă vor s-o expună, trebuie să facă așa cum spun eu.

— Și tu cum spui?

Nu mi-a vorbit despre asta, poate că în momentul acela nu-i era clar nici ei. Dar știam ce fel de persoană era și i-am recunoscut pe chip expresia pe care o avea atunci când, dintr-o profunzime întunecată a ei, îi ajungea la suprafață un semnal care îi înflăcăra mintea. M-a rugat s-o însoțesc pe seară în Piața Martirilor. Acolo urma să-i găsim pe frații Solara, pe Gigliola, pe Pinuccia, pe fratele ei. Voia s-o ajut, s-o susțin și am înțeles că avea în cap ceva capabil s-o transporte dincolo de războiul ei permanent: o descărcare violentă, dar definitivă, din cauza numeroaselor tensiuni pe care le acumulase. Sau poate doar un mod de a-și elibera mintea, corpul, de energii blocate.

— Bine, am spus, dar promite că n-o s-o iei razna.

— Da.

După închiderea magazinelor, ea și Stefano au trecut să mă ia cu mașina. Din puținele cuvinte pe care le-au schimbat, am înțeles că nici măcar soțul ei nu știa ce are în minte și că prezența mea, de data asta, în loc să-l liniștească, îl alarma. Lila, în cele din urmă, se arătase conciliantă. Îi spusese că, dacă chiar nu voiau s-o lase baltă cu fotografia, dorea măcar să-și spună părerea despre cum ar trebui expusă.

— O chestiune de ramă, de perete, de lumină? întrebase el.

— Trebuie să văd.

— Dar pe urmă gata, Lina.

— Da, gata.

Era o seară frumoasă, călduță, iar magazinul răspândea în piață luminile somptuoase care luceau în interior. Se vedea și de departe imaginea gigantică a Lilei în rochie de mireasă, era sprijinită de peretele central. Stefano a parcat, am intrat făcându-ne loc printre cutii de pantofi încă îngrămădite până la refuz, gălețí cu vopsele, scări. Marcello, Rino, Gigliola, Pinuccia erau în mod vizibil bosumflați: din diferite motive, nu aveau chef să se supună pentru a *n*-a oară capriciilor Lilei. Singurul care ne-a primit cu o cordialitate ironică a fost Michele, care i s-a adresat prietenei mele râzând:

— Frumoasă doamnă, ne spui odată pentru totdeauna ce-ai în minte sau doar vrei să ne strici seara?

Lila a privit panoul sprijinit de perete, a cerut să-i fie întins pe podea. Marcello a spus prudent, cu timiditatea umbroasă pe care o arăta mereu în legătură cu Lila.

— Ca să faci ce?

— Vă arăt.

Rino a intervenit:

— Nu fi cretină, Lina. Știi cât ne costă treaba asta? Dacă o strici, e vina ta.

Frații Solara au întins fotografia pe podea. Lila a privit în jurul ei cu fruntea încruntată, ochii mijiți. Căuta ceva ce știa că exista, ceva ce ea însăși poate că ordonase să se cumpere. A depistat într-un colț un sul de carton subțire negru, a luat niște foarfeci mari și o cutie de piuneze de pe un raft. Apoi, cu acea expresie de extremă concentrare grație căreia se izola de lumea înconjurătoare, s-a întors la panou. Sub privirile noastre perplexe, în câteva cazuri ostile pe față, cu precizia mâinilor pe care o avusese întotdeauna, a tăiat fâșii de hârtie neagră și le-a fixat ici și colo pe fotografie, cerându-mi ajutorul cu gesturi abia schițate sau simple priviri.

Am colaborat devotată, așa cum făceam încă de când eram mici. Cât erau de exaltante acele momente, cât îmi plăcea să-i stau alături, să alunec în intențiile ei, să ajung să i le anticipez. Am simțit că vedea ceva ce nu exista și că se străduia să ne facă și pe noi să vedem. În curând m-am entuziasmat și eu și am simțit elanul care o asalta și care-i curgea din degete în timp ce strângeau foarfeca, în timp ce fixau cu piunezele cartonul negru.

La sfârșit ea însăși, ca și cum ar fi fost singură în spațiul acela, a încercat să ridice cadrul, dar n-a reușit. A intervenit prompt Marcello, am intervenit eu, l-am sprijinit de perete. Apoi ne-am dat toți înapoi spre prag, unii surâzând, alții amenințători, alții îngroziți. Corpul în imaginea cu Lila mireasă apărea crud ciopârțit. Mare parte din cap dispăruse, la fel burta. Rămânea un ochi, mâna pe care își sprijinea bărbia, pata strălucitoare a gurii, fâșii în diagonală ale bustului, linia picioarelor puse unul peste altul, pantofii.

A început Gigliola, reținându-și cu greu furia:

— Eu nu pot să pun așa ceva în magazinul *meu*.

— Sunt de acord, a explodat Pinuccia, aici trebuie să vindem și, în schimb, cu caricatura asta lumea o să fugă. Rino, zi-i ceva surorii tale, te rog.

Rino s-a prefăcut c-o ignoră, dar i s-a adresat lui Stefano ca și cum vina pentru ce se întâmpla ar fi fost a cumnatului:

— Ți-am zis că nu-i nevoie să stai la discuții cu asta. Trebuie să-i spui da sau nu și gata, altfel vezi ce se întâmplă? Doar se pierde timp.

Stefano nu i-a răspuns, fixa cu privirea panoul sprijinit de perete și era evident că își căuta o cale de ieșire. M-a întrebat:

— Tu ce crezi, Lenù?

Am spus în italiană:

— Mie mi se pare foarte frumos. Bineînțeles că în cartier nu l-aș ține, nu e mediul potrivit. Dar aici e o altă chestie, o să atragă atenția, o să placă. Chiar săptămâna trecută am văzut în *Confidenze* că în casa lui Rossano Brazzi era un tablou de genul ăsta.

Gigliola, auzindu-mă, s-a înfuriat și mai tare.

— Ce vrei să spui? Că Rossano Brazzi înțelege tot, că voi două înțelegeți tot, iar eu și Pinuccia nu?

În momentul acela am sesizat pericolul. Mi-a fost de ajuns să-i arunc o privire Lilei ca să-mi dau seama că, dacă atunci când ajunsesem în magazin se simțea cu adevărat dispusă să cedeze în cazul în care acțiunea acea n-ar fi dat roade, acum, când acțiunea se realizase și produsese acel masacru n-ar mai fi cedat un milimetru. Am simțit că minutele în care muncise asupra fotografiei distruseseră niște legături: în momentul acela era copleșită de un sentiment excesiv de sine și avea nevoie de timp ca să se retragă în matca de soție a mezelarului. N-ar fi acceptat nici măcar un oftat dezaprobator. Dimpotrivă, în timp ce Gigliola vorbea, ea deja bombănea: sau așa, sau nimic, și voia să se certe, voia să rupă, să spargă, s-ar fi năpustit bucuroasă asupra ei cu foarfecele.

Am sperat ca Marcello să intervină solidar. Dar Marcello a rămas mut, cu capul în jos: am înțeles că orice rămășiță de sentiment față de Lila dispărea în acel moment. Nu mai putea să se țină după ea cu vechea pasiune descurajată. Fratele lui a fost cel care a intervenit certându-și logodnica, pe Gigliola, cu vocea lui cea mai agresivă.

— Taci puțin, i-a spus.

Și imediat cum ea a încercat să protesteze, i-a spus amenințător, fără măcar să se uite la ea, ci privind fix panoul:

— Taci, Gigliò.

Apoi i s-a adresat Lilei:

— Mie îmi place, dom'le. Te-ai șters înadins și am înțeles de ce: ca să faci să se vadă bine coapsa, ca să arăți cât de bine îi vine unei coapse de femeie cu pantofii aceștia. Bravo. Ești o tipă enervantă, dar când faci ceva, faci cum trebuie.

Tăcere.

Gigliola și-a șters cu vârful degetelor lacrimile tăcute pe care nu reușea să le stăpânească. Pinuccia l-a privit fix pe Rino, l-a privit fix pe fratele ei ca și cum ar fi voit să le spună: vorbiți, apărați-mă, nu mă lăsați călcată în picioare de idioata asta. Stefano, în schimb, a murmurat blând:

— Da, și pe mine mă convinge.

Și Lila a spus imediat:

— Nu e terminat.

— Ce mai trebuie să-i faci? a izbucnit Pinuccia.

— Trebuie să-i pun puțină culoare.

— Culoare? a murmurat Marcello tot mai dezorientat. Trebuie să deschidem peste trei zile.

Michele a râs:

— Dacă trebuie să așteptăm încă puțin, așteptăm. Pune-te pe treabă, *signo'*, fă ce ai chef să faci.

Tonul acela de patron, al cuiva care face și desface cum poftește el, nu i-a plăcut lui Stefano.

— E mezelăria nouă, a spus ca să se înțeleagă că soția îi era de folos acolo.

— Descurcă-te, i-a răspuns Michele, aici avem lucruri mai interesante de făcut.

26.

Am petrecut ultimele zile din septembrie închise în magazin, noi două și trei muncitori. Au fost niște ore minunate de joc, de creativitate, de libertate, de care nu avusesem parte în felul acela, împreună, poate din copilărie. Lila m-a târât după ea în frenezia ei. Am cumpărat lipici, vopseluri, pensule. Am aplicat cu extremă precizie (era foarte exigentă) tăieturile din carton subțire negru. Am trasat margini roșii sau albastre între resturile fotografiei și norii negri care o înghițeau. Lila fusese mereu pricepută cu liniile și culorile, dar acolo a făcut ceva în plus, care, deși n-aș fi știut să spun ce era, cu fiecare oră care trecea m-a copleșit.

O vreme mi s-a părut că își crease ocazia aceea ca să împlinească, în mod ideal, anii care începuseră cu desenele de pantofi, când era încă fetița Lina Cerullo. Și astăzi mai cred că mare parte a acelor zile a decurs chiar din anularea condiției ei de viață, a noastră, din capacitatea de a ne ridica deasupra noastră, de a ne izola în simpla realizare a acelui tip de sinteză vizuală. Am uitat de Antonio, de Nino, de Stefano, de frații Solara, de problemele mele cu învățatul, de sarcina ei, de tensiunile dintre noi. Am suspendat timpul, am izolat spațiul, a rămas doar jocul lipiciului, foarfecelor, cartonașelor, culorilor: jocul creativității armonizate.

Dar a mai fost ceva. Curând mi-a revenit în minte verbul folosit de Michele: *a șterge*. Probabil, da, foarte probabil ca fâșiile negre să ajungă, de fapt, să izoleze pantofii și să-i facă mai vizibili: tânărul Solara nu era prost, știa să privească. Dar uneori, tot mai intens, am simțit că nu era acela adevăratul scop al lipitului și coloratului nostru. Lila era fericită și mă târa tot mai mult după ea în fericirea ei mândră, mai ales pentru că găsise brusc, poate chiar fără să-și dea seama, o ocazie care-i permitea *să-și reprezinte* furia împotriva ei înseși, apariția, poate pentru prima dată în viața ei, a nevoii — și aici verbul folosit de Michele era potrivit — de a se șterge.

Astăzi, în lumina atâtor evenimente care s-au întâmplat apoi, sunt destul de sigură că lucrurile au decurs chiar așa. Cu cartonașele negre, cu cercurile verzi și violet pe care Lila le trasa în jurul anumitor părți ale corpului ei, cu liniile roșu sângele cu care se ciopârțea și spunea că o ciopârțește, a realizat prima autodistrugere *în imagine*, a oferit-o ochilor tuturor în spațiul cumpărat de frații Solara ca să expună și să vândă pantofii *ei*.

E probabil să fi fost chiar ea cea care să-mi sugereze impresia aceea, să o justifice. În timp ce munceam, a început să-mi vorbească de momentul în care începuse să-și dea seama că de-acum era doamna Carracci. Inițial n-am înțeles cu adevărat mai nimic din ce spunea, mi se păreau doar niște observații banale. Noi, fetele, se știe, când ne îndrăgosteam, în primul rând încercam să vedem cum suna numele nostru asociat cu numele iubitului. Eu, de exemplu, păstrez încă un caiet din clasa a patra de gimnaziu în paginile căruia mă antrenam să semnez Elena Sarratore și-mi amintesc foarte bine cum, cu o suflare din vârful buzelor, mă strigam pe mine însămi în felul acela. Dar nu asta înțelesese Lila. Mi-am dat seama curând că-mi mărturisea exact contrariul, nu-i trecuse niciodată prin minte un exercițiu asemănător cu al meu. Și formula noului ei nume, a spus, la început n-o impresionase mult: *Raffaella Cerullo căsătorită Carracci*. Nimic exaltant, nimic grav. La început acel *căsătorită Carracci* o solicitase nu mai mult decât un exercițiu de analiză logică, ca acelea cu care ne chinuise învățătoarea Oliviero în clasele primare. Ce însemna asta? Însemna că nu mai locuia la părinții ei, ci la Stefano? Însemna că noua casă unde s-ar fi dus să locuiască ar fi avut pe ușă o plăcuță de alamă pe care scria Carracci? Însemna că dacă eu i-aș fi scris, n-ar mai fi trebuit să-i adresez corespondența Raffaellei Cerullo, ci Raffaellei Carracci? Însemna că din formula *Raffaella Cerullo căsătorită Carracci* în curând ar fi dispărut, în folosirea curentă, *Cerullo căsătorită*, iar ea însăși s-ar fi prezentat, ar fi semnat doar Raffaella Carracci și copiii ar fi trebuit să facă un efort de memorie ca să-și amintească numele mamei, iar nepoții n-ar fi știut deloc numele bunicii?

Da. O obișnuință. Așadar, totul era normal. Dar Lila, după obiceiul ei, nu se oprise acolo. Curând mersese mai departe. În timp ce munceam cu pensulele și vopselele, mi-a povestit că începuse să vadă în formula aceea un semn care arăta direcția dus, ca și cum *Cerullo căsătorită Carracci* ar fi fost un fel de *Cerullo merge în Carracci, cade în el, e absorbit de el, se dizolvă în el*. Și, pornind de la brusca încredințare a rolului de naș de cununie lui Silvio Solara, pornind de la intrarea în sala restaurantului a lui Marcello Solara încălțat chiar cu pantofii pe care Stefano dăduse de înțeles că îi considera mai mult decât o relicvă sacră, pornind de la voiajul ei de nuntă și de la bătăi, și ajungând la acea invadare, în golul pe care-l simțea înăuntru, cu acel lucru viu dorit de Stefano, fusese copleșită crescendo de o senzație insuportabilă, o forță tot mai apăsătoare care o zdrobea. Impresia aceea se accentuase, o acaparase. Raffaella Cerullo, înfrântă, își pierduse forma și se dizolvase în profilul lui Stefano, devenind o emanație secundară a acestuia: *doamna Carracci*. Atunci am început să văd în panou urmele celor spuse de ea.

— E ceva încă în desfășurare, a spus într-o șoaptă.

Și în timpul acesta lipeam carton, întindeam culoare. Dar ce făceam de fapt, la ce o ajutam?

La final, muncitorii, foarte uimiți, au agățat panoul pe perete. Ne-am întristat, dar nu ne-am spus-o, jocul se terminase. Am curățat magazinul de sus până jos. Lila s-a răzgândit încă o dată în legătură cu poziția unei canapele, a unor fotolii puf. În fine, am mers cu spatele amândouă spre intrarea în magazin și ne-am contemplat munca. Ea a izbucnit în râs cum n-o mai auzisem râzând de mult, un râset sincer, autozeflemitor. Eu, în schimb, am fost atât de absorbită de partea de sus a panoului, unde capul Lilei nu mai era, că n-am reușit să văd întregul. Acolo, în vârf, se distingea doar un ochi al ei foarte viu, înconjurat de albastru-închis și de roșu.

27.

În ziua inaugurării, Lila a ajuns în Piața Martirilor stând în decapotabilă lângă soțul ei. Când s-a dat jos, i-am citit în priviri teama că se va întâmpla ceva rău. Fremătarea din zilele cu panoul se risipise, își recăpătase aerul bolnăvicios al femeii însărcinate fără voia ei. Totuși, era îngrijit îmbrăcată, părea ieșită dintr-o revistă de modă. S-a desprins repede de Stefano și m-a târât după ea să ne uităm în vitrinele de pe *via* dei Mille.

Ne-am plimbat puțin. Era încordată, mă întreba incontinuu dacă era ceva în neregulă cu ea.

— Ți-o amintești, a zis pe neașteptate, pe fata îmbrăcată toată în verde, aia cu melonul?

Mi-o aminteam. Îmi aminteam de disconfortul pe care-l simțiserăm când am văzut-o pe aceeași stradă cu ani în urmă și de confruntarea dintre băieții noștri și băieții din zona aia și de intervenția fraților Solara și de Michele cu bara de fier și teama. Am înțeles că voia să audă ceva care s-o liniștească și am zis:

— Era doar o chestiune de bani, Lila. Azi s-a schimbat totul, ești mult mai frumoasă decât fata îmbrăcată în verde.

Dar m-am gândit: nu e adevărat, te mint. Exista ceva malefic, neechitabil, și acum o știam. Era ceva profund, trecea dincolo de bani. Nu ajungeau casele de marcat din cele două mezelării și nici cea din fabrica de încălțăminte sau din magazinul de pantofi pentru a ne ascunde originea. Lila însăși, chiar dacă ar fi luat din sertar și mai mulți bani decât lua, chiar dacă ar fi luat milioane, treizeci, chiar cincizeci, n-ar fi reușit. Eu îmi dădusem seama de asta și, în sfârșit, era un lucru pe care-l știam mai bine decât ea, ceva ce învățasem nu pe străzile alea, ci la școală, privind-o pe fata care venea să-l ia pe Nino. Ea ne era superioară, așa, fără s-o vrea. Și asta era insuportabil.

Ne-am întors la magazin. După-amiaza a continuat ca un fel de nuntă: mâncare, prăjituri, mult vin; toți cu hainele purtate la nunta Lilei, Fernando, Nunzia, Rino, întreaga familie Solara, Alfonso, noi, fetele, eu, Ada, Carmela. S-au înghesuit mașinile parcate în permanentă dezordine, s-a umplut magazinul, a crescut zgomotul vocilor. Gigliola și Pinuccia, în permanentă competiție, s-au comportat tot timpul ca stăpâne ale casei și fiecare încerca să fie mai stăpână decât cealaltă, sleite de tensiune. Peste toți și toate trona panoul cu fotografia Lilei. Erau unii care se opreau s-o privească cu interes, alții care aruncau o privire sceptică sau chiar râdeau. Eu nu reușeam să-mi desprind ochii de la ea. Lila nu mai era de recunoscut. Rămânea o formă seducătoare și îngrozitoare, o imagine de zeiță chioară care-și împingea picioarele ei bine încălțate în mijlocul sălii.

În înghesuială m-a impresionat mai ales Alfonso pentru felul lui vivace, vesel, elegant de a fi. Nu-l văzusem niciodată așa, nici la școală, nici în cartier, nici la mezelărie și Lila însăși l-a cântărit îndelung din priviri perplexă. I-am spus râzând:

— Nu mai e el.

— Ce i s-a întâmplat?

— Nu știu.

Alfonso a fost adevărata noutate pozitivă a acelei după-amiezi. Ceva ce era în el adormit s-a trezit cu acea ocazie, în magazinul luminat ca ziua. A fost ca și cum ar fi descoperit pe neașteptate că se simțea bine în acea parte a orașului. A devenit foarte mobil. L-am văzut aranjând una și alta, începând o conversație cu oamenii eleganți care intrau din curiozitate, care examinau marfa sau înhățau prăjiturile și un pahar de vermut. La un moment dat, a venit lângă noi și, pe un ton degajat, a lăudat clar munca pe care o făcuserăm la fotografie. Era într-o stare de asemenea libertate mentală, încât și-a învins vechile lui timidități și i-a spus cumnatei:

— Am știut mereu că ești periculoasă, și a sărutat-o pe obraji.

L-am privit perplexă. Periculoasă? Intuise ceva, văzând panoul, ce mie îmi scăpase? Alfonso era capabil să nu se oprească la aparențe? Știa să privească lumea cu fantezie? Era posibil, m-am gândit, ca adevăratul lui viitor să nu stea în studiu, ci în această parte bogată a orașului, unde o să știe să folosească puținul pe care-l învață la școală? A, da, ascundea în sinea lui o altă persoană. Era diferit de toți băieții din cartier și, mai ales, era diferit de fratele lui, Stefano, care stătea într-un colț, așezat pe un puf, în tăcere, dar gata să răspundă cu zâmbete calme oricui i-ar fi adresat un cuvânt.

S-a făcut seară. A explodat pe neașteptate o mare hărmălaie afară. Familia Solara, bunic, tată, mamă, copii s-au grăbit să vadă, târâți de un zgomotos entuziasm de stirpe. Am ieșit cu toții în stradă. Deasupra vitrinelor și a intrării strălucea inscripția: SOLARA.

Lila a făcut o grimasă, mi-a spus:

— Au cedat și în privința asta.

M-a împins fără niciun chef spre Rino, care părea cel mai bucuros dintre toți, și i-a spus:

— Dacă pantofii sunt Cerullo, de ce magazinul e Solara?

Rino a luat-o de subraț, i-a spus cu voce joasă:

— Lina, de ce vrei tot timpul să mă scoți din sărite? Tu ții minte necazul în care m-ai băgat cu ani în urmă, chiar în piața asta? Ce trebuie să fac, mai vrei necazuri? Mulțumește-te măcar o dată. Stăm aici, în centrul orașului Napoli, și suntem patroni. Îi vezi acum pe toți cretinii care voiau să ne ciomăgească cu mai puțin de trei ani în urmă? Se opresc, se uită la vitrine, intră, iau prăjituri. Nu-ți ajunge? Pantofi Cerullo, magazin Solara. Ce vrei să scrii, acolo sus, Carracci?

Lila s-a desprins de el și i-a zis fără urmă de agresivitate:

— Sunt deja calmă. Suficient cât să-ți spun că nu trebuie să mă mai întrebi niciodată nimic. Ce faci? Împrumuți bani de la doamna Solara? Îi împrumută și Stefano? Sunteți amândoi îndatorați, de aceea spuneți mereu da? De acum fiecare pentru sine, Rino.

Ne-a părăsit pe amândoi, s-a dus drept la Michele Solara având o atitudine veselă și cochetă. Am văzut că se îndepărta cu el prin piață, au făcut înconjurul leilor de piatră. Am văzut că soțul ei o urmărea cu privirea. Am văzut că nu și-a luat ochii de la ea tot timpul cât ea și Michele s-au plimbat pălăvrăgind.

Am văzut că Gigliola se înfuria, vorbea încontinuu la urechea Pinucciei și amândouă o priveau.

Între timp magazinul s-a golit, cineva a stins imensa și foarte luminoasa firmă. În piață, după câteva clipe de întuneric, felinarele și-au recăpătat puterea. Lila l-a lăsat pe Michele râzând, dar a intrat în magazin cu o față brusc golită de viață și s-a închis în cămăruța unde era toaleta.

Alfonso, Marcello, Pinuccia și Gigliola au început să facă ordine în magazin. M-am dus lângă ei să-i ajut.

Lila a ieșit din baie și Stefano, ca și cum ar fi stat la pândă, a prins-o imediat de un braț. Ea s-a zbătut enervată și a venit la mine. Era foarte palidă, a șoptit:

— E un pic de sânge. Ce înseamnă asta, că e mort copilul?

28.

Sarcina Lilei a durat cu totul puțin mai mult de zece săptămâni, apoi a venit moașa și i-a chiuretat totul. A doua zi se întorsese deja să se ocupe de mezelăria nouă împreună cu Carmela Peluso. Era când amabilă, când violentă și a început o perioadă în care a încetat să alerge de ici-colo și a părut hotărâtă să-și restrângă întreaga viață în ordinea acelui spațiu care mirosea a var și brânză, plin de salamuri, de pâine, de mozzarella, de scrumbii în sare, de calupuri de slăninuță, de saci plini cu legume uscate, de vezici rotunde umflate cu osânză.

Comportamentul acela a fost apreciat mult în special de mama lui Stefano, Maria. Ca și cum ar fi recunoscut în noră ceva din ea însăși, dintr-odată a devenit mai afectuoasă și i-a dăruit niște cercei vechi de-ai ei din aur roșu. Lila i-a acceptat bucuroasă și i-a purtat adesea. O vreme a păstrat paloarea chipului, coșurile pe frunte, ochii adânciți în mijlocul cearcănelor, pomeții peste care întindea pielea până devenea transparentă.

Apoi a înflorit și a pus și mai multă energie în mersul înainte al magazinului. Încasările din preajma Crăciunului au crescut și, în câteva luni, le-au depășit pe cele din mezelăria din cartierul vechi.

Respectul Mariei a crescut. S-a dus tot mai des să-și ajute nora, nu fiul, pe care paternitatea ratată și tensiunile cu afacerile îl îmbufnaseră, sau pe fiica ei, care începuse să muncească în magazinul din Piața Martirilor și îi interzisese categoric mamei să se arate ca să nu se facă de râs față de clientelă. Matura doamnă Carracci a ajuns chiar să-i ia partea tinerei doamne Carracci când Stefano și Pinuccia au învinuit-o că n-a știut sau n-a dorit să țină copilul în ea.

— Nu vrea copii, s-a plâns Stefano.

— Da, l-a sprijinit Pinuccia, vrea să rămână fată, nu știe să fie soție.

Maria le-a reproșat amândurora cu duritate:

— Sunt lucruri pe care nici măcar nu trebuie să le gândiți, Domnul Nostru ne trimite copiii și Domnul Nostru îi ia, nu vreau să aud tâmpeniile astea.

— Taci, tu, a țipat supărată fiica la ea, că i-ai dat cretinei ăleia cerceii care-mi plăceau mie.

Certurile lor, reacțiile Lilei au devenit repede bârfă în cartier, s-au răspândit, au ajuns până la mine. Dar pe mine puțin m-a interesat, reîncepuse anul școlar.

Lucrurile s-au așezat imediat într-un mod care pe mine m-a uimit, întâi de toate. Încă din primele zile am început să excelez, ca și cum odată cu plecarea lui Antonio, cu dispariția lui Nino, poate chiar și cu încătușarea definitivă a Lilei la mezelărie ceva în mintea mea s-ar fi topit. Am descoperit că-mi amintesc cu precizie tot ce învățasem greșit în prima clasă de liceu, am răspuns la întrebările de recapitulare ale profesorilor cu o promptitudine genială. Mai mult. Profesoara Galiani, poate pentru că-l pierduse pe Nino, elevul ei cel mai strălucitor, a pus accentul pe simpatia față de mine și a ajuns să-mi spună că ar fi fost interesant și instructiv să merg la un marș pentru pace în lume care pornea de la Resina și ajungea la Napoli. Am decis să trag o fugă, atât din curiozitate, cât și de teamă să nu se supere Galiani, dar și pentru că marșul trecea pe șosea, foarte aproape de cartier, nu mă costa niciun efort. Dar mama voia să-i iau și pe frații mei. Ne-am certat, am urlat, am întârziat. Am ajuns împreună cu ei la podul căii ferate, am văzut jos lumea care defila și ocupa toată strada, împiedicând mașinile să treacă. Erau persoane normale și nu mărșăluiau, ci se plimbau, purtând steaguri și pancarte. Voiam să mă duc s-o caut pe Galiani, să mă arăt, le-am poruncit fraților mei să mă aștepte pe pod. A fost o idee foarte proastă: n-am găsit-o pe profesoară și, în timpul ăsta, cum am întors spatele, ei s-au unit cu alți copii și au început să arunce cu pietre în manifestanți, strigând înjurături. M-am întors în fugă să-i iau, toată transpirată, și i-am dus de acolo, speriată de gândul că Galiani, cu privirea ei lungă, îi descoperise și înțelesese că erau frații mei.

Între timp, săptămânile treceau, veneau noile lecții și manualele de cumpărat. Mi s-a părut complet inutil să-i arăt mamei lista manualelor ca să se ducă să discute cu tata și să obțină banii, știam deja că bani nu erau. În plus, despre Oliviero nu erau vești. Mă dusesem, între august și septembrie, s-o vizitez la spital de câteva ori, dar prima dată o găsisem adormită și a doua oară aflasem că fusese externată, dar nu se întorsese acasă. Strânsă cu ușa, la începutul lui noiembrie m-am dus să întreb de ea la o vecină și am aflat că, dată fiind starea ei de sănătate, o soră care locuia la Potenza o luase la ea acasă și cine știe dacă se va mai întoarce vreodată la Napoli, în cartier, la munca ei. M-am gândit, în punctul acela, să-l întreb pe Alfonso dacă, atunci când fratele lui îi va cumpăra cărțile, ne puteam organiza astfel încât să le pot folosi puțin pe ale lui. El a fost încântat și mi-a propus să învățăm împreună, eventual acasă la Lila care, de când se ocupa de mezelărie, își lăsa căminul gol de la șapte dimineața până la nouă seara. Am hotărât să facem așa.

Dar într-o dimineață Alfonso mi-a zis cam iritat:

— Treci azi pe la Lila, pe la mezelărie, vrea să te vadă.

Știa de ce, dar ea îl pusese să jure că o să tacă și a fost imposibil să scot din gura lui secretul.

După-amiaza m-am dus la mezelăria cea nouă. Carmen, nici tristă, nici veselă, a vrut să-mi arate o vedere din nu știu ce oraș din Piemont pe care i-o trimisese Enzo Scanno, logodnicul ei. Și Lila primise o vedere, dar de la Antonio, și pentru o vreme m-am gândit că mă făcuse să alerg până acolo doar ca să mi-o arate. În schimb, nici nu mi-a arătat-o, nici nu mi-a zis ce-i scrisese. M-a târât după ea în spate și m-a întrebat distrată:

— Îți amintești de pariul nostru?

Am dat din cap că da.

— Îți amintești că ai pierdut?

Am făcut semn că da.

— Îți amintești deci că trebuie să fii promovată cu media opt?

Am făcut semn că da.

Mi-a arătat două pachete mari învelite cu hârtie. Erau manualele.

29.

Erau grele. Acasă, foarte emoționată, am descoperit că nu erau volumele deja folosite, adesea urât mirositoare, pe care în trecut mi le procurase învățătoarea, ci erau nou-nouțe, mirosind a tipăritură proaspătă. Printre ele se iveau dicționarele, Zingarelli, Rocci și Calonghi-Georges, pe care învățătoarea nu putuse niciodată să mi le procure.

Mama, care avea un cuvânt disprețuitor pentru orice lucru mi se întâmpla, văzându-mă în timp ce desfăceam pachetele, a izbucnit în plâns. Uimită, intimidată de reacția aceea neobișnuită, m-am dus lângă ea, am mângâiat-o pe un braț. E dificil de spus ce o emoționase: poate sentimentul ei de neputință în fața sărăciei noastre, poate generozitatea soției mezelarului, nu știu. S-a liniștit repede, a mormăit câteva chestii de neînțeles și s-a cufundat în treburile ei.

În cămăruța unde dormeam cu frații mei aveam o măsuță neîncleiată, găurită de carii, la care de obicei îmi făceam temele. Am aranjat acolo toate volumele acelea și văzându-le aliniate pe blat, lângă perete, m-am simțit plină de energie.

Zilele au început să zboare. I-am înapoiat lui Galiani cărțile pe care mi le împrumutase peste vară, ea mi-a dat altele, și mai dificile. Le citeam conștiincioasă duminica, dar nu înțelegeam mai nimic. Alergam cu ochii peste toate rândurile, dădeam paginile, și totuși, construcția frazei mă plictisea, sensul îmi scăpa. În anul acela, clasa a doua de liceu, între învățat și lecturi dificile, am obosit foarte mult, dar a fost o oboseală asumată, satisfăcătoare.

Într-o zi, Galiani m-a întrebat:

— Ce ziar citești, Greco?

Întrebarea aceea mi-a provocat aceeași stingheREALă pe care o simțisem când vorbisem cu Nino la nunta Lilei. Profesoara era sigură că eu făceam în mod obișnuit ceva ce la mine acasă, în mediul meu, nu era deloc normal. Cum să-i spun că, în schimb, tatăl meu nu cumpăra ziare, că eu nu citisem niciodată așa ceva? N-am avut chef și am încercat rapid să-mi amintesc dacă Pasquale, care era comunist, citea vreunul. Efort inutil. Atunci mi-a revenit în minte Donato Sarratore și mi-am amintit de Ischia, de plaja Maronti, mi-am amintit că scria la *Roma*. Am răspuns:

— Citesc *Roma*.

Profesoara a surâs ironic și de-a doua zi a început să-mi dea ziarele ei. Cumpăra două, uneori trei, și, după școală, pe unul mi-l dăruia mie. Eu mulțumeam și mă întorceam acasă, întristată pentru că aveam senzația că am primit o altă temă pentru școală.

La început lăsam ziarul prin casă, amânând cititul până după terminarea temelor, dar seara ziarul dispărea, tata și-l însușea și-l citea în pat sau la toaletă. Am căpătat astfel obiceiul să-l ascund printre cărțile mele și-l scoteam numai noaptea, când dormeau toți. Uneori era vorba de *l'Unità*, alteori de *il Mattino*, alteori de *Corriere della Sera*, dar toate trei s-au dovedit dificile pentru mine, era ca și cum trebuia să mi se trezească pasiunea pentru niște benzi desenate ale căror numere anterioare nu le cunoșteam. Alergam de la o rubrică la alta mai mult din obligație decât din real interes și între timp, ca în cazul tuturor lucrurilor impuse de școală, speram ca ce nu înțelegeam azi, insistând, o să înțeleg mâine.

În perioada aceea am văzut-o rar pe Lila. Uneori, imediat după școală și înainte să fug să-mi fac temele, mă duceam la mezelăria nouă. Eram înfometată și ea știa asta, se grăbea să-mi facă un sandvici umplut cu de toate. În timp ce-l devoram, menționam, în treacăt, într-o italiană îngrijită, fraze memorate din cărți sau din ziarele lui Galiani. Mă refeream, ce știu eu, „la realitatea atroce a lagărelor de exterminare naziste", la „ce putuseră oamenii să facă și la ce pot face încă astăzi", la „amenințarea atomică și la pacea obligatorie", la faptul că „stăpânind forțele naturii cu instrumentele pe care le inventăm, astăzi ne găsim în punctul în care forța instrumentelor noastre a devenit mai îngrijorătoare decât forța naturii", la „necesitatea unei culturi care să combată și să elimine suferințele", la ideea că „religia va dispărea din conștiința oamenilor când în sfârșit se va ajunge la construirea unei lumi de egali, fără distincție de clasă și cu o solidă concepție științifică a societății și a vieții". Îi vorbeam de acele lucruri și de altele fie pentru că voiam să-i arăt că mă pregăteam să termin școala cu note de opt, fie pentru că nu știam cui altcuiva să le spun, fie pentru că speram să răspundă ceva și să putem relua vechiul nostru obicei de a discuta între noi. Dar ea nu zicea mai nimic, dimpotrivă, părea stânjenită, ca și cum n-ar fi înțeles bine despre ce vorbeam. Sau, dacă sugera ceva, ajungea să dezgroape o obsesie de-a ei care acum — nu înțelegeam de ce — începuse din nou s-o frământe. Începea să vorbească despre proveniența banilor lui don Achille, ai familiei Solara, chiar și în prezența lui Carmen, care o aproba imediat. Dar imediat cum intra vreun client, tăcea, devenea foarte amabilă și eficientă, tăia, cântărea, încasa bani.

Odată a rămas cu sertarul deschis să aranjeze banii. A zis foarte prost dispusă:

— Pe ăștia îi câștig eu cu munca mea și a lui Carmen. Dar nimic, aici înăuntru, nu e al meu, Lenù, e făcut cu banii lui Stefano. Iar Stefano a strâns banii pornind de la banii tatălui său. Fără ce a pus don Achille la saltea, jucând pe bursa neagră și fiind cămătar, azi n-ar exista asta și n-ar exista nici fabrica de încălțăminte. Mai mult. Stefano, Rino, tata n-ar fi vândut niciun pantof fără banii și cunoștințele familiei Solara, cămătari și ei. E clar în ce m-am băgat?

Clar, dar nu înțelegeam la ce foloseau discuțiile alea.

— Asta e istorie, i-am spus și i-am amintit concluziile la care ajunsese când se logodise cu Stefano. Ce spui tu e deja în urma noastră, noi suntem altceva.

Dar ea, care compuse până și teoria aceea, nu era prea convinsă. Mi-a spus, și-mi amintesc foarte bine fraza, care era în dialect:

— Nu-mi mai place ce am făcut și ce fac.

M-am gândit că poate se întâlnea din nou cu Pasquale, el avusese mereu părerile acelea. M-am gândit că poate relația devenise foarte solidă, pentru că Pasquale era logodit cu Ada, vânzătoare în vechea mezelărie, și era fratele lui Carmen, care lucra cu Lila în cea nouă. Am plecat nemulțumită, controlând cu greu un vechi sentiment de fetiță, epoca în care suferream pentru că Lila și Carmela se împrieteniseră și aveau tendința să mă excludă. M-am liniștit învățând până târziu.

Într-o noapte citeam *Il Mattino*, mi se închideau ochii de oboseală, când un anunț scurt, nesemnat, a avut efectul unei adevărate descărcări electrice care m-a trezit. Nu-mi venea să cred, se vorbea despre magazinul din Piața Martirilor și era lăudat panoul la care lucraserăm eu și Lila.

Am citit și recitit, încă îmi amintesc câteva rânduri: „Tinerele care conduc primitorul magazin din Piața Martirilor n-au dorit să ne dezvăluie numele artistului. Păcat. Oricine a inventat acest amestec neobișnuit de fotografie și culoare are o imaginație avangardistă care supune cu divină ingenuitate, dar și cu stranie energie, materia nevoilor unei suferințe intime, puternice". În rest, era lăudat în mod direct magazinul de pantofi, „un semnal important al dinamismului care a luat cu asalt în ultimii ani antreprenoriatul napolitan".

N-am închis ochii.

După școală, am alergat s-o caut pe Lila. Magazinul era gol, Carmen se dusese acasă la mama ei, Giuseppina, care nu se simțea bine, iar ea era la telefon cu un furnizor din provincie care nu-i trimisese mozzarella sau brânză sau nu-mi amintesc ce. Am auzit-o țipând, înjurând, am fost tulburată. M-am gândit că poate bărbatul de la capătul celălalt era bătrân, că se va supăra, că va trimite pe unul din fiii lui să-l răzbune. M-am gândit: de ce exagerează mereu? Când a terminat la telefon, a pufnit disprețuitor și mi s-a adresat, justificându-se:

— Dacă nu fac așa, nici măcar nu mă ascultă.

I-am arătat ziarul. I-a aruncat o privire neatentă, a spus:

— Îl știu deja.

Mi-a explicat că fusese o inițiativă de-a lui Michele Solara, o făcuse, ca de obicei fără să consulte pe nimeni. Privește, a spus și s-a dus la casa de marcat, a luat din sertar câteva tăieturi mototolite, mi le-a dat. Și în acelea se vorbea despre magazinul din Piața Martirilor. Una era un articolaș publicat în *Roma*, autorul exagera cu laudele pentru frații Solara, dar nu făcea nici cea mai mică referire la panou. Alta era un articol chiar pe trei coloane publicat de *Napoli notte* și magazinul făcea impresie de palat regal. Ambientul era descris într-o italiană abundentă care-i elogia mobilierul, iluminarea somptuoasă, pantofii minunați și, mai ales, „amabilitatea, blândețea, grația celor două seducătoare Nereide, domnișoara Gigliola Spagnuolo și domnișoara Giuseppina Carracci, minunate fetișcane în floare care conduc destinul unei afaceri care se înalță peste totuși foarte înfloritoarele activități comerciale ale orașului nostru". Trebuia să ajungi până la capăt ca să găsești o referire la panou, care însă era lichidat în câteva rânduri. Autorul articolului îl definea „o amestecătură grosolană, o notă disonantă într-un ambient de-o maiestuoasă eleganță".

— Ai văzut semnătura? m-a întrebat Lila arogantă.

Anunțul scurt din *Roma* avea sigla d.s. și articolul din *Napoli notte* purta semnătura lui Donato Sarratore, tatăl lui Nino.

— Da.

— Și ce zici?

— Ce trebuie să zic?

— Așa tată, așa fiu trebuie să zici.

A râs fără veselie. Mi-a explicat că, dat fiind succesul crescând al pantofilor Cerullo și al magazinului Solara, Michele hotărâse să ofere răsunet afacerii și făcuse niște plocoane în jur, grație cărora ziarele din oraș scriseseră prompt mari laude. Reclamă, în fine. Cu plată. Inutil să le citești. În acele articole, mi-a spus, nu era un singur cuvânt adevărat.

M-am indispus. Nu mi-a plăcut modul în care a devalorizat ziarele, pe care eu, conștiincios, încercam să le citesc, sacrificându-mi somnul. Și nu mi-a plăcut nici că subliniase rudenia dintre Nino și autorul celor două articole. Ce nevoie era să-l asociezi pe Nino cu tatăl său, un pompos fabricant de fraze false?

30.

Oricum, grație acelor fraze în scurt timp magazinul Solara și pantofii Cerullo s-au afirmat și mai mult. Gigliola și Pinuccia s-au înfoiat mult pentru felul în care fuseseră citate în ziare, dar succesul acesta n-a diminuat rivalitatea dintre ele și fiecare și-a atribuit meritul pentru succesele magazinului. Fiecare a început s-o considere pe cealaltă un obstacol pentru noi succese. Într-o singură privință au continuat mereu să fie de acord: panoul Lilei era o rușine. Îi tratau nepoliticos pe toți cei care, cu vocișoarele lor fine, își făceau apariția doar ca să-i arunce o privire. Și au pus în ramă articolele din *Roma* și din *Napoli notte*, dar nu și pe cel din *Il Mattino*.

Între Crăciun și Paști familia Solara și familia Carracci au făcut mulți bani. Mai ales Stefano a răsuflat ușurat. Mezelăria nouă și cea veche dădeau roade bune, fabrica de încălțăminte Cerullo funcționa la capacitate maximă. În plus, magazinul din Piața Martirilor a dat la iveală ceva ce se știuse dintotdeauna, adică faptul că pantofii desenați de Lila cu ani în urmă nu se vindeau bine doar pe Rettifilo, pe strada Foria sau pe bulevardul Garibaldi, dar erau bine primiți și de adevărații gentlemeni, cei care scoteau portofelul cu dezinvoltură. Un segment de piață important deci, care trebuia urgent consolidat și lărgit.

Ca dovadă a succesului, deja în primăvară au început să apară în vitrinele de la periferie câteva imitații bune ale încălțămintei Cerullo. Erau pantofi în esență identici cu cei ai Lilei, doar puțin modificați de un ciucure, de o țintă. Protestele şi amenințările le-au blocat imediat răspândirea, căci Michele Solara a pus lucrurile în ordine. Dar nu s-a oprit acolo, a ajuns curând la concluzia că trebuiau inventate noi modele. Din acest motiv, i-a convocat într-o seară în mgazinul din Piața Martirilor pe fratele lui, Marcello, pe soții Carracci, pe Rino și, bineînțeles, pe Gigliola și Pinuccia. În mod surprinzător, însă, Stefano a apărut fără Lila, a spus că soția lui se scuza, era obosită.

Absența aceea nu le-a plăcut fraților Solara. Dacă lipsește Lila, a spus Michele, enervând-o pe Gigliola, despre ce pula mea vorbim. Dar Rino a intervenit imediat. A anunțat, mințind, că el și tatăl lui începuseră deja de ceva timp să se gândească la noi modele și-și propuneau să le prezinte la o expoziție prevăzută la Arezzo în septembrie. Michele nu l-a crezut și a devenit și mai nervos. A spus că era nevoie de o relansare cu produse cu adevărat inedite și nu cu chestii comune. În cele din urmă, i s-a adresat lui Stefano:

— Soția ta trebuia să fie aici, trebuia s-o obligi să vină.

Stefano a răspuns pe un ton surprinzător de agresiv:

— Soția mea muncește toată ziua la mezelărie și seara trebuie să stea acasă, trebuie să aibă grijă de mine.

— Bine, a zis Michele, stricându-și câteva secunde cu o grimasă chipul lui de băiat frumos, dar vezi dacă poate să aibă grijă puțin și de noi.

Seara i-a nemulțumit pe toți, dar în special Pinucciei și Gigliolei nu le-a plăcut. Amândouă, din motive diferite, găseau insuportabilă importanța pe care Michele i-o atribuise Lilei și în zilele următoare nemulțumirea lor a ajuns să devină o proastă dispoziție care, cu fiecare mică ocazie, stârnea certuri între ele.

În punctul acela — cred că era martie — a avut loc un incident despre care nu știu destul. Gigliola, într-o după-amiază, i-a dat Pinucciei o palmă în timpul uneia dintre divergențele lor cotidiene. Pinuccia i s-a plâns lui Rino care, convins în perioada aceea că se află pe creasta unui val înalt cât un bloc, a venit la magazin cu un aer de patron și i-a tras Gigliolei o săpuneală. Gigliola a reacționat foarte agresiv și el a exagerat într-atât încât a amenințat-o cu concedierea.

— De mâine, i-a zis, te duci din nou să pui ricotta în rulouri.

A trecut puțin și a apărut Michele. Râzând, l-a dus pe Rino afară, în piață, ca să-l pună să arunce o privire la firma magazinului.

— Prietene, i-a spus, magazinul se numește Solara și tu n-ai dreptul să vii aici să-i spui prietenei mele: eu te concediez.

Rino a contratacat amintindu-i că tot ce era în magazin era al cumnatului său, că pantofii îi făcea el personal, că deci dreptul îl avea și-ncă cum. Dar între timp înăuntru Gigliola și Pinuccia, simțindu-se fiecare bine apărată de propriul logodnic, reîncepuseră deja să-și vorbească urât. Cei doi tineri au intrat în grabă, au încercat să le potolească, dar n-au reușit. Atunci Michele și-a pierdut răbdarea și a urlat că le concedia pe amândouă. Mai mult: i-a lăsat să-i scape că îi va da Lilei gestionarea magazinului.

Lilei?

Magazinul?

Cele două fete au amuțit și ideea aceea l-a lăsat cu gura căscată și pe Rino. Apoi discuția s-a reluat, de data asta concentrată toată pe acea afirmație scandaloasă. Gigliola, Pinuccia și Rino s-au aliat împotriva lui Michele — ce nu merge, la ce-ți trebuie Lina, noi aici facem încasări încât nu te poți plânge, eu am conceput modelele pantofilor, ea era un copil atunci, ce putea inventa — și tensiunea a crescut tot mai mult. Cearta ar fi continuat cine știe cât timp dacă n-ar fi fost incidentul la care m-am referit. Pe neașteptate, nu se știe cum, panoul — panoul cu fâșiile de carton subțire negru, fotografia, petele dense de culoare — a scos un sunet răgușit, un fel de răsuflare bolnavă și a luat foc cu o văpaie înaltă. Pinuccia era cu spatele la fotografie când s-a întâmplat. Flacăra i s-a ridicat în spate ca de la o sobă secretă și i-a atins ușor părul care a trosnit și i-ar fi ars tot în cap dacă Rino, prompt, nu i l-ar fi stins cu mâinile goale.

31.

Atât Rino, cât și Michele au învinovățit-o pentru foc pe Gigliola, care fuma pe ascuns și avea o brichetă minusculă. După părerea lui Rino, Gigliola o făcuse înadins: în timp ce toți erau ocupați să se certe, ea dăduse foc panoului care, plin de hârtie, lipici, culoare, arsese într-o clipă. Michele a fost mai precaut: Gigliola, se știa, se juca încontinuu cu bricheta și astfel, fără să vrea, prinsă de discuție, nu-și dăduse seama că flăcăruia era prea aproape de fotografie. Dar fata n-a suportat nici prima, nici a doua teză și, cu o atitudine foarte combativă, a învinuit-o pe Lila însăși, adică imaginea ei deformată care luase foc singură, cum i se întâmpla diavolului când lua înfățișări de femeie ca să-i abată de la drumul drept pe sfinți, iar aceștia îl invocau pe Iisus și demonul se transforma în flacără. A adăugat, ca să-și întărească versiunea, că Pinuccia însăși îi povestise despre felul în care cumnata ei era capabilă să nu rămână însărcinată și, dacă asta nu-i reușea, pierdea copilul, refuzând darurile lui Dumnezeu.

Aceste bârfe s-au accentuat când Michele Solara a început să meargă o zi da, una ba la mezelăria cea nouă. Petrecea mult timp glumind cu Lila, glumind cu Carmen, astfel încât aceasta din urmă a presupus că vine pentru ea și, pe de o parte, s-a temut că o să-i spună cineva lui Enzo, militar în Piemont. Pe de alta, a fost flatată și a început să flirteze. Lila, în schimb, râdea de tânărul Solara. Ajunseseră la ea zvonurile răspândite de logodnica lui și de aceea îi spunea:

— E mai bine să pleci, aici înăuntru suntem vrăjitoare, suntem foarte periculoase.

Dar de fiecare dată când m-am dus la ea în perioada aceea, n-am găsit-o niciodată cu adevărat veselă. Avea un ton artificial și vorbea cu sarcasm despre tot. Avea o vânătaie pe un braț? Stefano o mângâiase prea pasional. Avea ochii roșii de plâns? Nu era plâns de suferință, ci de bucurie. Atenție la Michele, îi plăcea să facă rău oamenilor? Dar nu, spunea, dacă doar mă atinge în treacăt, se arde: eu sunt cea care fac rău oamenilor.

În legătură cu acel ultim punct exista dintotdeauna un acord discret. Dar mai ales Gigliola nu mai avea îndoieli: Lila era o vrăjitoare curvă, îi fermecase logodnicul; iată de ce voia el să-i dea pe mână magazinul din Piața Martirilor. Și zile întregi nu s-a dus la muncă, geloasă, disperată. Apoi s-a hotărât să stea de vorbă cu Pinuccia, s-au aliat și au trecut la contraatac. Pinuccia a încercat să-și atragă fratele de partea ei, urlând la el în mai multe reprize că era un încornorat fericit și apoi l-a atacat pe Rino, logodnicul, spunându-i că nu era patron, ci servitorul lui Michele. Astfel, Stefano și Rino s-au dus într-o seară să-l aștepte pe tânărul Solara la cafenea și, când a apărut, i-au ținut un discurs generic, dar care în esență însemna: las-o în pace pe Lila, o faci să piardă timp, trebuie să muncească. Michele a descifrat imediat mesajul și a replicat indiferent:

— Ce pula mea îmi spuneți?

— Dacă nu înțelegi, înseamnă că nu vrei să înțelegi.

— Nu, frumoșilor, voi nu vreți să înțelegeți nevoile noastre comerciale. Și dacă nu vreți să le înțelegeți, sunt obligat să mă gândesc eu la ele.

— Adică? a întrebat Stefano.

— Soția ta se irosește la mezelărie.

— În ce sens?

— În Piața Martirilor ar face într-o lună ceea ce sora ta și Gigliola nu pot face nici într-o sută de ani.

— Explică-te bine.

— Lina trebuie să comande, Ste'. Trebuie să aibă o responsabilitate. Trebuie să inventeze lucruri. Trebuie să se gândească imediat la noi modele de pantofi.

Au discutat îndelung și, în cele din urmă, printre mii de argumentări, au căzut de acord. Stefano a exclus complet ca soția lui să se ducă să muncească în Piața Martirilor, mezelăria cea nouă pornise bine și ar fi fost o tâmpenie s-o ia pe Lila de acolo; dar s-a angajat s-o facă să deseneze în scurt timp noile modele, măcar pe cele de iarnă. Michele a zis că a nu-i da Lilei magazinul de pantofi era stupid, a amânat cu o detașare vag amenințătoare discuția după vară și a hotărât ca ea să înceapă să proiecteze noii pantofi.

— Trebuie să fie marfă șic, a sugerat, trebuie să insiști asupra acestui detaliu.

— O să facă ce-i place ei, ca de obicei.

— Pot s-o sfătuiesc, pe mine mă ascultă, a spus Michele.

— Nu e nevoie.

Am trecut pe la Lila la scurtă vreme după acea înțelegere, despre care mi-a vorbit ea însăși. Abia ieșisem de la școală, era deja puțin cald și mă simțeam obosită. În mezelărie era numai ea și, pe moment, mi s-a părut că parcă se simte ușurată. A spus că nu va desena nimic, nici măcar o sanda, nici măcar un papuc.

— O să se enerveze.

— Și ce pot să fac?

— Sunt bani la mijloc, Lila.

— Au deja destui.

Părea obișnuitul ei mod de a se încăpățâna, așa era făcută, imediat cum cineva îi spunea să se concentreze asupra unui lucru, ei îi trecea imediat cheful. Dar am înțeles repede că nu era vorba de o trăsătură de caracter și nici de dezgust față de afacerile soțului ei, ale lui Rino, ale fraților Solara, eventual întărit de pălăvrăgelile comuniste cu Pasquale și Carmen. Era ceva în plus și mi-a vorbit calm despre asta, cu seriozitate.

— Nu-mi vine în minte nimic, a spus.

— Ai încercat?

— Da. Dar nu mai e ca la doisprezece ani.

Din creierul ei — am înțeles — pantofii au ieșit doar atunci și n-ar mai fi ieșit niciodată, nu avea alții. Jocul acela se încheiase, nu știa să-l facă să reînceapă. Îi repugna pînă și mirosul de piele, de piei, ce făcuse nu mai știa să facă. Și apoi, totul se schimbase. Micul atelier al lui Fernando fusese înghițit de spațiile noi, de băncile de lucru ale muncitorilor, de cele trei mașini. Tatăl ei parcă se pipernicise, nu se certa nici măcar cu fiul cel mare, muncea și atât. Până și sentimentele parcă se evaporaseră. Dacă încă o înduioșa mama ei când trecea pe la mezelărie să-și umple gratis sacoșele ca și cum ar fi fost încă vremurile sărăciei, dacă încă le făcea cadouașe fraților mai mici, nu mai reușea să simtă legătura cu Rino. Era stricată, distrusă. Nevoia de a-l ajuta și de a-l proteja slăbise. De aceea lipseau toate motivele care inițiaseră fantezia cu pantofii, terenul pe care încolțise devenise arid. A fost, a spus pe neașteptate, mai ales un mod ca să-ți demonstrez că știam să fac bine lucrurile chiar dacă nu mai veneam la școală. Apoi a râs nervoasă și mi-a aruncat o privire piezișă ca să-mi vadă reacția.

Nu i-am răspuns, m-a împiedicat emoția puternică pe care am simțit-o. Așa era Lila? Nu avea sârguința mea încăpățânată? Scotea din ea gânduri, pantofi, cuvinte scrise și vorbite, planuri complicate, furii și invenții doar ca să-mi arate *mie* ceva din ea însăși? Odată pierdut motivul acela, se risipea? Nici tratamentul la care-și supusese fotografia ei de mireasă n-ar fi știut să-l refacă? Totul, la ea, era rodul dezordinii de moment?

Mi s-a părut că pe undeva în mine se atenuează o lungă încordare dureroasă și m-au înduioșat ochii ei lucioși, zâmbetul ei fragil. Dar a durat puțin. Ea a continuat să vorbească, și-a atins fruntea cu un gest care-i era familiar și a spus amărâtă:

— Trebuie să demonstrez mereu că știu să fiu mai bună.

Și a adăugat posomorâtă:

— Stefano, când am deschis locul ăsta, mi-a arătat cum se înșală la cântar; și eu mai întâi am urlat la el ești un hoț, iată cum faci banii, și apoi n-am știut să rezist, i-am demonstrat că învățasem și imediat am găsit modurile mele ca să înșel și i le-am arătat. Ba chiar mi-au venit în minte altele noi: vă înșel pe toți, înșel la cântar și la alte mii de lucruri, înșel tot cartierul, să n-ai încredere în mine, Lenù, să n-ai încredere în ce spun și în ce fac.

M-am simțit stânjenită. Se schimba în câteva secunde, deja nu mai știam ce voia. De ce îmi vorbea acum în felul acela? Nu înțelegeam dacă așa hotărâse sau cuvintele îi ieșeau pe gură fără să vrea, într-un flux impetuos în care intenția de a consolida relația noastră — intenție reală — era măturată imediat de nevoia la fel de reală de a-i nega ceva specific: vezi, cu Stefano mă comport la fel cum mă comport cu tine, fac așa cu oricine, sunt frumosul și urâtul, binele și răul. Și-a înlănțuit mâinile lungi și subțiri, le-a strâns tare și a întrebat:

— Ai auzit că Gigliola spune că fotografia a luat foc singură?

— E o tâmpenie, Gigliola e supărată pe tine.

A izbucnit într-un râset batjocoritor, asemănător cu o plesnitură, ceva în ea s-a răsucit prea brusc.

— Am o durere aici, în spatele ochilor, e ceva care apasă. Vezi cuțitele? Sunt prea ascuțite, tocmai le-am dat la tocilar. Când tai salamul, mă gândesc la cât sânge e în corpul oamenilor. Dacă în lucruri pui prea multe chestii, se sparg. Sau fac scântei și ard. Sunt bucuroasă că fotografia îmbrăcată în mireasă a ars. Trebuia să ardă și nunta, magazinul, pantofii, frații Solara, tot.

Am înțeles că, oricât s-ar fi dezbătut, făcut, declarat nu reușea să depășească situația: din ziua nunții o presa o tot mai mare, mai necontrolată nefericire și mi-a fost milă de ea. I-am zis să se liniștească, a făcut semn că da.

— Trebuie să încerci să stai liniștită.

— Ajută-mă.

— Cum.

— Stai alături de mine.

— Asta fac.

— Nu-i adevărat. Eu îți spun toate secretele mele, și pe cele mai urâte, tu nu-mi spui aproape nimic despre tine.

— Te înșeli. Singura persoană căreia nu-i ascund nimic ești tu.

A făcut energic semn că nu-i adevărat și a spus:

— Chiar dacă ești mai bună decât mine, chiar dacă știi mai multe lucruri, nu mă părăsi.

32.

Au împins-o de la spate până la epuizare și atunci s-a prefăcut că cedează. I-a spus lui Stefano că va desena pantofii noi, cu prima ocazie i-a spus asta și lui Michele. După care l-a convocat pe Rino și i-a vorbit exact cum el de mult voia să-i vorbească:

— Inventează-i tu, eu nu sunt în stare. Inventează-i împreună cu tata, voi aveți meșteșugul și știți cum să faceți. Dar câtă vreme nu-i puneți pe piață și nu-i vindeți, nu spuneți nimănui că nu i-am făcut eu, nici măcar lui Stefano.

— Și dacă nu merg bine?

— Va fi vina mea.

— Și dacă merg?

— Voi spune cum stau lucrurile și tu vei avea meritul care ți se cuvine.

Lui Rino i-a plăcut mult minciuna aia. A început lucrul împreună cu Fernando, dar din când în când trecea pe la Lila într-un secret deplin ca să-i arate la ce se gândea. Ea analiza modelele și inițial avea un aer mirat, puțin pentru că nu suporta expresia lui neliniștită, puțin ca să scape rapid de el. Dar curând s-a minunat ea însăși de valoarea noilor pantofi, asemănători cu cei acum în comerț și totuși reinventați.

— Poate că, mi-a spus într-o zi pe un ton neașteptat de vesel, într-adevăr nici pe ceilalți nu i-am gândit eu, sunt într-adevăr opera fratelui meu.

Și atunci a părut că scapă de o povară. A redescoperit afecțiunea pentru el, sau mai bine zis și-a dat seama că exagerase cu cuvintele: legătura aceea nu se putea desface, nu s-ar fi desfăcut niciodată, orice ar fi făcut fratele ei, chiar și dacă din corpul lui ar fi ieșit un șoarece, un cal neastâmpărat, un animal oarecare. Minciuna — a presupus — l-a scăpat pe Rino de neliniștea că nu se pricepe, și asta l-a dus înapoi în vremea copilăriei, iar acum descoperă că are într-adevăr o meserie, că e capabil. În ceea ce-l privea pe el, era tot mai bucuros de modul în care sora lui îi lăuda munca de fiecare dată. La sfârșitul fiecărei consfătuiri, îi cerea la ureche cheile casei și, întotdeauna într-un secret deplin, se ducea să petreacă acolo o oră cu Pinuccia.

La rândul meu, am încercat să-i arăt că aș fi rămas întotdeauna prietena ei, am invitat-o adesea duminica să iasă cu mine. Odată am ajuns până la Mostra d'Oltremare cu două colege de școală, care însă s-au intimidat când au aflat că e căsătorită de mai bine de un an și s-au comportat ca și cum le-aș fi obligat să iasă cu mama, respectuoase, reținute. Una a întrebat-o nesigură:

— Ai un copil?

Lila a făcut semn că nu.

— Nu rămâi însărcinată?

Lila a făcut semn că nu.

Din momentul acela, seara s-a transformat într-un dezastru.

Pe la jumătatea lui mai am târât-o după mine într-un cerc cultural la care, doar pentru că mi-l recomandase Galiani, mă simțisem obligată să merg să-l ascult pe un savant care se numea Giuseppe Montalenti. Era prima dată când aveam parte de o astfel de experiență: Montalenti ținea un fel de lecție, dar nu adolescenților, mai degrabă adulților care veniseră înadins să-l asculte. Am stat să-l ascultăm în fundul sălii goale și eu m-am plictisit repede. Profesoara mă trimisese pe mine, dar ea nu apăruse. I-am șoptit Lilei:

— Hai să plecăm.

Dar Lila a refuzat, mi-a șoptit că nu avea curaj să se ridice, se temea că deranjează conferința: o grijă atipică pentru ea, semnul unui neașteptat respect sau al unui interes crescând pe care nu voia să-l mărturisească. Am rămas amândouă până la sfârșit. Montalenti a vorbit despre Darwin, niciuna din noi nu știa cine este. La ieșire, ca să glumesc, i-am spus:

— A zis un lucru pe care-l știam deja: ești o maimuță.

Dar ea n-avea chef de glumă.

— Nu mai vreau să uit asta, a zis.

— Că ești o maimuță?

— Că suntem animale.

— Eu și tu?

— Toți.

— Dar el a spus că sunt multe diferențe între noi și maimuțe.

— Da? Care? Că mama mi-a făcut găuri în urechi și de aceea port cercei de când m-am născut, în vreme ce maimuțelor mamele nu le fac și nu-i poartă?

Din momentul acela ne-a apucat hlizeala, am înșirat diferențe de genul acela, una după alta, tot mai absurde, și ne-am distrat mult. Dar când ne-am întors în cartier ne-a trecut buna dispoziție. Ne-am întâlnit cu Pasquale și Ada care se plimbau pe șosea și am aflat de la ei că Stefano o căuta pe Lila peste tot, era foarte îngrijorat. M-am oferit s-o conduc până acasă, a refuzat. A acceptat, în schimb, s-o conducă Pasquale și Ada cu mașina.

Am aflat abia a doua zi de ce o căuta Stefano. Nu pentru că întârziaserăm. Nici măcar pentru că se enerva că soția lui uneori își petrece timpul liber cu mine și nu cu el. Motivul era altul. Tocmai aflase că Pinuccia se întâlnea adesea cu Rino acasă la el. Tocmai aflase că se îmbrățișau în propriul lui pat, că Lila îi dădea cheile. Tocmai aflase că Pinuccia era însărcinată. Dar ce-l înfuriase cel mai mult era că atunci când îi dăduse o palmă surorii lui pentru porcăriile pe care le făcuseră ea și Rino, Pinuccia urlase la el:

— Ești invidios pentru că sunt femeie și Lina nu, pentru că Rino știe cum se face cu femeile și tu nu.

De aceea, văzându-l foarte agitat, ascultându-l — și amintindu-și corectitudinea pe care el i-o arătase întotdeauna când erau logodiți —, Lila izbucnise în râs, iar Stefano, ca să n-o omoare, se dusese să facă o tură cu mașina. În opinia ei, ieșise să-și caute o curvă.

33.

Nunta Pinucciei și a lui Rino a fost pregătită în mare grabă. Eu m-am ocupat puțin de ea, aveam teme, ultimele examene. Și, în plus, mi s-a întâmplat un fapt care m-a neliniștit profund. Galiani, al cărei obicei era să încalce codul etic al profesorilor cu dezinvoltură, m-a invitat pe mine — pe mine și pe nimeni altcineva din liceu — acasă la ea, la o petrecere dată de copiii ei.

Era deja destul de anormal că-mi împrumuta cărți și ziare de-ale ei, că mă chemase la un marș pentru pace și la o conferință solicitantă. Acum întrecuse măsura: mă luase deoparte și-mi făcuse acea invitație.

— Vino cum crezi, îmi zisese, singură sau însoțită, cu logodnicul sau fără: important e să vii.

Așa, pur și simplu, cu câteva zile înainte de sfârșitul anului școlar, fără să-i pese de cât aveam de învățat, fără să-i pese de cutremurul pe care-l provoca în mine.

Spusesem da imediat, dar am descoperit curând că n-aș fi avut niciodată curajul să mă duc. O petrecere în casa oricărei profesoare era deja un eveniment de neconceput, cu atât mai puțin în casa profesoarei Galiani. Pentru mine era ca și cum ar fi trebuit să mă prezint la palatul regal, să-i fac o reverență reginei și să dansez cu prinții. O bucurie, dar și o brutalitate, ca o smucitură: să fii trasă de mână, să fii constrânsă să faci un lucru care, deși te atrage, știi că nu e potrivit pentru tine, știi că, dacă împrejurările nu te-ar obliga, ai evita bucuros să-l faci. Lui Galiani probabil că nici nu-i trecuse prin minte că nu aveam ce să pun pe mine. La școală purtam un halat negru, caraghios: ce se aștepta profesoara să fie pe sub halatul acela, haine și furouri și chiloți ca ale ei? Era nepotrivire, în schimb, era sărăcie, proastă educație. Aveam o singură pereche de pantofi foarte uzată. Singura rochie care mi se părea bună era cea pe care o purtasem la nunta Lilei, dar era cald, era bună pentru martie, nu pentru sfârșitul lui mai. Și, oricum, problema nu era doar cum să mă îmbrac. Era singurătatea, stânjeneala de-a mă găsi printre străini, tineri cu feluri de a vorbi, de a glumi și gusturi pe care nu le cunoșteam. M-am gândit să-l întreb pe Alfonso dacă voia să mă însoțească, era mereu foarte amabil cu mine. Dar — mi-am amintit — Alfonso era un coleg de-al meu de clasă și Galiani îmi adresase numai mie invitația. Ce era de făcut? Zile în șir anxietatea m-a paralizat. M-am gândit să vorbesc cu profesoara și să invoc o scuză oarecare. Apoi mi-a trecut prin minte să-i cer sfatul Lilei.

Era, ca de obicei, într-o perioadă urâtă, avea o vânătaie gălbuie pe un obraz. N-a primit bine vestea.

— Ce să cauți acolo?

— M-a invitat.

— Unde locuiește profesoara asta?

— Bulevardul Vittorio Emanuele.

— Se vede marea de la ea de-acasă?

— Nu știu.

— Soțul ei cu ce se ocupă?

— Medic la Cotugno.

— Și copiii încă sunt la școală?

— Nu știu.

— Vrei o rochie de-a mea?

— Știi că nu-mi vin.

— Ai doar sânii mai mari.

— Am totul mai mare, Lila.

— Atunci nu știu ce să-ți spun.

— Să nu mă duc?

— E mai bine.

— Bine, n-o să mă duc.

A fost în mod evident bucuroasă de acea decizie. Am salutat-o, am ieșit din mezelărie și am luat-o pe o stradă cu niște tufișuri subțiri de leandru. Dar am auzit-o că mă striga și m-am întors.

— Te însoțesc eu, a zis.

— Unde?

— La petrecere.

— Stefano n-o să te lase să mergi.

— Asta rămâne de văzut. Spune-mi dacă vrei să mă iei sau nu.

— Bineînțeles că vreau.

A devenit în momentul acela atât de bucuroasă, că n-am îndrăznit să o fac să se răzgândească. Dar simțeam deja, întorcându-mă acasă, că situația mea tocmai se înrăutățise. Niciunul dintre obstacolele care mă împiedicau să mă duc la petrecere nu fusese înlăturat și, în plus, oferta Lilei mă tulbura și mai mult. Motivele erau confuze și nu intenționam să mi le înșir, dar și dacă aș fi făcut-o, m-aș fi trezit în fața unor afirmații contradictorii. Mă temeam că Stefano n-o să-i permită să vină. Mă temeam că Stefano o să-i permită. Mă temeam că o să se îmbrace în mod ostentativ, ca atunci când se dusese la frații Solara. Mă temeam că, orice și-ar fi pus pe ea, frumusețea ei ar fi explodat ca o stea și toți s-ar fi agitat să prindă o bucățică din ea. Mă temeam că s-ar fi exprimat în dialect, că ar fi spus vulgarități, că ar fi devenit evident cum școala, pentru ea, se încheiase cu certificatul de absolvire a școlii elementare. Mă temeam că, dacă doar ar fi deschis gura, toți ar fi rămas hipnotizați de inteligența ei și chiar Galiani ar fi fost încântată de asta. Mă temeam că profesoara ar fi considerat-o pe cât de arogantă, pe atât de ingenuă și mi-ar fi spus: cine e prietena asta ta, să nu te mai vezi cu ea. Mă temeam că ar fi înțeles că eu eram doar umbra ei ștearsă și nu s-ar mai fi ocupat de mine, ci de ea, ar fi vrut s-o revadă, ar fi făcut-o să-și reia studiile.

O vreme am evitat să merg la mezelărie. Speram ca Lila să uite de petrecere. Voiam ca ziua să vină și eu să mă duc aproape pe ascuns și apoi să-i spun: nu mi-ai mai dat vești. În schimb, în curând a venit să mă caute, lucru pe care nu-l mai făcea de mult timp. Îl convinsese pe Stefano nu doar să ne însoțească, ci și să vină să ne ia, și voia să știe la ce oră trebuia să fim acasă la profesoară.

— Tu ce-ți pui pe tine? am întrebat anxioasă.

— Ce-ți pui și tu.

— Eu îmi pun o cămașă și o fustă.

— Atunci și eu la fel.

— E sigur că Stefano ne duce și apoi vine să ne ia?

— Da.

— Cum ai reușit să-l convingi?

A făcut o grimasă veselă, a zis că deja știa cum să-l facă să joace cum îi cânta ea.

— Dacă vreau ceva, a spus în șoaptă ca și cum ea însăși n-ar fi voit să se audă, e de ajuns să fac puțin pe târfa.

A spus chiar așa, în dialect, și a adăugat alte expresii dure și autoironice, ca să mă facă să înțeleg cât îi repugna soțul ei, dezgustul pe care-l simțea față de ea însăși. Anxietatea mea a crescut. Trebuie să-i spun, m-am gândit, că nu mă mai duc la petrecere, trebuie să-i spun că m-am răzgândit. Știam, bineînțeles, că în spatele aparenței Lilei disciplinate, la muncă de dimineața până seara, exista o Lila care numai supusă nu era. În special acum când îmi asumam responsabilitatea de o introduce în casa profesoarei Galiani, Lila cea recalcitrantă mă speria, mi se părea tot mai devastată de refuzul ei de a capitula. Ce s-ar fi întâmplat dacă, în prezența profesoarei, ceva ar fi făcut-o să iasă la suprafață? Ce s-ar fi întâmplat dacă ar fi decis să folosească limbajul acela pe care tocmai îl folosise cu mine? Am zis prudent:

— Lila, te rog, nu vorbi așa.

S-a uitat la mine perplexă.

— Așa cum?

— Ca acum.

A tăcut o clipă, apoi a întrebat:

— Ți-e rușine cu mine?

34.

Nu-mi era rușine cu ea, i-am jurat asta, dar i-am ascuns că mă temeam de faptul că poate o să-mi fie.

Stefano ne-a însoțit cu decapotabila până la casa profesoarei. Eu stăteam în spate, ei doi în față, și m-au izbit pentru prima dată verighetele imense de pe mâinile lor. În vreme ce Lila purta cămașă și fustă cum promisese, nimic excesiv, nici măcar machiajul, doar puțin ruj, el se îmbrăcase de sărbătoare, cu mult aur. Emana un puternic miros de săpun pentru ras, ca și cum s-ar fi așteptat ca în ultimul moment să-i spunem: vino și tu. Nu i-am spus. Eu m-am limitat la a-i mulțumi de mai multe ori călduros, Lila a coborât din mașină fără să-l salute. Stefano a pornit din nou cu un scârțâit dureros de cauciucuri.

Ne tenta liftul, dar am renunțat. Nu folosiserăm niciodată așa ceva, nici măcar blocul nou al Lilei nu avea lift, ne-am temut să nu ne prindem urechile. Galiani îmi spusese că apartamentul ei era la etajul al treilea, că pe ușă scria „Dr. Prof. Frigerio", dar am verificat oricum tăblițele la fiecare etaj. Eu mergeam în față, Lila în spate, în tăcere, treaptă după treaptă. Ce dichisit era blocul, cum străluceau mânerele ușilor și tăblițele de alamă! Inima îmi bătea cu putere.

Am identificat ușa întâi de toate după muzica dată tare care se auzea dinăuntru și după zumzetul vocilor. Ne-am netezit fustele, eu am tras în jos de furoul care avea tendința să se ridice pe picioare, iar Lila și-a aranjat părul cu vârful degetelor. Amândouă, era evident, ne temeam că ne pierdem pe noi însele, că anulăm într-o clipă de neatenție masca sobră pe care ne-o atribuiserăm. Am apăsat butonul soneriei. Am așteptat, n-a venit nimeni să ne deschidă. M-am uitat la Lila, am apăsat din nou butonul, mai mult timp. Pași rapizi, ușa s-a deschis. A apărut un băiat brunet, mic de statură, cu un chip frumos și o privire vie. Mi s-a părut că are în jur de douăzeci de ani. I-am spus emoționată că eram o elevă de-a profesoarei Galiani, iar el nici nu m-a lăsat să termin, a râs și a exclamat:

— Elena?

— Da.

— În casa asta te cunoaștem toți, mama noastră nu pierde niciodată ocazia să ne chinuie citindu-ne temele tale.

Băiatul se numea Armando și fraza aceea a fost decisivă, mi-a dat o neașteptată senzație de putere. Încă îmi aduc aminte de el, acolo în prag, cu simpatie. A fost absolut primul care mi-a demonstrat ce confortabil e să ajungi într-un mediu străin, potențial ostil, și să descoperi că ai fost precedată de faima ta bună, că nu trebuie să faci nimic pentru a fi acceptat, că numele tău e deja cunoscut, că despre tine se știu deja destule, că alții, străinii, trebuie să facă eforturi ca să-ți intre în grații, nu tu să intri în ale lor. Obișnuită cum eram cu lipsa avantajelor, acea șansă neașteptată mi-a dat energie și m-a făcut imediat dezinvoltă. Au dispărut anxietățile, nu mi-a mai păsat de ce putea să facă sau nu Lila. Cuprinsă de neașteptata mea importanță, am uitat chiar să i-o prezint lui Armando pe prietena mea. Nici el, pe de altă parte, n-a părut s-o observe. Mi-a deschis calea ca și cum aș fi fost singură, povestind vesel cât vorbea mama lui despre mine și insistând cu laudele pe care mi le aducea. L-am urmat, încercând să mă eschivez. Lila a închis ușa.

Apartamentul era mare, toate camerele deschise și luminate, tavanele foarte înalte și decorate cu motive florale. M-au impresionat mai ales cărțile de peste tot, erau mai multe cărți în casa aia decât la biblioteca din cartier, pereți întregi acoperiți de rafturi până la tavan. Și muzică. Și tineri care dansau dezlănțuiți într-o cameră foarte vastă cu o iluminare somptuoasă. Și alții care stăteau fumând la taclale. Toți tineri cu școală, care aveau părinți cu școală. Ca Armando: mama profesoară, tatăl medic chirurg, care însă nu era acolo în seara aceea. Băiatul ne-a dus pe o terasă mică, cu aer călduț, mult cer și un miros puternic de glicine și trandafiri amestecat cu cel de vermut și de pastă de migdale. Am văzut orașul plin de lumini, întinderea întunecată a mării. Profesoara m-a strigat pe nume cu bucurie, ea a fost cea care mi-a amintit de Lila din spatele meu.

— E o prietenă de-a ta?

Am mormăit ceva, mi-am dat seamă că nu știu cum se fac prezentările.

— Profesoara mea. Ea se numește Lina. Am făcut clasele primare împreună, am spus.

Galiani a lăudat cordial prieteniile lungi, sunt importante, o ancorare, fraze generice rostite, uitându-se fix la Lila, care a pronunțat încurcată câteva cuvinte monosilabice. Când și-a dat seama că profesoara își coborâse privirea pe verigheta ei, și-a acoperit imediat inelul cu cealaltă mână.

— Ești căsătorită?

— Da.

— Ești de aceeași vârstă cu Elena?

— Sunt mai mare cu două săptămâni.

Galiani a privit în jur și s-a adresat fiului ei:

— Le-ai prezentat Nadiei?

— Nu.

— Și ce aștepți?

— Liniștește-te, mamă, de-abia au sosit.

Profesoara mi-a spus:

— Nadia ține mult să te cunoască. Ăsta e un derbedeu, să n-ai încredere în el, dar ea e cuminte, ai să vezi că o să vă împrieteniți, o să-ți placă.

Am lăsat-o singură să fumeze. Nadia, am înțeles, era sora mai mică a lui Armando: șaisprezece ani de pisălogeli — a definit-o el cu o agresivitate prefăcută —, mi-a distrus copilăria. Eu m-am referit ironic la problemele pe care mi le făcuseră mereu frații mei mai mici și m-am adresat Lilei pentru confirmare, râzând. Dar ea a rămas serioasă și n-a spus nimic. Ne-am întors în camera în care se dansa, care acum era în penumbră. O melodie a lui Paul Anka, sau poate *What a sky*, cine mai ține minte. Dansatorii erau lipiți unul de altul, umbre care se legănau. Muzica s-a terminat. Înainte ca cineva, fără prea mare chef, să aprindă lumina, am simțit o izbitură în piept și l-am recunoscut pe Nino Sarratore. Își aprindea o țigară, flăcăruia i-a licărit pe față. Nu-l mai văzusem de aproape un an și mi s-a părut mai în vârstă, mai înalt, mai ciufulit, mai frumos. Între timp, în cameră a explodat lumina electrică și am recunoscut-o și pe fata cu care tocmai terminase de dansat. Era aceeași pe care mai de mult o văzusem la școală, fetișcana fină, luminoasă, care mă obligase să-mi dau seama cât de ștearsă sunt.

— Iat-o, a spus Armando.

Nadia, fiica profesoarei Galiani, era chiar ea.

35.

Oricât de ciudat ar părea, descoperirea aceea nu mi-a distrus plăcerea de a mă simți acolo, în casa aceea, printre oameni cumsecade. Îl iubeam pe Nino, nu mă îndoiam de asta, nu m-am îndoit niciodată în privința asta. Și, bineînțeles, ar fi trebuit să sufăr în fața unei dovezi în plus că nu va fi niciodată al meu. Dar nu s-a întâmplat. Că avea o logodnică și că logodnica era în toate mai bună decât mine știam deja. Noutatea consta în faptul că era vorba de fiica lui Galiani, crescută în casa aceea, printre cărțile acelea. Am simțit imediat că acest detaliu, în loc să mă îndurereze, mă liniștea, justifica și mai mult alegerea lor și făcea din asta ceva inevitabil, în armonie cu ordinea naturală a lucrurilor. În fine, m-am simțit de parcă brusc aș fi avut în fața ochilor un exemplu atât de perfect de simetrie, că trebuia să mă bucur de el într-o tăcere absolută.

Dar n-a fost doar asta. S-a întâmplat că imediat cum Armando i-a spus surorii lui:

— Nadia, aceasta este Elena, eleva mamei, fata s-a înroșit și, impulsiv, și-a aruncat brațele de gâtul meu, murmurând:

— Elena, ce bucuroasă sunt să te cunosc.

Apoi, fără să-mi dea ocazia să spun ceva, a trecut la a lăuda, fără ironia fratelui, lucrurile pe care le scriam și cum le scriam, pe un ton de un asemenea entuziasm, încât m-am simțit ca atunci când mama lui citea în clasă vreo expunere de-a mea. Sau poate că a fost chiar mai bine, pentru că erau prezente acolo ca s-o asculte persoanele la care țineam cel mai mult, Nino și Lila, și amândoi, iată, puteau constata că în casa aceea eram iubită și apreciată.

Am adoptat un comportament camaraderesc de care nu mă credeam că sunt capabilă, m-am dedat imediat unei discuții dezinvolte, am scos din mine o italiană frumoasă, cultivată, pe care n-am simțit-o artificială ca cea pe care o foloseam la școală. L-am întrebat pe Nino despre călătoria lui în Anglia, am întrebat-o pe Nadia ce cărți citea, ce muzică-i plăcea. Am dansat când cu Armando, când cu alții, necontenit, și m-am simțit în stare chiar și de un rock'n'roll, în timpul căruia mi-au zburat ochelarii de pe nas, dar fără să se spargă. O seară extraordinară. La un moment dat, am văzut că Nino schimba câteva cuvinte cu Lila, o invita la dans. Dar ea a refuzat, a ieșit din camera în care se dansa și am pierdut-o din vedere. A trecut destul timp înainte să-mi aduc aminte de prezența prietenei mele. A fost nevoie de lenta descreștere a ritmului dansurilor și de o discuție aprinsă între Armando, Nino și alți câțiva tineri de vârsta lor, care s-au mutat cu Nadia pe terasă, atât din cauza căldurii, cât și pentru a o aduce în discuție pe Galiani, care rămăsese singură să fumeze și să se răcorească.

— Vino, mi-a spus Armando, ținându-mă de mână.

Am răspuns:

— O chem pe prietena mea, și m-am eliberat.

Foarte încălzită, am căutat-o pe Lila prin camere, am găsit-o singură în fața unui perete de cărți.

— Hai, să mergem pe terasă, am spus.

— De ce?

— Să ne răcorim, să vorbim.

— Du-te tu.

— Te plictisești?

— Nu, mă uit la cărți.
— Ai văzut câte sunt?
— Da.

Am simțit-o nemulțumită. Pentru că fusese neglijată. Din vina verighetei de pe deget, m-am gândit. Sau poate că în locul acesta frumusețea ei nu e recunoscută, contează mai mult a Nadiei. Sau poate că e ea care, deși având un soț, deși rămânând însărcinată, deși făcând un avort, deși inventând pantofii, deși știind să facă bani, în casa asta nu înseamnă mare lucru, nu știe să se facă apreciată ca în cartier. Eu da. Dintr-odată mi-am dat seama că se încheiase stagnarea începută în ziua nunții Lilei. Știam să mă port printre oamenii aceia, mă simțeam mai bine decât cu prietenii mei din cartier. Singura anxietate era cea pe care acum mi-o provoca Lila cu izolarea ei, cu rămasul acela pe margine. Am târât-o de lângă cărți, am târât-o pe terasă.

În timp ce cei mai mulți încă dansau, în jurul profesoarei se formase un mic grup, trei sau patru băieți și două fete. Dar vorbeau doar băieții, singura femeie care intervenea, ironic, era Galiani. Am înțeles imediat că băieții mai mari, Nino, Armando și unul pe nume Carlo, nu găseau că e demn să se confrunte cu ea. Aveau chef mai ales să se înfrunte între ei, o considerau autoritatea care împarte laurii victoriei. Armando polemiza cu mama lui, dar în realitate i se adresa lui Nino. Carlo adera la poziția profesoarei, dar în confruntarea cu ceilalți doi avea tendința să-și deosebească ideile de ale ei. Și Nino replica într-un politicos dezacord cu Galiani și în conflict deschis cu Armando și cu Carlo. Am ascultat încântată. Cuvintele lor erau boboci care fie îmi deveneau în minte flori mai mult sau puțin cunoscute, și atunci mă înflăcăram mimând participarea, fie manifestau forme necunoscute mie, și atunci mă retrăgeam ca să-mi ascund ignoranța. În acest al doilea caz însă deveneam nervoasă: nu știu despre ce vorbesc, nu știu cine e tipul ăsta, nu înțeleg. Erau sunete fără semnificație. Îmi demonstrau că lumea oamenilor, a faptelor, a ideilor era nemărginită și că lecturile nocturne nu fuseseră suficiente, trebuia să citesc cu și mai mult zel ca să fiu în stare să le spun lui Nino, lui Galiani, lui Carlo, lui Armando: da, eu înțeleg, eu știu. Planeta întreagă e amenințată. Războiul nuclear. Colonialismul, neocolonialismul. Pieds-noirs, OAS și Frontul Național de Eliberare. Violența măcelurilor. Gaullism-ul, fascismul. France, Armée, Grandeur, Honneur. Sartre e pesimist, dar contează pe masele de muncitori comuniști din Paris. Prostul mers al Franței, cel al Italiei. Deschiderea spre stânga. Saragat, Nenni. Fanfani la Londra, Macmillan. Congresul creștin-democrat în orașul nostru. Adepții lui Fanfani, Moro, stânga creștin-democrată. Socialiștii au sfârșit în fălcile puterii. Noi, comuniștii, noi cu proletariatul nostru și parlamentarii noștri vom fi cei care vom face să treacă legile de centru-stânga. Dacă va merge așa, un partid marxist-leninist va aduce democrația socială. Ați văzut cum s-a comportat Leone la inaugurarea anului academic? Armando clătina din cap dezgustat: nu cu ajutorul planificării se schimbă lumea, sângele e necesar, e necesară violența. Nino îi răspundea cu calm: planificarea e un instrument indispensabil. O discuție intensă, Galiani îi urmărea pe băieți. Câte lucruri știau, stăpâneau toată fața pământului. La un moment dat, Nino a dat exemplu, cu simpatie, America, a spus cuvinte în engleză ca și cum ar fi fost englez adevărat. Am observat că în decursul unui an i se accentuase vocea, era groasă, aproape răgușită, și o folosea într-un mod mai puțin rigid față de când vorbiserăm la nunta Lilei și mai apoi la școală. A dat ca exemplu și Beirutul ca și cum ar fi fost acolo și pe Danilo Dolci și pe Martin Luther King și pe Bertrand Russell. S-a arătat în favoarea unei formațiuni pe care o numea Brigada mondială pentru pace și l-a temperat pe Armando care vorbea cu sarcasm despre ea. Apoi s-a însuflețit, a urcat tonul. Ah, ce frumos era. A spus că lumea avea capacitățile tehnice ca să șteargă de pe fața pământului colonialismul, foametea, războiul. L-am ascultat copleșită de emoție și, chiar dacă mă simțeam pierdută printre o mie de lucruri pe care nu le cunoșteam — ce erau gaullism-ul, OAS, democrația socială, deschiderea spre stânga; cine erau Danilo Dolci, Bertrand Russell, pieds-noirs, adepții lui Fanfani; și ce se întâmplase la Beirut sau în Algeria — am simțit nevoia, cum simțisem deja cu timp în urmă, să mă ocup de el, să am grijă de el, să-l protejez, să-l sprijin în orice ar fi făcut în cursul vieții. A fost singurul moment al serii în care am invidiat-o pe Nadia, care-i stătea alături ca o divinitate minoră, dar strălucitoare. Apoi m-am auzit rostind fraze parcă împotriva voinței mele, ca și cum o altă persoană mai sigură, mai informată, ar fi decis să vorbească prin intermediul gurii mele. Am luat cuvântul fără să știu ce-o să spun, dar, ascultându-i pe băieți, mi se mișcaseră în minte fragmente de fraze citite în cărțile și ziarele lui Galiani. Timiditatea a devenit mai puțin puternică decât dorința de a mă pronunța, de a-mi face simțită prezența acolo. Am folosit italiana elevată, deprinsă când traduceam din greacă și din latină. M-am aliat cu Nino. Am spus că nu voiam să trăiesc într-o lume din nou în război. Noi, am spus, nu trebuie să repetăm greșelile generațiilor dinaintea noastră. Războiul, astăzi, trebuie dus împotriva arsenalelor atomice, trebuie dus împotriva războiului însuși. Dacă îngăduim folosirea acelor arme, vom deveni toți mult mai vinovați decât naziștii. Ah, cât m-am emoționat vorbind: am simțit că-mi vin lacrimi în ochi. Am încheiat spunând că era urgent ca lumea să fie schimbată, că erau prea mulți tirani care țineau popoarele sclave. Dar trebuia schimbată cu pacea.

Nu știu dacă am fost apreciată de toți. Armando mi s-a părut nemulțumit și o fată blondă al cărei nume nu-l știam s-a uitat fix la mine surâzând ironic. Însă deja în timp ce vorbeam, mi-am dat seama că Nino mă aproba. Și Galiani, când și-a spus părerea, m-a dat ca exemplu de două ori și a fost emoționant să aud: „Cum a zis în mod corect Elena". Nadia, oricum, a făcut lucrul cel mai frumos. S-a desprins de Nino și a venit să-mi șoptească la ureche: „Cât de bună ești, cât de curajoasă ești". Lila, care stătea lângă mine, n-a suflat o vorbă. Dar când profesoara încă vorbea, m-a smucit și a șoptit în dialect:

— Mor de somn, afli unde e telefonul și îl suni pe Stefano?

36.

Cât îi făcuse de rău seara aceea am aflat ulterior din caietele ei. Recunoștea că-mi ceruse să mă însoțească. Crezuse să se poată desprinde măcar pentru seara aceea de mezelărie și că se poate simți bine cu mine. Că poate participa la acea bruscă lărgire a lumii mele, cunoaște pe profesoara Galiani și vorbi cu ea. Recunoștea că trăise cu senzația că știe cum să nu facă impresie proastă. Recunoștea că fusese sigură că o să placă băieților, plăcea întotdeauna. În schimb, se simțise imediat fără voce, stângace, lipsită de atitudine, de frumusețe. Înșira detalii: chiar și când eram una lângă alta, toți alegeau să mă bage în seamă doar pe mine; îmi aduseseră prăjiturele, îmi aduseseră de băut, nimeni nu i se devotase ei; Armando îmi arătase un tablou de familie, ceva din secolul al XVII-lea, îmi vorbise vreun sfert de oră despre el: ea fusese tratată ca și cum n-ar fi fost în stare să înțeleagă. N-o voiau. Nu voiau să știe nimic despre ce fel de persoană era. În seara aia îi devenise clar pentru prima dată că viața ei va însemna pentru totdeauna Stefano, mezelăriile, nunta fratelui ei cu Pinuccia, discuțiile cu Pasquale și Carmen, războiul meschin cu frații Solara. Asta scrisese, și altele, poate chiar în noaptea aceea, poate de dimineață, în magazin. Acolo, toată seara, se simțise în mod definitiv pierdută.

Dar în mașină, întorcându-ne în cartier, nu s-a referit nici măcar un pic la sentimentul acela, a devenit doar rea, perfidă.

A început imediat cum s-a instalat în mașină, când soțul ei a întrebat fără niciun chef dacă ne distraserăm. Am lăsat-o pe ea să răspundă, eram istovită de efort, de agitație, de plăcere. Și ea, atunci, a început încet să mă rănească. A spus în dialect că nu se mai plictisise atâta niciodată în viața ei. Era mai bine dacă mergeam la un film, i s-a plâns soțului ei și — lucru neobișnuit, făcut în mod evident înadins ca să mă rănească, ca să-mi amintească: vezi, bine sau rău, eu am un bărbat în vreme ce tu nimic, ești virgină, știi totul, dar asta nu știi cum e — i-a mângâiat mâna pe care el o ținea pe schimbătorul de viteze. Și dacă ne uitam la televizor, a spus, ar fi fost mai distractiv decât să petrec timpul cu oameni de rahat. Nu e un lucru acolo înăuntru, un obiect, un tablou, pe care să le fi câștigat ei direct. Mobilierul e de acum o sută de ani. Casa are cel puțin trei sute de ani. Cărțile da, unele sunt noi, dar altele sunt foarte vechi, atât de prăfuite, că n-au fost răsfoite de cine știe cât timp, chestii vechi de drept, de istorie, de știință, de politică. Au citit și studiat în casa aceea tații, bunicii, străbunicii. De sute de ani sunt cel puțin avocați, medici, profesori. De aceea vorbesc toți așa, de aceea se îmbracă și mănâncă și se mișcă așa și pe dincolo. O fac pentru că s-au născut acolo. Dar n-au în cap nici măcar o idee care să le aparțină, pentru care să depună efort s-o gândească. Ei știu totul și nu știu nimic. L-a sărutat pe soțul ei pe gât, i-a netezit părul cu vârful degetelor. Dacă veneai acolo sus, Ste', vedeai doar niște papagali făcând crrr-crrr. Nu se înțelegea nici măcar un cuvânt din ce spuneau și nu se înțelegeau nici măcar între ei. Tu știi ce e OAS, știi ce e deschiderea spre stânga? Data viitoare nu mă lua pe mine, Lenù, ia-l pe Pasquale și așa îți arăt cum îi pune la punct în doi timpi și trei mișcări. Cimpanzei care se pișă și se cacă în closet și nu pe pământ și de asta își dau o grămadă de aere și spun că știu ce ar trebui făcut în China și ce în Albania și ce în

Franța și ce în Katanga. Și tu, Lena, trebuie să-ți spun asta: fii atentă, ești pe cale să devii papagalița papagalilor. I s-a adresat soțului ei râzând. Trebuia s-o auzi, i-a spus. Avea o vocișoară, bla bla bla. Îi arăți și lui Stefano cum vorbești cu ăia? Tu și fiul lui Sarratore, identici. *Brigada mondială a păcii; noi avem capacitățile tehnice; foametea, războiul.* Dar, pe bune, îți bați capul atâta la școală ca să poți spune lucrurile cum le spune ăla? *Cine știe să rezolve problemele muncește pentru pace.* Bravo. Îți amintești cum știa să rezolve problemele fiul lui Sarratore? Îți amintești, da, și îi dai atenție? Vrei să fii și tu o marionetă a cartierului care joacă un rol ca să fie primită în casa acelor oameni? Pe noi vreți să ne lăsați în rahatul nostru, singuri să ne spargem capul, în timp ce voi faceți crrr-crrr, foametea, războiul, clasa muncitoare, pacea?

A fost atât de rea pe tot parcursul drumului din bulevardul Vittorio Emanuele până acasă, că eu am amuțit și am simțit veninul ei care transforma un moment aparent important al vieții mele într-un pas greșit, care mă făcuse ridicolă. M-am luptat ca să n-o cred. Am simțit-o cu adevărat dușmancă și capabilă de orice. Știa să incendieze sistemul nervos al oamenilor de treabă, aprindea în piepturi focul distrugerii. Le-am dat dreptate Gigliolei și Pinucciei, în fotografie era ea însăși care ardea ca diavolul. Am urât-o și a băgat de seamă până și Stefano, care, atunci când s-a oprit la poartă și m-a ajutat să cobor pe partea lui, a spus conciliant:

— Pa, Lenù, noapte bună, Lina glumește.

Și eu am șoptit:

— Pa.

Și am plecat. Abia când mașina pornise deja am auzit-o pe Lila că-mi striga, imitând vocea pe care, după ea, o căpătasem înadins în casa Galiani:

— Pa, eh, pa.

37.

În seara aceea a început lunga, frământata perioadă care a dus la prima noastră ruptură și la o lungă despărțire.

Am făcut eforturi să-mi revin. Fuseseră o mie de motive de tensiune până atunci. Nemulțumirea ei și, totodată, dorința ei de dominare ieșiseră continuu la suprafață. Dar niciodată niciodată niciodată nu se străduise atât de explicit să mă umilească. Am renunțat la ieșirile mele la mezelărie. Deși îmi plătise cărțile pentru școală, deși făcuserăm acel pariu al nostru, nu m-am dus să-i spun că fusesem promovată cu note de opt și doi de nouă. Am început să lucrez, imediat după terminarea școlii, într-o librărie de pe strada Mezzocannone și am dispărut din cartier fără s-o anunț. Amintirea tonului sarcastic din seara aceea, în loc să se atenueze, a devenit gigantic, și, de asemenea, ranchiuna mea a devenit tot mai viguroasă. Mi s-a părut că nimic n-ar putea justifica ce-mi făcuse. Nu mi-a venit niciodată în minte, cum se întâmplase în schimb cu alte ocazii, că simțise nevoia să mă umilească pentru a putea suporta mai ușor umilirea ei.

În curând am aflat că lăsasem o impresie bună la petrecere, și asta mi-a ușurat detașarea. Hoinăream pe strada Mezzocannone în timpul pauzei de prânz când m-am auzit strigată. Era Armando, care se ducea să dea un examen. Am aflat că studia medicina și examenul era dificil, dar, înainte să dispară spre san Domenico Maggiore, s-a întreținut oricum cu mine, copleșindu-mă cu complimente și reîncepând să vorbească despre politică. Seara a apărut chiar la librărie, luase o notă bună, era fericit. Mi-a cerut numărul de telefon, am spus că n-aveam telefon; m-a întrebat dacă făceam o plimbare duminica următoare, i-am spus că duminica trebuia s-o ajut pe mama în casă. A început să vorbească despre America Latină, unde intenționa să meargă imediat după ce își lua diploma să-i îngrijească pe cei săraci, să-i convingă să ia armele în mâini împotriva opresorilor și a ținut-o așa mult timp, încât a trebuit să-l alung înainte ca patronul să se enerveze. În fine, eram bucuroasă pentru că, în mod evident, îi plăcusem și m-am arătat amabilă, dar nu disponibilă. Cuvintele Lilei oricum făcuseră rău. Mă simțeam prost îmbrăcată, prost pieptănată, cu un ton fals, ignorantă. În plus, odată cu terminarea școlii, fără Galiani, obiceiul de a citi ziarele se destrămase și, pentru că banii erau numărați, nu simțisem nevoia să le cumpăr dând din buzunarul meu. Astfel Napoli, Italia, lumea redeveniseră rapid o mlaștină cețoasă în interiorul căreia nu mă mai orientam. Armando vorbea, eu aprobam din cap, dar nu înțelegeam mai nimic din ce spunea.

A doua zi a fost o altă surpriză. În timp ce măturam podeaua librăriei, mi-au apărut în față Nino și Nadia. Aflaseră de la Armando unde lucram și veniseră înadins să mă salute. Mi-au propus să merg cu ei la film duminica următoare. A trebuit să răspund cum îi răspunsesem lui Armando: nu era posibil, munceam toată săptămâna și tata și mama în ziua de sărbătoare mă voiau acasă.

— Dar câțiva pași prin cartier poți să faci?

— Asta da.

— Atunci vom veni noi la tine.

Pentru că patronul m-a strigat pe un ton mai nervos ca de obicei — era un bărbat în jur de vreo șaizeci de ani, cu pielea feței care părea murdară, foarte irascibil, cu privirea depravată —, au plecat imediat.

Duminica următoare, dimineața târziu, m-am auzit strigată din curte și am recunoscut vocea lui Nino. Am apărut la fereastră, era singur. Am încercat în câteva minute să mă fac prezentabilă și, fără măcar să-i spun mamei, fericită și totodată neliniștită, am alergat jos. Când l-am avut în față, n-am mai avut aer.

— N-am decât zece minute, am spus gâfâind, așa că n-am ieșit să ne plimbăm pe șosea, am hoinărit printre blocuri.

Cum de venise fără Nadia? De ce bătuse tot drumul până acolo deși ea nu putea? A răspuns la întrebările mele fără să i le pun. Nadia avea în vizite niște rude ale tatălui ei și fusese obligată să rămână acasă. El venise până acolo ca să revadă cartierul, dar și ca să-mi aducă ceva de citit, ultimul număr dintr-o revistă care se numea *Cronache meridionali*. Mi-a întins fasciculul cu un gest încruntat, i-am mulțumit. Apoi a început, inadecvat, să vorbească rău despre revistă, astfel încât m-am întrebat de ce decisese să mi-o dăruiască.

— E schematică, a spus și a adăugat râzând: Ca Galiani și ca Armando.

Apoi a redevenit serios, a luat un ton care mi s-a părut de moș. A spus că-i datora foarte mult profesoarei noastre, că fără ea perioada liceului ar fi fost o pierdere de timp, dar că trebuia să fii în gardă, să fii atent cu ea.

— Defectul ei major, a subliniat, e că nu suportă faptul că poți avea o minte diferită de a ei. Ia de la ea tot ce-ți poate da, dar pe urmă mergi pe drumul tău.

Apoi a revenit la revistă, a spus că scria în ea și Galiani și, pe neașteptate, fără nicio legătură, s-a referit la Lila:

— Apoi, eventual, dă-i-o și ei s-o citească.

Nu i-am spus că Lila nu mai citea nimic, că acum era doamna Carracci, că din fetița care fusese odinioară nu rămăsese decât răutatea. Am ocolit subiectul, am întrebat de Nadia, mi-a spus că va face o lungă călătorie cu familia, cu mașina până în Norvegia, și apoi va petrece restul verii la Anacapri, unde tatăl avea o casă de vacanță.

— O să te duci s-o vizitezi?

— O dată sau de două ori, trebuie să învăț.

— Mama ta e bine?

— Foarte bine. Anul acesta se duce la Barano, s-a împăcat cu stăpâna casei.

— O să-ți petreci vacanța cu familia ta?

— Eu? Cu tata? Absolut niciodată. O să fiu la Ischia, dar cu treburile mele.

— Unde o să te duci?

— Am un prieten care are o casă la Forio: părinții i-o lasă toată vara și vom sta acolo să învățăm. Tu?

— O să muncesc pe Mezzocannone până în septembrie.

— Și de Sfânta Maria?

— Nu, de Sfânta Maria nu.

A zâmbit:

— Atunci vino la Forio, casa e mare: poate pentru două, trei zile vine și Nadia.

Am zâmbit emoționată. La Forio? La Ischia? Într-o casă fără adulți? Își amintea de Maronti? Își amintea că acolo ne sărutaserăm? Am spus că trebuia să mă întorc acasă.

— O să mai trec, a promis, vreau să aflu ce crezi despre revistă.

A adăugat cu voce joasă, cu mâinile îndesate în buzunare:

— Îmi place să vorbesc cu tine.

Cât vorbise, într-adevăr. M-am simțit mândră, m-a emoționat faptul că se simțise în largul lui. Am șoptit:

— Și mie, deși nu zisesem mai nimic și mă pregăteam să intru pe ușa blocului când s-a întâmplat ceva care ne-a tulburat pe amândoi.

Un urlet a tăiat liniștea duminicală a curții și am văzut-o pe Melina la fereastră. Dădea din mâini încercând să ne atragă atenția. Când s-a întors și Nino să se uite, perplex, Melina a țipat și mai tare, un amestec de bucurie și neliniște. A urlat: „Donato".

— Cine e? a întrebat Nino.

— Melina, am spus, îți amintești?

El s-a strâmbat stingherit.

— E supărată pe mine?

— Nu știu.

— Zice Donato.

— Da.

S-a întors din nou să privească spre fereastra de la care văduva se întindea, continuând să strige numele acela.

— Ți se pare că semăn cu tata?

— Nu.

— Sigur?

— Da.

A spus nervos:

— Plec.

— E mai bine.

S-a îndepărtat cu pas vioi, umerii curbați, în timp ce Melina îl striga tot mai tare, tot mai agitată: Donato, Donato, Donato.

Am fugit și eu, m-am întors acasă cu inima bătându-mi cu putere și cu o mie de gânduri învălmășite în cap. Nino n-avea nici măcar o trăsătură care să-l apropie de Sarratore: nici statura, nici chipul, nici comportamentul, nici vocea sau privirea. Era un fruct neobișnuit, foarte dulce. Cât era de fascinant cu părul acela lung și ciufulit. Cât era de străin oricărei alte forme masculine: în întregul Napoli nu era nimeni care să-i semene. Și mă stima, chiar dacă eu trebuia încă să merg în clasa a treia de liceu, iar el era la facultate. Făcuse drumul până în cartier duminica. Își făcuse griji pentru mine, venise să mă pună în gardă. Voise să mă anunțe că Galiani era frumoasă și bună, dar avea și ea defectele ei, și, până una alta, îmi adusese fasciculul acela, convins că sunt în stare să-l citesc și să-l discutăm. Ajunsese chiar să mă invite la Ischia, la Forio, de Sfânta Maria. Lucru imposibil de concretizat, nu era o invitație reală. El însuși știa bine că părinții mei nu erau ca ai Nadiei, nu m-ar fi lăsat niciodată să mă duc; și totuși, mă invitase oricum, pentru că în cuvintele rostite am auzit alte cuvinte nerostite, ca: *țin să te văd, cât mi-ar plăcea să revenim la discuțiile noastre din Port, de pe plaja Maronti*. Da, da, am auzit în mintea mea, și mie mi-ar plăcea, vin la tine, de Sfânta Maria am să fug de acasă, să se întâmple ce trebuie să se întâmple.

Am ascuns revista printre cărțile mele. Dar seara, cum m-am băgat în pat, m-am uitat la cuprins și am tresărit. Era un articol semnat de Nino. Un articol de-al lui în fasciculul acela cu un aspect foarte serios: aproape o carte, nu revistuța de studenți, gri și neîngrijită, în care îmi propusese cu doi ani în urmă să public rezumatul meu împotriva preotului, ci pagini importante scrise de oameni mari pentru oameni mari. Și totuși, iată-l acolo, pe Antonio Sarratore, cu nume și prenume. Și eu îl cunoșteam. Și era doar cu doi ani mai mare decât mine.

Am citit, am înțeles puțin, am recitit. Articolul vorbea despre Programare cu majusculă, de Plan cu majusculă și era scris într-un mod complicat. Dar era un fragment al inteligenței lui, un fragment al persoanei lui pe care, fără să se laude, mi-l dăruise mie.

Mie.

M-au năpădit lacrimile, am pus deoparte revista abia noaptea târziu. Să-i vorbesc Lilei despre ea? Să i-o împrumut? Nu, era un lucru al meu. Cu ea nu mai voiam să am relații autentice, doar salut, discuții vagi. Nu știa să mă aprecieze. Alții, în schimb, știau: Armando, Nadia, Nino. Ei erau prietenii mei, ei trebuiau să fie confidenții mei. Văzuseră în mine, imediat, ceea ce ea se grăbise să nu vadă. Pentru că avea privirea cartierului. Era capabilă să privească doar ca Melina care, ferecată în nebunia ei, îl vedea pe Donato în Nino, îl confunda cu fostul ei amant.

38.

Inițial nu voiam să merg la nunta Pinucciei și a lui Rino, dar a venit Pinuccia personal să-mi aducă invitația și, pentru că m-a tratat cu o afecțiune exagerată, ba chiar, în legătură cu multe lucruri mi-a cerut sfatul, n-am știut să-i spun nu, chiar dacă n-a extins invitația la părinții și frații mei. Nu e o impolitețe de-a mea, s-a justificat, ci de-a lui Stefano. Fratele ei nu doar că refuzase să-i dea din banii familiei cu care să-și poată cumpăra casă (îi zisese că investițiile pe care le făcuse în pantofi și în mezelăria nouă îl lăsaseră lefter), dar, dat fiind că el plătea rochia de mireasă, fotograful și, mai ales, tratația, ștersese personal jumătate de cartier de pe lista invitaților. Un comportament foarte urât, Rino era și mai stânjenit decât ea. Logodnicul ei ar fi dorit o nuntă la fel de fastuoasă ca a surorii sale și, ca ea, o casă nouă cu vedere spre calea ferată. Dar, deși era de-acum patronul unei fabrici de încălțăminte, doar cu puterile lui nu reușea, și pentru că era cheltuitor, tocmai își cumpărase un Fiat 1100, nu avea o liră pusă deoparte. De aceea, după multe împotriviri, deciseseră de comun acord să meargă să locuiască în vechea casă a lui don Achille, evacuând-o pe Maria din dormitor. Intenționau să economisească, pe cât posibil, și să-și cumpere în curând un apartament mai frumos decât al lui Stefano și al Lilei. Fratele meu e un prost, mi-a zis în concluzie Pinuccia cu ranchiună: când e vorba de soția lui cheltuiește și cheltuiește, în timp ce pentru sora lui nu are bani.

Am evitat orice comentariu. M-am dus la nuntă în compania Marisei și a lui Alfonso care părea tot mai mult că așteaptă acele ocazii mondene ca să devină o altă persoană. Nu mai era obișnuitul meu coleg de bancă, ci un tânăr fermecător în înfățișare și comportament, cu părul negru, barba foarte deasă cu o nuanță albastră care-i urca pe obraji, cu ochii languroși și cu costumul care nu atârna pe el cum li se întâmpla altor bărbați, ci îi scotea în evidență corpul subțire și în același timp agil.

În speranța că Nino o să fie obligat să-și însoțească sora, am studiat foarte bine articolul lui și întreaga revistă *Cronache meridionali*. Dar de-acum cavalerul Marisei era Alfonso, el se ducea s-o ia, el o ducea înapoi și Nino n-a apărut. Am rămas lipită de cei doi, voiam să evit să mă trezesc față-n față cu Lila.

La biserică abia am zărit-o în primul rând, între Stefano și Maria, și era cea mai frumoasă, imposibil s-o ocolești cu privirea. Ulterior, la recepția de nuntă care a avut loc în același restaurant de pe strada Orazio ca a ei, cu un an și puțin în urmă, ne-am intersectat o singură dată și am schimbat cuvinte prudente. Apoi eu am nimerit la o masă de la margine cu Alfonso, cu Marisa și cu un băiețel blond de vreo treisprezece ani. Ea a stat cu Stefano la masa mirilor, împreună cu invitații de seamă. Câte lucruri se schimbaseră în scurt timp! Nu era Antonio, nu era nici Enzo, amândoi încă sub arme. Vânzătoarele din mezelării, Carmen și Ada, fuseseră invitate, dar Pasquale nu, sau poate că el alesese să nu vină ca să nu se amestece printre cei pe care, în pălăvrăgelile de la pizzerie, mai în glumă, mai în serios, plănuia să-i omoare cu propriile lui mâini. Lipsea și mama lui, Giuseppina Peluso, lipseau Melina și fiii ei. În schimb, cei din familia Carracci, familia Cerullo și familia Solara, asociați în diverse afaceri, stăteau toți împreună la masa mirilor, împreună cu rudele din Florența, adică negustorul de metale și soția lui. Am văzut că Lila vorbea cu Michele, râdea exagerat. Din când în când, se uita în direcția mea, dar eu întorceam imediat privirea cu un amestec de enervare și suferință. Cât râdea, prea mult! Mi-a venit în minte mama. Cum întruchipa ea femeia măritată și era vulgară în atitudine, în dialect. Îi acaparase toată atenția lui Michele, care totuși o avea lângă el pe logodnica lui, Gigliola, palidă, furibundă din cauză că o neglija. Doar Marcello, când și când, îi adresa un cuvânt viitoarei lui cumnate ca s-o calmeze. Lila, Lila: voia să exagereze și, cu exagerările ei, să ne facă pe toți să suferim. Mi-am dat seama că și Nunzia și Fernando îi aruncau fiicei lor priviri lungi și neliniștite.

Ziua a decurs lin, în afara a două episoade aparent fără consecințe. Să-l vedem pe primul. Printre invitați era și Gino, fiul farmacistului, pentru că se logodise de curând cu o verișoară de gradul al doilea din familia Carracci, o fetiță slabă, cu părul castaniu lipit de cap și cu cearcăne pronunțate. Crescând, devenise tot mai odios, nu mi-o iertam că-l avusesem logodnic când eram mică. Perfid fusese atunci, perfid rămăsese și, în plus, se găsea într-un moment care-l făcea și mai fals. Rămăsese din nou repetent. Pe mine demult nici nu mă saluta, dar continuase să se țină după Alfonso și când se purta prietenește, când își bătea joc de el cu jigniri cu tentă sexuală. Cu acea ocazie, poate din invidie (Alfonso fusese promovat cu media șapte și, în plus, era însoțit de Marisa, care era grațioasă și avea ochi scânteietori), s-a comportat într-un mod absolut insuportabil. La masa noastră stătea băiețelul acela blond la care m-am referit, frumos, foarte timid. Era fiul unei rude de-a Nunziei, emigrat în Germania și căsătorit cu o nemțoaică. În timp ce eu mă simțeam foarte agitată și nu-l prea încurajam să vorbească, atât Alfonso, cât și Marisa îl făcuseră să se simtă în largul lui. Mai ales Alfonso începuse să pălăvrăgească neîntrerupt cu el, se ocupa de el dacă ospătarii îl neglijau și îl însoțise chiar și pe terasă să vadă marea. Exact când cei doi intrau înapoi și se întorceau la masă glumind între ei, Gino a lăsat-o pe logodnica lui care încerca să-l oprească râzând și a venit să se așeze lângă noi. I s-a adresat băiețelului cu voce joasă, arătând spre Alfonso:

— Fii atent la ăsta, că e poponar: acu' a venit cu tine pe terasă, data viitoare vine cu tine la closet.

Alfonso s-a făcut roșu ca focul, dar n-a reacționat, a zâmbit dezarmat și a rămas fără replică. Marisa a fost cea care s-a enervat:

— Cum îți permiți?

— Îmi permit pentru că știu.

— Să aud ce știi.

— Sigur?

— Da.

— Vezi că eu îți zic.

— Hai, zi.

— Fratele logodnicei mele odată a fost oaspete în casa familiei Carracci și a trebuit să doarmă în același pat cu ăsta.

— Și?

— El l-a atins.

— El cine?

— El.

— Unde e logodnica ta?

— Uite-o acolo.

— Zi proastei ăleia că eu pot dovedi că lui Alfonso îi plac femeile, pe când ea nu știu dacă poate spune același lucru despre tine.

Și atunci s-a întors spre logodnicul ei și l-a sărutat pe gură: un sărut public, atât de intens, că eu n-aș fi avut niciodată curajul să fac asta în fața tuturor.

Lila, care continua să privească în direcția mea ca și cum mă supraveghea, a fost prima care a observat sărutul acela și a bătut din palme cu un gest spontan de entuziasm. A aplaudat și Michele, râzând, și Stefano i-a aruncat un compliment necioplit fratelui, imediat susținut de negustorul de metale. În fine, s-au iscat tot felul de glume, dar Marisa s-a comportat ca și cum nimic nu s-ar fi întâmplat. Între timp, strângându-i o mână lui Alfonso cu forță exagerată — i s-au albit nodurile — i-a spus șoptit lui Gino, care privise sărutul cu o expresie obtuză:

— Acum cară-te de aici, de nu îți trag o palmă.

Fiul farmacistului s-a ridicat fără să scoată un cuvânt și s-a întors la masa lui, unde imediat logodnica i-a spus ceva la ureche, cu o expresie agresivă. Marisa le-a aruncat amândurora o ultimă privire de dispreț.

Din momentul acela mi-am schimbat părerea despre ea. Am admirat-o pentru curajul ei, pentru capacitatea ei încăpățânată de a iubi, pentru seriozitatea cu care se atașase de

Alfonso. Iată altă persoană pe care am neglijat-o, m-am gândit cu amărăciune, și am greșit. Cât mă ținuse cu ochii închiși dependența de Lila. Cât fuseseră de frivole aplauzele ei de puțin mai devreme, cât erau de aliniate distracției bădărănești a lui Michele, a lui Stefano și a negustorului de metale.

Al doilea episod a avut-o ca protagonistă chiar pe Lila. Era deja spre finalul petrecerii. Mă ridicasem să mă duc la baie și treceam prin fața mesei miresei când am auzit-o pe soția negustorului de metale râzând tare. M-am întors. Pinuccia era în picioare și se tot ferea, pentru că femeia îi ridica rochia de mireasă cu forța, îi descoperea picioarele groase, robuste, și-i spunea lui Stefano:

— Ia uite ce coapse are sora ta, ia uite ce cur și ce burtă. În ziua de azi vouă, bărbaților, vă plac femeile care par niște perii de veceu, dar pe cele ca Pinuccia noastră le-a făcut Dumnezeu înadins ca să vă dea copii.

Lila, care ducea un pahar la gură, fără să se gândească o secundă, i-a aruncat vinul în față și pe rochia din mătase naturală. Ca de obicei, m-am gândit imediat anxioasă, crede că-și poate permite totul și acum se va declanșa haosul. Am șters-o spre toaletă, m-am închis înăuntru, am rămas acolo cât mai mult posibil. Nu voiam să văd furia Lilei, nu voiam s-o aud. Nu voiam să mă amestec, mă temeam să nu fiu târâtă în suferința ei, mi-era frică să nu mă simt obligată, dintr-o lungă obișnuință, să fiu alături de ea. Când am ieșit, totul în schimb era liniștit. Stefano pălăvrăgea cu negustorul de metale și cu soția lui, care stătea țeapănă în rochia pătată. Mica orchestră cânta, perechile dansau. Numai Lila nu era. Am văzut-o dincolo de geamuri, pe terasă. Privea marea.

39.

Am fost tentată să mă duc la ea, dar m-am răzgândit imediat. Probabil că era foarte nervoasă și, cu siguranță, s-ar fi purtat urât cu mine, chestie care ar fi înrăutățit și mai mult lucrurile dintre noi. Am hotărât să mă întorc la masa mea când a apărut lângă mine Fernando, tatăl ei, și m-a întrebat timid dacă voiam să dansez.

N-am îndrăznit să refuz, am dansat în tăcere un vals. M-a condus cu încredere prin sală, printre perechile cherchelite, strângându-mi prea tare mâna cu mâna lui transpirată. Soția probabil că-i dăduse sarcina să-mi spună ceva important, dar el nu și-a găsit curajul. Abia la finalul valsului a murmurat, vorbindu-mi, surprinzător, cu dumneavoastră:

— Dacă nu vă deranjează prea mult, vorbiți puțin cu Lila, mama ei e îngrijorată.

Apoi a adăugat ursuz:

— Când aveți nevoie de o pereche de pantofi, treceți pe la mine, fără reținere, și s-a întors în grabă la masa lui.

Faptul că mi-a oferit un fel de recompensă pentru eventualul timp dedicat Lilei m-a indispus. Le-am cerut lui Alfonso și Marisei să plecăm, ceea ce au acceptat foarte bucuroși. Până când am ieșit din restaurant am simțit privirea Nunziei asupra mea.

În zilele următoare am început să-mi pierd încrederea. Mă gândisem că a lucra într-o librărie înseamnă să ai multe cărți la dispoziție și timp să citești, dar avusesem ghinion. Patronul mă trata ca pe o servitoare, nu suporta să stau pe loc o clipă: mă obliga să descarc ditamai cutiile, să le îngrămădesc unele peste altele, să le golesc, să aranjez cărțile noi, să le rearanjez pe cele vechi, să le șterg de praf și mă trimitea sus-jos pe o scară mobilă cu unicul scop de a se uita pe sub fusta mea. În plus, Armando, după acea primă apariție când mi s-a părut foarte prietenos, nu se mai arătase. Dar, mai ales, Nino nu mai apăruse, nici în compania Nadiei, nici singur. Durase atât de puțin interesul lor pentru mine? Am început să simt singurătatea, plictiseala. Mă vlăguiau căldura, efortul, scârba cauzată de privirile și cuvintele grosolane ale librarului. Orele erau lungi. Ce căutam în grota aia fără lumină în timp ce pe trotuar treceau băieți și fete care se duceau în misterioasa clădire a universității, loc în care, aproape sigur, n-aş fi intrat niciodată? Nino unde era? Plecase deja la Ischia să învețe? Îmi lăsase revista, articolul lui și eu le studiasem ca pentru un examen, dar se va întoarce vreodată să mă examineze? Cu ce greșisem? Îmi văzusem prea mult de-ale mele? Se aștepta să-l caut eu și de aceea nu mă căuta? Trebuia să vorbesc cu Alfonso, să iau legătura cu Marisa, s-o întreb de fratele ei? Și de ce? Nino avea o logodnică, pe Nadia: ce sens avea s-o întreb pe sora lui unde era, ce făcea? Aş fi fost caraghioasă.

Zi după zi s-a ascuțit conștiința de sine care, în mod atât de neașteptat, se expandase după petrecere și m-am simțit deprimată. Trebuia să mă scol devreme, să alerg pe Mezzocannone, să trudesc toată ziua, să mă întorc acasă obosită. În plus aveam miile de cuvinte de la școală strânse în minte și imposibil de folosit. M-am întristat, nu doar reamintindu-mi de pălăvrăgelile cu Nino, ci și gândindu-mă la verile de la Sea Garden cu fiicele papetăresei, cu Antonio. Ce stupid se terminase povestea noastră, era singura persoană care mă iubise cu adevărat, nu vor mai fi altele. Reevocam, seara în pat, mirosul pe care-l emana pielea lui, întâlnirile de la lacuri, cum ne-am sărutat și frecat unul de altul în vechea fabrică de roșii.

Mă deprimam în felul acela când, într-o seară, după cină, au venit să mă caute Carmen, Ada și Pasquale, care avea o mână bandajată pentru că se rănise la muncă. Am luat o înghețată, am mâncat-o în părculeț. Carmen m-a întrebat direct, puțin agresivă, cum de nu mai apăream pe la mezelărie. I-am răspuns că lucram pe Mezzocannone și nu mai aveam timp. Ada a menționat în treacăt, destul de rece, că dacă ținem la o persoană, timp găsim întotdeauna, dar așa eram eu, ce să-i faci. Am întrebat:

— Așa cum?

Mi-a răspuns:

— Fără sentimente. E de ajuns să vezi cum te-ai purtat cu fratele meu.

I-am amintit, izbucnind urât, că fratele ei mă părăsise și ea a replicat:

— Da, ferice de cel care crede: sunt oameni care părăsesc și oameni care știu să se facă părăsiți.

Chestie cu care Carmen a fost de acord:

— Și prieteniile, a spus, par că se rup din cauza unuia și în schimb, dacă te uiți, e vina celuilalt.

În momentul acela am devenit agitată, am spus accentuând:

— Ascultați, dacă eu și Lina ne-am îndepărtat, nu e vina mea.

Și aici a intervenit Pasquale, a spus:

— Lenù, nu contează a cui e vina, important e că noi trebuie să fim cu Lina.

A amintit de povestea cu dinții lui bolnavi, de modul în care-l ajutase, a vorbit despre banii pe care încă-i dădea pe ascuns lui Carmen și despre cum îi trimitea bani chiar și lui Antonio căruia sub arme, deși eu nu știam și nu voiam să știu, îi era foarte greu. Am încercat prudent să întreb ce i se întâmpla fostului meu logodnic și mi-au povestit pe tonuri diferite, care mai agresiv, care mai puțin, că avusese o criză de nervi, că se simțea rău, dar că era un tip dur, nu ceda, o scotea el la capăt. *Lina, în schimb.*

— Ce are Lina?

— Vor s-o ducă la un medic.

— Cine vrea s-o ducă?

— Stefano, Pinuccia, rudele.

— De ce?

— Ca să afle cum de a rămas însărcinată o singură dată și pe urmă nu s-a mai întâmplat.

— Și ea?

— Se comportă ca o nebună, nu vrea să meargă.

Eu am ridicat din umeri.

— Ce pot să fac?

Carmen a zis:

— Du-o tu.

40.

Am vorbit cu Lila. A început să râdă și a spus că se va duce la medic doar dacă juram că nu eram supărată pe ea.

— Bine.

— Jură.

— Jur.

— Jură pe frații tăi, jură pe Elisa.

Am spus că nu era mare scofală să meargă la medic, dar că dacă nu voia să meargă, mie nu-mi păsa, să facă ce voia. A devenit serioasă.

— Nu juri, atunci.

— Nu.

A tăcut o clipă, apoi a recunoscut cu ochii în pământ:

— Bine, am greșit.

Am făcut o grimasă iritată.

— Du-te la medic și dă-mi de veste.

— Tu nu vii?

— Dacă lipsesc, librarul mă concediază.

— Te angajez eu, a spus ironică.

— Du-te la medic, Lila.

S-a dus la medic însoțită de Maria, de Nunzia și de Pinuccia. Toate trei au vrut să fie prezente la vizită. Lila a fost ascultătoare, disciplinată: nu mai avusese parte de nicio vizită de genul acela, a stat tot timpul cu buzele strânse și ochii holbați. Când doctorul, un bărbat foarte în vârstă care fusese recomandat de moașa din cartier, a spus cu cuvinte înțelepte că totul era în regulă, mama și soacra s-au înveselit, Pinuccia, în schimb, s-a posomorât, a întrebat:

— Atunci, cum de nu rămâne însărcinată și, dacă totuși rămâne, copiii nu ajung să se nască?

Medicul a simțit ostilitatea și s-a încruntat.

— Doamna e foarte tânără, a spus, trebuie să se fortifice puțin.

Să se fortifice. Nu știu dacă medicul a folosit chiar verbul acela, oricum, asta mi s-a comunicat și m-a impresionat mult. Însemna că Lila, în ciuda forței pe care o manifesta în orice moment, era slabă. Însemna că nu rămânea însărcinată, sau copiii nu rezistau în burta ei, nu pentru că ea avea o misterioasă putere care îi anihila, ci pentru că, dimpotrivă, era o femeie cu probleme. Ranchiuna mea s-a diminuat. Când, în curte, mi-a povestit despre tortura vizitei medicale cu expresii vulgare adresate atât medicului, cât și celor trei însoțitoare, n-am dat semne de enervare, ci, dimpotrivă, m-am arătat interesată: nu mă consultase niciun medic niciodată, nici măcar moașa. La final, a conchis sarcastică:

— M-a sfâșiat cu o chestie de fier, i-am dat o grămadă de bani ca să ajungă la ce concluzie? Că am nevoie să mă fortific.

— Cum să te fortifici?

— Trebuie să fac băi la mare.

— Nu înțeleg.

— Plaja, Lenù, soarele, apa sărată. Se pare că dacă te duci la mare, te fortifici și rămâi însărcinată.

Ne-am salutat binedispuse. Ne revăzuserăm și, în ansamblu, ne simțiserăm bine.

A doua zi a apărut din nou, afectuoasă cu mine, dar enervată pe soțul ei. Stefano voia să închirieze o casă la Torre Annunziata și s-o trimită acolo toată luna iulie și toată luna august împreună cu Nunzia și cu Pinuccia, care voia și ea să se fortifice, chiar dacă nu era nevoie. Se gândeau deja cum să rezolve cu magazinele. Alfonso s-ar fi ocupat de Piața Martirilor împreună cu Gigliola, până când începea din nou școala, iar Maria ar fi înlocuit-o pe Lila în mezelăria cea nouă. Mi-a spus doborâtă:

— Dacă stau două luni cu mama și Pinuccia, mă omor.

— Dar faci băi, stai la soare.

— Nu-mi plac băile și nu-mi place nici să stau la soare.

— Dacă aș putea să mă fortific eu în locul tău, aș pleca chiar mâine.

M-a privit curioasă, apoi a spus încet:

— Atunci vino cu mine.

— Trebuie să lucrez pe Mezzocannone.

S-a înflăcărat, a repetat că mă va angaja ea, dar de data asta a vorbit fără ironie.

— Dă-ți demisia, a început să mă preseze, și-ți dau cât îți dă librarul.

Nu mai contenea, spunea că dacă aș fi fost de acord, totul ar fi devenit suportabil, chiar și Pinuccia cu burta aia ascuțită care deja se vedea. Am refuzat politicos. Mi-am imaginat ce s-ar fi întâmplat în acele două luni în casa încinsă din Torre del Greco: certuri cu Nunzia, plânsete; certuri cu Stefano când ar fi venit sâmbăta seara; certuri cu Rino când ar fi apărut împreună cu cumnatul ca să fie alături de Pinuccia; certuri mai ales cu Pinuccia, nesfârșite, pe un ton scăzut sau ostentativ, cu răutăți ironice și jigniri nemaiauzite.

— Nu pot, am zis în cele din urmă cu fermitate, mama nu mi-ar îngădui.

Ea a plecat furioasă, armonia dintre noi era fragilă. A doua zi dimineață, pe neașteptate, a apărut la librărie Nino, palid, slăbit. Dăduse examen după examen, în total patru. Eu, care-mi imaginam spațiile ample din spatele zidurilor universității, unde studenți foarte pregătiți și bătrâni înțelepți discutau toată ziua despre Platon, ca și despre Kepler, l-am ascultat vrăjită, spunând doar atât:

— Ce priceput ești.

Și cum mi s-a părut oportun, am lăudat cu numeroase cuvinte cam superficiale articolul său din *Cronache meridionali*. M-a ascultat serios, fără să mă întrerupă deloc, astfel că la un moment dat nu mai știam ce să spun ca să-i arăt că-i cunoșteam textul în profunzime. În cele din urmă, a părut mulțumit, a exclamat că nici Galiani, nici Armando, nici Nadia nu-l citiseră cu atâta atenție. Și a început să vorbească despre alte participări pe care le avea în minte pe aceeași temă și pe care spera că i le vor publica. Am stat să-l ascult în pragul librăriei, prefăcându-mă că nu-l aud pe patronul care mă striga. După un urlet mai brutal decât celelalte, Nino a mormăit ce vrea prostul ăla, a mai zăbovit încă puțin cu aerul lui obraznic, mi-a zis că va pleca la Ischia a doua zi și mi-a întins mâna. I-am strâns-o — era subțire, delicată — și el imediat m-a tras ușor spre el, s-a aplecat, mi-a atins ușor buzele cu ale lui. A fost o clipă, apoi mi-a dat drumul cu o mișcare lejeră, mângâindu-mi palma cu degetele, și a plecat spre Rettifilo. Am rămas să-l privesc îndepărtându-se fără să se întoarcă vreodată, cu mersul lui de condotier împrăștiat care nu se temea de nimic pe lume pentru că lumea exista doar ca să i se supună lui.

În noaptea aceea n-am închis ochii. Dimineața m-am trezit devreme și am alergat la mezelăria cea nouă. Am găsit-o pe Lila exact când ridica storul. Carmen nu venise încă. Nu i-am vorbit de Nino, am murmurat doar, pe tonul cuiva care cere imposibilul și știe asta:

— Dacă te duci să faci băi la Ischia și nu la Torre Annunziata, îmi dau demisia și vin cu tine.

41.

Am debarcat pe insulă în a doua duminică a lunii iulie, Stefano și Lila, Rino și Pinuccia, Nunzia și cu mine. Cei doi bărbați erau încărcați de bagaje, neliniștiți ca niște eroi antici ajunși pe un pământ necunoscut, stingheriți de lipsa automobilelor lor, un fel de armură pentru ei, nefericiți din cauza trezitului de dimineață și a renunțării, prin urmare, la răsfățurile cartierului în zi de sărbătoare. Soțiile, îmbrăcate de sărbătoare, erau supărate pe ei, dar din motive diferite: Pinuccia pentru că Rino se încărcase prea mult fără să-i lase ei nicio povară, Lila pentru că Stefano se prefăcea că știe ce să facă și unde să meargă, dar se vedea bine că habar n-avea. În ce-o privea pe Nunzia, avea aerul cuiva care se simte tolerat cu greu și era atentă să nu spună lucruri deplasate, care puteau să-i deranjeze pe tineri. Singura cu adevărat bucuroasă eram eu, cu sacul în spinare plin de puținele mele lucruri, încântată de mirosurile Ischiei, de sunetele, de culorile care, imediat ce am debarcat, se suprapuseseră, promițător, peste amintirile vacanței din urmă cu câțiva ani.

Ne-am instalat în două taxiuri[3], corpuri presate, transpirație, bagaje. Casa, închiriată în mare grabă la intervenția unui furnizor de salamuri originar din Ischia, se găsea pe drumul care ducea la un loc numit Cuotto. Era o clădire banală și aparținea unei verișoare a vânzătorului, o femeie foarte slabă, în jur de șaizeci de ani, necăsătorită, care ne-a primit cu o grosolănie eficientă. Stefano și Rino au tras de valize pe o scară îngustă

[3] În italiană, *carrozzella a motore* sau *motocarrozzella*, mijloc public de transport specific insulei, cu 3 roți și cu cabina pasagerilor cât mai deschisă.

glumind între ei, dar și înjurând din cauza efortului. Patroana ne-a condus în spații umbrite, pline de imagini sacre și lumini aprinse. Dar când am deschis larg ferestrele, am văzut peste drum, peste vii, peste palmieri și pini, o fâșie lungă de mare. Sau mai bine zis: dormitoarele pe care Pinuccia și Lila și le-au atribuit după câteva neînțelegeri de genul *al tău e mai mare; nu, e mai mare al tău*, dădeau spre mare, în vreme ce camera care i-a revenit Nunziei avea un fel de hublou în partea de sus dincolo de care n-am știut niciodată ce era. A mea era foarte mică. Încăpea cu greu patul și dădea spre un coteț de pui dinaintea unei pădurici de trestii.

În casă nu era nimic de mâncare. La indicațiile patroanci, am ajuns la un birt întunecat, fără alți mușterii. Ne-am așezat șovăitori, doar ca să ne umplem stomacul, dar, la sfârșit, chiar și Nunzia, care era neîncrezătoare față de orice bucătărie care nu era a ei, a considerat că se mânca bine și a dorit să ia ceva cu ea ca să pregătească pe seară cina. Stefano n-a făcut nici cel mai mic semn că vrea să ceară nota și, după o tărăgănare mută, Rino s-a resemnat să plătească pentru toți. În momentul acela noi, fetele, am propus să mergem să vedem plaja, dar cei doi bărbați au opus rezistență, au căscat, au spus că erau obosiți. Am insistat toate, în special Lila.

— Am mâncat prea mult, a spus, ne face bine să ne plimbăm, plaja e chiar aici jos, tu ai chef, mamă?

Nunzia a trecut de partea bărbaților și ne-am întors cu toții acasă.

După ce s-au învârtit plictisiți prin camere, atât Stefano, cât și Rino, aproape la unison, au spus că voiau să doarmă un pic. Au râs, și-au vorbit la ureche, au râs din nou și apoi le-au făcut semn soțiilor, care i-au urmat fără niciun chef în dormitoare. Nunzia și cu mine am rămas singure câteva ore. Am verificat bucătăria, am găsit-o murdară, ceea ce a determinat-o pe Nunzia să înceapă prompt să spele fiecare lucru cu grijă:

farfuriile, paharele, tacâmurile, oalele. A trebuit să insist ca s-o fac să-mi accepte ajutorul. M-a rugat să țin minte câteva solicitări urgente de făcut stăpânei casei și când ea însăși a pierdut șirul lucrurilor care lipseau, s-a minunat că îmi aminteam totul și a spus:

— De aceea ești atât de bună la școală.

În sfârșit, cele două cupluri au reapărut, mai întâi Stefano și Lila, apoi Rino și Pinuccia. Eu am propus din nou să mergem să vedem plaja. Dar am început să glumim, să pălăvrăgim, să bem cafeaua, și Nunzia s-a pus pe gătit, iar Pinuccia s-a cuibărit lângă Rino și ba îl punea să-i simtă burta, ba îi șoptea rămâi, pleacă mâine. Timpul a zburat și iarăși n-am făcut nimic cu plimbatul. În cele din urmă, pe bărbați i-a apucat graba, s-au temut că pierd vaporetul și, înjurând că nu-și aduseseră mașinile, au alergat să caute pe cineva care să-i ducă în port. Au șters-o aproape fără să salute. Pinucciei i s-au ivit lacrimi în ochi.

Noi, fetele, am început în tăcere să desfacem bagajele, să ne aranjăm lucrurile, în vreme ce Nunzia se îndârjea că lustruiască closetul. Abia când am fost sigure că bărbații nu pierduseră vaporetul și n-or să se întoarcă, ne-am relaxat și am început să glumim. Aveam în față o lungă săptămână fără obligații, mai puțin față de noi însene. Pinuccia a zis că-i era frică să stea singură în camera ei — era o imagine cu Fecioara îndurerată cu mai multe cuțite înfipte în inimă care străluceau la lumina unei candele — și s-a dus să doarmă cu Lila. Eu m-am închis în cămăruța mea ca să mă bucur de secretul meu: *Nino era la Forio, nu departe, și poate că deja a doua zi o să-l întâlnesc pe plajă.* M-am simțit nebună, o necugetată, dar m-am complăcut în asta. O parte din mine obosise să fie de bun-simț la nesfârșit.

Era cald, am deschis fereastra. Am stat să ascult agitația găinilor, foșnetul trestiilor, apoi mi-am dat seama că erau țânțari. Am închis în grabă și am petrecut cel puțin o oră să-i găsesc și să-i strivesc cu una dintre cărțile pe care mi le împrumutase Galiani, *Teatru complet*, a unui scriitor care se numea Samuel Beckett. Nu voiam ca Nino să mă vadă pe plajă cu bășici roșii pe față și pe corp; nu voiam să mă prindă cu o carte cu piese de teatru, loc în care, de altfel, nu pusesem niciodată piciorul. L-am lăsat deoparte pe Beckett, cu semne de la cadavrele negre și sângeroase ale țânțarilor, și am început să citesc un text foarte complicat despre ideea de națiune. Am adormit citind.

42.

Dimineața, Nunzia, care se simțea obligată să aibă grijă de noi, s-a dus să caute un loc de unde să facă cumpărături și noi am coborât la plajă, plaja Citara, despre care toată vacanța aceea lungă am crezut că se numește Cetara.

Ce costume frumoase au etalat Lila și Pinuccia când și-au scos rochiile de plajă: întregi, bineînțeles, soții, care ca logodnici se arătaseră permisivi, în special Stefano, acum erau împotriva costumelor din două piese; dar culorile materialelor noi străluceau vii și desenul decolteurilor de pe piept și de pe spate se întindea elegant pe piele. Eu, sub o veche rochie albastră cu mâneci lungi, purtam același costum spălăcit, de-acum lărgit, pe care mi-l confecționase cu câțiva ani în urmă, la Barano, Nella Incardo. M-am dezbrăcat fără chef.

Ne-am plimbat mult prin soare, până la niște aburi de apă termală, apoi ne-am întors. Eu și Pinuccia am făcut multe băi, Lila, care totuși era acolo pentru asta, nu. Nino n-a apărut, evident, și am fost dezamăgită, eram convinsă că se va întâmpla ca prin minune. Când cele două fete au vrut să se întoarcă acasă, am rămas pe plajă și am mers spre Forio de-a lungul fâșiei de plajă udată de valuri. Seara eram atât de arsă, încât mi se părea că am febră mare și în zilele următoare a trebuit să rămân acasă.

Îmi apăruseră și bășici pe umeri. M-am dedicat curățeniei casei, gătitului, cititului și dinamismul meu a emoționat-o pe Nunzia, n-a făcut decât să mă laude. În fiecare seară, cu scuza că stătusem închisă în casă ca să evit soarele, le obligam pe Lila și Pina să mergem pe jos până la Forio, un drum lung. Hoinăream prin centru, mâncam o înghețată. Aici chiar că e frumos, se lamenta Pinuccia, la noi e o plictiseală mormântală. Dar pentru mine era tot plictiseală mormântală și Forio: Nino nu s-a arătat niciodată.

Spre sfârșitul săptămânii i-am propus Lilei să vizităm Barano și plaja Maronti. Lila a acceptat cu entuziasm și Pinuccia n-a vrut să rămână cu Nunzia, să se plictisească. Am plecat devreme. Pe sub rochii aveam deja costumele de baie, într-un sac duceam prosoapele tuturor, sandviciurile, o sticlă cu apă. Scopul meu declarat era să profit de excursia aceea ca s-o salut pe Nella, verișoara învățătoarei Oliviero, care mă găzduise în timpul șederii mele la Ischia. Planul secret, în schimb, era să mă întâlnesc cu familia Sarratore și să obțin de la Marisa adresa prietenului care-l găzduia pe Nino la Forio. Mă temeam, bineînțeles, că o să dau peste tată, Donato, dar speram să fie la muncă; și, pe de altă parte, ca să-l văd pe fiu, eram pregătită să-i înghit câteva replici scârboase.

Nella, când a deschis ușa și i-am apărut în față ca o stafie, a rămas cu gura căscată, i-au dat lacrimile.

— De bucurie, s-a justificat.

Dar nu era numai asta. Îi amintisem de verișoara ei, care, mi-a spus, nu se simțea bine la Potenza, acolo suferea și nu se vindeca. Ne-a dus pe terasă, ne-a oferit de toate, s-a ocupat mult de Pinuccia și de sarcina ei. A pus-o să stea jos, a voit să-i atingă burta care-i ieșea puțin în evidență. Eu, între timp, am obligat-o pe Lila la un fel de pelerinaj: i-am arătat colțul terasei unde petrecusem mult timp la soare, locul pe care-l ocupam când stăteam la masă, colțul în care îmi făceam seara patul. Pentru o fracțiune de secundă l-am revăzut pe Donato în timp ce, aplecat peste mine, își lăsa mâna să-i alunece pe sub așternut și mă atingea. Am simțit dezgust, dar asta nu m-a împiedicat să n-o întreb pe Nella cu dezinvoltură:

— Și familia Sarratore?

— Este la mare.

— Cum merge anul ăsta?

— Ei!

— Are prea multe pretenții?

— De când el e mai mult jurnalist decât feroviar, da.

— E aici?

— Și-a luat concediu medical.

— Și Marisa e?

— Marisa nu, dar în afară de ea sunt toți.

— Toți?

— Ai înțeles bine.

— Nu, vă jur că n-am înțeles nimic.

Ea a râs cu poftă.

— Azi e chiar și Nino, Elenù. Când are nevoie de bani, apare câte o jumătate de zi, apoi se întoarce la un prieten care are casă la Forio.

43.

Am lăsat-o pe Nella și am coborât cu lucrurile noastre spre plajă. Lila a făcut tot drumul mișto de mine delicat.

— Ești șireată, a spus, m-ai făcut să vin la Ischia doar pentru că e Nino aici, mărturisește.

N-am mărturisit, am evitat. Atunci Pinuccia i s-a alăturat cumnatei pe un ton mai grosolan și m-a acuzat că am obligat-o la o călătorie lungă și obositoare până la Barano doar pentru motivele mele, fără să țin cont că era însărcinată. Din acel moment am negat cu o și mai mare fermitate și, mai mult, le-am amenințat pe amândouă. Am promis că dacă vor spune lucruri deplasate în prezența familiei Sarratore, voi lua vaporetul în aceeași seară și mă voi întoarce la Napoli.

Am localizat imediat familia restrânsă. Stăteau exact în același loc în care se instalau cu ani în urmă și aveau aceeași umbrelă de plajă, aceleași costume de baie, aceleași genți, același mod de a se tolăni la soare: Donato în nisipul negru, cu burta în sus și sprijinit în coate; soția Lidia așezată pe un prosop, răsfoind un săptămânal. Spre marea mea deziluzie, Nino nu era sub umbrelă. Am căutat imediat în apă, am zărit un punctuleț negru care apărea și dispărea pe suprafața vălurindă a mării. Speram să fie el. Apoi mi-am anunțat prezența strigându-i pe Pino, Clelia și Ciro, care se jucau pe mal.

Ciro crescuse, nu m-a recunoscut și a zâmbit nesigur. Pino și Clelia au alergat spre mine încântați, iar părinții s-au întors, curioși să vadă cine e. Lidia a sărit imediat în picioare și mi-a strigat numele, făcându-mi cu mâna, iar Sarratore a venit alergând spre mine cu un mare zâmbet primitor și brațele deschise. M-am ferit de îmbrățișare, i-am spus doar bună ziua, ce faceți. Au fost foarte cordiali, eu le-am prezentat pe Lila și pe Pinuccia, i-am menționat pe părinții lor, am spus că se căsătoriseră. Donato imediat s-a concentrat asupra celor două fete. A trecut la a le spune politicos doamna Carracci și doamna Cerullo, și-a amintit de ele fetițe, a început să vorbească insipid despre timpul care zboară. Eu m-am întreținut cu Lidia, i-am pus întrebări respectuoase despre copii și în special despre Marisa. Pino, Clelia și Ciro se simțeau foarte bine și se vedea, mă înconjuraseră imediat, așteptând momentul potrivit să mă tragă în jocurile lor. În ce-o privea pe Marisa, mama ei mi-a spus că rămăsese la Napoli cu unchii, își luase patru materii în septembrie și trebuia să meargă la meditații.

— Bine-i stă, s-a posomorât, n-a făcut nimic tot anul și acum merită să sufere.

N-am zis nimic, dar în sinea mea am exclus faptul că Marisa suferea: urma să petreacă toată vara împreună cu Alfonso în magazinul din Piața Martirilor și m-am bucurat pentru ea. Am observat, în schimb, că Lidia arăta semne clare de suferință pe chipul lățit, la ochi, pe sânii lăsați, pe abdomenul greoi. Tot timpul pe care l-am petrecut pălăvrăgind și-a controlat adesea, cu priviri înfricoșate, soțul care se dedica Lilei și Pinucciei, făcând pe simpaticul. Nu mi-a mai acordat atenție și nu și-a mai luat ochii de la el când s-a oferit să le însoțească să facă o baie, promițându-i Lilei că o va învăța să înoate.

— Am făcut asta cu toți copiii mei, l-am auzit spunând, am s-o fac și cu tine.

N-am întrebat niciodată de Nino, iar Lidia, pe de altă parte, nu l-a pomenit niciodată. Dar iată că punctulețul negru în albastrul sclipitor al mării nu s-a mai îndepărtat. A schimbat direcția, s-a mărit, am început să disting albeața spumei care-i exploda în jur.

Da, e el, m-am gândit foarte încordată.

Într-adevăr, la scurt timp după aceea, Nino s-a ridicat din apă, privindu-și curios tatăl care o ținea pe Lila plutind la suprafață cu un braț și între timp cu celălalt îi arăta cum trebuia să înoate. Când m-a văzut și m-a recunoscut, n-a renunțat la expresia încruntată.

— Ce faci aici? a întrebat.

— Sunt în excursie și am trecut s-o salut pe doamna Nella, am răspuns.

El a aruncat altă privire enervată în direcția tatălui și a celor două fete.

— Aia nu e Lina?

— Ba da, și aia e cumnata ei, Pinuccia, nu știu dacă ți-o amintești.

Și-a șters bine, bine părul cu prosopul, continuând să-i fixeze cu privirea pe cei trei din apă. I-am spus cam pe nerăsuflate că vom rămâne la Ischia până în septembrie, că aveam o casă nu departe de Forio, că era și mama Lilei și că duminică vor veni soții Lilei și Pinucciei. Vorbeam și mi se părea că nici nu ascultă, dar am menționat oricum, în ciuda prezenței Lidiei, că la sfârșitul săptămânii nu aveam nimic de făcut.

— Dă un semn, a spus el și apoi i s-a adresat mamei: Trebuie să plec.

— Deja?

— Am treabă.

— E Elena aici.

Nino m-a privit ca și cum ar fi luat act de prezența mea abia atunci. A căutat în cămașa agățată de umbrelă, a luat un creion și un carnețel, a scris ceva în el, a smuls foaia și mi-a întins-o.

— Stau la adresa asta, a spus.

Clar, hotărât ca actorii din filme. Eu am luat foaia de parcă ar fi fost o relicvă.

— Mănâncă mai întâi ceva, l-a implorat mama lui.

Nu i-a răspuns.

— Și fă-i măcar un semn de salut tatei.

Și-a schimbat costumul de baie punându-și prosopul în jurul taliei și s-a îndepărtat de-a lungul malului, fără să salute pe nimeni.

44.

Am petrecut întreaga zi pe plaja Maronti, eu jucându-mă cu copiii, făcând baie cu ei, Pinuccia și Lila complet absorbite de Donato care, de altfel, le-a târât după el într-o plimbare până la izvoarele de apă termală. La final, pentru că Pinuccia era extenuată, Sarratore ne-a arătat cum să facem drumul spre casă comod și plăcut. Am ajuns la un hotel care se înălța aproape pe apă și acolo, pentru câteva lire, am luat o barcă și ne-am lăsat în mâinile unui bătrân marinar.

Cum am ieșit pe mare, Lila a subliniat ironică:

— Nino nu te-a încurajat.

— Avea de învățat.

— Și nu putea nici măcar să zică pa?

— Așa e el făcut.

— E făcut prost, s-a băgat Pinuccia. Pe cât de simpatic e tatăl, pe atât de bădăran e fiul.

Ambele erau convinse că Nino nu-mi arătase nici atenție, nici simpatie, și le-am lăsat să creadă asta. Am preferat, în mod prudent, să-mi păstrez secretele. Și oricum, dacă ar fi crezut că nici măcar o elevă foarte bună ca mine nu fusese demnă de o privire, ar fi digerat mai ușor faptul că le ignorase și poate chiar l-ar fi iertat. Voiam să-l protejez de invidia lor, lucru care mi-a reușit: au părut să-l uite imediat. Pinuccia era entuziasmată de comportamentul de adevărat domn al lui Sarratore și Lila a spus mulțumită:

— M-a învățat să plutesc și, de asemenea, cum se înoată. E priceput.

Soarele apunea. Mi-au revenit în minte atingerile lui Donato și m-au trecut fiorii. Din cerul violaceu cobora o umezeală rece. I-am spus Lilei:

— El a scris că panoul din magazinul din Piața Martirilor era urât.

Pinuccia a făcut o grimasă satisfăcută de consens. Lila a spus:

— Avea dreptate.

M-am enervat:

— Și el e cel care distrus-o pe Melina.

Lila a răspuns surâzând sarcastic:

— Dar măcar o dată a făcut-o să se simtă bine.

Replica aceea m-a rănit. Știam ce pătimise Melina, ce pătimeau copiii ei. Cunoșteam și suferințele Lidiei și cum Sarratore, în spatele manierelor frumoase, ascundea dorința de a nu respecta pe nimeni și nimic. Și nici nu uitasem niciodată în ce mod dureros Lila asistase încă de mică la chinurile văduvei Cappuccio. Ce era atunci tonul ăla, ce erau cuvintele alea, un semnal pentru mine? Voia să-mi spună: ești o fetiță, nu știi nimic despre nevoile unei femei? M-am răzgândit brusc în legătură cu secretoșenia tainelor mele. Am dorit imediat să demonstrez că eram femeie la fel ca ele și că știam asta.

— Nino mi-a dat adresa lui, i-am spus Lilei. Dacă nu te superi, când vin Stefano și Rino, mă duc să-l vizitez.

Adresă. A merge să-l vizitez. Formule îndrăznețe. Lila a mijit ochii și un rid foarte clar i-a traversat fruntea mare. Pinuccia a avut o privire malițioasă, i-a atins un genunchi și a râs:

— Ai înțeles? Lenuccia mâine are o întâlnire. Și are adresa.

M-am înroșit.

— Păi, dacă voi stați cu soții voștri, eu ce trebuie să fac?

O clipă lungă s-a auzit zgomotul motorului, s-a simțit prezența mută a marinarului la timonă.

Lila a spus rece:

— Îi ții companie mamei. Doar nu te-am adus aici ca să te distrezi.

M-am abținut să răspund. Avuseserăm o săptămână de libertate. În ziua aceea, în plus, atât ea, cât și Pinuccia, pe plajă, la soare, în timpul lungilor băi și grație cuvintelor pe care Sarratore știa să le folosească pentru a le stârni râsul și a linguși, uitaseră de ele însele. Donato le făcuse să se simtă femei-fetițe încredințate unui tată neobișnuit, din cei rari care nu pedepsesc, ci te încurajează să-ți exprimi dorințele fără să te facă să te simți vinovat. Și acum că ziua se sfârșise eu, în timp ce anunțam că voi avea o duminică numai pentru mine cu un student, ce făceam? Le aminteam amândurora că săptămâna de pauză a statutului lor de neveste se încheiase și că erau pe cale să reapară soții? Da, exagerasem. Taie-ți limba, m-am gândit, n-o irita.

45.

Soții au sosit mai devreme decât credeam. Noi îi așteptam duminică dimineața, în schimb au apărut sâmbătă seara, foarte veseli, fiecare cu câte o Lambretta pe care, cred, le închiriaseră în Portul Ischia. Nunzia a pregătit o cină bogată. S-a vorbit despre cartier, despre magazine, despre cum mergea cu proiectarea noilor pantofi. Rino s-a lăudat mult cu modelele pe care le punea la punct împreună cu tatăl lui, dar între timp, la momentul potrivit, i-a vârât sub nas Lilei diverse schițe pe care ea le-a examinat fără niciun chef, sugerându-i câteva modificări. Apoi ne-am așezat la masă și cei doi băieți au ras tot, întrecându-se cine se îndopa mai mult. Nu era nici măcar ora zece când le-au târât pe soțiile lor în dormitoare.

Am ajutat-o pe Nunzia să strângă masa și să spele farfuriile. Apoi m-am închis în cămăruță și am citit un pic. Mă sufocam de căldură, dar mă temeam de bubele de la țânțari și n-am deschis fereastra. M-am tot sucit și răsucit în pat, jilavă de transpirație: mă gândeam la Lila, la felul lent în care se supusese. Desigur, nu arăta vreo afecțiune specială pentru soț; și îi dispăruse duioșia pe care uneori i-o văzusem în gesturi în timpul logodnei; la cină comentase cu dezgust felul în care Stefano mânca orice, în care bea; dar era evident că un echilibru, cine știe cât de precar, fusese atins. Atunci când el, după câteva replici aluzive, pornise spre dormitor, Lila îl urmase fără să întârzie, fără să spună du-te că pe urmă vin și eu, doar resemnată în fața unei obișnuințe indiscutabile. Nu exista între ei veselia carnavalescă etalată de Rino și Pinuccia, dar nu era nici vreo rezistență. Până noaptea târziu am auzit zgomotele celor două perechi, râsetele și gemetele, ușile care se deschideau, apa care curgea de la robinet, vârtejul clătirii, ușile care se închideau din nou. În cele din urmă am adormit.

Duminică am luat micul dejun cu Nunzia. Am așteptat până la zece să-și facă apariția vreunul dintre ei, dar asta nu s-a întâmplat, așa că am plecat la plajă. Am rămas acolo până la miezul zilei și n-a apărut niciunul. M-am întors acasă, iar Nunzia mi-a zis că cele două perechi se duseseră să dea o tură pe insulă cu Lambretta, sfătuindu-ne să nu-i așteptăm la prânz. S-au întors, într-adevăr, spre ora trei, amețiți, veseli, arși de soare, toți patru încântați de Casamicciola, de Lacco Ameno, de Forio. Mai ales fetelor le sclipeau ochii și mi-au aruncat imediat priviri malițioase.

— Lenù, aproape că a urlat Pinuccia, ghicește ce s-a întâmplat.

— Ce?

— La mare l-am întâlnit pe Nino, a spus Lila.

Mi s-a oprit inima.

— Aha.

— Maică Sfântă, ce bine înoată, s-a entuziasmat Pinuccia, tăind aerul și dând exagerat din brațe.

Și Rino:

— Nu e deloc antipatic: s-a interesat de felul în care se fac pantofii.

Și Stefano:

— Are un prieten pe care-l cheamă Soccavo și e exact acel Soccavo cu salamurile: tatăl lui e patronul unei fabrici de mortadella la San Giovanni a Teduccio.

Și din nou Rino:

— Ăla, într-adevăr, are bani.

Și din nou Stefano:

— Lasă-l baltă pe student, Lenù, n-are o liră: îndreaptă-ți atenția spre Soccavo, e mai avantajos.

După alte pălăvrăgeli cam ironice (*ai văzut ce chestie, Lenuccia asta, e pe cale să devină cea mai bogată dintre toate, pare o fată bună, și, de fapt*), s-au retras din nou în dormitoare.

Am fost foarte dezamăgită. Îl întâlniseră pe Nino, făcuseră baie cu el, vorbiseră cu el și toate astea fără mine. Mi-am pus cea mai bună rochie — aceeași, de la nuntă, chiar dacă era cald — mi-am pieptănat cu grijă părul, care devenise foarte blond de la soare, și i-am spus Nunziei că ieșeam la o plimbare.

M-am dus pe jos la Forio, nervoasă din cauza plimbării lungi de una singură, a căldurii, a rezultatului nesigur al acțiunii mele. Am găsit adresa prietenului lui Nino și am strigat de mai multe ori din stradă, îngrijorată că n-o să răspundă.

— Nino, Nino.

A apărut la fereastră.

— Urcă.

— Te aștept aici.

Am așteptat, m-am temut că o să mă trateze urât. În schimb a ieșit pe ușă cu un aer neobișnuit de cordial. Cât era de tulburătoare fața lui colțuroasă! Și cât de plăcut mă simțeam strivită în fața acelei siluete de lungan, a umerilor lați și a toracelui îngust, în fața pielii foarte întinse, singura acoperire brună a corpului lui slab, tot numai oase, mușchi, tendoane. A spus că prietenul lui va veni mai târziu și ne-am plimbat prin centrul din Forio, printre tarabele duminicale. M-a întrebat de librăria de pe Mezzocannone. I-am povestit că Lila mă rugase s-o însoțesc în vilegiatură și astfel îmi dădusem demisia. Nu am pomenit că-mi dădea bani ca și cum s-o însoțesc ar fi fost o slujbă, ca și cum aș fi fost o angajată de-a ei. L-am întrebat, în schimb, de Nadia și a spus doar:

— Toate bune.

— Vă scrieți?

— Da.

— În fiecare zi?

— În fiecare săptămână.

Aceea a fost conversația noastră, deja nu mai aveam ce să ne spunem. Nu știm nimic unul despre celălalt, m-am gândit. Poate că l-aș putea întreba cum merge relația cu tatăl lui, dar oare pe ce ton? Și, de altfel, n-am văzut cu ochii mei că merge prost? Am tăcut, m-am simțit stânjenită.

Dar el, prompt, a deschis singurul subiect care părea să justifice întâlnirea noastră. A spus că era bucuros să mă vadă, cu prietenul lui puteai discuta numai despre fotbal sau materiile de examen. M-a lăudat. Galiani are fler, a spus, tu ești singura fată din școală care are puțină curiozitate și pentru lucrurile care nu folosesc la examene și notă. A început să vorbească despre teme importante, am dat-o imediat amândoi pe o italiană frumoasă, seducătoare, în care știam că excelăm. El a pornit de la problema violenței. A pomenit de o manifestație pentru pace la Cortona și a combinat-o abil cu loviturile de bâtă care se împărțiseră într-o piață din Torino. A spus că voia să înțeleagă mai bine relația dintre imigrație și industrie. Eu am aprobat, dar ce știam despre lucrurile acelea? Nimic. Nino și-a dat seama și mi-a povestit detaliat despre o revoltă a unor tineri meridionali și de duritatea cu care fuseseră reprimată de poliție.

— Li se spune *napoli*, li se spune marocani, li se spune fasciști, provocatori, anarhisto-sindicaliști. În schimb, sunt tineri de care nu se ocupă nicio instituție, atât de abandonați lor înșiși, încât atunci când se enervează, sparg totul.

Am căutat ceva de zis care să-i convină și am riscat:

— Dacă nu ai o bună cunoaștere a problemelor și dacă nu sunt găsite soluții mult timp, e firesc ca pe urmă să izbucnească revoltele. Dar vina nu e a celor care se răzvrătesc, vina e a celor care nu știu să guverneze.

Mi-a aruncat o privire uimită și mi-a spus:

— E exact ce gândesc și eu.

Mi-a făcut o plăcere imensă. M-am simțit încurajată și, prudent, am trecut la niște reflecții despre cum să împaci individualitatea și universalitatea, pescuind din Rousseau și din alte amintiri vagi ale lecturilor impuse de Galiani. Apoi l-am întrebat:

— Ai citit Federico Chabod?

Am sugerat numele acela pentru că era autorul cărții despre ideea de națiune din care citisem câteva pagini. Nu știam nimic altceva, dar la școală învățasem să las impresia că știu foarte multe. *Ai citit Federico Chabod?* A fost singurul moment în care Nino s-a arătat un pic contrariat. Am înțeles că nu știa cine e Chabod și am fost cuprinsă de o senzație electrizantă de plenitudine. Am început să-i rezum puținul pe care-l citisem, dar am înțeles repede că a ști, a expune ce știa, obsesiv, erau punctul lui forte și, totodată, slăbiciunea lui. Se simțea puternic dacă era primul și slab dacă-i lipseau cuvintele. S-a posomorât, de fapt, m-a blocat aproape imediat. A împins discuția pe căi laterale, mi-a vorbit despre Regiuni, despre urgența de a le aproba, despre autonomie și descentralizare, despre programare economică pe bază regională, toate lucruri despre care nu auzisem niciodată un cuvânt. Niciun Chabod, deci, i-am cedat terenul. Și mi-a plăcut să-l aud vorbind, să-i citesc pe față pasiunea. Ochii îi deveneau foarte vii când se înfierbânta.

Am continuat așa cel puțin o oră. Străini de hărmălaia din jur, se auzea numai un dialect grosolan, ne-am simțit unici, doar eu și el, cu italiana noastră controlată, cu discuțiile acelea care ne interesau pe noi și pe nimeni altcineva. Ce făceam? Purtam o discuție? Exersam cum să vorbim în viitor cu oameni care știau să utilizeze cuvintele ca noi? Un schimb de indicii ca să ne dăm seama dacă există bazele pentru o prietenie lungă și fructuoasă? O mascare cultă a dorinței sexuale? Nu știu. Pe mine sigur nu mă pasionau în mod special temele acelea, lucrurile și persoanele reale la care se refereau. Nu era educație, nu era obișnuință, era doar aceeași dorință a mea de a nu face impresie proastă. A fost frumos, însă, asta e sigur, m-am simțit ca atunci când la sfârșit de an vedeam șirul notelor mele și citeam: promovată. Dar am înțeles repede că nu exista comparație cu discuțiile pe care cu ani în urmă le avusesem cu Lila, cele care-mi înflăcărau mintea, cele în cursul cărora ne smulgeam una alteia cuvintele din gură și între timp se producea o emoție care părea o furtună cu descărcări electrice. Cu Nino era diferit. Am intuit că trebuia să fiu atentă să spun ce voia el să spun, ascunzându-i atât ignoranța mea, cât și puținele lucruri pe care eu le știam și el nu. Am făcut asta și m-am simțit mândră de felul în care el îmi încredința convingerile lui. Dar iată că s-a mai întâmplat ceva. Brusc a spus gata, m-a luat de mână, a enunțat ca o etichetă fluorescentă: *acum te duc să vezi un peisaj pe care nu-l vei mai uita* și m-a târât după el până la Piazza del Soccorso, nedându-mi drumul niciodată, dimpotrivă, împletindu-și degetele cu ale mele, atât de tare că nu păstrez nici amintirea mării arcuite, foarte albastră, copleșită cum am fost de strânsoarea lui.

Asta, într-adevăr, m-a impresionat puternic. O dată sau de două ori și-a desfăcut degetele ca să-și aranjeze părul, dar apoi imediat mi-a prins din nou mâna. M-am întrebat o clipă cum se împăca gestul acela intim cu relația lui cu fiica lui Galiani. Poate că pentru el, mi-am răspuns, înseamnă doar prietenie dintre bărbat și femeie. Dar sărutul pe care mi-l dăduse pe Mezzocannone? Nu fusese mare lucru nici ăla, obiceiuri noi, noi moduri de a-ți manifesta tinerețea; și oricum, în fond, era o chestie lejeră, doar un foarte scurt contact. Trebuie să mă bucur de fericirea de acum, de hazardul acestei vacanțe pe care mi-am dorit-o eu: pe urmă am să-l pierd, pe urmă va pleca, are un destin al lui pe care nu poate să-l împartă cu mine.

Eram copleșită de aceste gânduri palpitante când am auzit un claxon din spate și numele meu printre niște urlete obraznice.

Ne-au depășit în mare viteză motoretele lui Rino și Stefano, cu soțiile lor în spate. Au încetinit și au întors cu o manevră abilă. Eu mi-am desprins mâna din a lui Nino.

— Și prietenul tău? l-a întrebat Stefano, ambalând violent.

— Ajunge în scurt timp.

— Să-l saluți din partea mea.

— Da.

Rino a întrebat:

— Vrei s-o duci pe Lenuccia să dați o tură?

— Nu, mulțumesc.

— Hai, o vezi că e bucuroasă.

Nino s-a înroșit, a spus:

— Nu știu să merg cu Lambretta.

— E ușor, e ca pe bicicletă.

— Știu, dar nu e pentru mine.

Stefano a râs:

— Rinù, ăsta e unul care învață, las-o baltă.

Nu-l văzusem niciodată atât de vesel. Lila era lipită de el, avea amândouă brațele în jurul taliei lui. L-a îmboldit:

— Să mergem, dacă nu vă grăbiți, pierdeți vaporetul.

— Da, da, hai, a strigat Stefano, mâine noi muncim: nu ca voi care stați să faceți plajă și baie. Pa, Lenù, pa, Nino, să fiți cuminți.

— Mi-a făcut multă plăcere că te-am cunoscut, a spus Rino cordial.

Au șters-o, iar Lila l-a salutat pe Nino agitându-și un braț și urlând:

— Te rog, condu-o acasă.

Se comportă ca mama, m-am gândit puțin enervată, ca un om mare.

Nino m-a luat din nou de mână și a spus:

— Rino e simpatic, dar de ce s-a căsătorit Lila cu imbecilul ăla?

46.

La scurt timp după l-am cunoscut și pe prietenul lui, Bruno Soccavo, un băiat scunduț, în vârstă de douăzeci de ani, cu frunte mică, păr foarte negru și ondulat, un chip plăcut, dar cu semne de la o veche acnee care probabil fusese violentă.

M-au condus până acasă, de-a lungul mării de culoarea vinului la crepuscul. Tot drumul Nino nu m-a mai luat de mână, chiar dacă Bruno ne-a lăsat practic singuri: fie mergea înainte, fie rămânea în urmă, ca și cum n-ar fi dorit să ne deranjeze. Pentru că Soccavo nu mi s-a adresat niciodată, n-am făcut-o nici eu. Timiditatea lui mă intimida. Dar când ne-am despărțit în dreptul casei, el a fost cel care a întrebat pe neașteptate:

— Mâine ne vedem?

Și Nino s-a interesat de locul în care mergeam la plajă și a cerut indicații precise. I le-am dat.

— Vă duceți dimineața sau după-amiaza?

— Și dimineața, și după-amiaza, Lina trebuie să facă multe băi.

A promis că or să treacă să ne viziteze.

Am urcat scările casei în fugă, foarte fericită, dar abia intrată în casă, Pinuccia a început să facă mișto de mine.

— Mamă, i-a spus Nunziei în timpul cinei, Lenuccia s-a logodit cu fiul poetului, unul cu părul lung, slăbănog, care crede că e mai bun decât noi toți la un loc.

— Nu e adevărat.

— E foarte adevărat, v-am văzut cum vă țineați de mână.

Nunzia nu voia să vadă bătaia de joc și a luat povestea cu seriozitatea tristă care o caracteriza.

— Ce meserie are fiul lui Sarratore?

— Student.

— Atunci, dacă vă iubiți, trebuie să așteptați.

— Nu e nimic de așteptat, doamnă Nunzia, suntem doar prieteni.

— Dacă însă, presupunem, se întâmplă să vă logodiți, el va trebui mai întâi să-și termine studiile, apoi va trebui să-și găsească un loc de muncă demn de el și abia după aia veți putea să vă căsătoriți.

Aici a intervenit Lila, distrată:

— Îți spune că o să prinzi mucegai.

Dar Nunzia a dojenit-o:

— Nu trebuie să-i vorbești așa Lenucciei.

Și, ca să mă consoleze, a povestit că ea se căsătorise cu Fernando la douăzeci și unu de ani, că pe Rino îl avusese la douăzeci și trei. Apoi i s-a adresat fiicei și, fără răutate, doar ca să sublinieze cum stăteau lucrurile, i-a spus:

— Tu, în schimb, te-ai căsătorit prea tânără.

Lila, la propoziția aceea, s-a enervat și s-a dus să se închidă în camera ei. Când Pinuccia a ciocănit ca să se ducă să doarmă la ea, i-a strigat să n-o sâcâie, „ai camera ta". Cum puteam să spun în atmosfera aia: Nino și Bruno au promis că vor veni să mă viziteze la plajă? Am renunțat. Dacă se întâmplă, m-am gândit, bine, și dacă nu se întâmplă, de ce să le mai spun. Nunzia, între timp, cu răbdare, și-a primit nora în patul ei rugând-o să nu se supere din cauza stărilor de nervozitate ale fiicei sale.

Lila nu s-a calmat peste noapte. Luni s-a trezit mai ursuză decât se dusese la culcare. E depărtarea de soț, a disculpat-o Nunzia, dar nici eu, nici Pinuccia n-am crezut. Am descoperit curând că era supărată mai ales pe mine. Pe drum m-a obligat să-i duc geanta și, odată ajunse pe plajă, m-a trimis înapoi de două ori, prima dată ca să-i aduc o eșarfă, a doua oară pentru că avea nevoie de foarfeca pentru unghii. Când am protestat, a fost cât pe ce să-mi scoată ochii pentru banii pe care mi-i dădea. S-a oprit la timp, dar nu îndeajuns ca să nu înțeleg: a fost ca atunci când cineva pare că vrea să-ți tragă o palmă și totuși nu ți-o trage.

Era o zi foarte călduroasă, am stat mereu în apă. Lila a exersat mult pluta și m-a obligat să stau lângă ea ca s-o sprijin în caz de nevoie. A continuat, oricum, cu răutățile. Mi-a făcut adesea reproșuri, a spus că era proastă să aibă încredere în mine: nu știam să înot nici eu, cum puteam s-o învăț pe ea? A regretat talentul de a instrui pe care îl avea Sarratore și m-a pus să jur că a doua zi ne vom întoarce la Maronti. Dar între timp, tot încercând, a făcut progrese. Avea capacitatea de a memora imediat fiecare gest. Grație acelei capacități învățase să fie cizmăreasă, să felieze cu îndemânare salamuri și brânzeturi și să înșele la cântar. Așa se născuse, ar fi fost în stare să dobândească arta dăltuitului doar studiind mișcările unui aurar și pe urmă ar fi lucrat aurul mai bine decât el. Într-adevăr, iată, deja nu mai gâfâia anxioasă și acum executa sobră fiecare mișcare. Era ca și cum ar fi desenat corpul ei pe suprafața transparentă a mării. Picioare și brațe, lungi, suple, băteau apa cu ritm liniștit, fără să ridice spumă ca Nino, fără încordarea vulgară a lui Sarratore tatăl.

— Mă mișc bine așa?

— Da.

Era adevărat. În decursul a câteva ore înota mai bine decât mine, ce să mai vorbim despre Pinuccia, și deja ironiza stângăcia noastră.

Atmosfera creată de Lila cu aroganța ei a dispărut brusc când, în jur de ora patru după-amiaza, Nino, care era foarte înalt, și Bruno, care îi ajungea până la umăr, s-au ivit pe plajă simultan cu un vânt rece care-ți tăia cheful de a face baie.

Pinuccia a fost prima care i-a observat în timp ce înaintau pe țărm, printre copiii care se jucau cu lopățele și găletușe. A izbucnit în râs de uimire și a spus:

— Vine marele învăţat.

Era adevărat. Nino şi prietenul lui, cu prosoapele pe umăr, ţigări şi brichetă, înaintau cu paşi studiaţi, căutându-ne cu privirea printre cei care făceau baie.

M-a cuprins un neaşteptat sentiment de putere, am strigat, am dat din braţe ca să ne vadă. Deci Nino îşi ţinuse promisiunea. Deci simţise, chiar a doua zi, nevoia să mă revadă. Deci venise înadins de la Forio, târându-şi prietenul taciturn după el, iar pentru că nu avea nimic în comun cu Lila şi Pinuccia, era evident că făcuse plimbarea aceea doar pentru mine, singura necăsătorită şi nici măcar logodită. Eram fericită pe măsură ce aveam confirmările care-mi alimentau fericirea — Nino şi-a întins prosopul lângă mine, s-a aşezat pe el, mi-a arătat o fâşie de material albastru şi eu, care eram singura aşezată pe nisip, m-am mutat prompt lângă el —, am devenit cordială şi iute la vorbă.

Lila şi Pinuccia, în schimb, au amuţit. Au încetat cu ironiile la adresa mea, au încetat să se certe între ele, au stat să-l asculte pe Nino care povestea nişte anecdote amuzante despre cum el şi prietenul lui îşi organizaseră viaţa de studenţi.

A trecut puţin timp înainte ca Pinuccia să îndrăznească să spună câteva cuvinte într-un amestec de italiană şi dialect. A spus că apa era caldă, că bărbatul care vindea cocos proaspăt nu trecuse încă, că-i era foarte poftă. Dar Nino n-a prea băgat-o în seamă, prins cum era cu poveştile lui spirituale. În schimb Bruno, mai atent, s-a simţit dator să-i răspundă unei doamne însărcinate. Îngrijorat că s-ar putea naşte copilul mai devreme din cauza poftei de cocos a mamei, s-a oferit să se ducă să-i caute o bucată. Pinucciei i-a plăcut vocea lui sugrumată de timiditate, dar amabilă, vocea unei persoane care nu vrea să facă rău nimănui, şi a început bucuroasă să stea de vorbă cu el, cu voce joasă, parcă nedorind să deranjeze.

Lila, în schimb, a continuat să tacă. Nu se sinchisea deloc de amabilitățile pe care le schimbau Pinuccia și Bruno, dar n-a pierdut un cuvânt din ce ne spuneam eu și Nino. Atenția aceea m-a făcut să mă jenez și de câteva ori am sugerat că aș fi făcut bucuroasă o plimbare până la izvorul de apă termală, sperând ca Nino să spună: să mergem. Dar el abia începuse să vorbească despre haosul edilitar din Ischia, așa încât am consimțit mecanic, apoi și-a continuat discursul. L-a implicat în discuție pe Bruno, poate deranjat de faptul că vorbește cu Pinuccia, și i-a cerut să depună mărturie de unele ravagii chiar lângă casa părinților săi. Avea o mare nevoie de a se exprima, de a-și rezuma lecturile, de a da formă celor observate în mod direct. Era modul lui de a-și pune ordine în gânduri — vorbea, vorbea, vorbea — dar, bineînțeles, m-am gândit, și un semn de singurătate. M-am simțit mândru de asemănătoare cu el, cu aceeași dorință de a-mi oferi o identitate cultă, de a spune: iată lucrurile pe care le știu, iată în ce mă transform. Dar Nino nu mi-a lăsat loc să o fac, chiar dacă, uneori, trebuie să spun, am încercat. Am stat să-l ascult, precum ceilalți, și când Pinuccia și Bruno au exclamat: „Ei bine, noi, acum, facem o plimbare, mergem să căutăm cocosul", am privit-o insistent pe Lila, am sperat să plece împreună cu cumnata ei, lăsându-ne pe mine și Nino în sfârșit singuri, să ne confruntăm ideile stând unul lângă altul pe același prosop. În schimb, n-a suflat o vorbă, iar când Pina și-a dat seama că era nevoită să meargă singură la plimbare cu un tânăr politicos, dar totuși un necunoscut, m-a întrebat enervată:

— Lenù, vii, tu nu voiai să te plimbi?

Am răspuns:

— Ba da, dar lasă-ne să terminăm discuția asta, eventual vă prindem din urmă mai târziu.

Și ea, nemulțumită, s-a îndepărtat cu Bruno spre izvorul de apă termală: aveau exact aceeași înălțime.

Am rămas să discutăm despre cum Napoli și Ischia și întreaga Campanie ajunseseră în mâinile celor mai răi oameni, care însă se prefăceau a fi cei mai buni de pe lume:

— Bandiți, i-a definit Nino într-un crescendo, devastatori, sugători de sânge, persoane care bagă în buzunar valize de bani și nu plătesc taxele: constructori, avocați de constructori, camoriști, monarhisto-fasciști și creștin-democrați care se comportă ca și cum cimentul s-ar încleia în ceruri și Dumnezeu însuși, cu o enormă mistrie, l-ar arunca în blocuri peste dealuri, peste coaste.

E mult spus că am discutat toți trei. A vorbit mai ales el, eu, din când în când, am recurs la câteva informații pe care le citisem în *Cronache meridionali*. În ce-o privește pe Lila, a intervenit o singură dată și atunci prudent, când în înșiruirea ticăloșilor i-a pus pe prăvăliași. A întrebat:

— Cine sunt prăvăliașii?

Nino s-a întrerupt în mijlocul unei fraze, a privit-o uimit.

— Comercianții.

— Și de ce le spui *prăvăliașii*?

— Așa se spune.

— Soțul meu e prăvăliaș.

— Nu voiam să te jignesc.

— Nu mă simt jignită.

— Plătiți taxele?

— E prima dată când aud vorbindu-se despre asta.

— Serios?

— Da.

— Taxele sunt importante ca să plănuiești viața economică a unei comunități.

— Dacă spui tu. Ți-l amintești pe Pasquale Peluso?

— Nu.

— El e zidar. Fără tot acest ciment și-ar pierde locul de muncă.

— Ah.

— Dar e comunist. Tatăl lui, și el comunist, conform tribunalului, l-a omorât pe socrul meu, care a făcut bani la bursa neagră și din cămătărie. Și Pasquale e la fel ca tatăl lui, n-a fost niciodată de acord în privința păcii, nici măcar cu tovarășii lui comuniști. Dar, chiar dacă banii soțului meu provin propriu-zis din banii socrului meu, eu și Pasquale suntem buni prieteni.

— N-am înțeles unde vrei să ajungi.

Lila a făcut o grimasă autoironică.

— Nici eu, speram să înțeleg ascultându-vă pe voi.

Atâta tot, n-a mai spus nimic. Dar cât a vorbit, n-a avut tonul ei obișnuit agresiv, ci a părut că vrea într-adevăr s-o ajutăm să înțeleagă, dat fiind că în cartier viața era o afacere încurcată. Folosise aproape tot timpul dialectul, voind parcă să arate, cu modestie: nu folosesc trucuri, vorbesc cum sunt. Și adunase lucruri disparate cu sinceritate, fără să caute, cum făcea de obicei, un fir care să le țină împreună. Și, într-adevăr, nici ea, nici eu nu auziserăm niciodată acel cuvânt încărcat de dispreț cultural și politic: prăvăliași. Și, într-adevăr, nici ea, nici eu nu știam nimic despre taxe: părinții noștri, prietenii, logodnicii, soții, rudele se comportau ca și cum taxele n-ar exista, iar la școală nu se preda nimic care să aibă chiar și vag de-a face cu politica. Și totuși, Lila a reușit oricum să tulbure ceea ce până în momentul acela fusese o după-amiază nouă și intensă. Nino, imediat după acel schimb de replici, a încercat să-și reia discursul, dar s-a zăpăcit, a început să povestească din nou hazliu despre traiul în comun cu Bruno. A spus că mâncau numai ouă fierte și salamuri, a spus că beau foarte mult vin. Apoi a părut stânjenit și de propriile lui povești și s-a arătat ușurat când Pinuccia și Bruno, cu părul ud ca și cum tocmai făcuse o baie, s-au întors mâncând cocos.

— Chiar m-am distrat, a exclamat Pina, dar de fapt voia să spună: sunteți două cretine imense, m-ați trimis la plimbare singură cu unul care habar n-am știut cine e.

Când cei doi băieți și-au luat la revedere, eu i-am însoțit puțin, doar ca să explic că erau prietenele mele și că veniseră acolo pentru mine.

Nino a spus bosumflat:

— Lina chiar s-a pierdut, ce păcat.

Am făcut semn că da, i-am salutat și am rămas puțin cu picioarele în apă ca să mă liniștesc.

Când ne-am întors acasă, eu și Pinuccia eram vesele, Lila gânditoare. Pinuccia i-a povestit Nunziei despre vizita celor doi băieți și, în mod neașteptat, s-a arătat bucuroasă de Bruno care avusese grijă de ea și de poftele ei de gravidă. E un băiat bun, a spus, student, dar nu foarte plictisitor: pare să nu-i pese de cum se îmbracă, dar tot ce poartă, de la costum la cămașă, la sandale, sunt lucruri scumpe. S-a arătat surprinsă de faptul că te poți bucura de bani și în alt fel decât fratele ei, Rino, frații Solara. A spus ceva care m-a impresionat: la barul de pe plajă mi-a cumpărat una și alta fără să facă paradă.

Soacra, care pe toată durata acelei vacanțe n-a venit niciodată la plajă, ci s-a ocupat de cumpărături, de casă, de pregătit cina și, de asemenea, de prânzul pe care-l luam cu noi în ziua următoare, a ascultat ca și cum nora i-ar povesti despre o lume magică. Bineînțeles că și-a dat seama imediat că fiica ei era cu capul în nori și i-a aruncat imediat priviri pătrunzătoare. Dar Lila era într-adevăr doar distrată. N-a creat niciun fel de neplăcere, a acceptat-o din nou pe Pinuccia în patul ei și a urat tuturor noapte bună. Apoi a făcut un lucru complet neașteptat. Tocmai mă băgasem în pat când a apărut în cămăruță.

— Îmi dai una din cărțile tale? a întrebat.

Am privit-o perplexă. Voia să citească? De cât timp nu deschisese o carte, trei, patru ani? Și de ce tocmai acum hotărâse să se reapuce? Am luat volumul lui Beckett, cel pe care-l foloseam să omor țânțarii, și i l-am dat. Mi s-a părut textul cel mai accesibil pe care-l aveam.

47.

Săptămâna a trecut între așteptări lungi și întâlniri care se consumau prea repede. Cei doi băieți aveau un program pe care-l respectau cu strictețe. Se trezeau la șase dimineața, învățau până la ora prânzului, la trei se așterneau la dum ca să vină la întâlnirea cu noi, la șapte plecau, cinau și se apucau din nou de învățat. Nino n-a apărut niciodată singur. El și Bruno, deși fiind atât de diferiți în tot, se înțelegeau foarte bine și, mai ales, păreau capabili să dea ochii cu noi numai împreună.

Pinuccia n-a împărtășit de la bun început teoria bunei înțelegeri dintre ei. A susținut că nu erau în mod deosebit nici prieteni, nici solidari. După ea, era o relație care se baza în întregime pe răbdarea lui Bruno, care avea un caracter frumos și de aceea accepta, fără să se vaite, ca Nino să-i facă capul mare de dimineața până seara cu tâmpeniile care-i ieșeau încontinuu pe gură.

— Tâmpenii, da, a repetat, dar apoi s-a scuzat oarecum ironic că definise în felul acela discuțiile care-mi plăceau mult și mie. Sunteți studenți, a spus, și e logic că vă înțelegeți numai între voi; dar ne îngăduiți să ne plictisim un pic?

Mie mi-au plăcut mult cuvintele alea. Au confirmat în prezența Lilei, martor tăcut, că între mine și Nino era un fel de relație exclusivă, în care era dificil să te integrezi. Dar într-o zi Pinuccia le-a zis lui Bruno și Lilei, pe un ton depreciativ:

— Să-i lăsăm pe-ăștia doi să facă pe intelectualii și hai să mergem să înotăm, că apa e bună.

Să facă pe intelectualii era, evident, un mod de a spune că lucrurile pe care le spuneam nu ne interesau cu adevărat, că era o atitudine, o interpretare. Și în timp ce mie nici formula aceea nu mi-a displăcut în mod special, chestia l-a enervat oarecum pe Nino, care și-a întrerupt fraza la jumătate. A sărit în picioare, a alergat să se arunce în apă fără să-i pese de temperatura apei, ne-a stropit în timp ce înaintam în apă zgribulite și îl rugam să înceteze. Apoi a început să se lupte cu Bruno ca și cum ar fi voit să-l înece.

Iată, m-am gândit, e plin de gânduri mari, dar dacă vrea, știe să fie și vesel și distractiv. De ce atunci mie îmi arată numai fața lui serioasă? Galiani l-a convins că sunt interesată doar de studiu? Sau eu sunt cea care, din cauza ochelarilor, a felului în care vorbesc, las această impresie?

Din momentul acela am simțit cu mâhnire tot mai mare că timpul după-amiezii trecea în fugă. În urma sa rămâneau cuvinte pline de nerăbdarea lui de a se exprima și de a mea de a anticipa un concept, de a-l auzi că era de acord cu mine. Nu mă mai lua de mână, nu mă mai invita să mă așez pe marginea prosopului său. Când îi vedeam pe Bruno și pe Pinuccia râzând pentru prostii, îi invidiam, mă gândeam: cât mi-ar plăcea să râd cu Nino în același fel: nu vreau nimic, nu aștept nimic, aș vrea doar puțin mai multă apropiere, fie chiar și respectuoasă, ca aceea dintre Pinuccia și Bruno.

Lila părea să aibă alte probleme. Toată săptămâna a fost liniștită. Petrecea mare parte a dimineții în apă înotând înainte și înapoi pe o linie paralelă cu plaja, la câțiva metri de țărm. Pinuccia și cu mine îi țineam companie, insistând să-i arătăm cum se face chiar dacă acum înota mult mai bine decât noi. Dar ne apuca frigul repede și alergam să ne așezăm pe nisipul arzător, în timp ce ea continua să se antreneze cu mișcări din brațe calme, lovituri ușoare ale picioarelor, mușcând ritmat aerul cum o învățase Sarratore tatăl. Trebuie mereu să exagereze, bombănea Pinuccia la soare, mângâindu-și burta. Și eu adesea mă ridicam și strigam: „Gata cu înotatul, stai în apă de prea mult timp, o să răcești". Dar Lila nu mă asculta și ieșea doar când era deja vineție, cu ochii albi, cu buzele albastre și cu buricele degetelor încrețite. O așteptam pe mal cu prosopul ei încălzit de soare, i-l puneam pe umeri și o ștergeam energic.

Când soseau cei doi băieți, care nu ne-au ocolit în nicio zi, fie făceam o baie împreună — dar Lila în general refuza, stătea așezată pe prosop să ne privească de pe mal —, fie mergeam toți la plimbare și ea rămânea în urmă adunând scoici, fie, dacă eu și Nino începeam să vorbim despre câte-n lună și-n stele, ea stătea să asculte cu multă atenție, dar intervenind rar. Pentru că între timp apăruseră mici obiceiuri, m-a impresionat cât de mult ținea să fie respectate. De exemplu, Bruno sosea mereu cu băuturi reci, pe care le lua de pe drum, de la un așezământ balnear. Într-o zi i-a atras atenția că pentru mine cumpărase un sifon în vreme ce eu în general luam un suc de portocale. Eu am spus: „Mulțumesc, Bruno, e bine așa“, dar ea l-a obligat să se ducă să mi-l schimbe. De exemplu, Pinuccia și Bruno la un anumit moment al după-amiezii se duceau să caute cocos proaspăt și, deși ne rugau să-i însoțim, Lilei nu i-a trecut niciodată prin minte s-o facă, și nici mie și lui Nino. A devenit astfel complet normal ca ei să plece uscați, să se întoarcă uzi și să care cocos cu pulpa foarte albă, astfel încât dacă întâmplător uitau de el, Lila întreba: „Și azi unde-i cocosul?“

Și la conversațiile dintre mine și Nino ținea mult. Când vorbeam prea mult de fleacuri, devenea nerăbdătoare și îi spunea: „N-ai citit nimic interesant astăzi?“ Nino zâmbea bucuros, divaga puțin, apoi începea cu temele care îi plăceau lui. Vorbea și vorbea, dar n-au fost niciodată reale conflicte între noi: eu eram aproape întotdeauna de acord cu el, iar dacă Lila intervenea ca să obiecteze, o făcea scurt, cu tact, fără să exagereze niciodată dezacordul.

Într-o după-amiază el discuta de un articol foarte critic despre funcționarea școlii publice și a început să vorbească rău despre clasele primare făcute în cartier. Eu am fost de acord, am povestit despre loviturile de nuia peste mâini pe care ni le dădea Oliviero când greșeam și, de asemenea, de competițiile dure de abilitate la care ne supunea. Dar Lila, surprinzându-mă, a spus că școala elementară a fost foarte importantă pentru ea și a lăudat-o pe învățătoarea noastră într-o italiană pe care n-o mai auzisem de mult timp, atât de precisă, atât de intensă, încât Nino n-a întrerupt-o niciodată ca să-și spună părerea, ci a stat s-o asculte cu multă atenție. La final a spus câteva fraze generice despre nevoile diferite pe care le avem și despre cum aceeași experiență poate satisface necesitățile unuia și poate fi insuficientă pentru altul.

A mai fost un caz în care Lila și-a exprimat dezacordul ca o persoană educată și într-o italiană elevată. Mă simțeam tot mai mult adepta teoriilor bazate pe interveții adecvate care, dacă erau aplicate la momentul potrivit, ar fi rezolvat problemele, ar fi anulat nedreptățile și ar fi prevenit conflictele. Învățasem rapid acea schemă de gândire — la asta am fost mereu bună — și o puneam în practică de fiecare dată când Nino vorbea despre chestiuni despre care citise ici și colo: colonialism, neocolonialism, Africa. Dar într-o după-amiază, Lila i-a spus încet că nu mai exista nimic care să poată împiedica inevitabilul conflict dintre cei bogați și cei săraci.

— De ce?

— Cei care stau dedesubt vor să meargă deasupra, cei care stau deasupra vor să rămână deasupra și, într-un fel sau altul, ajung întotdeauna să se scuipe și să se ia la șuturi.

— Tocmai de aceea ideea e să rezolvi problemele înainte să se ajungă la violență.

— Cum? Ducându-i pe toți deasupra sau târându-i pe toți dedesubt?

— Găsind un punct de echilibru între clase.

— Un punct unde? Cei de dedesubt se întâlnesc la jumătatea drumului cu cei de deasupra?

— Să zicem că da.

— Și cei de deasupra coboară dedesubt de bunăvoie? Și cei de dedesubt renunță să meargă mai sus?

— Dacă se lucrează la rezolvarea rezonabilă a problemelor, da. Nu ești convinsă?

— Nu. Clasele nu joacă țurca, ci se luptă, iar lupta e pe viață și pe moarte.

— Asta crede Pasquale, am spus eu.

— Acum o cred și eu, a răspuns ea calmă.

În afară de acele puține schimburi față-n față, au existat rar, între Lila și Nino, cuvinte care să nu fie mediate de mine. Lila nu i se adresa niciodată direct, și nici Nino nu i se adresa ei. Păreau stânjeniți unul de celălalt. Am văzut-o mult mai în largul ei cu Bruno care, deși fiind taciturn, a reușit, grație amabilității lui, tonului plăcut cu care uneori îi spunea doamna Carracci, să stabilească o anumită familiaritate între ei. De exemplu, odată, când am făcut o baie lungă toți împreună și Nino m-a surprins, renunțând să înoate în larg, lucru care mă ținea cu sufletul la gură. Ea i-a cerut lui Bruno, și nu lui, să-i arate la câte brațe trebuia să scoată capul din apă și să respire. Băiatul, prompt, i-a făcut o demonstrație. Dar Nino s-a enervat că nu fusese luat în considerare pentru măiestria lui la înot și a intervenit făcând mișto de Bruno pentru brațele lui scurte și pentru ritmul slab. Apoi a voit să-i arate el Lilei cum se înoată corect. Ea l-a observat cu atenție și imediat l-a imitat. Mă rog, în cele din urmă Lila înota atât de bine, că Bruno i-a spus Esther Williams de Ischia, voind să spună că devenise la fel de pricepută ca diva-înotătoare din filme.

Când am ajuns la sfârșitul săptămânii — îmi amintesc că era o splendidă dimineață de sâmbătă, aerul era încă proaspăt și mirosul intens al pinilor ne-a însoțit tot drumul, până când am ajuns la plajă — Pinuccia a spus în mod categoric:

— Fiul lui Sarratore e cu adevărat insuportabil.

Eu l-am apărat prudent pe Nino. Am spus pe un ton competent că atunci când înveți, când devii pasionat de lucruri, simți nevoia să-ți comunici pasiunile celorlalți și pentru el așa stăteau lucrurile. Lila n-a părut convinsă, a spus o frază care mi s-a părut ofensivă:

— Dacă lui Nino îi scoți din cap lucrurile pe care le-a citit, nu mai găsești nimic.

Am sărit:

— Nu e adevărat. Eu îl cunosc și are o grămadă de calități.

Pinuccia, în schimb, i-a dat dreptate cu entuziasm. Dar Lila, poate fiindcă acel consens nu i-a plăcut, a spus că nu explicase bine și a răsturnat brusc sensul frazei, ca și cum ar fi formulat un exercițiu de exprimare, iar acum, după ce s-a auzit spunând-o, s-ar fi căit și ar fi făcut orice ca să remedieze. El, a explicat, capătă obiceiul de a crede că numai marile probleme contează și, dacă poate, va trăi toată viața cu gândul la ele, fără să se lase deranjat de altceva: nu ca noi, care ne gândim numai la treburile noastre: banii, casa, soțul, copiii.

Mie nu mi-a plăcut nici acel sens. Ce voia să spună? Că pentru Nino n-ar fi contat sentimentele pentru persoane, că destinul lui era să trăiască fără iubire, fără copii, fără căsnicie? M-am forțat să spun:

— Știi că are o logodnică și că ține mult la ea? Își scriu o dată pe săptămână.

Pinuccia a intervenit:

— Bruno nu e logodit, dar e în căutarea femeii lui ideale și cum o găsește, se căsătorește și fac mulți copii.

Apoi, fără o legătură evidentă, a oftat:

— Chiar a zburat săptămâna asta.

— Nu te bucuri? Acum se întoarce soțul tău, am replicat eu.

A părut aproape jignită de posibilitatea că aș putea să-mi imaginez că întoarcerea lui Rino ar deranja-o în vreun fel. A exclamat:

— Bineînțeles că mă bucur!

Lila atunci m-a întrebat:

— Și tu te bucuri?

— Că se întorc soții voștri?

— Nu, ai înțeles foarte bine întrebarea.

Înțelesesem, dar n-am recunoscut. Voia să spună că a doua zi, duminică, în timp ce ele ar fi fost ocupate cu Stefano și Rino, eu aș fi avut cum să mă întâlnesc cu cei doi băieți singură. În plus, aproape sigur, la fel ca săptămâna precedentă, Bruno și-ar fi văzut de-ale lui și eu aș fi petrecut după-amiaza cu Nino. Și avea dreptate, era exact ce speram. De zile întregi, înainte să adorm, mă gândeam la sfârșitul de săptămână. Lila și Pinuccia ar fi avut bucuriile lor conjugale, eu aș fi avut micile bucurii ale fetei necăsătorite cu ochelari care-și petrece viața învățând: o plimbare, să te ții de mână. Sau, cine știe, poate și mai mult. Am sugerat râzând:

— Ce trebuie să înțeleg, Lila? Ferice de voi că sunteți căsătorite.

48.

Ziua s-a scurs lent. În timp ce eu și Lila stăteam liniștite la soare așteptând momentul în care Nino și Bruno ar fi sosit cu băuturile răcoritoare, starea Pinucciei a început, fără motiv, să se înrăutățească. Vorbea nervos și puțin la intervale tot mai scurte. Fie se temea că cei doi n-or să vină, fie spunea că nu ne puteam irosi timpul așteptând ca ei să apară. Când băieții au apărut la timp cu obișnuitele băuturi, a fost arțăgoasă și a zis că se simțea obosită. Dar după câteva minute, tot prost dispusă, s-a răzgândit și a fost de acord să meargă după cocos.

În ce-o privește pe Lila, a făcut un lucru care nu mi-a plăcut. Toată săptămâna nu-mi vorbise despre cartea pe care i-o împrumutasem, de fapt uitasem de ea. Dar imediat cum

Pinuccia și Bruno s-au îndepărtat, ea l-a întrebat direct pe Nino, fără a aștepta să întrețină el conversația:

— Ai fost vreodată la teatru?

— Uneori.

— Și ți-a plăcut?

— N-a fost rău.

— Eu n-am fost niciodată, dar am văzut la televizor.

— Nu e același lucru.

— Știu, dar e mai bine decât deloc.

Și atunci a scos din geantă cartea pe care i-o dădusem eu, volumul care cuprindea teatrul lui Beckett, și i-a arătat-o.

— Ai citit-o pe asta?

Nino a luat cartea, a examinat-o și a recunoscut stânjenit:

— Nu.

— Deci *există* cărți pe care nu le-ai citit.

— Da.

— Ar trebui s-o citești.

Lila a început să vorbească despre carte. Spre surpriza mea, s-a implicat mult, a făcut-o în felul ei de odinioară, alegând cuvintele astfel încât să ne facă să vedem persoane și lucruri, dar și emoția pe care le-o dădea reînnoindu-le, înviindu-le. A spus că nu era de așteptat războiul atomic, în carte era ca și cum deja ar fi avut loc. Ne-a povestit îndelung despre o doamnă care se numea Winnie și care, la un moment dat, exclama: *o altă zi frumoasă!* Ea însăși a declamat cuvintele acelea, tulburându-se într-atât, încât vocea i-a tremurat puțin: *o altă zi frumoasă*, cuvinte insuportabile, pentru că nimic, nimic, ne-a explicat, în viața lui Winnie, nimic în gesturi, nimic în mintea ei nu era *frumos*, nici în ziua aceea, nici în zilele care trecuseră. Dar, a adăugat, o impresionase mai mult un anume Dan Rooney. Dan Rooney, a spus, e trist, dar nu se lamentează, deoarece consideră că viața e mai bună fără vedere și, dimpotrivă, ajunge să se întrebe dacă devenind surd și mut viața n-ar fi și mai mult viață, viață pură, viață fără altceva decât viață.

— De ce ți-a plăcut? a întrebat Nino.

— Nu știu încă dacă mi-a plăcut.

— Te-a intrigat însă.

— M-a făcut să mă gândesc. Ce înseamnă că viața e mai viață fără vedere, fără auz, chiar și fără cuvinte?

— Poate e doar o găselniță.

— Nu, ce găselniță? Acolo e un lucru care sugerează alte o mie, nu e o găselniță.

Nino n-a ripostat. A spus doar, uitându-se fix la coperta cărții ca și cum și aceea ar fi trebuit descifrată:

— Ai terminat-o?

— Da.

— Mi-o împrumuți și mie?

Rugămintea aceea m-a dezorientat, m-a durut. Nino spusese, îmi aminteam bine, că literatura nu-l interesa mai deloc, altele erau lecturile lui preferate. I-l dădusem pe Beckett Lilei tocmai pentru că știam că n-aș fi putut să-l folosesc în conversațiile cu el. Și acum, că ea îi vorbea despre cartea asta, nu doar că o asculta, dar i-o și cerea cu împrumut. Am spus:

— E a lui Galiani, mi-a dat-o ea.

— Tu ai citit-o? m-a întrebat el.

A trebuit să recunosc că nu, n-o citisem, dar am adăugat imediat:

— Mă gândeam să încep în seara asta.

— După ce o termini, mi-o dai?

— Dacă te interesează așa de mult, m-am grăbit să spun, citește-o tu mai întâi.

Nino mi-a mulțumit, a răcâit cu unghia urma unui țânțar de pe copertă și a spus, adresându-i-se Lilei:

— O citesc într-o noapte și mâine vorbim despre ea.

— Mâine nu, nu ne vedem.

— De ce?

— Stau cu soțul meu.

— Aha.

Mi s-a părut enervat. Am așteptat trepidând să mi se adreseze mie ca să mă întrebe dacă noi doi o să ne vedem. Dar, cu o izbucnire de nemulțumire, a spus:

— Nici eu nu pot mâine. La Bruno vin în seara asta părinții lui și trebuie să merg să dorm la Barano. Mă întorc luni.

Bruno? Luni? Speram să-mi spună să mă duc după el la Maronti. Dar era distrat, poate că era cu mintea încă la Rooney care, nemulțumit că e orb, voia să devină și surd și mut. Nu mi-a spus nimic.

49.

Când ne întorceam acasă, i-am spus Lilei:

— Dacă-ți împrumut o carte, care, de altfel, nu e a mea, te rog să n-o iei la plajă. Nu pot să i-o dau înapoi lui Galiani cu nisip în ea.

— Scuze, a spus ea și m-a pupat veselă pe obraz.

Poate ca să fie iertată, a vrut să care atât geanta mea, cât și pe cea a Pinucciei.

Încet m-am înseninat. M-am gândit că Nino nu întâmplător făcuse aluzie la faptul că se ducea la Barano: voia să știu și să decid pe cont propriu dacă merg după el acolo. Așa e el, mi-am spus, simțindu-mă tot mai ușurată, are nevoie să fie urmat: mâine mă scol devreme și mă duc. Pinuccia a fost cea care a rămas prost dispusă. De obicei se enerva ușor, dar se îmbuna repede, în special acum când sarcina nu doar că îi îmblânzise corpul, dar și caracterul. În schimb, a devenit tot mai încruntată.

— Ți-a zis ceva antipatic Bruno? am întrebat-o, la un moment dat.

— Sigur că nu.

— Dar ce s-a întâmplat?

— Nimic.

— Nu te simți bine?

— Mă simt foarte bine, nu știu nici eu ce am.

— Du-te să te pregătești că acum sosește Rino.

— Da.

Dar a rămas cu costumul ud pe ea să răsfoiască un roman ilustrat. Lila și cu mine ne-am făcut frumoase, Lila mai ales s-a gătit de parcă se ducea la o petrecere, și ea nimic. Atunci chiar și Nunzia, care robotea tăcută pentru cină, a zis încet:

— Pinù, ce-i, scumpo, nu te duci să te-mbraci?

Niciun răspuns. Abia când a auzit zgomotul motocicletelor Lambretta și vocile celor doi tineri care strigau, Pina a sărit în picioare și a alergat să se închidă în dormitor, urlând:

— Nu-l lăsați să intre, vă rog.

Am petrecut o seară confuză, care, într-un fel sau altul, a ajuns să-i zăpăcească și pe soți. Stefano, deja învățat cu caracterul permanent conflictual al Lilei, s-a trezit nesperat în față cu o fată foarte afectuoasă, înclinată să se lasă în voia mângâierilor și a săruturilor fără obișnuita neplăcere; în schimb Rino, care era învățat cu dulcegăriile lipicioase ale Pinucciei, încă și mai lipicioase acum că era însărcinată, a fost dezamăgit pentru că soția nu i-a alergat în întâmpinare pe scări. A trebuit să se ducă s-o caute în dormitor și când, în sfârșit, a îmbrățișat-o, a simțit imediat că ea se prefăcea să se arate bucuroasă. Mai mult. În timp ce Lila a râs mult când, după câteva pahare de vin, cei doi tineri chercheliți au început cu aluziile lor sexuale, manifestându-și astfel dorința, Pinuccia, atunci când Rino i-a șoptit râzând nu știu ce frază la ureche, s-a retras brusc și a șuierat într-o italiană precară:

— Încetează, ești un bădăran.

El s-a enervat:

— Mie-mi spui bădăran? Bădăran?

Ea a mai rezistat câteva minute, apoi buza de jos a început să-i tremure și s-a refugiat în dormitor.

— E sarcina, a spus Nunzia, trebuie să ai răbdare.

Tăcere. Rino a terminat de mâncat, apoi a izbucnit, s-a dus la soție. Nu s-a mai întors.

Lila și Stefano au decis să facă o plimbare cu Lambretta, să vadă plaja noaptea. Ne-au lăsat râzând între ei și giugiulindu-se. Eu am strâns masa, luptându-mă ca de obicei cu Nunzia care nu voia să mă lase să mișc un deget. Am vorbit puțin despre momentul în care îl cunoscuse pe Fernando și se îndrăgostiseră și a spus ceva care m-a impresionat mult: „Ții toată viața la persoane despre care nu știi niciodată cine sunt cu adevărat". Fernando fusese și bun, și rău, și ea ținuse foarte mult la el, dar îl și urâse: „Așa că", a subliniat, „nu-s motive de îngrijorare: Pinucciei îi merge pe dos, dar pe urmă își revine; și îți amintești cum s-a întors Lina din voiajul de nuntă? Ei bine, uită-te acum la ei. Toată viața e așa: o dată încasezi lovituri, altă dată sărutări".

M-am dus în cămăruța mea și am încercat să termin Chabod, dar mi-a revenit în minte cât de încântat fusese Nino de felul în care Lila îi vorbise despre acel Rooney și mi-a trecut cheful să pierd vremea cu ideea de națiune. Și Nino e ambiguu, m-am gândit, e dificil să înțelegi cine e. Părea că nu-i pasă de literatură, dar Lila ia la întâmplare o carte despre teatru, zice două tâmpenii și el devine pasionat. Am căutat printre volume alte chestii literare, dar nu aveam. În schimb, mi-am dat seama că lipsea o carte. Era posibil? Galiani îmi dăduse șase. Pe una acum o avea Nino, pe una o citeam eu, pe marmura pervazului erau trei. Unde era a șasea?

M-am uitat peste tot, și sub pat, și între timp mi-am amintit că era o carte despre Hiroshima. M-am neliniștit, cu siguranță o luase Lila când eram la toaletă să mă spăl. Ce i se întâmpla? După ani de cizmărie, logodnă, iubire, mezelărie, negoțuri cu frații Solara, hotărâse să redevină cum fusese în clasele primare? Desigur, un semnal existase deja: voise să facă pariul acela care, dincolo de rezultatele lui, fusese cu siguranță un mod de a-mi arăta dorința ei de a reîncepe să învețe. Dar existase vreo urmare, făcuse cu adevărat vreun efort? Nu. În schimb, fuseseră de ajuns pălăvrăgelile lui Nino, șase după-amiezi la soare pe plajă, ca să-i redea dorința de a învăța, eventual să intre din nou în competiție cu mine? De aceea o elogiase pe învățătoarea Oliviero? De aceea credea că e frumos să fii pasionat toată viața numai de lucrurile importante, și nu de cele banale? Am ieșit din cămăruța mea evitând scârțâitul ușii, în vârful picioarelor.

Casa era tăcută, Nunzia se dusese la culcare, Stefano și Lila nu se întorseseră încă. Am intrat în camera lor: un haos de haine, pantofi, valize. Pe un scaun am găsit volumul, se intitula *Raze din cenușă*. O luase fără să-mi ceară voie, ca și cum lucrurile mele ar fi fost ale ei, ca și cum ceea ce eram i-aș fi datorat ei, ca și cum și contribuția lui Galiani la formarea mea ar fi depins de faptul că ea, cu un gest distrat, cu o frază abia schițată, mă adusese în situația de a-mi câștiga acel privilegiu. M-am gândit să-mi iau cartea înapoi. Dar mi-a fost rușine, m-am răzgândit și am lăsat-o acolo.

50.

A fost o duminică plicticoasă. Am suferit de căldură toată noaptea, nu îndrăzneam să deschid fereastra de teama țânțarilor. Am adormit, m-am trezit, apoi am adormit la loc. Să merg la Barano? De ce? Să petrec ziua jucându-mă cu Ciro, Pino și Clelia, în timp ce Nino făcea lungi băi sau stătea la soare fără să scoată un cuvânt, într-un conflict surd cu tatăl lui? M-am trezit târziu, la zece, și imediat cum am deschis ochii m-a ajuns de foarte departe o senzație de dor care m-a neliniștit.

Am aflat de la Nunzia că Pinuccia și Rino se duseseră deja la plajă, în timp ce Stefano și Lila încă dormeau. Am înmuiat pâinea în cafeaua cu lapte fără chef, am renunțat definitiv la Barano și m-am dus la plajă nervoasă, întristată.

Acolo i-am găsit pe Rino, care dormea la soare, cu părul ud și corpul greoi revărsat cu burta în jos pe nisip, și pe Pinuccia care se tot plimba în sus și în jos pe țărm. Am invitat-o să mergem spre izvorul de apă termală, dar a refuzat nepoliticos. M-am plimbat îndelung singură înspre Forio, ca să mă liniștesc.

Dimineața a trecut cu greu. La întoarcere am făcut o baie și m-am întins la soare. A trebuit să-i ascult pe Rino și pe Pinuccia care, ca și cum n-aș fi fost acolo, își șopteau fraze de genul acesta:

— Nu pleca!

— Am slujba: pantofii trebuie să fie gata pentru toamnă. I-ai văzut, îți plac?

— Da, dar chestiile pe care te-a pus Lila să le adaugi sunt urâte, scoate-le.

— Nu, vin bine.

— Vezi? Tot ce spun eu pentru tine n-are nicio importanță.

— Nu e adevărat.

— E foarte adevărat, nu mai ții la mine.

— Țin la tine și știi cât îmi placi.

— Da' de unde, uite ce burtă am.

— Sărut de zece mii de ori burta asta. Toată săptămâna nu fac decât să mă gândesc la tine.

— Atunci nu te duce la muncă.

— Nu pot.

— Înseamnă că în seara asta plec și eu.

— Am plătit deja partea noastră, trebuie să rămâi în vacanță.

— Nu mai vreau.

— De ce?

— Pentru că imediat cum adorm, visez foarte urât și stau trează toată noaptea.

— Și când dormi cu sora mea?

— Și mai rău, sora ta dacă m-ar putea omorî, m-ar omorî.

— Du-te să dormi cu mama.

— Mama ta sforăie.

Tonul Pinucciei era insuportabil. Întreaga zi n-am putut înțelege motivul acelei văicăreli. Că dormea puțin și rău era adevărat. Dar că voia ca Rino să rămână, că voia să plece cu el mi s-a părut o minciună. La un moment dat mi s-a părut că încerca să-i spună ceva ce nici ei nu-i era clar și că de aceea se manifesta atât de insistent. Dar apoi am lăsat-o baltă, m-a acaparat altceva. Exuberanța Lilei, întâi de toate.

Când a apărut pe plajă cu soțul, mi s-a părut și mai fericită decât în seara dinainte. Voia să-i arate cum învățase să înoate și împreună s-au dus departe de mal — la apă adâncă, spunea Stefano, chiar dacă, în realitate, s-au îndepărtat doar câțiva metri. Ea, elegantă și precisă în mișcările din brațe și în modul ritmat cu care deja învățase să-și miște capul ca să respire scoțând gura din apă, l-a lăsat repede în urmă. Apoi s-a oprit ca să-l aștepte râzând, în timp ce el se apropia cu mișcări din brațe caraghioase, cu capul rigid, pufnind peste apa care-l stropea în față.

Veselia i-a crescut după-amiaza când au plecat la plimbare cu Lambretta. Și Rino voia să hoinărească puțin și fiindcă Pinuccia a refuzat — se temea să nu cadă și să piardă copilul — el mi-a spus: „Vino tu, Lenù“. Am trăit pentru prima dată acea experiență. Stefano care gonea în față, Rino care-l urma, și vânt, și teamă de a nu cădea sau de a nu ne izbi de ceva, și o încântare tot mai mare, mirosul puternic emanat de spatele transpirat al soțului Pinucciei, îngâmfarea lui care-l împingea să nu respecte regulile și să răspundă celor care protestau în stilul celor din cartier, frânând brusc, amenințând, mereu gata să se încaiere ca să-și afirme dreptul lui de a face ce voia. A fost distractiv, o întoarcere la emoțiile de fetiță rău crescută, foarte diferite de cele pe care mi le dădea Nino când apărea de-a lungul plajei, după-amiaza, împreună cu prietenul lui.

În duminica aceea i-am pomenit adesea pe cei doi băieți: îmi plăcea mai ales să rostesc numele lui Nino. Am observat repede că atât Pinuccia, cât și Lila, se comportau de parcă nu ne întâlniserăm toate trei împreună cu Bruno și Nino, ci doar eu. Rezultatul a fost că atunci când soții lor și-au luat la revedere ca să alerge să prindă vaporetul, Stefano mi-a zis să-l salut din partea lui pe fiul lui Soccavo, de parcă aș fi fost singura care urma să-l întâlnească din nou, iar Rino a făcut mișto de mine: „Îți place mai mult fiul poetului sau fiul mezelarului? Care e mai frumos, după tine?" Ca și cum soția și sora lui n-ar fi avut suficiente informații ca să-și exprime părerea. La sfârșit, m-au enervat amândouă din cauza modului în care au reacționat la plecarea soților. Pinuccia a devenit veselă, a simțit nevoia să-și spele părul care — a spus cu voce tare — era plin de nisip. Lila a pierdut vremea prin casă fără niciun chef, apoi s-a dus să se întindă pe patul nefăcut fără să-i pese de dezordinea din cameră. Când am apărut să-i spun noapte bună, am văzut că nici măcar nu se dezbrăcase: citea cartea despre Hiroshima cu ochii mijiți și cu fruntea încruntată. Nu i-am reproșat, am spus doar, poate cu ceva asprime în glas:

— Cum se face că, pe neașteptate, ți-a revenit cheful de citit?

— Nu-i treaba ta, mi-a răspuns.

51.

Luni, Nino a apărut, aproape o stafie evocată de dorința mea, nu la patru după-amiaza, ca de obicei, ci la zece dimineața.

Surpriza a fost mare. Noi trei de-abia ajunseserăm pe plajă, ranchiunoase, fiecare convinsă că celelalte au ocupat prea mult timp baia, Pinuccia foarte nervoasă pentru că i se stricase părul în timpul somnului. Ea a vorbit prima, amenințătoare, aproape agresivă. L-a întrebat pe Nino, înainte ca el să ne explice cum de-și modificase radical programul.

— Bruno de ce n-a venit, avea ceva mai bun de făcut?

— Sunt încă părinții lui acasă, pleacă la prânz.

— Pe urmă vine?

— Cred că da.

— Pentru că dacă nu vine, eu mă întorc să mă culc, cu voi trei mă plictisesc.

Și în timp ce Nino ne povestea ce urâtă fusese duminica lui la Barano, astfel încât o ștersese de acolo dis-de-dimineață și venise direct pe plajă, ea a intervenit o dată sau de două ori plângăcioasă: cine vine să facă o baie cu mine? Pentru că atât eu, cât și Lila am ignorat-o, s-a dus singură în apă, țâfnoasă.

Ce să-i faci! Noi am preferat să ascultăm atent lista pe care o făcuse Nino cu nedreptățile la care-l supusese tatăl lui. Un impostor, l-a definit, un trântor. Se stabilise la Barano prelungindu-și concediul pentru nu știu ce boală falsă, care însă îi fusese certificată de un medic al ENPAS, prieten de-al lui.

— Tata, ne-a spus dezgustat, personifică pe deplin negarea interesului general.

Și atunci, fără întrerupere, a făcut ceva neprevăzut. Cu o mișcare neașteptată, care m-a făcut să tresar, s-a aplecat și m-a pupat pe obraz, un sărut puternic, zgomotos, apoi a spus:

— Sunt foarte bucuros să te văd.

Apoi, cu o ușoară stânjeneală, ca și cum și-ar fi dat seama că expansivitatea aceea putea fi nepoliticoasă față de Lila, a spus:

— Pot să te pup și pe tine?

— Desigur, a răspuns Lila, consimțind, și el a pupat-o ușor, fără zgomot, un contact abia perceptibil.

După care a început să vorbească agitat despre textele de teatru ale lui Beckett: ah, cât îi plăcuseră tipii aceia îngropați până la gât în pământ; și cât era de frumoasă fraza despre foc pe care prezentul îl aprinde în tine; și, chiar dacă printre numeroasele lucruri sugestive pe care le spuneau Maddie și Dan Rooney îi fusese dificil să identifice citatul ales de Lila, ei bine, ideea că viața se simte mai mult când ești orb, surd, mut și, eventual, fără gust și simț tactil, era interesantă; după el, însemna: să abolim toate filtrele care ne împiedică să savurăm deplin această condiție hic et nunc.

Lila a rămas perplexă și a zis că viața în stare pură o înfricoșa. Apoi a spus cu oarecare emfază:

— Viața fără să vezi și fără să vorbești, fără să vorbești și fără să asculți, viața fără un acoperământ, fără un recipient, e deformată.

N-a recurs chiar la cuvintele acestea, dar sigur a spus „deformată", cu o expresie de repulsie. Nino a repetat cu jumătate de gură:

— Deformată, ca și cum termenul ar fi fost un cuvânt urât.

Apoi a reînceput să discute, dar într-un mod și mai agitat, până când brusc și-a scos tricoul arătându-se în toată zveltețea lui măslinie, ne-a luat pe amândouă de mână și ne-a târât în apă în timp ce eu strigam foarte fericită:

— Nu nu nu, mi-e frig.

Și el răspundea:

— *Iată în sfârșit o altă zi frumoasă.*

Și Lila râdea.

Așadar, m-am gândit bucuroasă, Lila greșește. Așadar, există cu siguranță un alt Nino: nu doar băiatul tenebros, nu doar cel pe care-l emoționează doar reflecția asupra stării generale a lumii, ci și *acest băiat*, acest băiat care se joacă, care ne târăște precipitat în apă, care ne înșfacă, ne strânge, ne trage spre el, înoată, se lasă ajuns din urmă, se lasă prins, se lasă împins de amândouă sub apă și se preface că se sufocă, se preface că îl înecăm.

Când a venit Bruno, lucrurile s-au îmbunătățit și mai mult. Ne-am plimbat toți împreună și Pinucciei, încet, încet, i-a revenit bunadispoziție. Avea chef să facă baie din nou, să mănânce cocos. Din acel moment, și toată săptămâna care a urmat, am considerat absolut firesc ca băieții să vină la noi pe plajă deja la zece dimineața și să rămână până la apus, când noi spuneam:

— Trebuie să mergem, altfel Nunzia se înfurie, și ei se resemnau să se retragă ca să învețe puțin.

Câtă familiaritate, de-acum! Dacă Bruno îi spunea Lilei doamna Carracci ca să facă mișto de ea, ea îi trăgea în joacă un pumn în umăr și îl fugărea amenințându-l. Dacă arăta prea multă grijă față de Pinuccia pentru că ea purta în pântece un copil, aceasta îl lua de braț și spunea: „Să mergem, repede, vreau un sifon". În ce-l privește pe Nino, acum mă lua deseori de mână, îmi punea un braț în jurul umerilor și în timpul ăsta își trecea unul și în jurul umerilor Lilei, îi apuca arătătorul, degetul mare. Distanțele precaute au dispărut. Am devenit un grup de cinci tineri care se distrau din mai nimic. Și am trecut de la un joc la altul, cine pierdea plătea gaj. Gajurile erau aproape întotdeauna sărutări, dar sărutări în glumă, evident: Bruno trebuia să sărute picioarele pline de nisip ale Lilei, Nino mâna mea, și apoi obrajii, fruntea, pavilionul unei urechi cu zgomot. Am făcut și întreceri lungi cu rachetele și mingea zbura prin aer respinsă de lovitura seacă pe pielea întinsă, iar Lila era pricepută, Nino la fel. Dar cel mai agil și mai precis era Bruno. El și Pinuccia au câștigat mereu, atât împotriva mea și a Lilei, cât și împotriva Lilei și a lui Nino, cât și împotriva lui Nino și a mea. Au câștigat și pentru că toți ne propuseserăm să o tratăm cu amabilitate. Ea alerga, se întindea, se rostogolea în nisip uitând de starea ei și atunci o lăsam să câștige, chiar și numai ca s-o liniștim. Bruno o certa cu bunătate, o punea să stea jos, spunea gata și striga: „Punct pentru Pinuccia, foarte bună“.

A început astfel să se ițească un soi de fericire care a traversat orele și zilele. Nu mi-a mai displăcut că Lila îmi lua cărțile, dimpotrivă, mi s-a părut ceva frumos. Nu mi-a mai displăcut că, atunci când se încingeau discuțiile, ea își spunea tot mai des părerea și Nino o asculta cu atenție și părea lipsit de replică. Am considerat, dimpotrivă, incitant faptul că în acele împrejurări el înceta pe neașteptate să i se adreseze ei și trecea brusc să discute cu mine, ca și cum asta îl ajuta să-și regăsească convingerile.

Așa s-a întâmplat când Lila și-a etalat lectura despre Hiroshima. S-a născut o discuție foarte încordată, pentru că Nino, am înțeles, era atât de critic față de Statele Unite și nu-i plăcea că americanii aveau o bază militară la Napoli, dar era și atras de modul lor de viață, spunea că vrea să-l studieze. De aceea a fost dezamăgit când Lila a spus, aproximativ, că a arunca bombele atomice asupra Japoniei fusese o crimă de război, ba mai mult decât o crimă de război — războiul n-avea mai deloc legătură — fusese o crimă a trufiei.

— Îți amintesc de Pearl Harbor, a zis el prudent.

Eu nu știam ce era Pearl Harbor, dar am descoperit că Lila știa. I-a spus că Pearl Harbor și Hiroshima erau două lucruri incomparabile, că Pearl Harbor era o acțiune de război lașă și Hiroshima era o oroare feroce, răzbunătoare și descreierată, mai rea, mult mai rea, decât decimările naziste. Și a conchis: americanii ar trebui judecați ca unul dintre cei mai răi criminali, care fac lucruri înspăimântătoare doar ca să-i terorizeze pe cei care rămân în viață și să-i țină îngenuncheați. Aplombul ei era atât de mare, că Nino, în loc să treacă la contraatac, a tăcut gânditor. Apoi, iată, mi s-a adresat mie ca și cum ea n-ar fi existat. A spus că problema nu era nici ferocitatea, nici răzbunarea, ci urgența de a pune capăt celui mai atroce dintre războaie și, totodată, folosind arma aceea teribilă, tuturor războaielor. A vorbit pe un ton scăzut, privindu-mă drept în ochi, ca și cum l-ar fi interesat numai aprobarea mea. Și a fost un moment foarte frumos. El însuși era foarte frumos când făcea asta. Mă emoționam într-atât încât îmi dădeau lacrimile și făceam eforturi să mi le rețin.

Apoi am ajuns din nou la ziua de vineri, una foarte caldă petrecută în mare parte în apă. Și ceva, brusc, ne-a stricat din nou buna dispoziție.

Urcam către casă, tocmai ne despărțiserăm de cei doi băieți. Soarele apunea și cerul era albastru-rozaliu când Pinuccia, care devenise dintr-odată tăcută după multe ore de dezinvoltură exagerată, a aruncat geanta pe jos, s-a așezat pe marginea străzii și a început să urle de furie, mici strigăte ascuțite, aproape niște schelălăieli.

Lila a mijit ochii, a privit-o fix ca și cum n-ar fi văzut-o pe cumnata ei, ci ceva urât pentru care nu era pregătită. Eu m-am întors speriată, am întrebat:

— Pina, ce e, nu te simți bine?

— Nu suport costumul ăsta ud.

— Toate avem costumul ud.

— Pe mine mă enervează.

— Liniștește-te, hai, vino. Nu-ți mai e foame?

— Nu-mi spune liniștește-te. Mă enervezi când spui liniștește-te. Nu te mai suport, Lenù, pe tine și liniștește-te ăsta al tău.

Și a reînceput cu chelălăitul ei, lovindu-se peste coapse.

Am simțit că Lila se îndepărta fără să ne aștepte. Am simțit că făcea asta nu de nervi sau din indiferență, ci din cauza acelui comportament arzător, care îi provoca arsuri dacă stătea prea aproape. Am ajutat-o pe Pinuccia să se ridice și i-am cărat geanta.

52.

Încet, încet s-a liniștit, dar a petrecut seara îmbufnată, ca și cum i-am fi făcut cine știe ce nedreptate. Pentru că la un moment dat a fost mojică și cu Nunzia, a criticat mâncarea în mod urât, Lila a izbucnit și a trecut brusc la un dialect feroce cu care și-a revărsat asupra ei toate insultele pline de fantezie de care era capabilă. Pina a hotărât că în noaptea aceea va dormi cu mine.

S-a tot agitat în somn. În plus, în două, în cămăruță, nu puteai respira de căldură. Jilavă de transpirație, m-am resemnat să deschid fereastra și m-au chinuit țânțarii. Asta mi-a alungat somnul definitiv, am așteptat zorile și m-am ridicat.

Acum eram și eu foarte prost dispusă, aveam trei sau patru înțepături pe față care mă desfigurau. M-am dus în bucătărie, unde Nunzia spăla rufele noastre murdare. Și Lila se sculase deja, mâncase supa de lapte și citea altă carte de-a mea, cine știe când mi-o furase. Cum m-a văzut, mi-a aruncat o privire curioasă și a întrebat cu o neliniște autentică, la care nu mă așteptam:

— Cum se simte Pinuccia?

— Nu știu.

— Ești nervoasă?

— Da, n-am închis ochii și uite ce am pe față.

— Nu se vede nimic.

— *Tu* nu vezi nimic.

— Nici Nino și Bruno n-or să vadă nimic.

— Ce legătură are?

— Tu ții la Nino?

— Ți-am zis de o sută de ori că nu.

— Calmează-te.

— Sunt calmă.

— Să fim atente la Pinuccia.

— Fii tu atentă, e cumnata ta, nu a mea.

— Ești nervoasă.

— Da da și iarăși da.

Ziua a fost și mai călduroasă decât precedenta. Ne-am dus la plajă într-o stare de agitație, proasta dispoziție trecea de la una la alta ca o infecție.

La jumătatea drumului, Pinuccia și-a dat seama că nu-și luase prosopul și a avut o altă criză de nervi. Lila a continuat drumul cu capul în jos fără măcar să se întoarcă.

— Mă duc să ți-l aduc eu, m-am oferit.

— Nu, mă întorc acasă, n-am chef de plajă.

— Te simți rău?

— Mă simt foarte bine.

— Atunci?

— Uite câta burta am.

M-am uitat la burta ei, i-am spus fără să mă gândesc:

— Și eu? Nu vezi înțepăturile de pe fața mea?

A început să urle, mi-a zis ești o cretină și a șters-o cu pas alert ca s-o ajungă din urmă pe Lila.

Odată ajunse la plajă, și-a cerut scuze, a șoptit ești atât de cumsecade, că uneori mă înfurii.

— Nu sunt cumsecade.

— Voiam să spun că ești bună la suflet.

— Nu sunt deloc.

Lila, care încerca în toate felurile să ne ignore și țintuia cu privirea marea în direcția Forio, a spus rece:

— Încetați, vin.

Pinuccia a tresărit. „Marele învățat", a șoptit cu o neașteptată moliciune a vocii și și-a dat cu ruj chiar dacă avea deja destul.

Cei doi băieți, în ce privește proasta dispoziție, nu erau mai prejos. Nino a folosit un ton sarcastic, adresându-i-se Lilei:

— În seara asta vin soții?

— Bineînțeles.

— Și ce-o să faceți frumos?

— Mâncăm, bem și mergem la culcare.

— Și mâine?

— Mâine o să mâncăm, o să bem și o să mergem la culcare.

— Rămân și duminică seara?

— Nu, duminică mâncăm, bem și dormim numai după-amiază.

Am făcut eforturi să spun, ascunzându-mă în spatele unui ton autoironic:

— Eu sunt liberă: nu mănânc, nu beau, nu mă duc la culcare.

Nino m-a privit ca și cum și-ar fi dat seama de ceva ce nu observase niciodată, astfel că mi-am trecut o mână peste pometele drept, unde aveam o înțepătură mai umflată decât altele. Mi-a spus serios:

— Bine, mâine ne vedem aici la șapte dimineața și apoi urcăm pe munte. La întoarcere, plajă până târziu. Ce zici?

Am simțit în vene căldura plăcută a exaltării și am zis ușurată:

— Bine, la șapte, aduc eu de mâncare.

Pinuccia a întrebat dezolată:

— Și noi?

— Voi îi aveți pe soți, a murmurat el și a rostit *soți* ca și cum ar fi spus broaște-râioase, șerpi, păianjeni, iar ea s-a ridicat brusc în picioare și s-a dus pe malul mării.

— E puțin prea sensibilă în perioada asta, am scuzat-o, dar din cauza sarcinii, de obicei nu e așa.

Bruno a spus pe tonul lui răbdător:

— Mă duc cu ea să luăm cocos.

Noi l-am urmărit cu privirea în timp ce, mic, dar bine făcut, cu un torace puternic și coapse tari, se mișca pe nisip cu pas liniștit, ca și cum soarele neglijase să încingă granulele pe care călca. Când Bruno și Pinuccia au pornit spre complex, Lila a spus:

— Hai să înotăm.

53.

Am pornit toți trei spre mare, eu în mijloc între ei doi. E dificil de povestit senzația de desăvârșire care mă cuprinsese când Nino îmi spusese: mâine ne vedem aici la șapte. Sigur că-mi părea rău pentru dispoziția oscilantă a Pinucciei, dar era o părere de rău firavă, nu putea să-mi strice starea de bine. Eram, în sfârșit, mulțumită de mine, de duminica lungă și intensă care mă aștepta; și între timp mă simțeam mândră să fiu acolo, în acel moment, cu oamenii care contaseră dintotdeauna în viața mea, mai mult decât părinții și frații. I-am luat pe amândoi de mână, am scos un strigăt de fericire, i-am tras în apa rece ridicând așchii de spumă reci ca gheața. Ne-am cufundat împreună ca și cum am fi fost un organism unic.

Cum am intrat ne-am desprins degetele. Nu-mi plăcuse niciodată frigul apei în păr, pe țeastă, în urechi. M-am cufundat imediat, suflând apa. Dar am văzut că ei deja înotau și am început să înot și eu, ca să nu-i pierd. S-a dovedit imediat dificil: nu eram capabilă să înaintez drept, cu capul în apă și cu mișcări de brațe calme; brațul drept era mai puternic decât cel stâng, deviam; îmi făceam griji să nu înghit apă sărată. Am încercat să mă țin după ei străduindu-mă să nu-i pierd din vedere în ciuda miopiei. S-au oprit, m-am gândit. Inima îmi bătea puternic, am încetinit și m-am oprit în sfârșit să plutesc, admirându-i pentru cum înaintau spre orizont cu încredere, unul lângă altul.

Poate că se îndepărtau prea mult. Și eu, de altfel, cuprinsă de entuziasm, înaintasem mult dincolo de linia de siguranță imaginară care, în mod normal, îmi permitea să mă întorc la mal cu câteva mișcări din brațe și dincolo de care Lila însăși nu trecuse niciodată. Dar acum iat-o acolo, la întrecere cu Nino. Deși fără experiență, nu ceda, voia să țină pasul cu el, înainta tot mai mult.

Am început să mă îngrijorez. Dacă își pierde puterile? Dacă se simte rău? Nino e priceput, o va ajuta. Dar dacă îl apucă o crampă, dacă și el cedează? Am privit în jur, curentul mă trăgea spre stânga. Nu-i pot aștepta aici, trebuie să mă întorc. Am aruncat o privire înspre apă și a fost o greșeală. Azuriul devenea imediat albastru-închis, apoi se întuneca precum noaptea, în ciuda faptului că soarele strălucea, suprafața mării sclipea și nori destrămați foarte albi se lungeau pe cer. Am perceput abisul, i-am simțit lichiditatea fără puncte de sprijin, l-am simțit ca pe o groapă cu morți din care cine știe ce putea urca într-o clipă, să mă atingă ușor, să mă prindă, să mă muște, să mă tragă la fund.

Am încercat să mă liniștesc, am strigat: Lila. Ochii fără ochelari nu mă ajutau, erau învinși de licărirea apei. M-am gândit la excursia cu Nino de-a doua zi. M-am întors încet, pe spate, vâslind din picioare și din brațe până când am ajuns la mal.

Acolo m-am așezat jumătate în apă, jumătate pe uscat. Le-am zărit cu greu capetele lor negre plutitoare abandonate pe suprafața mării și m-am simțit ușurată. Lila nu doar că era bine, dar reușise, îi făcuse față lui Nino. Ce căpoasă e, ce exagerată e, ce curajoasă e. M-am ridicat și m-am dus lângă Bruno care stătea lângă lucrurile noastre.

— Unde e Pinuccia? am întrebat.

A surâs timid, cu o părere de rău tăinuită.

— A plecat.

— Unde?

— Acasă, zice că trebuie să facă bagajele.

— Bagajele?

— Vrea să plece, nu vrea să-și lase soțul singur atât de mult timp.

Mi-am luat lucrurile și, după ce l-am rugat să nu-i piardă din vedere pe Nino și mai ales pe Lila, cu apa încă picurând de pe mine, am alergat să încerc să înțeleg ce altceva se întâmpla cu Pina.

54.

A fost o după-amiază dezastruoasă, căreia i-a urmat o seară și mai dezastruoasă. Am descoperit că Pinuccia își făcea într-adevăr bagajele și Nunzia nu reușea s-o liniștească.

— Nu trebuie să-ți faci griji, îi spunea cu calm, Rino știe să-și spele chiloții, știe să-și gătească, și apoi e tatăl lui acolo, sunt prietenii. El nu crede deloc că tu stai aici ca să te distrezi, înțelege că stai aici ca să te odihnești și să faci un copil frumos și sănătos. Hai, te ajut să pui totul la loc. Eu n-am călătorit niciodată, dar astăzi bani sunt, slavă Domnului, și deși nu trebuie să-i irosiți, puțină bunăstare nu e păcat, v-o puteți permite. Așa că, Pinù, te rog, fata mea: Rino a muncit toată săptămâna, e obosit, e pe cale să sosească. Nu-l lăsa să te găsească așa, că-l cunoști, ăla se îngrijorează și, dacă se îngrijorează, îl apucă dracii și dacă îl apucă dracii, care e rezultatul? Rezultatul e că tu vrei să pleci ca să fii alături de el, el a plecat ca să fie alături de tine, și acum când vă întâlniți și ar trebui să fiți bucuroși, în schimb vă înjunghiați. Ți se pare frumos?

Dar Pinuccia era insensibilă la motivele pe care i le prezenta Nunzia. Atunci am început să i le înșir și eu, așa încât am ajuns în punctul în care noi îi scoteam lucrurile din valize și ea le punea la loc, urla, se calma și apoi o lua de la capăt.

La un moment dat s-a întors și Lila. S-a sprijinit de cadrul ușii și a stat să privească încruntată, cu ridul lung și orizontal de pe frunte, acel spectacol haotic al Pinucciei.

— Totul în regulă? am întrebat-o.

A făcut semn că da.

— Acum chiar te pricepi să înoți.

N-a zis nimic.

Avea expresia cuiva nevoit să-și reprime simultan bucuria și spaima. Se vedea că scandalul Pinucciei i se părea din ce în ce mai insuportabil. Cumnata punea din nou în scenă hotărâri de plecare, cuvinte de adio, tristețe pentru că uitase diverse chestii, oftaturi pentru Rinuccio al ei, totul traversat în mod contradictoriu de regretul după mare, miresmele grădinilor, plajă. Și totuși, Lila nu spunea nimic, niciuna din frazele ei malițioase și nici măcar vreo replică sarcastică. În fine, ca și cum n-ar fi fost vorba de o invitație la disciplină, ci de anunțul unui eveniment iminent care ne pândea pe toate, i-a ieșit pe gură doar:

— Sosesc.

În momentul acela Pinuccia s-a prăbușit pe pat, lângă valizele închise. Lila s-a strâmbat și s-a retras să se aranjeze. S-a întors după scurtă vreme într-o rochie roșie foarte mulată și părul foarte negru strâns. A fost prima care a recunoscut zgomotul motocicletelor Lambretta, a ieșit la fereastră și a făcut semne entuziasmate de salut. Apoi s-a întors serioasă spre Pinuccia și, cu vocea ei cea mai disprețuitoare, a șuierat:

— Du-te să te speli pe față și scoate-ți costumul ăla ud.

Pinuccia s-a uitat la ea fără să reacționeze. Între cele două fete a trecut ceva foarte rapid, o săgetare invizibilă a sentimentelor lor secrete, o rafală cu particule infinitezimale trase din străfundul lor, o scuturătură și un tremur care au durat o lungă secundă și pe care eu am simțit-o perplexă, dar pe care n-am reușit s-o înțeleg; în vreme ce ele da, s-au înțeles, una pe alta în ceva, iar Pinuccia știa că Lila îi știe secretul, o înțelegea și voia s-o ajute chiar dacă se purta disprețuitor. De aceea a ascultat-o.

55.

Stefano și Rino au dat buzna înăuntru. Lila a fost și mai afectuoasă decât săptămâna precedentă. L-a îmbrățișat pe Stefano, s-a lăsat îmbrățișată, a țipat de bucurie când el a scos din buzunar un etui și ea l-a deschis și a găsit în el un lănțișor de aur cu un pandantiv în formă de inimă.

Bineînțeles, și Rino îi adusese un cadouaș Pinucciei, care a făcut tot posibilul să reacționeze precum cumnata ei, dar în ochi i se citea suferința fragilității. Astfel, sărutările lui Rino, îmbrățișările și cadoul n-au avut nevoie de mult timp ca să îndepărteze imaginea de soție fericită pe care și-o conturase în grabă. Gura a început să-i tremure, micul izvor al lacrimilor a țâșnit și ea a zis cu voce sugrumată:

— Am făcut bagajele. Nu vreau să mai rămân aici niciun minut în plus, vreau să stau numai și numai cu tine.

Rino a zâmbit, l-a emoționat toată dragostea aceea și a izbucnit în râs. Apoi a spus:

— Și eu vreau să stau numai și numai cu tine.

În fine, a înțeles că soția lui nu-i comunica doar cât îi lipsise și cât i-ar fi lipsit mereu, ci că într-adevăr voia să plece, că totul era pregătit pentru plecare și stăruia în hotărârea ei cu un plâns autentic, insuportabil.

S-au închis în dormitor să discute, însă discuția a durat puțin. Rino s-a întors la noi, urlând la mama lui:

— Mamă, vreau să știu ce s-a întâmplat.

Și, fără să aștepte răspuns, s-a adresat agresiv și surorii lui:

— Dacă e vina ta, nici Dumnezeu nu mă oprește să-ți sparg fața.

Apoi a strigat la soția lui, în cealaltă cameră:

— Gata, m-am săturat, vino aici imediat, sunt obosit, vreau să mănânc.

Pinuccia a reapărut cu ochii umflați. Când a văzut-o, Stefano a glumit încercând să reducă dramatismul situației, și-a îmbrățișat sora și a oftat:

— Ah, iubirea, voi, femeile, ne faceți să ne ieșim din minți.

Apoi, parcă și-a amintit dintr-odată cauza principală a nebuniei lui și a sărutat-o pe Lila pe buze. A observat nefericirea celuilalt cuplu și s-a simțit fericit pentru cât de neașteptat de fericiți erau ei.

Ne-am așezat toți la masă și Nunzia ne-a servit în tăcere, pe rând. Dar de data asta Rino a fost cel care n-a mai rezistat, a urlat că nu-i mai era foame, a aruncat farfuria plină cu spaghete cu scoici în mijlocul bucătăriei. Eu m-am speriat, iar Pinuccia a început din nou să plângă. Și chiar și Stefano și-a pierdut tonul foarte controlat și i-a spus soției, sec:

— Să mergem, te duc la restaurant.

Printre protestele Nunziei și chiar și ale Pinucciei au părăsit bucătăria. În tăcerea care a urmat am auzit Lambretta care se îndepărta.

Am ajutat-o pe Nunzia să curețe podeaua. Rino s-a ridicat, s-a dus în dormitor. Pinuccia a alergat să se închidă în baie, dar a ieșit după puțin timp și s-a dus după soțul ei, închizând ușa camerei. Abia atunci a izbucnit Nunzia, uitând de rolul ei de soacră docilă.

— Ai văzut ce-l pune proasta aia pe Rinuccio să îndure? Ce i s-a întâmplat?

I-am spus că nu știam, și era adevărat, dar am petrecut seara s-o consolez povestind despre sentimentele Pinucciei. Am spus că dacă aș fi purtat eu un copil în burtă, aș fi dorit, la fel ca ea, să fiu mereu lângă soțul meu ca să mă simt protejată, ca să fiu sigură că responsabilitatea mea de mamă era dublată de responsabilitatea lui de tată. Am spus că dacă Lila era acolo ca să facă un copil, și se vedea că tratamentul era potrivit, că marea îi făcea bine — era suficient să privești fericirea care-i exploda pe față când sosea Stefano —, Pinuccia era deja plină până la refuz de iubire și voia să i-o ofere pe toată lui Rino în fiecare minut al zilei și al nopții, altfel o apăsa și suferea.

A fost o oră liniștită, eu și Nunzia în bucătăria acum în ordine. Farfuriile și oalele fuseseră spălate cu grijă și acum străluceau, iar ea mi-a spus:

— Ce bine vorbești, Lenù, se vede că vei avea un viitor foarte frumos.

I s-au ivit lacrimi în ochi și a spus în șoaptă că Lila ar fi trebuit să învețe, era destinul ei.

— Dar soțul meu nu voia, a adăugat, și eu n-am știut să mă lupt: atunci nu aveam bani și, totuși, ea ar fi putut fi ca tine; în schimb s-a căsătorit, a pornit pe o altă cale de pe care nu te poți întoarce, viața ne duce unde vrea ea.

Mi-a urat multă fericire.

— Cu un tânăr foarte frumos care a studiat la fel ca tine, a spus și m-a întrebat dacă într-adevăr îmi plăcea fiul lui Sarratore.

Am negat, dar i-am mărturisit că a doua zi mă voi duce pe munte împreună cu el. A fost bucuroasă, m-a ajutat să pregătesc niște sandviciuri cu salam și brânză. Le-am împachetat, le-am pus în sac împreună cu prosopul și toate cele care mi-ar fi putut fi de folos. M-a rugat să fiu înțeleaptă ca întotdeauna și ne-am spus noapte bună.

M-am dus să mă închid în cămăruță, am citit puțin, dar neatentă. Ce frumos ar fi fost să ies dimineața devreme, cu aerul proaspăt în nări. Cât îmi plăcea marea, cu tot cu Pinuccia, cu plânsetele ei, cu cearta din seara aia, iubirea pacificatoare care creștea între Lila și Stefano săptămână de săptămână. Și cât îl doream pe Nino. Și cât era de plăcut să-i am acolo cu mine, în fiecare zi, pe el și pe prietena mea, bucuroși toți trei în ciuda neînțelegerilor, în ciuda sentimentelor rele care nu întotdeauna rămâneau tăcute în abisul negru.

I-am auzit pe Stefano și Lila care se întorceau. Vorbeau și râdeau înfundat. Ușile s-au deschis, s-au închis, apoi s-au deschis din nou. Am auzit robinetul, clătirea. Apoi am stins lumina, am ascultat freamătul ușor al trestiei, agitația coteţului de pui și am adormit.

Dar m-am trezit imediat, era cineva în cameră.

— Eu sunt, a șoptit Lila.

Am simțit-o că stătea pe marginea patului și am dat să aprind lumina.

— Nu, a spus, stau doar o clipă.

Am aprins-o oricum, m-am ridicat.

Stătea acolo în fața mea, într-o cămășuță de noapte de un roz-pal. Avea pielea atât de bronzată, că ochii păreau albi.

— Ai văzut ce departe m-am dus?

— Ai fost grozavă, dar m-ai făcut să mă îngrijorez.

A clătinat din cap cu mândrie și a surâs, voind parcă să spună că de-acum marea îi aparținea. Apoi a devenit serioasă.

— Trebuie să-ți spun ceva.

— Ce?

— Nino m-a sărutat, a spus dintr-o suflare, ca un om care, făcând în mod spontan o mărturisire, încearcă să-și ascundă și lui însuși ceva și mai greu de mărturisit. M-a sărutat, dar eu am ținut buzele strânse.

56.

Povestea a fost detaliată. Ea, istovită de înotul acela lung și totuși mulțumită că dăduse proba aceea de curaj, se sprijinise de el ca să facă mai puțin efort. Dar Nino profitase de apropiere și-și apăsase cu putere buzele peste buzele ei. Ea-și ferecase imediat gura și, chiar dacă el încercase să i-o deschidă cu vârful limbii, n-o întredeschisese deloc. „Ești nebun", îi spusese respingându-l, „sunt căsătorită". Dar Nino îi răspunsese: „Eu țin la tine de mult mai demult decât soțul tău, încă de când am făcut întrecerea aia în clasă". Lila îl rugase să nu mai încerce niciodată și începuseră să înoate din nou spre mal.

— M-au durut buzele de cât apăsa și încă mă dor, a conchis.

Se aștepta să reacționez, dar am reușit să nu pun întrebări sau să fac comentarii. Când m-a sfătuit să nu mă duc la munte cu el decât dacă ne însoțea și Bruno, i-am spus cu răceală că dacă Nino m-ar fi sărutat și pe mine, n-aș fi găsit nimic rău în asta. Eu nu eram căsătorită și nici măcar logodită.

— Păcat doar, am adăugat, că nu-mi place: sărutul lui mi-ar da impresia că pun gura pe un șoarece mort.

În punctul acela m-am prefăcut că nu pot să-mi rețin un căscat și ea, după o privire ce părea afectuoasă și, totodată, admirativă, s-a dus la culcare. De când a ieșit din cameră până în zori n-am făcut decât să plâng.

Astăzi simt o anume stinghereală să-mi reamintesc cât am suferit, n-am nicio înțelegere pentru mine însămi cea de atunci. Dar în cursul acelei nopți mi s-a părut că nu mai am motive să trăiesc. De ce Nino se comportase în felul acela? O săruta pe Nadia, mă săruta pe mine, o săruta pe Lila. Cum putea fi aceeași persoană pe care o iubeam, atât de serioasă, atât de plină de gânduri? Au trecut orele, dar mi-a fost imposibil să accept că pe cât era de profund în abordarea marilor probleme ale lumii, pe atât era de superficial în iubire. Am început să mă îndoiesc de mine însămi, greșisem, mă iluzionasem. Era posibil ca eu, scunduță, prea plină, ochelaristă, eu diligentă, dar nu inteligentă, eu care mă prefăceam cultă, informată când nu eram, să mă fi putut gândi că-i plac chiar și numai pentru o vacanță? Și, de altfel, chiar crezusem așa ceva? Mi-am examinat detaliat comportamentul. Nu, nu eram în stare să-mi spun cu claritate dorințele. Nu doar că eram atentă să le ascund față de ceilalți, dar mi le mărturiseam mie însămi în mod sceptic, fără convingere. De ce nu-i spusesem niciodată Lilei clar ce simțeam pentru Nino? Și acum, de ce nu urlasem la ea suferința pe care mi-o provocase cu acea mărturisire în plină noapte, de ce nu-i dezvăluisem că înainte s-o sărute pe ea, Nino mă sărutase pe mine? Ce mă făcea să mă comport așa? Îmi reprimam sentimentele pentru că eram speriată de violența cu care, în schimb, în adâncul meu, îmi doream lucruri, persoane, laude, victorii? Mă temeam că violența aceea, dacă n-aș fi obținut ce-mi doream, mi-ar fi explodat în piept, luând calea celor mai rele impulsuri, de exemplu, cel care mă îndemnase să-i compar frumoasa gură a lui Nino cu carnea unui șoarece mort? Tot de asta, atunci când făceam un pas în față, eram tot timpul pregătită să mă trag înapoi? De aceea aveam tot timpul disponibil un zâmbet fermecător, un râset vesel când lucrurile ieșeau rău? De aceea, mai devreme sau mai târziu, găseam oricum scuze plauzibile pentru toți cei care mă făceau să sufăr?

Întrebări și lacrimi. Se lumina de ziuă când mi s-a părut că înțeleg ce se întâmplase. Nino crezuse sincer că o iubește pe Nadia. Cu siguranță, animat de laudele profesoarei Galiani, mă privise ani la rând cu stimă și sinceră simpatie. Dar acum, la Ischia, o întâlnise pe Lila și înțelesese că ea fusese încă din copilărie — și ar fi fost mereu în viitor — unica și adevărata lui iubire. Ei, da, sigur așa se întâmplase. Și cum să-i reproșezi? A cui era vina? Era, în povestea lor, ceva intens, sublim: afinități elective. Am evocat versuri și romane ca să mă calmez. Poate, m-am gândit, învățatul îmi folosește doar la asta: la a mă liniști. Ea îi aprinsese flacăra în piept, el o păstrase ani de zile fără să-și dea seama de asta: acum că flacăra aceea devenise o văpaie, nu putea decât s-o iubească. Chiar dacă ea nu-l iubea. Chiar dacă era căsătorită și deci inaccesibilă, interzisă: o căsnicie ține pentru totdeauna, dincolo de moarte. Cu condiția să nu încalci pactul și să fii condamnat la chinurile infernale până în ziua Judecății de Apoi. Mi s-a părut, când s-au ivit zorile, că limpezisem lucrurile. Iubirea lui Nino pentru Lila era o iubire imposibilă. Ca a mea pentru el. Și numai în acel cadru de imposibilă împlinire sărutul pe care i-l dăduse în mijlocul mării a început să mi se pară posibil de rostit.

Sărutul.

Nu fusese o alegere, se întâmplase: cu atât mai mult cu cât Lila știa să facă să se întâmple lucrurile. Eu, în schimb, nu. Ce voi face acum? Mă voi duce la întâlnire? Vom urca pe Epomeo? Sau nu? Voi pleca oare în seara asta cu Stefano și Rino? Voi spune că mi-a scris mama și are nevoie de mine? Cum să mă cațăr cu el pe munte când știu că o iubește pe Lila, că a sărutat-o? Și cum voi face să-i văd împreună în fiecare zi, în timp ce înoată ajungând tot mai departe? Eram istovită, am adormit. Când m-am trezit brusc, întrebările care-mi străbătuseră mintea îmblânziseră cu adevărat suferința. Am alergat la întâlnire.

57.

Eram sigură că nu va veni, în schimb, când am ajuns pe plajă, era deja acolo, fără Bruno. Dar am înțeles că nu avea chef să mergem către munte, să se avânte pe cărări necunoscute. S-a declarat gata să mergem dacă țineam eu morțiș, dar, cu căldura care era, mi-a prezis un efort la limita suportabilului și a zis că e imposibil să găsim ceva care să valoreze cât o baie bună în mare. Am început să mă îngrijorez, m-am gândit că-mi va spune că se întoarce să învețe. În schimb, pe neașteptate, mi-a propus să luăm o barcă. A numărat și renumărat banii pe care-i avea, eu am scos mărunțișul meu. A zâmbit, a spus cu gentilețe:

— Tu te-ai ocupat deja de sandviciuri, am eu grijă.

Câteva minute mai târziu eram pe mare, el la vâsle, eu așezată la pupa.

M-am simțit mai bine. M-am gândit că poate Lila mă mințise, că el n-o sărutase. Dar într-un loc din mine știam bine că nu era așa: eu da, uneori mințeam, chiar și (sau în special) pe mine însămi; ea, în schimb, din câte îmi aminteam, n-o făcuse niciodată. De altfel, a fost de-ajuns să aștept puțin și a fost Nino cel care a lămurit lucrurile. Când am ajuns în mijlocul mării, a lăsat vâslele, s-a aruncat în apă, am făcut și eu la fel. N-a înotat după obiceiul lui până când se confunda cu unduirea ușoară a mării. S-a dus, în schimb, la fund, a dispărut, a reapărut mai încolo, s-a scufundat din nou. Eu, speriată de abis, am ocolit barca de câteva ori fără să îndrăznesc să mă îndepărtez prea mult, apoi am obosit și m-am ridicat în ea cu chiu, cu vai. Peste puțin timp a venit după mine și a început să vâslească energic, paralel cu coasta, spre Punta Imperatore. Până atunci schimbaserăm replici despre sandviciuri, despre căldură, despre mare, despre cât făcusem de bine să nu ne suim pe potecile de catâri spre Epomeo. Spre uimirea mea tot mai mare, nu recursese încă la temele despre care citea în cărți, în reviste, în ziare, chiar dacă eu, din când în când, temându-mă de tăcere, sugeram câteva fraze care să-i reaprindă pasiunea față de problemele lumii. Dar nimic, era cu mintea la altceva. Și, într-adevăr, la un moment dat, a lăsat vâslele, a fixat cu privirea puțin timp un perete stâncos, un zbor de pescăruși, apoi a spus:

— Ți-a spus ceva Lina?

— Despre ce?

A strâns buzele stânjenit și a spus:

— Bine, îți spun eu ce s-a întâmplat: ieri am sărutat-o.

Acela a fost doar începutul. Restul zilei a trecut vorbind numai despre ei doi. Am făcut alte băi, s-a dus să exploreze stânci și grote, am mâncat sandviciurile, am băut toată apa pe care o adusesem, a dorit să mă învețe să vâslesc, dar n-am reușit deloc să vorbim despre altceva. Și ce m-a impresionat mai mult a fost că n-a încercat nici măcar o dată să transforme, cum de obicei avea tendința să facă, problema lui particulară într-o problemă generală. Doar el și Lila, Lila și el. N-a spus nimic despre iubire. N-a spus nimic despre motivele pentru care ajungi să te îndrăgostești de o persoană și nu de alta. M-a interogat, în schimb, obsesiv în privința relației ei cu Stefano.

— De ce s-a căsătorit cu el?

— Pentru că s-a îndrăgostit de el.

— Nu se poate.

— Te asigur că e așa.

— S-a căsătorit cu el pentru bani, ca să-și ajute familia, ca să se aranjeze ea însăși.

— Dacă era doar pentru asta, putea să se mărite cu Marcello Solara.

— Cine e ăsta?

— Unul care are mult mai mulți bani decât Stefano și care a făcut multe nebunii ca s-o aibă.

— Și ea?

— Nu îl voia.

— Deci, după tine, s-a căsătorit cu mezelarul din dragoste.

— Da.

— Și ce e cu povestea asta că trebuie să facă băi ca să aibă copii?

— Așa i-a spus doctorul.

— Dar ea vrea copii?

— La început nu, acum nu mai știu.

— Și el?

— El da.

— E îndrăgostit de ea?

— Foarte mult.

— Și tu, din exterior, simți că între ei merge totul bine?

— Cu Lina nu merge niciodată totul bine.

— Adică?

— Au avut probleme încă din prima zi de căsnicie, dar din vina Linei care nu știe să se adapteze.

— Și acum?

— Acum merge mai bine.

— Nu cred.

S-a învârtit în jurul acelei chestiuni, tot mai sceptic. Dar eu am insistat: Lila, în perioada aceea, își iubea soțul ca niciodată. Și cu cât el se arăta mai îndoit, cu atât eu măream doza. I-am spus în mod clar că între ei nu se putea întâmpla nimic, nu voiam să-și facă iluzii. Însă asta n-a folosit la epuizarea subiectului. Mi-a fost tot mai clar că ziua aceea între mare și cer ar fi fost cu atât mai plăcută pentru el cu cât i-aș fi vorbit mai mult despre Lila. Nu-l interesa că fiecare cuvânt de-al meu îl făcea să sufere. Îl interesa să-i povestesc tot ce știam, binele și răul, și să umplu minutele și orele noastre împreună cu numele ei. Ceea ce am făcut și, dacă la început asta m-a îndurerat, încet lucrurile s-au schimbat. Am simțit, în ziua aceea, că a vorbi cu Nino despre Lila putea fi, în săptămânile viitoare, o nouă fațetă a relației dintre noi trei. Nici eu, nici ea nu l-am fi avut niciodată. Dar puteam obține amândouă, pentru toată perioada vacanței, atenția lui, ea ca obiect al unei pasiuni fără rezultat, eu ca sfătuitoare înțeleaptă care ținea sub control atât nebunia lui, cât și pe a ei. M-am consolat cu acea poziție de mediator. Lila dăduse fuga la mine să-mi vestească sărutul lui Nino; el, pornind de la mărturisirea acelui sărut, iată că stătea de vorbă cu mine o zi întreagă. Aș fi devenit necesară uneia și altuia.

De fapt, Nino deja nu se descurca fără mine.

— După tine, nu va ajunge niciodată să țină la mine? m-a întrebat la un moment dat.

— A luat o decizie, Nino.

— Care?

— Să-și iubească soțul, să aibă un copil cu el. E aici cu acest scop.

— Și iubirea mea pentru ea?

— Când ești iubit, tinzi să răspunzi iubirii. Probabil că se va simți răsplătită. Dar dacă nu vrei să suferi mai mult, nu te aștepta la altceva. Lina, cu cât e mai înconjurată de afecțiune și de respect, cu atât poate deveni mai crudă. A fost întotdeauna așa.

Ne-am despărțit după apus și puțină vreme am avut impresia că petrecusem o zi frumoasă. Dar deja pe drum a revenit indispoziția. Cum mă puteam gândi să suport sfâșierea aceea, să vorbesc cu Nino despre Lila, cu Lila despre Nino și în timpul ăsta să asist încă de a doua zi la polemicile lor, la jocuri, la îmbrățișări, la atingeri? Am ajuns acasă hotărâtă să anunț că mama mă voia înapoi în acasă. Dar imediat cum am intrat, Lila m-a luat dur:

— Unde ai fost? Am venit să te căutăm. Aveam nevoie de tine, trebuia să ne ajuți.

Am aflat că nu avuseseră o zi bună. Din vina Pinucciei care-i chinuise pe toți. În cele din urmă începuse să urle că dacă soțul ei n-o voia din nou acasă însemna că nu ținea la ea și atunci ea prefera să moară împreună cu copilul. Atunci Rino cedase și o luase cu el la Napoli.

58.

Am înțeles abia în ziua următoare ce însemna plecarea Pinucciei. Seara fără ea mi s-a părut frumoasă: gata cu văicărelile, casa s-a liniștit, timpul s-a târât silențios. Când m-am retras în cămăruța mea și Lila a venit după mine, conversația a fost, în aparență, lipsită de tensiuni. Am fost cumpătată, atentă să nu spun nimic din ce simțeam cu adevărat.

— Ai înțeles de ce voia să plece? m-a întrebat Lila vorbind despre Pinuccia.

— Pentru că vrea să stea cu soțul ei.

A făcut semn că nu și a spus serioasă:

— I s-a făcut frică de propriile ei sentimente.

— Adică?

— S-a îndrăgostit de Bruno.

Am fost uimită, nu mă gândisem deloc la acea posibilitate.

— Pinuccia?

— Da.

— Și Bruno?

— Nici măcar nu și-a dat seama.

— Ești sigură?

— Da.

— De unde știi?

— Bruno te vrea pe tine.

— Prostii.

— Mi-a zis Nino ieri.

— Mie azi nu mi-a zis nimic.

— Ce-ați făcut?

— Am luat o barcă.

— Tu și el singuri?

— Da.

— Despre ce ați vorbit?

— Despre toate.

— Și despre chestia aia pe care ți-am povestit-o?

— Care?

— Știi.

— Despre sărut?

— Da.

— Nu, nu mi-a zis nimic.

Deși amețită de orele în șir sub soare și de numeroasele băi, am reușit să nu spun nimic greșit. Când Lila s-a dus la culcare, mi s-a părut că plutesc pe cearşaf și că întunecata cămăruță era, în realitate, plină de lumini albastre și roșietice. Pinuccia plecase în mare grabă pentru că se îndrăgostise de Bruno? Bruno n-o voia pe ea, ci pe mine? M-am gândit din nou la relația dintre Pinuccia și Bruno, am reascultat fraze, tonuri, am revăzut gesturi și m-am convins că Lila nu greșea. Am simțit dintr-odată multă simpatie pentru sora lui Stefano, pentru forța pe care o arătase impunându-și să plece. Dar faptul că Bruno mă voia pe mine nu m-a convins. Nici măcar nu mă privise vreodată. Dincolo de faptul că, dacă ar fi avut în cap ce spunea Lila, ar fi venit el la întâlnire și nu Nino. Sau cel puțin ar fi venit împreună. Și, oricum, indiferent dacă era adevărat sau nu, nu-mi plăcea: era prea scund, prea creț, fără frunte, cu dinți de lup. Nu și iar nu. Să-mi păstrez echilibrul, m-am gândit. Așa am să fac.

A doua zi am ajuns la plajă la zece și am descoperit că băieții erau deja acolo, se plimbau în sus și-n jos pe mal. Lila a explicat absența Pinucciei în câteva cuvinte: avea treabă, plecase cu soțul ei. Nici Nino, nici Bruno n-au arătat nici cel mai mic regret și asta m-a tulburat. Cum puteai să dispari așa, fără să lași un gol? Pinuccia fusese cu noi două săptămâni. Ne plimbaserăm toți cinci împreună, pălăvrăgiserăm, glumiserăm, făcuserăm baie. În acele cincisprezece zile i se întâmplase cu siguranță ceva care o marcase, care s-o facă să nu uite niciodată prima ei vacanță. Dar noi? Noi, care contaserăm mult pentru ea în feluri diferite, de fapt nu-i simțeam lipsa. Nino, de exemplu, n-a făcut niciun comentariu despre plecarea aceea neașteptată. Și Bruno s-a limitat să spună serios:

— Păcat, nici nu ne-am luat la revedere.

După un minut deja se vorbea despre altceva, ca și cum ea n-ar fi venit niciodată la Ischia, la Citara.

Nu mi-a plăcut nici adaptarea rapidă a rolurilor. Nino, care ni se adresase întotdeauna atât mie, cât și Lilei (adică foarte des mie și atât), a început imediat să vorbească numai cu ea, ca și cum, fiind acum în patru, nu mai era necesar să-și asume sarcina de a sta de vorbă cu amândouă. Bruno, care până în urmă cu o sâmbătă nu făcuse altceva decât s-o bage în seamă pe Pinuccia, a început să se intereseze de mine în același mod timid și grijuliu, ca și cum nimic nu ne-ar fi deosebit vreodată pe una de cealaltă, nici măcar faptul că ea era căsătorită și însărcinată, iar eu nu.

La prima plimbare pe care am făcut-o de-a lungul malului, am pornit în patru, unii lângă alții. Dar curând Bruno a ochit o scoică răsturnată de val, a spus: „Frumoasă" și s-a aplecat s-o ia. Eu, din bun simț, m-am oprit să-l aștept și el mi-a dăruit scoica, care nu era cine știe ce. Între timp, Nino și Lila au continuat să meargă, ceea ce ne-a transformat în două cupluri la plimbare pe țărmul mării, ei doi în față, noi doi în spate. Ei vorbeau însuflețit, în timp ce eu încercam să fac conversație cu Bruno, iar el se chinuia să facă același lucru cu mine. Am încercat să grăbesc pasul, dar el m-a ținut, fără niciun chef, în spate. Era dificil să stabilești un contact real. Spunea lucruri generice, ce știu eu, despre mare, despre cer, despre pescăruși, dar era evident că interpreta un rol, cel care, după părerea lui, era potrivit pentru mine. Cu Pinuccia probabil că vorbise despre altceva, altfel era dificil de înțeles cum petrecuseră împreună atâta timp în armonie. De altfel, chiar dacă atinsese subiecte mai interesante, era dificil să descifrezi ce spunea. Dacă era vorba de a întreba cât e ceasul sau a cere o țigară sau puțină apă, avea o voce curată, avea o pronunție clară. Dar când începea cu rolul acela de tânăr atent (*scoica, îți place, uite ce frumoasă e, ți-o dăruiesc*), se încurca, nu vorbea nici în italiană, nici în dialect, ci într-o limbă stânjenită care-i ieșea joasă, lipsită de vlagă, ca și cum i-ar fi fost rușine de se spunea. Dădeam din cap că da, dar înțelegeam prea puțin și, între timp, ciuleam urechile ca să aud ce-și spuneau Nino și Lila.

Îmi imaginam că el începuse cu chestiunile serioase pe care le învăța sau că ea își expunea ideile care-i veneau din cărțile pe care mi le sustrăsese. Am încercat adesea să câștig teren ca să intervin în discuțiile lor. Dar de fiecare dată când am reușit să mă apropii suficient încât să prind câteva fraze, am rămas dezorientată. El, mi s-a părut, îi vorbea despre copilăria lui în cartier și o făcea pe un ton intens, chiar dramatic; ea îl asculta fără să-l întrerupă. M-am simțit indiscretă, m-am retras, am rămas definitiv în spate ca să mă plictisesc cu Bruno.

Chiar și când am decis împreună să facem o baie, n-am reușit să reconstitui la timp vechiul trio. Bruno, pe neașteptate, m-a împins în apă, m-am dus la fund și mi-am udat părul pe care nu voiam să-l ud. Când am ieșit din nou la suprafață, Nino și Lila pluteau câțiva metri mai încolo și continuau să-și vorbească, serioși. Au rămas în apă mult mai mult decât noi, dar fără să se îndepărteze prea mult de mal. Probabil că erau atât de prinși de chestiile pe care și le spuneau, că au renunțat și la bravada înotatului în largul mării.

După-amiaza târziu, Nino, pentru prima dată, mi s-a adresat mie. A întrebat în mod grosolan, ca și cum ar fi așteptat un răspuns negativ:

— De ce nu ne vedem după cină? Venim să vă luăm și vă conducem apoi.

Nu ne invitaseră niciodată să ieșim seara. Am aruncat o privire interogativă spre Lila, dar ea s-a uitat în altă parte. Am spus:

— Acasă e mama Lilei, n-o putem lăsa mereu singură.

Nino n-a răspuns, și nici prietenul lui nu i-a sărit în ajutor. Dar după ultima baie, înainte să ne despărțim, Lila a spus:

— Mâine-seară o să venim la Forio ca să-l sun pe soțul meu. Eventual ieșim la o înghețată împreună.

Soluția aia a ei m-a enervat, dar și mai mult m-a enervat ce s-a întâmplat după aceea. Imediat ce băieții au pornit spre

Forio, ea, deja în timp ce-și strângea lucrurile, a început cu reproșurile. Ca și cum, inexplicabil, dar incontestabil, eu aș fi fost vinovată de toate cele petrecute în acea zi, oră de oră, cu succesiunea de mici întâmplări, până la întrebarea lui Nino, până la contradicția clară dintre răspunsul meu și al ei.

— De ce ai stat numai cu Bruno?

— Eu?

— Da, tu. Să nu mai îndrăznești niciodată să mă lași singură cu ăla.

— Ce tot spui? Voi ați fost cei care ați luat-o la goană înainte fără să vă opriți vreodată să ne așteptați.

— Noi? Nino a luat-o la goană.

— Puteai să spui că trebuia să mă aștepți.

— Și tu puteai să-i spui lui Bruno: mișcă-te, altfel îi pierdem. Fă-mi o favoare: dat fiind că-ți place atâta, ieșiți voi seara, treaba voastră. Așa ești liberă să spui și să faci ce-ți place.

— Eu sunt aici pentru tine, nu pentru Bruno.

— Nu mi se pare că ești aici pentru mine, faci numai ce ai tu chef.

— Dacă nu-ți mai convine prezența mea, plec mâine dimineață.

— Da? Și mâine-seară la înghețată cu ăia doi trebuie să ies singură?

— Lila, tu ai zis că vrei să ieși la înghețată cu ei.

— Am fost obligată, trebuie să mă duc să-l sun pe Stefano și ce impresie lăsăm dacă dăm peste ei la Forio?

Am continuat pe tonul ăsta și acasă, după cină, în prezența Nunziei. N-a fost o ceartă reală, ci un schimb ambiguu cu înțepături perfide în care am încercat amândouă să ne comunicăm ceva fără să ne înțelegem cu adevărat. Nunzia, care ne asculta perplexă, la un moment dat a spus:

— Mâine cinăm și pe urmă ies și eu la înghețată.

— E lung drumul, am spus.

Dar Lila a intervenit brusc:

— Doar nu trebuie să mergem pe jos. Luăm un taxi, suntem bogate.

59.

A doua zi, ca să ne adaptăm noului orar al celor doi băieți, am ajuns pe plajă la nouă în loc de zece, dar ei nu erau. Lila s-a enervat. Am așteptat, n-au apărut nici la zece, nici mai târziu. Au apărut abia la începutul după-amiezii și cu un aer zeflemist, foarte complice. Au spus că, dat fiind că urma să petreacă seara cu noi, hotărâseră să învețe înainte. Lila a avut o reacție care pe mine m-a uimit, întâi de toate: i-a gonit. A șuierat, trecând la un dialect agresiv, că puteau merge să învețe când voiau, după-amiaza, seara, noaptea, imediat, nimeni nu-i reținea. Și pentru că Nino și Bruno au făcut eforturi să n-o ia în serios și au continuat să zâmbească de parcă ieșirea ei ar fi fost doar o găselniță spirituală, ea și-a pus rochia de plajă pe ea, și-a luat impetuos geanta și a pornit cu pași mari spre stradă. Nino a alergat după ea, dar s-a întors la scurt timp după cu o față de înmormântare. Nu era nimic de făcut, se enervase cu adevărat și nu voia să audă niciun argument.

— O să-i treacă, am spus, prefăcându-mă liniștită, și am făcut baie cu ei.

M-am uscat la soare mâncând un sandvici, am pălăvrăgit puțin, apoi am anunțat că trebuia să mă duc și eu acasă.

— Și în seara asta? a întrebat Bruno.

— Lina trebuie să-l sune pe Stefano, o să fim acolo.

Dar răbufnirea ei mă tulburase rău. Ce însemnau tonul acela, comportamentul acela? Ce drept avea să se supere din cauza unei întâlniri nerespectate? De ce nu reușea să se abțină și îi trata pe cei doi tineri ca și cum ar fi fost Pasquale sau Antonio sau chiar frații Solara? De ce se comporta ca o fetiță capricioasă și nu ca doamna Carracci?

Am ajuns acasă, gâfâind, cu sufletul la gură. Nunzia spăla prosoape și costume de baie, Lila era în camera ei, așezată pe pat și, un lucru la fel de ciudat, scria. Avea caietul sprijinit pe genunchi, ochii mijiți și fruntea încruntată, iar una din cărțile mele era abandonată pe cearșaf. De cât timp n-o mai văzusem scriind!

— Ai avut o reacție exagerată, i-am spus.

A dat din umeri, n-a ridicat ochii din caiet și a continuat să scrie toată după-amiaza.

Seara s-a dichisit ca atunci când trebuia să sosească soțul și ne-am dus la Forio. M-a izbit faptul că Nunzia, care nu făcea niciodată plajă și era foarte albă, a împrumutat înadins rujul de la fiica ei ca să-și coloreze puțin buzele și obrajii. A spus că nu vrea să pară deja moartă.

Am dat imediat peste cei doi băieți, erau nemișcați în fața barului ca niște santinele care stau de pază lângă adăpost. Bruno rămăsese în pantaloni scurți, își schimbase doar cămașa. Nino avea pantaloni lungi, o cămașă de un alb strălucitor și părul rebel atât de forțat aranjat, că mi s-a părut imediat mai puțin frumos. Când au băgat de seamă prezența Nunziei, au devenit rigizi. Ne-am așezat sub o copertină, la intrarea în bar, și am comandat înghețată asortată. Nunzia, surprinzându-ne, a început să vorbească și nu s-a mai oprit. S-a adresat doar băieților. A lăudat-o pe mama lui Nino pentru cât și-o amintea de frumoasă; a povestit câteva episoade din timpul războiului, evenimente întâmplate în cartier, și l-a întrebat pe Nino dacă-și amintea de ele; când el răspundea nu, ea răspundea matematic: „Întreab-o pe mama ta, ai să vezi că ea își amintește". Lila a dat curând semne că nu mai suportă, a anunțat că era timpul să-i telefoneze lui Stefano și a intrat în bar, unde erau cabinele. Nino a amuțit și Bruno, prompt, l-a înlocuit în conversația cu Nunzia. Nu are, am observat enervată, sfielile pe care le arată de față cu mine.

— Scuzați-mă o clipă, a spus Nino la un moment dat, s-a ridicat și a intrat în bar.

Nunzia s-a agitat și mi-a șoptit la urecehe:

— Doar nu se duce să plătească? Eu sunt cea mai bătrână și e datoria mea.

Bruno a auzit și a spus că era deja totul plătit, nici vorbă să ne imaginăm că ar fi lăsat o doamnă să plătească. Nunzia s-a resemnat, a trecut la a se informa despre fabrica de salamuri a tatălui, s-a lăudat cu soțul și cu fiul ei, care erau și ei patroni, aveau o fabrică de încălțăminte.

Lila, totuși, nu se întorcea și m-am îngrijorat. I-am lăsat pe Nunzia și pe Bruno să sporovăiască, am intrat și eu în bar. Când oare duraseră atât de mult conversațiile la telefon cu Stefano? M-am dus la cele două cabine telefonice, ambele erau goale. Am privit în jur, dar stând acolo îi deranjam pe fiii proprietarului care serveau la mese. Am ochit o ușă lăsată deschisă ca să se aerisească, dădea spre o curte. Am scos capul nesigură și am simțit un miros de roți vechi care se combina cu cel al unui coteț de pui. Curtea era goală, dar mi-am dat seama că pe o latură a zidului de împrejmuire era o deschizătură dincolo de care se întrevedea o grădină. Am traversat spațiul plin de fierărie ruginită și înainte să trec în grădină i-am văzut pe Lila și pe Nino. O licărire de noapte estivală atingea ușor plantele. Erau îmbrățișați, se sărutau. El îi ținea o mână sub fustă, ea încerca să i-o îndepărteze, dar în timpul ăsta continua să-l sărute.

M-am retras în grabă, încercând să nu fac zgomot. M-am întors în bar și i-am spus Nunziei că Lila era încă la telefon.

— Se ceartă?

— Nu.

Mă simțeam de parcă luasem foc, dar flăcările erau reci și nu simțeam nicio durere. E căsătorită, mi-am spus, e căsătorită de puțin mai mult de un an.

Lila s-a întors fără Nino. Era impecabilă și totuși i-am perceput dezordinea, în haine, în trup.

Am așteptat puțin, el n-a apărut și mi-am dat seama cât îi detestam pe amândoi. Lila s-a ridicat și a spus:

— Să mergem, e târziu.

Când eram deja în taxiul care trebuia să ne ducă acasă, Nino ne-a ajuns din urmă în fugă și a salutat cu veselie:

— Pe mâine, a strigat, cordial cum nu mi se întâmplase niciodată să-l văd.

M-am gândit: că Lila e căsătorită nu e un obstacol nici pentru el, nici pentru ea și acea constatare mi s-a părut atât de odios de adevărată, că mi s-a întors stomacul pe dos și am dus o mână la gură.

Lila a mers imediat la culcare, am așteptat inutil să vină să-mi mărturisească ce făcuse și ce avea de gând în continuare. Astăzi cred că nu știa nici ea.

60.

Zilele care au urmat au limpezit tot mai mult situația. De obicei Nino venea cu un ziar sau cu o carte: asta nu s-a mai întâmplat. Au pălit conversațiile aprinse despre condiția umană, s-au redus la fraze neatente, în căutarea unor cuvinte mai personale. Lila și Nino au căpătat obiceiul de a înota împreună mult, până când deveneau imposibil de distins de la mal. Sau ne-au obligat să facem lungi plimbări, care au consolidat împărțirea pe perechi. Și niciodată, absolut niciodată, eu n-am fost flancată de Nino, nici Lila de Bruno. A devenit firesc ca ei doi să rămână în urmă. Când mă întorceam pe neașteptate, aveam impresia că provocam un chin. Mâinile, gurile se retrăgeau brusc ca din cauza unui tic.

Am suferit, trebuie să recunosc, dar pe fondul unei uimiri permanente care făcea ca suferința să apară în valuri. Mi se părea că asist la o interpretare de-a lor fără substanță: se jucau de-a logodnicii, știind bine amândoi că nu erau și nu puteau fi: unul era deja logodit, cealaltă era de-a dreptul căsătorită. Îi priveam, din când în când, ca pe niște zeități decăzute: odinioară atât de studioși, atât de inteligenți, iar acum atât de proști, implicați într-un joc tâmpesc. Plănuiam să-i spun Lilei, lui Nino, amândurora: cine vă imaginați că sunteți? Reveniți cu picioarele pe pământ.

N-am putut să o fac. În decursul a două, trei zile lucrurile s-au schimbat și mai mult. Au început să se țină de mână fără să se mai ascundă, cu o nerușinare jignitoare, ca și cum ar fi decis că nu mai merita să se prefacă față de noi. Se certau adesea în joacă, doar ca mai apoi să se înșface, să se lovească, să se îmbrățișeze, să se rostogolească împreună pe plajă. La plimbare, cum zăreau o baracă abandonată, un vechi bungalow pe apă, o cărăruie care se pierdea prin vegetația sălbatică, hotărau ca niște copii să meargă în explorare și nu ne invitau să-i urmăm. Se îndepărtau el înainte, ea în urmă, în tăcere. Când se întindeau la soare, se așezau cât mai aproape posibil. La început le era de-ajuns ușorul contact al umerilor, atingerea abia perceptibilă a brațelor, a gambelor, a picioarelor. Apoi, după ce se întorceau din interminabilul înot zilnic, se întindeau unul lângă celălalt pe prosopul Lilei, care era cel mai mare, și curând, cu naturalețe, Nino îi cuprindea umerii cu brațul, ea își așeza capul pe pieptul lui. Au ajuns, o dată, chiar și să se sărute pe buze râzând, un sărut vesel și rapid. Eu mă gândeam: e nebună, sunt nebuni. Dacă îi vede cineva din Napoli care-l cunoaște pe Stefano? Dacă trece comerciantul care ne-a făcut rost de casă? Sau dacă Nunzia, tocmai acum, decide să-și facă apariția la mare?

Nu puteam crede că sunt atât de inconștienți și totuși, de fiecare dată, depășeau limita. Să se vadă doar ziua n-a mai fost suficient. Lila a decis că trebuie să-i telefoneze lui Stefano în fiecare seară, dar a respins urât oferta Nunziei de a ne însoți. După cină, mă obliga să merg la Forio. Îi dădea un telefon foarte rapid soțului și apoi, hai, la plimbare, ea cu Nino, eu cu Bruno. Nu ne întorceam niciodată acasă înainte de miezul nopții și cei doi băieți ne conduceau pe jos de-a lungul plajei întunecate.

Vineri seara, mai exact cu o zi înainte să se întoarcă Stefano, pe neașteptate ea și Nino s-au certat nu în glumă, ci serios. Noi trei mâncam înghețată la masă, iar Lila se dusese să sune. Nino, întunecat, a scos dintr-un buzunar câteva foi scrise pe ambele părți și a început să citească fără să ne dea explicații, izolându-se de conversația neinteresantă dintre mine și Bruno. Când Lila s-a întors, nici măcar nu s-a uitat la ea, nici n-a băgat la loc foile în buzunar, ci a continuat să citească. Lila a așteptat jumătate de minut, apoi a întrebat pe un ton vesel:

— E atât de interesant?

— Da, a spus Nino, fără să ridice privirea.

— Atunci citește cu voce tare, vrem să auzim și noi.

— Sunt chestii de-ale mele, nu vă privesc.

— Ce e? a întrebat Lila, dar se vedea că știa deja.

— O scrisoare.

— De la cine?

— De la Nadia.

Cu un gest fulgerător, imprevizibil, ea s-a întins în față și i-a smuls foile din mâini. Nino a tresărit ca și cum l-ar fi înțepat o insectă imensă, dar n-a făcut nimic să-și ia înapoi scrisoarea, nici măcar când Lila a început s-o citească pe un ton declamativ, cu voce foarte ridicată. Era o scrisoare de dragoste puțin infantilă, îi dădea înainte rând după rând cu variații siropoase pe tema dorului. Bruno a ascultat mut, zâmbind stânjenit, iar eu, văzând că Nino nu dădea semne că lua chestia ca o glumă, ci își privea fix picioarele bronzate cu dungi de la sandale, i-am șoptit Lilei:

— Ajunge, dă-i-o înapoi.

Imediat cum am deschis gura, ea și-a întrerupt lectura, dar și-a păstrat pe față expresia de amuzament și nu i-a dat scrisoarea înapoi.

— Ți-e rușine, nu? l-a întrebat. E vina ta. Cum poți să fii logodit cu una care scrie în felul ăsta?

Nino s-a spus nimic, a continuat să-și privească fix picioarele. A intervenit Bruno, și el înveselit:

— Poate, când cineva se îndrăgostește de o persoană, nu-i dă mai întâi examen ca să vadă dacă știe să scrie o scrisoare de dragoste.

Dar Lila nici măcar nu s-a întors să-l privească, ci a continuat să i se adreseze lui Nino ca și cum ar fi continuat sub ochii noștri o discuție secretă de-a lor:

— Ții la ea? De ce? Explică-ne. Pentru că locuiește pe bulevardul Vittorio Emanuele într-o casă cu cărți și tablouri antice? Pentru că vorbește cu o voce pițigăiată? Pentru că e fiica profesoarei?

În cele din urmă, Nino s-a scuturat, a zis sec:

— Dă-mi înapoi foile alea.

— Ți le dau doar dacă le rupi imediat, aici, în fața noastră.

Nino s-a opus tonului batjocoritor al Lilei cu vorbe foarte serioase, cu vibrații agresive evidente.

— Și apoi?

— Apoi îi scriem toți împreună Nadiei o scrisoare în care-i spui că o părăsești.

— Și apoi?

— O punem la poștă chiar în seara asta.

El n-a zis nimic o clipă, apoi a consimțit.

— Hai s-o facem.

Lila, uimită, i-a arătat foile.

— Chiar le rupi?

— Da.

— Și o părăsești?

— Da. Dar cu o condiție.

— Să auzim.

— Ca tu să-l părăsești pe soțul tău. Acum. Să mergem acolo la telefon cu toții împreună și să-i spui.

Cuvintele acelea mi-au provocat o emoție foarte violentă, pe moment n-am înțeles de ce. El le-a rostit ridicând vocea atât de neașteptat, încât i-a făcut rău. Și ochii Lilei, la auzul acestor vorbe, s-au redus imediat la o crăpătură, într-un fel bine cunoscut. Acum urma să schimbe tonul. Acum, m-am gândit, va deveni rea. I-a spus, într-adevăr: cum îți permiți? I-a spus: cu cine crezi că vorbești? I-a spus:

— Cum îți vine în minte să pui pe același plan această scrisoare, prostiile tale cu târfa aia de familie bună și pe mine, soțul meu, căsnicia mea și tot ce înseamnă viața mea? Îți dai o grămadă de aere, dar nu înțelegi gluma. De fapt, nu înțelegi nimic. Nimic, ai auzit bine, și nu mai face fața aia. Să mergem la culcare, Lenù.

61.

Nino n-a făcut nimic ca să ne oprească, dar Bruno ne-a spus:

— Ne vedem mâine.

Am luat un taxi și ne-am întors acasă. Dar deja pe drum Lila a început să tremure, m-a prins de o mână și m-a strâns foarte tare. A început să-mi mărturisească în mod haotic tot ce se întâmplase între ea și Nino. Își dorise s-o sărute, se lăsase sărutată. Își dorise să-i simtă mâinile pe ea, îl făcuse s-o atingă.

— Nu pot dormi. Dacă mă ia somnul, mă trezesc tresărind, mă uit la ceas, sper că e deja ziuă, că trebuie să mergem la plajă. Dar e noapte și nu mai reușesc să adorm la loc, îmi vin în minte toate cuvintele pe care le-a spus el, pe toate cele pe care abia aștept să i le spun eu. Am rezistat destul. Am zis: nu sunt ca Pinuccia, pot să fac ce am chef, pot începe și pot încheia lucrurile, e o distracție. Am ținut buzele lipite, dar pe urmă mi-am spus: ce e un sărut, și am descoperit ce era, nu știam — îți jur că nu știam — și n-am mai putut fără. I-am dat mâna, mi-am împletit degetele cu ale lui, le-am strâns, și mi s-a părut o suferință să mi le mai desprind. Câte lucruri am pierdut, care acum vin peste mine toate deodată. Fac pe logodnica, când de-acum sunt căsătorită. Mă agit, inima-mi bate aici în gât și la tâmple. Și-mi place totul. Îmi place că el mă târăște în locurile singuratice, îmi place teama că ne vede cineva, îmi place ideea că ne-ar putea vedea. Tu făceai chestiile astea cu Antonio? Sufereai când trebuia să-l părăsești și abia așteptai să-l revezi? E normal, Lenù? Pentru tine era așa? Nu știu cum a început și când. La început el nu-mi plăcea: îmi plăcea cum vorbea, ce spunea, dar fizic nu. Mă gândeam: câte știe ăsta, trebuie să stau să ascult, trebuie să învăț. Acum, în timp ce vorbește, nu pot nici măcar să mă concentrez. Îi privesc gura și mi-e rușine că i-o privesc, întorc privirea în altă parte. În scurt timp am ajuns să țin groaznic de mult la orice lucru de-al lui: mâinile, unghiile foarte fine, subțirimea aia a lui, coastele sub piele, gâtul delicat, barba pe care și-o rade prost și e mereu aspră, nasul, părul de pe piept, picioarele lungi și subțiri, genunchii. Vreau să-l mângâi. Și-mi vin în minte lucruri care-mi provoacă scârbă, îmi provoacă cu adevărat scârbă, Lenù, dar aș vrea să i le fac ca să-i ofer plăcere, ca să-l fac să fie mulțumit.

Am stat s-o ascult o bună parte din noapte în camera ei, cu ușa închisă și cu lumina stinsă. Ea era întinsă pe partea cu fereastra și strălucirea lunii îi făcea părul să lucească pe ceafă; și eu eram întinsă pe partea cu ușa, partea lui Stefano, și mă gândeam: soțul ei doarme aici la fiecare sfârșit de săptămână, pe partea asta a patului, și o trage spre el, după-amiaza, noaptea, o îmbrățișează. Și totuși, aici, în acest pat, ea îmi povestește de

Nino. Cuvintele despre el o fac să-și piardă memoria, șterg din aceste așternuturi orice urmă a iubirii conjugale. Vorbește despre el și vorbind despre el îl cheamă aici, și-l imaginează lipit de ea și, pentru că a uitat de ea, nu percepe nerespectare și vină. Se confesează, îmi spune lucruri pe care ar face mai bine să le țină pentru ea. Îmi spune cât își dorește persoana pe care eu o doresc dintotdeauna și o face convinsă că de aceeași persoană eu, din insensibilitate, din cauza unei vederi obtuze, din incapacitatea de a înțelege ceea ce ea, în schimb, poate să înțeleagă, nu mi-am dat seama niciodată cu adevărat, nu i-am sesizat calitățile. Nu știu dacă e cu rea-credință sau e într-adevăr convinsă — din cauza mea, a tendinței mele de a mă ascunde — că din clasele primare până astăzi eu am fost surdă și oarbă, așa încât a fost nevoie de ea ca să descopere, aici la Ischia, ce putere descătușează fiul lui Sarratore. Ah, cât detest bănuiala asta a ei, îmi otrăvește sângele. Totuși, nu știu să-i spun: ajunge. Nu pot să mă duc în cămăruța mea să urlu în tăcere, ci rămân aici, din când în când o întrerup și încerc să o liniștesc.

Am mimat o detașare care-mi lipsea:

— E marea, i-am spus, aerul, vacanța. Și apoi, Nino știe să te inducă în eroare, vorbește într-un fel care face să pară totul ușor. Dar, cel puțin, mâine vine Stefano și ai să vezi, Nino îți va părea un băiețel. Și chiar e, îl cunosc bine. Nouă ni se pare cine știe cine, dar dacă te gândești la cum îl tratează fiul lui Galiani — ți-l amintești? — înțelegi imediat că îl supraestimăm. Desigur, comparat cu Bruno, pare extraordinar, dar, în fond, e doar fiul unui feroviar care și-a pus în cap să studieze. Adu-ți aminte că Nino era un băiat de cartier, de acolo vine. Adu-ți aminte că la școală tu erai mult mai bună, chiar dacă el era mai mare. Și apoi, vezi cum profită de prietenul lui, îl pune să plătească totul, băuturile, înghețatele.

M-a durut să-i spun lucrurile alea, erau niște minciuni. Mai ales că n-au folosit prea mult: Lila a bombănit, a obiectat prudent, iar eu am contraatacat. Până când chiar s-a enervat și a început să-l apere pe Nino pe tonul cuiva care spune: numai eu știu ce persoană e. M-a întrebat de ce vorbeam mereu disprețuitor despre el. M-a întrebat ce aveam împotriva lui.

— Te-a ajutat, mi-a spus, voia chiar să-ți publice prostia aia a ta într-o revistă. Uneori nu-mi placi, Lenù, batjocorești totul și pe toți, chiar și pe oamenii pe care doar dacă-i vezi, îi îndrăgești.

Mi-am pierdut calmul, n-o mai suportam. Vorbisem de rău omul pe care-l iubeam ca să fac în așa fel ca ea să se simtă mai bine și iată că mă jignea. Am reușit să spun în sfârșit:

— Fă ce vrei, mă duc să mă culc.

Dar ea a schimbat tonul, m-a îmbrățișat, m-a strâns tare ca să mă oprească și mi-a șoptit la ureche:

— Spune-mi ce trebuie să fac.

Am îndepărtat-o enervată, am șoptit că ea era cea care trebuia să decidă și că nu puteam decide în locul ei.

— Pinuccia, i-am spus, cum a făcut? În cele din urmă s-a comportat mai bine decât tine.

A fost de acord, am elogiat-o pe Pinuccia și brusc a suspinat:

— Bine, mâine nu mă duc la plajă și poimâine mă întorc la Napoli cu Stefano.

62.

A fost o sâmbătă oribilă. Ea chiar nu s-a dus la plajă și nu m-am dus nici eu, dar n-am făcut decât să mă gândesc la Nino și la Bruno care ne așteptau degeaba. Și n-am îndrăznit să spun: dau o fugă la plajă, cât să fac o baie, și apoi mă întorc. N-am îndrăznit nici să întreb: ce trebuie să fac, pregătesc bagajele, o să plecăm, o să rămânem? Am ajutat-o pe Nunzia la făcut curat în casă și să gătească pentru prânz și cină. Din când în când o observam pe Lila care a rămas în pat să citească și să scrie în caietul ei, iar când mama ei a strigat-o la masă, n-a răspuns, apoi când a strigat-o din nou, ea a închis ușa camerei cu o asemenea violență, că s-a cutremurat toată casa.

— Prea multă mare te face nervos, a spus Nunzia în timp ce luam prânzul singure.

— Da.

— Și nici măcar nu e însărcinată.

— Nu.

După-amiază târziu, Lila a părăsit patul, a ciugulit ceva și a petrecut ore în șir în baie. S-a spălat pe cap, s-a machiat, și-a pus o frumoasă rochie verde, dar expresia feței i-a rămas încruntată. Și-a primit oricum soțul afectuoasă și el, când a văzut-o, a sărutat-o ca la cinematograf, un sărut lung, intens, în timp ce eu și Nunzia făceam pe spectatorii stânjeniți. Stefano mi-a transmis salutări de la familia mea, a spus că Pinuccia nu s-a mai comportat capricios și a povestit detaliat că frații Solara fuseseră mulțumiți de noile modele de pantofi realizate de Rino și Fernando. Dar Lilei nu i-a plăcut ce a auzit și lucrurile s-au stricat între ei. Ea avusese până atunci un zâmbet forțat pe față, dar cum a auzit numele fraților Solara, l-a atacat, a spus că de ăia doi nu-i păsa deloc și că nu voia să trăiască doar ca să știe ce credeau sau ce nu credeau ei. Stefano a părut dezamăgit și s-a încruntat. A înțeles că vraja din ultimele săptămâni se destrămase, dar i-a răspuns cu obișnuitul lui surâs liniștitor și a spus că doar îi povestea ce se întâmplase în cartier și că nu era nevoie să vorbească pe tonul acela. N-a folosit la nimic. Lila a transformat rapid seara într-un conflict nesfârșit. Stefano nu putea rosti un singur cuvânt în legătură cu care ea să nu găsească ceva de ripostat în mod agresiv. S-au dus la culcare încăierându-se și i-am auzit certându-se până când am adormit.

M-am trezit în zori. Nu știam ce să fac: să-mi strâng lucrurile, să aștept ca Lila să ia o decizie; să mă duc la plajă, cu riscul însă să dau peste Nino, lucru pe care Lila nu mi l-ar fi iertat; să mă frământ toată ziua cum deja făceam, închisă în cămăruță. Am decis să las un bilet în care spuneam că mă duc la Maronti, dar că mă întorc la începutul după-amiezii. Am scris că nu puteam pleca din Ischia fără să-mi iau la revedere de la Nella. Am scris cu bună credință, dar astăzi știu bine cum funcționează mintea mea: voiam să mă las la voia întâmplării; Lila n-ar fi putut să-mi reproșeze dacă aș fi dat peste Nino care se dusese să le ceară bani părinților lui.

A urmat o zi haotică și o modestă sumă de bani irosită. Am luat o barcă și m-am dus la Maronti. Am mers la locul unde de obicei se instala familia Sarratore și am găsit doar umbrela. Am privit de jur împrejur, l-am văzut pe Donato care făcea baie și m-a văzut și el pe mine. A început să-și agite brațele salutând, a alergat spre mine și mi-a spus că soția și copiii se duseseră să petreacă ziua la Forio, cu Nino. Am fost foarte dezamăgită, întâmplarea nu era numai ironică, ci de-a dreptul umilitoare. Dispărusem pentru fiu și căzusem pradă pălăvrăgelii enervante a tatălui.

Când am încercat să scap ca să mă duc la Nella, Sarratore nu m-a slăbit, și-a strâns în grabă lucrurile și a ținut să mă însoțească. Pe drum a luat un ton dulceag și, fără nicio jenă, a început să vorbească despre ce se întâmplase între noi cu timp în urmă. Și-a cerut scuze, a șoptit că inimii nu i se comandă, mi-a vorbit cu cuvinte patetice despre frumusețea mea de atunci și mai ales despre cea actuală.

— Ce exagerare, am spus, și chiar dacă știam că trebuie să fiu serioasă și distantă, am început să râd nervos.

El, deși încărcat cu umbrela și calabalâcul lui, a sporovăit întruna destul de gâfâit. A spus, în esență, că problema tineretului era că nu avea ochi să vadă și sentimente ca să perceapă cu obiectivitate.

— Oglinda există, am replicat, și aia e obiectivă.

— Oglinda? Oglinda e ultimul lucru în care poți avea încredere. Pun pariu că te simți mai puțin frumoasă decât cele două prietene ale tale.

— Da.

— În schimb ești mult mai frumoasă decât ele. Crede-mă. Uite ce păr frumos blond ai. Și ce ținută. Tu trebuie să conștientizezi și să rezolvi două probleme: prima e costumul de baie, nu e potrivit pentru ce poți tu; a doua e modelul de ochelari. Ăsta chiar e aiurea, Elena: prea greoi. Tu ai un chip atât de delicat, atât de distins modelat de studiile tale. Ți-ar trebui niște ochelari mai ușori.

Am stat să ascult și enervarea mi s-a topit, părea un expert în frumusețe feminină. Mai ales că a vorbit cu o asemenea pricepere detașată, încât la un anumit moment m-a îndemnat să gândesc: și dacă e adevărat? Poate că nu știu să mă apreciez. Pe de altă parte, cu ce bani să-mi cumpăr haine potrivite, un costum de baie potrivit, ochelari potriviți? Eram pe punctul de a începe o văicăreală despre sărăcie și bogăție, când el mi-a spus zâmbind:

— De altfel, dacă n-ai încredere în părerea mea, probabil că ți-ai dat seama de felul în care te privea fiul meu atunci când ați venit să ne vizitați.

Abia atunci am înțeles că mă mințea. Erau cuvinte ca să-mi incite vanitatea, foloseau la a mă face să mă simt bine și la a mă duce spre el, în semn de recompensă. M-am simțit proastă, rănită nu de el, cu minciunile lui, ci de propria mea prostie. I-am retezat vorba cu o impolitețe tot mai mare care l-a lăsat interzis.

Odată ajunși acasă, am pălăvrăgit puțin cu Nella, i-am zis că era posibil să ne întoarcem toți la Napoli pe seară și voiam să-mi iau la revedere.

— Păcat că pleci.

— Ei, da.

— Stai să mănânci cu mine.

— Nu pot, trebuie să fug.

— Dar, dacă nu pleci, jură că mai vii o dată și stai mai mult. Rămâi cu mine toată ziua, chiar și noaptea, oricum patul știi că e. Am multe lucruri să-ți povestesc.

— Mulțumesc.

A intervenit Sarratore, care a spus:

— Contăm pe asta, știi cât ținem la tine.

Am zbughit-o, asta și pentru că o rudă a Nellei se ducea în Port cu mașina și nu voiam să pierd ocazia.

Pe drum, cuvintele lui Sarratore, pe neașteptate, chiar dacă nu făceam decât să le resping, au început să sape în mine. Nu, poate că nu mințise. Știa într-adevăr să vadă dincolo de aparențe. Observase într-adevăr privirea fiului asupra mea. Și dacă eram frumoasă, dacă Nino chiar mă găsise atrăgătoare — și eu știam că era așa: în fond, mă sărutase, mă ținuse de mână —, era momentul să privesc faptele așa cum erau: Lila mi-l luase; Lila îl îndepărtase de mine ca să-l atragă spre ea. Poate că nu o făcuse intenționat, dar oricum o făcuse.

Am hotărât dintr-odată că trebuia să-l caut, să-l văd cu orice preț. Acum că plecarea era aproape, acum când puterea de seducție pe care Lila o exercitase asupra lui nu mai avea cum să-l cucerească, acum când ea însăși decisese să se întoarcă la viața care îi revenea, relația dintre mine și el putea reîncepe. La Napoli. Sub forma prieteniei. Eventual ne-am fi putut întâlni ca să vorbim despre ea. Și apoi ne-am fi întors la discuțiile noastre, la lecturile noastre. I-aș fi arătat că m-ar fi putut pasiona lucrurile lui mai mult decât pe Lila, poate chiar și mai mult decât pe Nadia. Da, trebuia să-i vorbesc imediat, să-i spun că plec, să-i spun: hai să ne vedem în cartier, în Piața Nazionale, pe Mezzocannone, unde vrei tu, dar cât mai curând.

Am luat un taxi și m-am dus la Forio, acasă la Bruno. Am strigat, dar n-a apărut nimeni. Am hoinărit prin orășel tot mai prost dispusă, apoi am pornit pe jos de-a lungul plajei. Și întâmplarea, de data aceasta, a decis, aparent, în favoarea mea. Mergeam de o vreme când l-am văzut în fața mea, pe Nino, foarte fericit că m-a întâlnit, o fericire prost stăpânită. Avea privirea intensă, gesturi foarte agitate, o voce ridicată.

— V-am căutat și ieri, și azi. Lina unde-i?

— Cu soțul.

A scos din buzunarul pantalonilor scurți un plic, mi l-a pus în mână apăsat.

— Poți să-i dai asta?

M-am enervat.

— E inutil, Nino.

— Tu dă-i-o.

— În seara asta plecăm, ne întoarcem la Napoli.

A făcut o grimasă de suferință și a spus răgușit:

— Cine a decis?

— Ea.

— Nu cred.

— Crede-mă, mi-a zis aseară.

S-a gândit o clipă și a făcut semn spre plic.

— Te rog, du-i-l oricum, și repede.

— Bine.

— Jură că o vei face.

— Ți-am spus: da.

M-a însoțit o bucată lungă, vorbindu-mi foarte rău de mama și frații lui. M-au chinuit, a spus, bine măcar că s-au întors la Barano. L-am întrebat de Bruno. A făcut un gest iritat, învăța, mi-a vorbit rău și de el.

— Și tu nu înveți?

— Nu pot.

Și-a băgat capul între umeri și s-a întristat. A început să-mi spună despre cum te poți înșela în legătură cu tine însuți numai pentru că un profesor, din motivele lui, te face să crezi că ești capabil. Își dăduse seama că lucrurile pe care voia să le învețe nu-l interesaseră niciodată cu adevărat.

— Ce spui? Așa, dintr-odată?

— E de-ajuns o clipă să-ți schimbe radical viața.

Ce i se întâmpla, spunea cuvinte banale, nu-l mai recunoșteam. Mi-am jurat mie însămi că o să-l ajut să-și revină.

— Acum ești prea agitat și nu știi ce spui, am sugerat pe cel mai bun ton chibzuit al meu. Dar cum te întorci la Napoli, să ne vedem, dacă ai chef, și să vorbim.

A făcut semn din cap că da, dar imediat aproape că a urlat cu furie:

— Cu facultatea am încheiat, vreau să-mi caut un loc de muncă.

63.

M-a însoțit până aproape de casă, așa încât m-am temut să nu ne întâlnim cu Stefano și Lila. Mi-am luat la revedere în grabă și am luat-o pe scări.

— Mâine-dimineață la nouă, a urlat.

M-am oprit.

— Dacă plecăm, ne vedem în cartier, caută-mă acolo.

Nino a făcut semn hotărât că nu.

— Nu veți pleca, a spus ca și cum ar fi dat un ordin amenințător destinului.

I-am făcut un ultim semn de salut și am alergat în sus pe scări, regretând că nu verificasem ce era în plic.

Acasă am găsit o atmosferă urâtă. Stefano și Nunzia vorbeau între ei, Lila trebuia să fie ori în baie, ori în dormitor. Când am intrat, m-au privit amândoi cu ranchiună. Stefano a zis ursuz, direct:

— Îmi explici ce combinați tu și aia?

— În ce sens?

— Zice că s-a săturat de Ischia, că vrea să meargă la Amalfi.

— Nu știu nimic despre asta.

A intervenit Nunzia, dar nu pe același ton matern:

— Lenù, nu-i băga idei greșite în cap, banii nu se pot arunca pe fereastră. Ce legătură are acum Amalfi? Aici am plătit ca să stăm până în septembrie.

M-am înfuriat, am spus:

— Greșiți: eu sunt cea care face ce vrea Lina, nu invers.

— Și atunci înseamnă că trebuie s-o faci să înțeleagă, a izbucnit Stefano. Săptămâna viitoare mă întorc, petrecem împreună Sfânta Maria și ai să vezi cât o să vă distrez. Dar acum nu vreau să aud mofturi. Și ce dracu'. Ai impresia că acu' vă duc la Amalfi? Și dacă Amalfi nu vă convine, unde vă duc, la Capri? Și apoi? Să încetăm, Lenù.

Tonul m-a intimidat.

— Unde e? am întrebat.

Nunzia mi-a arătat dormitorul. M-am dus la Lila convinsă că voi găsi bagajele făcute și pe ea hotărâtă să plece, chiar și cu riscul de o lua rău pe coajă. În schimb, era în furou și dormea pe patul nefăcut. În jur era dezordinea obișnuită, dar valizele erau îngrămădite într-un colț, goale. Am scuturat-o:

— Lila.

A tresărit, m-a întrebat imediat cu ochii împăienjeniți de somn:

— Unde ai fost, l-ai văzut pe Nino?

— Da. Asta e pentru tine.

I-am dat fără niciun chef plicul. L-a deschis, a scos o foaie. A citit și s-a înveselit imediat, ca și cum o injecție cu substanțe excitante i-ar fi alungat somnolența și disconfortul.

— Ce zice? am întrebat prudent.

— Mie nimic.

— Și atunci?

— E pentru Nadia, o părăsește.

A pus la loc scrisoarea în plic și mi-a dat-o, sfătuindu-mă s-o țin bine ascunsă.

Am rămas dezorientată, cu plicul în mâini. Nino o părăsea pe Nadia? Și de ce? Pentru că i-o ceruse Lila? Ca să fie ca ea? Eram dezamăgită, dezamăgită, dezamăgită. O sacrifica pe fiica profesoarei Galiani jocului pe care-l jucau el și soția mezelarului. N-am spus nimic, am stat s-o privesc pe Lila în timp ce se îmbrăca, se machia. În cele din urmă, am întrebat:

— De ce i-ai cerut lui Stefano lucrul ăsta absurd, să mergem la Amalfi? Nu te înțeleg.

Ea a zâmbit:

— Nici eu.

Am ieșit amândouă din cameră. Lila l-a dezmierdat pe Stefano, dându-se pe lângă el cu veselie. Am hotărât să-l însoțim în Port, eu și Nunzia în taxi, el și Lila cu Lambretta. Am luat o înghețată în așteptarea navei. Lila a fost drăguță cu soțul, i-a dat o mie de sfaturi și a promis să-i telefoneze în fiecare seară. Înainte să urce pe pasarelă, el mi-a pus un braț în jurul umerilor și mi-a șoptit la ureche:

— Scuză-mă, eram chiar nervos. Fără tine nu știu cum s-ar fi terminat de data asta.

Era o frază politicoasă și totuși eu am simțit un fel de ultimatum care însemna: spune-i prietenei tale, te rog, că dacă începe să întindă prea mult coarda, coarda se rupe.

64.

În capul scrisorii era adresa din Capri a Nadiei. Imediat cum vaporetul s-a îndepărtat de mal, ducându-l cu el pe Stefano, Lila ne-a împins vesel spre tăbăcărie, a cumpărat un timbru și, în timp ce eu stăteam de vorbă cu Nunzia, a scris pe plic adresa și a pus-o la poștă.

Am hoinărit prin Forio, dar eram prea încordată, am vorbit tot timpul cu Nunzia. Abia când ne-am întors acasă, am tras-o pe Lila în cămăruța mea și i-am ținut un discurs limpede. Ea m-a ascultat în tăcere, dar cu un aer distrat, ca și cum pe de o parte simțea importanța lucrurilor pe care i le spuneam și, pe de alta, se abandona unor gânduri care făceau nesemnificative toate cuvintele mele. I-am spus:

— Lila, eu nu știu ce ai în minte, dar, după mine, te joci cu focul. Acum Stefano a plecat bucuros și, dacă îi telefonezi în fiecare seară, va fi și mai bucuros. Dar atenție: se va întoarce peste o săptămână și va rămâne până pe 20 august. Crezi că poți continua așa? Crezi că te poți juca cu viața oamenilor? Știi că Nino nu mai vrea să învețe, că vrea să-și găsească un loc de muncă? Ce i-ai băgat în cap? Și de ce l-ai făcut să-și părăsească logodnica? Vrei să-l distrugi? Vreți să vă distrugeți?

La ultima întrebare ea s-a scuturat și a izbucnit în râs, dar într-un mod puțin artificial. A vorbit pe un ton care părea relaxat, dar cine știe. A spus că trebuia să fiu mândră de ea, datorită ei făcusem o impresie foarte frumoasă. De ce? Pentru că era considerată mai bună decât desăvârșita fiică a profesoarei mele. Pentru că băiatul cel mai pregătit din școala mea și poate din Napoli și poate din Italia și poate din lume — luând în considerare ce povesteam eu — tocmai o părăsise pe domnișoara aceea foarte cumsecade doar ca să-i facă plăcere ei, o fiică de cârpaci, cu diplomă de școală elementară, căsătorită Carracci. A spus-o cu tot mai mare sarcasm, ca și cum mi-ar fi dezvăluit în sfârșit un plan nemilos de revanșă. Probabil că am făcut o față urâtă, și-a dat seama de asta, dar câteva minute a continuat pe tonul ăla, ca și cum nu reușea să se oprească. Vorbea serios? În acel moment aceea era starea ei sufletească? Am exclamat:

— Pentru cine faci scena asta? Pentru mine? Vrei să mă faci să cred că Nino e dispus la orice nebunie ca să-ți facă pe plac?

I-a dispărut râsul din ochi, s-a posomorât și a schimbat brusc tonul:

— Nu, mint, e exact opusul. Eu sunt cea dispusă la orice nebunie și nu mi s-a întâmplat niciodată pentru nimeni și mă bucur că se întâmplă acum.

Apoi, copleșită de jenă, s-a dus la culcare fără să-mi spună nici măcar noapte bună.

Am căzut într-o stare de veghe epuizantă și am încercat să mă conving că ultimul ei șuvoi de cuvinte era mai adevărat decât cel dinainte.

În cursul săptămânii care a urmat am avut dovada. Întâi de toate, am înțeles deja de luni că Bruno, după plecarea Pinucciei, începuse într-adevăr să aspire la mine și acum considera că venise momentul să se comporte cu mine cum se comporta Nino cu Lila. În timp ce făceam baie, m-a tras caraghios spre el ca să mă sărute, ceea ce m-a făcut să iau o mare înghițitură de apă și să mă întorc imediat pe mal, tușind. M-am înfuriat, am simțit asta. Când a venit să se întindă la soare lângă mine, cu aerul unui câine bătut, i-am ținut un mic discurs amabil, dar ferm, al cărui sens era: Bruno, ești foarte simpatic, dar între mine și tine nu poate fi altceva decât un sentiment frățesc. S-a întristat, dar n-a renunțat. În aceeași seară, după telefonul dat lui Stefano, ne-am dus toți patru pe plajă să ne plimbăm, apoi ne-am așezat pe nisipul rece și ne-am întins să privim stelele, Lila sprijinită în coate, Nino cu capul pe burta ei, eu cu capul pe burta lui Nino, Bruno cu capul pe burta mea. Am zăcut cu ochii la constelații și am elogiat arhitectura extraordinară a cerului folosind expresii care-și confirmaseră, în timp, validitatea. Toți, în afară de Lila. Ea a tăcut și abia când ne-am epuizat stupoarea plină de admirație, a spus că spectacolul nopții o înspăimânta, nu vedea nicio arhitectură, ci doar cioburi de sticlă aruncate la nimereală într-un bitum albastru. Asta ne-a amuțit pe toți și eu m-am enervat din cauza obiceiului pe care-l căpătase de a vorbi ultima, lucru care-i dădea un timp lung de gândire și îi permitea să tulbure cu o jumătate de frază tot ce, mai mult sau mai puțin nesăbuit, spuseserăm noi înainte.

— De unde până unde spaimă, e foarte frumos, am exclamat.

Bruno m-a susținut imediat. Nino, în schimb, a încurajat-o: mi-a făcut semn discret să mă dau jos de pe burta lui, s-a așezat în fund și a început să discute cu ea ca și cum ar fi fost singuri. Cerul, templul, ordinea, haosul. În fine, s-au ridicat și, pălăvrăgind, au dispărut în întuneric.

Eu am rămas întinsă, dar sprijinită în coate. Nu mai aveam corpul cald al lui Nino ca pernă și mă enerva greutatea capului lui Bruno pe stomac. Am zis scuze, atingându-i ușor părul. El s-a ridicat, m-a prins de talie și și-a apăsat fața de bustul meu. Am șoptit nu, dar m-a răsturnat oricum pe nisip și mi-a căutat gura, apăsându-mi puternic pieptul cu o mână. Atunci l-am respins cu forță, urlând încetează și de data asta am fost odioasă, i-am șuierat:

— Nu-mi placi, cum trebuie să-ți spun?

El s-a oprit foarte stânjenit, s-a așezat în fund. A spus cu voce foarte joasă:

— Nu-ți plac nici măcar puțin?

Am încercat să-i explic că nu era un lucru care se putea măsura și am spus:

— Nu ține de cantitatea de frumusețe, de cantitatea de simpatie; e vorba că pe mine unele persoane mă atrag, altele nu. Ignorând cum sunt în mod real.

— Eu nu-ți plac?

Am pufnit:

— Nu.

Dar cum am pronunțat silaba aceea am izbucnit în plâns și în timp ce plângeam n-am făcut decât să bolborosesc chestii de genul:

— Vezi, plâng fără motiv, sunt o cretină, nu merită să pierzi timp cu mine.

El mi-a atins ușor obrazul cu degetele și a încercat din nou să mă îmbrățișeze murmurând: îmi doresc să-ți fac multe daruri, le meriți, ești așa de frumoasă. M-am ferit mânioasă, am strigat spre întuneric, cu vocea sfâșiată:

— Lila, întoarce-te imediat aici, vreau să merg acasă.

Cei doi prieteni ne-au însoțit până la trepte, apoi au plecat. În timp ce Lila și cu mine urcam spre casă, în întuneric, i-am spus exasperată:

— Du-te unde ai chef, fă ce ai chef, eu nu te mai însoțesc. E a doua oară când Bruno pune mâinile pe mine: nu mai vreau să rămân singură cu el, e clar?

65.

Sunt momente în care recurgem la formulări nesocotite și avem pretenții absurde ca să ascundem sentimente coerente. Astăzi știu că în alte împrejurări, după ceva rezistență, aș fi cedat încercărilor de apropiere ale lui Bruno. Nu-mi plăcea, desigur, dar nici Antonio nu-mi plăcuse în mod special. De bărbați te atașezi încet, încet, fără să mai ții cont dacă ei reprezintă modelul ideal de bărbat pe care-l ai în diferitele etape ale vieții. Și Bruno Soccavo, în etapa aceea a vieții lui, era politicos și generos, ar fi fost ușor să nutresc pentru el puțină afecțiune. Dar refuzul meu nu avea nimic de-a face cu vreo trăsătură neplăcută de-a lui. Adevărul era că voiam s-o opresc pe Lila. Voiam să-i fiu o piedică. Voiam să-și dea seama de situația în care se băga și mă băga și pe mine. Voiam să-mi spună: bine, ai dreptate, greșesc, n-o să mă mai îndepărtez în întuneric cu Nino, n-o să te las singură cu Bruno, din acest moment o să mă comport cum îi stă bine unei femei căsătorite.

Bineînțeles că nu s-a întâmplat așa. S-a limitat să spună:

— O să vorbesc cu Nino și ai să vezi că Bruno n-o să te mai deranjeze.

Așa că, zi după zi, am continuat să ne întâlnim cu cei doi băieți la nouă dimineața și ne-am despărțit la miezul nopții. Dar deja marți seara, după telefonul dat lui Stefano, Nino a spus:

— N-ați venit niciodată să vedeți casa lui Bruno. Vreți să urcați?

Am spus imediat nu, am inventat că aveam o durere de burtă și voiam să mă întorc acasă. Nino și Lila s-au privit nesiguri, iar Bruno n-a spus nimic. Am perceput greutatea nemulțumirii lor și am adăugat stânjenită:

— Poate în altă seară.

Lila nu a zis nimic, dar când am rămas singure, a exclamat:

— Nu-mi poți face viața nefericită, Lenù.

I-am răspuns:

— Dacă Stefano află că ne-am dus singure acasă la ăia doi, nu se supără doar pe tine, ci și pe mine.

Și nu m-am oprit acolo. Acasă am stârnit nemulțumirea Nunziei și m-am folosit de ea ca s-o împing să-i reproșeze fiicei sale că stă prea mult la soare, la plajă, pentru că stă pe-afară până la miezul nopții. Am ajuns chiar și să spun, ca și cum aș fi voit să le împac pe mamă și pe fiică:

— Doamnă Nunzia, mâine-seară veniți să mâncați o înghețată cu noi, o să vedeți că nu facem nimic rău.

Lila s-a înfuriat, a spus că ducea o viață sacrificată tot anul, mereu închisă în mezelăria aia, și avea dreptul la puțină libertate. Și Nunzia și-a pierdut calmul:

— Lina, ce spui? Libertate? Ce libertate? Tu ești căsătorită, tu trebuie să-i dai socoteală soțului tău. Lenuccia poate să-și dorească puțină libertate, tu nu.

Fiica s-a dus în camera ei trântind ușa.

Dar a doua zi a fost cum a avut chef Lila: mama ei a rămas acasă și noi am ieșit să-i telefonăm lui Stefano.

— Trebuie să veniți înapoi la unsprezece fix, a spus Nunzia încruntată, adresându-mi-se mie, și eu i-am răspuns:

— Bine.

Mi-a aruncat o privire lungă, curioasă. De-acum era alarmată: era supraveghetoarea noastră, dar nu ne supraveghea; se temea să nu provocăm necazuri, dar se gândea la tinerețea ei sacrificată și nu voia să ne interzică niște distracții inocente. Am repetat ca s-o liniștesc:

— La unsprezece.

Telefonul dat lui Stefano a durat cel mult un minut. Când Lila a ieșit din cabină, Nino a întrebat din nou:

— În seara asta te simți bine, Lenù? Veniți să vedeți casa?

— Hai, m-a îndemnat stăruitor Bruno, beți ceva și plecați.

Lila a fost de acord, iar eu n-am protestat. Pe exterior, clădirea era veche, prost întreținută, dar înăuntru era renovată: pivnița albă și bine luminată, plină-ochi de vinuri și salamuri; o scară de marmură cu balustradă de fier forjat; uși robuste pe care străluceau mânere de aur; ferestre cu rame și ele aurite; multe camere, canapele galbene, televizor; în bucătărie dulapuri suspendate de culoare acvamarin și în dormitoare dulapuri care semănau cu niște biserici gotice. M-am gândit, pentru prima dată în mod limpede, că Bruno era într-adevăr bogat, mai bogat decât Stefano. Dacă mama ar fi aflat că-mi făcuse curte fiul educat al patronului salamurilor Soccavo, că fusesem chiar oaspete în casa lui și că în loc să-i mulțumesc lui Dumnezeu pentru norocul trimis și să încerc să-l fac să ne căsătorim, îl respinsesem de două ori, m-am gândit că m-ar fi omorât în bătaie.

Pe de altă parte, chiar gândul la mama, la beteşugul piciorului ei, m-a făcut să mă simt nepotrivită pentru Bruno. În casa aceea m-am simțit intimidată. De ce eram acolo, ce făceam acolo? Lila se comporta cu dezinvoltură, râdea adesea, dar eu mă simțeam de parcă aş fi avut febră, aveam gura amară. Am început să zic tot timpul da ca să evit stânjeneala de a spune nu. Vrei să bei asta, vrei să pun discul ăsta, vrei să te uiți la televizor, vrei înghețată? Mi-am dat seama târziu că Nino și Lila dispăruseră, dar când s-a întâmplat, m-am alarmat. Unde se duseseră? Să se fi închis în dormitorul lui Nino? Era oare Lila dispusă să treacă şi peste limita aceea? Era posibil ca — n-am vrut nici măcar să mă gândesc. Am sărit în picioare, i-am spus lui Bruno:

— S-a făcut târziu.

El a șoptit drăguț, dar oarecum trist:

— Mai rămâi puțin.

A spus că a doua zi va pleca foarte devreme, trebuia să fie neapărat prezent la o petrecere de familie. M-a anunțat că va lipsi până luni și că zilele acelea fără mine vor fi un chin. Mi-a luat o mână cu delicatețe, a spus că ținea mult la mine și alte fraze asemănătoare. Mi-am retras mâna ușor și n-a mai încercat să mă atingă. A vorbit, în schimb, îndelung despre sentimentele lui pentru mine, el care în general era tăcut, și am făcut eforturi mari ca să-l întrerup. Când am reușit, am spus:

— Chiar trebuie să plec, apoi, cu un ton mai ridicat: Lila, vino, te rog, e zece și un sfert.

Au trecut câteva minute și cei doi au reapărut. Nino și Bruno ne-au însoțit la taxi. Bruno și-a luat la revedere ca și cum n-ar fi plecat la Napoli pentru câteva zile, ci în America pentru tot restul vieții. Pe drum, Lila a spus pe un ton complice, ca și cum ar fi fost cine știe ce veste:

— Nino mi-a zis că te apreciază mult.

— Eu nu, am răspuns imediat, cu voce nepoliticoasă.

Și apoi i-am șuierat:

— Dacă rămâi însărcinată?

Mi-a zis la ureche:

— Nu există pericolul ăsta. Doar ne sărutăm și ne îmbrățișăm.

— Aha.

— Și oricum eu nu rămân însărcinată.

— O dată s-a întâmplat.

— Ți-am spus că nu rămân însărcinată. El știe cum se face.

— El cine?

— Nino. Ar folosi un prezervativ.

— Și ce-i ăsta?

— Nu știu, așa i-a spus.

— Nu știi ce e și ai încredere?

— E ceva care se pune pe deasupra.

— Pe deasupra unde?

Voiam s-o oblig să spună lucrurilor pe nume. Voiam să priceapă bine ce-mi zicea. Mai întâi mă asigura că doar se sărutau, apoi spunea despre el că știe cum să n-o lase gravidă. Eram foarte furioasă, voiam să-i fie rușine. Ea, în schimb, părea bucuroasă de fiecare lucru care i se întâmplase și care urma să i se întâmple. De fapt, odată ajunse acasă, a fost amabilă cu Nunzia, a subliniat că ne întorseserăm cu mult înainte și s-a pregătit de culcare. Dar a lăsat deschis la camera ei și, când m-a văzut gata să mă duc în pat, m-a strigat și a spus:

— Stai puțin aici, închide ușa.

M-am așezat pe pat, dar străduindu-mă să fac evident că eram sătulă de ea și de tot.

— Ce vrei să-mi spui?

A șoptit:

— Vreau să merg să dorm la Nino.

Am rămas cu gura căscată.

— Și Nunzia?

— Așteaptă, nu te enerva. A mai rămas atât de puțin timp, Lenù. Stefano va sosi sâmbătă, va rămâne zece zile, apoi ne vom întoarce la Napoli. Și totul se va termina.

— Tot ce?

— Asta, zilele astea, serile astea.

Am vorbit mult, mi s-a părut foarte lucidă. A murmurat că n-o să i se mai întâmple niciodată nimic de felul ăsta. Mi-a șoptit că-l iubea, că-l dorea. A folosit verbul acela, *a iubi*, pe care-l găsiserăm numai în cărți și la cinematograf, pe care în cartier nu-l folosea nimeni. Eu mi-l spuneam cel mult în sinea mea, cum preferam toți: *a ține la cineva*. Ea nu, ea iubea. Îl iubea pe Nino. Dar știa foarte bine că iubirea aceea trebuia sufocată, anihilată. Și asta voia să facă, începând chiar de sâmbătă seară. Nu avea îndoieli, era în stare de asta și trebuia să am încredere în ea. Dar puținul timp care îi rămânea își dorea să i-l dedice lui Nino.

— Vreau să stau într-un pat cu el o noapte și o zi întreagă, a spus. Vreau să dorm îmbrățișată și să-l sărut când am chef, să-l mângâi când am chef, chiar și în timp ce doarme. Apoi gata.

— E imposibil.

— Trebuie să mă ajuți.

— Cum?

— Trebuie s-o convingi pe mama că Nella ne-a invitat să petrecem două zile la Barano și că o să dormim acolo peste noapte.

Am tăcut o clipă. Avea deja un plan, deci, avea deja un plan. În mod sigur îl elaborase împreună cu Nino, poate că el îl trimisese de acolo pe Bruno înadins. Cine știe de când vorbeau despre cum să facă, unde să fie. Sfârșitul discuțiilor despre neocapitalism, despre neocolonialism, despre Africa, despre America Latină, despre Beckett, despre Bertrand Russell. Trăsnăi. Nino nu mai discuta despre nimic. Acum își exersau minţile lor strălucitoare doar în legătură cu modul în care să-i păcălească pe Nunzia şi pe Stefano, folosindu-mă pe mine.

— Nu eşti întreagă la cap, i-am spus furioasă. Dacă totuşi mama ta crede, soţul tău n-o să creadă niciodată.

— Tu convinge-o să ne lase să mergem la Barano şi eu o conving să nu-i spună lui Stefano.

— Nu.

— Nu mai suntem prietene?

— Nu.

— Nu mai eşti prietena lui Nino?

— Nu.

Dar Lila ştia bine cum să mă implice în treburile ei. Şi eu nu eram în stare să-i rezist: pe de o parte, ziceam gata, pe de alta, mă deprima gândul de a nu face parte din viaţa ei, din modul în care reuşea să şi-o creeze. Ce era păcăleala aia dacă nu una dintre mişcările pline de riscuri? Noi două împreună trebuia să ne sprijinim reciproc, în lupta împotriva tuturor. A doua zi trebuia s-o convingem pe Nunzia. În ziua următoare trebuia să ieşim devreme, împreună. La Forio ne despărţeam. Ea se refugia în casa lui Bruno cu Nino, eu luam barca spre Maronti. Ea petrecea toată ziua şi toată noaptea cu Nino, eu eram la Nella urmând să dorm la Barano. A doua zi mă întorceam la Forio la ora prânzului, ne întâlneam la Bruno şi ne întorceam împreună acasă. Perfect. Cu cât plănuia mai detaliat înşelătoria, cu atât mă aţâţa şi pe mine, mă îmbrăţişa, mă implora. Iată o nouă aventură, *împreună*. Iată cum urma să *ne* luăm singure ceea ce viaţa nu voia să ne dea. Iată. Sau preferam ca ea să se lipsească de bucuria aceea, ca Nino să sufere, ca amândoi să-şi piardă raţiunea, ajungând nu să gestioneze cu isteţime dorinţa lor, ci să fie în mod periculos copleşiţi de ea? A fost un moment, în noaptea aceea, în care am ajuns să cred, urmărind firul argumentelor ei, acordându-i sprijinul, pe lângă faptul că ajungeam într-un punct important pentru lunga noastră surăţie, era şi un mod de a-mi manifesta iubirea — ea spunea prietenie, dar eu disperată mă gândeam: iubire, iubire, iubire — pentru Nino. Și atunci i-am spus:

— Bine, o să te ajut.

66.

A doua zi i-am înșirat Nunziei baliverne de care eu însămi m-am rușinat, atât erau de infame. În centrul minciunilor am pus-o pe învățătoarea Oliviero, care în cine știe ce condiții îngrozitoare se afla la Potenza, și a fost ideea mea, nu a Lilei.

— Ieri, i-am spus Nunziei, m-am întâlnit cu Nella Incardo care mi-a zis că verișoara ei, convalescentă, era la ea în vacanță ca să se însănătoșească. Mâine-seară Nella va da o petrecere pentru învățătoare și ne-a invitat pe mine și pe Lila, care am fost elevele ei cele mai bune. Noi chiar am vrea să mergem, dar o să se facă târziu și deci e imposibil. Nella însă ne-a spus că putem dormi acasă la ea.

— La Barano? a întrebat Nunzia, încruntată.

— Da, petrecerea e acolo.

Tăcere.

— Du-te tu, Lenù, Lila nu poate, se supără soțul ei.

Lila a sugerat:

— Nu-i spunem.

— Dar ce spui?

— Mama, el e la Napoli și eu sunt aici, n-o să afle niciodată.

— Lucrurile, într-un fel sau altul, se află întotdeauna.

— Ba nu.

— Ba da și gata. Lina, nu mai vreau să discut: dacă Lenuccia vrea să se ducă, bine, dar tu rămâi aici.

Am continuat o oră bună. Eu spuneam că învățătoarea se simțea foarte rău și cine știe dacă nu cumva era ultima ocazie să-i arătăm recunoștința noastră, iar Lila o strângea cu ușa astfel:

— Tu câte minciuni nu i-ai spus tatii? Mărturisește, și nu ca să faci ceva rău, ci ca să ai un moment al tău, ca să faci un lucru bun pe care el nu ți l-ar fi permis niciodată.

Șovăitoare, Nunzia mai întâi i-a zis că nu-i spusese niciodată nici măcar o minciună, cât de mică, lui Fernando; apoi a recunoscut că-i spusese una, două, foarte multe; în fine, a urlat la ea cu furie și totodată cu orgoliu matern:

— Ce s-a întâmplat când te-am făcut? Un accident, un sughiț, o convulsie, s-a oprit lumina, s-a ars un bec, a căzut ligheanul cu apă de pe scrin? Sigur ceva s-a întâmplat atunci dacă ești atât de insuportabilă, atât de diferită de celelalte fete.

Și aici s-a întristat, dar a părut că se îmblânzește. Curând însă s-a înfuriat din nou, a zis că nu se spuneau minciuni soțului doar ca să te întâlnești cu o învățătoare. Și Lila a exclamat:

— Lui Oliviero îi datorez puținul pe care-l știu, școala pe care am făcut-o am făcut-o cu ea!

Și, în cele din urmă, Nunzia a cedat. Dar ne-a făcut un orar precis: sâmbătă la ora două fix trebuia să fim din nou acasă. Niciun minut în plus.

— Dacă Stefano ajunge mai devreme și nu te găsește? Te rog, Lina, nu mă pune într-o situație urâtă. E clar?

— E clar.

Ne-am dus la plajă. Lila era radioasă, m-a îmbrățișat, m-a sărutat, a spus că-mi va fi recunoscătoare toată viața. Dar eu mă simțeam deja vinovată că o băgasem pe Oliviero în mijlocul unei petreceri, la Barano. Mi-am închipuit-o cum era când ne preda cu energie și nu cum era probabil în momentul acela, mai rău față de cum o văzusem când o luaseră cu ambulanța, mai rău față de cum o văzusem în spital. A dispărut mulțumirea că inventasem o minciună eficientă, am pierdut frenezia complicității, am redevenit ranchiunoasă. M-am întrebat de ce oare o sprijineam pe Lila, de ce o acopeream: în fond, voia să-și trădeze soțul, voia să încalce legământul sacru al căsniciei, voia să se descotorosească de condiția ei de soție, voia să facă un lucru pentru care Stefano, dacă ar fi aflat, i-ar fi spart capul. Mi-a revenit în minte, pe neașteptate, ce făcuse cu fotografia ei în rochie de mireasă și mi s-a făcut rău de la stomac. Acum, m-am gândit, se comportă la fel, dar nu cu o fotografie, chiar cu persoana ei, cu doamna Carracci. Și mă amestecă și pe mine ca să fie ajutată. Nino e un instrument, da, da. Ca foarfeca, lipiciul, culoarea, el îi folosește ca să se pocească. Spre ce faptă urâtă mă împinge. Și oare de ce mă las împinsă?

L-am găsit pe plajă, așteptându-ne. A întrebat neliniștit:

— Așadar?

Ea i-a spus:

— Da.

Au alergat să facă baie fără măcar să mă invite și, de altfel, nici nu m-aș fi dus. Eram înfrigurată din cauza neliniștii și apoi, de ce să fac baie? Ca să rămân singură la mal, înspăimântată de adâncime?

Era vânt, câteva dungi de nori și marea puțin agitată. S-au aruncat fără ezitare, Lila cu un lung țipăt de bucurie. Erau fericiți, copleșiți de povestea lor, aveau energia cuiva care își ia cu succes ce dorește, cu orice preț. S-au pierdut imediat printre valuri înotând hotărât.

M-am simțit înlănțuită de un pact insuportabil de prietenie. Ce întortocheat era totul! Eu o târâsem pe Lila la Ischia. Eu mă folosisem de ea ca să mă țin după Nino, de altfel, fără speranță. Renunțasem la banii de la librăria de pe Mezzocannone pentru banii pe care mi-i dădea ea. Mă pusesem la dispoziția ei și acum jucam rolul servitoarei care-i dă stăpânei o mână de ajutor. Acopeream adulterul ei. Îl puneam la cale. O ajutam să-l aibă pe Nino, să-l aibă în locul meu, să se lase fututӑ — da, fututӑ —, să și-o tragă cu el o zi întreagă și o noapte întreagă, să i-o ia la muie. Au început să-mi pulseze tâmplele, am împins o dată, de două, de trei ori nisipul cu călcâiul și mi-a plăcut să aud răsunându-mi în cap cuvintele copilăriei, supraîncărcate de sex în mod confuz imaginat. A dispărut liceul, a dispărut frumoasa sonoritate a cărților, a traducerilor din greacă și din latină. Am privit marea sclipitoare, lungul șir străveziu de nori care se mișca de la orizont spre cerul albastru, și abia i-am zărit, pe Nino și Lila, două punctișoare negre. N-am înțeles dacă înotau mai departe spre întinderea de nori de la orizont sau se întorceau. Mi-am dorit să se înece și moartea să le ia amândurora bucuriile zilei de mâine.

67.

M-am auzit strigată, m-am întors brusc.

— Deci văzusem bine, a zis arogant o voce masculină.

— Ți-am spus că ea era, a zis o voce feminină.

I-am recunoscut imediat, m-am ridicat. Erau Michele Solara și Gigliola, însoțiți de fratele ei, un băiat de doisprezece ani, pe nume Lello.

I-am întâmpinat cu mare bucurie, chiar dacă n-am zis deloc: luați loc. Speram ca, din vreun motiv anume, să se grăbească, să plece imediat, dar Gigliola a întins cu grijă pe nisip prosopul ei și pe al lui Michele, și-a pus geanta peste, țigările, bricheta și i-a spus fratelui ei: întinde-te pe nisipul cald că bate vântul, ai costumul ud și răcești. Ce să fac? M-am străduit să nu privesc spre mare, ca și cum în felul acela nici lor nu le-ar fi trecut prin minte să privească, și i-am acordat atenție, cu veselie, lui Michele care a început să pălăvrăgească pe tonul ăla al lui fără emoții, nepăsător. Își luaseră o zi liberă, la Napoli era prea cald. Cu vaporetul de dimineața până seara, la aer. Oricum, la magazinul din Piața Martirilor erau Pinuccia și Alfonso, adică nu, de fapt Alfonso și Pinuccia, pentru că Pinuccia nu făcea mare lucru, în timp ce Alfonso era harnic. Chiar la sugestia Pinei deciseseră să vină la

Forio. O să vedeți că le găsiți, spusese ea, e de-ajuns să vă plimbați pe plajă. Și, într-adevăr, au mers ce au mers, iar Gigliola strigase: aia nu e Lenuccia? Și iată-ne aici. Am repetat de mai multe ori ce plăcere și între timp Michele a sărit, aiurit, cu picioarele murdare de nisip pe prosopul Gigliolei, așa încât ea l-a certat — „puțină atenție" —, dar degeaba. Acum că terminase povestea despre cum de ajunseseră la Ischia, știam că întrebarea reală urma să vină. I-am citit-o în ochi înainte încă să o formuleze:

— Lina unde-i?

— Face baie.

— În marea asta?

— Nu e atât de agitată.

A fost inevitabil. Atât el, cât și Gigliola s-au întors să privească marea plină de cârlionți de spumă. Dar au făcut-o neatent, deja se așezau comod pe prosoape. Michele s-a certat cu băiețelul, care voia să se ducă să mai facă o baie.

— Rămâi aici, i-a spus, vrei să mori înecat? și i-a vârât în mână o revistă de benzi desenate, adăugând pentru logodnică: Pe ăsta nu-l mai luăm niciodată cu noi.

Gigliola mi-a făcut multe complimente:

— Ce bine arăți, bronzată toată, ți s-a deschis și mai mult părul.

Eu am zâmbit, m-am apărat, dar nu mă gândeam decât că trebuie să găsesc un mod de a-i alunga de aici.

— Veniți să vă odihniți acasă? am spus. E Nunzia acolo, o să fie foarte bucuroasă.

Au refuzat, aveau vaporetul peste câteva ore. Preferau să mai facă puțină plajă și apoi să pornească din nou la drum.

— Atunci să mergem la complex, să mâncăm ceva, am spus.

— Da, dar s-o așteptăm pe Lina.

Ca întotdeauna în situațiile încordate m-am străduit să fac timpul să treacă vorbind și am început cu o rafală de întrebări, tot ce-mi trecea prin cap: ce făcea Spagnuolo cofetarul, ce făcea Marcello, dacă-și găsise vreo fată, ce credea Michele despre noile modele de pantofi și ce credea tatăl lui și ce credea mama lui, și ce credea bunicul lui. La un moment dat, m-am ridicat, am spus:

— O strig pe Lina, și m-am dus pe țărm, începând să strig:

— Lina, întoarce-te, sunt Michele și Gigliola, dar a fost inutil, nu m-a auzit.

M-am întors, am reînceput cu sporovăitul ca să le distrag atenția. Speram ca Lila și Nino, întorcându-se la mal, să-și dea seama de pericol înainte ca Gigliola și Michele să-i vadă și să evite astfel orice atitudine intimă. Dar în timp ce Gigliola mă asculta, Michele nici măcar n-a avut buna creștere să se prefacă. Venise la Ischia înadins ca s-o întâlnească pe Lila și să stea de vorbă cu ea despre pantofii cei noi, de asta eram sigură. Arunca lungi priviri spre marea tot mai agitată.

În sfârșit, a văzut-o. A văzut-o în timp ce ieșea din apă, ținându-se de mână cu Nino, o pereche care nu trecea neobservată, atât era de frumoasă, amândoi înalți, amândoi în mod natural eleganți, apropiați, cu zâmbetele pe care le schimbau între ei. Erau atât de prinși de ei înșiși, că nu și-au dat seama imediat că aveam musafiri. Când Lila l-a recunoscut pe Michele și și-a tras mâna, era prea târziu. Gigliola poate că n-a băgat de seamă nimic, fratele ei citea o revistă, dar Michele a văzut și s-a întors să se uite la mine voind parcă să citească pe fața mea confirmarea celor văzute cu ochii lui. Probabil că mi-a văzut spaima din priviri. A spus serios, cu o voce lentă pe care o căpăta când trebuia să facă față unei situații rapid și hotărât:

— Zece minute, cât să salutăm, și plecăm.

În realitate, au rămas mai mult de o oră. Michele, când a auzit numele de familie al lui Nino, pe care l-am prezentat, cu insistență, drept un coleg de-al nostru din clasele primare, precum și colegul meu de liceu, i-a pus cea mai enervantă întrebare:

— Ești fiul celui care scrie la *Roma* și *Napoli notte*?

Nino a făcut un semn fără chef și Michele s-a uitat lung la el, ca și cum ar fi voit să găsească în ochii lui confirmarea că sunt rude. Pe urmă nu i-a mai adresat niciun cuvânt, a vorbit numai și numai cu Lila.

Lila a fost cordială, ironică, uneori șmecheră. Michele i-a spus:

— Fanfaronul ăla de frate-tău jură că a conceput el pantofii cei noi.

— Așa e.

— Deci de asta sunt o porcărie.

— O să vezi că porcăria aia se va vinde încă și mai bine decât precedenta.

— E posibil, dar numai dacă vii tu la magazin.

— O ai deja pe Gigliola care se descurcă foarte bine.

— De Gigliola am nevoie la cofetărie.

— Problema ta, eu trebuie să stau la mezelărie.

— O să vezi că vei fi transferată în Piața Martirilor, *signó*, și o să ai puteri depline.

— Cu puteri depline, fără puteri depline, să-ți iasă din cap, mă simt bine unde sunt.

Și continuând pe tonul ăsta, păreau că se joacă ping-pong cu cuvintele. Eu și Gigliola din când în când am încercat să spunem câte ceva, mai ales Gigliola, care era furibundă din cauza felului în care logodnicul vorbea despre destinul ei fără măcar s-o consulte. În ce-l privește pe Nino, era — mi-am dat seama — uluit, sau poate plin de admirație pentru felul în care Lila găsea fraze potrivite cu ale lui Michele, în dialect, abilă și neînfricată.

În sfârșit, tânărul Solara a anunțat că trebuia să plece, aveau umbrela cu lucrurile lor destul de departe. M-a salutat pe mine, a salutat-o cu mare căldură pe Lila, spunând că o aștepta la magazin din septembrie. Lui Nino, în schimb, i-a zis serios, ca unui subaltern căruia îi ceri să se ducă să cumpere un pachet de țigări.

— Spune-i tăticului că a făcut foarte rău să scrie că amenajarea magazinului nu i-a plăcut. Când iei bani, trebuie să scrii că e totul frumos, altfel bani nu mai vezi niciodată.

Nino s-a blocat, poate de mirare, poate de umilire, și n-a răspuns. Gigliola i-a întins mâna, el i-a dat-o mecanic. Cei doi logodnici au plecat, târându-l după ei pe băiețelul care, în mers, continua să citească revista.

68.

Eram furioasă, îngrozită, nemulțumită de fiecare gest sau cuvânt de-al meu. Imediat cum Michele și Gigliola s-au îndepărtat suficient, i-am zis Lilei făcând în așa fel încât să audă și Nino:

— V-a văzut.

Nino a întrebat stânjenit:

— Cine e?

— Un camorist de rahat care se crede cine știe cine, a spus Lila cu dispreț.

Am corectat-o imediat, Nino trebuia să știe:

— E asociatul soțului ei. Îi va spune tot lui Stefano.

— Tot ce? a reacționat Lila. Nu e nimic de spus.

— Știi foarte bine că vor pârî.

— Da? Și cui îi pasă?

— Îmi pasă mie.

— Asta e. Oricum, și dacă nu mă ajuți, lucrurile vor merge cum trebuie să meargă.

Și ca și cum nici n-aș fi fost acolo, a trecut la a se pune de acord cu Nino pentru a doua zi. Dar în timp ce ea, tocmai grație acelei întâlniri cu Michele Solara, părea să-și fi însutit energia, el părea o marionetă căruia i se terminase sfoara. A murmurat:

— Sigur nu intri în necazuri din vina mea?

Lila l-a mângâiat pe obraz:

— Nu mai vrei?

Mângâierea a părut să-l reînsuflețească:

— Sunt doar îngrijorat pentru tine.

Ne-am despărțit de Nino curând și ne-am întors acasă. Pe drum am schițat scenarii catastrofale — „În seara asta Michele va vorbi cu Stefano, Stefano va da fuga aici chiar mâine dimineață, n-o să te găsească acasă, Nunzia o să-l trimită la Barano, n-o să te găsească nici la Barano, o să pierzi totul, Lila, ascultă-mă, astfel nu te distrugi numai pe tine, dar mă distrugi și pe mine, mama o să-mi rupă oasele" — dar ea m-a ascultat distrată, a zâmbit, mi-a spus același lucru în mai multe feluri: eu țin la tine, Lenù, și o să țin totdeauna; de aceea îți doresc să simți măcar o dată în viață ce simt eu în acest moment.

Atunci m-am gândit: cu atât mai rău pentru tine. Seara am rămas acasă. Lila a fost amabilă cu mama ei, a vrut să gătească ea, a dorit s-o servească, a strâns masa, a spălat vasele, s-a așezat pe genunchii ei, i-a înconjurat gâtul cu brațele, și-a sprijinit fruntea de a ei cu o neașteptată melancolie. Nunzia, care nu era obișnuită cu acele amabilități și probabil că le-a considerat stânjenitoare, la un moment dat a izbucnit în plâns și i-a spus, printre lacrimi, o frază ambiguă din cauza neliniștii:

— Te rog, Lina, ești o fiică cum nicio mamă nu are, nu mă face să mor de supărare.

Lila a râs de ea cu afecțiune și a însoțit-o la culcare. Dimineața ea m-a tras jos din pat. O parte de mine suferea atât de tare, că nu voia să se trezească și să devină conștientă de faptul că e ziuă. În timp ce taxiul ne ducea la Forio, i-am expus alte scenarii îngrozitoare care au lăsat-o însă indiferentă: „Nella a plecat"; „Nella are într-adevăr oaspeții ei și nu are loc pentru mine"; „Familia Sarratore decide să vină aici, la Forio, să-și viziteze fiul". Ea a replicat mereu pe un ton glumeț: „Dacă

Nella a plecat, o să te primească mama lui Nino"; „Dacă nu e loc, o să te întorci și o să dormi la noi"; „Dacă toată familia Sarratore o să bată la ușa casei lui Bruno, noi o să deschidem". Și am continuat așa până când, cu puțin înainte de ora nouă, am ajuns la destinație. Nino era la fereastră așteptând și a alergat să deschidă ușa de la intrare. Mi-a făcut un semn de salut și a tras-o pe Lila înăuntru.

Ceea ce până la ușa aceea încă putea fi evitat, din acel moment a devenit un mecanism de neoprit. Pe cheltuiala Lilei, cu același taxi, am ajuns la Barano. Pe drum mi-am dat seama că nu reușeam să-i urăsc cu adevărat. Simțeam ciudă față de Nino, nutream cu siguranță sentimente ostile față de Lila, puteam chiar și să le doresc amândurora moartea, dar aproape ca o magie capabilă, în mod paradoxal, să ne salveze pe toți trei. Să-i urăsc nu puteam. Mă uram mai degrabă pe mine însămi, mă disprețuiam. Existam, eram acolo pe insulă, aerul mișcat de taxi mă izbea, aducând mirosurile intense ale vegetației din care se evapora noaptea. Dar era o existență umilită, supusă logicii altcuiva. Eu mă trăiam în ei, discret. Deja nu reușeam să alung imaginea îmbrățișărilor, a sărutărilor în casa pustie. Pasiunea lor mă invada, mă tulbura. Îi iubeam pe amândoi și de aceea nu reușeam să mă iubesc pe mine însămi, să mă simt, să mă afirm cu o nevoie *a mea* de viață care să aibă aceeași forță oarbă și surdă ca a lor. Așa mi se părea.

69.

Am fost primită de Nella și de familia Sarratore cu obișnuitul entuziasm. Mi-am pus masca mea cea mai blândă, masca tatălui meu când primea bacșișuri, masca elaborată a strămoșilor mei când doreau să evite pericolul, mereu înfricoșați, mereu supuși, mereu plăcut de inimoși și am trecut din minciună în minciună cu o atitudine simpatică. I-am spus Nellei că fusesem obligată s-o deranjez. Am spus că familia Carracci avea oaspeți, că pentru mine nu era loc acolo în noaptea aceea. Am spus că speram să nu fi exagerat apărând așa, pe neașteptate, și că dacă era vreo problemă, mă puteam întoarce la Napoli câteva zile.

Nella m-a îmbrățișat, m-a încurajat jurând că îi făcea o plăcere imensă să mă aibă la ea în casă. Am refuzat să mă duc la plajă cu familia Sarratore, chiar dacă cei mici au protestat. Lidia a insistat să mă duc repede după ei și Donato a declarat că mă putea aștepta să facem baie împreună. Am rămas cu Nella, am ajutat-o să pună casa în ordine, să gătească pentru prânz. Totul, pentru scurt timp, m-a apăsat mai puțin: minciunile, închipuirea adulterului care se înfăptuia, complicitatea mea, o gelozie care nu se putea defini pentru că mă simțeam în același timp geloasă pe Lila care i se dădea lui Nino, dar și pe Nino care i se dădea Lilei. Nella, între timp, vorbind, mi s-a părut mai puțin ostilă față de familia Sarratore. A spus că soțul și soția găsiseră un echilibru și pentru că se simțeau mai bine, pe ea o deranjau mai puțin. Mi-a povestit de învățătoarea Oliviero: o sunase ca să-i spună că mă dusesem s-o vizitez și o simțise foarte istovită, dar optimistă. O vreme, în fine, am schimbat informații în liniștite. Dar au fost de-ajuns câteva fraze, o deviere neașteptată, și povara situației în care mă băgasem a revenit cu forță.

— Te-a lăudat foarte mult, a spus Nella vorbind despre Oliviero, dar când a aflat că ai venit să mă vizitezi împreună cu două prietene de-ale tale căsătorite, mi-a pus multe întrebări, mai ales despre doamna Lina.

— Ce a spus?

— A spus că în toată cariera ei de învățătoare n-a avut niciodată o elevă atât de bună.

Evocarea vechiului loc întâi al Lilei m-a deranjat.

— E adevărat, am recunoscut.

Dar Nella a făcut o grimasă de categoric dezacord și i s-au aprins ochii.

— Verișoara mea e o învățătoare excepțională, a spus, și totuși, de data asta, după mine, s-a înșelat.

— Nu, nu s-a înșelat.

— Pot să-ți spun ce cred?

— Sigur.

— N-o să te superi cumva?

— Nu.

— Doamna Lina nu mi-a plăcut. Tu ești mult mai bună, ești mai frumoasă și mai inteligentă. Am vorbit și cu familia Sarratore despre asta și ei sunt de acord cu mine.

— Spuneți așa pentru că țineți la mine.

— Nu. Fii atentă, Lenù. Știu că sunteți bune prietene, verișoara mea mi-a spus asta. Și eu nu vreau să mă bag în lucruri care nu mă privesc. Dar mie îmi e de-ajuns o privire ca să judec persoanele. Doamna Lina știe că ești mai bună decât ea și de aceea nu te îndrăgește cum o îndrăgești tu.

Am zâmbit prefăcut sceptică:

— Mă urăște?

— Nu știu. Dar ea știe să facă rău, e scris pe chipul ei, e de ajuns să-i privești fruntea și ochii.

Am clătinat din cap, încercând să-mi reprim mulțumirea. Ah, dacă ar fi fost totul atât de liniar. Dar știam deja — chiar dacă nu așa cum știu astăzi — că între noi două totul era mai complicat. Și am glumit, am râs, am făcut-o și pe Nella să râdă. I-am spus că Lila, prima dată, nu făcea niciodată o impresie bună. Încă de mică părea un diavol, și chiar era, dar în sensul bun al cuvântului. Avea o minte promptă și avea succes în orice lucru căruia se întâmpla să i se dedice: dacă ar fi avut ocazia să învețe, ar fi devenit un om de știință ca Madame Curie sau o foarte mare romancieră ca Grazia Delleda, sau chiar și una ca Nilde Iotti, doamna lui Togliatti. Și când a auzit ultimele două nume, Nella a zis oh, Maică Sfântă, și și-a făcut ironic semnul crucii. Apoi a apucat-o un râs ușor și nu s-a mai abținut, voia să-mi spună la ureche un lucru secret și foarte amuzant pe care i-l zisese Sarratore. Lila, după el, era de o frumusețe aproape urâtă, din cele de care bărbații sunt, da, vrăjiți, dar de care le e și teamă.

— Ce teamă? am întrebat eu cu voce scăzută.

Și ea, cu o voce încă și mai scăzută, a răspuns:

— Teama că nu le funcționează chestia sau că le cade sau că ea scoate un cuțit și li-o taie.

A râs, a început să-i tresalte pieptul și ochii i s-au umplut de lacrimi. N-a reușit să se controleze destul dc mult și am simțit curând o stânjeneală pe care nu o simțisem niciodată în prezența ei înainte. Nu era râsul mamei mele, râsul obscen al femeii care știe de toate. În râsul Nellei era ceva cast și totodată vulgar, era un râs de virgină trecută care m-a izbit și m-a îmboldit și pe mine să râd, dar forțat. O femeie cumsecade ca ea, mi-am spus, de ce se distrează în felul ăsta? Și între timp m-am văzut îmbătrânită, cu râsul acela plin de candoare malițioasă în piept. M-am gândit: o să ajung să râd și eu așa.

70.

A sosit familia Sarratore pentru prânz. Au lăsat o dâră de nisip pe podea, un miros de mare și de transpirație, un reproș vesel că mă așteptaseră copiii degeaba. Eu am pus masa, am strâns masa, am spălat vasele. Apoi m-am ținut după Pino, Clelia și Ciro până la marginea unui tufiș de trestie ca să-i ajut să taie tulpini și să construiască un zmeu. Cu copiii m-am simțit bine. În vreme ce părinții lor se odihneau și Nella moțăia într-un șezlong pe terasă, timpul a zburat, zmeul m-a absorbit complet și nu m-am gândit aproape niciodată la Nino și Lila.

După-amiaza târziu ne-am dus cu toții la mare, cu Nella cu tot ca să înălțăm zmeul. Am alergat înainte și înapoi pe plajă urmată de cei trei copii care rămâneau cu gura căscată, când zmeul părea să se ridice și scoteau strigăte lungi când îl vedeau că se izbește de nisip după o piruetă neprevăzută. Am încercat de mai multe ori, dar n-am reușit să-l fac să zboare, în ciuda instrucțiunilor pe care Donato mi le striga de sub umbrelă. În cele din urmă am cedat, transpirată toată și le-am zis lui Pino, Clelia și Ciro: „Rugați-l pe tata". Târât de copii a sosit Sarratore, care a verificat scheletul din trestie, hârtia velină albastră, firul, apoi a studiat direcția din care bate vântul și a început să alerge cu spatele, cu sărituri energice în ciuda corpului său greoi. Copiii au stat lângă el încântați și m-am reînsuflețit și eu, am început să alerg din nou împreună cu ei, până când fericirea pe care o răspândeau s-a transmis și la mine. Zmeul nostru se ducea tot mai sus, zbura, nu mai era nevoie să alergi, era de-ajuns să ții firul. Sarratore era un tată bun. A demonstrat că firul, cu ajutorul lui, putea fi ținut și de Ciro, și de Clelia, și de Pino, și chiar și de mine. Mi l-a dat, de fapt, dar a rămas în spatele meu, suflându-mi în ceafă și spunând:

— Așa, bine, trage puțin, dă drumul.

Așa s-a făcut seară.

Am cinat, familia Sarratore s-a dus la plimbare prin sat, soț, soție și cei trei copii, arși de soare și îmbrăcați de sărbătoare. Eu, deși invitată în mod insistent, am rămas cu Nella. Am făcut curat, ea m-a ajutat să-mi fac patul în obișnuitul colț din bucătărie și ne-am așezat pe terasă să ne răcorim. Luna nu se vedea, pe cerul întunecat erau câțiva nori, ca niște perne albe. Am pălăvrăgit despre cât de buni și de inteligenți erau copiii lui Sarratore, apoi Nella a ațipit. Atunci, brusc, ziua, noaptea care tocmai începea, au căzut peste mine. Am ieșit din casă în vârful picioarelor și am coborât spre Maronti.

Cine știe dacă Michele Solara ținuse pentru el ce văzuse? Cine știe dacă totul decurgea lin? Cine știe dacă Nunzia dormea deja în casa de pe strada din Cuotto sau încerca să-și calmeze ginerele care sosise pe neașteptate cu ultimul vaporet și nu-și găsise soția și era furios? Cine știe dacă Lila îi telefonase soțului și, liniștită că era la Napoli, departe, în apartamentul din cartierul nou, acum era în pat cu Nino, fără temeri, perechea secretă, care intenționează să se bucure de noapte. Fiecare lucru din lume era în cumpănă, risc pur, și cine nu accepta să riște se ofilea într-un colț, fără să cunoască viața. Am înțeles dintr-odată de ce nu-l avusesem pe Nino, de ce-l avusese Lila. Nu eram în stare să mă încredințez sentimentelor adevărate. Nu știam să mă las târâtă dincolo de limite. Nu dețineam acea putere emoțională care o împinsese pe Lila să facă orice ca să se bucure de ziua aceea și de noaptea aceea. Rămâneam în urmă, în așteptare. Ea, în schimb, lua lucrurile pe care le dorea cu adevărat, devenea pasionată de ele, se juca de-a totul sau nimic și nu se temea de dispreț, de batjocură, de scuipături, de lovituri. În fine, îl meritase pe Nino pentru că ea considera că a-l iubi însemna a încerca să-l aibă, nu a spera ca el s-o vrea.

Am coborât toată panta întunecată. Acum luna se vedea printre norii rari cu contururile luminate și seara era foarte înmiresmată, se auzea zgomotul hipnotic al valurilor. Pe plajă mi-am scos pantofii, nisipul era rece. O lumină gri-albastră se întindea până la mare și apoi se răspândea pe întinderea ei tremurătoare. M-am gândit: da, Lila are dreptate, frumusețea lucrurilor e un truc, cerul este tronul fricii; sunt vie, acum, aici, la zece pași de apă, și nu e deloc frumos, e terifiant; sunt parte, împreună cu plaja asta, cu marea, cu forfota tuturor necuvântătoarelor, din teroarea universală; în acest moment sunt particula infinitezimală prin intermediul căreia spaima de orice lucru capătă conștiință de sine; eu; eu care ascult zgomotul mării, care simt umezeala și nisipul rece; eu care-mi imaginez Ischia toată, trupurile îmbrățișate ale lui Nino și Lila, pe Stefano care doarme singur în casa nouă care se învechește, furiile care îngăduie fericirea de astăzi să alimenteze violența de mâine. Ah, e adevărat, mi-e prea frică și de aceea îmi doresc ca totul să se termine repede, ca plăsmuirile coșmarurilor să-mi devoreze sufletul. Îmi doresc ca din această obscuritate să se ivească haite de câini mânioși, vipere, scorpioni, șerpi marini imenși. Îmi doresc ca în timp ce stau aici, pe malul mării, să sosească din noapte asasini care să-mi sfâșie corpul. Da, da, ca eu să fiu pedepsită pentru neadecvarea mea, să mi se întâmple ce e mai rău, ceva atât de devastator, încât să mă împiedice să înfrunt noaptea asta, ziua de mâine, orele și zilele care vor veni, confirmându-mi cu dovezi tot mai zdrobitoare constituția mea inaptă. Astfel de gânduri am avut, gânduri exagerate de fată deprimată. M-am abandonat lor nu știu pentru cât timp. Apoi cineva a spus: „Lena“ și mi-a atins ușor umărul cu degete reci. Am tresărit, mi-a cuprins inima o asemenea strângere de gheață, că atunci când m-am întors brusc și l-am recunoscut pe Donato Sarratore, răsuflarea mi-a explodat în gât ca și cum aș fi sorbit o poțiune magică, din acelea care în poeme redau forța și nevoia imperioasă de a trăi.

71.

Donato mi-a spus că Nella se trezise, nu mă găsise în casă și se îngrijorase. Și Lidia se alarmase puțin, așa că îl rugaseră să vină să mă caute. Singurul care considerase normal faptul că nu eram în casă fusese el. Le liniștise pe cele două femei, spusese: „Duceți-vă la culcare, cu siguranță a ieșit să se bucure de lună pe plajă“. Totuși, ca să le mulțumească, din prudență, venise în recunoaștere. Și, într-adevăr, iată-mă aici, așezată să ascult respirația mării, să contemplu divina frumusețe a cerului.

Așa a zis, mai mult sau mai puțin. S-a așezat alături de mine, a murmurat că mă cunoștea cum se cunoștea pe el însuși. Aveam aceeași sensibilitate pentru lucrurile frumoase, aceeași nevoie de a ne bucura de ele, aceeași necesitate de a căuta cuvintele potrivite pentru a spune cât era noaptea de blândă, cât era luna de fermecătoare, cum sclipea marea, cum două suflete știu să se întâlnească și să se recunoască în întuneric, în aerul parfumat. În timp ce vorbea, am simțit cu claritate ridicolul vocii lui educate, grosolănia poetizării lui, lirismul de doi bani în spatele căruia se ascundea obsesia lui de a pune mâinile pe mine. Dar m-am gândit: poate că suntem făcuți într-adevăr din același aluat, poate că suntem într-adevăr condamnați fără vină la aceeași identică mediocritate. Astfel că mi-am sprijinit capul de umărul lui și am șoptit:

— Mi-e puțin frig.

Și el, prompt, și-a trecut un braț în jurul taliei mele, m-a tras ușor mai aproape de el, m-a întrebat dacă așa era mai bine. Am răspuns:

— Da.

Am răsuflat și Sarratore mi-a ridicat bărbia între degetul mare și arătător, și-a așezat ușor buzele peste buzele mele, întrebând:

— Așa cum e?

Apoi m-a stimulat cu mici sărutări din ce în ce mai apăsate, continuând să șoptească:

— Și așa, și așa, îți mai e frig, e mai bine așa, mai bine?

Gura lui era caldă și umedă, am primit-o peste a mea cu o recunoștință tot mai mare, astfel că sărutul a devenit tot mai lung, limba lui a atins-o pe-a mea, s-a lovit de ea, s-a adâncit în gură. M-am simțit mai bine. Mi-am dat seama că recâștigam teren, că gerul ceda, se topea, că teama uita de ea, că mâinile lui alungau frigul, dar încet, ca și cum ar fi fost făcut din straturi foarte subțiri și Sarratore avea abilitatea să le îndepărteze cu o precizie precaută, unul câte unul, fără să le desprindă, și că și gura lui avea acea capacitate, și dinții, limba și că de aceea știa despre mine mult mai mult decât reușise Antonio vreodată să învețe, că, dimpotrivă, știa cât eu însămi nu știam. Aveam un eu ascuns — am înțeles — pe care degetele, gura, dinții, limba lui știau să-l aducă la suprafață. Strat după strat, acel eu a pierdut orice ascunziș, s-a expus în mod necuviincios și Sarratore mi-a arătat cum știe să-l facă să nu mai fugă, să se rușineze, a știut să-l oprească în loc ca și cum asta ar fi fost rațiunea absolută a atingerilor lui afectuoase, a apăsărilor lui când ușoare, când frenetice. Tot timpul nu m-am căit nici măcar o dată că acceptasem ce se întâmpla. Nu m-am răzgândit și m-am simțit mândră, voiam să fie așa, mi-am impus-o. M-a ajutat, poate, faptul că Sarratore, treptat, a uitat de limbajul lui pompos, că, spre deosebire de Antonio, n-a pretins nicio intervenție de-a mea, nu mi-a luat niciodată o mână ca să-l ating, ci s-a limitat să mă convingă că-i plăcea totul la mine și s-a dedicat trupului meu cu grija, devoțiunea, mândria bărbatului cuprins tot să demonstreze felul în care cunoaște în profunzime femeile. Nu l-am auzit constatând nici măcar *ești virgină*, probabil că era atât de sigur de asta, că ar fi fost surprins de contrariu. Când m-a copleșit nevoia de a simți plăcere, atât de exigentă și de egocentrică încât să șteargă nu doar întreaga lume sensibilă, dar și trupul lui, în ochii mei bătrân, și etichetele cu care-l puteai clasifica — *tatăl lui Nino, feroviar-poet-jurnalist, Donato Sarratore* —, și-a dat seama și m-a penetrat. Am simțit că o făcea mai întâi cu delicatețe, apoi cu o izbitură clară și precisă care mi-a provocat o durere sfâșietoare în burtă, o împunsătură imediat anulată de o unduire ritmată, o frecare, o izbire, o golire și umplere cu lovituri de dorință obsesivă. Până când s-a tras înapoi pe neașteptate, s-a răsturnat cu spatele pe nisip și a emis un fel de răcnet gâtuit.

Am rămas tăcuți. Au apărut din nou marea, cerul tremurând, iar eu m-am simțit amețită. Asta l-a împins din nou pe Sarratore spre lirismul lui necioplit, a crezut că trebuie să mă readucă la realitate cu vorbe duioase. Dar n-am putut să tolerez decât câteva fraze. M-am ridicat brusc, mi-am scuturat nisipul din păr, de pe tot corpul, m-am aranjat. S-a hazardat să întrebe:

— Unde ne putem întâlni mâine?

I-am răspuns în italiană, cu o voce calmă, îngâmfată, că se înșela, nu trebuia să mă mai caute niciodată, nici la Cetara, nici în cartier. Și pentru că a surâs sceptic, i-am spus că ce-i putea face Antonio Cappuccio, fiul Melinei, era nimic în comparație cu ce i-ar fi făcut Michele Solara, persoană pe care o cunoșteam bine și căreia îmi era de-ajuns să-i spun un cuvânt ca el s-o pățească urât. I-am spus că Michele nu pretindea decât să-i spargă fața, pentru că luase bani ca să scrie despre magazinul din Piața Martirilor și scrisese de rău.

Pe tot drumul de întoarcere am continuat să-l ameninț, pe de o parte, pentru că începuse din nou cu frăzuțe mieroase și voiam să înțeleagă clar sentimentele mele, pe de alta, pentru că eram uimită de felul în care tonalitatea amenințării, pe care încă de mică o practicasem doar în dialect, îmi ieșea bine și în limba italiană.

72.

M-am temut că le găsesc treze pe cele două femei, în schimb dormeau amândouă. Nu erau îngrijorate într-atât încât să le piară somnul, mă considerau înțeleaptă și aveau încredere în mine. Am dormit profund.

A doua zi m-am trezit veselă și chiar și când Nino, Lila, întâmplarea de pe plaja Maronti au venit peste mine fragmentar, am continuat să mă simt bine. Am pălăvrăgit mult cu Nella și am luat micul dejun cu familia Sarratore, fără să mă deranjeze amabilitatea prefăcut paternă cu care m-a tratat Donato. Nici măcar o secundă nu m-am gândit că sexul cu bărbatul acela puțin umflat, vanitos, flecar fusese o greșeală. Totuși, să-l văd acolo la masă, să-l ascult și să conștientizez faptul că fusese el cel care mă dezvirginase mi-a provocat scârbă. M-am dus la mare cu tot familionul, am făcut baie cu copiii, am lăsat în urma mea o dâră de simpatie. Am ajuns foarte punctuală la Forio.

L-am strigat pe Nino, care a apărut imediat. Am refuzat să urc, pe de o parte, pentru că trebuia s-o întindem cât mai repede, pe de alta, pentru că nu voiam să păstrez în memorie imagini cu camere în care Nino și Lila locuiseră singuri aproape două zile. Am așteptat, Lila nu venea. Mi-a revenit brusc neliniștea, mi-am imaginat că Stefano găsise modul de a pleca dimineața, că debarca cu câteva ore în avans față de cum era prevăzut, că, mai mult, călătorea spre casă. Am strigat din nou, a apărut din nou Nino, mi-a făcut semn că trebuia să mai aștept doar un minut. Au coborât după un sfert de oră, s-au îmbrățișat și s-au sărutat îndelung în ușa casei. Lila a alergat spre mine, dar s-a oprit brusc ca și cum ar fi uitat ceva, s-a întors și l-a sărutat din nou. Am privit stânjenită în altă parte și a recăpătat forță gândul că eram alcătuită prost, incapabilă să mă implic cu adevărat. Din față, ei doi mi s-au părut din nou foarte frumoși, perfecți în fiecare mișcare, așa încât să strig: „Lina, grăbește-te" a fost ca o zgâriere a unei imagini fantastice. Ea a părut târâtă de acolo de o forță plină de cruzime, mâna a alunecat încet de pe umărul lui, de-a lungul brațului, până la degete, ca în figura unui dans. În sfârșit a venit lângă mine.

Am parcurs drumul cu taxiul, schimbând puține cuvinte.

— Toate bune?

— Da. Și tu?

— Bine.

Eu n-am spus nimic despre mine, ea nimic despre sine. Dar motivele acelei stări laconice erau foarte diferite. Celor care mi se întâmplaseră mie nu aveam nicio intenție să le ofer cuvinte: era un simplu fapt, avea legătură cu corpul meu, cu capacitatea lui de reacție fiziologică; că în el pentru prima dată pătrunsese o parte minusculă din corpul altcuiva mi se părea irelevant: silueta nocturnă a lui Sarratore nu-mi transmitea nimic altceva în afara unei senzații de înstrăinare și era o ușurare că se risipise ca o furtună care nu mai vine. Mi s-a părut în schimb limpede că Lila tăcea pentru că nu avea cuvinte. Am simțit-o într-o stare fără gânduri sau imagini, ca și cum desprinzându-se de Nino ar fi uitat în el orice îi aparținea ei, chiar și puterea de a spune ce i se întâmplase, ce i se întâmpla. Această diferență dintre noi m-a întristat. Am încercat să scotocesc în experiența mea de pe plajă ca să găsesc ceva echivalent cu acea rătăcire a ei dureros-fericită. Mi-am dat seama și că la Maronti, la Barano, nu lăsasem nimic, nici măcar noul meu eu care mi se dezvăluise. Luasem totul și de aceea nu simțeam nevoia imperioasă, pe care în schimb o citeam în ochii Lilei, în gura ei întredeschisă, în pumnii strânși, să mă întorc, să fiu din nou reunită cu cel pe care fusesem nevoită să-l părăsesc. Și dacă, aparent, situația mea putea părea mai solidă, mai compactă, iată că, lângă Lila, mă simțeam în schimb mlăștinoasă, pământ prea îmbibat cu apă.

73.

E bine că am citit abia mai târziu caietele ei. Acolo erau pagini întregi despre ziua aceea și noaptea aceea cu Nino și ce spuneau paginile acelea era exact ce eu nu aveam de spus. Lila nu scria nici măcar un cuvânt care să povestească despre plăceri sexuale, nimic care să mă ajute să pun una lângă alta experiențele noastre. Vorbea, în schimb, despre iubire și o făcea în mod surprinzător. Spunea că din ziua nunții până în acele zile la

Ischia fusese, fără să-și dea seama, pe punctul de a muri. Descria detaliat o senzație de moarte iminentă: cădere de energie, somnolență, o puternică presiune în vârful capului, de parcă între creier și osul craniului ar fi fost o bulă de aer în continuă expansiune, impresia că totul se mișca în grabă ca să dispară, că viteza oamenilor și obiectelor era excesivă și o izbea, o rănea, îi provoca dureri fizice în burtă și în ochi. Spunea că toate astea erau însoțite de o tocire a simțurilor, ca și cum ar fi învelit-o în vată și rănile ei n-ar fi venit din lumea reală, ci dintr-un loc aflat între corpul ei și stratul de bumbac hidrofil în care se simțea împachetată. Recunoștea, pe de altă parte, că moartea iminentă i se părea atât de dură, încât nu mai avea respect pentru nimic, întâi de toate pentru ea însăși, ca și cum nimic n-ar mai fi contat și totul ar fi meritat să fie distrus. Uneori o domina frenezia de a se exprima nemijlocit: a se exprima pentru ultima dată, înainte să devină ca Melina, înainte să traverseze șoseaua în timp ce se apropia un camion și să fie izbită pe drum. Nino schimbase starea aceea, o smulsese din ghearele morții. Și o făcuse deja când în casa lui Galiani o invitase să danseze și ea refuzase, îngrozită de oferta aceea de salvare. Apoi la Ischia, zi după zi, el dobândise puterea salvatorului. Îi redase capacitatea de a simți. Îi resuscitase mai ales conștiința de sine. Da, o resuscitase. Rânduri după rânduri după rânduri aveau în centru conceptul de înviere: o înălțare extatică, sfârșitul tuturor constrângerilor și totuși plăcerea inexprimabilă a unei noi constrângeri, o reînviere care era și o revoltă: el și ea, ea și el împreună care învățau din nou viața, îi eliminau veninul, o reinventau ca pe o pură bucurie a gândirii și a trăirii.

Asta, aproximativ. Cuvintele ei erau foarte frumoase, ce fac eu e doar un rezumat. Dacă mi le-ar fi încredințat atunci, în taxi, aș fi suferit și mai mult, pentru că aș fi recunoscut în împlinirea ei reversul golului meu. Aș fi înțeles că dăduse peste un lucru pe care eu credeam că-l cunosc, pe care crezusem că-l simt pentru Nino și pe care, în schimb, nu-l cunoșteam și pe care, poate, nu l-aș fi cunoscut niciodată altfel decât într-o formă vlăguită, atenuată. Aș fi înțeles că nu juca, cu ușurință, un joc estival, ci că se năștea în ea un sentiment foarte violent care o copleșea. Când ne întorceam la Nunzia după abaterile noastre, n-am știut să mă sustrag obișnuitului sentiment confuz de inegalitate, impresiei — recurentă în istoria noastră — că pierdeam ceva ce ea, în schimb, dobândea. De aceea am simțit din când în când nevoia să echilibrez balanța, să-i povestesc cum îmi pierdusem virginitatea între mare și cer, noaptea, pe plaja Maronti. Aș putea să nu rostesc numele tatălui lui Nino, m-am gândit, aș putea să inventez un marinar, un contrabandist de țigări americane și să-i povestesc ce mi s-a întâmplat, să-i spun ce frumos a fost. Dar am înțeles că nu-mi păsa să povestesc despre mine și despre plăcerea mea, voiam să spun povestea mea doar ca s-o provoc s-o spună pe-a ei și să aflu câtă plăcere primise de la Nino și s-o compar cu a mea și să mă simt — speram — în avantaj. Spre norocul meu am intuit că n-ar fi făcut-o niciodată și că m-aș fi expus, în mod stupid, doar eu. Am rămas tăcută cum tăcută a rămas și ea.

74.

Odată ajunse acasă, Lila și-a regăsit cuvintele împreună cu o expansivitate foarte agitată. Nunzia ne-a primit profund ușurată de întoarcerea noastră și totuși ostilă. A spus că n-a închis ochii, că auzise zgomote misterioase prin casă, că îi fusese frică de fantome și de asasini. Lila a îmbrățișat-o și Nunzia aproape că a respins-o.

— Te-ai distrat? a întrebat.

— Foarte mult, vreau să schimb totul.

— Ce vrei să schimbi?

Lila a râs.

— Mă gândesc și-ți spun.

— Spune-i în primul rând soțului tău, a spus Nunzia cu un neașteptat ton tăios.

Fiica a privit-o uimită, cu o uimire satisfăcută, poate cu puțină emoție, ca și cum sugestia i s-ar fi părut potrivită și urgentă.

— Da, a spus și s-a dus în camera ei, apoi s-a închis în baie.

A ieșit după mult timp, tot în furou, și mi-a făcut semn să mă duc după ea în camera ei. M-am dus fără niciun chef. A ațintit asupra mea niște ochi febrili și a spus, cu un fel de gâfâială, fraze rapide:

— Vreau să învăț tot ce învață el.

— Face facultatea, sunt lucruri complicate.

— Vreau să citesc aceleași cărți, vreau să înțeleg bine lucrurile pe care le gândește, vreau să învăț nu pentru facultate, ci de dragul lui.

— Lila, nu fi nebună: am zis amândouă că îl vezi de data asta și apoi gata. Ce ai, calmează-te, Stefano e pe cale să sosească.

— După tine, dacă mă străduiesc mult, pot să înțeleg lucrurile pe care le înțelege el?

N-am mai rezistat. Ce știam deja și totuși îmi ascundeam în momentul acela a devenit foarte limpede: și ea de-acum vedea în Nino singura persoană în stare s-o salveze. Pusese stăpânire pe un vechi sentiment de-al meu, și-l însușise. Și știind ce gen era, nu aveam îndoieli: ar fi doborât orice obstacol și ar fi mers până la capăt. I-am răspuns cu duritate:

— Nu. Sunt chestii dificile, ești mult prea în urmă cu toate, nu citești un ziar, nu știi cine e în guvern, nu știi nici măcar cine conduce la Napoli.

— Și tu știi lucrurile astea?

— Nu.

— El crede că le știi, ți-am spus că te stimează mult.

Am simțit că iau foc și am murmurat:

— Încerc că învăț și, când nu știu, mă prefac că știu.

— Chiar și prefăcându-te că știi, încet, încet înveți. Mă poți ajuta?

— Nu și iar nu, Lila, nu e un lucru pe care trebuie să-l faci. Lasă-l în pace, din vina ta deja spune că vrea să abandoneze facultatea.

— O să studieze, e născut pentru asta. Și, oricum, multe lucruri nu le știe nici el. Dacă învăț eu lucrurile pe care nu le știe, i le spun când are nevoie de ele și astfel îi sunt de folos. Trebuie să mă schimb, Lenù, imediat.

Am izbucnit din nou:

— Ești căsătorită, trebuie să-ți scoți din cap, nu ești potrivită exigențelor lui.

— Care e potrivită?

Am vrut s-o rănesc și am spus:

— Nadia.

— A părăsit-o pentru mine.

— Toate bune atunci? Nu mai vreau să te aud, sunteți nebuni amândoi, faceți ce vreți.

M-am dus în cămăruța mea devorată de nemulțumire.

75.

A ajuns Stefano la ora obișnuită. L-am primit toate trei cu veselie prefăcută și el a fost amabil, dar puțin încordat, ca și cum în spatele feței binevoitoare ar fi avut o îngrijorare. Pentru că din ziua aceea începuse vacanța lui, m-a surprins faptul că nu venise cu bagajul. Lila n-a părut să dea importanță acestui fapt, dar Nunzia da și l-a întrebat:

— Te văd cu capul în nori, Ste', te gândești la ceva? Mama ta se simte bine? Și Pinuccia? Și cu pantofii cum merge? Frații Solara ce spun, sunt mulțumiți?

El i-a răspuns că era totul în regulă și am cinat, făcând o conversație forțată. La început Lila a făcut eforturi să se arate binedispusă, însă dat fiind că Stefano răspundea monosilabic și fără să dea semne de afecțiune, s-a indispus și a tăcut. Numai eu și Nunzia am încercat în toate felurile să evităm ca tăcerea să devină permanentă. La desert, Stefano, cu o jumătate de zâmbet, i-a spus soției:

— Faci băi cu fiul lui Sarratore?

Mi s-a oprit respirația. Lila i-a răspuns enervată:

— Uneori. De ce?

— De câte ori? O dată, de două, de trei, de cinci, de câte ori? Lenù, tu știi?

— O dată, am răspuns, a trecut acum două sau trei zile și am făcut baie toți împreună.

Stefano a continuat să-și păstreze pe chip jumătatea de zâmbet și i s-a adresat soției:

— Și tu și fiul lui Sarratore sunteți atât de familiari că, atunci când ieșiți din mare, vă țineți de mână?

Lila l-a privit drept în față:

— Cine ți-a spus?

— Ada.

— Și Adei cine i-a spus?

— Gigliola.

— Și Gigliolei?

— Gigliola te-a văzut, proasto. A venit aici împreună cu Michele, au venit să vă viziteze. Și nu e adevărat că tu și nenorocitul ăla făceați baie împreună cu Lenuccia, făceați baie singuri și vă țineați de mînă.

Lila s-a ridicat, a spus cu calm:

— Ies, mă duc să fac o plimbare.

— Tu nu te duci nicăieri, așază-te și răspunde.

Lila a rămas în picioare. A spus, pe neașteptate, în italiană și cu o strâmbătură fățișă de oboseală care însă — eu mi-am dat seama — era de dispreț:

— Ce proastă am fost că m-am căsătorit cu tine, nu valorezi nimic. Tu știi că Michele Solara mă vrea în magazinul lui, tu știi că Gigliola din motivul ăsta dacă m-ar putea omorî, m-ar omorî, și tu ce faci, o crezi? Nu mai vreau să te ascult, te lași manevrat ca o marionetă. Lenù, vii cu mine?

A dat să o ia spre ușă și eu am dat semn să mă ridic, dar Stefano brusc a prins-o de mână și i-a spus:

— Nu te duci nicăieri. Trebuie să-mi spui dacă e adevărat sau nu că ai făcut baie singură cu fiul lui Sarratore, dacă e adevărat sau nu că vă plimbați mână în mână.

Lila a încercat să se elibereze, dar n-a putut. A șuierat:

— Dă-mi drumul la mână că-mi provoci scârbă.

Nunzia, în momentul ăsta, a intervenit. Și-a dojenit fiica, i-a spus că nu trebuia să-și permită să-i spună lucrul acela urât lui Stefano. Dar imediat după, cu o energie surprinzătoare, aproape că a urlat la ginerele ei să înceteze, că Lila îi răspunsese deja, că invidia o făcuse pe Gigliola să spună lucrurile alea, că fata cofetarului era perfidă, că îi era frică să nu-și piardă locul din Piața Martirilor, că voia s-o gonească de acolo și pe Pinuccia și să rămână singura doamnă și patroană a magazinului, ea care despre pantofi nu știa nimic, în vreme ce tot-tot-tot era meritul Lilei, chiar și bunul mers al mezelăriei noi, așa că fiica ei nu merita să fie tratată așa, nu, nu merita.

A fost o adevărată răbufnire: s-a aprins la față, a holbat ochii, la un moment dat a părut că se sufocă, a înșirat lucrurile unul după altul fără să respire. Dar Stefano n-a stat să mai asculte niciun cuvânt. Soacra încă vorbea când el a smucit-o pe Lila spre dormitor și a strigat la ea:

— Tu acum îmi răspunzi, imediat, și pentru că ea l-a insultat într-un mod foarte vulgar și s-a prins de canatul unui dulap ca să-i opună rezistență, a tras-o cu atâta forță, încât canatul s-a deschis larg, dulapul s-a balansat periculos, scoțând un zgomot de farfurii și pahare zguduite, și Lila aproape că a zburat prin bucătărie și s-a izbit de peretele holului care ducea la camera lor. O clipă mai târziu soțul o înhățase din nou și, ținând-o de un braț, dar ca și cum ar fi fost o ceașcă ținută de mâner, a împins-o în dormitor și a închis ușa în urma lui.

Am auzit cheia care se răsucea în broască și zgomotul acela m-a îngrozit. Văzusem cu ochii mei, în acele clipe lungi, că în Stefano sălășluia într-adevăr fantoma tatălui lui, că într-adevăr umbra lui don Achille îi umfla venele gâtului și ramificația albastră de sub pielea frunții. Dar, deși speriată, simțeam că nu puteam să rămân nemișcată, așezată la masă, ca Nunzia. M-am agățat de mâner și am început să-l zgâlțâi, să lovesc cu pumnul în lemnul ușii, implorând:

— Stefano, te rog, nu sunt lucruri adevărate, las-o în pace. Stefano, nu-i face rău.

Dar el de-acum era închis ermetic în propria lui furie, îl auzeam urlând că voia adevărul și pentru că Lila nu răspundea, dimpotrivă, părea chiar că nu mai e în cameră, o vreme a părut că vorbește singur și între timp se pălmuia, se lovea, spărgea lucruri.

— Mă duc s-o chem pe proprietara casei, i-am spus Nunziei și am alergat în jos pe scară.

Voiam s-o întreb pe proprietară dacă avea altă cheie sau dacă era nepotul ei prin preajmă, un bărbat voinic, care ar fi putut să dărâme ușa. Dar am bătut degeaba, femeia nu era sau, dacă era, n-a deschis. Între timp, urletele lui Stefano spărgeau pereții, se răspândeau pe stradă, prin tufișul de trestie, în direcția mării și totuși păreau că nu găsesc alte urechi decât pe ale mele, pe nimeni care să apară din casele vecine, nimeni care să dea fuga acolo. Se auzea numai, dar pe un ton scăzut, cum Nunzia când îl implora, când îl amenința pe Stefano că dacă îi mai făcea rău fiicei sale, i-ar fi spus totul lui Fernando și lui Rino și ăia, pe Dumnezeu, l-ar fi omorât.

M-am întors sus în fugă. M-am aruncat cu toată greutatea corpului spre ușă, am urlat că îi chemasem pe gardieni, că urmau să sosească. Apoi, pentru că Lila tot nu dădea semne de viață, am început să urlu:

— Lila, ești bine? Te rog, Lila, spune-mi ce faci.

Abia atunci i-am auzit vocea. Nu ni se adresa nouă, ci soțului, de gheață:

— Vrei adevărul? Da, eu și fiul lui Sarratore mergem să facem baie mână în mână. Da, ne ducem unde e marea adâncă și ne sărutăm și ne atingem. Da, m-am lăsat fututã de el de o sută de ori și așa am descoperit că ești un nenorocit, că nu valorezi nimic, că știi să pretinzi numai lucruri scârboase care mă fac să vomit. E bine așa? Ești mulțumit?

Liniște. După acele cuvinte, Stefano n-a mai scos un sunet, iar eu am încetat să bat în ușă. Nunzia n-a mai plâns. Au revenit zgomotele exterioare, mașinile care treceau, câte o voce îndepărtată, bătaia din aripi a găinilor.

Au trecut câteva minute și a fost Stefano cel care a reînceput să vorbească, dar pe un ton atât de scăzut, că n-am reușit să auzim ce spunea. Am înțeles, oricum, că încerca să se liniștească: fraze scurte și dezlânate, arată-mi ce-ai pățit, stai cuminte, încetează. Confesiunea Lilei probabil că i s-a părut atât de insuportabilă, că sfârșise prin a o considera o minciună. La care credea că ea recursese ca să-i facă rău, credea că e o exagerare echivalentă cu o palmă trasă ca să-l readucă cu picioarele pe pământ, fraze care, în fine, însemnau: dacă nu ți-ai dat seama încă de ce lucruri lipsite de fundament mă acuzi, acum o să-ți clarific eu ideile, ascultă-mă.

Mie, în schimb, cuvintele Lilei mi s-au părut îngrozitoare ca loviturile lui Stefano. Mi-am dat seama că dacă mă îngrozea violența directă pe care el o reprima în spatele comportamentului amabil și al feței blânde, acum nu suportam curajul ei, acea obrăznicie a ei temerară care-i permitea să-i urle adevărul ca și cum ar fi fost o minciună. Fiecare cuvințel pe care i-l adresase lui Stefano îl făcuseră pe el, care le considerase o minciună, să-i vină mintea la cap, iar pe mine, care cunoșteam adevărul, mă sfâșiaseră dureros. Când vocea mezelarului s-a auzit mai clară, atât eu cât și Nunzia am simțit că trecuse ce era mai rău. Don Achille se retrăgea din fiul lui și îl reîncredința povârnișului său blând, flexibil. Și Stefano, redat acelei laturi care făcuse din el un comerciant de succes, acum era dezorientat, deja nu mai înțelegea ce se întâmplase cu vocea lui, cu mâinile, cu brațele. Chiar dacă probabil imaginea Lilei și a lui Nino care se țineau de mână îi stăruia încă în minte, ceea ce Lila îi evocase cu potopul acela de cuvinte nu putea avea decât trăsăturile clare ale irealității.

Ușa nu s-a deschis, cheia nu s-a răsucit în broască până când nu s-a făcut ziuă. Dar tonul lui Stefano a devenit trist, părea o implorare deprimată, iar eu și Nunzia am așteptat afară ore în șir, ținându-ne companie cu fraze descurajate, abia perceptibile. Șușoteală înăuntru, șușoteală afară.

— Dacă-i povestesc lui Rino, murmura Nunzia, îl omoară, sigur îl omoară.

Și eu șopteam, ca și cum aș fi crezut-o:

— Vă rog, nu-i povestiți.

Dar în timpul ăsta mă gândeam: Rino, chiar și Fernando, după nuntă nu au mai mișcat niciun deget pentru Lila; să nu mai zic că de când s-a născut, au bătut-o de fiecare dată când voiau. Și apoi îmi spuneam: bărbații sunt toți din același aluat, numai Nino e diferit. Și suspinam, în timp ce ranchiuna mi se întărea: acum e categoric limpede că-l va avea Lila, chiar dacă e căsătorită, și împreună vor ieși din scârboșenia asta, în vreme ce eu voi rămâne în ea pentru totdeauna.

76.

La primele raze din zori, Stefano a ieșit din dormitor, Lila nu. A spus:

— Pregătiți-vă bagajele, plecăm.

Nunzia n-a putut să se abțină și i-a arătat ranchiunoasă lucrurile distruse din casă, i-a spus că trebuia s-o despăgubească pe proprietăreasă. El i-a răspuns — ca și cum multe cuvinte pe care i le strigase cu ore în urmă i-ar fi rămas în minte și ar fi simțit nevoia să pună punctul pe „i" — că plătise întotdeauna și că va plăti în continuare.

— Casa asta am plătit-o eu, a înșirat cu voce firavă, excursia voastră am plătit-o eu, tot ce aveți dumneavoastră, soțul dumneavoastră, fiul dumneavoastră v-am dat eu: așa că nu mă scoateți din sărite, faceți bagajele și să mergem.

Nunzia n-a mai scos un cuvânt. La scurt timp după aceea, Lila a ieșit din cameră într-o rochie gălbuie cu mâneci lungi și cu ochelari mari de soare de stea de cinema. Nu ne-a vorbit. N-a făcut-o în Port, n-a făcut-o pe vaporet, n-a făcut-o nici măcar când am ajuns în cartier. S-a dus acasă la ea cu soțul fără să-și ia la revedere.

În ce mă privește, am hotărât că din acel moment voi trăi ocupându-mă numai de mine și începând cu întoarcerea la Napoli așa am făcut, mi-am impus o atitudine de detașare totală. N-am căutat-o pe Lila, nu l-am căutat pe Nino. Am acceptat fără comentarii scena mamei mele, care m-a acuzat că mă dusesem să fac pe doamna la Ischia fără să mă gândesc că acasă era nevoie de bani. Și tata, deși nu făcea decât să mă laude pentru aspectul meu sănătos, pentru blondul auriu al părului, nu s-a lăsat mai prejos: imediat ce mama m-a atacat în prezența lui, i-a dat o mână de ajutor:

— Ești mare, a spus, vezi ce trebuie să faci.

Să câștig bani, în realitate, era o urgență. I-aș fi putut cere Lilei cât îmi promisese ca recompensă pentru șederea mea la Ischia, dar după hotărârea de a nu-mi mai păsa de ea, și mai ales după cuvintele brutale pe care Stefano i le adresase Nunziei (și, într-un fel, și mie), n-am făcut-o. Din același motiv am exclus total ca, la fel ca în anul precedent, să-mi cumpere ea cărțile pentru școală. O dată, când l-am întâlnit pe Alfonso, l-am rugat să-i spună că pentru anul acela de cărți mă ocupasem deja și am încheiat subiectul.

Dar după Sfânta Maria m-am prezentat din nou la librăria de pe Mezzocannone și, pe de o parte, pentru că fusesem o vânzătoare eficientă și disciplinată, pe de alta, datorită aspectului meu, care grație soarelui și mării se îmbunătățise mult, proprietarul, după ce opusese puțină rezistență, m-a reangajat. A pretins însă să nu-mi dau demisia odată cu începerea școlii, ci să continui să muncesc, chiar și numai după-amiaza, pe toată perioada de vânzare a manualelor. Am acceptat și am petrecut zile lungi în librărie primind profesori care veneau să vândă pentru câteva lire cărțile primite gratuit de la edituri și studenți care, pentru încă și mai puțin, își vindeau cărțile lor zdrențuite.

Am trăit o săptămână de pură anxietate pentru că nu-mi venea ciclul. M-am temut că Sarratore mă lăsase gravidă, am fost disperată, eram politicoasă pe dinafară, dar amenințătoare pe dinăuntru. Am petrecut nopți de insomnie, dar n-am căutat sfatul sau consolarea nimănui, am ținut totul pentru mine. În sfârșit, într-o după-amiază când eram la librărie, m-am dus la closetul murdar al magazinului și am văzut sângele. A fost unul dintre puținele momente de bucurie din acea perioadă. Ciclul mi s-a părut un fel de anulare simbolică definitivă a invaziei lui Sarratore în corpul meu.

La începutul lui septembrie m-am gândit că Nino probabil se întorsese de la Ischia și am început să mă tem și să sper că o să apară măcar să mă salute. Dar nu s-a arătat nici pe strada Mezzocannone, nici în cartier. În ce-o privește pe Lila, am zărit-o de câteva ori, duminica, în timp ce trecea ca o săgeată pe șosea în mașină alături de soț. Au fost de-ajuns acele câteva secunde ca să mă facă să mă enervez. Ce se întâmplase? Cum aranjase lucrurile? Continua să aibă totul, să păstreze totul: mașina, pe Stefano, casa cu baie și telefon și televizor, hainele frumoase, bunăstarea materială. În plus, cine știe câte planuri își făcea în secretul minții ei. Știam cum era făcută și-mi spuneam că n-ar fi renunțat la Nino nici dacă Nino ar fi renunțat la ea. Dar am alungat gândurile acelea și mi-am impus să respect pactul încheiat cu mine însămi: să-mi plănuiesc viața fără ei și să învăț să nu sufăr din cauza asta. Cu acest scop m-am autodisciplinat să reacționez puțin sau deloc. Am învățat să-mi reduc la minimum emoțiile: dacă patronul întindea mâinile, îl respingeam fără indignare; dacă clienții erau bădărani, mă adaptam situației; până și cu mama am reușit să rămân mereu umilă. Îmi spuneam în fiecare zi: sunt ceea ce sunt și nu pot face altceva decât să mă accept așa cum sunt; m-am născut așa, în acest oraș, cu acest dialect, fără bani; am să dau tot ce pot da, o să iau tot ce pot lua; am să îndur ce e de îndurat.

77.

Apoi a reînceput școala. Abia când am intrat în clasă pe întâi octombrie mi-am dat seama că eram în clasa a treia de liceu, că împlinisem optsprezece ani, că perioada studiilor, în cazul meu deja miraculos de lungă, era pe punctul de a se încheia. Mai bine așa. Am vorbit mult cu Alfonso despre ce urma să facem după diplomă. Știa cât știam și eu. O să ne înscriem la concursuri, a sugerat, dar în realitate nu aveam idei clare despre ce era un concurs, spuneam *a te înscrie la un concurs, a câștiga un concurs*, dar conceptul era vag: trebuia să dai o lucrare scrisă, să te supui unui examen oral? Și ce câștigi, un salariu?

Alfonso mi-a destăinuit că se gândea să se căsătorească, odată ce ar fi câștigat un concurs oarecare.

— Cu Marisa?

— Bineînțeles.

Uneori l-am întrebat precaut de Nino, dar lui nu-i era simpatic, nici nu se salutau. Nu înțelesese niciodată ce găseam la el. E urât, spunea, strâmb, piele și os. Marisa, în schimb, i se părea frumoasă. Dar adăuga imediat, atent să nu mă rănească:

— Și tu ești frumoasă.

Îi plăcea frumusețea și mai ales îngrijirea corpului. El însuși se îngrijea mult, mirosea a bărbier, își cumpăra haine, se ducea să ridice greutăți în fiecare zi. Mi-a povestit că se distrase mult în magazinul din Piața Martirilor. Nu era ca mezelăria. Acolo puteai să te faci elegant, chiar trebuia. Acolo puteai să vorbești în italiană, oamenii erau cumsecade, educați. Acolo, și când îngenuncheai în fața clienților și a clientelor ca să-i ajuți să încalțe pantofii, puteai s-o faci cu maniere frumoase, ca un cavaler al iubirii curtenești. Dar, din nefericire, nu putea să rămână la magazin.

— De ce?

— Păi.

La început a fost vag și eu n-am insistat. Apoi mi-a povestit că Pinuccia de-acum stătea mereu acasă pentru că nu voia să se obosească, îi crescuse o burtă ca o torpilă; și, oricum, era clar că după ce va naște copilul, nu va avea timp să muncească. Asta, teoretic, ar fi trebuit să-i netezească drumul, frații Solara erau mulțumiți de el, poate ar fi putut să se instaleze acolo imediat după diplomă. În schimb, nu exista această posibilitate și aici, pe neașteptate, a apărut numele Lilei. Mi-a luat foc stomacul numai auzindu-l.

— Ce legătură are ea?

Am aflat că s-a întors din vilegiatură ca o nebună. Tot nu rămânea însărcinată, băile nu fuseseră de folos, era furioasă. O dată spărsese toate vasele cu plante pe care le ținea pe balcon. Zicea că se duce la mezelărie, în schimb o lăsa pe Carmen singură și se ducea să se plimbe. Noaptea, Stefano se trezea și n-o găsea în pat: umbla prin casă, citea și scria. Apoi se liniștise dintr-odată. Sau, mai bine zis, își concentrase toată capacitatea ei de a-i distruge viața lui Stefano asupra unui singur scop: să fie angajată Gigliola la mezelăria nouă și să se ocupe ea de Piața Martirilor.

Am fost foarte uimită.

— Michele o vrea la magazin, am spus, dar ea nu vrea să se ducă.

— Asta era odată. Acum s-a răzgândit, face tot posibilul ca să se instaleze acolo. Singurul obstacol e că Stefano se împotrivește. Dar se știe că, până la urmă, fratele meu face ce vrea ea.

N-am pus alte întrebări, nu voiam în niciun fel să fiu reasorbită de treburile Lilei. Dar pentru scurtă vreme m-am întrebat, surprinsă: ce-o avea în minte, de ce brusc vrea să meargă să lucreze în centru? Apoi am lăsat-o baltă, prinsă cu alte probleme: librăria, școala, examenele, manualele. Pe unele le-am cumpărat, pe cele mai multe i le-am furat librarului fără niciun scrupul. Am reînceput să învăț serios, mai ales noaptea. După-amiaza, de fapt, până la vacanța de Crăciun, când mi-am dat demisia, am fost ocupată cu librăria. Și imediat după, Galiani însăși mi-a făcut rost de câteva meditații, cărora m-am dedicat mult. Între școală, meditații și învățat n-a fost loc pentru nimic altceva.

Mama, când la sfârșitul lunii îi dădeam banii pe care-i câștigam, îi băga în buzunar fără să spună nimic, dar dimineața se scula devreme să-mi prepare micul dejun, uneori chiar și gălbenuș cu zahăr, cu multă grijă — în timp ce eu eram încă în pat moțăind, auzeam cling-cling-ul lingurii în ceașcă. Mi se topea în gură ca o cremă, nu rămânea niciun grăunte de zahăr. În ce-i privește pe profesorii de la liceu, parcă nu puteau decât să mă considere eleva cea mai strălucitoare, ca dintr-un fel de inerție a întregului angrenaj scolastic prăfuit. Mi-am apărat fără probleme rolul meu de cea mai bună elevă din clasă și, odată plecat Nino, m-am poziționat printre cei mai buni din întreaga școală. Dar mi-a luat ceva timp ca să înțeleg că Galiani, deși mereu foarte generoasă cu mine, îmi atribuia nu știu ce vină care o împiedica să fie cordială ca în trecut. De exemplu, când i-am dat înapoi cărțile, s-a arătat deranjată de faptul că erau pline de nisip și le-a luat fără să-mi promită că-mi va da altele. De exemplu, nu mi-a mai dat ziarele ei și o vreme mi-am impus să cumpăr *Il Mattino*, apoi m-am oprit, mă plictisea, erau bani aruncați. De exemplu, nu s-a mai întâmplat să mă invite acasă la ea, chiar dacă mi-ar fi făcut plăcere să-l revăd pe fiul ei, Armando. Totuși a continuat să mă laude public, să-mi dea note mari, să-mi recomande conferințe și chiar filme importante pe care le proiectau într-un loc al preoților la Port'Alba. Până când o dată, aproape de vacanța de Crăciun, m-a strigat la ieșirea de la școală și am parcurs o bucată de drum împreună. M-a întrebat direct ce știam despre Nino.

— Nimic, i-am răspuns.

— Spune-mi adevărul.

— E adevărul.

Încet, a ieșit la suprafață că Nino, după ce trecuse vara, nu mai dăduse niciun semn nici ei, nici fiicei.

— S-a despărțit de Nadia într-un mod neplăcut, a spus cu ranchiuna unei mame, i-a trimis câteva rânduri printr-o scrisoare de la Ischia și a făcut-o să sufere mult.

Apoi s-a controlat și a spus, reluându-și rolul de profesoară:

— Dar, asta e, sunteți tineri, suferința servește maturizării.

Am făcut semn că da, m-a întrebat:

— Te-a părăsit și pe tine?

M-am făcut roșie.

— Pe mine?

— Nu v-ați văzut la Ischia?

— Ba da, dar între noi n-a fost nimic.

— Sigur?

— Categoric.

— Nadia e convinsă că a părăsit-o pentru tine.

Am negat cu putere, m-am declarat gata să mă întâlnesc cu Nadia și să-i spun că între mine și Nino nu fusese niciodată nimic și nu va fi niciodată nimic. A fost mulțumită, m-a asigurat că-i va transmite. Eu n-am făcut nicio referire la Lila, evident, și nu doar pentru că eram hotărâtă să-mi văd de ale mele, dar și pentru că m-ar fi deprimat să vorbesc despre ea. Am încercat să schimb vorba, dar ea a revenit la Nino. A spus că circulau diferite zvonuri în legătură cu el. Unii povesteau că nu doar că nu dăduse examenele în toamnă, dar chiar renunțase definitiv la studii; și alții care jurau că-l văzuseră într-o după-amiază pe strada Arenaccia, singur, beat mort, că mergea clătinându-se și, din când în când, lua înghițituri dintr-o sticlă. Dar Nino, a conchis, nu era simpatic tuturor și poate că cineva savura răspândirea de zvonuri urâte despre el. Dacă însă erau adevărate, mare păcat.

— Cu siguranță sunt minciuni, am spus.

— Să sperăm. Dar nu te poți ține după băiatul ăla.

— Da.

— E foarte înzestrat.

— Da.

— Dacă ai cum să afli ce face, dă-mi de știre.

Ne-am despărțit și am alergat să fac o lecție de greacă cu o fetiță de gimnaziu care locuia în Parcul Margherita. Dar a fost dificil. În marea cameră aflată în permanentă penumbră unde eram primită cu respect, erau mobilă solemnă, covoare cu scene de vânătoare, fotografii vechi cu militari de grad înalt, diverse alte semne ale unei tradiții de autoritate și bunăstare materială care elevei mele palide de paisprezece ani îi provocau o moleșeală a corpului și a inteligenței, iar mie îmi dădeau o senzație de nerăbdare. De data aceea a trebuit să lupt în mod special ca să fiu atentă la declinări și conjugări. Îmi revenea încontinuu în minte silueta lui Nino așa cum o evocase Galiani: cu haina uzată, cu cravata fluturândă, cu picioarele lungi cu pași nesiguri, cu sticla goală care, după o ultimă sorbitură, se spărgea pe piatra de pe strada Arenaccia. Ce se întâmplase între el și Lila după Ischia? Contrar previziunilor mele, ea în mod evident se căise, se terminase totul, își revenise în fire. Nino, în schimb, nu: dintr-un tânăr studios cu un răspuns bine articulat pentru orice se transformase într-unul dezorientat, copleșit de suferința din iubire pentru soția mezelarului. M-am gândit să mă întorc să-l întreb pe Alfonso dacă avea vești despre el. M-am gândit să mă întâlnesc eu însămi cu Marisa și s-o întreb de fratele ei. Dar curând mi-am impus să mi-l scot din cap. O să-i treacă, mi-am spus. M-a căutat? Nu. Și Lila m-a căutat? Nu. De ce trebuie să-mi fac griji pentru el, sau pentru ea, când ei nu se sinchisesc de mine? Am continuat lecția și mi-am văzut de drumul meu.

78.

După Crăciun, am aflat de la Alfonso că Pinuccia scăpase de povară, născuse un băiat căruia i se pusese numele Fernando. M-am dus s-o vizitez, gândindu-mă c-o găsesc la pat, fericită, cu copilul la piept. În schimb, era deja în picioare, dar în cămașă de noapte și papuci, îmbufnată. A alungat-o de acolo într-un mod urât pe mama ei care-i spunea:

— Stai în pat, nu te obosi.

Și când m-a dus la pătuț, a zis posacă:

— Mie nu-mi iese niciodată nimic bine, uite ce urât e, mă tulbură nu doar să-l ating, dar și să-l privesc.

Maria, stând în pragul ușii, murmura un fel de formulă calmantă:

— Ce spui, Pina, e foarte frumos!

Dar ea a continuat să repete furioasă:

— E urât, e mai urât decât Rino, în familia aia toți sunt urâți.

Apoi și-a tras răsuflarea și a spus disperată, cu lacrimi în ochi:

— E vina mea, am ales prost soțul, dar când ești fetiță nu te gândești și acu' uite ce copil am făcut, are nasul turtit ca al Linei.

Apoi, fără nicio legătură, a început să-și insulte dur cumnata.

Am aflat de la ea că Lila, curva, deja de cincisprezece zile, făcea pe stăpâna după placul ei în magazinul din Piața Martirilor. Gigliola fusese nevoită să cedeze, se întorsese în cafeneaua fraților Solara; ea însăși, Pinuccia, fusese nevoită să cedeze, subjugată de copil cine știe până când; toată lumea nu avusese încotro și a cedat, Stefano în primul rând, ca de obicei. Și acum, în fiecare zi, Lila inventa câte ceva: se ducea să muncească îmbrăcată ca o asistentă a lui Mike Bongiorno și dacă n-o conducea soțul cu mașina, se lăsa însoțită fără probleme de Michele; cheltuise cine știe cât pe două tablouri din care nu se înțelegea nimic și le agățase în magazin nu se știe cu ce scop; cumpărase o groază de cărți și pe un raft, în loc de pantofi, le ținea pe alea; aranjase un fel de salonaș cu canapele, fotolii, perne și o cupă din cristal în care ținea bomboane de ciocolată Gay Odin la dispoziția celor care voiau, gratis, ca și cum n-ar fi stat acolo să simtă mirosul picioarelor clienților, ci să joace rolul unei castelane.

— Și nu e doar asta, a spus, e ceva și mai urât.

— Ce?

— Știi ce a făcut Marcello Solara?

— Nu.

— Ții minte pantofii pe care Stefano și Rino i-i dăduseră?

— Cei realizați exact așa cum îi desenase Lina?

— Da, o porcărie de pantof, Rino a zis mereu că intra apă în el.

— Ei bine, ce s-a întâmplat?

Pina m-a copleșit cu o poveste spusă cu sufletul la gură, pe alocuri confuză, despre bani, intrigi perfide, escrocherii, datorii. Se întâmplase că Marcello, nemulțumit de noile modele făcute de Rino și de Fernando, în mod sigur înțeles cu Michele, dăduse pantofii aceia în lucru, dar nu la fabrica Cerullo, la o altă fabrică în Afragola. După care, de Crăciun, îi distribuise cu marca Solara în magazine și mai ales în cel din Piața Martirilor.

— Și putea s-o facă?

— Normal, sunt ai lui: fratele meu și soțul meu, proștii ăia doi, i i-au făcut cadou, el poate face ce are chef cu ei.

— Și?

— Deci, a spus, acum prin Napoli sunt pantofii Cerullo și pantofii Solara. Și pantofii Solara se vând foarte bine, mai bine decât pantofii Cerullo. Și tot câștigul e al fraților Solara. Astfel că Rino e foarte nervos, pentru că se aștepta la concurență din partea oricui, dar nu din partea fraților Solara înșiși, asociații, în plus cu niște pantofi fabricați cu mâinile lui și la care apoi a renunțat ca un prost.

Mi-a revenit în minte Marcello atunci când îl amenințase Lila cu cuțitul de cizmărie. Era mai lent decât Michele, mai timid. Ce nevoie avea să facă mojicia aia? Negoțurile familiei Solara erau foarte numeroase, unele la lumina zilei, altele nu, și creșteau tot mai mult în fiecare zi. Aveau prietenii puternice încă de pe vremea bunicului, făceau și primeau favoruri. Mama lor împrumuta cu camătă și avea un registru care ținea sub teroare jumătate din cartier, inclusiv poate și pe cei din familia Cerullo și Carracci. Pentru Marcello, deci, și pentru fratele lui, pantofii și magazinul din Piața Martirilor însemnau doar unul din multele fântâni din care familia lor scotea apă și, cu siguranță, nu era printre cele mai importante. Atunci de ce?

Povestea Pinucciei a început să mă enerveze: în spatele pretextului banilor am simțit ceva deprimant. Iubirea lui Marcello pentru Lila se consumase, dar rana rămăsese și se infectase. Odată dispărută dependența, el se simțea liber să facă rău celor care, în trecut, îl umiliseră.

— Rino, mi-a zis, de fapt, Pinuccia, s-a dus împreună cu Stefano să protesteze, dar fără niciun rezultat.

La întâlnire frații Solara îi trataseră cu aroganță, erau obișnuiți să facă ce voiau, așa că ceilalți doi parcă vorbiseră cu pereții. La sfârșit, Marcello spusese vag că el și fratele lui se gândiseră la o întreagă linie Solara care să repete, cu variații, trăsăturile acelui pantof făcut de probă. Și apoi adăugase, fără nicio legătură clară:

— Să vedem cum merg noile noastre produse și dacă merită să le ținem pe piață.

Clar? Clar. Marcello voia să elimine marca Cerullo, s-o substituie cu marca Solara și să-i provoace astfel o pagubă economică lui Stefano, și nu una mică. Trebuie să plec din cartier, din Napoli, mi-am spus, ce-mi pasă mie de disputele lor? Dar, până una alta, am întrebat:

— Și Lina?

Ochii Pinucciei au avut o străfulgerare feroce.

— Problema e chiar ea.

Lina luase în râs toată povestea. Când Rino și soțul ei se înfuriau, făcea mișto de ei așa:

— Voi i-ați făcut cadou pantofii ăia, doar nu eu; voi ați făcut afaceri cu Solara, doar nu eu. Dacă sunteți doi tâmpiți, eu ce să fac?

Era enervantă, nu se înțelegea de partea cui era, a familiei sau a celor doi frați Solara. Oricum, când Michele insistase din nou că o voia în Piața Martirilor, ea spusese pe neașteptate da și, mai mult, îl chinuise pe Stefano ca s-o lase să se ducă.

— Și cum de a cedat Stefano? am întrebat.

Pinuccia a scos un oftat lung de nerăbdare. Stefano cedase pentru că spera ca Lila, dat fiind că Michele ținea mult la ea și dat fiind că Marcello avusese întotdeauna o slăbiciune pentru ea, să poată îndrepta lucrurile. Dar Rino nu avea încredere în sora lui, era speriat, nu dormea noaptea. Vechiul pantof la care el și Fernando renunțaseră și pe care Marcello îl realizase în forma lui originală plăcea lumii, se vindea bine. Ce s-ar fi întâmplat dacă frații Solara ar fi început să negocieze direct cu Lila și dacă ea, ticăloasă cum era încă din naștere, după ce refuzase să deseneze pantofi noi pentru familie, o să se apuce să deseneze pentru ei?

— N-o să se întâmple așa ceva, i-am spus Pinucciei.

— Ți-a zis ea?

— Nu, n-am mai văzut-o de astă-vară.

— Și atunci?

— Știu cum e făcută. Pe Lina o face curioasă un lucru și se implică peste poate. Dar odată realizat, îi trece cheful, nu se mai ocupă de el.

— Ești sigură?

— Da.

Pe Maria au bucurat-o cuvintele mele și s-a agățat de ele ca să-și liniștească fiica.

— Ai auzit? a spus. E totul în regulă, știe Lenuccia ce spune.

Dar de fapt nu știam nimic. Sinele meu mai puțin înfumurat ține minte bine imprevizibilitatea Lilei, așa că abia așteptam să plec din casa aia. Ce legătură am eu, mă gândeam, cu poveștile astea meschine, cu mica răzbunare a lui Marcello

Solara, cu această zbatere și stare de anxietate a tuturor pentru bani, pentru mașini, pentru case, pentru mobile și bibelouri și vilegiaturi? Și cum a putut Lila, după Ischia, după Nino, să se ia din nou la întrecere cu camoriștii ăștia? O să-mi iau diploma, o să mă înscriu la concurs, o să-l câștig. O să plec din mizeria asta, cât mai departe posibil. Am zis, înduioșându-mă în fața copilului pe care acum îl luase Maria în brațe:

— Ce frumos e.

79.

Dar n-am fost în stare să rezist. Am amânat mult timp și până la urmă am cedat: l-am întrebat pe Alfonso dacă ieșeam într-o duminică la plimbare eu, el și Marisa. Alfonso a fost bucuros, ne-am dus la o pizzerie de pe strada Foria. Am întrebat de Lidia, de copii, mai ales de Ciro, și apoi am întrebat ce făcea Nino. Ea mi-a răspuns fără niciun chef, o enerva să vorbească despre fratele ei. A spus că avusese o lungă perioadă de nebunie și tatăl, pe care ea îl adora, o pățise, Nino ajunsese să-l lovească. Ce îi provocase nebunia nu se aflase niciodată: nu mai voia să învețe, voia să plece din Italia. Apoi, pe neașteptate, îi trecuse totul: redevenise cel dinainte și tocmai reîncepuse să dea examenele.

— Deci e bine?

— În fine.

— E vesel?

— Atât cât e în stare să fie vesel unul ca el, da.

— Și doar învață?

— Vrei să zici dacă are vreo logodnică?

— Nu, de unde? Vreau să zic dacă iese, dacă se distrează, dacă se duce la dans.

— Ce știu eu, Lena? E mereu ieșit. Acum a făcut o fixație pentru cinematograf, romane, artă și rarele dăți când trece pe-acasă începe imediat să discute cu tata doar ca să-l jignească și să se certe.

M-am simțit ușurată că lui Nino îi venise mintea la cap, dar m-am și mâhnit. Cinematograf, romane, artă? Ce repede se schimbau oamenii, interesele lor, sentimentele lor. Fraze bine orânduite care sunt înlocuite de alte fraze bine orânduite. Timpul e o curgere de cuvinte coerente doar în aparență, cu cât cineva are mai multe la dispoziție, cu atât le învălmășește mai mult. M-am simțit proastă, neglijasem lucrurile care-mi plăceau ca să mă adaptez celor ce-i plăceau lui Nino. Da, da, să te resemnezi cu felul tău de a fi, fiecare pe drumul lui. Am sperat doar ca Marisa să nu-i spună că mă întâlnise și că întrebasem de el. Nici față de Alfonso, după seara aceea, n-am mai făcut nicio referire la Nino sau la Lila.

M-am concentrat și mai mult pe îndatoririle mele, le-am sporit numărul ca să-mi ocup ziua și noaptea. În anul acela am învățat obsesiv, sofistic, și am acceptat încă o meditație pentru mulți bani. Mi-am impus o disciplină de fier, mult mai dură decât cea la care mă supusesem încă din copilărie. Intervale regulate de timp, o linie dreaptă care se întindea din zori până noaptea târziu. În trecut o avusesem pe Lila, o fericită deviere spre teritorii surprinzătoare. Acum tot ce deveneam voiam să obțin prin propriile puteri. Aveam aproape nouăsprezece ani, nu voi mai depinde de nimeni și nu voi mai simți lipsa nimănui.

Clasa a treia de liceu a zburat ca o singură zi. Am luptat cu geografia astronomică, cu geometria, cu trigonometria. A fost un fel de goană ca să știu totul, când, în realitate, eram convinsă că nepriceperea mea era înnăscută și, de aceea, imposibil de eliminat. Totuși, îmi plăcea să fac tot posibilul. Nu aveam timp să merg la cinema? Învățam doar titluri și intrigi. Nu fusesem niciodată la Muzeul de Arheologie? Mă duceam o jumătate de zi în viteză. Nu vizitasem niciodată Pinacoteca de la Capodimonte? Treceam în fugă, două ore și gata. Aveam prea multe de făcut, în fine. Ce-mi păsa de pantofii și de magazinul din Piața Martirilor? Nu m-am dus niciodată acolo.

Uneori o întâlneam pe Pinuccia, devastată, care împingea căruciorul în care era Fernando. Mă opream o clipă, ascultam neatent văicăreala despre Rino, Stefano, Lila, Gigliola, toți. Alteori o întâlneam pe Carmen, tot mai înveninată din cauză că lucrurile mergeau prost la mezelăria nouă de când plecase Lila, abandonând-o samavolniciilor Mariei și Pinucciei. O lăsam să se descarce câteva minute povestind cât îi lipsea Enzo Scanno, despre cum îi număra zilele rămase în armată, despre cum trudea fratele ei, Pasquale, între munca pe șantiere și militantismul de comunist. Alteori o întâlneam pe Ada, care începuse s-o deteste pe Lila. În schimb era foarte încântată de Stefano, vorbea despre el cu duioșie și nu doar pentru că-i mărise și mai mult leafa, ci și pentru că era muncitor, atent cu toată lumea și nu merita să aibă o soție care îl tratează așa urât.

Ea a fost cea care mi-a spus că Antonio fusese liberat anticipat din cauza unei urâte epuizări nervoase.

— Cum așa?

— Știi ce gen de om e, se simțea epuizat de când era cu tine.

Urâta frază m-a rănit. Am încercat să nu mă gândesc la ea. Într-o duminică de iarnă l-am întâlnit pe Antonio din întâmplare și abia l-am recunoscut, atât era de slab. I-am zâmbit, așteptându-mă să se oprească, în schimb n-a părut să bage de seamă prezența mea și a trecut mai departe. L-am strigat și s-a întors zâmbind pierdut.

— Salut, Lenù.

— Salut. Sunt atât de bucuroasă să te văd.

— Și eu.

— Ce faci?

— Nimic.

— Nu te întorci la atelier?

— Nu mai e postul.

— Ești priceput, o să găsești în altă parte.

— Nu, dacă nu mă vindec, nu pot să muncesc.

— De ce ai suferit?

— De frică.

A spus chiar așa: frică. La Cordenons, într-o noapte, în timp ce era de gardă, își amintise de un joc cu tatăl lui când trăia încă și el era foarte mic: își desena cu stiloul ochi și guri pe cele cinci degete de la mâna stângă și apoi le făcea să se miște și să vorbească de parcă ar fi fost oameni. Era un joc atât de frumos, încât amintindu-și de el, îi dăduseră lacrimile. Dar deja în noaptea aceea, în timpul turei de gardă, avusese impresia că mâna tatălui lui intrase în a lui și el acum avea înăuntrul degetelor oameni reali, mici, mici, dar toți formați, care râdeau și cântau. Așa îi apăruse frica. Lovise cu mâna în gheretă până sângerase, dar degetele continuaseră să râdă și să cânte fără să înceteze o clipă. Își revenise abia când terminase tura și se dusese la culcare. Puțină odihnă și a doua zi dimineața nu mai avea nimic. Dar îi rămăsese groaza că boala de la mână o să se întoarcă. De fapt, se întorsese tot mai frecvent, degetele începuseră să râdă și să cânte și ziua. Până când își ieșise din minți și fusese trimis la doctor.

— Acum mi-a trecut, a spus, dar poate s-o ia oricând de la capăt.

— Spune-mi cum te pot ajuta.

S-a gândit puțin, ca și cum într-adevăr ar fi cântărit bine o serie de posibilități. A șoptit:

— Nu mă poate ajuta nimeni.

Am înțeles imediat că pentru mine nu mai simțea nimic, îi ieșisem complet din minte. De aceea, după întâlnirea aceea, în fiecare duminică mi-am făcut obiceiul să mă duc sub ferestrele lui și să-l strig. Făceam o plimbare prin curte, vorbeam de una și de alta și, când el spunea că obosise, ne luam la revedere.

Uneori venea jos cu Melina, vizibil machiată, și ne plimbam eu, el și mama lui. Alteori ne vedeam cu Ada și Pasquale și făceam o plimbare mai lungă, dar în general vorbeam doar noi trei, Antonio stătea tăcut. A devenit, în fine, o obișnuință. M-am dus cu el la înmormântarea lui Nicola Scanno, vânzătorul de fructe, care a murit pe neașteptate de pneumonie și Enzo a venit în permisie, dar n-a mai ajuns la timp să-l vadă în viață. Împreună ne-am dus și să-l consolăm pe Pasquale, pe Carmen și pe mama lor, Giuseppina, când s-a aflat că tatăl, fostul tâmplar care-l ucisese pe don Achille, murise în închisoare de infarct. Și eram împreună și când am aflat că don Carlo Resta, vânzătorul de săpunuri și obiecte de uz casnic, fusese omorât în bătaie în propria lui pivniță. Am vorbit mult despre asta, a vorbit tot cartierul, pălăvrăgelile au răspândit adevăruri și născociri pline de cruzime. Cineva a povestit că loviturile nu fuseseră de-ajuns și îi înfipseseră o pilă în nas. Crima a fost atribuită unor dezorientați, care furaseră și încasările zilei. Dar Pasquale, apoi, ne-a spus că auzise zvonuri, după el, mult mai fondate: don Carlo era dator mamei fraților Solara, pentru că avea viciul jocurilor de cărți și se ducea la ea pentru datoriile la joc.

— Așa și? l-a întrebat Ada, care era mereu sceptică când logodnicul lansa ipoteze hazardate.

— Și nu voia să-i dea datoria înapoi cămătăresei și au pus să-l omoare.

— Ei, hai, spui tot timpul prostii.

E posibil ca Pasquale să fi exagerat, dar, unu, nu s-a aflat niciodată cine l-a omorât pe don Carlo Resta și, doi, pivnița a fost preluată chiar de familia Solara împreună cu toată marfa, pe foarte puțini bani, chiar dacă i-au lăsat pe soția lui don Carlo și pe fiul cel mare s-o gestioneze.

— Pentru că sunt generoși, a spus Ada.

— Pentru că sunt oameni de rahat, a spus Pasquale.

În legătură cu acel episod nu-mi amintesc dacă Antonio a făcut sau nu comentarii. Era zdrobit de boala lui pe care discursurile lui Pasquale, cumva, o intensificau. I se părea că disfuncția corpului său se extindea la tot cartierul și se manifesta prin intermediul evenimentelor urâte care aveau loc.

Lucrul cel mai teribil pentru noi s-a întâmplat într-o duminică nu foarte caldă, primăvăratică, când eu, el, Pasquale și Ada o așteptam jos în curte pe Carmela, care urcase în casă să-și ia un pulover. Au trecut cinci minute și Carmen a apărut la fereastră, a strigat la fratele ei:

— Pasquà, n-o găsesc pe mama: ușa de la baie e încuiată cu cheia pe interior, dar ea nu răspunde.

Pasquale a urcat treptele două câte două și noi în spatele lui. Am găsit-o pe Carmela într-o stare de anxietate în fața ușii băii și Pasquale a bătut stânjenit, educat, de mai multe ori, dar, într-adevăr, nimeni n-a răspuns. Antonio atunci i-a spus prietenului său, făcând semn spre ușă: nu-ți face griji, ți-o repar eu și, apucând mânerul, aproape că l-a smuls.

Ușa s-a deschis. Giuseppina Peluso fusese o femeie radioasă, energică, muncitoare, prietenoasă, capabilă să facă față tuturor nenorocirilor. Se ocupase tot timpul de soțul deținut, la a cărui arestare — îmi aminteam — se opusese cu toate puterile ei, când îl acuzaseră că-l omorâse pe don Achille Carracci. Acceptase ponderat invitația lui Stefano de a petrece împreună noaptea de Anul Nou cu patru ani în urmă și se dusese la petrecere cu copiii, bucuroasă de reconcilierea aceea între familii. Și fusese fericită când fiica ei își găsise de lucru, grație Lilei, în mezelăria din cartierul nou. Dar acum, după ce-i murise soțul, în mod evident se săturase, devenise în scurt timp o femeie pipernicită, fără energia de altădată, numai piele și os. Desprinsese lampa din baie, o farfurie metalică atârnată de un lanț și agățase de cârligul înfipt în tavan sârma de întins rufele. Apoi se spânzurase.

Antonio a văzut-o primul și a izbucnit în plâns. A fost mai ușor să-i liniștim pe fiii Giuseppinei, Carmen și Pasquale, decât pe el. Îmi repeta oripilat: ai văzut că era desculță și că unghiile erau lungi și că la un picior avea ojă roșie proaspătă și la celălalt nu? Eu nu acordasem atenție acestor detalii, dar el da. Se întorsese din armată convins mai mult ca înainte, în ciuda bolii de nervi, că sarcina lui e cea de a fi bărbatul care se aruncă în pericol primul, fără teamă, și știe să rezolve orice problemă. Dar era fragil. După episodul acela, a văzut-o săptămâni la rând pe Giuseppina în toate colțurile întunecoase ale casei și s-a simțit și mai rău, așa că mi-am neglijat îndatoririle ca să-l ajut să se liniștească. A fost singura persoană din cartier pe care am vizitat-o mai mult sau mai puțin constant până când am dat bacalaureatul. Pe Lila, în schimb, abia am zărit-o, lângă soț, la înmormântarea Giuseppinei, în timp ce o ținea lipită de ea pe Carmen care plângea în hohote. Ea și Stefano trimiseseră o mare coroană de flori pe a cărei panglică violet se citeau condoleanțele soților Carracci.

80.

Nu din cauza examenelor nu m-am mai văzut cu Antonio. Cele două chestii au coincis, pentru că exact în perioada aceea a venit el să mă caute, simțindu-se destul de ușurat, ca să mă anunțe că acceptase un loc de muncă din partea fraților Solara. Chestia nu mi-a plăcut, mi s-a părut un alt semn al bolii lui. Îi detesta pe frații Solara. Se încăierase cu ei când era mic ca să-și apere sora. El, Pasquale și Enzo îi bătuseră pe Marcello și pe Michele și le distruseseră Fiatul 1100. Dar, mai ales, mă părăsise pentru că mă dusesem la Marcello să-i cer ajutorul ca să nu facă armata. De ce, atunci, se umilise așa? Mi-a dat explicații confuze. A spus că sub arme învățase că dacă ești un simplu soldat, trebuie să te supui oricui are grade. A spus că ordinea e mai bună decât dezordinea. A spus că învățase cum să te duci în spatele unui om și să-l ucizi fără ca acela să te simtă venind. Am înțeles că boala avea legătură cu asta, dar că problema reală era sărăcia. Se dusese la bar să ceară un loc de muncă. Și Marcello îl tratase puțin rău, dar apoi îi oferise o sumă pe lună — așa s-a exprimat —, însă fără o îndeletnicire precisă, doar ca să fie la dispoziție.

— La dispoziție?

— Da.

— La dispoziție pentru ce?

— Nu știu.

— Lasă-i baltă, Antò.

Nu i-a lăsat baltă. Și din cauza acelui raport de dependență a ajuns să se certe atât cu Pasquale, cât și cu Enzo, care se întorsese din armată mai taciturn decât înainte, mai inflexibil. Boală sau nu, niciunul din ei n-a putut să-i ierte lui Antonio alegerea aceea. Pasquale, mai ales, deși era logodit cu Ada, a ajuns să-l amenințe, a spus că nu mai voia să-l vadă, nu conta că-i era cumnat.

M-am desprins în grabă de acele probleme și m-am concentrat pe examenul de bacalaureat. În timp ce învățam zi și noapte, uneori copleșită de căldură, mă gândeam la vara care trecuse, în special la zilele de iulie, înainte ca Pinuccia să plece, când Lila, Nino și eu eram un trio fericit, sau cel puțin așa mi se părea mie. Am respins orice imagine, și chiar și cel mai slab ecou al vreunui cuvânt: nu mi-am îngăduit distrageri.

Examenul a fost un moment decisiv al vieții mele. Am conceput în câteva ore un eseu despre rolul Naturii în poetica lui Giacomo Leopardi, strecurând în ea, împreună cu versuri pe care le știam pe dinafară, noi interpretări în frumosul stil al manualului de istorie a literaturii italiene; dar, mai ales, am predat lucrarea la latină și la greacă când colegii mei, inclusiv

Alfonso, abia începuseră să lucreze la ea. Asta a atras atenția examinatorilor asupra mea, în special din partea unei bătrâne profesoare foarte slabe, cu un taior roz și păr albastru proaspăt coafat, care mi-a zâmbit mult. Adevăratul moment crucial, oricum, a avut loc la examenele orale. Am fost lăudată de toți profesorii, dar am întâlnit din nou aprobarea examinatoarei cu păr albastru-închis. A fost impresionată de evoluția mea nu doar pentru ce spuneam, dar și pentru felul în care o spuneam.

— Scrieți foarte bine, mi-a spus cu un accent indescifrabil pentru mine, dar oricum foarte diferit de cel din Napoli.

— Mulțumesc.

— Considerați, într-adevăr, că nimic nu e menit să dureze, nici măcar poezia?

— Așa gândește Leopardi.

— Sunteți sigură?

— Da.

— Și dumneavoastră ce credeți?

— Cred că frumusețea e o iluzie.

— Ca grădina leopardiană?

Nu știam nimic despre grădini leopardiene, dar am răspuns:

— Da. Ca marea într-o zi senină. Sau ca un apus. Sau ca cerul noaptea. E o pudră întinsă peste oroare. Dacă o dăm la o parte, rămânem singuri cu spaima noastră.

Frazele mi-au ieșit bine, le-am pronunțat cu o cadență inspirată. Și, de altfel, nu improvizam, erau adaptări orale ale celor scrise în compunere.

— Ce facultate intenționați să alegeți?

Nu știam mai nimic despre facultate, înțelesul acelui termen îmi era foarte vag cunoscut. Am ocolit întrebarea:

— O să mă înscriu la câteva concursuri.

— Nu veți merge la universitate?

Obrajii mi-au luat foc ca și cum n-aș fi putut să-mi ascund vinovăția.

— Nu.

— Aveți nevoie să munciți?

— Da.

Mi-au dat voie să plec, m-am întors la Alfonso și la ceilalți. Dar la scurt timp după aceea, profesoara a venit după mine pe coridor și mi-a vorbit mult despre un fel de colegiu din Pisa unde, dacă treceai un examen ca acela pe care deja îl dădusem, studiai gratis.

— Dacă vă întoarceți aici peste câteva zile, vă dau toate indicațiile necesare.

Am ascultat, dar ca atunci când ți se vorbește despre ceva care nu va putea niciodată să te privească cu adevărat. După două zile m-am întors la școală doar de teamă că profesoara o să se supere și o să-mi dea o notă mică. Am fost impresionată de informațiile foarte precise pe care le transcrisese pentru mine pe o coală liniată. N-am mai întâlnit-o niciodată, nu știu nici măcar cum o chema, și totuși îi datorez foarte mult. Vorbindu-mi tot timpul cu dumneavoastră, a trecut cu naturalețe la o sobră îmbrățișare de rămas bun.

Examenele s-au terminat, am fost promovată cu media nouă. A făcut o impresie bună și Alfonso, care a avut media șapte. Înainte să părăsesc pentru totdeauna, fără regrete, clădirea gri și dărăpănată al cărei unic merit, în ochii mei, era că fusese frecventată și de Nino, am zărit-o pe Galiani și m-am dus s-o salut. M-a complimentat pentru rezultatul foarte bun, dar fără prea mare entuziasm. Nu mi-a propus cărți pentru vară, nu m-a întrebat ce voi face acum, că-mi luasem diploma de liceu. Tonul ei distant m-a necăjit, credeam că între noi lucrurile se reglaseră. Care era problema? Când Nino o părăsise pe fiica ei și dispăruse, eu fusesem oare asociată cu el pentru totdeauna, același aluat de tineri fără substanță, nu foarte serioși, care nu erau de încredere? Obișnuită să fiu simpatică tuturor și să păstrez în jurul meu acea simpatie ca pe o armură strălucitoare, am fost dezamăgită și cred că dezinteresul ei a avut un rol important în decizia pe care am luat-o apoi. Fără să vorbesc cu nimeni (cu cine mă puteam sfătui, de altfel, dacă nu cu Galiani?), am făcut cerere de admitere la Școala Normală Superioară din Pisa. Din momentul acela m-am agitat să câștig bani. Dat fiind că familiile cu ai căror copii făcusem meditație tot anul fuseseră mulțumite de mine și faima priceperii mele de profesoară se răspândise, mi-am aglomerat zilele de august cu un număr însemnat de noi elevi care trebuiau să dea corigența în septembrie la latină, greacă, istorie, filosofie și chiar matematică. La sfârșitul lunii m-am trezit bogată, strânsesem șaptezeci de mii de lire. I-am dat cincizeci mamei mele, care a reacționat cu un gest violent. Aproape că mi-a smuls toți banii aceia din mână, pe care și i-a băgat în sutien ca și cum n-am fi stat în bucătăria de acasă, ci pe stradă și se temea de un furt. I-am ascuns faptul că păstrasem douăzeci de mii pentru mine.

Doar cu o zi înainte de plecare i-am spus familiei mele că trebuia să merg să dau examene la Pisa:

— Dacă intru, am anunțat, o să mă duc acolo să învăț fără să cheltuiesc o liră pentru nimic.

Am vorbit cu multă hotărâre, în italiană, ca și cum n-ar fi fost un subiect care putea fi limitat la dialect, ca și cum tata, mama, frații mei n-ar fi trebuit și n-ar fi putut înțelege ce urma să fac. De fapt, s-au limitat să asculte stingheriți și mi s-a părut că în ochii lor nu mai sunt eu, ci o străină venită în vizită la o oră nepotrivită. În cele din urmă, tata a spus:

— Fă ce trebuie să faci, dar, fii atentă, noi nu te putem ajuta, și s-a dus la culcare.

Sora mea mică m-a întrebat dacă putea veni cu mine. Mama, în schimb, n-a spus nimic, dar înainte să dispară, mi-a lăsat pe masă cinci mii de lire. Le-am fixat îndelung, fără să le ating. Apoi, învingându-mi scrupulele pentru cum risipeam bani pentru capriciile mele, m-am gândit: sunt banii mei, și i-am luat.

Am ieșit pentru prima dată din Napoli, din Campania. Am descoperit că mi-era teamă de tot: teamă să nu greșesc trenul, teamă că trebuie să fac pipi și că nu știu unde, teamă că se face noapte și că nu reușesc să mă orientez într-un oraș necunoscut, teamă să nu fiu tâlhărită. Mi-am pus toți banii în sutien, cum făcea mama, și am petrecut ore în șir într-o anxietate precaută care a conviețuit, în paralel, cu un sentiment tot mai mare de eliberare.

Totul a decurs foarte bine. În afară de examen, mi s-a părut. Profesoara cu părul albastru-închis nu-mi spusese că va fi mult mai dificil decât cel de bacalaureat. Latina, mai ales, mi s-a părut foarte complicată, dar acela, în realitate, a fost doar piscul cel mai înalt: fiecare probă a devenit o ocazie de a-mi analiza amănunțit abilitățile. Am vorbit fără să spun nimic, m-am bâlbâit, m-am prefăcut adesea că am răspunsul pe vârful limbii. Profesorul de italiană m-a tratat ca și cum și sunetul vocii mele l-ar fi deranjat: *dumnevoastră, domnișoară, în loc să scrieți argumentând, scrieți spunând enormități; văd, domnișoară, că vă aruncați fără teamă asupra unor chestiuni despre care nu cunoașteți deloc aspectele unei abordări critice*. M-am deprimat, mi-am pierdut curând încrederea în ce spuneam. Profesorul și-a dat seama și, privindu-mă ironic, mi-a cerut să-i vorbesc despre ceva ce citisem recent. Se referea la ceva scris de un autor italian, îmi imaginez, dar eu n-am înțeles și m-am agățat de primul punct de sprijin care mi s-a părut sigur, adică de discuțiile pe care le avuseserăm vara trecută, la Ischia, pe plaja din Citara, în legătură cu Beckett și Dan Rooney care, deși era orb, voia să devină și surd, și mut. Expresia ironică a profesorului s-a transformat, încet, încet, într-o grimasă perplexă. M-a întrerupt repede și m-a încredințat profesorului de istorie. Acesta n-a fost mai prejos. M-a supus unui șir infinit și epuizant de întrebări formulate cu extremă precizie. Până în momentul acela nu mă simțisem niciodată atât de ignorantă, nici măcar în anii de școală cei mai răi, cei în care dădusem cea mai proastă dovadă despre mine. Am știut să răspund la tot, date, evenimente, dar mereu într-un mod aproximativ. Imediat cum întrebările erau și mai presante, eu cedam. La sfârșit, m-a întrebat dezgustat:

— Ați citit vreodată ceva care să nu fie doar manualul școlar?

Am răspuns:

— Am studiat conceptul de națiune.

— Vă amintiți autorul cărții?

— Federico Chabod.

— Să auzim ce ați înțeles.

M-a ascultat cu atenție câteva minute, apoi brusc m-a lăsat în pace, abandonându-mă cu certitudinea că spusesem tâmpenii.

Am plâns mult, ca și cum aș fi pierdut pe undeva, din neatenție, partea cea mai promițătoare din mine. Apoi mi-am spus că era stupid să disper, știam dintotdeauna că nu sunt cu adevărat bună. Lila, da, era bună, Nino, da, era bun. Eu eram doar arogantă și fusesem în mod just pedepsită.

În schimb, am aflat că trecusem examenul. Urma să am un loc al meu, un pat pe care nu trebuia să-l fac seara și să-l desfac dimineața, un birou și toate cărțile care-mi trebuiau. Eu, Elena Greco, fiica portarului, la nouăsprezece ani eram pe cale să mă smulg și din cartier, eram pe cale să părăsesc Napoli. Singură.

81.

A început un șir de zile agitate. Puține zdrențe de luat, foarte puține cărți. Cuvintele îmbufnate ale mamei mele: „Dacă o să câștigi bani, trimite-mi-i prin poștă; acum cine-i ajută la teme pe frații tăi? O să meargă rău la școală din cauza ta. Dar du-te, pleacă, cui îi pasă: am știut dintotdeauna că te credeai mai bună decât mine și decât toți“. Și apoi cuvintele ipohondre ale tatălui meu: „Mă doare pe aici pe undeva, cine știe ce e, vino lângă tata, Lenù, că nu știu dacă mă mai găsești în viață când te întorci“. Și apoi cuvintele insistente ale fraților mei: „Dacă venim în vizită, putem să dormim cu tine, putem să mâncăm cu tine?“ Și apoi Pasquale care mi-a zis: „Fii atentă unde te poartă tot învățatul ăsta, Lenù. Nu uita cine ești și de ce parte stai.“ Și apoi Carmen, care nu putea să treacă peste moartea mamei ei și era fragilă, mi-a făcut un semn de salut și a început să plângă. Și apoi Alfonso, care a rămas cu gura căscată și a șoptit: „Știam că o să continui să studiezi“. Și apoi Antonio, care în loc să fie atent la ce spuneam despre locul unde mă duceam și despre faptul că mă duceam să învăț, mi-a repetat de mai multe ori: „Acum mă simt chiar bine, Lenù, mi-a trecut tot, armata îmi făcea rău“. Și apoi Enzo, care s-a limitat la a-mi întinde mâna și a mi-o strânge atât de tare, că mi-a rămas amorțită zile în șir. Și, în fine, Ada, care m-a întrebat doar: „I-ai spus Lilei, ei, i-ai spus?“ și a zâmbit și a insistat: „Spune-i, astfel plesnește“.

Mi-am imaginat că Lila aflase deja de la Alfonso, de la Carmen, de la soțul ei însuși, căruia cu siguranță îi spusese Ada, că urma să plec la Pisa. Dacă n-a venit să mă felicite, m-am gândit, probabil că, într-adevăr, vestea a deranjat-o. Pe de altă parte, admițând că nu știa nimic, să mă duc înadins să-i spun, când de mai bine de un an abia ne salutam, mi s-a părut deplasat. Nu voiam să-i trântesc în față un noroc pe care ea nu-l avusese. Am dat uitării problema, deci, și m-am dedicat ultimelor chestiuni înainte de plecare. I-am scris Nellei ca să-i dau vestea și să-i cer adresa învățătoarei Oliviero, pe care voiam s-o anunț ce mi se întâmplase. I-am făcut o vizită unui văr de-al tatei, care-mi promisese o valiză veche de-a lui. Am dat o tură pe la câteva case unde predasem și de unde aveam de încasat ultimii bani.

Mi s-a părut o ocazie ca să-mi iau un fel de adio de la Napoli. Am traversat strada Garibaldi, am urcat pe Tribunali, din piața Dante am luat un autobuz. Am urcat la Vomero, mai întâi pe strada Scarlatti, apoi pe Santarella. Apoi am coborât cu telefericul în piața Amedeo. Mamele elevilor mei m-au primit cu amărăciune, în câteva cazuri cu multă afecțiune. Împreună cu banii mi s-a oferit o cafea și aproape întotdeauna un cadouaș. Când tura s-a încheiat, mi-am dat seama că sunt aproape de Piața Martirilor.

Am apucat-o pe strada Filangieri, neștiind exact ce să fac. Mi-a revenit în minte inaugurarea magazinului de pantofi, Lila îmbrăcată ca o mare doamnă și neliniștea care o cuprinsese că nu se schimbase cu adevărat, că nu are aceeași finețe a fetelor din cartierul acela. Eu, în schimb, m-am gândit, m-am schimbat cu adevărat. Am pe mine tot aceleași zdrențe, dar am luat diploma de liceu și sunt pe cale să merg să studiez la Pisa. M-am schimbat nu în aparență, ci în profunzime. Aparența va veni curând și nu va mai fi aparență.

M-am simțit bucuroasă de acel gând, de acea constatare. M-am oprit în fața vitrinei unui optician, am studiat ramele. Da, va trebui să-mi schimb ochelarii, cei pe care-i am îmi acoperă fața, am nevoie de o ramă mai lejeră. Am detectat una rotundă, cercuri mari și subțiri. Să-mi prind părul. Să învăț să mă machiez. Am părăsit vitrina și am ajuns în Piața Martirilor.

Multe magazine la ora aceea aveau storul tras pe jumătate, al fraților Solara era coborât trei sferturi. M-am uitat înăuntru. Ce știam despre noile obiceiuri ale Lilei? Nimic. De când muncea în mezelăria nouă, nu se întorcea acasă la prânz, deși casa era la câțiva pași. Rămânea în magazin să mănânce ceva cu Carmen sau să pălăvrăgim împreună când treceam pe la ea după școală. Acum, că muncea în Piața Martirilor, era și mai greu de crezut că se întorcea acasă pentru prânz, un efort inutil, dincolo de faptul că timpul pe care îl avea la dispoziție era insuficient. Poate era într-un bar, poate la plimbare pe malul mării în compania vânzătoarei pe care sigur o avea. Sau poate se odihnea înăuntru. Am bătut în stor cu palma. Niciun răspuns. Am bătut din nou. Nimic. Am strigat, am auzit pași înăuntru, vocea Lilei a întrebat:

— Cine e?

— Elena.

— Lenù, am auzit-o exclamând.

A ridicat storul, mi-a apărut în față. Era destul de mult de când n-o mai văzusem nici măcar de departe și mi s-a părut schimbată. Purta cămașă albă și o fustă strâmtă albastră, era coafată, machiată cu aceeași grijă. Dar fața parcă i se lățise și aplatizase, tot corpul ei mi s-a părut mai lat și mai plat. M-a tras înăuntru, a coborât din nou storul. Spațiul, fastuos iluminat, era complet schimbat, părea într-adevăr nu un magazin de pantofi, ci un salon. A spus cu atâta sinceritate, că am crezut-o:

— Ce lucru frumos ți s-a întâmplat, Lenù, și ce bucuroasă sunt că ai venit să mă saluți.

Știa de Pisa, bineînțeles. M-a îmbrățișat cu putere, m-a sărutat pe obraji, i s-au umplut ochii de lacrimi și a repetat:

— Sunt chiar bucuroasă.

Apoi a strigat, întoarsă spre ușa de la baie:

— Vino, Nino, poți să ieși, e Lenuccia.

Mi s-a tăiat răsuflarea. Ușa s-a deschis și Nino a apărut într-adevăr, cu atitudinea lui obișnuită cu capul plecat, mâinile în buzunare. Dar era tras la față din cauza încordării.

— Bună, a murmurat.

N-am știut ce să spun și i-am întins mâna. El mi-a strâns-o fără vlagă. Lila, între timp, a început să-mi povestească multe lucruri importante în câteva fraze: se vedeau pe ascuns de aproape un an; hotărâse, pentru binele meu, să nu mă implice și mai mult într-o încurcătură care, dacă era descoperită, mi-ar fi provocat și mie necazuri; era însărcinată în două luni, urma să-i mărturisească totul lui Stefano, voia să-l părăsească.

82.

Lila a vorbit pe un ton care-mi era foarte cunoscut, cel hotărât, se străduia să alunge orice emoție și se limita aproape cu dispreț să reunească rapid fapte și atitudini, ca și cum s-ar fi temut că dacă și-ar fi îngăduit să-i tremure vocea sau buza de jos, toate lucrurile și-ar fi pierdut conturul și s-ar fi revărsat, târând-o și pe ea odată cu ele. Nino a stat pe canapea cu capul plecat, făcând cel mult câteva semne de aprobare. Se țineau de mână.

A spus că acea perioadă a întâlnirile lor, foarte angoasante, acolo în magazin, se încheiase în momentul în care făcuse analiza urinei și descoperise sarcina. Acum ea și Nino aveau nevoie de o casă a lor, de o viață a lor. Voia să împartă cu el prieteni, cărți, conferințe, cinema, teatru, muzică.

— Nu mai suport, a spus, să trăim separat.

Ascunsese undeva niște bani și negocia pentru un mic apartament în Campi Flegrei, douăzeci de mii de lire pe lună. Se vor piti acolo, așteptând nașterea copilului.

Cum? Fără un loc de muncă? Cu Nino care trebuia să studieze? N-am putut să mă controlez și am spus:

— De ce e nevoie să-l părăsești pe Stefano? Te pricepi să spui minciuni, i-ai spus multe, poți foarte bine să continui s-o faci.

M-a privit cu ochii mijiți. Am văzut că percepuse cu claritate sarcasmul, ranchiuna, chiar și disprețul pe care acele cuvinte îl conțineau în spatele aparenței de sfat prietenesc. Își dăduse seama, în plus, că Nino ridicase brusc capul, deschisese gura de parcă ar fi voit să spună ceva, dar se abținuse ca să evite discuții. A replicat:

— Să spun minciuni mi-a folosit ca să nu fiu omorâtă. Dar acum prefer să fiu ucisă decât să continui așa.

Când i-am salutat urându-le tot binele, am sperat pentru binele *meu* să nu-i mai revăd.

83.

Anii de la Școala Normală au fost importanți, dar nu pentru povestea prieteniei noastre. Am ajuns la colegiu plină de timidități și de stângăcii. Mi-am dat seama imediat că vorbeam o italiană din cărți care uneori friza ridicolul, mai ales când, în toiul unei propoziții prea îngrijite, îmi lipsea un cuvânt și umpleam golul italienizând un termen dialectal: mă străduiam să mă corectez. Nu știam mai nimic despre codul bunelor maniere, vorbeam foarte tare, mestecam plescăind: mi-am dat seama de stânjeneala celorlalți și am încercat să mă controlez. În nerăbdarea de a mă arăta sociabilă, întrerupeam conversații, mă pronunțam în legătură cu fapte care nu mă priveau, asumam atitudini prea intime: am încercat să fiu amabilă, dar distantă. Odată, o fată din Roma, la o întrebare despre nu mai știu ce, a răspuns imitându-mă și au râs toate. M-am simțit jignită, dar am reacționat râzând, scoțând în evidență accentul meu ca și cum ar fi fost o bucurie să fac mișto de mine de una singură.

În primele săptămâni am luptat cu dorința de a mă întoarce acasă, ascunzându-mă în bârlogul obișnuitei mele modestii blânde. Dar tocmai datorită acestei trăsături am început să mă remarc și, încet, încet, să plac. Le-am plăcut studentelor, studenților, oamenilor de serviciu, profesorilor și, aparent, fără efort. În realitate, mă străduiam mult. Am învățat să-mi controlez vocea și gesturile. Am asimilat o serie de reguli de comportament scrise și nescrise. Mi-am ținut sub control cât am putut accentul napolitan. Am reușit să demonstrez că eram bună și demnă de stimă, dar fără aroganță, mereu autoironică în legătură cu ignoranța mea, prefăcându-mă surprinsă eu însămi de rezultatele bune. Am evitat, în special, să-mi fac dușmani. Când vreuna dintre fete se arăta ostilă față de mine, îmi concentram atenția asupra ei, eram cordială și totodată discretă, serviabilă, dar sobră și nu-mi schimbam atitudinea nici măcar când se îmblânzea și era ea cea care mă căuta. La fel făceam cu profesorii. Bineînțeles, cu ei mă purtam cu mai multă prudență, dar obiectivul era același: să câștig apreciere, simpatie și afecțiune. Mă învârteam în jurul celor mai antipatici, mai austeri, cu zâmbete senine și un aer devotat.

Am dat examenele cu regularitate, învățând cu aceeași disciplină nemiloasă. Mă teroriza gândul de a avea rezultate proaste și de a pierde ceea ce mi se păruse imediat, în ciuda dificultăților, paradisul pe pământ: un spațiu al meu, un pat al meu, un birou al meu, un scaun al meu, cărți cărți cărți, un oraș aflat la antipodul cartierului și orașului Napoli, în jur numai oameni care studiau și care erau dispuși să vorbească despre ce studiau. Am învățat cu o asemenea asiduitate, că niciun profesor nu mi-a dat niciodată mai puțin de 10 și, în decurs de un an, am devenit una dintre acele studente considerate promițătoare, care saluta cu respect și căreia îi puteai răspunde cordial.

Au fost doar două momente dificile și ambele în primele luni. Fata din Roma care făcuse mișto de mine din cauza accentului meu m-a agresat, într-o dimineață, urlând la mine în prezența altor studente că îi dispăruseră bani din geantă și că ori i-i dădeam înapoi imediat, ori mă denunța la directoare. Am înțeles că nu puteam reacționa cu un zâmbet conciliant. I-am tras o palmă foarte puternică și am revărsat asupra ei un șuvoi de jigniri în dialect. S-au speriat toate. Eram considerată o persoană mereu supusă și reacția mea le-a dezorientat. Fata din

Roma a rămas fără cuvinte, și-a tamponat nasul din care picura sânge și o prietenă de-a ei a însoțit-o la baie. La câteva ore după m-au căutat amândouă și cea care mă acuzase că sunt o hoață și-a cerut scuze, își găsise banii. Am îmbrățișat-o, am spus că scuzele ei mi se păreau sincere și chiar credeam asta. Eu fusesem crescută în așa fel încât, chiar dacă aș fi greșit cu ceva, nu mi-aș fi cerut niciodată scuze.

Cealaltă problemă gravă a apărut în preajma petrecerii de inaugurare care urmă să aibă loc înainte de vacanța de Crăciun. Era un fel de bal al debutantelor la care, în fond, nu puteam să nu particip. Printre fete nu se vorbea despre altceva: veneau toți băieții din Piața Cavalerilor, era un moment important de socializare între fete și băieți. Eu nu aveam nimic de îmbrăcat. A fost frig în toamna aceea, a nins mult și ninsoarea m-a încântat. Dar apoi am descoperit cât putea deveni de enervant gerul pe străzi, mâinile fără mănuși care deveneau inerte, picioarele cu degerături. Garderoba mea era compusă din două rochii de iarnă făcute de mama cu câțiva ani în urmă, dintr-un palton ponosit moștenit de la o mătușă, dintr-o mare eșarfă albastră pe care mi-o făcusem eu însămi, dintr-o singură pereche de pantofi cu toc mediu, pingeliți de mai multe ori. Aveam deja câteva probleme serioase, în legătură cu petrecerea aceea nu știam cum să mă port. Să le întreb pe colegele mele? Mare parte dintre ele își făceau o rochie special pentru ocazia aceea și era probabil că printre rochiile lor de zi cu zi aveau măcar una cu care aș fi putut face impresie bună. Dar după experiențele cu Lila, nu puteam suporta ideea de a proba rochiile altora și de a descoperi că nu-mi veneau bine. Atunci să mă prefac că mă îmbolnăvesc? Înclinam pentru această soluție, dar mă deprima: să fiu sănătoasă, să mor de dorința de a părea o Natașa la bal cu prințul Andrei sau cu Kuraghin și să stau, în schimb, singură, cu ochii țintă în tavan în timp ce ajungea până la mine ecoul muzicii, zumzetul vocilor, râsetele. Am făcut, în cele din urmă, o alegere probabil umilitoare, dar pe care eram sigură că n-aș fi regretat-o: mi-am spălat părul, mi l-am strâns, mi-am dat cu puțin ruj și m-am îmbrăcat cu una din cele două rochii ale mele, cea a cărei singură calitate era faptul că era albastru-închis.

M-am dus la petrecere și la început m-am simțit stânjenită. Dar îmbrăcămintea mea avea meritul de a nu provoca invidii, dimpotrivă, de a genera sentimente de vinovăție care încurajau solidaritatea. În realitate, multe cunoscute binevoitoare mi-au ținut companie și băieții m-au luat adesea la dans. Am uitat cum eram îmbrăcată, chiar și starea pantofilor mei. În plus, chiar în seara aceea l-am cunoscut pe Franco Mari, un băiat urâțel, dar foarte amuzant, cu o inteligență promptă, obraznic și mână spartă, cu un an mai mare decât mine. Era dintr-o familie foarte înstărită din Reggio Emilia, militant comunist, dar critic față de tendințele social-democratice ale partidului său. Cu el am petrecut fericit mare parte din foarte puținul meu timp liber. Mi-a dăruit de toate: rochii, pantofi, un palton nou, ochelarii care mi-au redat ochii și întregul chip, cărți de cultură politică, care era cultura la care ținea cel mai mult. Am învățat de la el lucruri oribile despre stalinism și m-a îndemnat să citesc cărțile lui Troțki, grație cărora își formase o sensibilitate antistalinistă și convingerea că în URSS nu existau nici socialismul și, cu atât mai puțin, nici comunismul: revoluția se întrerupsese și trebuia repornită.

Am făcut pe cheltuiala lui și prima mea călătorie în străinătate. Am mers la Paris, la un colocviu al tinerilor comuniști din toată Europa. Dar am văzut puțin din Paris, am petrecut tot timpul în spații pline de fum. Din oraș am rămas cu impresia străzilor mult mai colorate decât cele din Napoli și Pisa, sunetul enervant al sirenelor poliției și uimirea cauzată de răspândita prezență a negrilor atât pe străzi, cât și în sălile în care Franco a avut o lungă intervenție în franceză, foarte aplaudată. Când i-am povestit lui Pasquale despre acea experiență politică a mea, nu i-a venit să creadă că eu — *tocmai tu*, a spus — făcusem așa ceva. Apoi a tăcut stânjenit când i-am expus lecturile mele, declarându-mă filotroțkistă.

De la Franco am căpătat și multe obiceiuri care au fost ulterior întărite de sugestiile și de discursurile anumitor profesori: să folosesc verbul „a studia“ chiar dacă citeam cărți științifico-fantastice; să fac fișe foarte detaliate pentru orice text studiat; să mă entuziasmez de fiecare dată când dădeam peste pasaje în care erau bine povestite efectele inegalității sociale. El ținea mult la ceea ce numea reeducarea mea și eu m-am lăsat reeducată cu plăcere. Dar, cu mare tristețe, n-am reușit să mă îndrăgostesc. Am ținut la el, am ținut la corpul lui agitat, dar nu l-am simțit niciodată necesar. Puținul pe care-l simțeam s-a epuizat în scurt timp când a pierdut locul la Școala Normală: la un examen a luat 4 și a fost dat afară. Ne-am scris câteva luni. A încercat să revină, a spus că o făcea doar ca să fie alături de mine. L-am încurajat să susțină un nou examen, dar a picat. Ne-am mai scris de câteva ori, apoi destulă vreme n-am mai știut nimic de el.

84.

Asta, grosso modo, e ce mi s-a întâmplat la Pisa de la sfârșitul anului 1963 până la sfârșitul anului 1965. Ce ușor e să povestesc despre mine fără Lila: timpul se liniștește și faptele demne de atenție curg de-a lungul firului anilor ca niște valize pe banda unui aeroport; le iei, le pui pe pagină și gata.

Mai complicat e de povestit ce, în aceiași ani, i s-a întâmplat ei. Banda atunci încetinește, accelerează, cotește brusc, iese de pe șine. Valizele cad, se deschid, conținutul lor se împrăștie ici și colo. Lucrurile noastre se amestecă și, pentru a le strânge, sunt constrânsă să revin la povestirea care mă privește (și care totuși îmi venise fără impedimente) extinzând fraze care acum îmi sună prea concise. De exemplu, dacă Lila s-ar fi dus la Școala Normală în locul meu, ar fi fost la fel de supusă? În ce măsură m-a influențat comportamentul ei când i-am tras o palmă fetei de la Roma? Cum a reușit — chiar și de la distanță — să măture blândețea mea artificială, cât din determinarea necesară am avut de la ea, până în ce punct mi-a dictat chiar și jignirile? Și când, foarte înspăimântată și scrupuloasă, îl târam în cameră pe Franco, de la cine-mi venea îndrăzneala, dacă nu de la exemplul ei? Și sentimentul de nemulțumire, când îmi dădeam seama că nu-l iubeam, când constatam frigiditatea mea emoțională, de unde iradia, dacă nu, prin comparație, din capacitatea de a iubi pe care o demonstrase și o demonstra în continuare?

Da, Lila e cea care face greoaie scriitura. Viața mea mă îndeamnă să-mi imaginez cum ar fi fost a ei dacă ar fi avut parte de ce am avut eu parte, cum ar fi folosit ea norocul meu. Și viața ei își face apariția încontinuu în viața mea, în cuvintele pe care le-am pronunțat, în care există adesea un ecou al cuvintelor ei, în gestul specific care e o reintegrare a unuia dintre gesturile ei, în *mai puțin*-ul meu care e astfel din cauza unui *mai mult* al ei, în *mai mult*-ul meu care e forțarea *mai puțin*-ului ei. Fără să mai luăm în calcul ce n-a zis niciodată, dar m-a lăsat să intuiesc, ceea ce nu știam și apoi am citit în caietele ei. Astfel, povestirea faptelor trebuie să încheie socotelile cu filtre, amânări, adevăruri parțiale, jumătăți de minciună: rezultă o istovitoare măsurare a timpului trecut bazată în întregime pe metrul nesigur al cuvintelor.

Trebuie să recunosc, de exemplu, că despre suferințele Lilei mi-a scăpat totul. Pentru că-l avea pe Nino, pentru că prin vicleniile ei secrete rămăsese însărcinată cu el și nu cu Stefano, pentru că din iubire era pe punctul de a face un gest de neconceput în mediul în care crescuserăm — să-și părăsească soțul, să renunțe la bunăstarea recent dobândită, să riște să fie omorâtă împreună cu amantul și cu copilul pe care-l purta în pântece —, am considerat-o fericită cu acea fericire vijelioasă a romanelor, a filmelor și a benzilor desenate, singura care la acea vreme mă interesa cu adevărat. Nu fericirea conjugală, ci fericirea pasiunii, o confuzie furibundă de rău și de bine care i se întâmplase ei, și nu mie.

Mă înșelam. Acum mă întorc la momentul în care Stefano ne-a luat din Ischia și știu cu certitudine că încă din clipa în care vaporetul s-a îndepărtat de mal și Lila și-a dat seama că nu-l va mai găsi pe Nino dimineața așteptând-o pe plajă, că nu va mai dezbate, vorbi, șușoti cu el, că nu vor mai înota împreună, că nu se vor mai săruta și îmbrățișa și iubi, pe ea a marcat-o violent suferința. În decursul a câteva zile întreaga ei viață de doamnă Carracci — echilibru și dezechilibru, strategii, bătălii, războaie și alianțe, enervări cu furnizorii și cu clientela, meșteșugul înșelătoriei la cântar, silința de a face să se înmulțească banii în sertarul casei de marcat — s-a dematerializat, a pierdut adevărul. A devenit concret și adevărat doar Nino, iar ea care-l voia, care-l dorea zi și noapte, care se agăța de soț în întunericul dormitorului lor ca să uite de celălalt și numai pentru câteva minute. Un segment urât de timp. Tocmai în acele minute simțea mai puternic nevoia de a-l avea și într-un mod atât de limpede, cu o asemenea precizie de detalii, încât îl respingea pe Stefano ca pe un necunoscut și se refugia într-un colț al patului plângând și urlând înjurături sau dădea fuga în baie și se închidea cu cheia.

85.

Într-un prim moment s-a gândit să se furișeze afară noaptea și să se întoarcă la Forio, dar a înțeles că soțul ar fi găsit-o imediat.

Atunci s-a gândit să-l întrebe pe Alfonso dacă Marisa știa când se va întoarce fratele de la Ischia, dar s-a temut că acesta îi va spune lui Stefano de întrebarea aceea și a lăsat-o baltă. A găsit în cartea de telefon numărul familiei Sarratore și a sunat. A răspuns Donato. Ea a spus că era o prietenă de-a lui Nino, el i-a retezat vorba cu o voce arțăgoasă și a închis. Disperată, a revenit la ideea de a se îmbarca și era pe punctul de a se decide, când, într-o după-amiază de început de septembrie, Nino a apărut în pragul mezelăriei aglomerate, cu barba mare și complet beat.

Lila a oprit-o pe Carmen care deja sărise ca arsă să-l alunge pe băiatul dezorientat, pe care-l credea un necunoscut ieșit din minți.

— Mă ocup eu, i-a spus și l-a târât de acolo, cu gesturi precise, voce rece. S-a bazat pe certitudinea că pe fiul lui Sarratore Carmen Peluso nu-l recunoscuse, pentru că era foarte diferit de copilul care frecventase împreună cu ele clasele primare.

A acționat în grabă. Dacă o vedeai, părea aceeași femeie care știe să rezolve orice problemă. În realitate, nu mai știa unde se afla. Păliseră pereții încărcați de mărfuri, strada pierduse orice definiție, se dizolvaseră fațadele palide ale blocurilor noi și mai ales nu simțea pericolul pe care-l risca. Nino Nino Nino: simțea numai bucuria și dorința. El era în fața ei, din nou, în sfârșit, și pe fața lui se citea faptul că suferise și suferea și o căutase și o voia, astfel că încerca să o ia în brațe, să o sărute pe stradă.

L-a târât acasă la ea, i s-a părut locul cel mai sigur. Trecători? N-a văzut. Vecini de casă? N-a văzut. Au început să facă dragoste imediat ce ea a închis ușa apartamentului în urma ei. Nu-și făcea niciun scrupul. Simțea doar o dorință de a-l avea pe Nino, imediat, de a-l ține, de a-l păstra. Acea nevoie nu s-a atenuat nici măcar când s-au liniștit. Cartierul, vecinătatea, mezelăria, străzile, zgomotele căii ferate, Stefano, Carmen așteptând poate neliniștită au revenit încet, dar numai ca obiecte care trebuie puse la loc, care să nu devină piedici și care trebuiau stivuite de-a valma astfel încât să nu cadă pe neașteptate.

Nino i-a reproșat că plecase fără măcar să-l anunțe, a îmbrățișat-o, a dorit-o din nou. I-a cerut să plece imediat, împreună, dar nu știa să spună unde. Ea îi răspundea da, da, da și îi împărtășea total nebunia, chiar dacă, spre deosebire de el, simțea timpul, secundele și minutele reale care, odată cu trecerea lor, sporeau riscul de a fi prinși. De aceea, abandonată împreună cu el pe podea, se uita la lustra care atârna din tavan chiar deasupra lor ca o amenințare. Până atunci singura ei preocupare fusese să-l aibă pe Nino imediat. După aceea totul se putea prăbuși. Acum se gândea însă la cum să-l țină strâns lângă ea fără ca lustra să se desprindă de tavan, fără ca podeaua să se rupă și el să cadă pentru totdeauna de o parte și ea de cealaltă.

— Du-te.

— Nu.

— Ești nebun.

— Da.

— Te rog, te implor, pleacă.

L-a convins. A așteptat să-i spună ceva Carmen, ca vecinii să bârfească, ca Stefano să se întoarcă de la mezelărie și s-o bată. Nu s-a întâmplat nimic din toate astea, s-a simțit ușurată. I-a mărit leafa lui Carmen, a devenit afectuoasă cu soțul, a inventat scuze ca să poată să-l întâlnească pe Nino pe ascuns.

86.

La început cea mai mare problemă n-au fost bârfele care să distrugă totul, ci el, băiatul iubit. Nu-l interesa altceva decât s-o înșface, s-o sărute, s-o muște, s-o penetreze. Părea că vrea să trăiască toată viața cu gura peste gura ei, în corpul ei. Și nu suporta despărțirile, îl speriau, se temea ca ea să nu dispară din nou. De aceea se ameţea cu alcool, nu învăţa, fuma încontinuu. Părea că pentru el nu mai exista altă problemă pe lume în afara lor şi, dacă recurgea la cuvinte, o făcea doar ca să-i strige gelozia lui, ca să-i spună în mod obsesiv cât îi era de insuportabil că ea trăieşte în continuare cu soţul.

— Eu am lăsat totul, murmura epuizat, şi tu, în schimb, nu vrei să laşi nimic.

— Ce te gândeşti să faci? îl întreba ea atunci.

Nino amuţea, dezorientat de întrebare, sau se înfuria ca şi cum starea lucrurilor l-ar fi jignit. Spunea disperat:

— Tu nu mă mai vrei.

Lila, în schimb, îl voia, îl voia iarăşi şi iarăşi, dar mai voia şi altceva şi încă imediat. Voia ca el să-şi reia studiul, voia să-i stimuleze mintea, aşa cum se întâmplase în perioada de la Ischia. Copila ieşită din comun din clasele primare, fetiţa care o fermecase pe învăţătoarea Oliviero, cea care scrisese *Fata blu* reapăruse şi, cu o nouă energie, era cuprinsă de o dorinţă de nestăpânit. Nino o găsise pe fundul întunericului total în care ajunsese şi o ridicase la lumină. Fetiţa aceea acum insista ca el să redevină tânărul studios dinainte şi să o facă să crească până când va avea forţa să o alunge pe doamna Carracci. Lucru care, încet, încet, i-a reuşit.

Nu ştiu ce s-a întâmplat: Nino a intuit, probabil, că pentru a nu o pierde trebuia să fie din nou ceva mai mult decât un amant nerăbdător. Sau poate că nu, poate pur şi simplu a simţit că pasiunea îl secătuia. Cert e că şi-a reluat studiile. Şi Lila la început a fost bucuroasă: el, încet, încet, şi-a revenit, a redevenit cum îl cunoscuse la Ischia, lucru care i l-a făcut şi mai necesar. L-a recăpătat nu doar pe Nino, dar şi puţin din cuvintele lui, din ideile lui. El citea Smith nemulţumit, încerca să facă asta şi ea; el citea Joyce încă şi mai nemulţumit, încerca să o facă şi ea. A cumpărat cărţile despre care îi vorbea atunci când reuşeau să se vadă. Voia să discute despre ele şi nu găsea niciodată calea.

Carmen, tot mai dezorientată, nu înțelegea ce avea de făcut Lila când, acum cu o scuză, altă dată cu alta, lipsea câteva ore. O observa încruntată în timp ce, și în momentele de aglomerație din mezelărie, îi lăsa povara clientelor și părea că nu vede și nu aude nimic, atât era de cufundată într-o carte sau scriind în caietele ei. Trebuia să-i spună:

— Lina, te rog, mă ajuți?

Abia atunci ea ridica ochii, își trecea vârful degetelor peste buze și spunea da.

În ce-l privește pe Stefano, oscila mereu între stări nervoase și docilitate. În timp ce el se certa cu cumnatul, cu socrul, cu frații Solara și se întrista pentru că nu apăreau copiii în ciuda băilor la mare, soția sa vorbea ironic despre marea zăpăceală cu pantofii și se izola până noaptea târziu în romane, reviste și ziare: îi revenise acea manie, ca și cum viața reală n-o mai interesa. O observa, nu înțelegea sau nu avea timpul și cheful să înțeleagă. După Ischia, o parte din el, cea mai agresivă, când avea de-a face fie cu refuzul ei, fie cu înstrăinarea pașnică, îi îmboldea să aibă loc o nouă confruntare ca să se lămurească definitiv. Dar o altă parte, mai prudentă, poate temătoare, o oprea pe prima, se prefăcea că nu e nimic, se gândea: mai bine așa decât când te scoate din sărite. Și Lila, care îi citise acel gând, căuta să-l facă să-i persiste în minte. Seara, când amândoi se întorceau acasă de la muncă, îl trata pe soț fără ostilitate. Dar după cină și pălăvrăgeli se retrăgea prudent în lectură, un spațiu mental care lui îi era inaccesibil, era locuit numai de ea și de Nino.

Ce a devenit pentru ea băiatul acela în acea perioadă? O dorință sexuală de nestăpânit care o ținea într-o permanentă stare de fantezie erotică; o înflăcărare a minții care voia să fie la înălțimea minții lui; mai ales un plan abstract de cuplu secret, închis într-un fel de refugiu care trebuia să fie pe jumătate colibă pentru două inimi, jumătate laborator de idei despre complexitatea lumii, cu el prezent și activ și ea o umbră lipită de călcâiele lui, sfătuitoare prudentă, colaboratoare devotată. În puținele dăți când reușeau să stea împreună nu pentru câteva minute, ci pentru o oră, ora aceea se transforma într-un flux nesecat de schimburi sexuale și verbale, o stare de bine totală care în momentul despărțirii făcea insuportabilă întoarcerea la mezelăria și în patul lui Stefano.

— Nu mai suport.

— Nici eu.

— Ce facem?

— Nu știu.

— Vreau să stau cu tine mereu.

Sau cel puțin, adăuga ea, câteva ore în fiecare zi.

Dar cum să-și decupeze un timp constant, fără să riște? Să-l vadă pe Nino acasă era foarte periculos, să-l vadă pe stradă și mai periculos. Fără să mai pună la socoteală că uneori Stefano suna la mezelărie și ea nu era și era obositor să dea de fiecare dată o explicație plauzibilă. Astfel, prinsă între nerăbdările lui Nino și protestele soțului, în loc să-și recapete sentimentul realității și să-și dea seama că se găsea într-o situație fără ieșire, Lila a început să se poarte ca și cum lumea reală ar fi un fundal sau o tablă de șah. Și ar fi fost de ajuns să muți un decor pictat, să muți câțiva pioni și iată că jocul, singurul lucru care conta cu adevărat, jocul *ei*, *jocul lor*, putea fi jucat în continuare. În ce privește viitorul, viitorul a devenit a doua zi și apoi următoarea și apoi iarăși următoarea. Imagini neașteptate de măcel și de sânge, foarte prezente în caietele ei. Nu scria niciodată *o să mor ucisă*, dar nota întâmplări de cronică neagră, uneori le reinventa. Erau povești despre femei omorâte, insista asupra îndârjirii asasinului, asupra sângelui răspândit peste tot. Și punea acolo detaliile pe care ziarele nu le relatau: ochi scoși din orbite, răni provocate de cuțit la gât sau la organele interne, lama care trecea prin mamelă, sfârcuri tăiate, pântecele despicat de la buric în jos, lama care răzuia organele genitale. Voia parcă să-i răpească morții violente puterile reducând-o la cuvinte, la o schemă guvernabilă.

87.

În acel joc cu posibile rezultate mortale s-a băgat Lila în confruntarea dintre fratele ei, soțul ei și frații Solara. A folosit convingerea lui Michele că ea era persoana potrivită să gestioneze magazinul din Piața Martirilor. A încetat brusc să-i spună nu și, după o negociere arțăgoasă grație căreia a obținut o autonomie absolută și o plată săptămânală destul de însemnată, ca și cum n-ar fi fost doamna Carracci, a acceptat să se ducă să muncească în magazinul de pantofi. Nu i-a păsat de fratele ei, care se simțea amenințat de noua marcă Solara și vedea acea mișcare a ei ca pe o trădare; și nici de soțul ei, care inițial s-a înfuriat, a amenințat-o, apoi a împins-o la complicate medieri în numele lui cu cei doi frați în privința împrumuturilor mamei lor. A ignorat și cuvințelele mieroase ale lui Michele, care-i dădea încontinuu târcoale ca să supravegheze, fără s-o arate, reorganizarea magazinului și care insista, între timp, să primească noi modele de pantofi direct de la ea, trecând peste Rino și Stefano.

Lila intuise de ceva vreme că fratele și tatăl ei vor fi alungați, că frații Solara își vor însuși totul, că Stefano se va ține la suprafață numai devenind tot mai dependent de afacerile lor ilegale. Dar dacă înainte perspectiva aceea o indigna, acum scria în însemnările ei că treaba o lăsa complet indiferentă. Desigur, o întrista Rino, îi părea rău că rolul lui de patronaș era deja în declin, mai ales acum, că se căsătorise și avea un copil. Dar toate legăturile din trecut deveniseră în ochii ei de mică valoare, puterea ei de a iubi luase o singură cale, fiecare gând al ei, fiecare sentiment acum îl aveau în centru pe Nino. Dacă înainte acționase ca să-și îmbogățească fratele, acum acționa doar ca să-i facă pe plac lui Nino.

Prima dată când s-a dus la magazinul din Piața Martirilor ca să vadă ce era de făcut acolo a izbit-o faptul că pe peretele unde fusese panoul cu fotografia ei de mireasă se afla încă pata negru-gălbuie a vâlvătaiei care o distrusese. Urma aceea a enervat-o. Nu-mi place nimic, s-a gândit, din tot ce mi s-a întâmplat și am făcut înainte de Nino. Și i-a venit în minte pe neașteptate că în spațiul acela din centrul orașului se întâmplaseră, din motive necunoscute, momentele relevante ale războiului ei. Acolo, în seara confruntării cu tinerii de pe *via* dei Mille, hotărâse definitiv că trebuia să scape de sărăcie. Acolo regretase acea hotărâre și desfigurase fotografia ei în rochie de mireasă și pretinsese ca acel act de pocire să figureze în magazin ca o decorațiune. Acolo și-a dat seama că va pierde sarcina. Acolo, acum, se ducea de râpă activitatea cu pantofii, acaparată de frații Solara. Și acolo, iată, căsnicia ei se va termina, se va descotorosi de Stefano și de numele lui, cu tot ce i-ar fi adus el. Ce neglijență, i-a spus lui Michele Solara arătându-i arsura. Apoi a ieșit pe trotuar să privească leii de piatră din centrul pieței și i s-a făcut frică de ei.

A pus să fie vopsit totul în alb. A redeschis în toaletă, care nu avea fereastră, o ușă zidită care odată dădea într-o curte interioară și a pus să fie instalat un ochi de geam translucid prin care să intre puțină lumină. A cumpărat două tablouri ale unui pictor pe care le văzuse într-o galerie de pe Chiatamone și care-i plăcuseră. A angajat o vânzătoare, dar nu din cartier, ci una din Materdei care studiase să fie secretară de firmă. A obținut ca orele în care se închidea magazinul după-amiaza, de la unu la patru, să fie pentru ea și pentru vânzătoare ore de odihnă totală, lucru pentru care fata i-a fost mereu foarte recunoscătoare. L-a ținut ocupat pe Michele care, deși îi sprijinea toate inovațiile fără s-o controleze, pretindea oricum să fie detaliat informat în legătură cu ce făcea și cu ce cheltuia.

În cartier, până una alta, alegerea de a merge să muncească în Piața Martirilor a izolat-o mai mult decât era deja. O fată care făcuse un mariaj bun și obținuse din nimic o viață înstărită, o fată frumoasă care era stăpână la ea acasă, pe proprietățile soțului, de ce oare se dădea jos din pat dimineața și rămânea departe de casă toată ziua, în centru, angajata altora, complicând viața lui Stefano, a soacrei care, din vina ei, trebuia să se întoarcă să trudească în mezelăria cea nouă? Pinuccia și Gigliola mai ales, fiecare în felul ei, au aruncat asupra Lilei tot noroiul de care au fost capabile și asta era previzibil. Mai puțin previzibil a fost faptul că Carmen, care o adora pe Lila pentru tot binele pe care i-l făcuse, cum a părăsit mezelăria, și-a retras toată afecțiunea cum îți retragi o mână atinsă ușor de colții unui animal. Nu i-a plăcut trecerea bruscă de la prietenă-colaboratoare la servitoarea mamei lui Stefano. S-a simțit trădată, abandonată sorții ei și n-a știut să-și stăpânească resentimentul. A început chiar și să se certe cu logodnicul ei, Enzo, care nu privea cu ochi buni această înăsprire a ei, clătina din cap și, în felul lui laconic, cu două sau trei cuvinte, mai mult decât s-o apere pe Lila, îi atribuia un fel de intangibilitate, privilegiul de a avea întotdeauna dreptate.

— Tot ce fac eu nu e bine, tot ce face ea e bine, spunea Carmen cu ranchiună.

— Cine a spus asta?

— Tu: Lina gândește, Lina face, Lina știe. Și eu? M-a lăsat aici și a plecat? Dar bineînțeles că ea a făcut bine să plece și eu fac rău să mă vait. E adevărat? Așa gândești?

— Nu.

În ciuda răspunsului monosilabic, Carmen nu se convinsese, suferea. Intuia că Enzo era sătul de tot, chiar și de ea, și asta o făcea să se înfurie și mai mult: de când îi murise tatăl, de când se întorsese din armată, băiatul făcea ce trebuia să facă, ducea aceeași viață, dar deși era încă sub arme începuse să studieze noaptea ca să-și ia nu se știa ce diplomă. Acum se ferecase la el în minte să rumege ca un animal — înăuntru rumegatul, în afară tăcerea — și Carmen nu reușea să-l suporte, în special nu putea accepta cum se aprindea el doar dacă se vorbea de proasta aia și începea să plângă, urlând:

— Îmi provoacă scârbă Lina, pentru că i se rupe de toți, dar ție îți place asta, știu. Însă dacă apoi mă comport eu cum se comportă ea, îmi spargi fața.

Ada, în schimb, de multă vreme trecuse de partea angajatorului ei, Stefano, împotriva soției care-l tiraniza. Când Lila s-a dus în centru să facă pe vânzătoarea de lux, a devenit și mai perfidă. O vorbea rău cu oricine, pe față, fără reticențe, dar în special se supăra pe Antonio și pe Pasquale. „V-a păcălit întotdeauna pe toți, pe voi, bărbații“, spunea, „pentru că știe să vă ia, e o scroafă“. Zicea chiar așa, cu mânie, ca și cum Antonio și Pasquale ar fi fost reprezentanții întregii meschinării a sexului masculin. Își insulta fratele care nu era de partea ei, îi urla: „Taci pentru că iei și tu bani de la Solara, sunteți amândoi angajați ai firmei și știu că te lași condus de o femeie, o ajuți să aranjeze magazinul, ea îți spune mută aia și mută ailaltă și tu te supui“. Și mai rău făcea cu logodnicul, Pasquale, cu care se înțelegea tot mai puțin, îl ataca încontinuu și îi spunea: „Ești murdar tot, puți“. El se scuza, tocmai terminase de muncit, dar Ada continua să dea în el, o făcea cu fiecare ocazie, astfel că Pasquale a cedat în privința Lilei pentru a avea un trai liniștit, altfel trebuia să rupă logodna; chiar dacă — trebuie spus — n-a fost doar asta: până atunci se enervase adesea atât pe logodnică, cât și pe sora sa pentru cum uitaseră de toate beneficiile pe care le obținuseră din ascensiunea Lilei. Dar când, într-o dimineață, a văzut-o pe prietena noastră în mașină cu Michele Solara care o ducea în Piața Martirilor, îmbrăcată ca o curvă de lux, toată boită, a recunoscut că nu putea să înțeleagă cum, fără nicio nevoie financiară reală, a putut să se vândă unui astfel de tip.

Lila, ca de obicei, nici măcar n-a acordat atenție ostilității care creștea în jurul ei, ci s-a dedicat noii sale munci. Și vânzările au avut curând o creștere neașteptată. Magazinul a devenit un loc unde se mergea, da, la cumpărături, dar și pentru plăcerea de a pălăvrăgi cu femeia aceea tânără și plină de vitalitate, foarte frumoasă, cu o conversație rafinată, care ținea cărți printre pantofi, care citea acele cărți, care oferea bomboane de ciocolată laolaltă cu vorbe inteligente. Lila nu părea că voia să le vândă pantofi Cerullo sau pantofi Solara, mai ales, soției sau fiicelor avocatului sau inginerului, jurnalistului de la *Il Mattino*, tânărului sau bătrânului ramolit care arunca timp și bani la Club, ci doar să-i invite să ia loc pe divan și pe fotolii ca să converseze de una și de alta.

Singurul impediment era Michele. O deranja adesea cu prezența lui în orele de lucru și odată i-a zis, cu tonul acela mereu ironic, mereu insinuant:

— Tu ai greșit soțul, Lina. Văzusem corect: uite ce bine te descurci cu oamenii care ne pot fi utili. Eu și cu tine, împreună, în câțiva ani ne luăm tot orașul Napoli și facem cu el ce avem chef.

Atunci a încercat s-o sărute.

Ea l-a respins, el nu s-a ofensat. I-a spus relaxat:

— E bine așa, eu știu să aștept.

— Așteaptă unde vrei, dar nu aici înăuntru, i-a răspuns ea, pentru că dacă aștepți aici, mă întorc chiar mâine la mezelărie.

Michele și-a rărit vizitele. S-au înmulțit, în schimb, vizitele secrete ale lui Nino. El și Lila au avut luni de zile, în magazinul din Piața Martirilor, în sfârșit o viață a lor care dura trei ore pe zi, cu excepția duminicilor și a sărbătorilor, zile insuportabile. Băiatul intra pe ușița de la toaletă, la ora unu, imediat cum vânzătoarea trăgea în jos storul pe trei sferturi și pleca, și o ștergea pe aceeași ușă la ora patru fix, înainte să se întoarcă vânzătoarea. În rarele ocazii când au fost niște probleme — de câteva ori au venit Michele cu Gigliola și într-un moment de tensiune deosebită a apărut chiar Stefano — Nino s-a închis în toaletă și a șters-o pe ușa care dădea spre curte.

Cred că pentru Lila aceea a fost o tumultoasă perioadă de probă în vederea unei existențe fericite. Pe de o parte, continua cu devotament să interpreteze rolul tinerei doamne care dădea comerțului cu pantofi o tușă excentrică, pe de alta, citea pentru Nino, învăța pentru Nino, gândea pentru Nino. Și chiar și persoanele de o anumită importanță cu care i se întâmpla să se împrietenească în magazin, i se păreau în special relații care să-l ajute pe el.

În acea etapă, Nino a publicat în *Il Mattino* un articol despre Napoli care i-a oferit o faimă discretă în mediile universitare. Eu nici măcar n-am băgat de seamă și cu atât mai bine: dacă m-ar fi ținut înăuntrul poveștii lor cum se întâmplase la Ischia, aș fi fost marcată atât de dur, că n-aș mai fi fost în stare să-mi revin. În special, nu mi-ar fi luat mult să înțeleg că destule rânduri din articolul acela — nu cele mai informate, ci acele câteva intuiții care nu cereau mari cunoștințe, ci doar o legătură-fulger între lucruri foarte depărtate între ele — erau ale Lilei și că, mai ales, îi aparținea tonalitatea scriiturii. Nino nu știuse niciodată să scrie așa și nici n-ar fi fost în stare de asta vreodată. Numai ea și eu știam să scriem în felul acela.

88.

Apoi a aflat că e însărcinată și a decis să pună capăt încurcăturii din Piața Martirilor. Într-o duminică de toamnă târzie a anului 1963 a refuzat să meargă la prânz la soacră, cum se întâmpla de obicei, și s-a dedicat gătitului cu mult devotament. În timp ce Stefano trecea să ia prăjituri de la frații Solara și ducea câteva mamei și surorii lui pentru a fi iertat pentru dezertarea duminicală, Lila a băgat într-o valiză cumpărată pentru voiajul de nuntă niște lenjerie intimă, câteva rochii, câteva perechi de pantofi de iarnă și a ascuns-o în spatele ușii salonului. Apoi a spălat toate oalele pe care le murdărise, a aranjat cu grijă masa în bucătărie, a scos dintr-un sertar un cuțit pentru carne și l-a pus pe lavoar, acoperit cu o cârpă. În fine, așteptând ca soțul să se întoarcă, a deschis fereastra ca să iasă mirosul de gătit și a rămas la pervaz să privească trenurile și șinele strălucitoare. Frigul alunga căldura din apartament, dar asta n-o deranja, ci îi dădea energie.

Stefano s-a întors și s-au așezat la masă. Enervat pentru că renunțase la mâncarea bună a mamei sale, n-a spus niciun cuvânt de laudă pentru prânz, dar a fost mai dur ca de obicei la adresa cumnatului, Rino, și mai afectuos ca de obicei față de nepot. L-a numit de mai multe ori *fiul surorii mele*, ca și cum aportul lui Rino ar fi contat foarte puțin. Când au ajuns la prăjituri, el a mâncat trei, ea niciuna. Stefano și-a șters cu grijă gura murdară de cremă și i-a spus:

— Să mergem să dormim puțin.

Lila a răspuns:

— De mâine nu mă mai duc la magazin.

Stefano a înțeles imediat că după-amiaza se înrăutățea.

— De ce?

— Pentru că nu mai am chef.

— Te-ai certat cu Michele și Marcello?

— Nu.

— Lina, nu face tâmpenii, știi foarte bine că eu și fratele tău uneori ne luăm de gât cu ăia, nu complica lucrurile.

— Nu complic nimic. Dar acolo nu mă mai duc.

Stefano a tăcut și Lila a înțeles că era alarmat și că voia să evite problema fără s-o aprofundeze. Soțul se temea că îi va dezvălui vreun afront din partea fraților Solara, o jignire impardonabilă la care, odată ce afla de ea, ar fi trebuit să reacționeze și să ajungă astfel la o ruptură iremediabilă. Ceea ce nu-și putea permite.

— Bine, i-a spus când s-a hotărât să vorbească, nu te mai duce, întoarce-te la mezelărie.

Ea i-a răspuns:

— N-am chef nici de mezelărie.

Stefano a privit-o perplex.

— Vrei să stai acasă? Foarte bine. Tu ai vrut să muncești, eu nu ți-am cerut asta niciodată. E adevărat sau nu?

— E adevărat.

— Atunci stai acasă, mie îmi face plăcere.

— Nu vreau să stau nici acasă.

El era pe punctul să-și piardă calmul, singurul său mod cunoscut ca să scape de neliniște.

— Dacă nu vrei să stai nici acasă, pot să știu ce pula mea vrei?

Lila a răspuns:

— Vreau să plec.

— Să pleci unde?

— Nu mai vreau să stau cu tine, vreau să te părăsesc.

Stefano n-a știut să facă altceva decât să înceapă să râdă. Cuvintele acelea i s-au părut atât de incredibile, că pentru câteva minute a părut ușurat. A ciupit-o ușor de obraz, i-a zis cu obișnuitul lui surâs că erau soț și soție și că soțul și soția nu se despart, i-a promis și că duminica următoare o va duce pe coasta amalfitană, așa se mai relaxau puțin. Dar ea i-a răspuns calmă că n-avea sens să rămână împreună, că se înșelase încă de la început, că și atunci când fuseseră logodiți avusese pentru el doar puțină simpatie, că acum știa clar că nu ținuse niciodată la el și că a fi întreținută de el, a-l ajuta să facă bani, a dormi împreună erau lucruri pe care nu mai putea să le suporte.

La sfârșitul acestui discurs a primit o palmă care a făcut-o să cadă de pe scaun. S-a ridicat în timp ce Stefano se năpustea s-o lovească, a alergat la lavoar, a apucat cuțitul pe care-l pusese sub cârpă. S-a întors exact când el era pe punctul s-o lovească din nou.

— Fă-o și te ucid cum l-au ucis pe tatăl tău, i-a spus.

Stefano s-a oprit, uimit de acea amintire a destinului tatălui. A murmurat chestii de genul: „Dar sigur, omoară-mă, fă ce vrei". A făcut un gest de plictiseală și l-a apucat un lung căscat, un căscat de nestăpânit, cu gura larg deschisă, care l-a lăsat cu ochii lucioși. I-a întors spatele și tot bombănind fraze dezlânate — „Hai, hai, ți-am dat totul, ți-am îngăduit totul și tu mă răsplătești așa, pe mine care te-am scos din sărăcie, care l-am îmbogățit pe fratele tău, pe tatăl tău și pe toată familia ta de rahat" — s-a dus la masă și a mai mâncat o prăjitură. Apoi a ieșit din bucătărie, s-a retras în dormitor, de unde i-a strigat pe neașteptate:

— Tu nici nu-ți poți imagina cât țin la tine.

Lila a lăsat cuțitul pe lavoar, s-a gândit: nu crede că-l părăsesc; n-ar crede nici că am pe altul, nu poate. Totuși, și-a făcut curaj și s-a dus în dormitor ca să-i mărturisească de Nino, ca să-i spună că era însărcinată. Dar soțul dormea, își trăsese brusc somnul peste el ca pe o mantie fermecată. Atunci și-a pus paltonul, a luat valiza și a părăsit apartamentul.

89.

Stefano a dormit toată ziua. Când s-a trezit și și-a dat seama că soția nu mai era, s-a prefăcut că nu se întâmplase nimic. Se comporta așa de când era mic, când tatăl îl teroriza doar cu prezența lui și el, ca reacție, exersase acea jumătate de zâmbet, în mișcări lente și liniștite, într-o distanță controlată de orice lucru al lumii înconjurătoare, ca să țină sub supraveghere atât sperietura, cât și dorința de a-i deschide pieptul cu mâinile și a i-l desface, de a-i smulge inima.

A ieșit pe seară și a făcut un lucru îndrăzneț: s-a dus sub ferestrele Adei, vânzătoarea lui, și chiar dacă știa că era probabil la cinema sau în vreo altă parte cu Pasquale, a strigat-o, a strigat-o de mai multe ori. Ada a apărut la fereastră, fericită și alarmată deopotrivă. Rămăsese acasă pentru că Melina bătea câmpii mai mult ca de obicei și Antonio, de când muncea pentru frații Solara, era mereu plecat, nu avea un program fix. Dar logodnicul ei îi ținea companie. Stefano a urcat oricum și, fără să vorbească despre Lila, a petrecut seara în casa Cappuccio, pălăvrăgind despre politică cu Pasquale și despre mezelărie cu Ada. Când s-a întors acasă, s-a prefăcut că Lila se dusese la părinți și, înainte să se bage în pat, s-a bărbierit cu grijă. A dormit profund toată noaptea.

Necazurile au început a doua zi. Vânzătoarea din Piața Martirilor i-a semnalat lui Michele că Lila nu apăruse. Michele i-a telefonat lui Stefano și Stefano i-a zis că soția lui se îmbolnăvise. Boala a durat zile în șir, astfel Nunzia a trecut să vadă dacă fiica ei avea nevoie de ea. Nu i-a deschis nimeni și a revenit seara, după închiderea magazinelor. Stefano tocmai se întorsese de la muncă și stătea în fața televizorului, pe care-l ținea dat tare. A înjurat, s-a dus să deschidă, apoi a invitat-o să stea jos. Imediat ce Nunzia a spus: „Cum se simte Lila?“, el a răspuns că îl părăsise, apoi a izbucnit în plâns.

Au venit în grabă ambele familii: mama lui Stefano, Alfonso, Pinuccia cu copilul, Rino, Fernando. Dintr-un motiv sau altul, erau toți speriați, dar doar Maria și Nunzia s-au îngrijorat explicit pentru soarta Lilei și s-au întrebat unde oare se dusese. Ceilalți s-au certat între ei din motive care nu prea aveau de-a face cu ea. Rino și Fernando, care erau supărați pe Stefano pentru că nu făcea nimic ca să împiedice închiderea fabricii de încălțăminte, l-au acuzat că nu înțelesese niciodată nimic despre Lila și că făcuse foarte rău s-o trimită în magazinul fraților Solara. Pinuccia s-a enervat și a urlat la soțul și la socrul ei că Lilei îi plăcuseră mereu excesele și că nu ea era victima lui Stefano, ci Stefano a ei. Când Alfonso a îndrăznit să spună că trebuia să se adreseze poliției, să întrebe în spitale, spiritele s-au încins și mai mult, s-au năpustit toți asupra lui ca și cum i-ar fi insultat: Rino mai ales a urlat că ultimul lucru care trebuia era să devină de râsul cartierului. Maria a fost cea care a spus încet:

— Poate că s-a dus să stea puțin la Lenù.

Ipoteza aceea a căpătat contur. Au continuat să se încaiere, dar prefăcându-se toți, mai puțin Alfonso, să creadă că Lila, din cauza lui Stefano, a fraților Solara, se deprimase și decisese să plece la Pisa.

— Da, a spus Nunzia liniștindu-se, face mereu așa, cum are o problemă, o caută pe Lenù.

Din momentul acela toți au început să se enerveze din cauza acelei călătorii riscante, ea singură, în tren, departe, fără să anunțe pe nimeni. Și, pe de altă parte, ideea că Lila era la mine a părut atât de plauzibilă și totodată atât de liniștitoare, încât imediat a devenit o certitudine. Doar Alfonso a spus:

— Mâine plec și mă duc să văd, dar a fost imediat oprit de Pinuccia:

— Unde te duci că trebuie să muncești.

Și de Fernando care a bombănit:

— S-o lăsăm liniștită, s-o lăsăm să se calmeze.

A doua zi aceea a fost versiunea pe care Stefano o oferea oricui întreba de Lila:

— S-a dus la Pisa, în vizită la Lenuccia, vrea să se odihnească.

Dar deja după-amiaza pe Nunzia a apucat-o iarăși neliniștea, l-a căutat pe Alfonso și l-a întrebat dacă avea adresa mea. N-o avea, n-o avea nimeni, doar mama. Atunci Nunzia l-a trimis pe Alfonso la ea, dar mama, dintr-o ostilitate naturală a ei față de toată lumea sau ca să mă protejeze de orice m-ar fi distras de la învățat, i-a dat-o incompletă (e probabil ca ea însăși s-o fi avut așa: mama scria cu greu, știam amândouă că adresa aceea nu va servi nimănui niciodată). Oricum, Nunzia și Alfonso mi-au scris împreună o scrisoare în care mă întrebau, cu multe ocolișuri, dacă Lila era la mine. Au trimis-o Universității din Pisa, nimic altceva, doar numele și prenumele meu, și am primit-o cu mare întârziere. Am citit-o, m-am enervat și mai tare pe Lila și pe Nino, n-am răspuns.

Între timp, deja a doua zi după așa-zisa plecare a Lilei, Ada, pe lângă faptul că se ocupa de mezelăria veche, pe lângă faptul că se îngrijea de întreaga ei familie și de nevoile logodnicului, a început să-i curețe casa lui Stefano și să-i gătească, lucru care l-a indispus foarte rău pe Pasquale. S-au certat și el i-a spus:

— Nu ești plătită ca să faci pe servitoarea, și ea i-a răspuns:

— Mai bine să fac pe servitoarea decât să pierd timpul certându-mă cu tine.

În Piața Martirilor, în schimb, ca să-i țină calmi pe frații Solara, a fost trimis în grabă Alfonso care era în largul lui: ieșea dimineața devreme îmbrăcat de parcă se ducea la o nuntă și se întorcea seara foarte mulțumit, îi plăcea să trăiască toată ziua în centru. În ce-l privește pe Michele, care odată cu dispariția doamnei Carracci devenise arțăgos, l-a chemat pe Antonio și i-a zis:

— Găsește-mi-o.

Antonio a bombănit:

— Napoli e mare, Michè, la fel și Pisa, la fel toată Italia. De unde încep?

Michele a răspuns:

— De la fiul cel mare al lui Sarratore.

Apoi i-a aruncat privirea pe care o rezerva tuturor celor care în ochii lui nu valorau nimic și i-a spus:

— Dacă vorbești aiurea despre această căutare, te bag în spitalul de nebuni de la Aversa și nu mai ieși de-acolo. Tot ce știi, tot ce vezi, trebuie să-mi spui doar mie. E clar?

Antonio a făcut semn că da.

90.

Faptul că persoanele, și mai mult decât obiectele, își pierdeau marginile și se dilatau fără formă e ceea ce a speriat-o cel mai mult pe Lila de-a lungul vieții ei. O îngrozise tăierea marginilor în cazul fratelui ei, pe care-l iubea mai mult decât pe orice alt membru al familiei ei, și o terorizase descompunerea lui Stefano când se transformase din logodnic în soț. Am aflat numai din caietele ei cât o marcase noaptea nunții și cât se temuse de posibila contorsionare a trupului soțului, de deformarea lui din cauza împunsăturilor interioare ale dorințelor și mâniilor sau, dimpotrivă, a planurilor viclene, ale mârșăviilor. În special noaptea se temea că se trezește și-l găsește deformat în pat, redus la excrescențe care izbucneau din cauza excesivei stări sufletești, cu carnea care picura topită și, odată cu ea, toate lucrurile din jur, mobilierul, întregul apartament și ea însăși, soția lui, despicată, suptă în acel flux murdar de materie vie.

A închis ușa în urma ei și, ca și cum s-ar fi aflat într-o dâră albă de abur care o făcea invizibilă, a traversat cartierul cu valiza ei, a luat metroul și a ajuns la Campi Flegrei. Atunci Lila a avut impresia că a lăsat în spate un spațiu moale, locuit de-acum de forme indefinite, și că se îndreaptă spre o structură în sfârșit capabilă s-o conțină în întregime, fără să se despice ea și fără să despice nici figurile din jur. A ajuns la destinație pe străzi abandonate. A târât valiza la etajul al doilea al unui bloc foarte mare de locuințe sociale, până la apartamentul de două camere, întunecat, prost întreținut, cu mobila veche de cea mai proastă factură, cu o toaletă unde erau doar vasul closetului și un lavoar. Ea făcuse totul, Nino trebuia să se pregătească pentru examene și, în plus, lucra la un nou articol pentru *Il Mattino* și la transformarea celui precedent într-un eseu pe care, refuzat de *Cronache meridionali*, urma să-l publice o revistă care se numea *Nord e Sud*. Văzuse casa, o închiriase, dăduse trei chirii în avans. Acum, abia intrată, a simțit o mare veselie. A descoperit cu plăcere că abandonase casa ce trebuia să facă pentru totdeauna parte din ea. Plăcere, da, ea scria așa. N-a simțit câtuși de puțin pierderea confortului noului cartier, n-a perceput mirosul de mucegai, n-a văzut pata de umezeală dintr-un colț al dormitorului, n-a băgat de seamă lumina cenușie care se chinuia să intre pe fereastră, nu s-a deprimat din cauza spațiului care prevedea întoarcerea la sărăcia copilăriei. S-a simțit, în schimb, ca și cum, prin farmec, ar fi dispărut dintr-un loc în care suferea și ar fi reapărut într-un alt loc care-i promitea fericirea. S-a supus, cred, încă o dată, fascinației autoanulării: gata cu tot ce fusese; gata cu șoseaua, pantofii, mezelăriile, soțul, frații Solara, Piața Martirilor; gata și cu mine, mireasa, soția, ajunsă în altă parte, pierdută. O păstrase din ea doar pe amanta lui Nino, care a sosit pe seară.

El era vizibil emoționat. A îmbrățișat-o, a sărutat-o, a privit împrejur dezorientat. A baricadat uși și ferestre ca și cum s-ar fi temut de invazii neașteptate. Au făcut dragoste pentru prima dată într-un pat după noaptea la Forio. Apoi el s-a ridicat, a început să învețe, s-a plâns adesea de lumina prea slabă. S-a ridicat din pat și l-a ajutat să repete. S-au dus la culcare la trei noaptea, după ce recitiseră împreună noul articol pentru *Il Mattino*, și au dormit îmbrățișați. Lila s-a simțit în siguranță, deși afară ploua, geamurile tremurau, casa îi era străină. Ce nou era corpul lui Nino, lung, subțire, atât de diferit de al lui Stefano! Ce excitant era mirosul lui! I s-a părut că vine dintr-o lume de umbre și că a ajuns într-un loc unde, în sfârșit, viața era reală. Dimineața, cum a pus picioarele pe podea, a trebuit să alerge la toaletă să vomite. A închis ușa ca Nino să n-o audă.

91.

Conviețuirea a durat douăzeci și trei de zile. Cu fiecare oră senzația de ușurare că abandonase totul a crescut. N-a regretat niciun confort de care se bucurase după nuntă, n-a întristat-o despărțirea de părinții ei, de frații ei, de Rino, de nepoțel. Nu și-a făcut niciodată griji că banii se vor termina. I s-a părut că era important numai că se trezea cu Nino și că adormea cu el, că îi era alături când învăța sau scria, că aveau discuții aprinse, când ideile lor se manifestau învolburate. Seara ieșeau împreună, se duceau la cinema, la prezentarea unei cărți sau la o dezbatere politică și adesea stăteau până târziu, se întorceau acasă pe jos strâns îmbrățișați unul în altul ca să se apere de frig sau de ploaie, încăierându-se, în glumă.

Odată s-au dus să-l asculte pe un autor care scria cărți, dar făcea și filme și se numea Pasolini. Tot ce avea legătură cu el stârnea scandal și lui Nino nu-i plăcea, strâmba din gură și spunea: „E poponar și, mai mult decât orice altceva, face zgomot“, așa încât a opus puțină rezistență, prefera să rămână acasă să învețe. Dar Lila era curioasă și l-a târât după ea. Întâlnirea se ținea în același club în care odinioară, când o ascultam pe profesoara Galiani, o târâsem și eu. A ieșit de acolo încântată, l-a tras pe Nino spre scriitor, voia să-i vorbească. Dar Nino s-a enervat și a făcut orice ca s-o ia de acolo, mai ales când și-a dat seama că pe trotuarul din față erau tineri care protestau.

— Să mergem, a zis el îngrijorat, nu-mi place de el și nu-mi plac nici fasciștii.

Dar Lila crescuse în mijlocul ciomăgelilor, nu avea nicio intenție s-o șteargă în timp ce el încerca s-o tragă spre o străduță, ea se zbătea, râdea, îi răspundea la insulte cu insulte. I-a cedat brusc lui Nino numai când, exact când începea confruntarea, l-a recunoscut printre bătăuși pe Antonio. Îi străluceau ochii și dinții ca și cum ar fi fost de metal, dar, spre deosebire de ceilalți, nu urla. I se părea prea ocupat să dea pumni ca să fi băgat de seamă prezența ei, dar chestia i-a stricat oricum seara. Pe drum au fost ceva tensiuni cu Nino: nu erau de acord în legătură cu lucrurile pe care le spusese Pasolini, părea că merseseră în locuri diferite să asculte persoane diferite. Dar n-a fost numai asta. El, în seara aceea, a început să regrete lunga și palpitanta perioadă a întâlnirilor furișate în magazinul din Piața Martirilor și, în același timp, și-a dat seama că ceva din Lila îl deranja. Ea i-a observat neatenția lui enervată și, ca să evite și alte tensiuni, nu i-a spus că printre agresori îl văzuse pe un prieten de-al ei din cartier, fiul Melinei.

Nino, deja din ziua următoare, s-a arătat tot mai puțin dornic s-o scoată în oraș. Mai întâi a spus că avea de învățat, și era adevărat, apoi a lăsat să-i scape că în diversele ocazii publice ea, adesea, avea un comportament exagerat.

— În ce sens?

— Exagerezi.

— Adică?

I-a făcut o listă plină de reproșuri:

— Faci comentarii cu voce ridicată; dacă cineva îți spune să taci, începi să te cerți; îi deranjezi pe vorbitori începând o conversație nesfârșită. Nu se face.

Lila știuse dintotdeauna că nu se făcea, dar credea că acum, cu el, totul era posibil, chiar și să anulezi brusc distanțele, chiar și să vorbești față-n față cu cine conta. Nu fusese ea capabilă să stea de vorbă cu oameni importanți în magazinul fraților Solara? Nu grație unuia dintre clienți își publicase el primul lui articol în *Il Mattino*? Și atunci?

— Ești prea timid, i-a spus, încă n-ai înțeles că ești mai bun decât ei și ai să faci lucruri mult mai importante.

Apoi l-a sărutat.

Dar Nino, în serile următoare, când cu o scuză, când cu alta, a început să iasă singur. Și dacă, în schimb, rămânea acasă și învăța, se plângea de câte zgomote erau în bloc. Sau răbufnea pentru că trebuia să se ducă să-i ceară bani tatălui său, care l-ar fi chinuit cu întrebări de genul: unde dormi, ce învârți, unde locuiești, înveți? Sau, în fața acelei capacități a Lilei de a face conexiuni între lucruri foarte diferite între ele, în loc să se entuziasmeze ca de obicei, clătina din cap și se enerva.

După o vreme era atât de prost dispus, era atât de în urmă cu examenele, încât pentru a continua să învețe nu s-a mai dus la culcare împreună cu ea. Lila spunea:

— E târziu, să mergem să dormim.

El răspundea cu un aer absent:

— Du-te tu, vin și eu mai încolo.

Îi privea silueta în așternuturi și îi dorea căldura, dar îi era și frică de ea. Nu mi-am luat încă diploma, se gândea, nu am un loc de muncă; dacă nu vreau să-mi distrug viața, trebuie să fac mai mult de atât; în schimb, stau aici cu persoana asta care e căsătorită, care e însărcinată, care vomită în fiecare dimineață, care mă împiedică să fiu disciplinat. Când a aflat că *Il Mattino* nu-i va publica articolul, a suferit mult. Lila l-a consolat, i-a spus să-l trimită la alte ziare. Apoi însă a adăugat:

— Mâine le dau un telefon.

Voia să-i telefoneze redactorului pe care-l cunoscuse în magazinul fraților Solara și să înțeleagă ce era greșit. El a izbucnit:

— Nu dai telefon nimănui.

— De ce?

— Pentru că idiotul ăla n-a fost niciodată interesat de mine, ci de tine.

— Nu-i adevărat.

— E foarte adevărat, nu sunt cretin, tu îmi creezi numai probleme.

— Ce vrei să spui?

— Nu trebuia să te ascult.

— Ce-am făcut?

— Mi-ai învălmășit ideile. Pentru că ești ca o picătură de apă: pic pic pic. Până când nu se face ca tine, nu încetezi.

— Tu ai gândit și scris articolul.

— Tocmai. Și atunci de ce m-ai pus să-l refac de patru ori?

— *Tu* voiai să-l rescrii.

— Lina, să vorbim limpede: alege-ți ceva ce-ți place, întoarce-te să vinzi pantofi, întoarce-te să vinzi salam, dar nu-ți dori să fii ceea ce nu ești distrugându-mă pe mine.

Trăiau împreună de douăzeci și trei de zile, pe un nor în care zeii îi ascunseseră ca să se poată bucura unul de altul fără să fie deranjați. Cuvintele acelea au rănit-o profund și i-a spus:

— Pleacă.

El și-a pus în grabă haina peste tricou și a trântit ușa în urma lui.

Lila a stat pe pat și s-a gândit: se va întoarce peste zece minute; și-a lăsat cărțile, notele, săpunul de bărbierit și lama de ras. Apoi a izbucnit în plâns: cum am putut să mă gândesc să trăiesc cu el, că-l pot ajuta? E vina mea: ca să-mi eliberez mintea, l-am făcut să scrie ceva greșit.

S-a băgat în pat și a așteptat. A așteptat toată noaptea, dar Nino nu s-a întors nici în dimineața următoare, nici după aceea.

92.

Ceea ce povestesc acum am aflat de la persoane diferite, în momente diferite. Încep cu Nino, care a părăsit casa din Campi

Flegrei și s-a refugiat la părinți. Mama l-a tratat mai bine, mult mai bine, decât pe fiul risipitor. Cu tatăl, în schimb, s-a certat o oră întreagă, au zburat jigniri în ambele direcții. Donato a urlat la el în dialect că ori pleca de acasă, ori rămânea, dar lucrul pe care categoric nu-l putea face era să dispară o lună fără să anunțe pe nimeni și apoi să se întoarcă singur ca să-și bată joc de bani ca și cum i-ar fi câștigat el.

Nino s-a retras în camera lui și a avut multe discuții cu el însuși. Deși deja ar fi vrut să alerge la Lina, să-i ceară scuze, să urle c-o iubea, a evaluat situația și s-a convins că picase într-o capcană, nu din vina lui, nu din vina Linei, ci a dorinței. Acum, de exemplu, s-a gândit, abia aștept să mă întorc la ea, s-o acopăr cu sărutări, să-mi asum responsabilitățile; dar o parte din mine știe foarte bine că tot ce am făcut azi din deznădejde e adevărat și corect: Lina nu e potrivită pentru mine, Lina e însărcinată, mă înspăimântă ce e în burta ei; de aceea nu trebuie categoric să mă întorc, trebuie să fug la Bruno, să împrumut niște bani, să plec din Napoli cum a făcut Elena, să studiez în altă parte.

A reflectat toată noaptea și toată ziua următoare, ba copleșit de nevoia de a fi cu Lila, ba agățându-se de gânduri reci care-i reevocau naivitățile ei prost educate, ignoranța ei inteligentă, forța cu care îl târa în niște gânduri care păreau cine știe ce intuiții și, în schimb, erau niște simple întâmplări.

Seara i-a telefonat lui Bruno și, scos din minți, a ieșit ca să treacă pe la el. A alergat prin ploaie până la stația de autobuz, l-a luat din zbor pe cel bun. Dar brusc s-a răzgândit și a coborât în Piața Garibaldi. S-a dus cu metroul în Campi Flegrei, abia aștepta s-o îmbrățișeze pe Lila, să i-o tragă în picioare, imediat, cum intra în casă, lipită de peretele de la intrare. Acum acesta i se părea lucrul cel mai important, pe urmă se va gândi la ce să facă.

Era întuneric, a mers cu pași mari prin ploaie. Nici n-a observat silueta neagră care venea spre el. A primit un brânci atât de violent, încât a căzut jos. Din acel moment a început o lungă bătaie, șuturi și pumni, pumni și șuturi. Cine îl lovea repeta încontinuu, dar fără furie:

— Las-o, nu te mai întâlni cu ea și nu te mai atinge de ea. Repetă: o părăsesc. Repetă: nu mă mai întâlnesc cu ea și nu mă mai ating de ea. Nenorocitule: îți place, eh, să iei femeile altora. Repetă: am greșit, o părăsesc.

Nino repeta supus, dar agresorul lui nu se oprea. A leșinat mai mult de spaimă decât de durere.

93.

Cel care l-a bătut pe Nino a fost Antonio, care însă nu i-a spus mai nimic patronului său. Când Michele a întrebat dacă-l găsise pe fiul lui Sarratore a răspuns că da. Când l-a întrebat cu vizibilă neliniște dacă pista aceea îl dusese la Lila a răspuns că nu. Când l-a întrebat dacă primise vești despre ea, a spus că Lila era de negăsit și singurul lucru care putea fi exclus cu certitudine era că fiul lui Sarratore ar avea ceva de-a face cu doamna Carracci.

Mințea, bineînțeles. Îi găsise pe Nino și pe Lila destul de repede, întâmplător, în seara în care fusese nevoit să se ducă, din datorie, să-i ciomăgească pe comuniști. Spărsese câteva fețe și apoi se desprinsese din confruntare ca să se țină după cei doi care fugiseră. Descoperise unde locuiau, înțelesese că locuiau împreună și în zilele următoare observase tot ce făceau, cum trăiau. Când i-a văzut, simțise în același timp admirație și invidie. Admirație pentru Lila. Cum e posibil, își zisese, că și-a părăsit casa, o casă foarte frumoasă, și a lăsat soțul, mezelăriile, automobilele, pantofii, pe frații Solara pentru un student fără o liră care o ține într-un loc mai rău decât tot cartierul la un loc? Ce are fata asta: curaj, nebunie? Apoi se concentrase pe invidia față de Nino. Îi făcea mai rău că idiotul uscățiv și urât care îmi plăcea mie îi plăcea și Lilei. Ce avea fiul lui Sarratore, care era avantajul lui? Se gândise la asta zi și noapte. Îl apucase un fel de obsesie bolnavă care-i atingea sistemul nervos, mai ales pe cel al mâinilor, astfel că și le împreuna continuu, și le strângea ca și cum s-ar fi rugat. În cele din urmă, hotărâse că trebuia s-o elibereze pe Lila, chiar dacă în acel moment, poate, ea nu voia să fie eliberată. Dar — își zisese — oamenii au nevoie de timp ca să înțeleagă ceea ce e bine și ceea ce e rău, și să-i ajuți înseamnă să faci pentru ei ceea ce într-un anumit moment al vieții lor ei singuri nu sunt capabili să facă. Michele Solara nu-i ceruse să-l ia la bătaie pe fiul lui Sarratore, în niciun caz: el nu-i spusese esențialul și deci nu exista niciun motiv să ajungă la așa ceva; fusese o decizie a lui să-l bată, pe care o luase, pe de o parte, fiindcă voia să i-l ia Lilei și să-i redea astfel lucrul la care, imposibil de înțeles, renunțase și, pe de altă parte, de plăcere, dintr-o aversiune pe care-o simțea nu față de Nino, un veștejit nesemnificativ, efeminat cu oase prea lungi și fragile, ci față de ceea ce noi două, fetele, îi atribuiserăm și îi atribuiam în continuare.

Mie, trebuie să recunosc, când, după un timp, mi-a spus toată povestea aceea, mi s-a părut că-i înțeleg motivele. M-a înduioșat, l-am mângâiat pe un obraz ca să-l consolez pentru sentimentele îngrozitoare pe care le avea. Și el s-a înroșit, s-a zăpăcit, a spus ca să-mi demonstreze că nu era o bestie: „Apoi l-am ajutat“. Îl ridicase pe fiul lui Sarratore, îl condusese pe jumătate amețit la o farmacie, îl abandonase acolo la intrare și se întorsese în cartier ca să vorbească cu Pasquale și Enzo.

Cei doi se hotărâseră într-o mare silă să-l întâlnească. Nu-l mai considerau prieten, mai ales Pasquale care, totuși, era logodnicul surorii lui. Dar lui Antonio de-acum nu-i păsa, se prefăcea că nu era nimic, se comporta ca și cum ostilitatea lor pentru că se vânduse fraților Solara nu le afecta prietenia. Nu spusese nimic de Nino, se concentrase asupra faptului c-o găsise pe Lila și că trebuia s-o ajute.

— Să facă ce? întrebase Pasquale pe un ton agresiv.

— Să se întoarcă la ea acasă: nu s-a dus la Lenuccia, locuiește într-un loc de rahat la Campi Flegrei.

— Singură?

— Da.

— Și cum de a făcut alegerea asta?

— Nu știu, n-am vorbit despre asta.

— De ce?

— Am găsit-o în numele lui Michele Solara.

— Ești un fascist nenorocit.

— Nu sunt nimic, mi-am făcut datoria.

— Bravo, și acum ce vrei?

— Lui Michele nu i-am zis c-am găsit-o.

— Și?

— Nu vreau să-mi pierd postul, trebuie să am grijă, că de acolo câștig bani. Dacă Michele află că am spus o minciună, mă concediază. Duceți-vă voi s-o luați și aduceți-o acasă.

Pasquale îl jignise din nou violent, dar nici atunci Antonio nu reacționase mai deloc. Se enervase numai când viitorul lui cumnat zisese că Lila făcuse bine să-și părăsească soțul și tot restul: dacă, în sfârșit, se desprinsese de magazinul fraților Solara, dacă-și dăduse seama că făcuse o greșeală să se căsătorească cu Stefano, nu va fi el cel care s-o aducă înapoi.

— Vrei s-o lași la Campi Flegrei singură? întrebase Antonio, perplex. Singură și fără o liră?

— De ce, noi suntem bogați? Lina e mare, cunoaște viața: dacă a făcut alegerea asta, are motivele ei, s-o lăsăm în pace.

— Ea însă ne-a ajutat de fiecare dată când a putut.

Când venise vorba de banii pe care Lila i-i dăduse, Pasquale se rușinase. Bombănise ceva despre bogați și despre săraci, despre condiția femeilor înăuntrul și în afara cartierului, despre faptul că dacă era vorba să-i dea niște bani, el nu dădea înapoi. Dar Enzo, care până atunci tăcuse tot timpul, îl întrerupsese cu un gest enervat și îi spusese lui Antonio:

— Dă-mi adresa, mă duc să văd eu ce are de gând.

94.

S-a dus, într-adevăr, chiar a doua zi. A luat metroul, a coborât la Campi Flegrei și a căutat strada, ușa de la intrare.

Despre Enzo în acea perioadă știam că nimic, absolut nimic nu-i mai convenea: nici văicărelile mamei sale, nici povara fraților, nici mafia pieței de fructe și legume, nici turele cu căruța, cu care câștiga tot mai puțin, nici pălăvrăgelile comuniste ale lui Pasquale și nici logodna cu Carmen. Dar pentru că era o fire închisă, era dificil să-ți faci o idee despre ce avea în cap. De la Carmen aflasem că învăța în secret, voia să-și ia, ca elev particular, diploma de expert industrial. Cu aceeași ocazie — Crăciun? — Carmen îmi spusese că de când, în primăvară, se întorsese din serviciul militar, o sărutase doar de patru ori. Adăugase cu țâfnă:

— Poate că nu e bărbat.

Noi, fetele, când unul nu se ocupa prea mult de noi, spuneam adesea că nu era bărbat. Enzo era sau nu era? Nu înțelegeam nimic din unele profunzimi necunoscute ale bărbaților, niciuna dintre noi nu înțelegea nimic și atunci, la fiecare manifestare neobișnuită a lor, recurgeam la formula aceea. Unii, ca frații Solara, ca Pasquale, ca Antonio, ca Donato Sarratore, chiar și ca Franco Mari, logodnicul meu de la Școala Normală, ne doreau cu cele mai diverse tonalități — agresive, subalterne, zăpăcite, atente — dar ne voiau fără niciun dubiu. Alții, ca Alfonso, ca Enzo, ca Nino, erau — după tonalități la fel de diferite — de o sobrietate distantă, ca și cum între noi și ei ar fi fost un zid și efortul de a-l escalada ar fi fost sarcina noastră. Enzo, după armată, accentuase această trăsătură și nu doar că nu făcea nimic să placă femeilor, ci nu făcea nimic să placă nimănui. Corpul lui, care era deja de statură mică, părea că s-a micșorat mai mult ca dintr-un fel de autocompresie, devenise un bloc compact de energie. Pielea de pe oasele feței se întinsese ca o copertină de soare și redusese mersul doar la compasul picioarelor, nimic altceva din el nu se mișca, nici brațele, nici gâtul, nici capul și nici măcar părul, care era o cască blond-roșiatică. Când a hotărât să se ducă la Lila, le-a comunicat lui Pasquale și lui Antonio nu ca să dea naștere unor discuții, ci sub forma unei scurte explicații utile pentru a reteza orice conversație. Și nici la Campi Flegrei nu s-a dus nedumerit. A găsit drumul, a găsit ușa de intrare, a apucat-o pe scări și a sunat cu hotărâre la ușa care trebuia.

95.

Pentru că Nino nu s-a întors nici în zece minute, nici după o oră, nici măcar în ziua următoare, Lila a devenit rea. S-a simțit nu abandonată, ci umilită și, dacă ea însăși, în sinea ei, recunoscuse că nu e femeia potrivită pentru el, a considerat totuși insuportabil faptul că el, dispărând după numai douăzeci și trei de zile din viața ei, i-o confirmase în mod brutal. De furie a aruncat tot ce lăsase el: cărți, chiloți, șosete, un pulover, până și un chiștoc de creion. A făcut-o, a regretat, a izbucnit în plâns. Când, în sfârșit, s-au terminat lacrimile, s-a văzut urâtă, umflată, stupidă, devenită meschină din cauza sentimentelor aspre pe care Nino, tocmai Nino pe care-l iubea și de care se credea iubită, i le provoca. Apartamentul i s-a arătat, pe neașteptate, cum era, un spațiu mizer cu pereți traversați de toate zgomotele orașului. A băgat de seamă duhoarea, gândacii care veneau pe ușă de pe scări, petele de umezeală de pe tavan și a simțit, pentru prima dată, copilăria care o reînhăța, nu cea a închipuirilor ei, ci copilăria lipsurilor nemiloase, a amenințărilor și a ciomăgelilor. Mai mult, a descoperit brusc că o fantezie care ne consolase încă de când eram fetițe — să devenim bogate — îi pierise din minte. Deși sărăcia de la Campi Flegrei i se părea mai cruntă decât în cartierul jocurilor noastre, deși situația ei se agravase din cauza copilului pe care-l aștepta, deși prăpădise în câteva zile toți banii pe care-i adusese cu ea, a descoperit că bogăția nu i se mai părea un premiu și o eliberare, nu-i mai spunea nimic. Înlocuirea adolescentină a cuferelor copilăriei noastre, pline până la refuz cu monede de aur și pietre prețioase, cu bancnotele îmbibate de mirosuri urâte, care se acumulau în sertarul casei de marcat când lucra în mezelărie sau în magazinul din Piața Martirilor, nu mai funcționa, orice rămășiță sclipitoare se epuizase. Legătura dintre bani și posesiunea lucrurilor o dezamăgise. Nu voia nimic nici pentru ea însăși, nici pentru fiul pe care îl va avea. Să fii bogat pentru ea însemna să-l aibă pe Nino și, pentru că Nino plecase, s-a simțit într-un asemenea hal de săracă, încât nu existau bani în stare să compenseze pierderea. Fiindcă pentru condiția aceea a ei nu exista remediu — comisese prea multe greșeli încă de mică și toate se reuniseră în acea ultimă greșeală: să creadă că fiul lui Sarratore nu poate fără ea la fel cum nu poate ea fără el și că destinul lor era unul unic și excepțional și că norocul de a se iubi ar fi durat pentru totdeauna și ar fi înlăturat orice altă nevoie. S-a simțit vinovată și a decis să nu mai iasă, să nu-l caute, să nu mănânce, să nu bea, ci să aștepte ca viața ei și cea a copilului ei să-și piardă orice contur. Și-a dorit să nu mai găsească nimic în mintea ei, nici măcar o fărâmitură a lucrului care o făcea să se înrăiască cel mai mult. Asta însemna conștiința abandonului.

Apoi cineva a sunat la ușă.

Ea s-a gândit că e Nino și a deschis: era Enzo. N-a fost dezamăgită să-l vadă. S-a gândit că venise să-i aducă niște fructe cum făcuse cu mulți ani în urmă, mic fiind, după ce fusese înfrânt în competiția dorită de director și de învățătoarea Oliviero și după ce o lovise cu o piatră, și a izbucnit în râs. Enzo a considerat râsetul acela un semn de boală. A intrat, dar lăsând ușa deschisă din respect, nu voia ca vecinii să poată crede că primește bărbați ca o curvă. S-a uitat în jur, a aruncat o privire la starea ei răvășită și, chiar dacă nevăzând ceea ce încă nu se vedea, adică sarcina, a dedus că avea într-adevăr nevoie de ajutor. În modul lui serios, complet lipsit de emoții, i-a spus încă înainte ca ea să reușească să se liniștească și să se oprească din râs:

— Acum mergem.

— Unde?

— La soțul tău.

— Te-a trimis el?

— Nu.

— Cine te trimite?

— Nu mă trimite nimeni.

— Nu vin.

— Atunci rămân aici cu tine.

— Mereu?

— Până când te convingi.

— Și munca?

— Sunt sătul.

— Și Carmen?

— Tu ești mult mai importantă.

— O să-i spun, în felul ăsta te părăsește.

— O să-i spun eu, am hotărât deja.

Din acel moment a vorbit cu detașare, cu voce joasă. Ea i-a răspuns hlizindu-se, arogant, ca și cum niciunul dintre cuvintele amândurora n-ar fi fost adevărat și ar fi vorbit în joacă despre o lume, despre persoane, sentimente care nu mai existau de multă vreme. Enzo și-a dat seama și o vreme n-a mai zis nimic. S-a învârtit prin casă, a găsit valiza Lilei, a umplut-o cu ce era în sertare, în dulap. Lila l-a lăsat să facă asta pentru că-l considera o umbră în culori ca la cinema, care, deși vorbea, era, totuși, tot un efect al luminii, nu Enzo în carne și oase. Odată pregătită valiza, Enzo a înfruntat-o din nou și i-a ținut un discurs foarte surprinzător. I-a spus în modul lui concentrat și totodată distant:

— Lina, eu țin la tine de când eram mici. Nu ți-am spus-o niciodată pentru că tu ești foarte frumoasă și foarte inteligentă, eu, în schimb, sunt scund, urât și nu fac doi bani. Acum tu te întorci la soțul tău. Nu știu de ce l-ai părăsit și nici nu vreau să știu. Știu doar că aici nu poți sta, nu meriți să trăiești în gunoi. Te însoțesc până la ușa blocului și aștept: dacă el te tratează urât, vin sus și-l omor. Dar n-o va face, dimpotrivă, va fi bucuros că te-ai întors. Dar facem un pact: în cazul în care cu soțul tău nu ajungi la o înțelegere, eu te-am adus înapoi la el și eu vin să te iau. Bine?

Lila s-a oprit din râs, a mijit ochii și l-a ascultat pentru prima dată cu atenție. Relațiile dintre ea și Enzo fuseseră aproape inexistente până atunci, dar în dățile în care fusesem prezentă, mă uimiseră întotdeauna. Era ceva indefinibil între ei, care apăruse în confuzia copilăriei. În Enzo, cred, ea avea încredere, simțea că poate conta pe el. Când tânărul i-a luat valiza și s-a îndreptat spre ușa care rămăsese deschisă, a ezitat o clipă, apoi l-a urmat.

96.

Enzo a așteptat într-adevăr sub ferestrele Lilei și ale lui Stefano în seara în care a însoțit-o acasă și probabil că, dacă Stefano ar fi bătut-o, s-ar fi dus sus și l-ar fi omorât. Dar Stefano n-a bătut-o, dimpotrivă, a primit-o din nou într-o casă dichisită, toată în ordine, cu plăcere. S-a comportat ca și cum soția lui ar fi venit într-adevăr să stea la mine la Pisa, chiar dacă nu exista nicio dovadă că așa se întâmplase. Lila, pe de altă parte, n-a recurs nici la scuza aceea, nici la altele. A doua zi, când s-a trezit, i-a zis fără niciun chef:

— Sunt însărcinată.

Iar el a fost atât de fericit, încât atunci când ea a adăugat:

— Copilul nu e al tău, a izbucnit în râs cu o veselie autentică.

Pentru că ea a repetat fraza aceea cu o furie crescândă, o dată de două de trei ori, și a încercat și să-l lovească cu pumnii strânși, el a început s-o cocoloșească, s-o sărute, murmurând:

— Gata, Lina, gata, gata, gata, sunt foarte bucuros. Știu că m-am purtat urât cu tine, dar acum să terminăm, nu-mi mai spune lucruri urâte, și i s-au umplut ochii de lacrimi de fericire.

Lila știa de mult că oamenii își spun minciuni ca să se apere de adevărul faptelor, dar a fost uimită că soțul e în stare să se mintă cu atâta convingere voioasă. Pe de altă parte, nu-i păsa de nimic, de-acum, nici de Stefano, nici de ea însăși și, după ce a repetat încă o vreme fără emoții: „Copilul nu e al tău“, s-a retras în amorțeala sarcinii ei. Preferă să amâne suferința, s-a gândit, și e bine, să facă fix ce crede: dacă nu vrea să sufere acum, va suferi pe urmă.

A trecut, apoi, la a-i înșira ce voia și ce nu voia: nu mai voia să muncească în magazinul din Piața Martirilor, nici la mezelărie; nu voia să vadă pe nimeni, prieteni, rude, mai ales pe frații Solara; voia, în schimb, să stea acasă, să fie soție și mamă. El a fost de acord, convins că se va răzgândi în decurs de câteva zile. Dar Lila s-a închis cu adevărat în apartament, fără să arate niciodată niciun fel de curiozitate față de afacerile ilegale ale lui

Stefano, față de ale fratelui și tatălui ei, față de ce li se întâmpla rudelor lui și rudelor ei.

De câteva ori a apărut Pinuccia cu fiul, Ferdinando zis Dino, dar ea nu i-a deschis.

O dată a venit Rino, foarte nervos, și Lila l-a primit, a stat să-i asculte toate lamentările despre cât erau de furioși frații Solara din cauza dispariției ei din magazin, despre cât de rău mergea cu pantofii Cerullo, dat fiind că Stefano se gândea numai la afacerile lui și nu mai investea. Când, în sfârșit, a tăcut, i-a spus:

— Rino, tu ești fratele mai mare, ești matur, ai soție și copil, fă-mi o favoare: trăiește-ți viața fără să apelezi încontinuu la mine.

El a fost foarte dezamăgit și a plecat trist după o văicăreală despre cum toți deveneau tot mai bogați în timp ce el, din cauza surorii lui care nu ținea la familie, la sângele Cerullo, dar de-acum se simțea numai o Carracci, și risca să piardă puținul pe care-l câștigase.

Până și Michele Solara a venit s-o viziteze — la început și de două ori pe zi — în intervale în care era sigur că Stefano lipsește. Dar ea nu i-a deschis niciodată, a stat în liniște, așezată în bucătărie, aproape fără să respire, astfel că el o dată, înainte să plece, i-a strigat din stradă:

— Cine pula mea crezi că ești, curvă, aveai o înțelegere cu mine și nu ai respectat-o.

Lila le-a primit în casă cu plăcere doar pe Nunzia și pe mama lui Stefano, Maria, care au urmărit sarcina cu grijă. Ea n-a mai vomitat, dar i-a rămas un colorit cenușiu. Avea impresia că se umflase mai mult pe interior decât pe dinafară, ca și cum în învelișul corpului fiecare organ începuse să se mărească. Burta i s-a părut o bulă de carne care se dilata datorită respirației copilului. A speriat-o acea dilatare, s-a temut că o să i se întâmple lucrul cel mai temut dintotdeauna: să se rupă, să se reverse. Apoi, brusc, a simțit că pe ființa pe care o avea înăuntru, acea modalitate absurdă a vieții, acel nodul în expansiune care la un moment dat va ieși din ea ca o marionetă cu ață, o iubea și prin intermediul ei i-a revenit conștiința de sine. Speriată de greșelile pe care le-ar fi putut face, a început să citească tot ce a găsit despre ce înseamnă o sarcină, despre ce se întâmplă în burtă, despre cum trebuie pregătită nașterea. A ieșit foarte puțin în lunile acelea. N-a mai cumpărat haine și obiecte pentru casă, a căpătat, în schimb, obiceiul de a o pune pe mama ei să-i aducă cel puțin câteva ziare și reviste de la Alfonso. Erau singurii bani pe care-i cheltuia. O dată, când Carmen a apărut ca să-i ceară bani, i-a spus să i se adreseze lui Stefano, ea nu avea, iar fata a plecat abătută. Nu-i mai păsa de nimic și de nimeni, doar de copil.

Chestia asta a rănit-o pe Carmen care a devenit și mai invidioasă. N-o iertase oricum pe Lila pentru că stricase prietenia lor în noua mezelărie. Acum nu i-a iertat că și-a închis portofelul. Dar, mai ales, nu i-a iertat că-și urmărise — cum a început să spună în jur — propriul interes: dispăruse, se întorsese și totuși continua să joace rolul doamnei, să aibă o casă frumoasă și acum și un fiu pe drum. Cu cât ești mai curvă, spunea, cu atât câștigi mai mult. Ei, în schimb, care trudea de dimineața până seara fără nicio satisfacție, i se întâmplaseră lucruri urâte unul după altul. Tatăl mort în închisoare. Mama moartă în felul acela că nici nu voia să se gândească la el. Iar acum și Enzo. El o așteptase într-o seară în fața mezelăriei și îi spusese că voia să rupă logodna. Atâta tot, puține cuvinte, ca de obicei, nicio explicație. Ea dăduse fuga să plângă la fratele ei și Pasquale se întâlnise cu Enzo ca să-i ceară explicații. Dar Enzo nu i le dăduse, așa că acum nu-și mai vorbeau.

Când m-am întors de la Pisa pentru vacanța de Paști și am întâlnit-o în părculeț, s-a descărcat față de mine:

— Eu cretină, a plâns, că l-am așteptat toată perioada armatei. Eu cretină că muncesc de dimineața până seara pentru doi bani.

A zis că era sătulă de tot. Și, fără o legătură evidentă, a trecut la a o acoperi pe Lila de jigniri. A ajuns până și la a-i pune în cârcă o relație cu Michele Solara, care fusese văzut dând adesea târcoale în jurul casei Carracci.

— Coarne și bani, a șuierat, așa merge aia înainte.

Niciun cuvânt, în schimb, despre Nino. În mod miraculos, despre povestea aceea cartierul n-a aflat nimic. Antonio a fost cel care, chiar în acele zile, mi-a povestit cum îl bătuse și cum îl trimisese pe Enzo s-o recupereze pe Lila, dar mi-a povestit doar mie și sunt sigură că pentru tot restul vieții n-a mai vorbit cu nimeni altcineva despre asta. Despre restul am aflat ceva de la Alfonso: întrebat în mod insistent, mi-a zis că auzise de la Marisa că Nino se dusese să studieze la Milano. Grație lor, când, în Sâmbăta Mare, am întâlnit-o cu totul întâmplător pe Lila pe șosea, am simțit o plăcere subtilă la gândul că despre întâmplările vieții ei știam mai mult decât ea și era ușor să deduc cât de puțin îi folosise să mi-l ia pe Nino.

Avea o burtă deja destul de mare, părea o excrescență a corpului ei foarte slab. Nici chipul nu etala frumusețea înfloritoare a femeilor însărcinate, dimpotrivă, se urâțise. Am încercat amândouă să ne prefacem că nu se întâmplase nimic.

— Ce faci?

— Bine.

— Pot să-ți ating burta?

— Da.

— Și povestea aia?

— Care?

— Cea din Ischia.

— S-a terminat.

— Păcat.

— Tu ce faci?

— Învăț, am un loc al meu și toate cărțile de care am nevoie. Am și un fel de logodnic.

— Un fel?

— Da.

— Cum îl cheamă?

— Franco Mari.

— Ce face?

— Studiază și el.

— Ce bine-ți vin ochelarii aceștia.

— Mi i-a dăruit Franco.

— Și rochia asta?

— Tot el.

— E bogat?

— Da.

— Mă bucur. Și cu învățatul cum merge?

— Muncesc mult, altfel mă dau afară.

— Fii atentă.

— Sunt atentă.

— Ferice de tine.

— Eh!

A zis că urma să nască în iulie. Avea un medic, același care o trimisese la băile de la mare. Un medic, nu moașa din cartier.

— Mă tem pentru copil, a spus, nu vreau să nasc în casă.

Citise că era mai bine să zămislești într-o clinică. A zâmbit, și-a atins burta. Apoi a menționat în treacăt o propoziție nu prea clară:

— Sunt încă aici doar pentru asta.

— E frumos să simți copilul înăuntrul tău?

— Nu, îmi repugnă, dar îl țin cu plăcere.

— Stefano s-a înfuriat?

— Vrea să creadă ce-i convine.

— Adică?

— Că pentru o perioadă am fost puțin nebună și am fugit la tine la Pisa.

M-am prefăcut că nu știu nimic și am mimat stupoarea:

— La Pisa? Eu și cu tine?

— Da.

— Și dacă mă întreabă, trebuie să spun că a decurs așa?

— Fă cum vrei.

Ne-am salutat, promițându-ne să ne scriem. Dar nu ne-am scris niciodată și eu nu m-am interesat deloc despre naștere. Uneori se ivea un sentiment pe care-l respingeam imediat, nu voiam să-l conștientizez: voiam să i se întâmple ceva și copilul să nu se mai nască.

97.

În acea perioadă am visat-o adesea pe Lila. O dată era în pat cu o cămașă de noapte numai dantele, de culoare verde, avea cozi pe care în realitate nu și le făcuse niciodată, ținea în brațe o fetiță îmbrăcată în roz și spunea încontinuu, cu voce îndurerată: „Faceți-mi o poză, dar numai mie, fetița nu". Altă dată mă primea bucuroasă și pe urmă își chema fata, care avea chiar numele meu. „Lenù", spunea, „vino s-o saluți pe mătușa". Dar apărea o uriașă grasă, mult mai bătrână decât noi, și Lila mă obliga s-o dezbrac și s-o spăl și să-i schimb scutecul și fașele. Când mă trezeam, eram tentată să caut un telefon și să încerc să dau de Alfonso ca să aflu dacă se născuse bine copilul, dacă ea era bucuroasă. Dar fie aveam de învățat, fie aveam examene și uitam de asta. Când, în august, m-am eliberat de ambele, nu m-am întors acasă. Am scris câteva minciuni părinților mei și m-am dus cu Franco în Versilia, într-un apartament al familiei lui. Pentru prima dată mi-am pus un costum din două piese: încăpea tot în pumnul de la o mână și m-am simțit curajoasă.

De Crăciun am aflat de la Carmen cât fusese de greu travaliul Lilei.

— Era să moară, a spus, oricum doctorul, până la urmă, a trebuit să-i taie burta, altfel copilul nu se năștea.

— A născut un băiat?

— Da.

— E bine?

— E foarte frumos.

— Și ea?

— S-a mărit.

Am aflat că Stefano ar fi vrut să-i dea fiului numele tatălui său, Achille, dar Lila se împotrivise și urletele de soț și soție care nu se auziseră de ceva vreme răsunaseră în toată clinica, astfel că infirmierele îi dojeniseră. În cele din urmă, copilul fusese numit Gennaro, adică Rino, ca pe fratele Lilei.

Am ascultat, nu am avut nicio părere. Eram nemulțumită și, ca să fac față nemulțumirii, aveam o atitudine distantă. Carmen mi-a atras atenția:

— Vorbesc întruna și tu nu spui niciun cuvânt, mă faci să mă simt ca un telejurnal. Nu-ți mai pasă deloc de noi?

— Dar nu.

— Te-ai făcut frumoasă, ți s-a schimbat până și vocea.

— Aveam o voce urâtă?

— Aveai vocea pe care o avem noi.

— Și acum?

— O ai mai puțin.

Am rămas în cartier zece zile, din 24 decembrie 1964 până pe 3 ianuarie 1965, dar nu m-am dus niciodată s-o vizitez pe Lila. Nu voiam să-l văd pe fiul ei, mi-era frică să nu recunosc în gura, în nasul, în ochii și urechile lui ceva din Nino.

Acasă de-acum mă tratau ca și cum aș fi fost o persoană de vază care catadicsise să treacă pe acolo și să salute în grabă. Tata mă studia încântat. Îi simțeam privirea satisfăcută asupra mea, dar dacă îi vorbeam, se rușina. Nu mă întreba ce studiam, la ce folosea, ce aș fi muncit pe urmă și nu pentru că nu voia să știe, ci de teamă că nu înțelege răspunsurile mele. Mama, în schimb, se mișca prin casă furioasă și eu, auzindu-i pașii inconfundabili, mă gândeam la cât mă temusem să nu devin ca ea. Dar, măcar, mă distanțasem mult de ea și ea simțea asta, îmi purta pică. Chiar și acum, când îmi vorbea, părea că eram vinovată de lucruri urâte: în fiecare împrejurare îi percepeam în voce o nuanță de dezaprobare, dar, spre deosebire de trecut, nu m-a pus niciodată să spăl vasele, să strâng masa, să spăl podelele. A existat puțină stânjeneală și cu frații mei. Făceau eforturi să-mi vorbească în italiană și adesea își corectau singuri greșelile, rușinându-se. Dar cu ei am încercat să demonstrez că eram cea dintotdeauna și, încet, încet, s-au convins de asta.

Seara nu știam cum să-mi petrec timpul, prietenii de altădată nu mai formau un grup. Pasquale era în relații foarte proaste cu Antonio și-l evita în toate felurile. Antonio nu voia să întâlnească pe nimeni, pe de o parte, pentru că nu avea timp (era încontinuu trimis ici și colo de frații Solara), pe de alta, pentru că nu știa despre ce să vorbească: nu putea povesti despre munca lui și viață privată nu avea. Ada, după mezelărie, fie dădea fuga să se ocupe de mamă și de frați, fie era obosită, deprimată și se ducea la culcare, astfel că aproape nu se mai vedea nici cu Pasquale, lucru care-l făcea pe acesta din urmă foarte nervos. Carmen de-acum ura pe toată lumea, poate că și pe mine: detesta munca în mezelăria nouă, familia Carracci, pe Enzo care o părăsise, pe fratele ei care doar se certase cu el și nu-i spărsese fața. Da, Enzo. Enzo, în fine — care acum o avea pe mama lui, Assunta, bolnavă de o boală urâtă și, când nu trudea să-și câștige traiul zilnic, se ocupa de ea, și noaptea, și totuși, în mod surprinzător, reușise să-și ia diploma de expert industrial —, Enzo nu era niciodată de găsit. M-a mirat vestea că reușise să-și ia diploma ca elev privat. Nu fusese deloc ușor. Cine ar fi crezut, m-am gândit. Înainte să mă întorc la Pisa, am făcut tot posibilul și l-am convins să facem doi pași împreună. I-am făcut multe complimente pentru rezultatul pe care-l obținuse, dar el s-a limitat la o grimasă depreciativă. Își redusese într-o asemenea măsură vocabularul, că am vorbit numai eu, n-a spus aproape nimic. Singura propoziție pe care mi-o amintesc a rostit-o înainte să ne despărțim. Nu vorbisem deloc despre Lila până atunci, nici măcar un cuvânt. Și totuși, ca și cum n-aș fi făcut altceva decât să vorbesc despre ea, a zis pe neașteptate:

— Oricum Lina e cea mai bună mamă din întreg cartierul.

Acel *oricum* m-a indispus. Nu-i atribuisem niciodată lui Enzo o sensibilitate specială, dar cu acea ocazie m-am convins că, mergând alături de mine, a *auzit* — ca și cum aș fi spus-o cu voce tare — lunga listă mută a vinelor pe care i le puneam în cârcă prietenei noastre, ca și cum corpul meu ar fi scandat-o cu furie, fără ca eu să bag de seamă.

98.

Din dragoste pentru micul Gennaro, Lila a reînceput să iasă din casă. Punea copilul, îmbrăcat tot în albastru sau în alb, în incomodul cărucior monumental pe care fratele ei cheltuise o avere și se plimba singură prin cartierul nou. Cum plângea Rinuccio, se ducea la mezelărie și îl alăpta între emoția soacrei, complimentele înduioșate ale clientelor și enervarea lui Carmen care muncea cu capul plecat fără să spună un cuvânt. Lila îi dădea copilului să mănânce imediat ce se văicărea. Îi plăcea mult să-l simtă lipit de ea, îi plăcea să observe laptele care curgea de la ea la el, golindu-i în mod plăcut sânul. Era singura legătură care i-a dat starea de bine și mărturisea în caietele ei că se teme de momentul în care copilul o să se desprindă de ea.

Când au început zilele frumoase, pentru că în cartierul nou erau numai străzi văruite și câteva tufișuri sau copăcei amărâți, a început să meargă până la părculețul din fața bisericii. Oricine trecea pe acolo, se oprea să se uite la copil și i-l lăuda, făcând-o fericită. Dacă trebuia să-l schimbe, se ducea la mezelăria veche unde, cum intra, clientele îl întâmpinau cu mare bucurie pe Gennaro. Ada, în schimb, cu șorțul ei prea curat, cu ruj pe buzele subțiri, cu chipul palid, cu părul aranjat, cu atitudinea imperativă și în raport cu Stefano, se comporta tot mai impertinent ca angajată-patroană și, aferată cum era, făcea tot posibilul ca s-o facă să priceapă că ea, căruciorul și copilul încurcau. Dar Lila nu-i acorda multă atenție. O tulbura mai mult indiferența capricioasă a soțului ei, în privat neatent, dar nu ostil față de copil. În public, în fața clientelor care adoptau vocișoare infantile pline de duioșie și-l voiau în brațe și-l giugiuleau, nici nu se uita la el, dimpotrivă, era în mod ostentativ dezinteresat. Lila se ducea în magazia din spate, îl spăla pe Gennaro, îl îmbrăca din nou în grabă și se întorcea în părculeț. Acolo își studia fiul înduioșată, căutându-i pe față asemănarea cu Nino și întrebându-se dacă nu cumva o întrezărea Stefano.

Dar renunța repede. În general, zilele treceau peste ea fără să-i treacă nici cea mai mică emoție. Avea grijă mai ales de copil, citirea unei cărți îi lua săptămâni întregi, nu parcurgea mai mult de două sau trei pagini pe zi. În părculeț, dacă băiatul dormea, din când în când se lăsa distrasă de crengile copacilor care aveau muguri noi și scria ceva în caietul ei aflat într-o stare jalnică.

O dată și-a dat seama că în biserica aflată la câțiva pași era o înmormântare și împreună cu copilul s-a dus să vadă. A aflat că era înmormântarea mamei lui Enzo. L-a văzut, țeapăn, foarte palid, dar nu s-a dus să-i transmită condoleanțe. Altă dată când stătea pe o bancă cu căruciorul într-o parte, aplecată peste un volum gros cu cotorul verde, i-a apărut în față o bătrână foarte slabă, sprijinită într-un baston, cu obrajii care păreau supți în gâtlej de propria ei răsuflare.

— Ghicește cine sunt.

Lila a făcut eforturi s-o recunoască, dar în cele din urmă ochii femeii, într-o clipă, i-au amintit-o pe impunătoarea învățătoare Oliviero. A sărit în picioare emoționată, a dat s-o îmbrățișeze, dar ea s-a ferit iritată. Lila atunci i-a arătat copilul și a spus cu mândrie:

— Îl cheamă Gennaro, și, dat fiind că toți îi lăudau copilul, s-a așteptat s-o facă și învățătoarea.

Dar Oliviero l-a ignorat complet pe cel mic, a părut interesată numai de cartea voluminoasă pe care fosta ei elevă o avea în mână, cu un deget între pagini ca să țină semnul.

— Ce e?

Lila s-a enervat. Învățătoarea își schimbase înfățișarea, vocea, totul, mai puțin ochii și tonul brusc, același de când îi adresa o întrebare de la catedră. Atunci nici ea nu s-a arătat schimbată, i-a răspuns indolentă și totodată agresivă:

— Se intitulează *Ulise*.

— Vorbește despre *Odiseea*?

— Nu, vorbește despre cât de concretă e viața de astăzi.

— Și apoi?

— Atât. Zice că avem mintea plină de prostii. Că suntem carne, sânge și oase. Că toți suntem o apă și-un pământ. Că vrem doar să mâncăm, să bem și să futem.

Învățătoarea, pentru ultimul cuvânt, a dojenit-o ca la școală și Lila s-a comportat impertinent, a râs, astfel că bătrâna a devenit și mai aspră și a întrebat-o cum era cartea. Ea a răspuns că era dificilă și nu înțelegea tot.

— Atunci de ce o citești?

— Pentru că o citea unul pe care l-am cunoscut. Dar lui nu-i plăcea.

— Și ție?

— Mie da.

— Chiar dacă e dificilă?

— Da.

— Nu citi cărţi pe care nu le poţi înţelege, îţi face rău.

— Sunt multe lucruri care fac rău.

— Nu eşti fericită?

— Aşa şi aşa.

— Erai destinată unor lucruri măreţe.

— Le-am făcut: m-am căsătorit şi am avut un fiu.

— De asta sunt toţi în stare.

— Eu sunt ca toţi ceilalţi.

— Te înşeli.

— Nu, dumneavoastră vă înşelaţi şi v-aţi înşelat întotdeauna.

— Erai prost crescută când erai mică şi eşti prost crescută şi acum.

— Se vede treaba că nu v-aţi priceput cu mine.

Oliviero a privit-o cu atenţie şi Lila i-a citit pe chip angoasa greşelii. Învăţătoarea încerca să-i regăsească în ochi inteligenţa pe care o văzuse când era mică, voia confirmarea că nu se înşelase. Ea s-a gândit: trebuie să-mi şterg imediat de pe faţă orice semn care să-i dea dreptate, nu vreau să-mi ţină predici că m-am irosit. Dar între timp s-a simţit supusă unui alt examen, al nu ştiu câtelea, şi, în mod paradoxal, s-a temut de rezultat. Descoperă că sunt proastă, şi-a spus cu inima care-i bătea tot mai tare, descoperă că toată familia mea e proastă, că sunt proşti strămoşii mei şi că vor fi proşti şi urmaşii mei, că Gennaro va fi prost. S-a indispus, a pus cartea în geantă, şi-a strâns mâna în jurul mânerului căruciorului şi a murmurat nervoasă că trebuia să plece. Bătrână nebună, mai credea că o poate bate cu băţul. A lăsat-o pe învăţătoare în parc, mică, agăţată de pumnul strâns în jurul bastonului, devorată de o boală căreia nu voia să-i cedeze.

99.

O apucase obsesia de a stimula inteligența fiului. Nu știa ce cărți să-și cumpere și l-a rugat pe Alfonso să-i întrebe pe librari. Alfonso i-a dus câteva volume cărora Lila li s-a dedicat cu mult devotament. În caietele ei am găsit notițe despre cum citea texte complexe: înainta cu dificultate pagină cu pagină, dar după puțin timp pierdea sensul, se gândea la altceva; totuși, se silea să citească în continuare șirul. Degetele ei întorceau pagina automat și la final avea impresia că, deși nu înțelesese, cuvintele îi pătrunseseră oricum în minte și născuseră gânduri noi. Apoi recitea cartea și își corecta gândurile sau le amplifica, până când textul nu-i mai folosea și căuta altele.

Soțul se întorcea seara acasă și o găsea că nu gătise, că-l punea pe copil să se joace cu jocuri pe care le realizase singură. Se înfuria, dar ea, cum se întâmpla de o vreme, nu avea nicio reacție. Părea că nu-l aude, ca și cum casa ar fi fost locuită doar de ea și de fiul ei, iar când se ridica și începea să gătească, o făcea nu pentru că lui Stefano îi era foame, ci pentru că i se făcuse ei foame.

În acele luni relația lor, după o lungă perioadă de toleranță reciprocă, a început din nou să se înrăutățească. Stefano i-a urlat într-o seară că se săturase de ea, de copil, de tot. Cu altă ocazie a spus că se căsătorise prea tânăr fără să înțeleagă ce făcea. Dar o dată când ea i-a răspuns: „Nici eu nu știu ce fac aici, îmi iau copilul și plec“, el, în loc să-i urle cară-te, și-a pierdut calmul așa cum n-o făcea de mult timp și a lovit-o în fața copilului, care o fixa de pe pătura așezată pe podea, un pic zăpăcit de gălăgie. Cu nasul din care-i picura sânge și Stefano care urla insulte, Lila s-a îndreptat spre fiul ei râzând, i-a spus în italiană (de un timp îi vorbea numai în italiană): „Tata se joacă, ne distrăm“.

Nu știu de ce, dar la un moment dat a început să se ocupe și de nepot, Fernando, căruia acum i se spunea Dino. E posibil ca totul să fi început pentru că avea nevoie să-l compare pe Gennaro cu un alt copil. Sau poate că nu, poate că și-a făcut scrupule că-și dedică grija numai fiului ei și i s-a părut drept să se ocupe și de nepot. Pinuccia, care îl considera în continuare pe Dino dovada vie a dezastrului vieții ei și îi urla încontinuu, uneori brutalizându-l: „Vrei să încetezi, vrei să încetezi? Ce vrei de la mine, vrei s-o iau razna?“, s-a opus în mod hotărât ca ea să-l ia acasă și să-l țină să joace jocuri misterioase cu micul Gennaro. I-a spus furioasă:

— Ocupă-te tu de creșterea copilului tău că de-al meu mă ocup eu și, în loc să irosești timp, ai grijă de soțul tău, că altfel îl pierzi.

Dar iată că a intervenit Rino.

Era o perioadă foarte proastă pentru fratele Lilei. Se certa încontinuu cu tatăl lor care voia să închidă fabrica de încălțăminte pentru că se săturase să trudească doar ca să-i îmbogățească pe frații Solara și, fără să înțeleagă că trebuia să continue cu orice preț, regreta micul lui atelier. Se certa încontinuu cu Marcello și Michele, care însă îl tratau ca pe un băiețel capricios, și când banii erau problema, vorbeau direct cu Stefano. Se certa mai ales cu acesta din urmă, cu țipete și jigniri, pentru că nu-i mai dădea un bănuț și credea că era deja în negocieri secrete ca să treacă toată afacerea cu pantofii în mâinile fraților Solara. Se certa cu Pinuccia, care-l acuza că o făcuse să creadă că e vreun șmecher și, în schimb, era o marionetă care se lăsa manevrată de oricine, de tatăl lui, de Stefano, de Marcello și Michele. De aceea, când a înțeles că Stefano era supărat pe Lila pentru că era prea mult mamă și prea puțin soție și că Pinuccia nu voia să-i încredințeze copilul cumnatei nici măcar pentru o oră, a început, în mod provocator să i-l ducă el personal surorii acesteia. Și pentru că la fabrică era tot mai puțin de lucru, a căpătat obiceiul să rămână uneori ore în şir în apartamentul din cartierul nou ca să vadă ce făcea Lila cu Gennaro şi cu Dino. A fost încântat de răbdarea ei maternă, de cum se distrau copiii, de cum fiul lui, care acasă plângea tot timpul sau stătea amorţit în ţarc ca un pui de om trist, cu Lila devenea isteţ, iute, părea fericit.

— Ce-i faci? întreba uimit.

— Îi pun să se joace.

— Fiul meu se juca şi înainte.

— Aici se joacă şi învaţă.

— De ce pierzi atâta timp?

— Pentru că am citit că tot ce devenim se decide acum, în primii ani de viaţă.

— Şi al meu se descurcă bine?

— Îl vezi doar.

— Da, îl văd, e mai priceput decât al tău.

— Al meu e mai mic.

— După tine, Dino e inteligent?

— Toţi copiii sunt, e de-ajuns să-i pregăteşti.

— Iar tu pregăteşte-l, Lina, nu te plictisi imediat cum faci de obicei. Fă-mi-l să devină foarte inteligent.

Dar într-o seară Stefano s-a întors acasă mai devreme ca de obicei şi foarte nervos. L-a găsit pe cumnat aşezat pe podeaua bucătăriei şi, în loc să se limiteze la a se întuneca la faţă din cauza dezordinii, a dezinteresului soţiei, a atenţiei rezervate copiilor şi nu lui, i-a spus lui Rino că aia era casa lui, că nu-i plăcea să-l vadă prin preajmă în fiecare zi, că fabrica de încălţăminte mergea foarte prost tocmai din cauză că era atât de leneş, că familia Cerullo nu era de încredere, că, în fine, ori ieşi imediat, ori te dau afară cu şuturi în cur.

A fost o încăierare. Lila a ţipat că nu trebuia să-i vorbească aşa fratelui ei, Rino i-a reproşat cumnatului tot ceea ce până în acel moment fie doar îi semnalase, fie ţinea în el din prudenţă.

S-a lăsat cu insulte grele. Cei doi copii, rămași în mijlocul certurilor, au început să-și smulgă jucăriile țipând, în special cel mic pe care-l învingea cel mai mare. Rino a urlat la Stefano, cu gâtul umflat, cu venele ca niște cabluri electrice, că era ușor să fii patron cu bunurile furate de don Achille de la jumătate de cartier și a adăugat:

— Ești un nimeni, ești doar un nenorocit, tatăl tău știa într-adevăr să fie delincvent, tu nici asta nu știi să fii.

A fost un moment îngrozitor, la care Lila a asistat înspăimântată. Pe neașteptate, Stefano l-a apucat cu ambele mâini pe Rino de șolduri, ca un balerin de dans clasic cu partenera lui, și, chiar dacă erau de aceeași statură, de aceeași constituție, chiar dacă Rino se agita și urla și scuipa, l-a ridicat cu o forță extraordinară și l-a aruncat spre un perete. Apoi l-a prins de un braț și l-a târât pe podea până la ușă, a deschis-o, l-a ridicat din nou în picioare și l-a aruncat pe scări, chiar dacă Rino încerca să reacționeze, chiar dacă Lila se dezmeticise și i se agățase de spinare, implorându-l să se calmeze.

Nu s-a terminat aici. Stefano s-a întors în grabă și ea a înțeles că voia să-i facă lui Dino același lucru pe care i-l făcuse tatălui său, să-l arunce ca pe un obiect în jos pe scări. Atunci i s-a aruncat în spinare și l-a apucat de față, l-a zgâriat urlând:

— E un copil, Ste', e un copil.

El a rămas nemișcat și a zis încet:

— M-am săturat de tot, nu mai rezist.

100.

A început o perioadă complicată. Rino nu s-a mai dus acasă la sora lui, dar Lila nu voia să renunțe la a-i ține împreună pe Gennaro și Dino. Astfel a început să se ducă ea acasă la fratele ei, fără să știe Stefano. Pinuccia însăila, cocoșată, și Lila inițial a încercat să-i explice ce încerca să facă: exerciții de reactivitate, jocuri de dezvoltare a calităților, a ajuns chiar și să-i spună că ar fi vrut să-i implice pe toți copiii din cartier. Dar Pinuccia i-a răspuns pur și simplu:

— Tu ești o nebună și mie mi se rupe de tâmpeniile pe care le faci. Vrei să iei copilul? Vrei să-l omori, vrei să-l mănânci, ca vrăjitoarele? Fă-o, eu nu-l vreau și nu l-am dorit niciodată, fratele tău a fost nenorocirea vieții mele și tu ești nenorocirea vieții fratelui tău.

Apoi i-a strigat:

— Amărâtul ăla face foarte bine că-ți pune coarne.

Lila n-a reacționat.

N-a întrebat ce însemna fraza aceea, dimpotrivă, a făcut un gest automat, ca și cum voia să alunge o muscă. L-a luat pe Rinuccio și, chiar dacă regreta că se lipsește de nepot, nu s-a mai întors.

Dar, în singurătatea apartamentului său, a descoperit că îi este frică. Nu-i păsa deloc că Stefano plătea vreo prostituată, dimpotrivă, era bucuroasă, nu mai trebuia să-l suporte seara când se apropia de ea. Dar după fraza aceea a Pinucciei a început să-și facă griji pentru copil: dacă soțul își luase altă femeie, dacă o voia în fiecare zi și în fiecare oră, putea înnebuni, o putea alunga. Până în acel moment, eventualitatea unei rupturi definitive a căsniciei i se păruse o eliberare, acum, în schimb, s-a temut că pierde casa, banii, timpul, tot ce îi permitea să-și crească fiul în cel mai bun mod.

A început să nu prea mai doarmă. Poate că crizele lui Stefano nu erau doar semnul unui dezechilibru al său structural, sângele rău care învingea bunătatea aparentă: poate că, într-adevăr, se îndrăgostise de alta, cum i se întâmplase ei cu Nino, și nu rezista să mai stea în închisoarea căsniciei, a paternității, chiar și a mezelăriilor și a celorlalte afaceri. Lila se gândea, dar nu știa ce să facă. Simțea că trebuie să înfrunte odată situația, ca s-o controleze, dacă nu din alt motiv, și totuși amâna, renunța, conta pe faptul că Stefano se bucură de amanta lui lăsând-o pe ea în pace. În cele din urmă, se gândea, e suficient să reziste câțiva ani, timp în care copilul să crească și să se formeze.

Și-a organizat ziua astfel încât Stefano să găsească mereu casa în ordine, cina gata, masa pusă. Dar el, după momentul certei cu Rino, n-a mai revenit la vechea blândețe, era mereu încruntat, mereu preocupat.

— Ce nu merge?

— Banii.

— Banii și atât?

Stefano se înfuria:

— Ce înseamnă *și atât*?

Pentru el nu exista altă problemă, în viață, decât banii. După cină făcea socotelile și înjura tot timpul: mezelăria nouă nu încasa ca altădată; cei doi Solara, în special Michele, se comportau cu pantofii ca și cum ar fi fost numai marfa lor și nu mai era cazul să se împartă profiturile; fără să-i spună nimic lui, lui Rino și lui Fernando, încredințau fabricarea vechilor modele Cerullo unor cizmari de la periferie pentru câțiva bănuți și între timp îi puneau pe niște meșteri să deseneze noile modele Solara, care, de fapt, îi variau foarte puțin pe ai Lilei; în acest fel, mica întreprindere a socrului și a cumnatului chiar era pe cale să se ducă de râpă, trăgându-l și pe el, care investise în ea.

— Ai înțeles?

— Da.

— Atunci vezi să nu mă scoți din sărite.

Dar Lila nu era convinsă. Avea impresia că soțul dădea amploare cu talent problemelor reale, dar de dată veche, pentru a-i ascunde adevăratele și noile motive ale dezechilibrelor și ostilității lui față de ea. Îi atribuia vinovății de toate felurile, mai ales pe cea de a fi complicat relația cu frații Solara. O dată a urlat la ea:

— Ce i-ai făcut prostului ăla de Michele, se poate ști?

Și ea i-a răspuns:

— Nimic.

Și el:

— Nu se poate, de fiecare dată te aduce pe tine în discuție, dar face mișto de mine: vezi să vorbești cu el și să înțelegi ce vrea, altfel vă sparg fața la amândoi.

Și Lila, impetuos:

— Dacă vrea să mi-o tragă, ce fac, îl las să mi-o tragă?

O clipă mai târziu a regretat că a strigat așa la el — uneori disprețul era mai puternic decât prudența — dar acum o făcuse și Stefano i-a dat o palmă. Palma n-a contat aproape deloc, n-a fost nici măcar cu mâna deschisă, ca de obicei, a lovit-o cu vârful degetelor. În schimb, a cântărit mai mult ce i-a spus imediat după, dezgustat:

— Citești, înveți, dar ești vulgară: nu le suport pe cele ca tine, mă scârbești.

Din acel moment s-a întors acasă tot mai târziu. Duminica, în loc să doarmă până la miezul zilei ca de obicei, ieșea devreme și dispărea întreaga zi. La cea mai mică referire a ei la probleme concrete ale traiului zilnic familial se enerva. De exemplu, când a dat căldura, s-a preocupat de vacanța la mare pentru Rinuccio și l-a întrebat pe soț cum să se organizeze. El i-a răspuns:

— O să iei autobuzul și o să mergi la Torregaveta.

Ea a îndrăznit:

— Nu e mai bine să închiriem o casă?

El:

— De ce, ca să fii curvă de dimineața până seara?

A ieșit, nu s-a întors în noaptea aceea.

Totul s-a limpezit în scurt timp. Lila s-a dus în centru cu băiatul, căuta o carte pe care o găsise citată în altă carte, dar n-a găsit-o. Tot învârtindu-se s-a dus până în Piața Martirilor ca să-l întrebe pe Alfonso, care continua să gestioneze magazinul cu satisfacție, dacă putea s-o caute el. A dat peste un tânăr foarte frumos, foarte bine îmbrăcat, unul dintre cei mai frumoși băieți pe care-i văzuse vreodată, se numea Fabrizio. Nu era un client, era un prieten de-al lui Alfonso. Lila s-a întreținut cu el și a descoperit că știa o groază de lucruri. Au discutat mult despre literatură, despre istoria orașului Napoli, despre cum îi înveți pe copii, lucru asupra căruia Fabrizio era foarte informat, pentru că lucra la universitate. Alfonso a stat să-i asculte în tăcere tot timpul și când Rinuccio a început să se plângă, a avut el grijă să-l liniștească. Apoi au venit clienții și Alfonso li s-a dedicat lor. Lila a mai vorbit puțin cu Fabrizio, era mult timp de când nu mai simțea plăcerea unei conversații care să-i înflăcăreze mintea. Când tânărul a trebuit să plece, a sărutat-o pe obraji cu un entuziasm infantil, apoi a făcut la fel cu Alfonso, două mari țocăituri. I-a strigat din prag:

— A fost o discuție foarte frumoasă.

— Și pentru mine.

Lila s-a întristat. În timp ce Alfonso își continua treaba cu clientele, i-a revenit în minte lumea pe care o cunoscuse în locul acela și Nino, storul coborât, penumbra, conversațiile plăcute, el care intra la unu fix în secret și dispărea după amor, la patru. I s-a părut o perioadă închipuită, o fantezie trăsnită și a privit împrejur indispusă. N-a simțit nostalgia acelei perioade, n-a simțit nostalgie după Nino. A simțit doar că timpul trecuse, că tot ce fusese important nu mai era, că încâlceala din cap persista și nu voia să se descurce. A luat copilul și a dat să plece când a intrat Michele Solara.

A salutat-o cu entuziasm, s-a jucat cu Gennaro, a spus că era leit ea. A invitat-o la bar, i-a oferit o cafea, a condus-o în cartier cu mașina. Cum au urcat în mașină, i-a zis:

— Părăsește-ți soțul, imediat, chiar astăzi. Eu vă iau pe tine și pe fiul tău. Am cumpărat o casă la Vomero, în Piața Artiștilor. Dacă vrei, te duc acolo imediat, ți-o arăt, am luat-o gândindu-mă la tine. Acolo poți face ce vrei: citești, scrii, inventezi lucruri, dormi, râzi, vorbești și stai cu Rinuccio. Pe mine mă interesează doar să te pot privi și asculta.

Pentru prima dată în viața lui, Michele s-a exprimat fără tonalitatea lui batjocoritoare. În timp ce conducea și vorbea i-a aruncat neliniștit priviri cu coada ochiului ca să-i observe reacțiile. Lila a fixat tot timpul drumul din fața ei încercând, între timp, să scoată suzeta din gura lui Gennaro, după ea, o ținea prea mult. Dar copilul îi îndepărta mâna cu energie. Când Michele a tăcut — nu l-a întrerupt niciodată — l-a întrebat:

— Ai terminat?

— Da.

— Și Gigliola?

— Ce legătură are Gigliola? Tu zi-mi da sau nu și pe urmă vedem.

— Nu, Michè, răspunsul e nu. Nu l-am dorit pe fratele tău și nu te doresc nici pe tine. În primul rând pentru că nici tu, nici el nu-mi plăceți; și în al doilea rând pentru că voi credeți că puteți face totul și lua totul fără respect.

Michele n-a reacționat imediat, a bombănit ceva despre suzetă, de genul: dă-i-o, nu-l face să plângă. Apoi a spus posomorât:

— Gândește-te bine, Lina. Poate că deja mâine regreți și ești tu cea care vii să mă implori pe mine.

— Exclus.

— Da? Atunci ascultă-mă.

I-a dezvăluit ce știau toți („Chiar și mama ta, tatăl tău și tâmpitul ăla de frate-tău, dar ei nu-ți spun nimic ca să trăiți în liniște"): Stefano și-o luase pe Ada ca amantă și nu de puțin timp. Chestia începuse deja înainte de vacanța la Ischia:

„Când tu erai în vacanță", i-a spus, „ea se ducea în fiecare seară la tine acasă". Odată cu întoarcerea Lilei, cei doi încetaseră o vreme. Dar nu putuseră rezista: o luaseră de la capăt, se despărțiseră din nou, se împăcaseră când dispăruse ea din cartier. De curând, Stefano închiriase un apartament pe Rettifilo și se vedeau acolo.

— Mă crezi?

— Da.

— Și atunci?

Atunci ce? Lila n-a fost tulburată atât de faptul că soțul ei avea o amantă și amanta era Ada, ci de absurditatea fiecărui cuvânt sau gest de-al lui când venise s-o ia de la Ischia. I-au revenit în minte țipetele, loviturile, plecarea. I-a spus lui Michele:

— Mă dezguști tu, Stefano și toți ceilalți.

101.

Lila s-a simțit brusc de partea dreptății și asta a liniștit-o. Chiar în seara aceea l-a culcat pe Gennaro și a așteptat să se întoarcă Stefano. El a ajuns imediat după miezul nopții, a găsit-o stând la masa din bucătărie. Lila a ridicat privirea din cartea pe care-o citea, a spus că știa de Ada, că știa de când dura și că nu-i păsa deloc.

— Ceea ce tu mi-ai făcut mie ți-am făcut și eu ție, a scandat zâmbind și i-a repetat — de câte ori îi spusese în trecut, de două, de trei? — că Gennaro nu era fiul lui.

A conchis că putea face ce credea, să meargă să doarmă unde și cu cine voia. Important, a urlat dintr-odată, e că de mine nu te mai atingi.

Nu știu ce avea în minte, poate că doar voia să limpezească lucrurile. Sau poate că se aștepta la orice. Se aștepta ca el să mărturisească totul, ca apoi s-o ia la ciomăgit, s-o alunge din casă, s-o oblige pe ea, soția, să fie rândașa amantei lui. Era pregătită pentru orice agresiune și pentru aroganța celui care se simte stăpân și are bani să cumpere totul. În schimb, n-a fost posibil să ajungă la niciun cuvânt care să limpezească și să confirme eșecul căsniciei lor. Stefano a negat. A spus chinuit, dar calm, că Ada nu era nimic altceva decât vânzătoarea mezelăriei lui, că orice bârfă circulă în legătură cu ei nu avea nicio bază. Apoi s-a enervat și i-a strigat că dacă mai zicea încă o dată lucrul acela urât despre fiul lui, Dumnezeu îi era martor, o omoară: Gennaro era portretul lui, identic, și o spuneau toți. Era inutil să-l mai provoace cu asta. În fine — și ăsta a fost lucrul cel mai surprinzător — i-a declarat, cum făcuse în trecut, fără multe variațiuni, iubirea lui. A spus că o va iubi pe vecie, pentru că era soția lui, pentru că se căsătoriseră în fața preotului și nimic nu-i putea despărți. Când s-a apropiat de ea s-o sărute și ea l-a respins, a prins-o, a ridicat-o, a dus-o în dormitor unde era pătuțul copilului, i-a smuls tot ce avea pe ea și a pătruns-o cu forța, în timp ce ea îl implora cu voce foarte scăzută, reprimându-și hohotele de plâns:

— Se trezește Rinuccio, ne vede, ne aude, te rog, să mergem dincolo.

102.

Din seara aceea, Lila a pierdut mare parte din micile libertăți care-i rămăseseră. Stefano s-a comportat într-un mod complet incoerent. Dat fiind că de-acum soția știa despre relația lui cu Ada, a renunțat la orice precauție: adesea nu se întorcea să doarmă acasă; o duminică da și una nu se plimba cu mașina cu amanta lui; în acel august a petrecut chiar și concediul cu ea: au ajuns până la Stockholm cu mașina, chiar dacă Ada, oficial, se dusese la Torino, la o verişoară care muncea la fabrica Fiat. Dar între timp a explodat în el o formă bolnavă de gelozie: nu voia ca soţia să iasă din casă, o obliga să facă la telefon cumpărăturile şi, dacă Lila ieşea o oră cu copilul la aer, o chestiona ca să afle cu cine se întâlnise, cu cine vorbise. Se simţea mai soţ ca niciodată şi o urmărea. Era ca şi cum s-ar fi temut că înşelatul lui o autoriza şi pe ea să-l înşele. Ce făcea el la întâlnirile cu Ada pe Rettifilo îi punea în mişcare imaginaţia şi îi stârnea fantezii detaliate în care Lila făcea şi mai multe cu amanţii ei. Se temea că este ridiculizat de o posibilă infidelitate a ei, în timp ce el se lăuda cu a lui.

Nu era gelos pe toţi bărbaţii, avea o ierarhie a lui. Lila a înţeles repede că-l îngrijora în special Michele, de care se simţea păcălit în legătură cu totul şi care-l tratase mereu ca pe un subordonat. Chiar dacă ea nu-i zisese niciodată că Solara încercase s-o sărute, că-i propusese să devină amanta lui, Stefano intuise că a-i lua soţia ca să-l umilească era o mişcare importantă ca să ajungă să-l ruineze în afaceri. Dar, pe de altă parte, tocmai logica afacerilor presupunea ca Lila să se arate măcar puţin cordială. În consecinţă, orice lucru făcea ea, nu-i convenea. Uneori o presa în mod obsesiv: „L-ai văzut pe Michele, ai vorbit cu el, ţi-a cerut să desenezi pantofi noi?“ Alteori urla la ea: „Pe prostul ăla nu trebuie nici să-l saluţi, e clar?“ Şi-i deschidea sertarele, scormonea în căutare de dovezi despre natura ei de curvă.

Ca să complice şi mai mult situaţia au intervenit mai întâi Pasquale, apoi Rino.

Pasquale, bineînţeles, a aflat ultimul, chiar şi după Lila, că logodnica lui era amanta lui Stefano. Nu i-a spus nimeni, i-a văzut cu ochii lui în timp ce într-o după-amiază târzie a unei duminici de septembrie ieşeau îmbrăţişaţi pe uşa unui bloc de pe Rettifilo. Ada îi spusese că era ocupată cu Melina şi nu se puteau întâlni. El, de altfel, era mereu plecat la plimbare fie cu munca, fie cu angajamentele lui politice şi nu acorda multă atenție sucirilor și eschivărilor logodnicei. A fost o durere îngrozitoare să-i vadă și o situație complicată pentru că dacă primul lui impuls a fost să le taie beregata amândurora, pregătirea lui de militant comunist i-o interzicea. În ultima vreme, Pasquale devenise secretarul secției de cartier a partidului și, deși în trecut, ca toți băieții cu care crescuserăm, ne catalogase la nevoie curve, acum — pentru că se informa, citea *l'Unità*, studia broșuri, prezida dezbateri în secție — nu-i mai venea s-o facă, dimpotrivă, se străduia să ne considere pe noi, femeile, în general, neinferioare bărbaților, cu sentimentele noastre, ideile noastre, libertățile noastre. Prins deci între furie și vederi largi, a doua seară, încă murdar de la muncă, s-a dus la Ada și i-a spus că știa totul. Ea s-a arătat ușurată și a recunoscut tot, a plâns, i-a cerut iertare. Când el a întrebat-o dacă o făcuse pentru bani, i-a răspuns că-l iubea pe Stefano și că doar ea știa ce persoană bună, generoasă și amabilă era. Rezultatul a fost că Pasquale a tras un pumn într-un perete al bucătăriei din casa Cappuccio și s-a întors acasă plângând, cu nodurile degetelor dureroase. După care a vorbit cu Carmen toată noaptea și cei doi frați au suferit împreună, unul din vina Adei, cealaltă din cauza lui Enzo, pe care nu putea să-l uite. Lucrurile s-au înrăutățit abia atunci când Pasquale, deși fusese înșelat, a decis că trebuia să apere atât demnitatea Adei, cât și pe cea a Lilei. Mai întâi a vrut să clarifice povestea și s-a dus să stea de vorbă cu Stefano, căruia i-a ținut un discurs complicat al cărui miez era că trebuia să-și părăsească soția și să înceapă un concubinaj legitim cu amanta lui. Apoi s-a dus la Lila și i-a reproșat că îl lăsase pe Stefano să-i calce în picioare drepturile ei de soție și sentimentele ei de femeie. Într-o dimineață — era șase și jumătate — Stefano l-a abordat când tocmai ieșea să se ducă la muncă și i-a oferit bonom bani ca să nu-i mai deranjeze pe el, pe soție și pe Ada. Pasquale a luat banii, i-a numărat și i-a aruncat în sus, spunând:

— Muncesc de când eram mic, nu am nevoie de tine, apoi, ca și cum s-ar fi scuzat, a adăugat că trebuia să plece, altfel întârzia și-l concediau.

Dar când deja se îndepărtase s-a răzgândit, s-a întors și i-a strigat mezelarului care aduna banii împrăștiați pe stradă:

— Ești mai rău decât porcul ăla fascist de taică-tu.

S-au bătut, lovituri îngrozitoare, au trebuit să-i despartă, altfel se omorau.

Necazuri a creat și Rino. N-a acceptat faptul că sora nu-și mai dădea silința să facă din Dino un copil foarte inteligent. N-a acceptat faptul că Stefano, cumnatul lui, nu doar că nu-i mai dădea o centimă, dar îl și bătuse. N-a acceptat faptul că relația dintre Stefano și Ada devenise publică, cu toate consecințele umilitoare pentru Lila. Și a reacționat într-un mod neașteptat. Dat fiind că Stefano o bătea pe Lila, a început și el s-o bată pe Pinuccia. Dat fiind că Stefano avea o amantă, și-a găsit și el o amantă. A început, adică, s-o persecute pe sora lui Stefano așa cum și Stefano o persecuta pe sora lui.

Asta a aruncat-o pe Pinuccia într-o stare de disperare: lacrimi peste lacrimi, rugăminți, îl implora să înceteze. Dar nimic. Rino, îngrozind-o și pe Nunzia, dacă soția doar deschidea gura, își pierdea complet controlul și urla la ea:

— Trebuie să încetez? Trebuie să mă calmez? Atunci du-te la fratele tău și spune-i că trebuie s-o părăsească pe Ada, că trebuie s-o respecte pe Lina, că trebuie să fim o familie unită și că trebuie să-mi dea banii cu care el și frații Solara m-au tras pe sfoară și mă trag pe sfoară în continuare.

Astfel, Pinuccia fugea foarte des din casă, bătută, la mezelăria fratelui și plângea în hohote în fața Adei și a clientelor. Stefano o târa după el în spate și ea îi înșira toate pretențiile soțului, dar spunea hotărât:

— Nu-i da nimic prostului ăluia, vino acasă imediat și omoară-l.

103.

Cam asta era situația când m-am întors în cartier pentru vacanța de Paști. Locuiam la Pisa de doi ani și jumătate, eram o studentă strălucită. Întoarcerea la Napoli de sărbători devenise pentru mine o povară căreia mă supuneam ca să evit discuțiile cu părinții mei, mai ales cu mama. Deja când trenul intra în gară mă enervam. Mă temeam că un accident oarecare o să mă împiedice să mă întorc la Școala Normală la sfârșitul vacanței: o boală gravă care să mă oblige la o internare în învălmășeala dintr-un spital, vreun eveniment îngrozitor care să mă oblige să nu mai învăț pentru că familia avea nevoie de mine.

Sosisem acasă de câteva ore. Mama abia îmi făcuse un rezumat ostil al tuturor întâmplărilor urâte ale Lilei, ale lui Stefano, ale Adei, ale lui Pasquale, ale lui Rino, ale fabricii de încălțăminte care era pe punctul de a se închide, ale vremurilor în general. Într-un an aveai bani, credeai că ești șmecher, îți cumpărai mașinuță și în anul următor trebuia să vinzi totul, ajungeai în registrul roșu al doamnei Solara și nu-ți mai dădeai aere. Când în sfârșit s-a oprit din litania ei, mi-a spus:

— Prietena ta credea că ajunsese cine știe unde, cu nunta ei de prințesă, cu mașina ei mare, cu casa cea nouă și, în schimb, astăzi tu ești mult mai pe picioarele tale și mult mai frumoasă decât ea.

Apoi s-a strâmbat ca să-și reprime satisfacția și mi-a înmânat un bilet pe care, evident, ea îl citise deja chiar dacă era pentru mine. Lila voia să mă vadă, mă invita la prânz a doua zi, în Vinerea Mare.

N-a fost doar invitația aceea, au fost zile aglomerate. La scurt timp după aceea, Pasquale m-a strigat din curte și, ca și cum aș fi coborât de pe Olimp și nu din casa întunecată a părinților mei, a ținut să-mi expună ideile lui despre femeie, să-mi spună cât pătimea, să cunoască părerea mea despre felul în care se comporta. La fel a făcut Pinuccia seara, furibundă atât pe Rino, cât și pe Lila. La fel a făcut, în mod neașteptat, Ada în dimineața următoare, arzând de ură și sentimente de vinovăție.

Am rămas distantă față de toți trei. I-am recomandat lui Pasquale să-și păstreze calmul, Pinucciei să se preocupe întâi de toate de fiul ei, Adei să înțeleagă dacă iubirea ei era adevărată. Dar, în ciuda superficialității cuvintelor, trebuie să spun că m-a uimit mai ales ea. În timp ce-mi vorbea, am citit-o ca pe o carte deschisă. Era fiica Melinei nebuna, sora lui Antonio. Pe chipul ei am recunoscut-o pe mamă, multe trăsături ale fratelui. Crescuse fără tată, expusă oricărui risc, obișnuită să trudească. Spălase scările din blocurile noastre ani la rând împreună cu Melina, a cărei minte se poticnea în mod neașteptat. Frații Solara o suiseră în mașină când era o fetiță și puteam să-mi imaginez ce-i făcuseră. Mi s-a părut deci normal că se îndrăgostise de Stefano, patron amabil. Îl iubea, mi-a spus, se iubeau.

— Spune-i Linei, a murmurat cu ochii strălucind de pasiune, că inimii nu i se comandă. Chiar dacă ea e soția, eu sunt cea care lui Stefano i-a dat și îi dă totul, orice atenție și sentiment pe care le vrea un bărbat, în curând și copii. De aceea el e al meu, ei nu-i mai aparține.

Am înțeles că voia să pună mâna pe tot ce se putea, pe Stefano, pe mezelării, pe bani, pe casă, pe mașini. Și m-am gândit că are dreptul să ducă acea bătălie. O duceam toți mai mult sau mai puțin. Am încercat doar să o liniștesc pentru că era foarte palidă, avea ochii umflați. M-am bucurat să aud cât îmi era de recunoscătoare, mi-a plăcut să fiu consultată ca o clarvăzătoare, să împart sfaturi într-o italiană bună care o tulbura pe ea ca și pe Pasquale, ca și pe Pinuccia. Iată, m-am gândit cu sarcasm, la ce folosesc examenele de istorie, filologia clasică, lingvistica și miile de fișe care mă obișnuiesc să fiu riguroasă:

la a-i liniști pentru câteva ore. Mă considerau nepărtinitoare, lipsită de sentimente rele și pasiuni, sterilizată de atâta învățat. Și eu am acceptat rolul pe care mi-l dăduseră fără să vorbesc despre angoasele mele, despre visurile mele, despre momentele când la Pisa riscasem totul lăsându-l pe Franco să intre în camera mea sau furișându-mă eu la el, despre vacanța pe care o petrecuserăm singuri la Versilia trăind împreună ca și cum am fi fost căsătoriți. M-am simțit mulțumită de mine.

Dar pe măsură ce se apropia ora prânzului, plăcerea a făcut loc disconfortului și m-am dus la Lila fără chef. Mă temeam că va restabili într-o clipită vechea ierarhie, făcându-mă să-mi pierd încrederea în alegerile mele. Mă temeam că o să-mi arate în micul Gennaro trăsăturile lui Nino ca să-mi amintească de faptul că soarta îi dăduse ei jucăria care trebuia să fie a mea. Dar n-a decurs așa, pe moment. Rinuccio — așa îi spunea tot mai des — m-a emoționat imediat: era un foarte frumos copil brunet și Nino nu i se ivise încă pe chip și în corp. Avea trăsături care o evocau pe Lila și chiar și pe Stefano, ca și cum l-ar fi procreat în trei. Pe ea am simțit-o fragilă cum rar fusese. Doar văzându-mă i s-au umezit ochii și tot corpul a început să-i tremure, a trebuit s-o îmbrățișez cu putere ca s-o liniștesc.

Mi-am dat seama că se pieptănase în grabă ca să nu facă o impresie proastă față de mine. Își dăduse în grabă cu puțin ruj, îmbrăcase o rochie de rayon gri-perlă din perioada logodnei și purta pantofi cu toc. Era încă frumoasă, dar ca și cum oasele feței i s-ar fi mărit, ochii i s-ar fi micșorat și pe sub piele nu i-ar mai fi circulat sânge, ci un lichid opac. Era foarte slabă, îmbrățișând-o i-am simțit oasele, iar rochia mulată îi evidenția pântecele umflat.

S-a prefăcut la început că totul mergea bine. A fost bucuroasă că m-a entuziasmat copilul, i-a plăcut cum mă jucam cu el, voia să-mi arate lucrurile pe care Rinuccio știa să le spună și să le facă. A început, într-un mod anxios pe care nu i-l știam, să reverse asupra mea termeni extrași din lecturile sale dezordonate. Mi-a citat autori pe care nu-i auzisem niciodată pomeniți, l-a obligat pe fiu să-mi arate exercițiile pe care le inventase pentru el. Am observat că avea un fel de tic, o strâmbătură a gurii: o deschidea larg pe neașteptate și apoi strângea buzele, vrând parcă să-și rețină emoția cauzată de lucrurile pe care le spunea. De obicei, strâmbătura era însoțită de o înroșire a ochilor, o sclipire trandafirie pe care contracția buzelor, ca un mecanism cu arc, o ajuta prompt să se reabsoarbă în fundul capului. Mi-a repetat de mai multe ori că dacă s-ar fi dedicat asiduu fiecărui copil mic din cartier, în decursul unei generații totul s-ar fi schimbat. Lumea nu s-ar mai fi împărțit în cei pricepuți și cei incapabili, cei buni și cei răi. Apoi și-a privit fiul și a izbucnit din nou în plâns.

— Mi-a distrus cărțile, a spus printre lacrimi ca și cum Rinuccio ar fi făcut-o și mi le-a arătat, sfâșiate, rupte în două. A căpătat obiceiul să scormonească în lucrurile mele, a murmurat, nu vrea să am nici măcar un gând al meu și dacă descoperă că i-am ascuns chiar și un lucru nesemnificativ, mă bate.

S-a urcat pe un scaun, a luat de pe dulapul din dormitor o cutie de metal și mi-a înmânat-o.

— Aici e tot ce s-a întâmplat cu Nino, a spus, și multe gânduri care mi-au trecut prin cap în anii aceștia și, de asemenea, lucruri de-ale mele și de-ale tale pe care nu ni le-am spus. Ia-o tu, mi-e teamă că o găsește și începe să citească. Dar nu vreau, nu sunt lucruri pentru el, nu sunt lucruri pentru nimeni, nici măcar pentru tine.

104.

Am luat cutia împotriva voinței mele, m-am gândit: unde o pun, ce fac cu ea. Ne-am așezat la masă. M-am minunat că

Rinuccio mănâncă singur, că se folosește de mici tacâmuri ale lui din lemn, că, odată depășită timiditatea inițială, îmi vorbește în italiană fără să pocească cuvintele, că la toate întrebările mele răspunde cu intonație, cu precizie și că îmi pune la rândul lui întrebări. Lila m-a lăsat să conversez cu fiul ei, n-a mâncat mai nimic, a fixat farfuria absentă. La sfârșit, când eram pe punctul de a pleca, a spus:

— Nu-mi amintesc nimic de Nino, de Ischia, de magazinul din Piața Martirilor. Și totuși mi se părea că țin la el mai mult decât la mine însămi. Nu mă interesează nici măcar să știu ce s-a întâmplat cu el, unde s-a dus.

M-am gândit că e sinceră și nu i-am spus nimic din ce știam.

— Când ți se aprind călcâiele, am menționat în treacăt, există această frumusețe: după o perioadă îți trece.

— Tu ești fericită?

— Îndeajuns.

— Ce păr frumos ai.

— Eh!

— Trebuie să-mi faci încă o favoare.

— Spune-mi.

— Trebuie să plec din casa asta înainte ca Stefano, fără ca măcar să-și dea seama, să mă omoare pe mine și pe copil.

— Acum mă îngrijorezi.

— Ai dreptate, scuze.

— Spune-mi ce trebuie să fac.

— Du-te la Enzo. Îi spui că am încercat, dar n-am reușit.

— Nu înțeleg.

— Nu e important să înțelegi: trebuie să te întorci la Pisa, le ai pe-ale tale. Spune-i atât: *Lina a încercat, dar n-a reușit*.

M-a condus la ușă cu copilul în brațe. I-a spus fiului:

— Rino, salut-o pe mătușa Lenù.

Copilul a zâmbit, și mi-a făcut pa cu mâna.

105.

Înainte să plec m-am dus să-l caut pe Enzo. Pentru că atunci când i-am spus: *Lina m-a rugat să-ți spun că a încercat, dar n-a reușit*, nu i-a trecut nici măcar umbra unei emoții pe față, m-am gândit că mesajul îl lăsase complet indiferent.

— Nu e deloc bine, am adăugat. Pe de altă parte, chiar nu știu ce se poate face.

El a strâns buzele și a luat o expresie gravă. Ne-am salutat.

În tren am deschis cutia de metal, chiar dacă jurasem să n-o fac. Erau opt caiete. Încă de la primele rânduri am început să mă simt rău. Odată ajunsă la Pisa, starea proastă a crescut cu fiecare zi, cu fiecare lună. Fiecare cuvânt al Lilei m-a micșorat. Fiecare frază, chiar și cele scrise când era încă o copilă, mi s-a părut că le golește de sens pe ale mele nu de atunci, ci de acum. Și în timpul ăsta fiecare pagină a aprins gânduri de-ale mele, idei de-ale mele, pagini de-ale mele ca și cum până în acel moment aș fi trăit într-o toropeală studioasă, dar neconvingătoare. Am învățat pe dinafară caietele acelea și, în cele din urmă, m-au făcut să simt că lumea de la Școala Normală, prietenele și prietenii care mă stimau, privirea afectuoasă a acelor profesori care mă încurajau să fiu tot mai bună, face parte dintr-un univers prea protejat și, de aceea, foarte previzibil, în comparație cu cel furtunos pe care, în condițiile vieții din cartier, Lila fusese capabilă să-l exploreze cu rândurile ei grăbite, în pagini mototolite și pătate.

Toate strădaniile mele din trecut mi s-au părut lipsite de sens. M-am speriat, luni de zile am învățat prost. Eram singură, Franco Mari își pierduse locul de la Școala Normală. Nu reușeam să scap de impresia de micime care mă copleșise. La un moment dat mi-a fost limpede că în curând voi lua o notă proastă și voi fi trimisă acasă și eu. De aceea, într-o seară de toamnă târzie, fără un plan precis, am ieșit luând cu mine cutia de metal. M-am oprit pe podul Solferino și am aruncat-o în Arno.

106.

Ultimul an la Pisa a fost total diferit de primii trei. M-a apucat o aversiune ingrată față de oraș, față de colege și colegi, profesori, examene, zilele geroase, reuniunile politice în serile călduțe de la Baptisteriu, filmele de la forumul de cinema, întreg spațiul urban, mereu același: Timpano, Lungarno Pacinotti, strada XXIV mai, strada San Frediano, Piața Cavalerilor, strada Consoli del Mare, strada San Lorenzo. Erau trasee identice și totuși străine, chiar și când brutarul mă saluta și vânzătoarea de la chioșcul de ziare îmi vorbea despre vreme, străine în voci pe care, totuși, făcusem imediat eforturi să le imit, străine în culoarea pietrelor și a plantelor și a indicatoarelor și a norilor sau a cerului.

Nu știu dacă s-a întâmplat din cauza caietelor Lilei. În mod sigur, imediat după ce le-am citit și mult înainte să arunc cutia care le conținea, m-am dezvrăjit. Mi-a trecut impresia inițială că mă aflu într-o bătălie cutezătoare. Mi-a trecut nervozitatea de la fiecare examen și bucuria că luam cele mai bune note. Mi-a trecut plăcerea de a-mi reeduca vocea, gesturile, felul de a mă îmbrăca și de a merge, ca și cum aș fi concurat pentru cea mai reușită travestire, pentru masca purtată atât de bine că devenise *aproape* față.

Pe neașteptate, mi-am dat seama de toți acei *aproape*. Reușisem? Aproape. Mă smulsesem din Napoli, din cartier? Aproape. Aveam prietene și prieteni noi, care veneau din medii cultivate, adesea mult mai cultivate decât cel căruia îi aparțineau profesoara Galiani și fiii ei? Aproape. Din examen în examen devenisem o studentă bine văzută de profesorii zeloși care mă examinau? Aproape. În spatele lui *aproape* mi s-a părut că văd cum stăteau lucrurile. Mi-era frică. Mi-era frică la fel ca în prima zi în care ajunsesem la Pisa. Mă temeam de cine știa să fie cultivat fără acel aproape, cu dezinvoltură.

La Școala Normală erau mulți. Nu era vorba doar de studenți care treceau examenele în mod strălucitor, la latină sau greacă, sau istorie. Erau tineri — aproape toți bărbați, ca de altfel profesorii marcanți și numele ilustre care trecuseră prin acea instituție — care excelau pentru că știau fără efort aparent folosul prezent și viitor al strădaniei lor de a studia. Îl cunoșteau prin originea familială sau printr-o orientare instinctivă. Știau cum se făcea un ziar sau o revistă, cum era organizată o editură, ce era o redacție de radio sau de televiziune, cum se naștea un film, care erau ierarhiile universitare, ce era dincolo de granițele sătucurilor noastre sau orașelor, dincolo de Alpi, dincolo de mare. Cunoșteau numele oamenilor importanți, persoanele de admirat și cele de disprețuit. Eu, în schimb, nu știam nimic, pentru mine oricine își tipărea numele într-un ziar sau o carte era un zeu. Dacă îmi spunea cineva cu admirație sau cu invidie: ăla e Cutărică, ăla e fiul lui Cutărescu, aia e nepoata lui Cutărică, tăceam sau mă prefăceam că știu. Intuiam, desigur, că erau nume *cu adevărat* importante, și totuși nu le auzisem niciodată, nu știam ce lucruri relevante făcuseră, ignoram harta prestigiului. De exemplu, mă prezentam foarte pregătită la examene, dar dacă profesorul, pe neașteptate, m-ar fi întrebat: „Știți care sunt operele mele care mă autorizează să predau această materie în această universitate?“, n-aș fi știut ce să răspund. Ceilalți, în schimb, știau. De aceea mă mișcam printre ei temându-mă că spun și că fac lucruri greșite.

Când Franco Mari se îndrăgostise de mine, teama aceea se atenuase. El mă instruia, învățasem să mă mișc înăuntrul dârei lăsate de el. Franco era foarte vesel, atent la ceilalți, neruşinat, îndrăzneţ. Era sigur că citise cărţile potrivite şi, deci, că are dreptate, astfel încât vorbea întotdeauna cu autoritate. Învăţasem să mă exprim în privat şi, mai rar, în public bazându-mă pe prestigiul lui. Şi eram bună, sau cel puţin deveneam. Protejată de certitudinile lui, reuşeam uneori să fiu mai obraznică decât el, alteori mai eficientă. Dar, chiar dacă făcusem multe progrese, îmi rămăsese îngrijorarea că nu sunt la înălţime, că spun lucruri greşite, că dau la iveală cât sunt de ignorantă şi neexperimentată tocmai la capitolele care le erau cunoscute tuturor. Şi imediat cum Franco, fără voia lui, ieşise din viaţa mea, teama îşi recăpătase forţa. Avusesem dovada a ceea ce, în adâncul meu, ştiam deja. Bunăstarea lui, buna lui educaţie, prestigiul de tânăr militant de stânga foarte cunoscut printre studenţi, popularitatea, chiar şi curajul lui când lupta cu discursuri bine calibrate împotriva unor persoane cu putere dinăuntrul şi din afara universităţii, îi dăduseră o aură care se extinsese automat la mine, logodnica sau prietena sau colega lui, de parcă simplul fapt că mă iubea mi-ar fi garantat public calităţile. Dar din momentul în care pierduse locul la Şcoala Normală meritele sale păliseră, nu mai iradiaseră către mine. Studenţii de familie bună nu mă mai invitaseră în excursii sau la petreceri duminicale. Cineva făcea din nou mişto de mine din cauza accentului meu napolitan. Tot ce-mi dăruise el se demodase, se învechise. Înţelesesem repede că Franco, prezenţa lui în viaţa mea, camuflaseră condiţia mea reală, dar nu o schimbaseră. Nu reuşisem să mă integrez cu adevărat. Stăteam printre cei care trudeau zi şi noapte, care obţineau rezultate optime, care erau chiar trataţi cu simpatie şi stimă, dar care n-ar fi purtat niciodată cu atitudinea potrivită calitatea înaltă a acelor studii. Mi-ar fi fost mereu teamă: teamă că spun fraza greşită, că folosesc un ton exagerat, că sunt îmbrăcată inadecvat, că dezvălui sentimente meschine, că nu gândesc nimic interesant.

107.

Trebuie să spun că a fost o perioadă deprimantă și din alte motive. Știau toți, în Piața Cavalerilor, că mă duceam noaptea în camera lui Franco, că fusesem singură cu el la Paris, în Versilia și asta îmi oferise faima de femeie ușoară. E greu de explicat cât mă costase să mă adaptez ideii de libertate sexuală pe care Franco o susținea cu căldură, nu recunoșteam asta nici față de mine ca să-i par liberă și lipsită de prejudecăți. Nici nu puteam repeta în jur ideile pe care el mi le transmisese ca pe o evanghelie, adică faptul că virginele pe jumătate erau specia cea mai rea de femeie, mici burgheze care preferau să ofere curul, decât să facă lucrurile cum trebuie. Și nu puteam nici să povestesc că aveam o prietenă, la Napoli, care la șaisprezece ani era deja căsătorită, că la optsprezece își luase un amant, că rămăsese însărcinată cu el, că se întorsese la soț, că cine știe câte altele ar mai fi făcut. În fine, să mă culc cu Franco mi se părea nesemnificativ în comparație cu neastâmpărul Lilei. Fusesem nevoită să accept replicile perfide ale fetelor, pe cele necioplite ale băieților, privirile lor insistente asupra sânilor mei mari. Fusesem nevoită să resping insolent oferta la fel de insolentă a câte unuia de a-l înlocui pe fostul meu prieten. Fusesem nevoită să mă resemnez, la refuzurile mele, cu răspunsurile vulgare ale pretendenților. Mergeam înainte cu dinții strânși, îmi spuneam: o să se termine.

Apoi s-a întâmplat că într-o după-amiază, într-o cafenea de pe strada San Frediano, în fața a numeroși studenți, unul dintre curtezanii mei respinși mi-a strigat serios, în timp ce ieșeam cu două colege de-ale mele: „Napoli, amintește-ți să-mi aduci puloverul albastru pe care l-am uitat la tine“. S-au auzit râsete, iar eu am ieșit fără să răspund. Dar mi-am dat seama repede că sunt urmărită de un băiat pe care-l observasem deja la cursuri din cauza aspectului său caraghios. Nu era nici vreun tânăr intelectual tenebros ca Nino, nici vreun băiat zeflemist ca Franco. Avea ochelari, era foarte timid, solitar, avea un ghem încurcat de păr foarte negru, un corp mai degrabă greoi, picioare strâmbe. S-a ținut după mine până la colegiu, apoi în sfârșit m-a strigat.

— Greco.

Oricine ar fi fost, îmi cunoștea numele de familie. M-am oprit din bună creștere. Tânărul s-a prezentat: Pietro Airota, Apoi mi-a ținut un discurs șovăielnic, foarte confuz. A spus că-i era rușine pentru colegii lui, dar că se detesta și pe sine însuși pentru că fusese laș și nu intervenise.

— Să intervii ca să faci ce? am întrebat ironică, dar și uimită că unul ca el, cocoșat, cu ochelari cu lentile groase, cu părul acela ridicol, cu aerul și limbajul cuiva care stă mereu cu nasul în cărți, se simțea dator să facă pe cavalerul francez ca băieții din cartier.

— Ca să-ți apăr bunul renume.

— N-am un bun renume.

A bombănit ceva care mi s-a părut un amestec de scuze și salutări și a plecat.

A doua zi l-am căutat eu, am început să mă așez lângă el la curs, am făcut lungi plimbări împreună. M-a surprins: ca mine, începuse deja să lucreze la teză, ca mine, era la literatură latină; dar, spre deosebire de mine, nu spunea „teză", spunea „lucrare"; și o dată sau de două ori i-a scăpat „carte", o carte pe care o termina și pe care voia s-o publice imediat după diplomă. Lucrare, carte? Cum vorbea? La douăzeci și doi de ani avea un ton grav, folosea încontinuu citate foarte culte, se comporta ca și cum ar fi avut deja o catedră la Școala Normală sau la vreo altă universitate.

— Chiar o să publici teza? l-am întrebat o dată, uimită.

M-a privit la fel de mirat:

— Dacă e bună, da.

— Se publică toate tezele care ies bine?

— De ce nu.

El studia riturile bahice, eu cartea a IV-a din *Eneida*. Am murmurat:

— Poate că Bachus e mai interesant decât Didona.

— Totul e interesant dacă știi să lucrezi asupra lui.

N-am vorbit niciodată despre lucrurile cotidiene și nici măcar despre posibilitatea ca SUA să dea arme nucleare Germaniei de Vest și nici măcar dacă era mai bun Fellini sau Antonioni, cum mă obișnuise Franco să fac, ci doar despre literatura latină, despre literatura greacă. Pietro avea o memorie extraordinară: știa să facă legături între texte foarte diferite și le recita ca și cum le-ar fi avut sub ochi, dar fără aroganță, fără îngâmfare, ca și cum ar fi fost cel mai normal lucru între două persoane care învățau ce învățam noi. Cu cât mă întâlneam mai mult cu el, cu atât mi-am dat seama că era cu adevărat bun, bun cum eu n-aș fi putut fi niciodată, pentru că acolo unde eu eram doar precaută de teama unor boacăne, el era înclinat să gândească ponderat, să nu facă niciodată afirmații hazardate.

Deja după ce fusesem de două sau de trei ori la plimbare cu el pe bulevardul Italia sau între Dom și Camposanto, am văzut că totul se schimba din nou în jurul meu. O fată pe care o cunoșteam mi-a spus într-o dimineață cu invidie prietenească:

— Ce le faci bărbaților? L-ai cucerit și pe fiul lui Airota.

Nu știam cine era Airota tatăl, dar în mod sigur a reapărut tonul respectuos din partea colegilor de curs, am fost invitată din nou la petreceri sau la cârciumă. La un moment dat am avut chiar și bănuiala că mi se adresează mie pentru că-l târam după mine pe Pietro, dat fiind că în general el își vedea de treburile lui. Am început să pun întrebări în jur, toate adresate ca să înțeleg ce merite are părintele noului meu prieten. Am aflat că preda literatura greacă la Genova, dar era și o figură marcantă a partidului socialist. Această informație m-a făcut mai puțin exuberantă, m-am temut să nu spun în prezența lui Pietro fraze naive sau greșite. În timp ce el continua să-mi vorbească despre teza-carte a lui, eu, de teamă să nu spun tâmpenii, îi vorbeam și mai puțin decât în mod obișnuit.

Într-o duminică a ajuns gâfâind la colegiu, a vrut să luăm prânzul cu familia lui, tata, mama și sora, care veniseră să-l viziteze. Am fost cuprinsă de neliniște și am încercat să mă fac cât puteam de frumoasă. M-am gândit: o să greșesc conjunctivele, or să mă considere stângace, sunt niște oameni importanți, or avea o mașină mare cu șofer, ce-o să spun, o să par o tâmpită. Dar cum i-am văzut, m-am liniștit. Profesorul Airota era un bărbat de statură medie într-un costum gri destul de mototolit, avea o față lată și obosită, ochelari mari: când și-a scos pălăria, am văzut că era complet chel. Adele, soția lui, era o femeie slabă, nu frumoasă, dar fină, elegantă fără ostentație. Mașina era la fel cu Fiatul 1100 al fraților Solara înainte să-și cumpere modelul Giulietta și, am aflat, o condusese de la Genova la Pisa nu un șofer, ci Mariarosa, sora lui Pietro, o fată grațioasă, cu ochi inteligenți, care imediat m-a îmbrățișat și m-a sărutat ca și cum am fi fost prietene de mult.

— Tu ai condus de la Genova până aici? am întrebat-o.

— Da, îmi place să conduc.

— A fost dificil să iei permisul?

— Da' de unde.

Avea douăzeci și patru de ani și lucra la catedra de Istoria Artei la Universitatea din Milano, îl studia pe Piero della Francesca. Știa totul despre mine, adică tot ce știa fratele ei, interesele mele de studiu și atât. Aceleași lucruri le știau și profesorul Airota și soția lui, Adele.

Am petrecut cu ei o dimineață frumoasă, m-au făcut să mă simt în largul meu. Spre deosebire de Pietro, tatăl lui, mama și sora făceau o conversație foarte diversă. La prânz, în restaurantul hotelului unde stăteau, profesorul Airota și fiica lui au avut, de exemplu, polemici afectuoase pe teme politice pe care le auzisem de la Pasquale, de la Nino și de la Franco, dar despre care, în esență, nu știam mai nimic. Cuvinte de genul: v-ați lăsat prinși în cursă de concepția colaborării dintre clasele sociale; tu îi spui cursă, eu îi spun mediere; mediere în care câștigă mereu doar creștin-democrații; politica de centru-stânga e dificilă; dacă e dificilă, fiți din nou socialiști; statul e în criză și e urgent să fie reformat; nu reformați absolut nimic; în locul nostru ce ai face; revoluție, revoluție și iar revoluție; revoluția se face scoțând Italia din Evul Mediu: fără noi, socialiștii, la guvern, studenții care vorbesc despre sex la școală ar sta în închisoare și la fel și cei care împart fluturași pacifiști; vreau să văd cum o să vă descurcați cu Tratatul Nord-Atlantic; am fost mereu împotriva războiului și împotriva tuturor imperialismelor; guvernați cu creștin-democrații, dar veți rămâne anti-americani?

Așa, fraze rapide: un exercițiu polemic care în mod vizibil le făcea plăcere amândurora, poate un obicei convivial vechi. Am recunoscut în ei, tată și fiică, ceea ce nu avusesem niciodată și care, acum știam asta, îmi va lipsi întotdeauna. Ce era? Nu eram în stare s-o spun cu precizie: antrenamentul, poate, de a simți intim că problemele lumii sunt și ale mele; capacitatea de a le percepe ca fiind cruciale și nu doar pură informație de prezentat la un examen, în vederea unei note bune; un fel de a gândi mental care să nu reducă orice lucru la o bătălie individuală, la efortul de a mă afirma. Mariarosa era amabilă, tatăl ei la fel; aveau amândoi tonuri măsurate, fără urma exceselor lui Armando, fiul lui Galiani, sau ale lui Nino; și totuși, injectau căldură în formulări politice care cu alte ocazii mi se păruseră reci, departe de mine, care trebuie folosite doar ca să nu mă fac de râs. Stimulându-se reciproc, au trecut, fără pauză, la bombardamentele asupra Vietnamului de Nord, la revoltele studențești din acel campus, la miile de focare de luptă antiimperialistă din

America Latină și din Africa. Și fiica părea acum mai la curent decât tatăl. Câte lucruri cunoștea Mariarosa, vorbea ca și cum ar fi avut informații inedite, astfel că Airota la un moment dat și-a privit ironic soția și Adele i-a spus:

— Ești singura care n-a ales încă desertul.

— Iau tort de ciocolată, s-a întrerupt ea cu o strâmbătură grațioasă.

Am privit-o plină de admirație. Conducea mașina, trăia la Milano, preda la universitate, îi ținea piept tatălui fără resentimente. Eu, în schimb? Eram speriată de ideea de a deschide gura și, totodată, umilită de muțenia mea. N-am reușit să mă abțin și am spus agitată:

— Americanilor, după Hiroshima și Nagasaki, trebuia să li se intenteze proces pentru crime împotriva umanității.

Tăcere. Toată familia m-a privit fix. Mariarosa a exclamat bravo, mi-a întins mâna, i-am strâns-o. M-am simțit încurajată și imediat m-au înflăcărat cuvintele, schije de vechi propoziții memorate în perioade diferite ale vieții mele. Am vorbit despre planificare și raționalizare, ruină social-democratică, neocapitalism, despre structură, despre revoluție, Africa, Asia, despre școala maternă, Piaget, complicități ale poliției și ale magistraturii, corupție fascistă în orice mecanism al statului. Am fost tulburată, agitată. Îmi bătea tare inima, am uitat cu cine eram și unde mă aflam. Totuși, am simțit în jur o atmosferă de consens tot mai mare și am fost fericită că m-am expus, mi s-a părut că făcusem o impresie bună. Mi-a plăcut și că nimeni din acea familie frumoasă nu m-a întrebat, cum, în schimb, se întâmpla frecvent, de unde veneam, ce făcea tata, ce mama. Eram eu, eu, eu.

Am rămas cu ei la discuții și după-amiaza. Și seara ne-am plimbat cu toții, înainte să mergem la cină. La fiecare pas profesorul Airota întâlnea oameni pe care-i cunoștea. S-au oprit să-l salute foarte călduros și doi profesori de la universitate cu soțiile lor.

108.

Dar deja a doua zi nu m-am simțit bine. Timpul petrecut cu rudele lui Pietro era o altă dovadă că efortul făcut la Școala Normală era o greșeală. Nu era de-ajuns meritul, mai era nevoie de ceva, iar eu nu-l aveam, nici nu știam să-l învăț. Ce rușine acea învălmășire de cuvinte agitate, fără rigoare logică, fără calm, fără ironie, cum în schimb știau să facă Mariarosa, Adele, Pietro! Aveam îndârjirea metodică a cercetătoarei care supune verificării și virgulele, aia da, și o demonstram la examene sau la teza pe care o scriam. Dar, de fapt, rămâneam o nepregătită prea lipsită de cultură, îmi lipsea armura, nu puteam înainta liniștită, așa cum făceau ei. Profesorul Airota era un zeu nemuritor care le dăduse copiilor lui arme vrăjite înainte de bătălie. Mariarosa era invincibilă. Și Pietro perfect în amabilitatea lui supercultă. Eu? Eu puteam doar să rămân în preajma lor, să strălucesc grație strălucirii lor.

M-a cuprins anxietatea de a nu-l pierde pe Pietro. L-am căutat, m-am atașat de el, m-am legat cu afecțiune de el. Dar am așteptat inutil să-și declare iubirea. Într-o seară l-am sărutat eu, pe un obraz, și el, în sfârșit, m-a sărutat pe gură. Am început să ne vedem în locuri izolate, seara, așteptând un pic de întuneric. Eu îl atingeam pe el, el mă atingea pe mine, nu m-a pătruns niciodată. N-a vrut. Mi s-a părut că m-am întors în vremurile lui Antonio, și totuși diferența era imensă. Era emoția de a ieși seara cu fiul lui Airota, care-mi dădea putere. Din când în când mă gândeam s-o sun pe Lila de la un telefon public: voiam să-i spun că aveam un nou logodnic și că aproape sigur tezele noastre de diplomă vor fi publicate, vor deveni cărți chiar cum sunt cărțile adevărate, cu copertă, titlu, nume. Voiam să-i spun că era posibil ca amândoi să predăm la universitate. Sora lui, Mariarosa, la douăzeci și patru de ani, deja făcea asta. Voiam să-i spun și: ai dreptate tu, Lila: dacă înveți lucrurile cum trebuie încă de mică, când ești mare faci mai puțin efort în tot, devii cineva care pare născută învățată. Dar, în cele din urmă, am renunțat. S-o sun pe ea, de ce? Ca să ascult în tăcere problemele ei? Sau, dacă totuși mă lăsa să vorbesc, să-i spun ce? Știam bine că mie nu mi se va întâmpla niciodată ceea ce sigur i se va întâmpla lui Pietro. Mai ales, știam că el va dispărea curând, ca Franco, și că, în fond, era mai bine așa, pentru că nu-l iubeam. Stăteam împreună cu el pe străduțele întunecate, prin parcuri doar ca să simt mai puțin teama.

109.

În apropierea vacanței de Crăciun a anului 1966 am răcit foarte rău. Am sunat la o vecină a părinților mei — în sfârșit și în cartierul vechi mai mulți aveau telefon — și am anunțat că n-o să mă duc în vacanță. Apoi am fost absorbită în niște zile oribile de febră foarte mare și tuse, în vreme ce colegiul se golea, devenea tot mai tăcut. Nu mâncam nimic, făceam eforturi chiar și să beau apă. Într-o dimineață când zăceam într-o stare de veghe istovită, am auzit voci ridicate, în dialectul meu, ca atunci când în cartier femeile se certau de la o fereastră la alta. Din capătul cel mai întunecat al minții mele a ajuns până la mine mersul cunoscut al mamei mele. N-a bătut, a dat ușa de perete și a intrat încărcată cu sacoșe.

Un lucru de neimaginat. Ieșise din cartier de puține ori, cel mult ca să meargă în centru. În afara orașului Napoli, din câte știam, nu fusese niciodată. Și totuși, se urcase în tren, călătorise toată noaptea și venise să-mi reverse în cameră mâncăruri de Crăciun pregătite din vreme special pentru mine, cuvinte arțăgoase cu voce foarte ridicată, ordine care trebuiau, ca prin farmec, să mă facă să-mi revin și să plec cu ea seara: pentru că trebuia să plece, acasă avea alți copii și pe tata.

Mai mult decât febra m-a șubrezit ea. M-am temut să nu vină directoarea, atâta urla și muta lucrurile, aranja chestii fără atenție. La un moment dat, am avut impresia că leșin, am închis ochii sperând că în întunericul greţos în care mă simțeam târâtă nu ar fi venit după mine. În schimb, nimic n-a oprit-o. Mereu în mișcare prin cameră, serviabilă și agresivă, mi-a povestit de tata, de frați, de vecini, de prieteni și, bineînțeles, de Carmen, de Ada, de Gigliola, de Lila.

Încercam să nu ascult, dar ea insista cu: *ai înțeles ce a făcut, ai înțeles ce s-a întâmplat?* și mă zgâlțâia, atingându-mi un braț sau un picior îngropate sub pături. Am descoperit că, în starea de fragilitate datorată bolii, eram mai sensibilă ca de obicei la tot ce nu suportam la ea. M-am enervat — și i-am spus-o — pentru felul în care la orice cuvânt voia să-mi demonstreze că nicio fată de vârsta mea nu avusese succes ca mine. „Încetează" am murmurat. Ea nimic, repeta întruna: *tu în schimb*.

Dar cel mai mult m-a rănit să aud, în spatele mândriei de mamă, teama că lucrurile s-ar putea schimba și eu aș pierde din nou puncte, nu i-aș mai da ocazia să se laude. Nu prea avea încredere în stabilitatea lumii. De aceea m-a hrănit cu forța, mi-a șters transpirația, m-a obligat să-mi iau temperatura de nu știu câte ori. Se temea să nu mor, lipsind-o de a mea existență-trofeu? Se temea că, nemaifiind în putere, aș ceda, aș fi în vreun fel degradată, ar trebui să mă întorc acasă fără glorie? Mi-a vorbit obsesiv despre Lila. A insistat atât de mult, că am intuit brusc cât o apreciase încă de mică. Și ea, mama mea, m-am gândit, și-a dat seama că e mai bună decât mine și acum e uimită că am lăsat-o în urmă, parcă nu-i vine să creadă, îi e frică să nu piardă locul de *cea mai norocoasă mamă din cartier*. Uite ce războinică e, uite câtă înfumurare are în ochi. Mi-am dat seama de energia pe care o răspândea în jur și m-am gândit că mersul șchiopătat îi ceruse, ca să supraviețuiască, mai multă forță decât era normal. Tata, în schimb, ce era? Un omuleț slab, antrenat să fie serviabil și să întindă mâna cu discreție ca să bage în buzunar mici bacșișuri: cu siguranță n-ar fi reușit niciodată să treacă peste toate obstacolele și să ajungă până în acea clădire austeră. Ea reușise.

Când a plecat și a revenit liniștea, pe de o parte m-am simțit ușurată, pe de alta, din cauza febrei, m-am emoționat. M-am gândit la ea singură, întrebând pe fiecare trecător dacă era direcția bună pentru gară, ea, pe jos, cu piciorul ei rănit, într-un oraș necunoscut. N-ar fi dat niciodată bani pentru un autobuz, era atentă să nu irosească nici măcar cinci lire. Dar oricum ar fi reușit: cumpărând biletul corect și luând trenurile care trebuie, călătorind în noapte pe scaune foarte incomode sau în picioare până la Napoli. Acolo, după o altă plimbare lungă, ar fi ajuns în cartier ca să înceapă din nou să facă curățenie și să gătească și ar fi tăiat în bucăți anghila și ar fi pregătit *insalata di rinforzo*[4] și supa de găină și *struffoli*[5], fără să se odihnească nici măcar puțin, furioasă, dar spunându-și pentru confort într-un colț al minții: „Lenuccia e mai bună decât Gigliola, decât Carmen, decât Ada, decât Lina, decât toate la un loc".

110.

După mama mea, din vina Gigliolei, situația Lilei a devenit și mai insuportabilă. Totul a început într-o duminică de aprilie,

---

4 Fel de mâncare tipic napolitan pentru cina din Ajunul Crăciunului, pe bază de conopidă fiartă la care se adaugă măsline verzi, castraveciori, cepșoare, murături, ardei dulci sau picanți, toate în oțet, și scrumbii sărate. Literal înseamnă „salată de întărire", fiind servită la o cină care este în principal cu mâncare de post, de aceea fiind nevoie de ceva mai consistent.

5 Tipic desert napolitan, pregătit tot în perioada Crăciunului, făcut din mici bile din aluat, prăjite și date prin miere caldă.

când fiica lui Spagnuolo cofetarul a invitat-o pe Ada la cinematograful din parohie. Apoi, în seara următoare, după închiderea magazinelor, a trecut pe la ea și i-a spus:

— Ce faci singură cuc? Vino să te uiți la televizor acasă la părinții mei și adu-o și pe Melina.

Dintr-una în alta, a cooptat-o când ieșea serile cu Michele Solara, logodnicul ei. Au mers adesea la pizzerie în cinci: Gigliola, fratele ei mic, Michele, Ada și Antonio. Pizzeria era în centru, la Santa Lucia. Michele conducea, Gigliola, foarte frumoasă, stătea lângă el și pe bancheta din spate erau Lello, Antonio și Ada.

Antonio n-avea chef să-și petreacă timpul liber cu patronul lui și la început a încercat să-i spună Adei că era ocupat. Dar când Gigliola a spus că Michele se enervase foarte tare pentru acea eschivare a lui, și-a îndesat capul între umeri și, din momentul acela, s-a supus. Conversația se desfășura aproape întotdeauna între cele două fete, Michele și Antonio nu schimbau un singur cuvânt. Dimpotrivă, adesea Solara părăsea masa și se ducea să șușotească cu patronul pizzeriei, cu care avea diverse afaceri. Fratele Gigliolei mânca pizza și se plictisea în liniște.

Tema preferată a celor două fete era iubirea dintre Ada și Stefano. Vorbeau despre cadourile pe care el i le făcuse și i le făcea, despre călătoria minunată la Stockholm în luna august din anul precedent (câte minciuni fusese nevoită să-i spună Ada bietului Pasquale), despre cum la mezelărie o trata mai bine decât dacă ar fi fost patroana. Ada se emoționa, povestea și tot povestea. Gigliola asculta și, din când în când, spunea chestii de genul:

— Biserica, dacă vrea, poate anula o căsătorie.

Ada se întrerupea, ridica din sprâncene:

— Știu, dar e dificil.

— Dificil, nu imposibil. Trebuie să te adresezi Scaunului Apostolic.

— Ce e asta?

— Nu știu precis, dar Scaunul Apostolic poate trece peste orice.

— Ești sigură?

— Am citit.

Ada a fost foarte fericită de acea prietenie nesperată. Până în momentul acela își trăise povestea tăcând mâlc, cu o mulțime de temeri și remușcări. Acum descoperea că ea se simțea bine vorbind despre ea, îi oferea motive valabile, îi anula vina. Doar ostilitatea fratelui ei îi distrugea ușurarea și, într-adevăr, la întoarcere nu făceau decât să se certe. O dată Antonio a fost pe punctul de a o lua la palme și a urlat la ea:

— De ce pula mea povestești despre problemele tale tuturor? Îți dai seama că tu devii curva și eu codoșul?

Ea i-a spus pe tonul cel mai iritant de care era în stare:

— Știi de ce vine Michele Solara la cină cu noi?

— Pentru că e șeful meu.

— Da, cum să nu.

— Atunci de ce?

— Pentru că sunt cu Stefano, care e un tip important. Dacă mă bazam pe tine, fiica Melinei eram și fiica Melinei rămâneam.

Antonio s-a enervat și i-a spus:

— Tu nu *ești* cu Stefano, tu ești *târfa* lui Stefano.

Ada a izbucnit în plâns.

— Nu e adevărat, Stefano ține doar la mine.

Într-o seară lucrurile au ieșit și mai rău. Erau acasă, terminaseră de mâncat. Ada spăla vasele, Antonio privea în gol, iar mama lor fredona o veche melodie în timp ce mătura podeaua cu prea multă energie. La un moment dat, Melina a trecut, cu totul întâmplător, cu mătura peste picioarele fiicei și a fost îngrozitor. Era o credință — nu știu dacă mai e — că dacă treceai cu mătura peste picioarele unei femei necăsătorite, ea nu se mai căsătorea niciodată. Ada, într-o clipă, și-a văzut viitorul. A sărit în spate ca și cum ar fi fost atinsă de un gândac și farfuria pe care o avea în mână a zburat pe podea.

— M-ai măturat peste picioare, a urlat lăsând-o pe mama ei cu gura căscată.

— N-a făcut-o intenționat, a spus Antonio.

— Ba a făcut-o intenționat. Voi nu vreți să mă căsătoresc, vă convine să muncesc pentru voi, vreți să mă țineți aici toată viața.

Melina a încercat să-și îmbrățișeze fata spunând nu nu nu, dar Ada a respins-o urât, astfel că femeia s-a dat înapoi, s-a lovit de un scaun și s-a prăbușit pe jos, lângă cioburi.

Antonio s-a grăbit să-și ajute mama, dar Melina acum urla de frică, frică de fiu, de fiică, de lucrurile din jur. Și Ada, ca răspuns, urla mai tare decât ea și spunea:

— În schimb o să vă arăt că mă căsătoresc, și în curând, pentru că dacă Lina nu se dă singură deoparte, o dau eu deoparte, și de pe fața pământului.

Antonio, în acel punct, a ieșit din casă, trântind ușa. Mai disperat ca de obicei, în zilele următoare a încercat să se țină departe de acea nouă tragedie din viața lui, a făcut eforturi să fie surd și mut, a evitat să treacă prin fața mezelăriei vechi și, dacă, din întâmplare, se intersecta cu Stefano Carracci, se uita în altă parte înainte să-l apuce cheful să-l cotonogească. Îl durea capul, nu mai înțelegea ce era corect și ce nu. Fusese corect să nu i-o pârască pe Lina lui Michele? Fusese corect să-i spună lui Enzo s-o aducă acasă? Dacă Lila nu s-ar fi întors la soțul ei, situația surorii lui ar fi fost alta? Totul are loc întâmplător, se gândea, fără bine și fără rău. Dar în acel punct creierul i se bloca, și cu prima ocazie, voia să se elibereze de vise urâte și se certa din nou cu Ada. Îi striga: „Ăla e un bărbat însurat, proasto: are un copil mic, ești mai rău decât mama, nu ai simțul realității". Ada atunci alerga la Gigliola și îi mărturisea: „Fratele meu e nebun, fratele meu vrea să mă omoare".

Astfel, într-o după-amiază, Michele l-a chemat pe Antonio și l-a trimis să facă o treabă de lungă durată în Germania. El n-a comentat, dimpotrivă, s-a supus bucuros și a plecat fără să-și ia la revedere de la sora lui, nici măcar de la Melina. Era sigur că pe pământ străin, printre oameni care vorbeau ca naziștii de la cinematograful preotului, o să-l înjunghie, o să-l împuște, și era mulțumit. Era mai insuportabil să aibă în fața ochilor suferința mamei și pe a Adei fără să poată face nimic decât să fie omorât.

Singura persoană pe care, înainte să se urce în tren, voia s-o întâlnească era Enzo. L-a găsit foarte ocupat: în perioada aceea încerca să vândă totul, măgarul, căruța, magazinașul mamei lui, grădina de legume de lângă calea ferată. Voia să dea o parte din câștig unei mătuși necăsătorite care se oferise să aibă grijă de frații lui.

— Și tu? l-a întrebat Antonio.

— Caut un loc de muncă.

— Vrei să-ți schimbi viața?

— Da.

— Faci bine.

— E o necesitate.

— Eu în schimb sunt ceea ce sunt.

— Tâmpenii.

— Așa e, dar e bine. Acum trebuie să plec și nu știu când mă întorc. Din când în când, te rog, poți să vezi ce fac mama, sora mea și copiii?

— Dacă rămân în cartier, da.

— Am greșit, Enzù, nu trebuia s-o aducem acasă pe Lina.

— E posibil.

— Totul e un haos, nu știi niciodată ce trebuie să faci.

— Da.
— Pa.
— Pa.

Nici măcar nu și-au strâns mâna. Antonio a ajuns în Piața Garibaldi și a luat trenul. A făcut o foarte lungă și insuportabilă călătorie, noapte și zi, cu multe voci mânioase care-i curgeau prin vene. S-a simțit foarte obosit deja după câteva ore, picioarele îl furnicau, nu mai călătorise de când se întorsese din serviciul militar. Din când în când cobora să ia un pic de apă de la fântână, dar îi era teamă că trenul pleacă. Pe urmă mi-a povestit că la gara din Florența era atât de deprimat, încât se gândea: mă opresc aici și mă duc la Lenuccia.

111.

Odată cu plecarea lui Antonio, relația dintre Gigliola și Ada a devenit foarte strânsă. Gigliola i-a sugerat ceea ce fiica Melinei bănuia de mult, adică faptul că nu mai trebuia să stea să aștepte, situația matrimonială a lui Stefano trebuia forțată. „Lina trebuie să plece din casa aceea", i-a spus, „și tu trebuie să intri: dacă aștepți prea mult, vraja se rupe și pierzi totul, chiar și locul de muncă de la mezelărie, pentru că ea recâștigă teren și-l face pe Stefano să te alunge". Gigliola i-a mărturisit chiar că vorbea din experiență, că ea avea aceeași problemă, identică cu Michele. „Dacă aștept să se hotărască el să se căsătorească cu mine", i-a șoptit, „îmbătrânesc; de aceea nu-i dau pace: ori ne căsătorim până în primăvara lui 1968, ori îl părăsesc și: ducă-se dracului".

Astfel, Ada a început să-l strângă pe Stefano într-o plasă de autentică și lipicioasă dorință care-l făcea să se simtă special, și, între timp, îi șoptea printre săruturi: „Trebuie să te hotărăști, Ste', ori cu mine, ori cu ea; eu nu zic că trebuie s-o arunci în mijlocul străzii împreună cu copilul, e fiul tău, ai niște obligații; dar fă cum fac astăzi mulți actori și persoane importante: îi dai ceva bani și gata. De-acum în cartier știu toți că eu sunt adevărata ta soție, așa că vreau să stau mereu mereu mereu cu tine".

Stefano îi răspundea da și o îmbrățișa tare în pătuțul incomod de pe Rettifilo, dar pe urmă nu făcea mare lucru. Se întorcea acasă la Lila și urla, ba că nu erau șosetele curate, ba că o văzuse în timp ce vorbea cu Pasquale sau cu altcineva.

Atunci pe Ada a început s-o cuprindă disperarea. Într-o duminică dimineață a întâlnit-o pe Carmen care i-a vorbit pe un ton foarte acuzator despre condițiile de muncă din cele două mezelării. De la un cuvânt la altul, au început să scuipe venin asupra Lilei, pe care amândouă, din motive diferite, o considerau originea tuturor relelor din viața lor. În cele din urmă, Ada n-a mai rezistat și i-a povestit situația ei sentimentală, pierzând din vedere faptul că era sora fostului ei logodnic. Iar Carmen, care abia aștepta să intre în rețeaua bârfelor, a ascultat foarte bucuroasă, a intervenit adesea ca să ațâțe focul, a încercat, cu sfaturile ei, să-i facă cât mai mult rău posibil Adei, care îl trădase pe Pasquale, și Lilei, care o trădase pe ea. Dar, trecând peste ranchiună, îi plăcea că prietena ei din copilărie se trezise în rolul de amantă a unui bărbat însurat. Noi, fetele din cartier, încă de mici voiam să devenim soții, dar în realitate, crescând, ajungeam să simpatizăm aproape întotdeauna cu amantele, care ni se păreau personaje mai animate, mai combative și, în special, mai moderne. Pe de altă parte, soția legitimă (în general, o femeie foarte perfidă sau oricum infidelă de mult) speram să se îmbolnăvească grav și să moară. Amanta ar fi încetat să fie amantă și și-ar fi încununat visul ei de iubire, devenind soție. Eram, de fapt, de partea infracțiunii, dar numai ca să se reafirme valoarea regulii. În consecință, Carmen, printre multe sfaturi viclene, a aderat cu pasiune la povestea Adei, s-a emoționat cu adevărat și într-o zi i-a spus cu toată sinceritatea:

— Nu poți continua așa, trebuie s-o alungi pe proasta aia, să te căsătorești cu Stefano, să-i faci copiii tăi. Întreabă-i pe frații Solara dacă ei cunosc pe cineva din Scaunul Apostolic.

Ada a unit imediat sugestiile lui Carmen cu ale Gigliolei și, într-o seară, la pizzerie, i s-a adresat direct lui Michele:

— La Scaunul ăsta Apostolic tu poți ajunge?

El i-a răspuns ironic:

— Asta nu știu, pot întreba, un prieten găsești întotdeauna. Dar tu acum ia ce-i al tău, ăsta e lucrul cel mai urgent. Și nu-ți face griji pentru nimic: dacă cineva nu te place, trimite-l la mine.

Cuvintele lui Michele au fost foarte importante, Ada s-a simțit sprijinită. Niciodată în toată viața ei nu simțise în jurul ei atâta aprobare. Totuși, pisălogeala Gigliolei, sfaturile lui Carmen, acea nesperată promisiune de protecție din partea unei autorități masculine cu mare greutate și chiar și furia că în august Stefano nu voise să facă o călătorie în străinătate ca în anul precedent, ci se duseseră doar de câteva ori la Sea Garden, n-au fost de-ajuns ca s-o îndemne la atac. A fost nevoie de o întâmplare nouă, cât se poate de concretă: era însărcinată.

Sarcina a făcut-o pe Ada extrem de fericită, dar a ținut vestea pentru ea, n-a vorbit despre asta nici măcar cu Stefano. Într-o după-amiază și-a scos șorțul, a ieșit din mezelărie parcă vrând să ia o gură de aer și, în schimb, s-a dus acasă la Lila.

— S-a întâmplat ceva? a întrebat perplexă doamna Carracci, deschizându-i ușa.

Ada a răspuns:

— Nu s-a întâmplat nimic ce nu știi deja.

A intrat și i-a zis de toate, în prezența copilului. A început calmă, a vorbit despre actori și chiar despre cicliști, s-a definit un fel de *donna bianca*, mai modernă însă, și s-a referit la Scaunul Apostolic ca să demonstreze că și Biserica și Dumnezeu, în anumite cazuri în care iubirea e foarte puternică, dizolvă căsătoriile.

Pentru că Lila a stat și a ascultat-o fără s-o întrerupă niciodată, lucru la care Ada nu s-ar fi așteptat niciodată — dimpotrivă, spera să spună și doar o jumătate de cuvânt ca s-o bată până îi dădea sângele — s-a enervat și a început să se învârtă prin apartament, în primul rând ca să-i arate că în casa aceea fusese adesea și o cunoștea foarte bine, în al doilea rând ca să-i reproșeze:

— Uite ce scârboșenie, farfuriile murdare, praful, șosetele și chiloții iarăși pe jos, nu e posibil că amărâtul acela trebuie să trăiască așa.

În fine, cuprinsă de o frenezie de nestăpânit, a trecut la a strânge rufele murdare de pe podeaua din dormitor urlând:

— De mâine vin eu să fac ordine. Nu știi să faci nici măcar patul, uită-te aici, Stefano nu suportă ca așternutul să fie îndoit așa, mi-a zis că ți-a explicat de-o mie de ori și tu nimic.

Aici s-a oprit brusc, confuză, și a zis cu voce joasă:

— Trebuie să pleci, Lina, pentru că dacă nu pleci, îți omor copilul.

Lila nu i-a zis decât:

— Te comporți ca mama ta, Ada.

Acestea au fost cuvintele sale. Îmi imaginez vocea ei, acum: n-a fost niciodată în stare de emoție, probabil că a vorbit ca de obicei, cu răutate de gheață, sau poate cu detașare. Și totuși, după ani de zile mi-a povestit că, văzând-o pe Ada prin casă în starea aceea, își amintise de urletele Melinei, amanta abandonată, când familia Sarratore părăsise cartierul. Revăzuse fierul de călcat care zbura de la fereastră și aproape că-l omorâse pe Nino. Suferința intensă, care atunci o impresionase mult, iată că țâșnea din nou din Ada; doar că acum nu era soția lui Sarratore s-o alimenteze, ci ea, Lila. Un joc urât de oglinzi care la vremea aceea nouă, tuturor fetelor, ne-a scăpat. Dar ei nu și de aceea e probabil ca în loc de invidie, în loc de obiceiul ei de a face rău, să i se fi declanșat amărăciunea, mila. Cert e că a încercat s-o prindă de o mână și i-a spus:

— Ia loc, îți fac un ceai de mușețel.

Dar Ada, în toate cuvintele Lilei de la primul până la ultimul, și mai ales în gestul acela, a văzut o jignire. S-a retras brusc, și-a dat ochii peste cap în mod teatral și a urlat:

— Spui că sunt nebună? Că sunt nebună ca mama? Atunci fă bine și fii atentă, Lina. Nu mă atinge, dă-te deoparte și fă-ți tu ceaiul de mușețel. Între timp, eu pun la punct scârboșenia asta de casă.

A măturat, a spălat podelele, a făcut patul și, în tot timpul ăsta, n-a mai zis nimic.

Lila a urmărit-o cu privirea, temându-se să nu se rupă ca un manechin supus unei forțe prea mari. Apoi a luat copilul și a ieșit, s-a plimbat mult prin cartierul nou vorbindu-i lui Rinuccio, arătându-i lucrurile, numindu-le, inventând povești. Dar a făcut-o mai mult ca să-și controleze neliniștea decât ca să-și întrețină copilul. S-a întors acasă numai când, de departe, a văzut-o pe Ada ieșind pe ușa blocului și alergând ca și cum ar fi fost în întârziere.

112.

Când Ada s-a întors la muncă, gâfâind, foarte agitată, Stefano a întrebat-o posomorât, dar calm:

— Unde ai fost?

Ea a răspuns, în prezența clientelor care așteptau să fie servite:

— Să-ți pun în ordine casa, îți făcea greață.

Și adresându-se femeilor de dincolo de tejghea:

— Pe comodă era atâta praf, că puteai să scrii cu degetul.

Stefano n-a spus nimic, dezamăgindu-le pe cliente. Când magazinul s-a golit și a venit ora închiderii, Ada a făcut curățenie, a măturat, observându-și tot timpul amantul cu coada ochiului. Nimic, el făcea socotelile așezat la casa de marcat, fumând țigări americane cu un miros intens. Odată stins ultimul muc, a luat bățul să coboare storul, dar l-a lăsat jos din interior.

— Ce faci? a întrebat Ada alarmată.

— O să ieșim pe ușa dinspre curte.

După care a lovit-o peste față de atâtea ori, mai întâi cu palma, apoi cu dosul mâinii, încât a fost nevoită să se sprijine de tejghea ca să nu leșine.

— Cum ți-ai permis să te duci acasă la mine? i-a spus, cu vocea sugrumată ca să nu urle. Cum ți-ai permis să-i deranjezi pe soția mea și pe fiul meu?

În cele din urmă, și-a dat seama că inima stătea să-i explodeze și a încercat să se liniștească. Era prima dată când o lovea. A mormăit, tremurând:

— Să n-o mai faci niciodată, și a plecat, lăsând-o sângerând în magazin.

A doua zi, Ada nu s-a dus la muncă. Distrusă cum era, s-a prezentat acasă la Lila, și ea, când i-a văzut vânătăile pe care le avea pe față, a lăsat-o imediat să intre.

— Fă-mi ceaiul ăla de mușețel, a spus fiica Melinei.

Lila i l-a făcut.

— Copilul e frumos.

— Da.

— Identic cu Stefano.

— Nu.

— Are aceiași ochi și aceeași gură.

— Nu.

— Dacă tu trebuie să-ți citești cărțile tale, fă-o, de casă și de Rinuccio mă ocup eu.

Lila a fixat-o cu privirea, de data asta aproape amuzată, apoi i-a spus:

— Fă ce vrei, dar nu te apropia de copil.

— Nu te îngrijora, nu-i fac nimic.

Ada a început să muncească: a făcut ordine, a spălat rufele, le-a întins la soare, a gătit pentru prânz, a pregătit cina. La un moment dat, s-a oprit, fermecată de modul în care se juca Lila cu Rinuccio.

— Câți ani are?

— Doi ani și patru luni.

— E mic, îl forțezi prea mult.

— Nu, face ce poate face.

— Sunt însărcinată.

— Ce spui?

— E adevărat.

— Cu Stefano?

— Sigur.

— El știe?

— Nu.

Lila, în acel punct, a înțeles că era într-adevăr pe sfârșite căsnicia ei, dar, cum i se întâmpla mereu în momentul în care percepea o schimbare iminentă, n-a simțit nici regret, nici anxietate, nici îngrijorare. Când a sosit Stefano și-a găsit soția citind în camera de zi, pe Ada jucându-se în bucătărie cu copilul și apartamentul mirosind bine și strălucind ca un unic și mare obiect prețios. Și-a dat seama că loviturile nu folosiseră, a devenit alb ca varul, i s-a tăiat respirația.

— Pleacă, i-a spus Adei cu voce joasă.

— Nu.

— Ce ai de gând?

— Să rămân aici.

— Vrei să înnebunesc?

— Da, înnebunim amândoi.

Lila a închis cartea, a luat copilul fără să spună nimic și s-a retras în camera unde, cu mult timp în urmă, învățasem eu și unde acum dormea Rinuccio. Stefano i-a șoptit amantei lui:

— Tu mă distrugi, așa. Nu e adevărat că ții la mine, Ada, tu vrei să mă faci să-mi pierd toată clientela, vrei să ajung fără bani și știi deja că situația nu e bună. Te rog, spune-mi ce vrei și-ți dau.

— Vreau să stau cu tine mereu.

— Da, dar nu aici.

— Aici.

— Aici e casa mea, e Lina, e Rinuccio.

— Din acest moment stau și eu: sunt însărcinată.

Stefano s-a așezat. A rămas în tăcere să privească burta Adei, în picioare în fața lui, ca și cum i-ar fi străpuns rochia, chiloții, pielea, ca și cum ar fi văzut copilul deja format, o ființă vie pregătită care era pe punctul de a sări pe el. Apoi cineva a bătut la ușă.

Era un ospătar de la cafeneaua Solara, un băiat de șaisprezece ani, angajat de curând. I-a spus lui Stefano că Michele și Marcello voiau să-l vadă imediat. Stefano s-a scuturat, pe moment a considerat solicitarea aceea o salvare, având în vedere furtuna pe care o avea în casă. I-a spus Adei: „Nu te mișca de aici". Ea i-a zâmbit, a făcut semn că da. A ieșit, s-a cărat cu mașina la cei doi frați Solara. În ce haos m-am vârât, s-a gândit. Ce trebuie să fac? Dacă ar fi trăit tata, mi-ar fi rupt picioarele cu o bară de fier. Femeile, datoriile, registrul roșu al doamnei Solara. Ceva nu funcționase. Lina. Ea îl ruinase. Ce pula mea vor Marcello și Michele la ora asta, cu atâta urgență?

Voiau, a aflat, mezelăria veche. N-au spus-o, dar l-au lăsat să intuiască. Marcello s-a limitat să vorbească despre un alt împrumut pe care erau dispuși să i-l dea. Dar, a spus, pantofii Cerullo trebuie să treacă definitiv la noi, gata cu trântorul ăla de cumnată-tu, nu oferă nicio încredere. Și e nevoie de o garanție, de o activitate, un imobil, tu gândește-te. Zise astea, a plecat, a spus că avea treabă. În acel punct, Stefano s-a trezit față în față cu Michele. Au discutat mult ca să vadă dacă fabricuța lui Rino și a lui Fernando se putea salva, dacă se putea descurca fără garanție. Dar Michele a clătinat din cap, a spus:

— E nevoie de garanții, scandalurile nu fac bine afacerilor.

— Nu te înțeleg.

— Mă înțeleg singur. Tu la cine ții mai mult, la Lina sau la Ada?

— Nu e treaba ta.

— Nu, Ste', când e vorba de bani, treaba ta e treaba mea.

— Ce trebuie să-ți spun: suntem bărbați, știi cum funcționează. Lina e soția mea, Ada e altceva.

— Deci ții mai mult la Ada?

— Da.

— Atunci rezolvă situația și apoi discutăm.

Au trecut zile după zile foarte negre înainte ca Stefano să găsească modalitatea de a se extrage din acel blocaj. Certuri cu Ada, certuri cu Lila, munca suspendată, mezelăria veche adesea închisă, cartierul care privea și își amintea și încă își amintește. Frumoasa pereche de logodnici. Decapotabila. Trece Soraya cu șahul Persiei, trec John și Jacqueline. În cele din urmă, Stefano s-a resemnat și i-a spus Lilei:

— Ți-am găsit un loc foarte elegant, potrivit pentru tine și Rinuccio.

— Cât ești de generos.

— O să vin de două ori pe săptămână să stau cu copilul.

— Din partea mea, poți și să nu-l mai vezi, oricum nu e fiul tău.

— Ești o cretină, vrei să mă împingi să-ți sparg fața.

— Sparge-mi fața când vrei, m-am obișnuit cu asta. Dar tu ai grijă de fiul tău, că eu am grijă de al meu.

El a pufnit, s-a enervat și a încercat într-adevăr s-o lovească. În cele din urmă, i-a spus:

— Locul e la Vomero.

— Unde?

— Te duc mâine acolo și ți-l arăt. În Piața Artiștilor.

Lila și-a amintit într-o clipită de propunerea pe care Michele Solara i-o făcuse cu timp în urmă: *„Am cumpărat o casă la Vomero, în Piața Artiștilor. Dacă vrei, te duc imediat acolo, ți-o arăt, am luat-o gândindu-mă la tine. Acolo poți face ce vrei: citești, scrii, inventezi lucruri, dormi, râzi, vorbești și stai cu Rinuccio. Pe mine mă interesează doar să te pot privi și asculta“*. A clătinat din cap nevenindu-i să creadă și i-a spus soțului:

— Ești un om de tot rahatul.

113.

Acum Lila stă baricadată în camera lui Rinuccio, se gândește ce să facă. Acasă la mama și tatăl ei nu se va întoarce niciodată: povara vieții ei îi aparține, nu vrea să redevină fiică. Pe fratele ei nu poate conta: Rino e ieșit din minți, se supără pe Pinuccia ca să se răzbune pe Stefano și a început să se certe și cu soacra, Maria, pentru că e disperat, nu mai are niciun ban, e plin de datorii. Se bazează doar pe Enzo: a avut și are încredere în el, chiar dacă n-a apărut niciodată și, dimpotrivă, pare dispărut chiar din cartier. Se gândește: mi-a promis că mă va scoate de aici. Dar uneori speră să nu-și țină promisiunea, se teme să nu-i facă necazuri. Nu o îngrijorează o eventuală confruntare cu Stefano, soțul deja a renunțat la ea, și apoi e laș, chiar dacă are forța unei bestii feroce. Se teme, în schimb, de Michele Solara. Nu astăzi, nu mâine, dar când nici n-o să mă mai gândesc, o să-mi apară în față și dacă n-o să mă supun, o să mă facă să plătesc și o să-i facă să plătească pe toți care m-au ajutat. De aceea e mai bine să plec fără să amestec pe nimeni. Trebuie să-mi găsesc un loc de muncă, unul oarecare, ca să câștig atât cât să-mi permită să-mi hrănesc copilul și să-i ofer un acoperiș.

Doar gândul la copil o lasă fără puteri. Ce a ajuns în mintea lui Rinuccio: imagini, cuvinte. O îngrijorează vocile care au ajuns la el necontrolat. Cine știe dacă a auzit-o pe a mea, în timp ce-l purtam în pântece? Cine știe cum i s-a întipărit în sistemul nervos? S-a simțit iubit, s-a simțit respins, a perceput neliniștea mea? Cum se protejează un fiu? Hrănindu-l. Iubindu-l. Învățându-l lucruri. Filtrând orice senzație care-l poate mutila pentru totdeauna. L-am pierdut pe adevăratul lui tată, care nu știe nimic despre el și nu-l va iubi niciodată. Stefano, care nu e tatăl lui și care totuși puțin l-a iubit, ne-a vândut pentru iubirea unei alte femei și a unui fiu mai adevărat. Ce se va întâmpla cu acest copil? De-acum Rinuccio știe că atunci când mă duc în altă cameră, nu mă pierde, sunt tot acolo. Se descurcă cu obiecte și cu imagini de obiecte, cu exteriorul și cu interiorul. Știe să mănânce singur cu lingură și furculiță. Manevrează lucrurile și le formează, le transformă. De la cuvânt a trecut la frază. În italiană. Nu mai spune el, spune eu. Recunoaște literele alfabetului. Le compune astfel încât să-și scrie numele. Îi plac culorile. E vesel. Dar toată această furie. M-a văzut insultată și lovită. M-a văzut spărgând lucruri și înjurând. În dialect. Nu mai pot sta aici.

114.

Lila ieșea precaută din cameră doar când nu erau Stefano sau Ada. Îi pregătea de mâncare lui Rinuccio, ciugulea câte ceva ea însăși. Știa că în cartier se bârfea, că zvonurile se răspândeau. Într-o după-amiază târzie de noiembrie a sunat telefonul.

— În zece minute sunt acolo.

L-a recunoscut și, fără să fie foarte surprinsă, i-a răspuns:

— Bine.

Apoi:

— Enzo.

— Da.

— Nu ești obligat să faci asta.

— Știu.

— Sunt la mijloc frații Solara.

— Mă doare undeva de frații Solara.

A ajuns exact zece minute mai târziu. A venit sus. Ea pusese lucrurile ei și ale copilului în două valize și lăsase pe noptiera din dormitor toate bijuteriile, inclusiv inelul de logodnă și verigheta.

— E a doua oară când plec, i-a spus, dar de data asta nu mă mai întorc.

Enzo a privit în jur, nu fusese niciodată în casa aceea. Ea l-a tras de un braț:

— Stefano ar putea veni pe neașteptate, uneori o face.

— Și care-i problema? a răspuns el.

A atins obiecte care i se păreau scumpe, un vas pentru flori, o scrumieră, argintăria strălucitoare. A răsfoit un caiețel în care Lila nota ce trebuia să cumpere pentru copil și pentru casă. Apoi, cu privirea pătrunzătoare, a întrebat-o dacă era sigură de alegerea ei. A spus că găsise un loc de muncă într-o fabrică la San Giovanni a Teduccio și acolo luase o casă, cu trei camere, cu o bucătărie puțin întunecată.

— Dar tot ce ți-a oferit Stefano, a adăugat, n-o să mai ai: eu nu-ți pot oferi.

În cele din urmă, i-a atras atenția:

— Poate că ți-e frică pentru că nu ești prea convinsă.

— Sunt convinsă, a zis ea luându-l în brațe pe Rinuccio cu un gest de nerăbdare, și nu mi-e frică de nimic. Să mergem.

El a mai întârziat. A desprins o foaie din caiețelul cu cheltuieli și a scris ceva. A lăsat foaia pe masă.

— Ce ai scris?

— Adresa din San Giovanni.

— De ce?

— Nu ne jucăm de-a v-ați ascunselea.

A luat în sfârșit valizele și a început să coboare scările. Lila a încuiat ușa cu cheia, și a lăsat cheia în broască.

115.

Despre San Giovanni a Teduccio nu știa nimic. Când mi-au spus că Lila se dusese să locuiască în locul acela cu Enzo, singurul lucru care mi-a venit în minte a fost fabrica lui Bruno Soccavo, prietenul lui Nino, o companie care producea cârnați și care se găsea chiar în zona aceea. De mult nu mă mai gândisem la vara de la Ischia: am avut ocazia să-mi dau seama că etapa fericită a acelei vacanțe pălise, în timp ce se extinsese latura ei neplăcută. Am descoperit că orice sunet de atunci, orice parfum îmi repugnau, dar cea mai insuportabilă amintire, care mă făcea să plâng în hohote, a rămas seara la Maronti cu Donato Sarratore. Numai suferința pentru ce se întâmpla între Lila și Nino m-ar fi putut face s-o consider plăcută. După atâta timp mi-am dat seama că acea primă experiență de penetrare, pe întuneric, pe nisipul rece, cu bărbatul acela banal care era tatăl băiatului pe care-l iubeam, fusese degradantă. Mi-a fost rușine de ea și acea rușine s-a adăugat altor rușini diverse pe care le experimentam.

Lucram noapte și zi la teză, îl sâcâiam pe Pietro citindu-i cu voce tare ce scrisesem. El era amabil, clătina din cap, căuta în memorie în Virgiliu și alți autori pasaje care să-mi poată fi utile. Îmi notam fiecare cuvânt care-i ieșea pe gură, munceam din greu, dar prost dispusă. Oscilam între sentimente opuse. Aveam nevoie de ajutor și era o umilință să i-l cer, îi eram recunoscătoare și totodată ostilă, mai ales uram că se purta ca să nu simt ca pe o povară generozitatea lui. Mă neliniștea foarte mult faptul că eram mereu cu el când îmi prezentam lucrarea asistentului care era coordonatorul amândurora, un bărbat la vreo patruzeci de ani, serios, atent, uneori chiar sociabil. Vedeam că Pietro e tratat ca și cum ar avea deja o catedră, eu ca o normală studentă strălucită. Adesea renunțam să vorbesc cu profesorul din furie, din mândrie, de teamă că trebuie să fiu atentă la inferioritatea mea înnăscută. Trebuie să fac totul mai bine ca Pietro, mă gândeam, știe foarte multe lucruri mai bine decât mine, dar e plictisitor, nu are imaginație. Modul în care proceda, modul pe care încerca să mi-l sugereze cu blândețe, era prea prudent. Astfel îmi distrugeam munca, o luam de la capăt, urmăream o idee care mi se părea negândită. Când mă întorceam la profesor, eram ascultată, da, eram lăudată, dar fără gravitate, ca și cum efortul meu ar fi fost doar un joc bine jucat. Am înțeles curând că Pietro Airota avea un viitor și eu nu.

La asta s-a adăugat, o dată, lipsa mea de pregătire. Asistentul m-a tratat cu prietenie, a spus:

— Sunteți o studentă de foarte mare sensibilitate. Vă gândiți să predați, după diplomă?

Am crezut că se referă la predat la universitate și am avut o tresărire de bucurie, mi-au luat foc obrajii. Am spus că-mi plăceau atât predatul, cât și cercetarea, am spus că aș fi dorit să continui să lucrez pe cartea a patra din *Eneida*. El și-a dat seama imediat că înțelesesem greșit și s-a rușinat. A bălmăjit fraze generice despre plăcerea de a studia toată viața și mi-a recomandat un concurs care ar fi fost în toamnă și unde puteam prinde una din puținele catedre puse la bătaie în institutele pedagogice.

— Avem nevoie, m-a îmboldit, ridicând tonul, de cei mai buni profesori care să formeze cei mai buni educatori.

Atâta tot. Rușine, rușine, rușine. Această prezumție despre mine care-mi crescuse înăuntru, această ambiție de a fi ca Pietro. Singurul lucru pe care-l aveam în comun cu el erau micile schimburi sexuale când se făcea întuneric. Gâfâia, se freca de mine, nu cerea nimic ce nu i-aş fi oferit.

M-am blocat. O vreme n-am reuşit să lucrez la teză, mă uitam la paginile cărţilor fără să văd rândurile. Rămâneam în pat fixând tavanul cu privirea, mă tot întrebam ce să fac. Să cedez chiar la sfârşit, să mă întorc în cartier? Să-mi iau diploma, să predau la şcolile medii? Profesoară. Da. Mai mult decât Oliviero. La egalitate cu Galiani. Sau poate că nu, ceva mai puţin. Profesoara Greco. În cartier aş fi fost considerată un personaj important, fiica portarului care încă de mică ştia tot. Numai eu, care cunoscusem Pisa, profesorii importanţi şi pe Pietro, pe Mariarosa, pe tatăl lor, aş fi ştiut de fapt că nu ajunsesem foarte departe. Un mare efort, multe speranţe, momente frumoase. Aş fi regretat toată viaţa perioada petrecută cu Franco Mari. Ce frumoase fuseseră lunile, anii cu el! Pe moment nu le înţelesesem importanţa şi acum, iată, mă întristam. Ploaia, frigul, zăpada, mirosurile primăverii de-a lungul râului Arno şi pe străduţele înflorite ale oraşului, căldura pe care ne-o transmiteau. Să aleg o rochie, alţi ochelari. Plăcerea lui de a mă transforma. Şi Paris, călătoria exaltantă pe pământ străin, cafenelele, politica, literatura, revoluţia care urma să vină în curând, chiar dacă clasa muncitoare se adapta. Şi el. Camera lui noaptea. Corpul lui. Totul se sfârşise, mă pârpăleam în patul mic fără să pot dormi. Mă mint, mă gândeam. Fusese într-adevăr atât de frumos? Ştiam bine că şi atunci existase ruşinea. Şi disconforturi, şi umilinţe, şi dezgust: a accepta, a suporta, a te forţa. E posibil ca şi momentele fericite să nu reziste niciodată unui examen riguros? Posibil. Decadenţa de la Maronti în curând s-a extins până la corpul lui Franco şi apoi până la corpul lui Pietro. M-am sustras amintirilor.

De la un anumit moment încolo m-am văzut cu Pietro tot mai puţin, cu scuza că eram în urmă şi riscam să nu termin teza la timp. Într-o dimineaţă am cumpărat un caiet de matematică și am început să scriu la persoana a treia despre ce mi se întâmplase în seara aceea pe plaja de la Barano. Apoi, tot la persoana a treia, am scris despre ce mi se întâmplase la Ischia. Apoi am povestit puțin despre Napoli și despre cartier. Apoi am schimbat nume și locuri și situații. Apoi mi-am imaginat o forță obscură pitulată în viața protagonistei, o entitate care putea să-i lipească lumea din jur cu culorile flăcării oxiacetilenice: o calotă albastru-violet unde toate lucrurile îi mergeau foarte bine, scoțând scântei, dar care rapid se dezlipea, transformându-se în fragmente gri, lipsite de sens. Am avut nevoie de douăzeci de zile să scriu povestea aceea, o perioadă de timp în care n-am văzut pe nimeni, ieșeam doar ca să mă duc să mănânc. La sfârșit am recitit câteva pagini, nu mi-a plăcut și am renunțat. Dar între timp m-am mai liniștit, ca și cum rușinea ar fi trecut de la mine în caiet. Am revenit la viață, am terminat în grabă teza și am reînceput să mă văd cu Pietro.

Gentilețea și grija lui m-au emoționat. Când și-a luat diploma, au sosit toți membrii familiei sale și mulți prieteni din Pisa ai părinților. Mi-am dat seama uimită că nu mai simțeam invidie pentru ce-l aștepta pe Pietro, pentru planul vieții lui. Dimpotrivă, am fost fericită că are un destin așa de frumos și am fost recunoscătoare întregii familii pentru că m-au invitat la petrecerea care a urmat. În special Mariarosa a avut multă grijă de mine. Am discutat aprins despre lovitura de stat fascistă din Grecia.

Eu mi-am luat diploma în sesiunea următoare. Am evitat să-i înștiințez pe părinții mei, m-am temut că mama o să se simtă datoare să vină să mă sărbătorească. M-am prezentat în fața profesorilor cu una dintre rochiile dăruite de Franco, cea care mi se părea încă acceptabilă. După mult timp, am fost cu adevărat mulțumită de mine. Cu puțin înainte de a împlini douăzeci și trei de ani eram într-adevăr licențiată, aveam o diplomă în literatură, *summa cum laude*. Tata nu trecuse dincolo de clasa a cincea elementară, mama se oprise la a doua, niciunul din strămoșii mei, din câte aflasem, nu știuse niciodată să citească și să scrie fără dificultate. Ce treabă extraordinară făcusem!

Pe lângă câteva colege de curs, și Pietro voia să mă sărbătorească. Îmi amintesc că era foarte cald. După obișnuitele ritualuri studențești, m-am întors în cameră ca să mă înviorez puțin și să las teza. El m-a așteptat jos, voia să mă scoată la cină. M-am văzut în oglindă, am avut impresia că sunt frumoasă. Am luat caietul cu povestea pe care o scrisesem și l-am pus în geantă.

Era prima dată când Pietro mă ducea la un restaurant. Franco mă scotea adesea și mă învățase totul despre dispunerea tacâmurilor, despre pahare. El m-a întrebat:

— Suntem logodiți?

Am zâmbit și am spus:

— Nu știu.

A scos din buzunar un pachet, mi l-a dat. A murmurat:

— Tot anul acesta am crezut că da. Dar dacă tu ai o părere diferită, consideră-l un cadou pentru absolvire.

Am desfăcut pachetul, a apărut o cutiuță de culoare verde. Înăuntru era un inel cu briliante.

— E foarte frumos, am spus.

L-am probat, măsura era potrivită. M-am gândit la inelele pe care Stefano i le dăruise Lilei, mult mai luxoase decât acela. Dar era prima bijuterie pe care o primeam. Franco îmi făcuse multe cadouri, dar niciodată bijuterii, singura bijuterie pe care o aveam era brățara de argint a mamei.

— Suntem logodiți, i-am spus și m-am întins peste masă, l-am sărutat pe buze.

El s-a înroșit, a spus șoptit:

— Mai am un cadou.

Mi-a dat un plic, erau corecturile tezei-carte. Ce rapiditate, m-am gândit cu afecțiune și chiar cu puțină veselie.

— Am și eu un cadouaș pentru tine.

— Ce e?

— O prostie, dar n-aș ști ce altceva să-ți dau care să fie cu adevărat al meu.

Am scos caietul din geantă, i l-am dat.

— E un roman, am spus, un *unicum*: singura copie, singura încercare, singura renunțare. N-o să mai scriu niciodată.

Am adăugat râzând:

— Sunt chiar și câteva pagini puțin îndrăznețe.

Mi-a mulțumit, a pus caietul pe masă. Am regretat imediat că i-l dădusem. M-am gândit: e un student serios, are mari tradiții în spate, e pe punctul de a publica un eseu despre riturile bahice care va fi baza carierei; e vina mea, n-ar fi trebuit să-l stânjenesc cu o povestioară care nici măcar nu e bătută la mașină. Și totuși, nici în acel caz n-am simțit stânjeneală, el era el, eu eram eu. I-am spus că făcusem cerere pentru concursul din institutele pedagogice, i-am spus că mă voi întoarce la Napoli, i-am spus că logodna noastră va fi dificilă, eu într-un oraș din sud, el într-unul din nord. Dar Pietro a rămas serios, avea totul clar în minte, mi-a expus planul lui: avea nevoie de doi ani ca să se stabilizeze la universitate și apoi se va căsători cu mine. A fixat chiar și data: septembrie 1969. Când am ieșit, a uitat caietul pe masă. I-am atras atenția, amuzată:

— Cadoul meu?

S-a zăpăcit și a alergat să-l ia.

Ne-am plimbat îndelung. Ne-am sărutat, ne-am îmbrățișat pe malul râului, l-am întrebat, pe de o parte serioasă, pe de alta glumind, dacă voia să ne furișăm la mine în cameră. A clătinat din cap și m-a sărutat din nou cu pasiune. Erau întregi biblioteci între el și Antonio, dar se asemănau atât de mult.

116.

Am trăit întoarcerea la Napoli ca atunci când ai o umbrelă stricată pe care o pală de vânt ți-o închide peste cap pe neașteptate. Am ajuns în cartier în plină vară. Voiam să-mi caut imediat un loc de muncă, dar condiția mea de absolventă îmi făcea imposibil să-mi propun să umblu în căutarea slujbelor mărunte de altădată. Pe de altă parte, nu aveam bani și mă umilea să-i cer tatălui mei și mamei mele, care se sacrificaseră deja destul pentru mine. În curând am devenit agitată. Mă sâcâia totul, străzile, fațadele urâte ale clădirilor, șoseaua, părculețul, chiar dacă inițial fiecare piatră, fiecare miros mă emoționaseră. Dacă Pietro își găsește pe alta, dacă nu câștig concursul, ce voi face? Nu e posibil să rămân prizonieră pentru totdeauna în acest loc și între acești oameni.

Părinții mei, frații mei erau foarte mândri de mine, dar, îmi dădeam seama de asta, nu știau de ce: la ce eram bună, de ce mă întorsesem, cum făceau să la arate vecinilor că eram mândria familiei? La o privire atentă doar le complicam viața, aglomerând și mai mult micul apartament, făcând și mai dificilă aranjarea paturilor seara, încurcând un ritm monoton al existenței care de-acum nu mă lua în considerare. În plus, stăteam mereu cu ochii într-o carte, în picioare, așezată într-un colț sau în altul, un monument inutil, o persoană înfumurat de gânditoare pe care toți se simțeau datori să n-o deranjeze, dar în legătură cu care se întrebau: ce are de gând să facă?

Mama a rezistat o vreme înainte să mă chestioneze în legătură cu logodnicul meu, despre existența căruia se prinsese mai mult după inelul pe care-l purtam pe deget decât din mărturisirile mele. Voia să știe ce făcea, cât câștiga, când se va prezenta acasă în compania părinților lui, unde mă voi duce să locuiesc odată căsătorită. La început i-am dat câteva informații: era un profesor la universitate, acum nu câștiga nimic, publica o carte care era considerată foarte importantă de ceilalți profesori, ne vom căsători peste câțiva ani, ai lui erau din Genova, probabil că mă voi duce să locuiesc acolo sau, oricum, unde se va stabili el. Dar din felul în care ea mă privea concentrată, din felul în care îmi punea mereu aceleași întrebări, aveam impresia că nu ascultă, prea copleșită de prejudecățile ei. Eram logodită cu unul care nu venise și nu venea să-mi ceară mâna, care trăia foarte departe, care preda, dar nu era plătit, care publica o carte, dar nu era faimos? S-a enervat ca de obicei, chiar dacă de-acum nu-mi mai făcea scene. Încerca să-și stăpânească dezaprobarea, poate că nici nu se mai simțea în stare să mi-o comunice. Limba însăși, de fapt, devenise un semn de nefamiliaritate. Mă exprimam într-un mod prea complex pentru ea, chiar dacă mă străduiam să vorbesc în dialect, și când îmi dădeam seama simplificam frazele, iar asta le făcea nefirești și confuze. În plus, efortul pe care-l făcusem să-mi șterg din voce accentul napolitan nu-i convinsese pe cei din Pisa, dar îi convingea pe ea, pe tata, pe frații mei, întregul cartier. Pe stradă, în magazine, pe palierul casei, oamenii mă tratau cu un amestec de respect și dispreț. Au început să-mi spună pe la spate cea din Pisa.

În perioada aceea i-am scris scrisori lungi lui Pietro, care mi-a răspuns cu scrisori și mai lungi. La început mă așteptam să facă măcar o aluzie la caietul meu, apoi am uitat eu însămi de el. Nu ne spuneam nimic concret, păstrez încă acele scrisori: ele nu conțin nici măcar un detaliu util pentru a reconstrui viața cotidiană de atunci, care era prețul pâinii sau al unui bilet la cinema, cât câștiga un portar sau un profesor. Ne concentram, ce știu eu, asupra unei cărți pe care el o citise, asupra vreunui articol interesant pentru studiile noastre, asupra vreunei elucubrații, a lui sau a mea, asupra unor revolte ale studenților în universități, asupra tematicilor neoavangardiste despre care nu știam nimic, dar pe care el, în mod surprinzător, le cunoștea bine și-l distrau într-atât încât să-l îndemne să scrie: „Aș face bucuros o broșură cu hârtie mototolită, cea în care începi o frază, nu merge și o arunci. Strâng câteva, aș vrea s-o tipăresc așa cum e, făcută cocoloș, cu ramificarea întâmplătoare a îndoiturilor care se intersectează cu frazele schițate, întrerupte. Poate că într-adevăr singura literatură posibilă astăzi e aceasta". Acea ultimă însemnare m-a impresionat. Am suspectat, îmi amintesc, că acela era modul lui de a-mi comunica că îmi citise caietul și că darul literar pe care i-l făcusem i se păruse un produs anacronic.

În acele săptămâni de căldură epuizantă oboseala anilor mi-a otrăvit corpul, m-am simțit fără energie. Am cules de ici și colo informații despre starea de sănătate a învățătoarei Oliviero, am sperat că se simte bine, că pot s-o întâlnesc și să obțin puțină forță din bucuria ei pentru bunele mele rezultate la învățătură. Am aflat că venise sora ei s-o ia și o dusese din nou cu ea la Potenza. M-am simțit foarte singură. Am ajuns s-o regret pe Lila, modul nostru de a ne confrunta turbulent. Mi-a venit cheful s-o caut și să măsor distanța care de-acum era între noi. Dar n-am făcut-o. Din lipsă de ocupație, m-am mulțumit cu o subtilă anchetă despre ce credeau oamenii din cartier în legătură cu ea, despre zvonurile care circulau.

L-am căutat întâi de toate pe Antonio. Nu era, se spunea că rămăsese în Germania, cineva susținea că se căsătorise cu o nemțoaică foarte frumoasă, de un blond platinat, foarte grasă, cu ochi albaștri și că era tată de gemeni.

Atunci am vorbit cu Alfonso, m-am dus deseori la el în magazinul din Piața Martirilor. Se făcuse cu adevărat frumos, părea un foarte rafinat hidalgo, vorbea într-o italiană foarte îngrijită, cu mândre inserări dialectale. Magazinul fraților Solara, grație lui, mergea foarte bine. Salariul lui era satisfăcător, închiriase o casă la Ponte di Tappia și nu regreta cartierul, pe frații lui, mirosul și grăsimile mezelăriei. „Anul viitor mă căsătoresc", m-a anunțat fără prea mare entuziasm. Relația cu Marisa durase, se consolidase, nu era de făcut decât pasul final. Am ieșit uneori cu ei, se simțeau bine împreună, ea își pierduse vechea vivacitate încărcată de cuvinte și acum părea mai ales atentă să nu spună lucruri care să-l supere. N-am întrebat-o niciodată de tatăl ei, de mama ei, de frați. N-am întrebat-o nici măcar de Nino, nici ea nu mi-a vorbit despre el, ca și cum ar fi ieșit pentru totdeauna și din viața ei.

I-am văzut și pe Pasquale și pe sora lui, Carmen: el muncea tot ca zidar pe ici-colo, prin Napoli și în provincie, ea continua să lucreze în mezelăria nouă. Dar lucrul pe care au ținut să mi-l comunice imediat a fost că amândoi aveau noi iubiri: Pasquale era împreună cu foarte tânăra fiică a vânzătoarei de la mercerie; Carmen se logodise cu benzinarul de pe șosea, un om de ispravă la vreo patruzeci de ani, care ținea mult la ea.

M-am dus s-o văd și pe Pinuccia, care era aproape de nerecunoscut: neîngrijită, nervoasă, foarte slabă, resemnată în fața sorții ei, cu semnele loviturilor pe care Rino continua să i le dea ca să se răzbune pe Stefano și urme încă și mai vizibile ale unei nefericiri înăbușite, toată adunată în jurul ochilor și în ridurile adânci din jurul gurii.

În fine, mi-am făcut curaj și am dat de urma Adei. Îmi închipuiam c-o găsesc mai desfigurată decât pe Pina, umilită de rolul ei de concubină. În schimb, locuia în casa care fusese a Linei și era foarte frumoasă, părea senină, născuse de curând o fetiță care se numea Maria. Nici în timpul sarcinii n-am încetat o clipă să muncesc, a spus mândră. Și am văzut cu ochii mei că era adevărata patroană a celor două mezelării, alerga de la una la alta, se ocupa de tot.

Fiecare dintre prietenii mei din copilărie mi-a spus câte ceva despre Lila, dar Ada mi s-a părut cea mai informată. În special, a fost cea care mi-a vorbit despre ea cu cea mai mare înțelegere, aproape cu simpatie. Era fericită, fericită de fetiță, de bunăstare, de muncă, de Stefano și mi s-a părut că pentru toată acea fericire îi e sincer recunoscătoare Lilei. A exclamat uimită:

— Eu am făcut lucruri de nebună, admit. Dar Lina și Enzo s-au comportat într-un mod și mai nebunesc. Au fost atât de neglijenți cu totul, chiar și cu ei înșiși, că ne-au înspăimântat pe mine, pe Stefano și chiar și pe rahatul 'cela de Michele Solara. Știi că ea n-a luat nimic? Știi că mi-a lăsat toate bijuteriile? Știi că au scris pe o bucată de hârtie unde se duceau să stea, adresa exactă, număr, tot, vrând parcă să spună: veniți să ne căutați, faceți ce vreți, cui îi pasă?

I-am cerut adresa și mi-am notat-o. În timp ce scriam, mi-a spus:

— Dacă o vezi, spune-i că nu eu sunt cea care îi interzic lui Stefano să vadă copilul: el e cel foarte ocupat și chiar dacă îi pare rău, nu poate. Spune-i și că frații Solara nu uită nimic, mai ales Michele. Spune-i să n-aibă încredere în nimeni.

117.

Enzo și Lila s-au mutat la San Giovanni a Teduccio cu un Fiat 600 uzat pe care el îl cumpărase de puțin timp. Tot drumul nu și-au spus nimic, dar s-au luptat cu tăcerea vorbind amândoi cu copilul, Lila ca și cum s-ar fi adresat unui adult și Enzo cu cuvinte monosilabice de tipul „ei bine, ce, da". Ea cunoștea foarte puțin San Giovanni. O dată se dusese acolo cu Stefano, se opriseră în centru pentru o cafea și îi plăcuse locul. Dar Pasquale, care venea deseori acolo fie ca să lucreze ca zidar, fie pentru militantismul comunist, îi vorbise o dată foarte nemulțumit despre el, și ca muncitor, și ca militant. „E un gunoi", zisese „o cloacă: cu cât sunt mai mulți bani, cu atât crește mizeria și nu reușim să schimbăm nimic, chiar dacă suntem puternici". Dar Pasquale era mereu foarte critic în legătură cu tot și de aceea nu prea era de încredere. Lila, în timp ce mașina înainta pe străzi distruse, printre clădiri ruinate și blocuri construite recent, a preferat să se convingă că duce copilul într-un sătuc elegant aproape de mare și s-a gândit numai la discursul pe care, pentru claritate, din onestitate, voia să i-l țină imediat lui Enzo.

Dar gândindu-se mai bine, nu i l-a ținut. „Mai târziu“, și-a spus. Astfel au ajuns în apartamentul pe care îl închiriase Enzo, la etajul întâi dintr-un bloc nou și totuși deja mizerabil. Camerele erau pe jumătate goale, el a spus că cumpărase strictul necesar, dar că începând de a doua zi va procura tot ce trebuia. Lila l-a liniștit, făcuse chiar prea mult. Doar când s-a trezit în fața cu patul matrimonial a hotărât că era timpul să vorbească. I-a spus pe un ton afectuos:

— Eu te stimez mult, Enzo, încă de când eram mici. Ai făcut un lucru pentru care te admir: ai început să înveți singur, ți-ai luat o diplomă și știu de câtă constanță e nevoie, eu n-am avut-o niciodată. Ești și persoana cea mai generoasă pe care o cunosc, ceea ce faci pentru Rinuccio și pentru mine n-ar fi făcut nimeni. Dar nu pot dormi cu tine. Nu e din cauză că ne-am văzut singuri de cel mult două sau trei ori. Și nici măcar din cauză că nu-mi placi. E din cauză că n-am sensibilitate, sunt ca peretele ăsta sau măsuța asta. Așa că dacă poți să trăiești în aceeași casă cu mine fără să mă atingi, bine; dacă, în schimb, nu poți, te înțeleg și mâine-dimineață îmi caut un alt loc. Ține cont că-ți voi fi mereu recunoscătoare pentru ce ai făcut pentru mine.

Enzo a ascultat fără s-o întrerupă niciodată. În cele din urmă a zis arătând patul matrimonial:

— Dormi tu aici, eu mă instalez pe patul pliant.

— Prefer patul pliant.

— Și Rinuccio?

— Am văzut că mai e un pat pliant.

— Doarme singur?
— Da.
— Poţi rămâne cât vrei.
— Eşti sigur?
— Foarte sigur.
— Nu vreau chestii urâte care să ne strice relaţia.
— Nu-ţi face griji.
— Scuză-mă.
— E bine aşa. Dacă, din întâmplare, îţi revine sensibilitatea, ştii unde stau.

118.

Sensibilitatea nu i-a revenit, a căpătat, în schimb, un sentiment tot mai mare de înstrăinare. Aerul greu al camerelor. Rufele murdare. Uşa toaletei care nu se închidea bine. Îmi imaginez că San Giovanni i s-a părut o prăpastie la marginile cartierului. Deşi se salvase, nu fusese atentă unde păşise şi căzuse într-o gaură adâncă.

Rinuccio a îngrijorat-o imediat. Copilul, în general senin, a început să fie capricios ziua, strigându-l pe Stefano, şi să se dezvelească noaptea plângând. Atenţiile mamei, modul ei de a-l face să se joace îl linişteau, da, dar nu-l mai încântau, dimpotrivă, au început să-l necăjească. Lila inventa noi jocuri, îi aprindea privirea, copilul o săruta, voia să-i pună mâinile pe piept, ţipa de fericire. Dar apoi o respingea, se juca singur sau dormita pe o pătură întinsă pe podea. Şi pe stradă obosea după zece paşi, spunea că-l durea un genunchi, pretindea să fie luat în braţe şi dacă ea refuza, se trântea pe jos urlând.

Iniţial Lila a rezistat, apoi, încet, încet, a început să-i cedeze. Pentru că noaptea se liniştea numai dacă-l lăsa să vină pe patul pliant, i-a permis să doarmă cu ea. Când ieşeau la cumpărături, îl ducea în brațe chiar dacă era un copil bine hrănit, greu: într-o parte sacoșele, în cealaltă el. Se întorcea stoarsă.

A redescoperit repede ce era viața fără bani. Nicio carte, nicio revistă sau ziar. Tot ce adusese cu ea pentru Rinuccio, pentru că băiatul creștea văzând cu ochii, deja nu-i mai venea. Ea însăși avea foarte puține lucruri de îmbrăcat. Dar se prefăcea că nu-i nimic. Enzo trudea toată ziua, îi dădea banii necesari, dar câștiga puțin și, în plus, trebuia să trimită bani rudelor care se ocupau de frații lui. Astfel, abia reușeau să achite chiria, lumina și gazele. Dar Lila nu părea îngrijorată. Banii pe care-i avusese și pe care-i prăpădise erau tot aia, în imaginația ei, cu sărăcia copilăriei, neesențiali dacă erau, și dacă nu erau. Părea s-o preocupe mult mai mult posibila distrugere a educației pe care i-o dăduse fiului și se străduia să-l facă să redevină energic, dornic, disponibil cum fusese până cu puțin timp în urmă. Dar Rinuccio acum părea să se simtă bine doar când îl lăsa pe palier să se joace cu copilul vecinei. Acolo se certa, se murdărea, râdea, mânca porcării, părea fericit. Lila îl observa din bucătărie, de unde îi controla pe el și pe micul lui prieten încadrați de ușa scărilor. E priceput, se gândea, e mai priceput decât celălalt, care totuși e un pic mai mare: poate că trebuie să accept faptul că nu-l pot ține sub un clopot de sticlă, că i-am oferit cele necesare, dar că de-acum încolo se va descurca singur, că acum are nevoie să bată, să smulgă lucrurile celorlalți, să se murdărească.

Într-o zi, pe palier a apărut Stefano. Lăsase mezelăria și se hotărâse să vină să-și vadă fiul. Rinuccio l-a primit cu bucurie, s-au jucat puțin împreună. Dar Lila și-a dat seama că soțul se plictisea, abia aștepta să plece de-acolo. În trecut păruse că nu poate trăi fără ea și fără copil; dar iată-l acolo, se uita la ceas, căsca, aproape sigur venise pentru că-l trimisese mama lui sau chiar Ada. În ce privește iubirea, gelozia, îi trecuse totul, nu se mai agita.

— Duc copilul la o plimbare.

— Vezi că vrea tot timpul în brațe.

— O să-l duc în brațe.

— Nu, pune-l să meargă.

— Fac cum cred.

Au ieșit, s-a întors după jumătate de oră, a zis că trebuia să fugă la mezelărie. A jurat că Rinuccio nu se văicărise deloc, nu ceruse niciodată să fie luat în brațe. Înainte să plece i-a spus:

— Am văzut că aici ți se spune doamna Cerullo.

— Asta sunt.

— Nu te-am omorât și nu te omor doar pentru că ești mama copilului meu. Dar tu și prostul ăla de prieten al tău riscați urât.

Lila a râs, l-a provocat, a spus:

— Știi să faci pe durul numai cu cine nu-ți poate sparge fața, măi, nemernicule.

Apoi a înțeles că soțul făcuse aluzie la Solara și i-a strigat de pe palier în timp ce cobora scările:

— Zi-i lui Michele că dacă se arată prin preajmă, îl scuip în față.

Stefano nu i-a răspuns și a dispărut în stradă. S-a întors, cred, cel mult de alte patru sau cinci ori. Ultima dată când a întâlnit-o pe soție, a urlat furibund la ea:

— Ești o rușine și pentru familia ta. Nici mama ta nu mai vrea să te vadă.

— Se vede că n-au înțeles niciodată ce viață aveam cu tine.

— Te-am tratat ca pe o regină.

— Mai bine cerșetoare, atunci.

— Dacă faci alt copil, trebuie să avortezi, pentru că porți numele meu și nu vreau să fie fiul meu.

— Nu fac alți copii.

— De ce? Ai hotărât că nu te mai fuți?

— Du-te dracului.

— În orice caz, te-am avertizat.

— Oricum, nici Rinuccio nu e fiul tău și totuși poartă numele tău.

— Târfo, dacă mi-o tot repeți, înseamnă că e adevărat. Nu vreau să vă mai văd nici pe tine, nici pe el.

În realitate, n-o crezuse niciodată. Dar se prefăcuse, din oportunism. Preferase ca traiul liniștit să primeze în fața haosului emoțional pe care ea i-l provoca.

119.

Lila i-a povestit lui Enzo amănunțit vizitele soțului ei. El a ascultat cu atenție și n-a făcut aproape niciodată comentarii. Continua să se stăpânească în toate manifestările lui. Nu i-a povestit nici de munca pe care o făcea la fabrică și dacă se simțea bine acolo sau nu. Ieșea dimineața la șase, se întorcea la șapte seara. Mânca, se juca puțin cu copilul, asculta poveștile ei. Imediat cum Lila vorbea despre nevoile lui Rinuccio, a doua zi se întorcea cu banii necesari. Nu i-a spus niciodată să-i ceară lui Stefano să contribuie la întreținerea fiului său, nu i-a spus să-și caute un loc de muncă. O privea de parcă trăia doar ca să prindă ceasul serii și să stea împreună cu ea în bucătărie, s-o asculte vorbind. La un anumit moment se ridica, spunea noapte bună și se închidea în dormitor.

Apoi, din întâmplare, Lila s-a întâlnit cu cineva și asta a avut consecințe semnificative. Într-o după-amiază ieșise singură, îl lăsase pe Rinuccio la vecină. A auzit un claxon insistent în spatele ei. Era o mașină de lux, cineva îi făcea semn cu mâna de la fereastră.

— Lina.

Ea a privit cu atenție. A recunoscut fața de lup a lui Bruno Soccavo, prietenul lui Nino.

— Ce faci aici? a întrebat-o el.

— Locuiesc aici.

Pe moment nu i-a zis mai nimic despre sine, pe vremea aceea erau lucruri dificil de explicat. Nu a vorbit nimic despre Nino și Bruno a făcut la fel. L-a întrebat, în schimb, dacă își luase licența, el i-a spus că hotărâse să nu mai studieze.

— Te-ai căsătorit?

— Da' de unde.

— Logodit?

— O zi da, una ba.

— Ce faci?

— Nimic, sunt alții care trudesc pentru mine.

I-a venit în minte să-l întrebe aproape în joacă:

— Mi-ai da un loc de muncă?

— Ție? La ce-ți trebuie?

— Ca să muncesc.

— Vrei să faci salamuri și mortadele?

— De ce nu?

— Și soțul tău?

— Nu mai am soț. Dar am un copil.

Bruno a observat-o cu atenție ca să înțeleagă dacă glumea. A părut dezorientat, a dat-o cotită.

— Nu e o muncă frumoasă, i-a spus.

Apoi a vorbit mult despre problemele de cuplu în general, despre mama lui care se certa tot timpul cu tatăl lui, despre o relație foarte pasională pe care el personal o avusese recent cu o femeie căsătorită, dar ea îl părăsise. O turuială neobișnuită pentru Bruno, care a invitat-o la bar, continuând să-i vorbească despre el. În cele din urmă, când Lila i-a spus că trebuia să plece, a întrebat-o:

— Chiar ți-ai părăsit soțul? Chiar ai un copil?

— Da.

El a ridicat din sprâncene și a notat ceva pe un șervețel.

— Du-te la acest domn, îl găsești dimineața începând de la opt. Și arată-i asta.

Lila a zâmbit stânjenită:

— Șervețelul?

— Da.

— E de-ajuns?

El a făcut semn din cap că da, brusc intimidat de tonul ei sfidător. A murmurat:

— Aia a fost o vară superbă.

Ea a spus:

— Și pentru mine.

120.

Despre toate astea am aflat ulterior. Voiam să folosesc imediat adresa din San Giovanni pe care mi-o dăduse Ada, dar și mie mi s-a întâmplat ceva hotărâtor. Într-o dimineață am citit fără niciun chef o scrisoare lungă de la Pietro și, în josul ultimei foi, am găsit câteva rânduri prin care-mi transmitea că-i dăduse mamei lui să citească textul meu (așa îi spunea). Adele îl găsise atât de bun, că-l dăduse la bătut la mașină și-l trimisese unei edituri milaneze pentru care făcea de ani de zile traduceri. Acolo îl apreciaseră și voiau să-l publice.

Era o dimineață târzie de toamnă, îmi amintesc o lumină gri. Stăteam la masa din bucătărie, aceeași pe care o folosea mama ca să calce rufele. Vechiul fier de călcat freca stofa cu energie, lemnul îmi vibra sub coate. Am privit rândurile acelea îndelung. Am spus încet, în italiană, doar ca să mă conving că era ceva real:

— Mamă, aici spune că-mi publică un roman pe care l-am scris.

Mama s-a oprit, a ridicat fierul de pe stofă, l-a așezat pe verticală.

— Ai scris un roman? a întrebat în dialect.

— Cred că da.

— L-ai scris sau nu?

— Da.

— Te plătesc?

— Nu știu.

Am ieșit, am alergat la cafeneaua Solara unde se puteau efectua convorbiri interurbane în puțină tihnă. După destule încercări — Gigliola care îmi striga de la tejghea: „Hai, vorbește" —, mi-a răspuns Pietro care însă avea de lucru și era pe fugă. A spus că despre povestea aceea nu știa mai mult decât îmi scrisese.

— Tu l-ai citit? am întrebat agitată.

— Da.

— Dar nu te-ai pronunțat.

A mormăit ceva despre timpul puțin, învățatul, obligațiile.

— Cum e?

— Bun.

— Bun și atât?

— Bun. Vorbește cu mama: eu sunt un filolog, nu un literat.

Mi-a dat numărul părinților.

— N-am chef să telefonez, mi-e rușine.

Am perceput un pic de nervozitate, rară la el care avea mereu un ton cordial. A spus:

— Ai scris un roman, asumă-ți responsabilitatea.

N-o cunoșteam mai deloc pe Adele Airota, o văzusem cu totul de patru ori și schimbaserăm câteva fraze de conveniență. În tot timpul acela fusesem convinsă că era o mamă de familie înstărită și cultivată — membrii familiei Airota nu vorbeau niciodată despre ei înșiși, în timp ce erau convinși că activitățile lor erau cunoscute de toți, se comportau ca și cum acestea nu interesau pe nimeni — și doar atunci am început să-mi dau seama că avea un loc de muncă, o autoritate. Am sunat agitată, mi-a răspuns menajera, mi-a dat-o la telefon. M-a salutat cu cordialitate, dar mi-a vorbit cu dumneavoastră, i-am vorbit cu dumneavoastră. A spus că la editură erau toți foarte convinși că e o carte bună și, din câte știa, se lucra deja la o schiță de contract.

— Contract?

— Sigur. Aveți angajamente față de alți editori?

— Nu. Dar nici măcar n-am recitit ce am scris.

— Ați făcut o singură versiune, dintr-un foc? m-a întrebat, vag ironică.

— Da.

— Vă asigur că e gata pentru publicare.

— Trebuie să mai lucrez la ea.

— Aveți încredere: nu atingeți o virgulă, e sinceritate, naturalețe și un mister al scrierii pe care-l au doar cărțile adevărate.

A început să mă complimenteze din nou, chiar dacă ironic. A spus că, așa cum știam, nici *Eneida* nu era cizelată. Mi-a atribuit o lungă ucenicie de scriitoare, a întrebat dacă aveam alte manuscrise la sertar, s-a arătat uimită când i-am mărturisit că era prima chestie pe care o scrisesem vreodată.

— Talent și noroc, a exclamat.

Mi-a mărturisit că se ivise pe neașteptate un gol în planul editorial și romanul meu fusese considerat nu doar foarte bun, ci de-a dreptul providențial. Se gândeau să-l scoată în primăvară.

— Atât de repede?

— Sunteți împotrivă?

M-am grăbit să spun nu.

Gigliola, care era în spatele tejghelei și auzise convorbirea, la sfârșit m-a întrebat curioasă:

— Ce se întâmplă?

— Nu știu, am răspuns și am ieșit în grabă.

Am colindat prin cartier copleșită de o fericire sceptică, îmi pocneau tâmplele. Răspunsul pe care i-l dădusem Gigliolei nu fusese un mod antipatic de a nu-i da apă la moară, chiar nu știam. Ce era cu anunțul acela neașteptat: puține rânduri ale lui Pietro, cuvinte interurbane, nimic adevărat în mod sigur? Și ce era un contract, prevedea bani, prevedea drepturi și obligații, riscam să mă vâr în vreun necaz? Peste câteva zile o să aflu că s-au răzgândit, m-am gândit, cartea n-o să se mai publice. Vor reciti povestea mea, cine a considerat-o bună o va considera acum futilă, cine n-a citit-o niciodată se va enerva pe cine era dispus s-o publice, toți se vor supăra pe Adele Airota și Adele Airota însăși se va răzgândi, se va simți umilită, va da vina pe mine că picase prost, își va convinge fiul să mă părăsească. Am trecut prin fața sediului vechii biblioteci a cartierului: de cât timp nu pusesem piciorul în ea! Am intrat, era goală, mirosea a praf și plictis. M-am mișcat, neatent, de-a lungul rafturilor, am atins cărți zdrențuite fără să mă uit la titlu, nici la autor, doar ca să trec ușor cu degetele peste ele. Hârtie veche, fire încrețite de bumbac, litere ale alfabetului, cerneală. Volume, cuvânt amețitor. Am căutat *Micuțele doamne*, l-am găsit. Oare chiar se întâmpla cu adevărat? Era posibil ca mie, mie, să mi se întâmple ceea ce eu și Lila plănuiserăm să facem împreună? Peste câteva luni ar fi devenit hârtie tipărită, cusută, lipită, toată plină de cuvintele mele și pe copertă numele, Elena Greco, eu, punctul de rupere al unui lung lanț de analfabeți, de semianalfabeți, un nume obscur care acum s-ar fi încărcat de lumină pe vecie. Peste câțiva ani — trei, cinci, zece, douăzeci — cartea ar fi ajuns pe acele rafturi, în biblioteca cartierului în care mă născusem, ar fi fost catalogat, oamenii l-ar fi împrumutat ca să înțeleagă ce scrisese fiica portarului. Am auzit apa trasă la closet, am așteptat să apară învățătorul Ferraro, același de când eram o fetiță sârguincioasă: chipul descărnat, mai zbârcit, părul pieptănat în sus, foarte alb, dar tot des pe fruntea îngustă. Iată un om care putea aprecia ceea ce tocmai mi se întâmplase, un om care știa să-mi stimuleze, și încă cum, mintea înflăcărată, pulsația îngrozitoare de la tâmple. Dar din closet a ieșit un necunoscut, un omuleț rotofei la vreo patruzeci de ani.

— Trebuie să luați cărți? m-a întrebat. Grăbiți-vă, că tocmai închid.

— Îl căutam pe învățătorul Ferraro.

— Ferraro s-a pensionat.

Să mă grăbesc, trebuia să închidă.

Am plecat. Tocmai acum când eram pe cale să devin scriitoare, nu era în tot cartierul nimeni capabil să spună: ce lucru extraordinar ai reușit să faci.

121.

Nu-mi închipuiam că voi primi bani. În schimb, am primit schița contractului și am descoperit că, sigur grație sprijinului Adelei, editura îmi acorda un avans de două sute de mii de lire, o sută când semnam și o sută la predare. Mama a rămas fără răsuflare, nu-i venea să creadă. Tata a spus: „Mie îmi ia luni de zile ca să câștig toți acești bani". Amândoi au început să se laude prin cartier și în afara lui: fiica noastră a devenit bogată, e scriitoare, se căsătorește cu un profesor de la universitate. Eu am înflorit, n-am mai învățat pentru concursul de la școală. Cum mi-au sosit banii, am cumpărat o rochie, niște farduri, m-am dus pentru prima dată în viața mea la coafor și am plecat la Milano, oraș care mi-era necunoscut.

La gară m-am orientat cu greu. În cele din urmă, am luat metroul bun și am ajuns agitată la ușa editurii. I-am dat o mie de explicații portarului care oricum nu mi le ceruse și care, dimpotrivă, în timp ce vorbeam, a continuat să citească ziarul.

Am urcat cu liftul, am ciocănit și am intrat. Sclipea de curățenie acolo. Îmi simțeam capul plin de toate lucrurile învățate și voiam să le etalez ca să demonstrez că, deși eram femeie, chiar dacă se vedea pe mine de unde proveneam, eram o persoană care-și câștigase dreptul de a publica acea carte, și acum, la douăzeci și trei de ani, nimic nimic nimic din mine nu mai putea fi pus la îndoială.

Am fost întâmpinată politicos și dusă din birou în birou. Am vorbit cu redactorul care se ocupa de dactilografierea textului meu, un om bătrân, chel, dar cu un chip foarte plăcut. Am discutat împreună câteva ore, m-a lăudat mult, a pomenit-o deseori cu mult respect pe Adele Airota, mi-a arătat modificările pe care mi le recomanda și mi-a lăsat o copie a textului și a notelor sale. Când m-a salutat, a spus cu un ton grav:

— Povestea e frumoasă, o poveste din zilele noastre foarte bine articulată și scrisă într-un mod mereu surprinzător; dar ideea nu e asta: e a treia oară când citesc cartea dumneavoastră și la fiecare pagină e ceva puternic ce nu reușesc să înțeleg de unde vine.

M-am înroșit, i-am mulțumit. Ah, ce fusesem în stare să fac și ce rapid era totul, cum plăceam și cum mă făceam iubită, cum puteam vorbi despre studiile mele, despre locul în care le terminasem, despre teza mea, despre cartea a patra din *Eneida*: răspundeam cu precizie politicoasă la observații politicoase, mimând la perfecție tonul profesoarei Galiani, pe al copiilor ei, pe al Mariarosei. O angajată grațioasă și plăcută pe nume Gina m-a întrebat dacă aveam nevoie de un hotel și, când am zis că da, mi-a găsit unul pe strada Garibaldi. Spre marea mea uimire am aflat că totul era pe cheltuiala editurii, fiecare ban pe care l-aș fi dat pe mâncare, chiar și biletele de tren. Gina mi-a zis să prezint o notă a cheltuielilor, urmau să-mi fie rambursate, și m-a rugat s-o salut din partea ei pe Adele.

— Mi-a telefonat, a spus, ține mult la dumneavoastră.

A doua zi am plecat spre Pisa, voiam să-l îmbrățișez pe Pietro. În tren, am evaluat, una câte una, notele redactorului și, satisfăcută, am văzut cartea mea cu ochii celui care-o lăuda și își dădea silința s-o facă și mai frumoasă. Am ajuns la destinație foarte mulțumită de mine. Logodnicul meu mi-a găsit să dorm acasă la o asistentă de literatură greacă mai în vârstă pe care o cunoșteam și eu. Seara m-a invitat la cină și, pe neașteptate, mi-a arătat textul meu dactilografiat. Avea și el o copie și făcuse niște note, ne-am uitat peste ele împreună, una câte una. Aveau amprenta obișnuitei lui rigori și priveau mai ales lexicul.

— O să mă gândesc, am spus, mulțumindu-i.

După cină, ne-am retras pe o pajiște. La finalul unei obositoare giugiuleli în frig, încurcați de paltoane și pulovere de lână, mi-a cerut să editez cu grijă paginile în care protagonista își pierdea virginitatea pe plajă. Am spus perplexă:

— E un moment important.

— Ai zis tu însăți că sunt pagini un pic cam îndrăznețe.

— La editură nu au avut obiecții.

— Urmează să-ți vorbească despre asta.

M-am enervat, i-am spus că voi reflecta și la asta și a doua zi am plecat la Napoli, prost dispusă. Dacă paginile acelui episod îl tulburau pe Pietro, care era un tânăr care citise mult, care scrisese o carte despre riturile bahice, ce ar fi spus mama și tata, frații mei, cartierul dacă le-ar fi citit? În tren am lucrat cu înverșunare asupra textului, ținând cont de observațiile redactorului, de cele ale lui Pietro și ce puteam șterge, am șters. Voiam să fie bună cartea, să nu displacă nimănui. Mă îndoiam că aș fi scris vreodată alta.

122.

Cum am ajuns acasă am primit o veste proastă. Mama, convinsă că era un drept al ei să se uite în corespondența mea când eram absentă, deschisese un pachet care venisea de la Potenza.

În pachet găsise câteva dintre caietele mele din clasele primare și un bilet al surorii învățătoarei Oliviero. Învățătoarea, se citea în bilet, murise împăcată cu sine în urmă cu douăzeci de zile. Își amintise adesea de mine, în ultima perioadă, și lăsase cu limbă de moarte să-mi fie restituite câteva caiete din clasele primare, pe care le păstrase ca amintire. M-am emoționat mai mult decât sora mea, Elisa, care plângea fără consolare de ore întregi. Chestia a enervat-o pe mama, care mai întâi a urlat la fiica mai mică și apoi, pentru ca eu, fiica ei mai mare, să aud bine, a comentat cu voce ridicată:

— Cretina aia s-a crezut mereu mai mamă decât mine.

Toată ziua m-am gândit la Oliviero și la cât de mândră ar fi fost să știe de diploma mea luată cu cele mai mari note, de cartea pe care mă pregăteam s-o public. Când s-au dus toți la culcare, m-am închis în bucătăria tăcută și am răsfoit, unul după altul, caietele. Ce bine mă instruise învățătoarea, ce caligrafie mă învățase. Păcat că mâna adultă o micșorase, că viteza simplificase literele. M-au făcut să zâmbesc greșelile de ortografie însemnate cu linii furioase, acei *bine*, *excelent* pe care îi scria ingenios pe margine când găsea o formulare frumoasă sau soluția corectă la o problemă grea, notele întotdeauna mari pe care mi le dăduse. Îmi fusese, într-adevăr, mai mamă decât mama? De ceva vreme încoace nu mai eram sigură de asta. Dar reușise să imagineze pentru mine un drum pe care mama nu fusese în stare să-l imagineze și mă obligase să-l parcurg. Pentru asta îi eram recunoscătoare.

Tocmai puneam deoparte pachetul ca să mă duc la culcare când mi-am dat seama că la mijlocul unuia dintre caiete era un mic fascicul firav, vreo zece foi în pătrățele prinse cu un bold și îndoite. Am simțit un gol neașteptat în piept, am recunoscut *La fata blu*, povestea pe care Lila o scrisese cu mulți ani în urmă, câți?, treisprezece, paisprezece? Cât îmi plăcuse coperta colorată cu pasteluri, literele bine desenate ale titlului: pe vremea aceea o considerasem o carte adevărată și fusesem invidioasă. Am deschis fasciculul la mijloc. Boldul ruginise, lăsase pe hârtie urma sa cafenie. Mi-am dat seama cu uimire că învățătoarea scrisese pe marginea unei fraze: *foarte frumos*. Deci o citise? Deci îi plăcuse? Am întors paginile una după alta, erau pline de ai ei *excelent*, *bine*, *foarte bine*. M-am enervat. Vrăjitoare bătrână, m-am gândit, de ce nu ne-ai zis că îți plăcuse, de ce i-ai negat Lilei acea satisfacție? Ce te-a împins să te lupți pentru educația mea și pentru a ei nu? E de-ajuns să-ți justifice atitudinea refuzul cârpaciului de a-și lăsa fiica să dea examenul de admitere? Ce nemulțumiri personale aveai în cap și le-ai descărcat asupra ei? Am început să citesc *La fata blu* de la primele cuvinte, alergând peste cerneala decolorată, grafia atât de asemănătoare cu a mea de atunci. Dar deja la prima pagină am început să simt un rău de la stomac și, curând, m-am acoperit de sudoare. Doar la sfârșit, însă, am recunoscut ce înțelesesem deja după câteva rânduri. Păginuțele infantile ale Lilei erau sufletul secret al cărții mele. Cine ar fi dorit să știe ce îi dădea căldură și de unde se năștea firul robust, dar invizibil, care lipea frazele, ar fi trebuit să înceapă cu fasciculul unei fetițe, zece păginuțe de caiet, cu boldul ruginit, cu coperta colorată vioi, titlul și fără nicio semnătură.

123.

N-am dormit toată noaptea, am așteptat să se facă zi. Lunga ostilitate față de Lila s-a topit brusc, ce îi luasem eu mi s-a părut mult mai mult decât putuse ea vreodată să-mi ia mie. Am hotărât să mă duc imediat la San Giovanni a Teduccio. Voiam să-i înapoiez *La fata blu*, să-i arăt caietele mele, să le răsfoim împreună, să ne bucurăm de comentariile învățătoarei. Dar simțeam mai ales nevoia să stau lângă ea și să-i spun: vezi cum am fost de armonizate, una în două, două în una, și să-i dovedesc cu rigoarea pe care mi se părea că o dobândisem la Școala Normală, cu înverșunarea filologică pe care o învățasem de la Pietro, cum cartea ei de fetiță înfipsese rădăcini atât de adânci în mintea mea, încât crease în decursul anilor o altă carte. O carte diferită, matură, a mea, fără să pot face abstracție de a ei, de fanteziile pe care le elaboraserăm împreună în curtea jocurilor noastre, ea și cu mine neîntrerupt, formate, deformate, reformate. Îmi doream s-o îmbrățișez, s-o sărut și să-i spun: Lila, de acum încolo, orice ni se întâmplă mie sau ție, nu trebuie să ne mai pierdem.

Dar a fost o dimineață ostilă, mi s-a părut că orașul face tot posibilul ca să se pună între mine și ea. Am luat un autobuz foarte aglomerat care se ducea spre Marina, am călătorit presată în mod insuportabil de corpuri mizerabile. Am urcat într-un alt autobuz și mai înțesat, am greșit direcția. Am coborât șifonată, ciufulită, am remediat greșeala după o lungă așteptare și multă furie. Deplasarea aia scurtă prin Napoli m-a epuizat. La ce serveau anii de gimnaziu, de liceu, de Școală Normală în orașul acela? Ca să ajung la San Giovanni am fost nevoită, prin forța lucrurilor, să regresez, ca și cum Lila s-ar fi dus să locuiască nu pe o stradă, într-o piață, ci pe un râuleț din trecut, înainte să mergem la școală, într-un timp sumbru fără reguli și fără respect. Am recurs la cel mai violent dialect de cartier, am înjurat, am fost înjurată, am amenințat, am fost batjocorită, am răspuns la rândul meu batjocorind, o artă perversă cu care eram deprinsă. Napoli îmi folosise mult la Pisa, dar Pisa nu folosea la Napoli, era o piedică. Bunele maniere, vocea și aspectul îngrijite, îmbulzeala din minte și de pe limbă a celor învățate din cărți erau toate indicii imediate de slăbiciune care mă făceau o pradă sigură, dintre cele care nu se zvârcolesc. În autobuzele și pe străzile spre San Giovanni am amestecat vechiul meu talent de a nu mai fi o persoană blândă la momentul potrivit cu mândria noului meu statut: aveam o diplomă *summa cum laude*, luasem prânzul împreună cu profesorul Airota, eram logodită cu fiul lui, depusesem câțiva bani la Poștă, la Milano eram apreciată de persoane respectabile; cum își permiteau oamenii ăștia de rahat? Am simțit în mine o putere care nu se mai potrivea cu formula *prefă-te că nu se întâmplă nimic,* care, în general, te ajuta să supraviețuiești în cartier și în afara lui. Când în înghesuială am simțit pe trupul meu de mai multe ori mâinile bărbaților, mi-am atribuit dreptul sacru la furie și am reacționat cu urlete de dispreț, am spus cuvinte imposibil de redat, ca acelea pe care știa să le spună mama și, mai ales, Lila. Am exagerat în asemenea măsură, încât, când am coborât din autobuz, am fost sigură că cineva va sări jos odată cu mine și mă va omorî.

Nu s-a întâmplat, dar m-am îndepărtat oricum, cu furie și teamă. Ieșisem din casă chiar prea aranjată, acum mă simțeam într-o stare jalnică și pe dinafară, și pe dinăuntru.

Am încercat să mă recompun, mi-am spus: calmează-te, aproape că ai ajuns. M-am adresat trecătorilor pentru informații. Am înaintat pe bulevardul San Giovanni a Teduccio cu vântul înghețat în față, mi s-a părut un canal gălbui cu pereții zgâriați, cu deschideri negre, murdărie. Am umblat fără rost, dezorientată de informații cordiale atât de pline de detalii, încât se dovedeau inutile. În sfârșit, am găsit strada, ușa blocului. Am urcat pe niște scări murdare, în urma unui miros puternic de usturoi, a unor voci de copii. O femeie foarte grasă cu un tricou verde a apărut într-o ușă deja deschisă, m-a văzut și mi-a strigat:

— Pe cine căutați?

— Carracci, am spus.

Dar, văzând-o nedumerită, m-am corectat imediat:

— Scanno, numele de familie al lui Enzo.

Și iarăși, fără să mă întrerup:

— Cerullo.

Atunci femeia a repetat *Cerullo* și a zis ridicând un braț gros:

— Mai sus.

Am mulțumit, am trecut mai departe, în timp ce ea a apărut la balustradă și, privind în sus, a urlat:

— Titì, e una care o caută pe Lina, vine sus.

Lina. Aici, în gura unor străine, în acest loc. Mi-am dat seama abia atunci că o aveam în minte pe Lila așa cum o văzusem ultima dată, în apartamentul din cartierul nou, în ordinea care deși, plină de anxietate, părea de-acum fundalul vieții ei, mobilele, frigiderul, televizorul, copilul foarte îngrijit, ea însăși cu aspectul ei cu siguranță încercat, dar încă de tânără doamnă înstărită. Nu știam nimic, în momentul acela, cum trăia, ce făcea. Discuția se oprise la părăsirea soțului, la faptul incredibil că lăsase în urmă o casă frumoasă și banii și plecase cu Enzo Scanno. Nu știam de întâlnirea cu Soccavo. De aceea plecasem din cartier cu certitudinea că o voi găsi într-o casă nouă, printre cărți deschise și jocuri instructive pentru copil sau cel mult, pentru moment, ieșită la cumpărături. Și așezasem mecanic, din lene, ca să nu simt jena, acele imagini într-un toponim, San Giovanni a Teduccio, după Granili, în capătul Marinei. Așa că am urcat cu acea așteptare. M-am gândit: am reușit, în sfârșit, iată-mă la destinație. Astfel am ajuns la Titina, o femeie tânără cu o fetiță în brațe care plângea liniștită, hohote ușoare, cu mucii care-i coborau pe buza de sus din nările roșii de frig și alte două fetițe lipite de fuste, una pe fiecare parte.

Titina și-a îndreptat privirea spre ușa din față, închisă.

— Lina nu e, a zis ostilă.

— Nici Enzo?

— Nu.

— A dus copilul la plimbare?

— Cine sunteți?

— Mă numesc Elena Greco, sunt o prietenă.

— Și nu-l recunoașteți pe Rinuccio? Rinù, tu ai văzut-o vreodată pe domnișoara asta?

I-a dat o palmă ușoară unuia dintre copiii care stăteau într-o parte, și abia atunci l-am recunoscut. Copilul mi-a zâmbit, a spus în italiană:

— Bună, mătușă Lenù. Mama se întoarce în seara asta la opt.

L-am ridicat, l-am îmbrățișat, l-am lăudat pentru cât era de frumos și pentru cât de bine vorbea.

— E foarte priceput, a recunoscut Titina, s-a născut profesor.

Din acel moment a renunțat la orice ostilitate față de mine, m-a invitat să intru în casă. Pe holul întunecat m-am împiedicat în ceva ce aparținea sigur copiilor. Bucătăria era în dezordine, fiecare lucru era cufundat într-o lumină cenușie. La mașina de cusut era niște material încă în lucru, și în jur și pe jos alte materiale de diferite culori. Titina a încercat cu o neașteptată jenă să așeze în ordine, apoi a renunțat și mi-a făcut cafeaua, continuând să-și țină fiica în brațe. Eu l-am luat pe Rinuccio pe genunchi, i-am pus întrebări tâmpite la care el a răspuns cu resemnare vioaie. Femeia între timp m-a pus la curent în legătură cu Lila și Enzo.

— Ea, a spus, face salamuri la Soccavo.

Am fost mirată, abia atunci mi-am amintit de Bruno.

— Soccavo, cel cu salamurile?

— Soccavo, da.

— Îl cunosc.

— Nu-s oameni buni.

— Îl cunosc pe fiu.

— Bunic, tată și fiu, același rahat. Au făcut bani și au uitat de vremea când erau niște coate-goale.

Am întrebat de Enzo. A spus că muncea la locomotoare, a folosit expresia aceea și am înțeles repede că ea credea că el și

Lila sunt căsătoriți, pentru că l-a numit pe Enzo, cu simpatie și respect, „domnul Cerullo".

— Când se întoarce Lina?

— Diseară.

— Și copilul?

— Stă cu mine, mănâncă, se joacă, face totul aici.

Călătoria nu se terminase, deci: eu mă apropiam, Lila se îndepărta. Am întrebat:

— Cât îmi ia să ajung pe jos la fabrică?

— Douăzeci de minute.

Titina mi-a dat indicații pe care le-am notat pe o foaie. Între timp, Rinuccio a întrebat bine-crescut:

— Pot să mă duc să mă joc, mătușă?

A așteptat să spun da, a alergat pe hol la celălalt copil și imediat l-am auzit strigând o înjurătură urâtă în dialect. Femeia mi-a aruncat o privire stânjenită și a urlat din bucătărie, în italiană:

— Rino, nu se spun cuvintele urâte, vezi că vin acolo și-ți dau na-na la mânuțe.

I-am zâmbit și mi-a revenit în minte călătoria cu autobuzul. Na-na la mânuțe și mie, m-am gândit, mă găsesc în aceeași condiție cu a lui Rinuccio. Pentru că cearta de pe hol nu înceta, a trebuit să dăm fuga acolo. Cei doi copii se băteau între zgomote de obiecte pe care și le aruncau și urlete teribile.

124.

Am ajuns în zona fabricii Soccavo pe o potecă de pământ bătătorit, printre gunoaie de toate tipurile. Un fir de fum negru se ițea pe cerul înghețat. Deja înainte să văd gardul am simțit un miros de grăsime animală amestecat cu lemne arse care m-a îngrețoșat. Paznicul a spus, arogant, că nu se venea în vizită la prietenuțe în timpul programului de lucru. Am cerut să vorbesc cu Bruno Soccavo. Și-a schimbat tonul, a bombănit că Bruno nu venea la fabrică aproape niciodată. Sunați-l acasă, am replicat. S-a jenat, a spus că nu putea să-l deranjeze fără motiv.

— Dacă nu sunați dumneavoastră, i-am răspuns, mă duc să caut un telefon și o fac eu.

M-a privit pieziș, nu știa ce să facă. A trecut unul pe bicicletă, a frânat, i-a zis ceva obscen în dialect. Paznicul a părut ușurat să-l vadă. A început să discute cu el de parcă eu n-aș mai fi existat.

În mijlocul curții ardea un foc. Am trecut pe lângă el, iar flacăra a tăiat aerul rece câteva secunde. Am ajuns la o clădire joasă de culoare galbenă, am împins o ușă grea și am intrat. Mirosul de grăsime, care era deja intens afară, mi s-a părut insuportabil. M-am intersectat cu o fată în mod vizibil furioasă, care-și aranja părul cu gesturi agitate. I-am zis *vă rog*, a trecut mai departe cu capul plecat, a făcut trei sau patru pași, s-a oprit.

— Ce e? a întrebat nepoliticoasă.

— O caut pe una care se cheamă Cerullo.

— Lina?

— Da.

— Vezi la umplere.

Am întrebat unde era, nu mi-a răspuns, a plecat. Am împins o altă ușă. M-a izbit o căldură care a făcut mirosul de grăsime și mai grețos. Spațiul era larg, erau bazine pline-ochi cu o apă lăptoasă în care pluteau, printre vapori, corpuri închise la culoare mișcate de siluete lente, curbate, muncitori cufundați până la șolduri. N-am văzut-o pe Lila. L-am întrebat pe unul care, întins pe podeaua din pavele care era o mocirlă, se străduia să repare un tub:

— Știți unde o găsesc pe Lina?

— Cerullo?

— Cerullo.

— La amestecare.

— Mi-au zis la umplere.

— Atunci de ce mă întrebați dacă știți?

— Amestecarea unde e?

— Drept în fața dumneavoastră.

— Și umplerea?

— La dreapta. Dacă n-o găsiți acolo, uitați-vă la dezosare. Sau la camerele frigorifice. O mută mereu.

— De ce?

A zâmbit strâmb.

— E prietena dumneavoastră?

— Da.

— Atunci s-o lăsăm baltă.

— Spuneți-mi.

— Nu vă supărați?

— Nu.

— E una care te scoate din sărite.

Am urmat indicațiile și nimeni nu m-a oprit. Muncitorii și muncitoarele mi-au părut închiși într-o indiferență încruntată, chiar și când râdeau sau își strigau înjurături păreau desprinși de propriile lor râsete, de voci, de murdăria pe care o manipulau, de duhoare. M-am strecurat printre muncitoare în halate albastre care lucrau carnea, cu bonete pe cap: mașinile scoteau un zgomot de fierărie și un amestec de materie moale, tocată, umplută. Dar Lila nu era acolo. Și n-am văzut-o nici unde băgau în mațe pastă roz amestecată cu cuburi de grăsime, nici unde, cu niște cuțitașe ascuțite, descărnau, dezosau, tăiau, folosind lamele cu o frenezie periculoasă. Am găsit-o, în schimb, la camerele frigorifice. A ieșit dintr-un frigider împreună cu un fel de adiere albă. Căra pe umăr, ajutată de un individ de statură joasă, un bloc roșiatic de carne congelată. A pus-o pe căruț și ea a dat să intre din nou în ger. I-am văzut imediat o mână bandajată.

— Lila.

S-a întors precaută, m-a privit fix, nesigură.

— Ce faci aici? a spus.

Avea ochii febrili, obrajii erau mai scobiți ca de obicei și totuși părea solidă, înaltă. Purta și ea un halat albastru, dar îmbrăcat peste un fel de palton lung, și în picioare avea ghete militărești. Voiam s-o îmbrățișez, dar n-am îndrăznit: mă temeam, nu știu de ce, că o să mi se fărâmițeze în brațe. Ea a fost cea care, în schimb, m-a strâns în brațe pentru câteva clipe foarte lungi. Am simțit pe ea materialul umed care emana un miros și mai supărător decât cel pe care-l degaja spațiul din jurul nostru.

— Vino, a spus, să ieșim de aici, și a strigat la cel care muncea cu ea: Două minute.

M-a tras într-un colț.

— Cum m-ai găsit?

— Am intrat.

— Și te-au lăsat să treci?

— Am zis că te caut și că sunt o prietenă a lui Bruno.

— Bravo, așa vor trage concluzia că i-o sug fiului patronului și mă vor lăsa puțin în pace.

— Ce zici?

— Așa merg treburile.

— Aici?

— Peste tot. Ai absolvit?

— Da. Dar s-a întâmplat un lucru și mai frumos, Lila. Am scris un roman și va fi publicat în aprilie.

Avea o culoare cenușie, părea golită de sânge și totuși s-a înroșit. I-am văzut roșeața urcându-i pe gât, pe obraji, până la marginea ochilor, astfel că i-a strâns ca și cum s-ar fi temut că văpaia o să-i ardă pupilele. Apoi mi-a luat o mână și mi-a sărutat-o mai întâi pe dos și apoi în palmă.

— Mă bucur pentru tine, a murmurat.

Dar eu pe moment am acordat prea puțină atenție afecțiunii gestului. M-au impresionat umflătura mâinilor și rănile, tăieturi vechi și noi, una proaspătă pe degetul mare de la mâna stângă, inflamată pe margini, și mi-am imaginat că sub bandajul mâinii drepte avea o tăietură și mai urâtă.

— Ce ți-ai făcut?

S-a retras imediat și și-a băgat mâinile în buzunar.

— Nimic. Când dezosezi carnea, îți distrugi degetele.

— Dezosezi carnea?

— Mă pun unde le place lor.

— Vorbește cu Bruno.

— Bruno e cel mai mare nenorocit dintre toți. Apare aici doar ca să vadă pe care dintre noi o poate fute unde se maturează carnea.

— Lila.

— Ăsta e adevărul.

— Te simți rău?

— Mă simt foarte bine. Aici la camerele frigorifice îmi dau chiar și zece lire în plus pe oră ca despăgubire pentru frig.

Bărbatul a strigat:

— Cerù, cele două minute au trecut.

— Gata, vin, a spus ea.

Am murmurat:

— A murit învățătoarea Oliviero.

A ridicat din umeri, a spus:

— Era bolnavă, trebuia să se întâmple asta.

Am adăugat în grabă, pentru că am văzut că bărbatul de lângă cărucior începea să se enerveze:

— Mi-a trimis *La fata blu*.

— Ce e *La fata blu*?

M-am uitat la ea ca să înțeleg dacă era adevărat că nu-și amintea și mi s-a părut sinceră.

— Cartea pe care ai scris-o *tu* la zece ani.

— Carte?

— Așa îi spuneam noi.

Lila a strâns buzele și a clătinat din cap. Era alarmată, se temea de necazuri la muncă, dar în prezența mea juca rolul cuiva care își vede de treaba ei. Trebuie să plec, m-am gândit. Ea a spus:

— A trecut o grămadă de timp de atunci, și au cuprins-o fiorii.

— Ai febră?

— Nici vorbă.

Am căutat paginile în geantă, i le-am întins. Le-a luat, le-a recunoscut, dar n-a arătat nicio emoție.

— Eram o fetiță îngâmfată, a mormăit.

M-am grăbit s-o contrazic.

— Povestea, i-am spus, e și astăzi foarte frumoasă. Am recitit-o și am descoperit că am avut-o mereu în minte fără să-mi dau seama de asta. De acolo vine cartea mea.

— De la prostia asta?

A râs tare, nervoasă.

— Atunci cine ți-a tipărit-o e nebun.

Bărbatul a urlat la ea:

— Aștept, Cerù.

— Ești un pisălog, a răspuns ea.

A pus în buzunar foile și m-a luat de braț. Am mers spre ieșire. M-am gândit la cum mă aranjasem pentru ea și cât fusese de obositor să ajung în locul acela. Îmi imaginasem plânsete, mărturisiri, discuții, o frumoasă dimineață, plină de confesiuni și reconciliere. În schimb, iată-ne la această plimbare braț la braț, ea înfofolită, murdară, cu răni, eu travestită într-o domnișoară de familie bună. I-am spus că Rinuccio era superb și foarte inteligent. Am lăudat-o pe vecina ei și am întrebat-o de Enzo. A fost bucuroasă că m-a plăcut copilul, a lăudat-o la rândul ei pe vecină. Dar faptul că l-am pomenit pe Enzo a însuflețit-o, a devenit guralivă.

— E amabil, a spus, e bun, nu-i e frică de nimic, e foarte inteligent și noaptea învață, știe o groază de lucruri.

N-o auzisem niciodată vorbind despre nimeni în felul acela. Am întrebat:

— Ce învață?

— Matematică.

— Enzo?

— Da. A citit o chestie despre calculatoarele electronice, sau a văzut o reclamă, nu știu, și a devenit pasionat. A spus că un calculator nu e cum vezi la cinema, tot numai beculețe colorate care se aprind și se sting făcând bip. A spus că e o chestiune de limbaje.

— Limbaje?

Mi-a aruncat privirea aceea pe care i-o cunoșteam bine.

— Nu limbaje pentru a scrie romane, a spus și m-a deranjat tonul depreciativ cu care a pronunțat cuvântul romane, m-a deranjat râsetul care a urmat. Sunt limbaje de programare. Seara, după ce copilul adoarme, Enzo începe să studieze.

Avea buza de jos uscată, crăpată de frig, chipul distrus de oboseală. Am înțeles că, în ciuda persoanei a treia singular, nu numai Enzo devenise pasionat de treaba aia.

— Și tu ce faci?

— Îi țin companie: el e obosit și de unul singur îi vine să doarmă. Împreună, în schimb, devine frumos, unul zice ceva, altul altceva. Știi ce sunt schemele bloc?

Am clătinat din cap. Atunci ochii i s-au făcut foarte mici, mi-a dat drumul la braț și a început să vorbească pentru a mă face părtașă la noua ei pasiune. În curte, între mirosul focului și cel apăsător al grăsimilor animale, al cărnii, al nervilor, această Lila acoperită cu un palton, dar și înfășurată într-un șorț albastru, mâinile tăiate, ciufulită, foarte palidă, fără urmă de machiaj și-a recăpătat viața și energia. A vorbit despre reducerea oricărui lucru la alternativa adevărat-fals, despre algebra booleană și despre multe alte lucruri de care nu știam nimic. Și totuși, cuvintele ei, ca de obicei, au reușit să mă sugestioneze. În timp ce vorbea, am văzut casa foarte săracă noaptea, copilul care dormea în cealaltă cameră; l-am văzut pe Enzo stând pe pat, istovit de truda la locomotoarele cine știe cărei fabrici; am văzut-o pe ea însăși, după ziua la bazinele de coacere sau la dezosare sau la camerele frigorifice la minus 20 de grade, stând cu el pe cuvertură. I-am văzut pe amândoi în lumina formidabilă a sacrificiului somnului, le-am auzit vocile: făceau exerciții cu scheme bloc, încercau să curețe lumea de superfluu, schematizau acțiunile fiecărei zile conform celor două valori de adevăr: zero și unu. Cuvinte obscure în camera mizerabilă, șoptite ca să nu-l trezească pe Rinuccio. Am înțeles că ajunsesem până acolo plină de mândrie și mi-am dat seama — cu bună credință, desigur, cu afecțiune — că făcusem toată călătoria aceea mai ales ca să-i arăt ce pierduse ea și ce câștigasem eu. Dar ea își dăduse seama de asta încă de când apărusem în fața ei și acum, riscând conflicte cu colegii de muncă și sancțiuni, reacționa explicându-mi de fapt că nu câștigasem nimic, că pe lume nu era nimic de câștigat, că viața ei era plină de aventuri diferite și fără criterii, exact ca a mea, și că timpul pur și simplu trecea fără niciun sens și era frumos doar să te vezi din când în când ca să auzi sunetul nebunesc al minții uneia dintre noi răsunând în sunetul nebunesc al minții celeilalte.

— Îți place să trăiești cu el?

— Da.

— O să faceți copii?

A avut o grimasă de prefăcut amuzament.

— Nu suntem împreună.

— Nu?

— Nu, n-am chef.

— Și el?

— Așteaptă.

— Poate că-l simţi ca pe un frate.

— Nu, îmi place.

— Şi atunci?

— Nu ştiu.

Ne-am oprit lângă foc şi ea a făcut semn spre paznic.

— Fii atentă la ăla, a spus, când ieşi, e capabil să te acuze că ai furat o mortadelă doar ca să te percheziţioneze şi să-ţi pună mâinile peste tot.

Ne-am îmbrăţişat, ne-am sărutat. I-am spus că am s-o caut din nou, că nu voiam s-o pierd şi eram sinceră. A zâmbit şi a murmurat:

— Da, nici eu nu vreau să te pierd.

Am simţit că şi ea era sinceră.

M-am îndepărtat foarte agitată. Mi-era greu să mă despart de ea, dar aveam şi vechea convingere că, fără ea, nimic cu adevărat important nu mi se va întâmpla. Totuşi simţeam nevoia să fug ca să nu mai am în nas putoarea de grăsime pe care o căra cu ea. După câţiva paşi grăbiţi n-am rezistat, m-am întors să-mi iau din nou la revedere de la ea. Am văzut-o stând nemişcată lângă foc, fără forme de femeie în îmbrăcămintea aceea a ei, în timp ce răsfoia paginile cu *La fata blu*. Brusc le-a aruncat în foc.

125.

Nu-i spusesem nici despre ce era cartea mea, nici când urma să ajungă în librării. Nu-i spusesem nici măcar de Pietro, de planul de a ne căsători peste câţiva ani. Traiul ei mă copleşise şi am avut nevoie de zile întregi ca să redau contururi clare şi consistenţă vieţii mele. Ceea ce m-a redat definitiv mie însămi — dar cine mai eram? — au fost corecturile cărţii: o sută treizeci şi nouă de pagini, pe hârtie groasă, cuvintele caietului, fixate de scrisul meu, care-mi deveniseră plăcut de străine grație caracterelor tipografice.

Am petrecut ore fericite citind, recitind, corectând. Afară era frig și un vânt geros se strecura prin golurile de la tocurile ferestrelor. Stăteam la masă în bucătărie împreună cu Gianni și Elisa care învățau. Mama muncea ca un rob în jurul nostru, dar cu o surprinzătoare grijă, ca să nu deranjeze.

Curând m-am dus din nou la Milano. Cu acea ocazie mi-am permis, pentru prima dată în viața mea, un taxi. Redactorul chel, la sfârșitul unei zile întregi de muncă petrecută ca să analizăm ultimele corecturi, mi-a spus: „Vă chem un taxi", și n-am putut să-i spun nu. Așa s-a întâmplat că atunci când de la Milano m-am dus la Pisa, la gară m-am uitat în jur și m-am gândit: de ce nu, să facem pe marea doamnă încă o dată. Și tentația s-a arătat din nou când m-am întors la Napoli, în haosul din Piața Garibaldi. Mi-ar fi plăcut să ajung în cartier cu taxiul, stând comod pe bancheta din spate, cu un șofer la dispoziția mea care, odată ajunsă la poartă, urma să-mi deschidă portiera. În schimb, m-am întors acasă cu autobuzul, nu m-am simțit în stare. Dar probabil că aveam ceva ce mă făcea diferită, pentru că atunci când am salutat-o pe Ada care-și plimba fetița, ea m-a privit distrată și a trecut mai departe. Însă apoi s-a oprit, s-a întors și mi-a spus:

— Ce bine arăți, nu te-am recunoscut, pari alta.

Pe moment am fost bucuroasă, dar apoi mi-a părut rău. Ce folos aș fi putut trage din a deveni altă persoană? Voiam să rămân eu, legată de Lila, de curte, de păpușile pierdute, de don Achille, de tot. Era singurul mod de a simți intens ce mi se întâmpla. Pe de altă parte, e dificil să reziști la transformări. În acea perioadă, fără voia mea, m-am schimbat mai mult decât în anii petrecuți la Pisa. În primăvară a apărut cartea, care mult mai mult decât diploma mi-a dat o nouă identitate. Când le-am arătat un exemplar mamei, tatălui, fraților, l-au trecut de la unul la altul în tăcere, dar fără să-l răsfoiască. Priveau fix coperta, zâmbind nesigur, parcă erau niște agenți de poliție în fața unui act fals. Tata a spus:

— E numele meu, dar a vorbit nemulțumit, ca și cum pe neașteptate, în loc să fie mândru de mine, ar fi descoperit că-i furasem bani din buzunare.

Apoi au trecut zilele, au apărut primele recenzii. Le-am parcurs cu neliniște, rănită de fiecare aluzie, chiar și ușoară, critică. Le-am citit cu voce tare întregii familii pe cele mai binevoitoare, tata s-a înseninat. Elisa a spus arogantă:

— Trebuia să te semnezi Lenuccia, Elena e scârbos.

În acele zile agitate mama a cumpărat un album fotografic și a început să lipească în el tot ce se scria bine despre mine. Într-o dimineață m-a întrebat:

— Cum îl cheamă pe logodnicul tău?

Știa, dar avea ceva în minte și ca să mi-o comunice voia să pornească de acolo.

— Pietro Airota.

— Deci pe tine o să te cheme Airota.

— Da.

— Și dacă o să faci altă carte, pe copertă va scrie Airota?

— Nu.

— De ce?

— Pentru că-mi place Elena Greco.

— Și mie, a spus.

Dar nu m-a citit niciodată. Și nu m-a citit nici tata, nu m-au citit nici Peppe, Gianni, Elisa, în principiu, nu m-a citit nimeni din cartier. Într-o dimineață a venit un fotograf, m-a ținut două ore mai întâi în părculeț, apoi pe șosea, apoi la intrarea în tunel ca să-mi facă poze. Pe urmă a apărut una în *Il Mattino*, m-am așteptat ca trecătorii să mă oprească pe stradă, ca din curiozitate să mă citească. În schimb, nimeni, nici măcar Alfonso, Ada, Carmen, Gigliola, Michele Solara, căruia nu-i era complet străin alfabetul ca fratelui lui, Marcello, nu mi-a zis niciodată, cu prima ocazie: cartea ta e frumoasă sau, ce știu eu, cartea ta e urâtă. Mă salutau doar călduros și treceau mai departe.

Am avut de-a face pentru prima dată cu niște cititori într-o librărie din Milano. Întâlnirea, am aflat curând, fusese în mod insistent dorită de Adele Airota, care urmărea de departe traseul cărții și venise special de la Genova cu acea ocazie. A trecut pe la mine, la hotel, mi-a ținut companie toată după-amiaza și a încercat cu discreție să mă liniștească. Aveam un tremur al mâinilor care nu dispărea, aveam dificultăți în exprimare, îmi simțeam gura amară. Eram, mai ales, supărată pe Pietro care rămăsese la Pisa, era ocupat. Mariarosa, în schimb, care locuia la Milano, a dat o fugă, bucuroasă, înainte de întâlnire, apoi a trebuit să plece.

M-am dus la librărie foarte speriată. Am găsit mica sală plină, am intrat cu privirea în pământ. Simțeam că leșin de emoție. Adele i-a salutat pe mulți dintre cei prezenți, erau prieteni și cunoscuți de-ai ei. S-a așezat în primul rând, mi-a aruncat priviri încurajatoare și s-a răsucit uneori să șușotească cu o doamnă de aceeași vârstă cu ea care stătea în spatele ei. Până în acel moment vorbisem în public doar de două ori, obligată de Franco, iar publicul era format din șase sau șapte colegi de-ai lui care zâmbeau înțelegători. Acum situația era diferită. Aveam în față vreo patruzeci de străini cu un aer elegant și cultivat care mă fixau în tăcere, cu o privire lipsită de simpatie, în mare parte constrânși de prestigiul familiei Airota să stea acolo. Voiam să mă ridic și să fug.

Dar ritualul a început. Un bătrân critic, profesor universitar la vremea aceea foarte stimat, a spus tot binele posibil despre cartea mea. N-am înțeles nimic din discursul lui, m-am gândit doar la ce aș fi dorit să spun eu. Mă frământam pe scaun, mă durea burta. Lumea dispăruse, în dezordine, și eu nu reușeam să găsesc în mine puterea s-o chem înapoi și s-o pun la loc în ordine. Oricum, m-am prefăcut a fi dezinvoltă. Când mi-a venit rândul, am vorbit fără să știu bine ce spun, am vorbit ca să nu tac și am gesticulat prea mult, am expus prea multe cunoștințe literare, am etalat prea mult cultura mea clasică. Apoi s-a lăsat tăcerea.

Ce credeau despre mine persoanele pe care le aveam în față? Cum aprecia intervenția mea criticul și profesorul de lângă mine? Și Adele, în spatele aerului ei de femeie îngăduitoare, regreta că mă susținuse? Când m-am uitat la ea, mi-am dat seama imediat că o imploram din ochi să-mi dea un semn de aprobare și m-am rușinat. Între timp, profesorul de lângă mine mi-a atins un braț, voind parcă să mă liniștească și a cerut publicului să intervină. Mulți s-au uitat fix la genunchii lor și la podea, stânjeniți. Primul care a vorbit a fost un domn matur cu ochelari groși, foarte cunoscut celor prezenți, dar mie nu. Doar auzindu-i vocea, Adele s-a strâmbat enervată. Bărbatul a vorbit îndelung despre decadența activității editoriale, care urmărea de-acum mai degrabă câștigul, și nu calitatea literară; apoi a trecut la complicitatea mercantilă a criticilor și a paginilor de cultură ale ziarelor; în fine, s-a concentrat asupra cărții mele mai întâi ironic, apoi, când a pomenit de paginile puțin mai îndrăznețe, cu tonalități în mod clar ostile. M-am înroșit și, în loc să răspund, am bolborosit chestii generice, pe lângă subiect. Până când m-am întrerupt istovită și m-am uitat fix la masă. Profesorul-critic m-a încurajat cu zâmbetul, cu privirea, crezând că voiam să continui. Când și-a dat seama că nu aveam intenția asta, a întrebat sec:

— Altcineva?

În spate s-a ridicat o mână.

— Vă rog.

Un tânăr înalt, cu părul lung și ciufulit, cu o barbă mare, deasă și foarte neagră, a vorbit cu dispreț și pe un ton polemic despre intervenția precedentă și, din când în când, și despre introducerea făcută de omul bun care stătea lângă mine. A spus că trăiam într-o țară foarte provincială, unde fiecare ocazie era bună să te vaiți, dar între timp nimeni nu-și sufleca mânecile și nu reorganiza lucrurile încercând să le facă să funcționeze. Apoi a început să laude forța modernizatoare a romanului meu. L-am recunoscut întâi de toate după voce, era Nino Sarratore.

Când eram mică – pe la doisprezece-treisprezece ani –, eram absolut convinsă că o carte bună trebuie să aibă un bărbat drept erou și lucrul ăsta mă întrista foarte tare. Dar după vreo doi ani faza aceea s-a încheiat.
La cincisprezece ani, am început să scriu povești despre fete curajoase aflate în situații dificile. Însă am rămas cu convingerea – e adevărat, tot mai accentuată – că cei mai mari povestitori sunt bărbații și că, dacă vrei să scrii, trebuie să înveți să povestești ca ei.

ELENA FERRANTE

O capodoperă modernă a uneia dintre scriitoarele italiene cele mai apreciate, *Prietena mea genială* este o poveste complexă și emoționantă despre două prietene, Elena și Lila.

Acțiunea romanului este plasată în anii 1950, în mahalalele unui Napoli cenușiu. Elena și Lila cresc împreună pe străzile pe care se duc războaiele între bande rivale și învață să aibă încredere deplină una în cealaltă. Prietenia lor rămâne profundă, în ciuda drumurilor diferite pe care le va purta destinul.

literary FICTION

ELENA
FERRANTE

Prietena mea genială

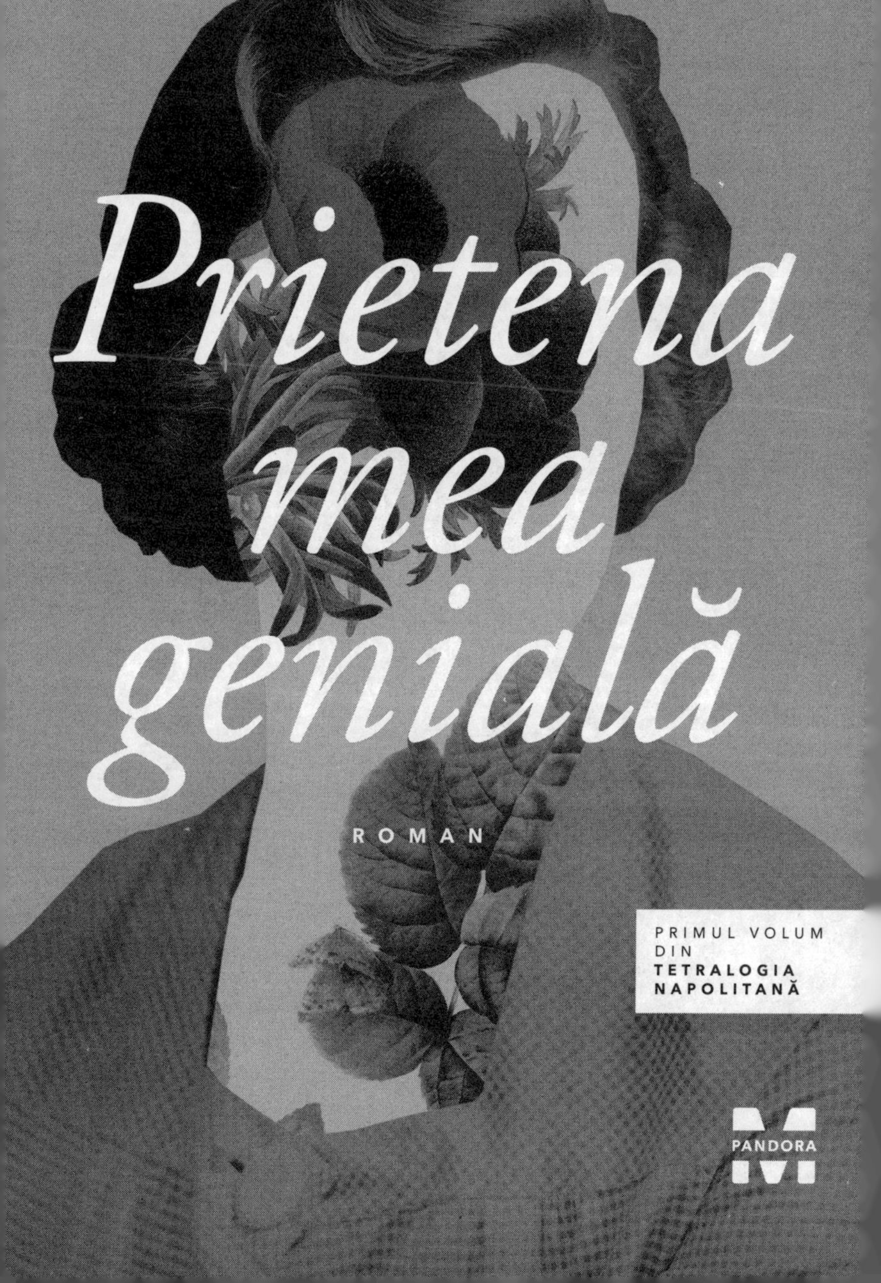

ROMAN

PRIMUL VOLUM DIN **TETRALOGIA NAPOLITANĂ**

PANDORA M

Cepșoară, băiatul negru silit să se deghizeze în fată, este fără îndoială urmașul lui Huckleberry Finn. Purtat de colo-colo prin pustiurile Statelor Unite, alături de armata improvizată a lui James Brown, zis Bătrânul, și obligat să asculte propovăduielile amețitoare ale acestuia, Cepșoară rămâne, prin istețimea, umorul și inocența lui, un învingător.

DOMNICA DRUMEA

Cartea lui McBride ne prezintă vremurile barbare premergătoare războiului de secesiune, când negrii, pentru care încă nu se inventase asepticul oameni de culoare, *se pregăteau, în zornăit de lanțuri și în foșnet de Biblie, pentru marea confruntare cu libertatea.*

MARIN MĂLAICU-HONDRARI

literary FICTION

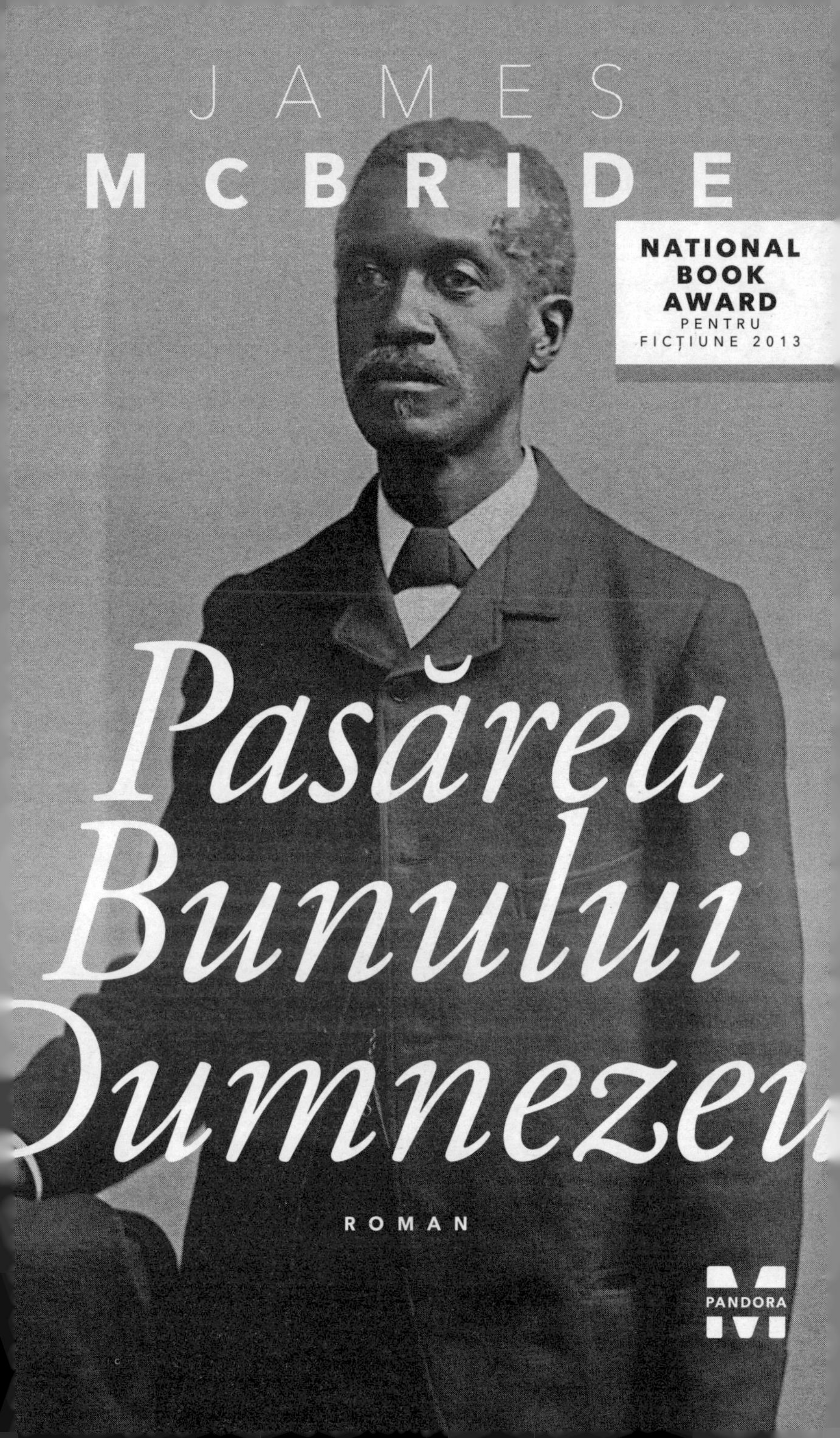
JAMES
McBRIDE
NATIONAL BOOK AWARD PENTRU FICȚIUNE 2013
Pasărea Bunului Dumnezeu
ROMAN
PANDORA M

Tiparul executat la:

EuroBusiness Tiper
PRINTING SOLUTIONS

office@tipografiaeurobusiness.ro
www.tipografiaeurobusiness.ro